T0274720

OSCURA ES LA NOCHE

OSCURA ES LA NOCHE

Raquel Brune

Papel certificado por el Forest Stewardship Council®

MIXTO
Papel procedente de
fuentes responsables
FSC® C117695

Penguin
Random House
Grupo Editorial

Primera edición: mayo de 2023

© 2023, Raquel Brune
© 2023, Penguin Random House Grupo Editorial, S. A. U.
Travessera de Gràcia, 47-49. 08021 Barcelona

Printed in Spain — Impreso en España

ISBN: 978-84-666-7509-3
Depósito legal: B-5.752-2023

Compuesto en Llibresimes

Impreso en Black Print CPI Ibérica
Sant Andreu de la Barca (Barcelona)

BS 7 5 0 9 3

Para todas las hijas un poco salvajes

Todos sentimos el anhelo de lo salvaje. Y este anhelo tiene muy pocos antídotos culturalmente aceptados. Nos han enseñado a avergonzarnos de este deseo. Nos hemos dejado el cabello largo y con él ocultamos nuestros sentimientos. Pero la sombra de la Mujer Salvaje acecha todavía a nuestra espalda de día y de noche. Dondequiera que estemos, la sombra que trota detrás de nosotros tiene sin duda cuatro patas.

CLARISSA PINKOLA ESTÉS,
Mujeres que corren con los lobos

Todos pensaban que Candela Nieto era una pobre damisela en apuros porque no podían imaginar que en realidad era un monstruo. Que yo era un monstruo. Nunca tuve que esforzarme por convencerles de mi inocencia y mi bondad, ni por ocultar mi auténtica naturaleza. En mis pocos años de vida he descubierto que la gente común rara vez sabe el verdadero aspecto de los monstruos y que es menos probable aún que sean capaces de reconocerlo cuando tienen uno delante.

PRIMERA PARTE

1

Sandra

Santa Bárbara, década de 2020

Sandra O'Brian buscaba un lugar en el que desaparecer, pero en vez de volverse invisible como deseaba, tenía la impresión de haber viajado en el tiempo. Eso fue lo que sintió al verse ante el hotel París, apoyada sobre una maleta de mano, hecha deprisa y corriendo. Aquel sería su alojamiento durante las próximas semanas.

Aguardó a que el taxista sacase el resto de su escaso equipaje del maletero: una mochila y la funda de su guitarra. Quizá estuviese huyendo, pero no podía vivir sin tener a su alcance algo que le permitiese interpretar música, aunque fuese en pleno exilio, un exilio de lo más glamuroso. El edificio, de un suntuoso estilo art déco, no era lo que esperaba encontrar después de pedirle a su mánager que le consiguiese el rincón más apartado en el extranjero. Su plan era esconderse allí hasta que pase la tormenta. Sandra había imaginado que se refugiaría en un remoto pueblecito, pero el hotel parecía de esos que presumen de haber alojado a estrellas de cine del Hollywood dorado y a ca-

— 15 —

baretistas conocidas en el mundo entero. Se las figuró detenidas en el mismo lugar donde se hallaba ella preguntándose qué vestido lucirían en esta o aquella fiesta y si esa noche asistirían Rodolfo Valentino o Luis Buñuel; si podrían charlar con Tamara de Lempicka o Mary Pickford. Pero la ilusión se rompió enseguida porque, muy a pesar del nombre del hotel y de su estilo arquitectónico, no estaba en París, sino en una ciudad fantasma del norte de España de la que jamás había oído hablar.

Fue el sonido de la funda de la guitarra chocando con el suelo lo que la sacó de su ensoñación. Le bastó con echar un vistazo a su alrededor para descubrir edificios abandonados por doquier. Un siglo atrás fueron las mansiones y palacetes más codiciados de esa zona de la costa, y quienes se morían por experimentar el encanto efervescente de Santa Bárbara los compraban y alquilaban por precios desorbitados. Pero de ese pasado glorioso únicamente quedaban cristales rotos que no merecía la pena reparar y humedades que hacían inhabitables casas en las que nadie quería vivir.

No, Sandra no había viajado en el tiempo, solo estaba en un lugar que había sido engullido por él.

Un retiro muy apropiado para una artista en horas bajas como ella.

El taxista le tendió la mochila con una sonrisa bonachona. Ella lo agradeció con un leve asentimiento y una propina generosa pero discreta. Lo último que quería era llamar la atención más de la cuenta.

—Bonito, ¿verdad? —preguntó el hombre al notar que observaba el entorno—. Los mayores del valle, al otro lado de la montaña, solían decir que Santa Bárbara sacaba lo peor de las personas. —Hizo una pausa mirando el edificio con una intensidad que le provocó un escalofrío, o quizá se debiese a la fresca brisa nocturna del Cantábrico, luego negó con la cabeza para espantar aquella sensación fugaz y rio a carcajadas—. ¡Me figuro que sabían cómo divertirse, eh!

Sandra había notado que, en las pocas horas que había pasado siendo rubia, la gente había cambiado por completo la forma que tenía de tratarla, como si el tono dorado de su cabello la volviese más cercana y accesible, una persona divertida y sin maldad. No le hacía ninguna gracia. Había tardado muchos años en labrarse la reputación de seria y distante y, aunque tampoco la entusiasmase, la protegía de las malas intenciones de los demás.

Supuso que tendría que acostumbrarse.

Se había teñido el pelo la noche anterior en el baño de un hotel de tres estrellas y moquetas de cuestionable olor frente al aeropuerto de Heathrow. El tono de tinte rubio ceniza que Tillie, su mánager, había comprado en un Tesco de la zona desentonaba con las cejas de un castaño oscuro que rozaba el negro y con su piel bronceada. La elección no era una cuestión de estética, sino de pragmatismo. Sandra O'Brian era conocida por agitar su melena oscura sobre el escenario: junto con su voz, era su mayor seña de identidad. En cualquier caso, a nadie parecía importarle que su cabello rubio fuese dolorosamente falso.

—No vengo a divertirme —admitió mientras recuperaba su guitarra como si se tratase del objeto más preciado de la Tierra.

—¿A desconectar de la gran ciudad, entonces? Perdone la indiscreción, señorita, pero después de la reapertura no han venido demasiados clientes. En verano traje en el taxi a algunos turistas, a la gente le encantan los chollos, ya se sabe, aunque duró poco. Desde que empezó a hacer fresco creo que usted es la primera a la que traigo aquí.

—¿Ha estado cerrado mucho tiempo? —preguntó Sandra con curiosidad. Se giró hacia la ciudad semiabandonada que parecía alzarse en pie a modo de desafío, como si quisiese reafirmar que el viento, el frío y el salitre no podrían con ella tan fácilmente.

—Cerró mucho antes de que yo naciese, señorita, así que depende de los años que me eche —rio—. ¡Que tenga una buena noche! Y que disfrute de sus vacaciones.

Sandra sonrió y se aseguró de que sus gafas opacas estuviesen bien colocadas y ocultasen su famosa mirada. Se trataba de un viejo hábito que no lograba quitarse de encima, como el de buscar paparazzis por encima del hombro. No había ninguno al acecho. Su mánager estaba en lo cierto al decirle que nadie en su sano juicio buscaría a Sandra O'Brian, la estrella, no, la diva de la música, en la bahía de Santa Bárbara, escondida entre valles, bosques y montañas en el norte de la península ibérica. Dudaba que alguno de sus compatriotas británicos conociese aquel rincón. Preferían hacer turismo en las islas y la costa del Mediterráneo. Sandra no era del todo británica: el idioma y la sangre española los había heredado de su abuela materna, una valenciana que por azares de la vida había terminado casada con un maquinista de trenes de Bristol. Hablar esa lengua con soltura y casi sin acento le había sido muy útil en sus giras por Latinoamérica, para charlar con sus fans y dar entrevistas, y esta vez le daría algo aún más valioso: un poco de paz y libertad.

Inspiró hondo, decidida a aprovechar su retiro temporal. Parecía difícil que fuese a disfrutarlo, como le deseó el taxista, si bien podía intentar dejar de ser su peor enemiga durante unas semanas, ya vería cuántas, según cómo estuviese yendo la cosa en Londres. No recordaba la última vez que se había tomado unas vacaciones de verdad, sin ensayar, sin componer... Tampoco tenía claro si recordaría cómo era no hacer nada, pero al menos estaba en un hermoso lugar para intentarlo.

Avanzó hacia el hotel París con la maleta en una mano y la funda de la guitarra a la espalda. Cuando cruzó las puertas giratorias, se zambulló en un mundo de estímulos contradictorios.

Sus ojos le decían que se hallaba en una estancia antigua, con historia y romántica, bañada por la tibia luz de la bahía que entraba a través de las enormes cristaleras. Sin embargo, solo podía oler el aroma del plástico nuevo.

El hall se diseñó en su día para rebosar opulencia, con alfombras tejidas a mano, plantas exóticas de hojas inmensas que se elevaban hasta rozar el techo, lámparas de araña y columnas de mármol que entonces buscaron transmitir a los huéspedes que se alojaban en un lugar exclusivo. Representaban la llegada de la modernidad en el recién estrenado siglo XX. Sandra casi pudo ver a las damas con sus elegantes vestidos y perlas y a los caballeros enfundados en sus fracs, incluso escuchar el sonido del piano de cola que ya nadie tocaba, en un rincón del bar del hotel. No obstante, ese sonido era fruto de su imaginación, tal vez confundida con los recuerdos ajenos que impregnaban esas paredes. La melodía neutra que sonaba desde los modernos altavoces resquebrajó la ilusión.

—Bienvenida al hotel París. —La recepcionista se apresuró a disimular el gesto de aburrimiento que había tenido hasta hacía un instante.

Hacía mucho que Sandra no se registraba en un hotel por sí misma, pero el proceso no había cambiado. Cuando le pidió su identificación, dio gracias por haber elegido un nombre artístico que no coincidía con el legal: O'Brian era el apellido de su otra abuela, la británica. Una vez zanjada la parte administrativa, la recepcionista le informó de los horarios del restaurante y de cómo utilizar el servicio de habitaciones.

—¿Va a desear algún periódico en particular con el desayuno?

—No, gracias, nada de periódicos.

Aunque ninguno de los medios españoles fuesen tan crueles como los tabloides ingleses, no quería arriesgarse a que un titular le amargase el primer té del día. Ya tenía suficiente con imaginar cómo se estarían cebando sin piedad en la prensa sensacionalista.

«Los detalles sobre su fracaso matrimonial que Sandra O'Brian no quiere que sepas», «El matrimonio de Sandra O'Brian está muerto y enterrado, ¿le seguirá su carrera?», «Divorciada a los veintisiete, la niña prodigio del rock y el soul se da prisa para todo».

Les encantaba regodearse en el dolor ajeno y, sobre todo, inventarse explicaciones para situaciones que ellos mismos habían orquestado. Estaba segura de que ya habría rumores de todo tipo corriendo por internet y desconfiaba de que alguno de ellos se acercase a la verdad. Infidelidades, dinero, exceso de trabajo, adicciones... La lista de conspiraciones sería interminable.

No, no necesitaba recrearse en las visiones distorsionadas que completos desconocidos albergaban sobre ella y su vida, pero le vendría bien tener algo con lo que distraerse.

—Sí que me gustaría ir al gimnasio —decidió—. ¿Tengo que contratarlo aparte o está incluido en la habitación?

—Me temo que no disponemos de esas instalaciones —se disculpó la muchacha con una sonrisa azorada.

Sandra frunció el ceño, decepcionada. Había contado con quemar su pena y su desidia a golpe de *spinning* y de levantar pesas como si la vida le fuese en ello.

—Cuando reabrieron el hotel, los dueños quisieron conservar su esencia original de la forma más fiel posible —añadió la recepcionista al ver el gesto contrariado de una de las pocas huéspedes.

Sandra la estudió con algo más de detenimiento. No podía tener más de veinte años y el uniforme le quedaba un tanto grande, como si no hubiesen encontrado la talla adecuada para ella y no se hubiesen molestado en ajustarla. Tenía la piel muy pálida y el cabello fino, de un castaño muy claro que le hacía parecer aún más joven. Vio en su rostro algunos rasgos similares a los del taxista: la naricilla pequeña, la frente estrecha y la cara redondeada; unas facciones que pronto descubriría repetidas en buena parte de los vecinos. Supuso que viviría en los alrededores. Seguro que muchos de sus amigos se habrían marchado a estudiar a la ciudad y ella se había quedado atrás en Santa Bárbara justificando ante los desconocidos las excentricidades del empresario ricachón de turno que hubiese comprado el lugar para convertirlo en un negocio. Ella también había empezado a trabajar muy joven y nunca se le dieron bien los estudios, así que empatizó con la recepcionista enseguida.

—No te preocupes, Desirée —dijo con una sonrisa tranquilizadora tras leer su nombre en la plaquita dorada que colgaba de su americana azul marino—. Saldré a correr por la playa. Wifi sí tenéis, ¿verdad?

—Sí, y agua corriente también, por suerte —rio y le explicó cómo conectarse a la red del hotel. Sandra se disponía a marcharse a su habitación cuando la voz cantarina de Desirée la detuvo—: ¡Oh! Como estará aquí dos semanas, tal vez le apetezca asistir a las fiestas.

—¿Las fiestas?

A modo de respuesta, la recepcionista le tendió un *flyer* que trataba de imitar, sin mucho éxito, el material y la caligrafía empleados a principios del siglo xx. En cuanto Sandra rozó el papel con las yemas de los dedos, notó la fría y resbaladiza textura que recordaba al plástico. «Fiestas de la bahía de Santa Bárbara» anunciaba en grandes letras y, a continuación, se describía una lista de eventos y festejos que tendrían lugar en el paseo marítimo.

Desirée sonrió al ver su gesto dubitativo.

—Cuenta la leyenda que al acercarse el otoño las sirenas volvían a las profundidades del océano y los marineros podían regresar a casa a salvo sin el peligro de sus voces perversas. Cuando Santa Bárbara aún era un pueblo de pescadores, todos los vecinos solían reunirse para cantar y bailar, y la tradición se mantuvo cuando llegaron los primeros turistas. Hace décadas que no se celebra, pero la alcaldesa está trabajando mucho para devolver la ciudad a sus buenos tiempos. La temática de este año es «Los locos años veinte», ¿no suena divertido?

La joven parecía emocionada de verdad. Sandra asintió con la cabeza. Había acudido hasta aquel perdido rincón de la costa para huir del resto de la humanidad, así que dudaba que fuese a estar de humor para fiestas, pero no quería ser grosera ni dar explicaciones.

—Lo pensaré, gracias.

«Devolver la ciudad a sus buenos tiempos», meditó mientras avanzaba por el hall cruzando los dedos para que conservar «la esencia del hotel París» no implicase prescindir de los ascensores. Los localizó al fondo de la estancia, junto a una puerta de madera y cristal que conducía a un amplio y luminoso comedor y a una escalinata curva. Su habitación estaba en la séptima planta, la penúltima. «Los buenos tiempos», sopesó las palabras mientras esperaba al ascensor. En cierto modo, ella había intentado lo mismo: seguir adelante como un recuerdo del pasado que no es exactamente como era y que continuaba aferrándose a lo que quedara en ella de esos días felices en los que no se preocupaba por el futuro.

Suspiró. Vaya estado de ánimo.

Quizá el hotel la estaba sugestionando porque notó un escalofrío y tuvo la sensación de que alguien la observaba. Al mirar hacia atrás vio que Desirée ya no estaba en la recepción. «Ha debido de ser ese cuadro», se dijo ante un enorme retrato de una mujer con el cabello azabache cortado en un *bob* por debajo de las orejas y ataviada con un esmoquin. Se acercó para leer la inscripción en la placa dorada bajo el marco:

«Menos mal que está en el recibidor y no en la habitación. No iba a pegar ojo con eso vigilándome en plena noche». A pesar de la belleza de sus rasgos maduros, había algo espeluznante en el modo en que la mujer escrutaba al observador, como si supiese que le pertenecía. Nunca le había atraído el arte figurativo, pero aun así podía apreciar que la obra iba más allá de un mero retrato. Quienquiera que lo hubiese pintado había encontrado la forma de perturbar al espectador con su uso de las sombras y los tonos resplandecientes. Eso era lo que Sandra esperaba del arte: que le despertase emociones, si bien no siempre fuesen agradables.

El ascensor abrió sus puertas y subió en él, arrastrando la maleta con torpeza, hasta la habitación 707. Estaba segura de que en tiempos de la mujer del retrato una decena de botones cargaban con el equipaje de los huéspedes adinerados. Entró en su suite y comprobó que la pieza también había conservado el estilo de principios del siglo XX: a excepción de una deslumbrante SmartTV plana que ocupaba un considerable espacio sobre un aparador de madera, todo lo que había allí parecía sacado de una película de época, aunque por suerte sin esa sensación de ranciedad que provocaban algunos lujosos hoteles ingleses que llevan desde los años ochenta sin hacer la más mínima renovación. Pese a su aspecto antiguo, todo tenía tacto y olor a nuevo. La estancia resplandecía, los muebles estaban recién barnizados, los rellenos de los sofás y los cojines permanecían tan firmes como si nadie se hubiera sentado jamás en ellos, no había una sola pelotilla en las lujosas telas de las cortinas o las sábanas, el pan de oro de los marcos relucía y los cristales de las lámparas de araña reflejaban la luz sin un rasguño. Puede que aún no atendiesen a muchos huéspedes, pero se esforzaban por mantener el lugar preparado para encandilar a cualquiera que se dignase a pasar la noche allí.

Incluso en mitad de un exilio, se sintió como la princesa de una película adolescente, de esas que descubren que pertenecen a una familia real europea a los dieciséis. Hacía muchos años que no la invadía el asombro al entrar en una suite. Dicen que el ser humano tiene una admirable capacidad de acostumbrarse a todo hasta que deja de darle importancia, desde la más cruel de las pobrezas hasta el más repugnante de los excesos. ¿Cuándo había empezado a dar por hecho que la recibiesen con ramos de rosas allá donde se hospedaba? ¿A que abriesen las puertas por ella o la llevasen de un lado a otro en un coche de alta gama sin que tuviese que preocuparse por nada, salvo calentar la voz o resultar carismática?

A pesar del hábito, no echó en falta las flores ni la atención. Era un precio que merecía la pena a cambio de poder moverse con libertad.

Tras comprobar que el baño contaba con una bañera digna de la aristocracia, abrió las puertas francesas que daban al balcón y se asomó con un entusiasmo infantil.

Desde su suite del hotel París, en lo más alto de la bahía de Santa Bárbara, Sandra comprendió por fin a qué se referían los lugareños al hablar de «los buenos tiempos» con una mezcla de nostalgia y recelo. Podía ver el paseo marítimo flanqueado por exóticos tamarindos que desde luego no crecían de manera natural en el norte de la península; una antigua iglesia románica que desentonaba con los palacetes art déco y art nouveau; una gran avenida perpendicular al mar que atravesaba la ciudad conectándola con las montañas; e incluso los restos abandonados de lo que parecía ser un pequeño parque de atracciones al otro lado de la bahía.

¿Qué había sucedido para que un lugar tan bullente se hubiese convertido en un recuerdo lánguido?

A modo de respuesta, un aullido desgañitado estremeció la paz nocturna. Sandra se preguntó qué clase de perro sonaba tan visceral. Un segundo aullido se sumó al cántico, y luego un tercero, un cuarto, todo un coro de lamentos. «Parece que estén llamando a alguien», se dijo rodeándose el cuerpo con los brazos. De pronto, la noche otoñal le resultó mucho más gélida y hostil.

El timbre del teléfono le dio la excusa perfecta para volver al interior de la suite. Cerró la puerta del balcón tras de sí y tomó el móvil, que había dejado sobre la mesa de té, en el centro de la sala de estar. El nombre de «Tillie» ocupaba toda la pantalla, tal y como sospechaba; su mánager era una de las pocas personas que tenían ese número.

—Fugitiva al habla, dígame, ¿en qué puedo ayudarla? —saludó con fingido entusiasmo, como una de esas despampanantes secretarias de los años cincuenta o, más bien, como ella se las imaginaba.

—Me alegra ver que eres capaz de conservar el humor, temía que estuvieses llorando sin consuelo, tendida sobre la cama y rodeada de pañuelos usados y llenos de mocos.

Sandra rio con acritud.

—Ya me conoces, para qué procesar el dolor de forma sana cuando tengo la opción de convertirlo en una canción que alimente las teorías conspiranoicas de internet sobre mi vida.

—Sandra...

Oyó el suspiro al otro lado del teléfono. También pudo escuchar el claxon de un coche lejano y el ronroneo de los motores.

Se imaginó a Tillie en la parte de atrás de un taxi negro londinense, con el teléfono en una mano y la tablet con el correo abierto en la otra, intentando gestionar la crisis de relaciones públicas con el mismo ímpetu feroz con el que Churchill plantaba cara al despliegue de tropas enemigas en algún despacho no muy lejos de allí. Podía esgrimir todo el humor ácido al respecto que quisiese, pero la situación era seria y no solo la afectaba a ella. A veces se le olvidaba cuántas personas dependían del éxito de Sandra O'Brian para llegar a fin de mes. Suspiró ella también.

—¿Es muy pronto para hacer bromas?

—¿La verdad? Me tranquilizaría que te derrumbases, aunque fuese un poquito. Las Hijas están preocupadas.

Las Hijas Salvajes, The Savage Daughters, era el nombre del grupo con el que Sandra y sus mejores amigos habían intentado triunfar en su adolescencia. No había funcionado demasiado bien; cuando ellos empezaron, los grupos de rock a la vieja usanza estaban pasados de moda y a nadie le interesaba lo bueno que fuese su bajista o la habilidad de su batería, pero cuando las letras y la voz de Sandra comenzaron a despuntar conservó a la banda a su lado. Incluso después de tantos años continuaban llamándose a sí mismos Las Hijas Salvajes entre bambalinas. Solo llevaba unas horas lejos de Londres y ya los echaba de menos, sobre todo a Pietro, su eterno cómplice.

—Estoy bien, dentro de lo que cabe. Me recuperaré como hago siempre, y seguiremos tocando. Solo es una mala racha —trató de convencerse a sí misma.

—Nadie piensa lo contrario —le aseguró Tillie, pero Sandra sintió un nudo en la garganta.

Su mediático divorcio no era lo único que pesaba en su conciencia. Solo hacía un par de semanas que había detenido la grabación del que debería ser su nuevo disco al darse cuenta de que detestaba todo lo que había compuesto. «Solo es una mala racha», se repitió. Pero ¿y si no lo era? ¿Y si había brillado con tanta intensidad que se había consumido antes de tiempo? El principio del fin, el momento que todo artista temía, el día en que el público se hartaba de ti y pasaba a otra cosa más nueva, más resplandeciente, más interesante que alguien que una vez fue famoso.

—¡Por supuesto! Solo tengo que tocar fondo y después todo irá hacia arriba —exclamó—. Mientras tanto, disfrutaré de mis vacaciones. ¿Cómo demonios has encontrado este lugar?

—Cuando me dijiste que querías ir a un sitio donde no se hablase inglés y en el que no hubiese mucha gente, pero donde tampoco estuvieses sola, creí que me iba a estallar la cabeza. Tú y tus requisitos, bonita, porque claro, a la señorita no le vale cualquier cosa, no puedo poner a Sandra O'Brian en un hostal y que te destroces las cervicales en un camastro. En fin, me acordé de que había visto algo así en un programa de destinos de viajes peculiares, ¿fue en alguno de Michael Portillo? No, ese era de viajes en tren. Algo del estilo, no sé. El caso es que ahí lo tienes, en plena ciudad, pero casi vacío. ¿Te gusta?

—Es perfecto. Tendré tiempo de sobra para aburrirme. Solo he visto un cine por el camino y estaba cerrado a cal y canto. Aunque tiene un aire un poco inquietante —admitió recordando los aullidos y esa aura liminal que desprendía Santa Bárbara, como si estuviese atrapada entre el pasado y el futuro.

—Inquietante, claro. Es lo que tienen los hoteles embrujados.

—¿Perdona? —Se llevó la mano al pecho.

Una vez, durante una gira por Europa, Tillie había reservado una habitación en un hotel donde supuestamente moraba el fantasma de una novia que jamás llegó a dar el «sí, quiero», con vestido blanco y velo incluido. Sandra no pegó ojo en toda la noche a pesar de que lo más perturbador que escuchó fue a la pareja de la habitación de al lado intimando con muy poca discreción.

—Te estoy vacilando, tonta. Es el sitio más normal y aburrido que pude encontrar... Oh, cariño, te voy a tener que dejar.

El sonido de algo mucho más aterrador y real que los fantasmas le llegó desde el otro lado de la línea. Los flashes disparando, el inteligible barullo de las preguntas indiscretas, los golpeteos sobre el cristal del coche. Conocía aquella banda sonora a la perfección. Tanto que, a pesar de los cientos de kilómetros que la distanciaban del acoso de los paparazzis, sintió que se tensaba cada músculo de su cuerpo.

—¿Estás frente a mi casa?

—No, me temo que intentaba entrar en la mía —admitió con pena.

—Tillie... Lo siento mucho.

—¿Qué dices? No es culpa tuya, estas hienas están hambrientas. Con eso de que todos los famosos suben sus vidas a las redes sociales, ya no tienen carnaza de la que alimentarse. Disculpe —Sandra oyó cómo se dirigía al taxista—, ¿podríamos dar un par de vueltas a la manzana? Gracias. Sandra, ya te llamaré. Escríbeme si necesitas cualquier cosa. ¡Ni se te ocurra meterte en internet! ¿De acuerdo? Ponte al día con las series, sal a tomar café, esas cosas que hace la gente normal. Besitos.

Sandra dejó caer el teléfono sobre el sofá y se tumbó exasperada, con los pies aún en el suelo. Consideró la opción de enterrar la cara en un cojín y aullar, igual que habían hecho esos perros.

A pesar de la tentación, no podía permitirse el lujo de comprobar qué estaban inventando esta vez en los tabloides y portales digitales, lo sabía de sobra. Si lo hacía, se sumiría en una espiral de ira, impotencia y también de miedo, un terror visceral a que, aunque nunca acertasen con los hechos, tuviesen razón en el trasfondo: que todo fuese culpa suya porque de una u otra forma era una persona horrible. Y, sin embargo, a veces pensaba que dejar los titulares a su imaginación era aún peor. Lidiar con la realidad le parecía más sencillo que enfrentarse a las mil ocurrencias que le rondaban la mente.

«Sandra O'Brian es incapaz de conservar a nadie a su lado que no necesite tenerla cerca para ganar dinero», «Sandra O'Brian no sabe ser feliz, es una buena noticia porque la crítica siempre es más generosa con los discos que escribe cuanto está destrozada», «Sandra O'Brian, ¿quién? Ah, sí, esa cantante pasada de moda. Seguro que se ha separado para llamar la atención porque sabe que no puede competir con las chicas de diecinueve», «¿Dónde está el nuevo disco de Sandra O'Brian? ¿Se habrá quedado sin ideas?».

Utilizar internet no era una opción; estar a solas con sus pensamientos, tampoco. Y si bajaba al bar del hotel, estaba segura de que se sentiría aún más sola que en la suite, pero con un vaso lleno de tónica frente a ella. De pronto comprendió por qué la televisión era lo único de lo que ningún huésped podía prescindir, por mucho que quisiese «viajar en el tiempo». Por esa noche, se conformaría con ver los reportajes de Norte Visión sobre los quesos con denominación de origen que se producían en la zona.

«Estas van a ser o las mejores o las peores vacaciones de mi vida», se dijo mientras se acomodaba sobre el sofá con el mando en la mano.

2

Candela

Casona Algora, década de 1920

Durante veintiún años, el universo de Candela se había reducido a la casona de los Algora y a los límites de sus terrenos, que abarcaban una moderada extensión del bosque y sus arroyos, pero a ella nunca le había resultado un mundo pequeño. Tendrían que transcurrir varios días tras la muerte de su abuela hasta que comprendiese cuántas cosas habían existido al margen de su serena existencia en la casona sin que ella pudiese sospecharlo siquiera. Pero en ese momento, la curiosidad y el ansia por vivir que Santa Bárbara y el frenesí de los locos años veinte despertarían en su taimado corazón aún no habían nacido, habrían de brotar del manto fértil que la pena había sembrado en ella.

Lo único que lograba consolarla era sentir el peso de Emperatriz, la colosal perra de raza mastín español de su abuela, aunque resultaba difícil discernir quién reconfortaba a quién. El animal había apoyado su enorme cabeza repleta de pellejos sobre el regazo de la joven y Candela acariciaba el pelaje dorado, sin levantarse de la silla, mientras los asistentes al velatorio se turnaban para darle el pésame.

Primos, sobrinos, amigos, antiguos empleados, familiares lejanos, incluso algún que otro antiguo pretendiente, todos ellos con aires de galán y semblante afligido, acudieron a despedir a la anciana. Cuando el abogado de los Algora organizó el acto, Candela dio por hecho que muy pocos asistirían, pues la vida de Aurora Algora giraba en torno a los plácidos paseos por el bosque con Emperatriz y los días de lluvia en los que ambas se sentaban a leer junto a la chimenea mientras la perra se despatarraba a su lado en graciosas posturas de las que siempre se reían. Cuando no paseaban o leían, su abuela se entretenía bordando, aunque la vista ya no le permitiese elaborar los detallados e intrincados patrones de antaño. Pero, sobre todo, Candela la recordaba cantando al llegar la noche. Se acomodaba frente al viejo piano de madera de nogal e interpretaba una nana para ella, porque nunca dejaría de ser su niña, decía, y quería espantar los malos sueños para que durmiese tranquila. Candela sospechaba que adoptó ese hábito para distraerla de tomar el tónico con sabor afrutado que la ayudaba de pequeña a controlar los nervios, y la costumbre había arraigado tan hondo en ambas que no pudieron abandonarla jamás.

Las tres habían sido inmensamente felices, hasta tal punto Candela había dado por hecho su pacífica rutina. No se le había ocurrido pensar que Aurora hubiese tenido otra vida antes, una muy ajetreada por lo que parecía. Todos aquellos desconocidos le estrechaban la mano con pena efusiva y honesta y le hablaban de facetas de su abuela que ella ni siquiera había llegado a intuir o del intercambio epistolar que aún mantenían. Aunque le alegraba que tantas personas la quisieran, Candela sentía punzadas en el corazón, pues se daba cuenta de que no solo había perdido a su abuela, sino la oportunidad de conocer a Aurora, una mujer fascinante. ¿Por qué nunca le había presentado a sus amigos y conocidos? ¿Tenía miedo de que su nieta la avergonzase ante esa gente de mundo? Los sirvientes de la casona habían observado en más de una ocasión que el comportamiento de la muchacha rozaba lo excéntrico, que hablaba fuera de lugar o con demasiada honestidad, o que se distraía con la nimiedad menos pensada. Por no mencionar que disfrutaba mucho más de la compañía de los animales que la de sus semejantes, y que los primeros le devolvían su amor incondicionalmente. Sí, tal vez Candela fuese peculiar, pero podría haberse reprimido durante unas cuantas horas. Lamentaba que su abuela nunca le hubiese dado una oportunidad.

Emperatriz gimió con un mohín lastimero y la muchacha le acarició la cabeza para consolarla.

—Lo sé, grandullona, lo sé… —susurró deseando que la velada concluyese y todos esos amables y apenados desconocidos se marchasen a sus respectivas casas.

Solo al ver cómo se le acercaba un hombre de unos cincuenta años, de baja estatura y grandes orejas que parecían aún más desproporcionadas a causa de su cabello en retroceso, recordó que dentro de poco ella también dejaría la casona.

—¿Cómo se encuentra, señorita Nieto? Ha sido un día muy emotivo —le habló con tono paternalista, y ella se esforzó por asentir.

El tipo se había presentado un par de días atrás como Eduardo Cerezo, el abogado de la familia Algora y, por tanto, de su abuela. También había dado fe de su testamento, en el cual la nombraba única heredera de su patrimonio, lo que incluía una importante renta en tierras y bienes inmuebles, así como la parte de la propiedad que le había correspondido a su abuela de los negocios familiares, centrados en la importación y exportación de artículos de lujo y moda. Candela no había conocido la necesidad o el hambre, y contaban con un matrimonio que trabajaba a su servicio, como guardeses de la casona y su finca, pero jamás pensó que fuesen ricas. El concepto en sí le resultaba ajeno y lejano, algo sobre lo que había leído en algunas novelas: el señor Darcy y el señor Rochester eran ricos, por ejemplo, y las señoritas Bennet y Jane Eyre no lo eran. Por lo que había leído en los libros, ninguna mujer con un capital semejante se tejería sus propios calcetines para el invierno. De igual modo sabía que el dinero era el centro de numerosos conflictos, como les ocurría a los personajes de Edith Wharton, aunque también lo era la pobreza para los de Charles Dickens o Elizabeth Gaskell. Para Candela, las cuestiones económicas eran tan ficticias como Drácula, Frankenstein o el fantasma de Canterville. Su conocimiento del mundo provenía a partes iguales del bosque y de las páginas de los libros que se acumulaban por todos los rincones de la casona. Los había leído con tal voracidad que Aurora solía encargar al librero de Santa Bárbara las novedades que llegaban en castellano y en francés. No obstante, y a pesar de lo mucho que sus lecturas le enseñaron, Candela no había sabido cómo reaccionar cuando el abogado puso ante ella un sobre repleto de documentos que firmaría tan pronto como se reuniese con su tío.

Al parecer, otro de los deseos de su abuela, o más bien de sus indicaciones, era que alguien se quedase a su cargo hasta que cumpliese los veinticinco o contrajese matrimonio, y su familiar más cercano era Rodrigo Algora, hermano menor de su abuela. El venerado hombre de negocios tenía la responsabilidad de dirigir sus empresas, de las que en ese momento ella también formaba parte, y no podía permitirse mudarse a un lugar tan lejano como la bahía de Santa Bárbara y la cordillera repleta de valles y aldeas que la rodeaba.

—Pero yo no quiero vivir en Madrid —protestó Candela cuando el abogado le explicó que tendría que esperar en Santa

Bárbara la llegada de Rodrigo, al que la noticia de la muerte de su hermana había sorprendido en un viaje de negocios en Estambul, para después poner rumbo a su nuevo hogar.

—A todas las jovencitas les encanta la capital. Conocerá usted a otras muchachas de su edad, podrá ir al teatro y a la ópera, incluso al Museo del Prado —intentó animarla él con vagas promesas.

—¿Hay árboles en Madrid? ¿Y caballos?

—Por supuesto, tendrá todos los árboles y caballos que desee —le aseguró el hombre, aunque Candela tenía la sensación de que tan solo lo decía para que dejase de hacer preguntas.

—¿Y perros, y lobos?, ¿hay lobos en Madrid? —quiso saber, esperanzada.

—Hay perros, por supuesto; Emperatriz tendrá muchos amigos. Y en cuanto a los lobos, en Madrid no hay ni rastro de ellos, no tiene que preocuparse por esas bestias —trató de reconfortarla apoyando la mano sobre su hombro, de nuevo con ese aire condescendiente que a ella la incomodaba.

¿Bestias?

Desde niña se había acostumbrado a dormirse escuchando sus aullidos e intuyendo sus sigilosos movimientos en el bosque que rodeaba la casona. Para Candela, la presencia de los lobos era sinónimo de hogar, jamás se le había ocurrido que otras personas no sintiesen el mismo apego al escucharlos. Su abuela nunca le había leído cuentos en los que el lobo feroz fuese el retorcido villano, sino que le había enseñado que eran una parte fundamental del monte, igual que los corzos, los jabalíes o los osos, tan fundamentales para la vida como el agua de los arroyos o el musgo que crecía sobre los troncos de los árboles y las rocas. ¿Qué clase de lugar era Madrid que no necesitaba a los lobos? Y lo que más le preocupaba, ¿cómo iba a conciliar el sueño sin el piano de su abuela y sin los cánticos de la manada?

Planteó todas estas cuestiones a don Eduardo, que se limitó a mantener su sonrisa cordial mientras ella hablaba.

—No se inquiete, jovencita, nos encargaremos de todo. Estará usted muy a gusto en Madrid, ya lo verá. Limítese a estar tranquila, ¿sí? Sea una buena chica y confíe en nosotros —añadió en el mismo tono de voz con el que podría haber hablado a la mastín.

Candela se abrazó a sí misma y asintió con la cabeza. ¿Cómo podía cuestionar a un respetado abogado cuando ella apenas sabía nada del mundo? Hizo caso a don Eduardo y trató de actuar como «una buena chica». Quizá viajar a una gran ciudad resultase ser una maravillosa aventura, una que protagonizaría en lugar de leerla. Llenó un baúl con sus escasas pertenencias, la ropa que su abuela encargaba a una modista de Santa Bárbara que se desplazaba hasta la casona cada primavera y otoño para confeccionarle un par de vestidos a la última moda y que cada año que pasaba se parecían menos a los que solía vestir su abuela; unos pocos libros, papel y tinta para escribir si lo necesitaba, un par de colgantes, unos pendientes de perlas de su abuela que le recordaban a ella y el broche de oro con forma de bellota que Aurora siempre llevaba en el pecho. «Qué pequeña ha debido de ser mi vida si cabe entera aquí dentro», se dijo al ver cómo Rogelio, el guardés, un hombre callado y leal, cargaba el baúl y lo bajaba hasta el coche de don Eduardo. Él también había cargado allí su equipaje, que consistía en una bolsa de viaje y un maletín marrón del que no se separaba y donde llevaba la última voluntad de su abuela y todos los documentos que necesitaban para formalizar su herencia. Candela temía el momento de enfrentarse a ellos porque confirmarían, para siempre y sin remedio, que su abuela había dejado este mundo.

—Cuídese mucho, señorita —dijo Rogelio, parado junto a su esposa Susana.

El matrimonio la observó en silencio mientras ella subía al asiento trasero del vehículo, un aparato que no dejaba de fascinarla. Al parecer, los coches eran cada vez más populares en las urbes, pero no se veían muchos de aquellos en las montañas del norte.

—Nosotros nos aseguraremos de proteger la casona —le prometió el hombre, y Candela confió en que lo harían.

Se asomó a la ventanilla para despedirse. Rogelio y Susana eran, junto con su abuela, de las pocas personas que habían formado parte de su mundo, de su familia. Intentó convencer al abogado para que los acompañasen al menos hasta Santa Bárbara, pero don Eduardo insistió en que era su obligación atender la casona y que no les molestase con semejantes ideas propias de una niña pequeña.

—No se olvide de tomar su tónico y vuelva cuando pueda. —Incapaz de contener las lágrimas, Susana se secaba los ojos con un pañuelo de tela—. Lo tendremos todo listo para usted. Y si se ve sola, recuerde que tiene el broche de su abuela, la señora nunca se lo quitaba, sujételo fuerte y seguro que puede sentirla en espíritu junto a usted.

La joven trató de sonreír, aunque sabía bien que no volvería a ver ni a sentir a su abuela. Aunque fuese una devota cristiana, la guardesa combinaba sus creencias con las muchas supersticiones del valle. Candela nunca había prestado atención a esas cosas, pero añoraría el olor a laurel quemado con el que Susana «purificaba» la casona y el murmullo de sus breves oraciones cuando veía algún animalillo muerto en el patio.

—Lo haré —asintió.

—Evite salir de noche en Santa Bárbara —se apresuró a añadir Rogelio—. Nada bueno sucede en esa ciudad cuando se pone el sol.

Se había decidido que la muchacha, custodiada por el abogado, pasaría unas semanas en el hotel París, hasta que su tío acudiese a hacerse cargo de su custodia. «La Duquesa ha sido tan amable de encontrar habitaciones para nosotros en plena temporada alta, somos unos afortunados, así que no debe usted quejarse», le había advertido don Eduardo. La idea de dormir bajo el mismo techo que un montón de desconocidos le resultaba emocionante y terrorífica a la vez.

—Emperatriz me protegerá —aseguró esforzándose por sonreír y contener las lágrimas.

Don Eduardo ocupó el lado contrario del asiento trasero mientras un joven conductor se ponía al volante. El coche arrancó y echó a rodar, para asombro de Candela, renqueando al pasar por encima de las piedras y los desniveles de la tierra.

—Los caminos del norte son un espanto —maldijo el abogado llevándose un pañuelo a la boca para disimular el mareo, sin soltar el maletín un solo momento—. ¿Cuándo piensan traer la civilización hasta aquí arriba? Ya es hora de que el siglo veinte llegue a este país. Así nos va...

La chica no respondió porque no le dio la impresión de que hablase con ella y porque estaba ocupada mirando hacia atrás por la ventanilla, con el corazón encogido al ver cómo la Casona Algora se iba haciendo más y más pequeña en la distancia.

3

Sandra

Cuando abrió los ojos, aún medio sumida en el sopor, se dio cuenta de dos cosas. La primera, que Tillie la asesinaría si se enterase de que se había quedado dormida en un incómodo sofá restaurado teniendo un colchón viscoelástico a unos pasos; y la segunda, que todavía quedaba mucho para el amanecer. Se frotó el cuello dolorido por la mala postura en que cayó rendida y se incorporó atontada. Años y años durmiendo en aviones, trenes y en la carretera la habían vuelto inmune a cualquier clase de estímulo capaz de espabilar al común de los mortales. ¿Qué era lo que la había despertado?

Extendió la mano para apagar la tele, en la que emitían un boletín de la teletienda, pero no se hizo el silencio como cabía esperar.

«Sigo soñando», se dijo al oír lo que parecía una voz de mujer adentrándose en la suite. Sonaba distante, como si alguien hablase a través de una pared, pero al mismo tiempo muy cerca. Quienquiera que fuese estaba cantando. Recordó que había soñado que una voz suave le cantaba al oído: la melodía, una que jamás había escuchado, debía de haberse colado en la vigilia desde sus sueños. Se incorporó invadida por la misma suspicacia que pone alerta a un gato al que le ha parecido ver un ratón con el rabillo del ojo.

Escuchó con ese instinto desarrollado tras más de una década entregada a la música y reparó en que quienquiera que cantase lo hacía sin pronunciar ninguna palabra. Entonaba la melodía en bocaquiusa, que se utilizaba mucho más a modo de calentamiento vocal que para la interpretación de una partitura. Esa técnica no permitía cantar demasiado alto, aunque cada nota se emitía con firmeza. Se trataba de una composición dulce y seductora, pero a la vez cargada de una honda melancolía. Sandra llevaba meses sin ser capaz de dar forma a sus sentimientos en un pentagrama, y aquella canción había atrapado su corazón por pura casualidad.

Se puso en pie, casi hipnotizada, y sin reparar en que estaba descalza, caminó con paso resuelto hacia la puerta de la suite. La abrió de golpe, casi convencida de que encontraría a una mujer joven al otro lado paseando por el pasillo, esperando a que otro huésped saliese de su cuarto para compartir con alguien su extraña canción, pero no fue así.

La música se detuvo en seco cuando se asomó al largo pasillo de paredes blancas y moquetas granates, y casi en el otro extremo, inmóvil frente a la entrada de una de las habitaciones, vio a un hombre con la llave electrónica del hotel en una mano y una bolsa de plástico en la otra, con lo que parecía ser su cena. Al oír que la puerta se abría con tanto ímpetu, se había dado la vuelta y ambos cruzaron miradas sorprendidas. Sandra se apresuró a cerrar con la misma velocidad con que se había lanzado al exterior, solo tuvo tiempo para fijarse en que vestía un sencillo jersey negro bajo una chaqueta impermeable verde, aunque lo más llamativo era su pelo revuelto y ondulado.

«Mierda. Mierda. Mira que eres tonta. Pareces una novata»,

se reprochó con vehemencia y corrió hacia el espejo del baño para examinarse. Se palpó la cara mientras se preguntaba si su nuevo color de pelo era suficiente para hacerla pasar por otra persona. «Ha sido solo un segundo —intentó consolarse—. Y nadie sabe que estás aquí. Vete a la cama y descansa. Si mañana notas cualquier cosa rara, es tan fácil como hacer las maletas y largarte a otro sitio».

Asintió decidida. Se había dejado llevar por el misterio de aquella ciudad aletargada y por su atmósfera decadente, pero no se podía permitir olvidar quién era. Con o sin canciones conmovedoras en mitad de la noche. Lo que no le impidió hacerse preguntas al respecto. ¿Quién había tarareado? ¿Habría ascendido el sonido por los conductos de ventilación, o acaso la inspiración había acudido a visitarla por fin en la forma de una ensoñación? Sandra se pellizcó la piel de la muñeca, con cierta vergüenza. Aunque estuviese más despierta que en todo el día, tenía que asegurarse.

Había oído hablar mucho a sus compañeros de las malditas musas, de cómo, de pronto, y sin venir a cuento, mientras lavaban los platos o sacaban a pasear a sus perros, una canción había acudido a su mente, tan clara como si pudiesen oírla. A ella nunca le había sucedido algo semejante; para poder crear una canción tenía que exprimirla, retorcerla, pelearse con ella en el barro, pero aun así probó suerte. Sacó un cuaderno del bolso y dibujó un pentagrama procurando anotar todas las notas que pudo recordar. Repitió lo que había escrito en un murmullo, para sí misma, en su enorme y vacía suite.

Estaba segura de que nunca había escuchado esa melodía, fragante y enrevesada, aunque de alguna manera le resultaba familiar, igual que ocurría con esos ritmos tribales que se adentran hasta los huesos, como si el ADN de nuestros ancestros más primitivos pudiera recordarlos. Tal vez la canción perteneciese a algún grupo o cantautor local, al día siguiente lo comprobaría. Una cosa era que la inspiración te visitase en mitad de la noche y otra, imaginar que oías voces inexistentes. «Alguna huésped tendrá buenos pulmones, estas paredes no son tan gruesas después de todo. Será fácil averiguar de quién es la canción», dejó ir la idea de tratar de conciliar el sueño de nuevo, después de todo, el hotel París, y la ciudad sobre la que se erguía, parecía mucho más despierto al caer la noche.

4

Candela

Bajo la luz estival de la tarde, Santa Bárbara resultaba mucho menos aterradora de lo que había sido en su imaginación durante el agotador y turbulento viaje en coche por los caminos de las montañas y del valle. Conocía por Rogelio y Susana la mala fama de aquel lugar, y don Eduardo no dejaba de insistir en que no se alejase de él en ningún momento, pero Candela no era capaz de identificar un solo peligro evidente que debiera preocuparla. Tal vez estuviese demasiado absorta en una imagen que ni en sus más atrevidos sueños podría haber imaginado.

«Así que esto es una ciudad», se decía con el rostro pegado a la ventanilla.

Jamás había contemplado a tantas personas juntas moviéndose de aquí para allá sin chocarse las unas con las otras, como si cada movimiento fuese parte de una elaborada coreografía, ni había escuchado un ruido tan incesante y atronador, ni siquiera cuando las impetuosas tormentas otoñales azotaban la casona. El bullicio era tal que Candela se sentía incapaz de discernir todas las melodías que formaban el continuo barullo: los cascos de los coches de caballos, el traqueteo del recién inaugurado tranvía, la marea que ascendía imparable sin que le importasen los asuntos humanos, la multitud agolpada en las entradas de los teatros y de un lugar llamado «cine» sobre el que no había oído hablar y que acaparaba todo el protagonismo de la enorme avenida.

—¿Qué es un cine? —preguntó a su nuevo custodio, cuando pasaron por delante de un edificio con grandes letras y carteles iluminados a plena luz del día.

—¿Esa frivolidad? Nada que deba interesar a una muchacha de su estatus social. Su tío la llevará al teatro en Madrid si quiere, a ver el ballet y la ópera.

«Estatus social», de nuevo usaba una de esas expresiones que aparecían en sus novelas, espolvoreadas como la sal que provocaba o solucionaba los problemas de los protagonistas, pero que para ella significaban muy poco.

—Parece que mucha gente quiere entrar, ¿eso no significa que es divertido? —insistió con la esperanza de obtener alguna explicación, pero don Eduardo estaba ocupado limpiándose el sudor de la frente.

El clima era más caluroso en lo hondo de la bahía, entre el mar y las montañas, de lo que había sido en el bosque. Candela también notaba el bochorno húmedo del verano, que la empapaba de su propio sudor, pero no le importaba. Cada nueva sensación que experimentaba, fuese placentera o incómoda, la extasiaba de emoción.

El vehículo recorrió la curva silueta de la bahía hasta llegar a uno de sus extremos, donde por fin se detuvo ante un grandioso edificio de ocho plantas, tejados azulados y numerosos balcones que recorrían la fachada de color beige, que parecía reflejar todos los colores del cielo y el mar. Su forma combinaba las líneas rectas de su cuerpo de piedra con dos flancos curvilíneos, que lo dotaban de un aire vaporoso y juguetón. La estructura se había ideado para encandilar a huéspedes persuadidos por sus promesas de lujo y exclusividad. Candela no podía saber que la construcción ante ella había sido el centro, o más bien la cuna, de esa ciudad surgida de la nada. Cuando sus habitaciones no bastaron para satisfacer a los turistas seducidos por el clima benigno de Santa Bárbara y por la promesa de diversión desenfrenada libre de juicios, comenzó a brotar el germen de una nueva población dispuesta a nutrirse de los acaudalados viajeros. Pese a su ignorancia, sí intuyó la altivez del hotel París, igual que si tuviese una personalidad propia que no cesaba de repetir «Yo estuve aquí primero, yo fui el principio de todo». En apenas unos años, empezaron a surgir restaurantes deseosos de deleitar a sus clientes con jugosos manjares, y las damas y caballeros que pasaban los veranos paseando por la bahía atrajeron a sastres y boutiques listos para proporcionarles las mejores galas, ya fuese para una mañana en la playa, una cena de etiqueta o una noche de festejos desinhibidos. Toda Santa Bárbara se concentraba en saciar cualquier apetito o capricho de sus visitantes de la forma más resplandeciente y glamurosa posible, una premisa que se mantenía en mente desde la misa de las iglesias hasta los despachos de los bancos. Sin embargo, debajo del brillo, sus ausencias revelaban el espejismo: no había colegios, ni museos o bibliotecas, tampoco fábricas de ningún tipo en los alrededores, ni quedaba rastro del puerto pesquero y de las lonjas con las que los antiguos moradores de ese lado de las montañas se habían ganado la vida hacía solo unas décadas.

Santa Bárbara no era una ciudad real, sino el escenario de una bonita fantasía: los cuentos de verano en los que los forasteros se sentían protagonistas. Y Candela había caído presa de la ilusión.

Desde las primeras tardes de la primavera hasta que los días empezaban a acortarse y el fresco de la noche daba paso al frío, Santa Bárbara se convertía en el refugio de aristócratas, empresarios de primera categoría y profesionales de prestigio que acudían en busca de la tibieza de la costa y de la efervescente vida social. Aunque fuesen de vacaciones, nadie pasaba por alto las conexiones que allí podían forjarse. Más de un matrimonio notable de la alta sociedad había nacido después de un verano en Santa Bárbara, al igual que importantes acuerdos comerciales, y si bien a Candela no le interesasen ese tipo de alianzas, estaba lista para dejarse llevar por las luces y la música.

Se bajó del coche tan pronto como el conductor abrió la puerta para ella y lo primero que hizo fue apresurarse hacia el mar, con Emperatriz trotando detrás de ella. Inspiró hondo su aroma sin poderlo creer. El mar. Ninguna de las descripciones que había leído sobre él le hacía justicia a su inmensidad, al ímpetu y la voluntad propia con la que se movía dejando a los humanos a su merced. Apoyó todo su peso contra una barandilla metálica de intrincadas formas florales para auparse y verlo mejor. Y pensar que algo tan magnífico había estado siempre tan cerca de su casa y ella ni siquiera lo había sospechado.

—¡Señorita Nieto! —la llamó el abogado—. No se aleje de mí, es usted mi responsabilidad y si algo le sucediese, su tío estaría muy disgustado.

Candela se preguntó qué podía sucederle por detenerse a admirar el mar, pero se resignó y se reunió con él para entrar en el hotel París. Junto a ellos, dos botones vestidos con un elegante y muy ceñido uniforme granate cargaban sus equipajes. Cuando llegaron hasta el amplio recibidor, la muchacha fue incapaz de concentrar su curiosidad en un solo elemento: los techos altos, los impecables acabados de las columnas, las lámparas de araña y la moqueta roja que cubría el suelo resultaban llamativos, pero lo más fascinante de todo eran los huéspedes. Emperatriz se apoyó contra sus piernas, abrumada por aquel lugar que había seducido por completo a su ama.

—¿Madrid será así? —preguntó cautivada.

—¿Qué? Oh, sí, sí. Por supuesto. Hay muchos hoteles en la capital —respondió don Eduardo, quien aún no se había recompuesto del todo del viaje en coche—. Debo registrar nuestra llegada. —Miró con recelo a la enorme perra y después el ir y venir de la gente—. Será solo un minuto. ¿Puede esperarme aquí? No se mueva, ¿de acuerdo?

Candela asintió, aunque de estar en su mano habría salido corriendo a explorar ese resplandeciente lugar, tan distinto a la Casona Algora, en ese preciso instante. Sin embargo, antes de que el abogado pudiese emprender la marcha, una voz masculina le detuvo:

—¡Eduardo Cerezo! Será posible que nos encontremos en este remoto rincón del mundo.

Un hombre joven caminaba hacia ellos a grandes zancadas acompañado de una mujer madura de cabello canoso que se agarraba de su brazo con un aire de orgullo, como si estuviese mostrando a todo el mundo un preciado trofeo.

—Don Francisco —saludó el abogado, con una sonrisa nerviosa y sumisa a la vez—. No sabía que frecuentaba Santa Bárbara.

—Mis primos me recomendaron encarecidamente una visita a la costa, y mi madre insistió en que trabajo demasiado y merezco un respiro. «Hasta nuestro Señor descansó el séptimo día». Ya ve, no he tenido más remedio que hacerles caso.

El hombre que había hablado, Francisco, era alto y espigado, tan pálido que el fino bigote sobre el labio podría distinguirse a una gran distancia. Su semblante parecía tan alargado como su cuerpo, y los dientes resultaban enormes para su boca, aunque puede que fuese la manera en que no dejaba de sonreír lo que provocaba ese efecto. No obstante, no era su físico sino su talante lo que le hacía destacar entre la multitud. A pesar de no haber visto muchos, Candela supo que se hallaba ante lo que su abuela habría llamado «un caballero». Vestía una chaqueta y una corbata negras, una camisa y unos elegantes pantalones blancos, un patrón de colores que se repetía en sus zapatos, a juego con un divertido sombrero que parecían lucir la mitad de los veraneantes y que se quitó para saludarles, aunque muchas de las mujeres los preferían más ajustados y redondeados. La madre de don Francisco llevaba un vestido de líneas rectas de color morado oscuro, bajo una chaqueta larga y fina del mismo color que hacía resaltar las perlas sobre su cuello, algo rollizo pero muy altivo.

—Pero ¿qué le trae a usted por aquí? —siguió preguntando don Francisco, sin perder la sonrisa—. ¿Por fin se ha decidido a descansar usted también? ¿Y quién es esta hermosa señorita? ¿Su sobrina, tal vez?

Candela se sobresaltó al darse cuenta de que había pasado de mera espectadora a una de las protagonistas de la función. Por suerte, don Eduardo se le adelantó y no tuvo que decir nada. No habría sabido cómo hablar con un caballero.

—Oh, no, no. Me temo que estoy aquí por trabajo. La señorita Candela es la sobrina nieta de un cliente. Señorita —dijo el abogado, cada vez más nervioso—, le presento a don Francisco Velasco y a su madre, doña Pilar.

—¿Es su primera vez en Santa Bárbara? —preguntó el hombre mirándola fijamente.

—Sí —reconoció. Hablar con caballeros debía ser más fácil de lo que había temido, porque ante el monosílabo, don Francisco sonrió de oreja a oreja.

—En ese caso, permítanos mostrarle la ciudad, en estos días hemos podido conocer rincones muy especiales que sin duda serán de su agrado. —Buscó la confirmación de su madre y la mujer asintió decidida.

Candela se preguntó cómo podía saber él lo que la agradaba,

pero la promesa de explorar resultaba demasiado tentadora y ellos no parecían dispuestos a aceptar un no por respuesta.

—Eso sería estupendo —empezó a decir, pero el abogado la interrumpió.

—En realidad, la señorita solo se hospedará aquí unos días, hasta que llegue su tío. No tendrá tiempo, ¿verdad? Será mejor que nos pongamos en marcha. Ha sido un placer y una sorpresa encontrarlos a ustedes aquí. Vamos, Candela.

Don Eduardo tiró de ella en la dirección opuesta a la recepción del hotel sin darle ocasión de despedirse o agradecer la invitación. Entraron en un alargado salón comedor con vistas al mar y le indicó a Candela que se sentara a la primera mesa vacía que encontró. Le tendió un billete tan impoluto que parecía recién impreso.

—Pida una infusión, señorita. Le vendrá bien para su estómago. Y no hable con nadie si no estoy yo presente. Sé bien que no conoce las normas de etiqueta, y sería un gran inconveniente si dañase su reputación o la de su tío por culpa de un comentario desafortunado.

—Yo... Lo siento.

—Ya aprenderá, no se disguste. Su tío se encargará de todo. Una muchacha de su estatus tiene que saber ciertas cosas, sin duda. Me pregunto en qué pensaría Aurora...

—Disculpe, caballero. —Un maître vestido con un frac negro y guantes blancos se aproximó a ellos—. Me temo que no se permiten perros en el hotel —dijo señalando hacia la pobre Emperatriz, sentada bajo los pies de Candela, que no podía dejar de mirar el monóculo del empleado.

—Verá usted, la muchacha acaba de perder a su abuela y no tiene a nadie más en el mundo que esa criatura. ¿Podría hacer una excepción? —Deslizó con disimulo un billete en su mano y se la tendió al maître.

Candela se preguntó si ese era uno de los «comportamientos sociales apropiados» de los que don Eduardo había hablado.

El maître permaneció impertérrito ignorando el gesto del abogado.

—Hablaré con la Duquesa, pero me temo que esa desdichada circunstancia no le servirá de mucho si decide que incumple las normas —se dirigió hacia Candela, y seguramente fue la primera persona que la habló como a una adulta desde el fallecimiento de su abuela—. Por favor, asegúrese de que el animal se comporta debidamente. Cualquier daño que cause en las instalaciones del hotel se cargará a su cuenta.

Candela asintió con determinación preguntándose quién sería esa duquesa en cuyas manos estaba el destino de Emperatriz. No soportaría que la enviasen a una perrera hasta que su tío llegase a la ciudad. Recordó entonces la orden que le había dado don Eduardo.

—Perdone... eh... ¿Podría tomar una infusión?

—Por supuesto, señorita. Ahora mismo se la traeré.

El maître se marchó dejándola de nuevo a solas con el inquieto abogado.

—No hable con ningún desconocido, ¿de acuerdo? Mejor, no hable con nadie —insistió antes de abandonar el comedor.

Candela se preguntó si eso incluía a los camareros que se movían con gracia entre una mesa y otra, cargados con bandejas de plata con las que parecían hacer malabares. Apenas le habían servido una manzanilla, en la tetera de porcelana más hermosa que había visto en su vida, cuando uno de esos desconocidos a los que temía su custodio tomó asiento frente a ella.

—Debo decirle, señorita, que la escena del recibidor ha sido de lo más entretenida. ¿Puedo acompañarla?

Ella observó al recién llegado, de cejas pobladas y mirada audaz. En lugar del célebre traje bicolor que se diría que todos llevaban a modo de uniforme, él vestía un gracioso jersey de rayas y una pajarita. No quería abochornar a su tío con su ignorancia de las normas sociales, ni mucho menos, pero ¿no habría sido más grosero por su parte negarse a hablar con alguien que se acercaba a ella con educación? Tras valorarlo, decidió que alguien que vestía jerséis tan divertidos no podía ser una mala persona.

—Puede hacerlo si me dice su nombre, para que dejemos de ser desconocidos.

Su repentino acompañante rio y depositó un cuaderno de notas, un bolígrafo y un libro sobre la mesa. Candela leyó el título con curiosidad y descubrió que se trataba de un poemario escrito por una mujer de nombre extranjero.

—Es usted divertida, dice las cosas como son, ¿no es así? Lo genuino se vuelve puro humor cuando te rodean medias verdades y palabras demasiado amables para ser ciertas. Mi nombre es Gustavo Lozoya, dramaturgo de éxito y pintor frustrado, y usted es Candela Nieto.

La joven abrió más los ojos por la sorpresa.

—¿Cómo lo sabe? ¿Es usted... brujo? —susurró inclinándose hacia él—. Los guardeses de mi abuela me contaron que antaño había muchos en el valle.

Gustavo rio de nuevo.

—En absoluto, querida. Me temo que los brujos de los que habla no son más reales que mis obras de teatro. Todo el mundo en Santa Bárbara sabe quién es usted y que se alojará en el hotel París hasta que su tío acuda a recogerla como si fuese un huevo de Fabergé.

—¿Un qué?

—Significa que es usted muy rica, ¿lo sabía?

—Oh... sí. Supongo.

—Parece que no le interesa demasiado su propia riqueza.

Candela suspiró.

—¿Sabe usted si en Madrid los perros son felices? Eso es lo que más me preocupa en realidad. Parece que en este hotel están prohibidos, ¿y si no me dejan estar junto a Emperatriz o es desgraciada allí? —dijo recordando la seriedad con que el maître había mirado a su mastín, igual que si fuese una criatura inmunda y sarnosa.

—No se inquiete por nada, para eso sirve el dinero, querida. Si alguien rico lo pide, los perros estarán permitidos y serán dichosos en cualquier sitio. Lo único que debe preocupar a alguien con su fortuna es no leer algo antes de firmarlo.

—¿A qué se refiere? —preguntó confusa.

—No tiene ni la menor idea de lo que ha sucedido antes, ¿verdad?

—¿Antes? Oh, «la escena del recibidor» —repitió sus palabras.

—Es usted la heredera de una de las mayores fortunas de España, Candela. ¿Puedo llamarla Candela?

La joven asintió.

—Tal vez a usted no le interese demasiado su riqueza, pero es muy tentadora para muchos. ¿El señor Velasco? La empresa de su padre está a punto de salir a bolsa, aunque dicen las malas lenguas que acumula demasiadas deudas indiscretas fuera de sus libros contables, sobre todo desde que don Francisco intentó competir con la industria americana en la fabricación de radios. Entre unas cosas y otras, le va a ser difícil encontrar inversores, por eso él lleva meses a la caza de una esposa adinerada para solventar sus apuros. Es, no obstante, uno de los solteros más codiciados, y me parece que ha puesto su mira sobre usted.

Candela apenas entendía lo que el hombre estaba explicando, pero sí lo que implicaba la palabra «esposa».

—¿Insinúa que quiere casarse conmigo? Eso es ridículo, si no me conoce.

—Pero conoce el valor de su fortuna, los bienes inmuebles y tierras a su nombre. Sin olvidar su participación mayoritaria en las empresas de los Algora, muy a pesar de su tío. ¿Por qué cree que ese picapleitos se ha puesto tan nervioso en cuanto el caballero le ha echado el ojo? Si don Francisco conquista su corazón, también se apropiará de todas sus posesiones, y me temo que su tío piensa que, mientras las propiedades que ha heredado estén en manos de una jovencita inexperta, podrá hacer con ellas lo que quiera.

Candela bajó la mirada, incapaz de contener el raudal de pensamientos contradictorios en su cabeza. Nada de aquello tenía sentido, y a la vez... Una de las primeras cosas que el abogado le explicó fue que su tío se encargaría de las empresas, por supuesto, pues ella carecía de los conocimientos, el talento y la disposición para hacerlo. Le había parecido razonable, pero en ese momento dudaba de sus intenciones. ¿Por eso trataba de evitar que hablase con nadie?

—Bueno, yo... supongo que mientras pueda estar con Emperatriz y pasear entre los árboles todo estará bien. Me dan igual los capitales.

El dramaturgo se atusó uno de sus engominados rizos mientras la observaba con un aire de ternura que a Candela le recordó a sí misma cuando Emperatriz era una cachorra que se tropezaba intentando subir los escalones de la casona.

—Tenga mucho cuidado de en quién confía, Candela. No todo el mundo es como usted, y el hotel París tiene fama de sacar a relucir lo peor de las personas, incluso de las buenas chicas como usted. —Se puso en pie—. Ha sido un placer charlar juntos. Me muero de ganas por ver cómo acaba su historia, sobre todo ahora que no somos desconocidos. No dude en buscarme si me necesita, aunque un escritorzuelo como yo no pueda ser de mucha ayuda.

Candela asintió con la cabeza y le vio marchar. Iba a tardar mucho tiempo en digerir las palabras que acababa de escuchar, pero había algo que tenía claro, y es que llamarla «buena chica» no era el halago que pretendían hacerle creer que era.

5

Sandra

Se había pasado la noche revisando listas de temas populares en busca de alguna melodía que se pareciese a la que había escuchado, pero acabó por caer dormida con el móvil en una mano y los auriculares puestos. Ya de día, antes de bajar a desayunar y explorar el hotel, envió un mensaje de audio a Tillie. Podría haber escrito también a sus compañeros, Las Hijas Salvajes, pero se sentía tan abochornada por el fracaso de la grabación y por haber salido huyendo del país que aún no se veía capaz de abrir las conversaciones y grupos en los que intentaban contactarla.

—¡Tillie! Oye, necesito que me hagas un favor —dijo hablando al micrófono del móvil—. No te preocupes, no quiero que me busques otro hotel ni nada parecido. Es solo que he escuchado esta canción por casualidad y, no sé, me resulta familiar, pero no acabo de ubicarla. Las apps rastreadoras de canciones no la reconocen cuando la tarareo, será que estoy perdiendo facultades —bromeó con una risa más cortés que sincera, como las que blandía antes de cambiar de tema en las entrevistas cuando se sentía algo incómoda por alguna de las preguntas—. ¿Podrías indagar un poco por mí, a ver si a alguien le suena?

A continuación, tarareó la melodía de memoria. Aunque la hubiese escrito por miedo a olvidarla, lo cierto es que la propia canción se había negado a abandonarla.

—¿Te dice algo? —preguntó al concluir—. En fin, es una tontería, pero necesito distraerme, supongo. ¡Cuento contigo!

Si alguien podía sondear una canción en la industria de la música, esa era Tillie. Aunque había decidido representar a nuevos talentos porque, en sus propias palabras, tenía «las habilidades musicales de un pato de goma», su padre y su abuelo se habían dedicado a la música con gran éxito y prestigio, lo que significaba que Tillie ya conocía a todas las grandes estrellas del mundillo antes de pronunciar su primera palabra. Cuando Sandra grabó su primer disco como solista, le presentó a muchas de aquellas personas, incluyendo a su padre, Samuel Simmons, el famoso cantante y trompetista. A Sandra aún se le rompía el corazón al recordar el día de su funeral, hacía dos años. Samuel siempre había sido infinitamente generoso con ella en cuanto a la música se refería. Casi tanto como su hija.

Otra de las cosas que su mánager había hecho por ella fue prepararle la maleta a la carrera. Sandra rebuscó hasta que dio con un chándal negro formado por unos anchos pantalones, un *crop top* y una sudadera con cremallera. Contaba con que Tillie no se olvidaría de que para ella la ropa deportiva era tan necesaria como para otras personas lo podían ser una caja de ibuprofenos o el cargador del móvil, aunque también se aseguró de empacar varios conjuntos de diseño tan elegantes que solo podría ponérselos para cenar en un restaurante de tres estrellas Michelin. Podía imaginársela diciendo «¡Nunca se sabe!» igual que si la tuviese delante.

Se dio una ducha, se vistió con lo primero que encontró y salió de la habitación, con ánimo de explorador. Al llegar al recibidor, solo tuvo que seguir el tintineo de los cubiertos al chocar contra los platos y las voces adormiladas para dar con el comedor.

Esperaba encontrar uno de esos bufetes donde puedes servirte cereales, fruta fresca, pan, huevos y embutidos y, cómo no, un zumo de naranja que es igual de malo sin importar lo cara que pagues tu habitación, pero el hotel París estaba demasiado chapado a la antigua para eso. Un hombre de mediana edad vestido con una sencilla camisa blanca y un pantalón negro le ofreció el menú del desayuno y la condujo hasta una mesa libre, junto a la cristalera. Tal y como le habían prometido, el otoño era clemente en Santa Bárbara, y aunque el cielo estaba algo nublado, la luz que lograba atravesar la barrera de nubes bañaba la estancia. Dio las gracias al camarero y se acomodó.

Sandra volvió a sentir que su mánager la había enviado a un viaje en el tiempo, a uno de esos restaurantes de Montecarlo como los que salían en las películas de Hitchcock y Grace Kelly. Tras admirar la decoración, echó un rápido vistazo a los escasos comensales, para asegurarse de que nadie la había mirado dos veces, pero también preguntándose si alguno de los presentes sería la misteriosa mujer que había escuchado por la noche. En la mesa más cercana había cuatro señoras que rondarían los setenta y que parecían estar haciendo turismo por la zona, pues un mapa mal doblado y una cámara analógica descansaban sobre la mesa. Estaba convencida de que la voz pertenecía a alguien más o menos joven y con unas cuerdas vocales muy limpias, que no habían sufrido por el tabaco, la enfermedad o la edad, tampoco por el uso, así que el cuarteto de mujeres quedaba descartado. En otra de las mesas, una pegada a la pared, una familia desayunaba entre riñas afectuosas y bromas, pero dos hombres de mediana edad formaban la pareja y la única niña era demasiado pequeña para andar sola de noche.

Empezaba a creer que lo había imaginado todo cuando dio con una candidata perfecta.

Su complexión y edad encajaban con la voz que había escuchado: una mujer joven con el pelo muy corto, hombros anchos, piel morena y una forma de sentarse muy poco elegante, con una pierna doblada sobre el asiento debajo de la otra. Se metía cucharadas de granola con pasas en la boca sin dejar de mirar su móvil y llevaba puestos dos auriculares inalámbricos de los que emanaba el eco de una música rock tan alta que casi podía distinguir la canción que escuchaba. «¡Te encontré!».

Estaba planeando cómo presentarse sin parecer siniestra o delatar su identidad cuando él entró en el comedor, el tipo que había visto en el pasillo la noche anterior. Vestía la misma chaqueta, esta vez junto a un enorme jersey granate. De no ser por esa chaqueta puede que no le hubiera reconocido, había estado tan preocupada por no desvelar su propia identidad que apenas le prestó atención al rostro. Era joven, pero desde luego no era un chico, aunque tenía ese tipo de complexión y de facciones que hace difícil ubicar a una persona entre los veintidós y los treinta y cinco: piel lisa, pómulos altos, una expresión inocente, o más bien transparente, y dos pendientes circulares en las orejas que le daban un aire rebelde a su semblante apacible. Alzó la mano para saludar a la mujer del pelo corto y se apresuró a acercarse a ella.

«Claro, tiene sentido que estén juntos». La habría escuchado a ella cantando y debió de detenerse al sentir a su compañero al otro lado de la puerta.

Antes de sentarse a la mesa, el hombre se quedó inmóvil durante un instante, con la vista fija en ella. Sandra ocultó el rostro tras el menú, inclinó la cabeza todo lo que pudo para cubrirla con su nueva melena rubia y se aseguró de que llevaba puestas sus gafas de sol. El corazón le latió desenfrenado hasta que el hombre prosiguió su camino y tomó asiento de espaldas a Sandra. Aun así, permaneció alerta unos minutos por si se giraba hacia ella, pero no lo hizo.

«Estás paranoica perdida».

Lo más probable es que solo estuviese comprobando el tiempo que hacía a través de la ventana igual que había hecho ella al llegar. Puede que fuesen imaginaciones suyas, pero no se sentía del todo segura abordando a la mujer mientras él estuviese cerca, por si acaso. Darse cuenta de que tendría que esperar para obtener respuestas la irritó, aunque enseguida se reprochó su impaciencia. «Es una tontería, ni que una canción que no es tuya fuese a cambiarte la vida a estas alturas».

Pidió un té con leche y huevos revueltos, además de la fruta del día. Intentó relajarse como todo el mundo le había suplicado que hiciese, fijar su atención en el ir y venir de las olas sobre la playa, en las gaviotas que la sobrevolaban y en el olor a salitre, pero lo cierto es que no pudo tragar del todo tranquila hasta que la pareja se marchó. Apuró hasta la última miga del pan que le habían traído, porque había aprendido a comer sin ganas para sobrevivir al ritmo de la vida de artista. Tuvo que obligarse a hacer una pausa para digerir la comida, un lujo al que no estaba acostumbrada, y leer una biografía de Zelda Fitzgerald. La había tomado prestada de la modesta biblioteca del hotel, que consistía en un par de docenas de ejemplares en un estante. Cuando se sintió demasiado inquieta, cargó el desayuno a su habitación y se dispuso a quemar toda la energía que acababa de ingerir.

Subió a la 707 para ponerse el conjunto deportivo, bajó directa hasta la playa y estiró cada músculo concentrándose en la sensación de mover las extremidades. Lo que más le gustaba del ejercicio era que siempre descubría algo sobre sí misma, por pequeño que fuese; desde que el lado izquierdo de su cuerpo era un poquito más flexible que el derecho hasta cómo su mente gestionaba la presión.

Debería considerarse afortunada por poder disfrutar de un día como aquel, soleado y fresco, sobre la fina arena y respirando el aroma del mar y del bosque que rodeaba la bahía. Y, sin embargo, la pátina de abandono que se impregnaba por toda Santa Bárbara también había llegado hasta la playa. La barandilla que la separaba del paseo marítimo, que en su día debió de ser blanca, estaba prácticamente oxidada, y el tiempo había erosionado los escalones que conducían a la arena, llenos ahora de hierbajos y musgo que desafiaban la supuesta conquista de la humanidad sobre la naturaleza, un patrón que, como iba a descubrir, se repetía por toda la ciudad. Era un alivio ver que, aunque denostada, era posible sobrevivir pese al empeño de las malas hierbas por destruirte.

Comenzó a correr frente a las olas, y en ese momento, en el que el mundo esperaba que estuviese completamente devastada, ella se sintió viva por primera vez en mucho tiempo. Notó cómo la arena aún húmeda tras la bajada de la marea se hundía bajo su peso. Ninguno de los paseantes y deportistas que se cruzaron en su camino la miró dos veces. Se paró incluso a hablar con una mujer después de que su perro, un caniche de pelaje color caramelo, echase a correr tras ella para jugar al verla pasar. Sandra se agachó para acariciar al animal y preguntó a su dueña qué edad tenía, como tantas veces había hecho cuando aún era «alguien normal».

—Parece que le has gustado mucho; por lo general, es muy tímida —comentó la mujer, sin darle más importancia.

—Siempre he tenido mano con los animales, será que huelo a comida —bromeó y se despidió de su nueva amiga canina y de su dueña para seguir corriendo un rato más.

Cuando los muslos le ardían más de lo que podía soportar y

la quemazón en su pecho dejó de ser agradable, se detuvo para estirar de nuevo. No le podían quedar más que un par de kilómetros para llegar por segunda vez al final de la playa, en el extremo opuesto al hotel y donde se encontraba el parque más grande de la ciudad, atracciones abandonadas incluidas. Tenía un par de semanas para cumplir con el desafío, así que decidió que se compraría una bebida isotónica y reemprendería el camino de vuelta andando.

Abandonó la playa y entró en un pequeño supermercado de barrio justo frente al mar. Al pasar por caja puso a prueba de nuevo su recién ganada invisibilidad. El cajero solo la miró para preguntarle si iba a querer bolsa y cuando dijo que no, agachó la vista para señalarle el datáfono y no volvió a alzarla. Lo que quiera que estuviese viendo en el móvil era mucho más interesante que ella. Había una parte de sí misma que se resistía a la experiencia, como si algo no acabase de cuadrar. «¡Vamos! Deja en paz el dichoso móvil. Soy Sandra O'Brian, ¿no quieres que nos hagamos un selfi o qué?». Pero en cuanto superó la extrañeza, se sintió... liberada. No tenía claro quién era esa nueva Sandra, la Sandra divorciada, de vacaciones, que no le importaba a nadie, pero disfrutaría averiguándolo.

El espejismo no duró más que el tiempo que tardó en cruzar las puertas automáticas del supermercado.

A solo un paso de ella se hallaban el tipo de la chaqueta verde y la chica del pelo corto. Ir a parar a la misma tienda que otros huéspedes del hotel en una ciudad tan pequeña no habría tenido nada de llamativo, de no haber sido porque la mujer cargaba con una cámara de grabación profesional sobre el hombro. También llevaba varias fundas colgando, cruzadas sobre el pecho, con el resto del material.

El hombre parecía tan sorprendido de verla a ella como Sandra de verle a él, pero la rabia que ascendía por sus venas con la potencia de un volcán en plena erupción no le dejó tiempo para preguntarse por qué.

—No tengo ni idea de cómo me habéis encontrado, buitres desalmados, pero si publicáis una sola imagen de las que hayáis grabado, la demanda que os va a caer será monumental. —Sabía de sobra que la ley no se pondría de su parte (estaba en un espacio público a la vista de todo el mundo), pero marcarse un farol, además de llamar a Tillie para que la sacase de allí cuanto antes, era lo único que podía hacer—. Enseñadme lo que tengáis, vamos, quiero ver cómo lo borráis ahora mismo.

El hombre frunció el ceño, más confuso que molesto, y se defendió con un escueto:

—¿Cómo dices?

—Borrad las imágenes antes de que llame a la policía.

La chica aguardaba la reacción de su compañero, en busca de respuestas por si a ella se le había escapado algo, pero él solo tenía ojos para Sandra y contestó con una calma prodigiosa para alguien a quien estaban acusando con el dedo y amenazando con entregarle a la policía.

—¿Qué imágenes? Son las diez de la mañana, venimos a comprar unas galletas para luego.

De alguna manera, la calma del paparazzi solo logró enfurecerla aún más. «¡Qué desfachatez! Mirarme a los ojos y mentirme así sin más».

—Ya, claro, habéis venido hasta Santa Bárbara a comprar galletas, ¿es eso lo que pretendes decirme?

—Por supuesto que no, venimos por la protesta.

—¿Protesta? Esa sí que es buena, tengo que admitir que es la primera vez que me ponen esa excusa. ¿Qué clase de manifestación va a haber aquí?

El hombre señaló hacia el escaparate del supermercado y Sandra pudo ver un cartel impreso en blanco y negro en el que aparecía la imagen de un pastor junto a su rebaño y un letrero que rezaba «Salvemos al campo del lobo feroz» y «NO al programa de recuperación. NO a Lobo 23», con la fecha de ese día, la hora y el lugar de la convocatoria.

Sintió un nudo en la garganta y el rubor de la vergüenza ascendiendo hasta sus mejillas.

—No... ¿no sois paparazzis?

—Oh, Dios mío —exclamó la camarógrafa llevándose la mano libre al rostro—. No puede ser, es imposible, lo es, ¿no? Ay, Dios mío... Igual es una locura, pero ¿eres Sandra O'Brian?

«Enhorabuena, Sandra, acabas de cavar tu propia tumba». Miró de un lado a otro para asegurarse de que nadie había escuchado a la joven, pero estaban solos en la acera.

—¿Quién? —preguntó el hombre, y su compañera le dio un codazo muy poco sutil.

—Pero ¿en qué mundo vives, Asier? Ignórale, claro que sabemos quién eres. Oh, Dios mío, sé que es un cliché decir que soy tu fan número uno, pero seguro que estoy entre los cien primeros. Me llamo Nora. Llevo siguiéndoos desde que aún erais The Savage Daughters. —Se le iluminaron los ojos a medida que hablaba y el aspecto de tipa dura que le daba la camiseta de manga corta remangada sobre sus bíceps y sus botas militares se desvaneció por completo engullido por aquel entusiasmo—. Pero ¿qué haces en un lugar como este? —Se sonrojó aún más al comprender la razón. «Claro, acabas de divorciarte y estás huyendo», casi pudo oírlo—. Te juro que solo hemos grabado unos planos generales de la ciudad, puedes verlos si quieres —dijo y se apresuró a mostrarle la pantalla de la cámara, pero Sandra negó con las manos.

Por enfadada que hubiese estado hacía unos segundos, encontrarse ante una fan la desarmó por completo. Siempre la ayudaba y emocionaba escuchar que alguien apreciaba lo que hacía, aunque fuese en el momento y el lugar menos esperados.

—Yo... esto... Gracias. No hace falta. Supongo que me he equivocado —admitió abochornada. Eso o se hallaba ante una excelente actriz.

—En efecto, supones bien —sentenció el tal Asier, que seguía pareciendo más intrigado que enfadado a pesar de su honestidad.

Al verle de cerca, Sandra se percató de que esos ojos inquisitivos eran de un tono verdoso que destacaban contra sus ondas castañas y que su piel era tan fina que se formaban delicadas líneas en torno a ellos cuando los entornaba.

—No quiero sonar como una diva egocéntrica, pero ¿de verdad no sabes quién soy?

El reportero arrugó los ojos aún más.

—¿Cómo de famosa eres para preguntar eso?

Nora intervino en la conversación con una risa nerviosa:

—Ignórale, Asier vive en su propio mundo, todos los músicos que escucha llevan décadas muertos. Se quedó atascado en Aretha Franklin, yo creo.

Sandra asintió.

—Bueno, es cierto que después de escuchar a Aretha es difícil encontrar algo que lo supere. Yo... debería irme. Siento lo que ha pasado, me pareció que esta mañana me estabas mirando en el desayuno, y al ver la cámara pensé que... En fin. No os molesto más. —Iba a marcharse con su bebida isotónica y el orgullo hecho pedazos cuando la voz de Asier la detuvo.

—Sí te estaba mirando —admitió con una franqueza que, Sandra comenzaba a comprender, era inevitable en él—. Siempre observo a la gente, me pregunto quiénes son, qué están haciendo y qué es de su vida... Imagino que es deformación profesional. Cosas del oficio, espero no haberte incomodado.

—Ya... conozco ese oficio bien. —Sandra sonrió con acritud.

—¿Estás segura? Puedes venir a la protesta de esta tarde y

comprobar a qué nos dedicamos los periodistas de verdad, ya sabes, los que no somos «buitres desalmados» y todo eso.

—¿Yo? En realidad, no me interesa mucho... la ganadería.

—¿Ah, no? ¿No bebes leche, ni comes carne, o vistes cuero?

Sandra le estudió intentando discernir si estaba burlándose de ella o si de verdad se estaba esforzando por convencerla.

—Sabes que existen los veganos, ¿verdad?

—Lo que quiere decir mi compañero —intervino Nora— es que parece que... bueno, que estás un poco... eh... ¿cómo decirlo?

—Sola y perdida. Eso es en lo que estaba pensando al mirarte.

—Asier...

El hombre se encogió de hombros con naturalidad.

—Nadie viene a Santa Bárbara por placer, ya no. ¿Tienes otro plan para esta tarde? Puedes considerarlo tu forma de pedir perdón: estar dispuesta a aprender. Después de vernos en acción, seguro que no volverás a amenazar a ningún compañero con llamar a la policía mientras va a comprar galletas. A no ser que tus disculpas fuesen palabras vacías.

En lugar de responderle, Sandra se dirigió a la camarógrafa:

—¿Siempre habla tanto?

Nora asintió con la cabeza.

—Seguro que también lo achaca a la deformación profesional, pero sí. Asier tiene algo que decir sobre absolutamente todo. Deberías probar a hacer un viaje de tres horas en coche con él.

El hombre no pareció ofendido, y Sandra se preguntó si además de compañeros serían pareja o si es que llevaban mucho tiempo trabajando juntos.

—Pero voy a aprovecharme de la situación y darle la razón, sería... buf. Un honor.

—N-no lo sé.

¿Qué hacía ella en una protesta por algo que no era asunto suyo y sobre lo que no sabía nada? Además, aunque no fuese a admitirlo en voz alta, no ante ellos dos, seguía pensando que de un modo u otro encontrarían la forma de explotar las desdichas ajenas a cambio de audiencia. Ante su momento de duda, la camarógrafa insistió:

—Si te pasas por la protesta, cuando acabe podemos ir de pinchos por la Avenida. Invita Producción, aunque claro, no es que Sandra O'Brian necesite que la inviten a pinchos, ya me entiendes.

—Lo cierto es que lo inteligente por mi parte sería hacer las maletas y buscar un lugar un pelín más... deshabitado.

Nora frunció el ceño con un ademán apenado.

—¿Es porque te he reconocido? Jamás se lo contaré a un alma, te lo juro, y él seguro que ya ni se acuerda de tu nombre.

—¿Sara? ¿Sabela? —preguntó él para ilustrarlo.

Sandra estaba segura de que el señor «miro a todo el mundo por deformación profesional» recordaba a la perfección su nombre y apellido, por eso no pudo evitar sonreír ante sus intentos por que se sintiese cómoda.

—Me lo pensaré.

Nora celebró la ambigua respuesta con el mismo entusiasmo que si le hubiese prometido acudir, y Asier asintió con una leve sonrisa.

—Estupendo. —Volvió a señalar el cartel—. Ya sabes dónde y cuándo puedes encontrarnos, si te animas.

La rodeó para entrar en la tienda, su compañera se quedó fuera unos segundos más antes de seguirle. Se despidió de Sandra agitando la mano con frenesí.

«¿Qué narices acaba de ocurrir?», se dijo a sí misma, y una vocecita interior que tenía abandonada, algo así como su intuición, respondió por ella: «Que acabas de hacer amigos». Pero las personas como Sandra no podían simplemente salir a la calle y conocer a gente, ¿o sí? Si querían hacer saber al mundo que

Sandra O'Brian se lamía las heridas en una ciudad medio abandonada, no se lo impediría evitándolos. Más allá de su privacidad, estaba la cuestión de la protesta. No podía asistir a un evento con un cariz político, ni siquiera como observadora, siendo quien era. Salvo porque en esos momentos estaba fingiendo no ser nadie en absoluto. Emprendió el camino de vuelta, sumida en el dilema. Sabía lo que le diría Tillie. Estaba en contra de cualquier comentario o comportamiento polémico. Claro que, por otra parte, le había dado órdenes de que se despejase y se divirtiese, por no hablar de que uno nunca sabía de dónde le iba a surgir la próxima idea para componer un tema.

Componer.

Sandra se hallaba cerca del hotel cuando reparó en que había olvidado preguntar a la camarógrafa por la canción. Revisó el móvil y encontró un mensaje de su mánager disculpándose. Al parecer, ni ella ni sus colegas eran capaces de ubicar la melodía. En lugar de eso, le recomendaba que la ignorase y que se centrase en descansar. «Si la vuelves a oír, te vas a dormir y ya, ¿de acuerdo? No vaya a ser que estés escuchando a un fantasma». Sabía que Tillie estaba en lo cierto, pero ¿no sería mucho mejor que resolviese el misterio y se la quitase de la cabeza cuanto antes?

Ya tenía una buena excusa para dejarse caer por la manifestación de la Avenida esa tarde.

6

Candela

A pesar de que había bebido el tónico, esa noche Candela dio muchas vueltas en la cama hasta que logró dormir. Echaba de menos a su abuela y añoraba su pequeña pero acogedora cama de la casona. El tamaño de la suite que su tío «le había regalado» (palabras textuales de don Eduardo) solo lograba ahondar la soledad y la morriña que se apoderaban de su espíritu. Lo único que la consolaba, a duras penas, no eran ni el despampanante lujo de la séptima planta, ni las espectaculares vistas a la bahía, ni los vestidos a la última moda que la estaban aguardando en el armario (otro regalo de su tío, al parecer), sino el calor del cuerpo de Emperatriz, tumbada junto a ella. Su abuela siempre se había mostrado inflexible en ese aspecto: los humanos dormían en las camas, y los perros, en el suelo. Candela no había tenido corazón para echar a la perra cuando se acomodó a su lado, y supuso que, si su abuela de verdad podía verla y acompañarla como todos le decían, comprendería que eran circunstancias excepcionales. Aurora nunca levantaba la voz, ni una sola vez la recordaba gritando, pero Candela habría dado cualquier cosa por oír de nuevo uno de sus largos y tediosos sermones sobre hacer lo correcto.

Otra de las cosas que le quitaron el sueño fue su extraña conversación con el dramaturgo, Gustavo, y sus todavía más inquietantes advertencias. Había sido claro y directo: ahora que era rica, los demás intentarían aprovecharse de ella. Ese era un malentendido habitual en las novelas: cada vez que alguien se enamoraba de otro con menor fortuna, su entorno se apresuraba a convencerle de que sus sentimientos eran engañosos y que los motivaba la pura codicia, como le sucedió al señor Bingley en *Orgullo y prejuicio*. El problema era que Candela no sabía cómo distinguir la honestidad de la avaricia, no aún. La disgustaba pensar que podían embaucarla, pero tampoco podría sobrevivir desconfiando de todo el mundo.

—Me pregunto si por eso la abuela compró la casona y se mudó al bosque —suspiró mientras acariciaba a Emperatriz, que estaba completamente dormida y de vez en cuando agitaba las patas en sueños—. Es tan difícil vivir en sociedad.

Entonces los escuchó, aullando en la noche. Sus lobos. La mastín se despertó de golpe, se sentó sobre las patas traseras e intentó imitar los elegantes cánticos de los señores de la noche. Candela saltó de la cama y corrió hacia la ventana de la habitación, la abrió de par en par para oír mejor un coro de distintas notas armonizadas entre sí como una orquesta que tocaba junta desde hacía tanto tiempo que apenas necesitaba ensayar. El eco de los aullidos hacía pensar que se hallaba ante una enorme manada de decenas de criaturas, pero Candela sabía que era un efecto sonoro.

Cerró los ojos con deleite. No pensaba que volvería a embelesarse con esa música. La había dado por perdida igual que había hecho con la canción de cuna con la que su abuela la arropaba cada noche, sin importar lo mayor que fuese. No podía oírla cantar a ella, pero sí a los lobos.

Las leyendas decían que aullaban a la luna llena, pero no era cierto. Lo hacían para celebrar el final de una cacería, para alarmar al resto de una amenaza y, sobre todo, para reunir a la manada. Muchos de los aullidos que aterraban a los lugareños solo significaban «¿Dónde estás? Me siento sola, reunámonos y así estaremos juntos». Candela se llevó la mano al pecho, como si así pudiese contener el aguijonazo de la melancolía.

—Yo también os echo de menos —susurró.

Ni su abuela, ni los lobos, nadie cantaría para ella cuando llegase a Madrid.

Fue entonces, al presenciar cómo las criaturas del bosque llamaban a su familia en la distancia, cuando supo que tenía que encontrar la manera de quedarse entre el valle y las montañas. Si los demás querían aprovecharse de su fortuna, se lo permitiría, le era indiferente el dinero, pero tendrían que concederle aquello a cambio. Cuando los ricos querían algo lo compraban, le había explicado Gustavo. También ella usaría su fortuna para conseguir la libertad.

Lo primero que don Eduardo le había advertido cuando la condujo hasta su suite era que no debía ir a ningún sitio sola. Hasta ese momento solo había conocido la versión callada y obediente de Candela, así que no desconfió cuando ella asintió con la cabeza en silencio. Lo que el abogado desconocía es que la muchacha, a pesar de su apariencia de «buena chica», era un espíritu libre que llevaba desobedeciendo las órdenes de Aurora desde que tenía uso de razón. Y si su afectuosa y a la vez autoritaria abuela no logró meterla en vereda... no podía más que desearle suerte al hombre. La docilidad provocada por el dolor de la pérdida y la inseguridad que le causaba la gran ciudad se había agotado.

Nada más despertar, Candela se vistió con uno de los nuevos conjuntos de su armario, más cómodos que los vestidos que solía llevar en la casona. Su atuendo del día consistía en una fina chaquetita de punto con las solapas y el cuello picudo de color beige sobre una falda recta del mismo color, que se cortaba debajo de las rodillas. Al ir a calzarse sus viejos botines, siempre manchados de barro, descubrió que le habían comprado un par de zapatitos sin cordones que daba pena ensuciar. Las líneas rectas y las prendas anchas no eran lo único diferente en la ciudad; también le chocaría descubrir que numerosas jóvenes de su edad lucían el pelo corto, a la altura de la barbilla, pero ella jamás podría deshacerse de su larga cabellera de un tono cobrizo y claro, que no era pelirrojo del todo, pero definitivamente tampoco era castaño. Se cepilló la melena, la recogió en un moño sencillo y se apresuró a explorar el hotel antes de que el abogado se entrometiese.

Enseguida descubrió que se había despertado en mitad de la hora de más trajín. Como no se acostumbraba al moderno ascensor, había descendido los siete pisos por las escaleras, y pudo ver el ajetreo del recibidor desde lo alto. Fue testigo de cómo el gentío se movía de un lado a otro, y cómo en ocasiones se detenían para saludarse y charlar. Sintió un nudo en la garganta al pensar que no conocía a ninguna de esas personas, pero que, según el dramaturgo, muchas sí sabían perfectamente quién era ella. Comenzó a bajar la escalinata, algo abrumada por la muchedumbre, y notó alguna que otra mirada indiscreta.

Le rugía el estómago por el hambre; su plan inicial consistía en ir directa hacia el comedor, pero se dio cuenta de que para ello tendría que atravesar todo el vestíbulo y que más de una sonrisa ya estaba puesta sobre ella, sin duda con la intención de presentarse, así que rodeó las escaleras y caminó en dirección opuesta, hacia la entrada oeste del hotel, algo menos concurrida. Iba a tomar asiento en uno de los sillones que había al fondo, con la intención de aguardar hasta que la multitud se disipase un poco, cuando un sonido, apenas distinguible bajo el continuo murmullo, llamó su atención.

Alguien estaba tocando el piano, pero no fue eso lo que la detuvo en seco, sino la emoción al reconocer la melodía.

Era la nana de su abuela.

Como un ratoncillo hipnotizado por el flautista, sus pies comenzaron a moverse siguiendo con cada paso la melodía. Continuó andando hasta cruzar un amplio umbral sin puertas que conducía a una sala mucho más oscura que el resto del hotel, pero igual de refinada. «Esto debe de ser el bar al que don Eduardo me advirtió que no me acercase anoche», comprendió al distinguir las estanterías cubiertas de licores a plena vista y la alargada barra de ébano barnizado.

Rondarían las nueve de la mañana, demasiado temprano para beber alcohol, pero había varios clientes allí sentados: dos mujeres, que reían mientras bebían un líquido blanquecino en alargadas copas, y dos hombres con aspecto de no haberse acostado aún. Candela se sintió fuera de lugar, convencida de que todo el mundo sabría nada más verla que no pintaba nada allí, así que apenas se atrevió a asomar medio cuerpo. Se ocultó tras el umbral en busca del origen de la melodía y lo localizó sentado frente al piano de cola que ocupaba el rincón más oscuro del bar, aunque la música pareciese iluminarlo de una forma cegadora.

Por un instante, Candela se quedó sin aliento.

Un hombre joven, que rondaría su edad, interpretaba con una concentración ritual la canción que Candela creía suya y de su abuela, un tesoro íntimo y secreto que solo ellas dos conocían. Al verle, con el corto pelo castaño muy oscuro y mal peinado hacia atrás, algunos mechones rebeldes cayéndole sobre la frente y un par de botones de la camisa desabrochados después de una larga noche, estuvo a punto de enfurecer. Quién era él y por qué se atrevía a robarle su canción, la nana de su abuela. Sin embargo, poco a poco, su poder hipnótico volvió a apoderarse de ella aplacando su ira por completo. Y pronto descubrió que no era solo la dulce melodía lo que la mantenía cautivada.

Su abuela tocaba el piano a veces, incluso le había enseñado a ejecutar piezas muy sencillas, aunque Candela nunca demostró un gran talento para ello, se le daba mucho mejor cantar. Pero aquel joven despeinado... parecía estar haciendo algo muy distinto, una labor casi mágica. Sentía la música con todo el cuerpo, mucho más allá de las yemas de los dedos que atacaban las teclas. El ritmo se expandía por los tendones de la mano y ascendía hasta su cuello, que se movía de un lado a otro con cada compás, pero también descendía hasta las plantas de sus pies. La emoción de la melodía se apoderaba de él, lo transformaba en un instrumento más que daba vida a la música. Se podía seguir la historia que contaba la canción en sus facciones, en su ceño fruncido, en las sonrisas que aparecían y se desvanecían de sus labios, y en la fuerza con la que cerraba los ojos y alzaba la cabeza hacia el techo cuando ocurría algo que le calaba hondo.

A Candela no se le pasó por la cabeza apartar la vista, pero si lo hubiese intentado, no habría sido capaz. La plenitud con la que el joven interpretaba la canción, no, con la que se convertía en ella, la había absorbido también. Nunca había contemplado en nadie semejante entrega y tampoco había experimentado la emoción que invadió su pecho, así que no supo cómo llamar a ese anhelo sereno y extasiado a la vez.

Estaba tan absorta en la interpretación que no reparó en el barullo que llegaba desde la entrada secundaria del hotel. Los huéspedes se alejaban con recelo y los empleados del hotel se arremolinaban o partían en busca de ayuda ante los gritos de un hombre que pretendía entrar en el edificio, pero para Candela solo existía la música.

Por fin, la melodía concluyó y el pianista permaneció unos momentos con los ojos cerrados procesando sus propios sentimientos y paladeando la última nota. Candela respetó aquel instante de intimidad y, después, ajena a las normas de conducta que dictaban que el pianista de un hotel debía ser ante todo invisible, hizo lo que su abuela le había enseñado a hacer ante una obra de arte capaz de conmoverla: aplaudió.

Las dos mujeres se miraron y rieron, y los trasnochadores, que permanecían recostados indolentes sobre los sillones, se incorporaron apenas para comprobar qué sucedía, pero a Candela le daba lo mismo, ni siquiera reparó en ellos. Solo tenía ojos para el pianista, que sonrió divertido e inclinó la cabeza para agradecérselo de corazón.

Creyó que tocaría otra pieza, pero el joven bajó la tapa del piano con un aire ceremonioso y empezó a ponerse la chaqueta negra doblada sobre el asiento. Intuyó que el día que acababa de comenzar para ella tocaba a su fin para él. «Es seminocturno —pensó—, como mis lobos».

Aun cuando su actuación hubiese concluido, Candela no lograba apartar la vista del pianista: observaba cada movimiento y gesto como si fuesen parte de la canción, ajena a lo indecoroso que ese comportamiento resultaba en una jovencita. Aguardó impaciente a que pasase por su lado, deseosa de preguntarle cómo es que conocía la canción de su abuela, qué significaba para él, que la había interpretado con tanta devoción, pero un cañonazo seguido de un estruendo hizo añicos tanto sus pensamientos como varios cristales de la lámpara de araña que se desprendieron y chocaron contra el suelo.

El hombre que intentaba entrar a la fuerza en el hotel había sacado una pequeña pistola del bolsillo y había disparado una única bala, que impactó contra la lámpara. Los huéspedes que bajaban a desayunar y los que salían del comedor huyeron despavoridos y el intruso aprovechó la confusión para adentrarse en el hotel.

—¡Y la Duquesa! —exclamó con la pistola en alto apuntando hacia el techo—. Tengo que hablar con ella, que dé la cara por las inmundicias que suceden en su hotel. Decidle que Luis Montseny ha venido a verla, se ha debido de reír mucho de mí, así que aún se acordará de mi nombre —bramó fuera de sí.

Un par de empleados trataron de acercarse a él, pero enseguida volvió su arma hacia ellos.

—¡Id a buscarla!

—Caballero, por favor, cálmese. Si baja el arma, le garantizamos que la Duquesa le atenderá.

—¿Creéis que soy un necio, que vuestras zalameras palabras de siervos valen algo para mí?

Retrocedió varios pasos y miró de un lado a otro hasta que sus ojos se clavaron en los de Candela, detenida junto a la entrada del bar. Los clientes se habían asomado a ver qué ocurría y al oír el disparo corrieron a esconderse, pero Candela se había quedado petrificada, sin la menor idea de qué hacer en una situación tan rocambolesca cuando en realidad no tenía nada que ver con ella.

El intruso, Montseny, se apresuró hacia la joven y tiró de su brazo hacia el interior del bar. Los clientes escondidos tras la barra y los sillones gritaron horrorizados, y Candela sintió cómo el frío metal del revólver se apoyaba contra su sien. En lugar de asustarse, se alegró de haber dejado a Emperatriz durmiendo sobre la cama, porque sin duda el animal se habría lanzado a defenderla y no habría podido soportar que le pegasen un tiro.

—¿Así entendéis mejor lo que os estoy pidiendo?

—La Duquesa está en camino —le aseguró uno de los empleados, con la voz pausada y sin hacer ningún movimiento brusco.

Candela pensó que esa era una buena forma de aproximarse a un ave o a un corzo, pero no a un perro acorralado que podía alzar la vista y arrojarse sobre ti con las fauces abiertas.

—¡Que se dé prisa! Si no queréis limpiar sus sesos de la moqueta.

Montseny la estaba agarrando con fuerza del brazo para mantenerla retenida, y con su última amenaza, apretó tanto que ella profirió un quejido.

—Señor Montseny —dijo una cálida voz tras ella, y Candela supo a quién pertenecía porque sonaba justo como la había imaginado.

El intruso ladeó el cuerpo hacia el pianista y arrastró con él a su rehén.

—Ella no es más que una huésped, acaba de llegar al hotel. Es inocente. No tiene nada que ver con lo que hizo su esposa. Apúnteme a mí. ¿Me recuerda? Trabajo para la Duquesa, es probable que estuviese tocando el piano cuando sucedió, cuando la Duquesa hizo las presentaciones; soy tan culpable como cualquiera. Si va a castigar a alguien, que sea a mí.

«Le está poniendo aún más nervioso», pensó Candela al notar cómo la ira bullía a través de su captor. La punta del cañón temblaba de pura rabia.

—De acuerdo, entonces lo pagarás tú.

Soltó a Candela, apuntó al pianista con el arma y se preparó para disparar. Candela no tuvo tiempo para reflexionar, solo para reaccionar; se tiró sobre él y empujó su mano en el momento del disparo. La bala impactó contra una botella de licor haciéndola estallar y salpicando whisky por doquier. Los clientes gritaron.

—¡Basta ya! —gritó Candela—. ¿Pensaba matarle... por tocar el piano? ¿Es que se ha vuelto loco? —continuó, aunque a juzgar por cómo la miraba todo el mundo, parecía que la loca fuese ella.

Montseny vaciló un instante y se inspeccionó las manos como

si acabase de comprender lo que había estado a punto de suceder, lo que él mismo podría haber hecho. La pistola cayó al suelo y los empleados aprovecharon la ocasión para agarrarle con ímpetu y sacarle de allí. El intruso parecía tan ido que ni siquiera opuso resistencia.

Candela se preguntó qué pasaría con él, ¿le llevarían hasta la policía, le dejarían marchar a condición de no volver nunca? Notó una opresión en el pecho y se preguntó si era extraño preocuparse por alguien que acababa de encañonarla con un arma.

—Señorita, ¿se encuentra bien?

Dio un respingo al advertir la presencia del pianista a su lado. Había extendido las manos hacia ella, sin llegar a tocarla, para escrutarla de los pies a la cabeza y comprobar que estaba de una pieza.

—Eso ha sido muy... temerario —lo dijo de una forma que hizo que Candela dudase si se trataba de un reproche o de un halago.

—¿Temeraria, yo? ¡Casi le disparan por defenderme! ¿En qué pensaba provocándole de esa manera? A mí no me hubiese disparado, ¿por qué cree que estoy tan tranquila?

El pianista sonrió, con cautela al principio, para acabar riendo y revelando dos marcados hoyuelos en las mejillas, el izquierdo algo más hondo. Candela sintió cómo las suyas se acaloraban ante ese gesto espontáneo.

—Espero no haber dicho nada inapropiado, parece que tiendo a ser inoportuna con mis palabras.

—Lo apropiado ha abandonado este hotel hace tiempo. Pero incluso para Santa Bárbara su serenidad es sorprendente, señorita. ¿De veras no ha sentido miedo? —preguntó con honesta curiosidad.

—Claro que sí, pero también lo tengo cuando se aproxima

una tormenta y en el fondo sé que nada malo me sucederá. No me pareció que ese hombre quisiese matar a nadie de verdad, solo estaba... fuera de control. Y va usted y le azuza. «Apúnteme a mí». Luego dicen que yo soy rara...

El pianista le sostuvo la mirada con la misma dedicación con que había pulsado las teclas de su instrumento, y aquella atención entregada hizo que Candela se estremeciese por dentro. Estaba lo bastante cerca para que pudiese olerle. Más allá de la impronta del humo de tabaco ajeno, emanaba de él un aroma familiar, un profundo matiz a madera y musgo que le recordaba a su amado bosque.

—Puede que tenga razón. Que ese hombre no sea malvado, y que yo sea un imprudente. En cualquier caso, estoy en deuda con usted, me parece que me ha salvado la vida. Pregunte por Rafael, si puedo ayudarla en algo. O siga el sonido de la música.

—Sonrió de nuevo, aunque esta vez Candela solo pudo ver su hoyuelo izquierdo.

El gentío había comenzado a arremolinarse a su alrededor, formado por todas aquellas personas que se habían escondido hacía unos minutos y que más tarde relatarían la experiencia conmocionados y asegurando que habían mirado a la muerte a los ojos. Se propagaban todo tipo de teorías sobre quién era el atacante y qué pretendía, algunas más acertadas que otras, pero entre los susurros poco discretos se alzó un grito.

—¡Señorita Nieto! ¡Señorita Nieto! —Don Eduardo se apresuraba hacia ella abriéndose paso como podía entre la multitud que los empleados del hotel trataban de disipar.

—Nieto... —susurró Rafael al oír su apellido, y la curiosidad le hizo entornar los ojos, igual que quien alza la vista directamente al sol en busca de nubes—. ¿Candela, Candela Nieto?

Al parecer, Gustavo estaba en lo cierto al hablar de su fama recién adquirida. No tuvo tiempo para confirmar las sospechas de Rafael. Don Eduardo llegó hasta ella y le agarró el brazo con una brusquedad no muy diferente a la de su captor, salvo que no era la furia la que lo movía, sino la preocupación, como si le hubiesen encañonado a él.

—¿Qué ha ocurrido? ¿Es cierto lo que dicen? No responda, prefiero no saberlo. ¿Es que no le dije que se quedase en su habitación, acaso está sorda? Si llega a sucederle algo, su tío estaría fuera de sí y yo sería hombre muerto. Salgo dos segundos a responder a un telegrama y la convierten en rehén. ¡Qué despropósito es este! A partir de ahora no desobedezca mis órdenes, yo sé lo que es mejor para usted, ¿queda claro? Deberíamos marcharnos de este hotel cuanto antes.

—L-lo siento. Solo quería desayunar. —Candela se encogió de hombros—. Pero no ha pasado nada, estamos bien —dijo mirando hacia Rafael, que estudiaba al abogado con un gesto de desdén indiferente—. Eso es lo importante, no hace falta contárselo a mi tío, solo se preocuparía.

Al decir que estaba dispuesta a guardar silencio sobre el incidente, logró aplacar la ira de don Eduardo.

—Sí... Por supuesto. Eso es lo importante... —Carraspeó para acabar de calmarse y pareció reparar en Rafael por primera vez. Al percatarse del aire intimidante con que le observaba, soltó a Candela por acto reflejo y se colocó la chaqueta—. ¿Y usted es?

—Solo soy el pianista del hotel, caballero. Aunque debo advertirle que no encontrará una sola habitación libre en Santa Bárbara si decide abandonar el París. Dicho esto, me temo que debo retirarme; buenas noches, señorita Nieto —se despidió de Candela con una leve inclinación de cabeza y se marchó sin prestar más atención a don Eduardo, que seguía farfullando.

—¿«Buenas noches»? ¿Ha dicho «buenas noches»? Habrase

visto. Los rumores eran ciertos. Santa Bárbara es una ciudad de lunáticos. Vamos.

Para entonces la mayoría de los huéspedes ya habían retomado su día con total normalidad, preparados para esparcir el relato de lo sucedido por toda la ciudad. El incidente, lejos de perjudicar al hotel París o hacerle perder clientes, solo lograría incrementar su fama.

El abogado volvió a agarrarle el brazo, esta vez con algo más de cuidado, y trató de tirar de ella, pero Candela no se movió.

—¿Vamos? ¿A dónde?

—A su habitación, por supuesto. Ya ha visto la clase de atrocidades que suceden en este lugar ¡y a plena luz del día! Su tío me ha escrito para informarme de que ya ha embarcado y que en tres semanas estará aquí sin falta para acompañarla a Madrid, justo al final del verano. Solo tenemos que aguantar hasta entonces.

—¡¿Tres semanas?! Dijeron que sería cuestión de días, pero ahora pretende que me pase tres semanas encerrada en mi habitación. ¿Y qué hay de Emperatriz? Es un mastín, necesita salir, pasear, jugar con otros animales...

—Le pediremos a algún mozo del hotel que la pasee. Es lo mejor para usted. —Sonrió con uno de sus gestos condescendientes, de la misma manera en que había hecho al confirmar lo maravillosa que sería su vida en Madrid.

«Lo mejor para mí... ¿o para usted?», pensó Candela recordando lo nervioso que se había puesto cada vez que había creído que podía perder el principal activo de su cliente: cuando Francisco Velasco había querido presentarse o cuando escuchó que la habían apuntado con un revólver. No le preocupaba Candela, el dramaturgo había estado en lo cierto, solo la veían como un enorme cheque en blanco.

—No.

—¿Disculpe?

—Que no, yo misma pasearé a Emperatriz. Subiré a por ella y recorreremos la playa.

—¡Eso es absurdo! ¿Qué hace una señorita paseando a solas por la playa?

«A solas no, con Emperatriz».

—Si tanto le horroriza la idea, puede acompañarme, pero no me sentaré en mi habitación a marchitarme mientras espero a mi tío. Si voy a vivir en la capital, cuanto antes me acostumbre al barullo de la ciudad, mejor.

El abogado se quedó boquiabierto. Se preguntaba sin duda de dónde salía semejante determinación de una chiquilla que debía mostrarse complaciente ante un hombre de su edad y posición social. Creía que una joven debía asentir y obedecer, y por eso la miró como si se hallase ante un cordero con dos cabezas o una gallina de tres ojos. No podía comprender que esa muchacha no se había criado rodeada de hombres poderosos que la domesticasen antes de que pudiese descubrir que tenía voz propia, que no había asistido a una escuela para señoritas donde asimilar la importancia de ser una buena hija y esposa, sino que había crecido amparada por el bosque, rodeada de bestias ajenas a las normas de los humanos, paseando y corriendo allí a donde la llevaba su instinto, bebiendo de los arroyos, saboreando sus bayas en primavera y recogiendo sus setas en otoño.

—Eso haré —dijo por fin, cuando logró reaccionar—. No me despegaré de su lado, jovencita, puede estar segura. No permitiré que esas modas absurdas como cortarse el pelo igual que un varón o pintarse los labios le den ideas equivocadas, no, señor.

Ella sonrió, victoriosa, y el abogado se puso rojo del bochorno.

—Puede que se haya salido con la suya, señorita, pero más

le vale no contestar a su tío de esa manera cuando llegue. Él no se lo tomará con tanto aplomo como yo.

Candela asintió como si agradeciese el consejo. Tres semanas serían tiempo más que suficiente. Si sus planes salían como ella quería, cuando su tío llegase al fin a Santa Bárbara, poco importaría lo que él pensase o el modo en que se tomase las cosas.

7

Sandra

La Avenida, como todos la llamaban, era la principal arteria de la ciudad, y puede que también su corazón. La cruzaba de lado a lado comenzando en las laderas de las no tan distantes montañas y atravesando el valle hasta llegar al mar y al paseo marítimo. Hacía un siglo había aspirado a alcanzar la misma opulencia que cualquiera de las grandes capitales europeas y, aunque los resultados hubiesen sido más modestos, sus habitantes se sintieron tan orgullosos como si se hubiese tratado de los Campos Elíseos o la vía Veneto. En la actualidad, la avenida de los Ángeles era otra pieza más en aquel juego de la nostalgia al que Sandra comenzaba a acostumbrarse y que consistía en imaginar, a través de las ruinas, qué sensaciones debieron de embriagar a los visitantes que llegaban a Santa Bárbara en busca de descanso, esparcimiento y un lugar donde nadie los conociese o pudiese juzgarlos. Algo no tan distinto a lo que estaba haciendo ella cien años más tarde.

Los edificios preservaban elegantes balcones, fachadas adornadas y estatuas de bronce que se intuían sobre sus azoteas; sin embargo, si se lograba descender la vista de las alturas, el fulgor se tornaba opaco al chocar de bruces con un presente adusto.

Muchos locales, en especial los que contaban con dos plantas y resultaban más costosos de conservar, habían cerrado, quizá hacía décadas. Tenían ventanas tapiadas e interiores oscuros cubiertos por mallas metálicas o cristales pintados para que no pudiese verse su interior, lo que los convertía en un blanco fácil para los grafiteros. El corazón de artista de Sandra se sintió sobrecogido al pasar delante de un antiguo cine abandonado. Parecía que un día lo hubiesen dejado atrás tal y como estaba, con la esperanza de retornar cuanto antes, para acabar no volviendo nunca. Sus rótulos estaban descoloridos, las ventanas rotas y una quietud antinatural emanaba de su interior. Aun así, también había dignos supervivientes en la Avenida, que resistían allí donde antes había refinadas sastrerías, librerías y puede que algún que otro cabaret. Eran los comercios locales: mercerías, tiendas de ropa, de electrodomésticos, ferreterías, ultramarinos y, sobre todo, bares y tabernas que mantenían Santa Bárbara viva, aunque su esencia hubiese empalidecido tanto como los carteles herrumbrosos.

Tras unos cuantos minutos avanzando por la Avenida, Sandra alcanzó la cola de la modesta manifestación, que no estaba demasiado lejos de la cabeza. Algunos pocos vecinos que habían acudido a hacer sus compras o a tomar algo observaban desde las aceras, con lo que ralentizaban el paso y formaban pequeños embotellamientos. Ella sabía moverse entre las multitudes, así que no le costó abrirse camino, aunque también desviaba la vista hacia los protestantes de tanto en tanto, curiosa. Había imaginado que una protesta política en un área tan despoblada no lograría convocar a demasiadas personas, pero podría jurar que allí se habían congregado pueblos enteros: parejas, ancianos, familias con sus hijos, gente joven y grupos de amigos habían acudido hasta Santa Bárbara para apoyar a sus vecinos con pancartas y cánticos. Los auténticos protagonistas se volvían cada vez más numerosos a medida que avanzaba hacia la cabeza, ganaderos a los que podía distinguir porque iban acompañados de los perros que los ayudaban a guiar y proteger a sus animales.

—¡Sara! —escuchó a alguien gritar y se giró por acto reflejo.

Se dio cuenta de que la estaban llamando a ella al ver cómo Asier agitaba la mano desde los márgenes de la marcha.

«¿Qué estoy haciendo aquí?», se preguntó, a la vez que caminaba hacia él con una tibia sonrisa. «Debo sentirme más sola de lo que pensaba». Pero, en realidad, sí que lo estaba. Ni siquiera se acordaba de la última vez en que se había parado a charlar con alguien que no perteneciese a la industria musical o al mundo del espectáculo de una forma u otra, y eso que siempre le había encantado rodearse de gente. Estaba tan ocupada, que encontrar un hueco para mantener o hacer amistades genuinas había dejado de ser una prioridad hacía años. Tenía a Tillie y a Las Hijas Salvajes, y eso le había bastado, hasta que había empezado a sentir que no hacía más que defraudarles.

Cuando estuvo a solo unos pasos del reportero, le escuchó hablar con la mujer de mediana edad a la que entrevistaba.

—Con eso estará bien, muchísimas gracias por tu testimonio, nos será muy útil —dijo tras tomar un par de últimas notas en un bloc.

Sandra se preguntó por qué no utilizaba el móvil como todo el mundo.

La manifestante continuó andando tras despedirse de él y Asier se volvió hacia ella.

—¡Sara! ¡Has venido! —A pesar del entusiasmo en su voz, su gesto era contenido—. Ya sé que no es tu nombre —susurró—, pero después de lo de esta mañana supuse que no te haría mucha gracia que gritase el de verdad a pleno pulmón en una calle concurrida.

—Muy considerado por tu parte. —Se aclaró la garganta—. En realidad estoy buscando a Nora, hay algo que me gustaría preguntarle. Por eso he venido.

—¿Nora? Está por ahí grabando planos generales de la manifestación. En un rato pasaremos a las entrevistas. Como puedes ver, no publicamos nada sobre la vida de nadie sin su consentimiento.

Sandra aceptó la pulla, pero no sin añadir su propia puntilla:

—Aquí hay demasiadas personas para preguntarles a todas si les apetece salir en la televisión. ¿Planos generales, has dicho?

Luego echó un vistazo para asegurarse de que la camarógrafa no estuviese cerca, lo último que quería es que la grabase por casualidad y algún espectador avizor se diese cuenta de que entre los manifestantes había un rostro conocido.

—Deberías saber que lo que hacemos lo ven cuatro gatos. Los reportajes de actualidad están superpasados de moda —le dijo Asier, al percatarse de su recelo, y le mostró el micro con el logotipo de dos montañas con un sol entre medias, «Norte Visión», podía leerse debajo. Sandra se ahorró añadir que era la cadena de televisión que la había ayudado a dormirse la noche anterior—. Por no hablar de que la mayoría de nuestros espectadores son demasiado mayores para saber quién eres, pero puedes esconderte detrás de mí si quieres —dijo con un tono burlón al tiempo que se señalaba la espalda.

Sandra frunció el ceño e intentó adivinar cómo de ambiciosos eran los dos periodistas. Una exclusiva como revelar el paradero de Sandra O'Brian podría abrirles alguna que otra puerta en medios que viesen más de «cuatro gatos», pero no parecía que Asier hablase con resentimiento de su situación, sino que se limitaba a señalar un hecho. Una cadena que basaba su programación nocturna en eternos reportajes sobre quesos y productos de teletienda no tenía el perfil de un lugar apto para tiburones de la actualidad y buscadores de polémicas o escándalos, eso era cierto. Le picó la curiosidad.

—Reportajes de actualidad, ¿eh? ¿Y cuál es esa actualidad exactamente?

Reemprendieron la marcha hacia la cabeza de la manifestación mientras Asier se lo explicaba, casi a gritos para imponer su voz sobre los cánticos y caceroladas de los protestantes.

—Pues es una situación fascinante; si estuviese sucediendo en otro lugar, en vez de nosotros estarían cubriendo las noticias los medios nacionales. Pero Santa Bárbara es casi invisible al mundo, y justo por eso la nueva alcaldesa está tan empeñada en que su iniciativa salga bien. Según dice, aspira a «volver a poner a su amada ciudad en el mapa con un ambicioso proyecto de reactivación económica», que incluye, entre otras muchas cosas, un programa de recuperación y protección del lobo que pretende multiplicar su número en la zona. Supuestamente, su objetivo es atraer de vuelta al turismo al construir un centro de conservación y generar puestos de trabajo tanto en ese sector como en investigación de la fauna. —Se detuvo para mirarla de nuevo, de esa forma tan inquisitiva y a la vez natural—. ¿Qué ocurre?

Sin duda, esa capacidad de percepción le sería muy útil en su profesión. Sandra avanzaba cabizbaja abrazándose a sí misma mientras escuchaba una historia que nada tenía que ver con ella, y sin embargo...

—«Según dice», «supuestamente». He oído muchas veces cómo usaban esas palabras a modo de comodín para inventar cualquier barbaridad sobre mí y los míos sin afrontar las consecuencias. No puedo evitar tensarme al escucharlas.

Asier se llevó la mano a la oreja y jugueteó con su pendiente, algo cohibido.

—Te... te he buscado en Google. No para cotillear, es que Nora no dejaba de insistir en que vivo en una cueva por no saber quién eres. Y... bueno, me parece que tienes derecho a sentir recelos hacia cualquiera con una cámara y un micro.

—O un móvil. Lo que incluye a... ¿la mitad de la población de la Tierra? —intentó bromear para quitarle algo de hierro al asunto.

—Yo también soy desconfiado, por eso utilizo esas palabras —admitió—. En teoría, el proyecto de la alcaldesa debería traer prosperidad al valle, y basta con echar un vistazo a tu alrededor para darte cuenta de que hay que hacer algo antes de que esta ciudad sea una gran ruina vacía. Pero a los ganaderos no les convence el proyecto, así que intento no dar nada por hecho hasta que no sepa la verdad, si es que la hay.

—¿Por qué están en contra? —preguntó. ¿Era una lucha por la justicia entre David o Goliat, o es que no sabían ver los beneficios de la visión de una mujer emprendedora? ¿Cuál era la historia que Asier y Nora iban a contar?

—Es sencillo: los lobos atacan sus rebaños.

—¿Y no hay subvenciones para eso?

—Pocas, tarde y mal. Además... —se censuró a sí mismo.

—Además ¿qué? Vamos, no puedes soltar un «además» y después no terminar la frase, es trampa. —Sonrió, decidida a olvidarse de sí misma durante un rato. Asier tenía razón, era un tema muy interesante.

—No sé cuánto sabes de la cultura española, tu abuela era de aquí, ¿verdad? La cosa es que estamos en un lugar lleno de supersticiones. La España rural siempre ha sido así, es parte de su esencia, supongo. ¿Sabes por qué Santa Bárbara se llama como se llama?

Ella negó con la cabeza.

—Santa Bárbara, protectora de las tormentas. A ella le debe

su nombre. La creencia popular dice que en esta playa siempre hace un tiempo suave, sin importar lo gélido que sea el invierno o cuánto llueva durante el otoño. Sin embargo, cuando a la bahía de Santa Bárbara por fin llega un temporal, tiemblan tanto el cielo como la tierra, con tanto ímpetu que el mar despierta de su letargo con un humor de mil demonios. Hace muchos años, los repentinos y furiosos estallidos del clima causaban tal impresión que quienes visitaban el lugar se encomendaban a santa Bárbara para que los protegiese del peligro del temporal y, con el tiempo, la bahía empezó a conocerse como la bahía de Santa Bárbara. Cuando comenzaron a construir la ciudad, tomó prestado su nombre.

—Es una historia bonita.

—Hay quien diría que lo único hermoso de esta ciudad, además de las fachadas de los edificios, es su nombre. Pero ninguna de esas cosas ha podido librarla de su maldición.

Sandra ladeó la cabeza para mirarle intrigada.

—¿Maldición? —repitió, escéptica—. Suena muy poco científico para un reportero que ama los hechos.

—Estamos en un pueblo caído en desgracia. Antes era un rincón de pescadores, donde se han hundido innumerables barcos y se han ahogado infinidad de marineros; se decía que durante las tormentas podían escucharse los cantos de las sirenas que reclamaban sus cuerpos al mar tan alto como los rezos de sus esposas e hijas. Y después se convirtió en una glamurosa ciudad que se arruinó de la noche a la mañana y dejó grandiosos edificios abandonados junto a la orilla del mar. No seas tan dura conmigo. Cualquiera caería en la tentación de convertir un lugar como este en el escenario de un cuento de fantasmas.

—Sí, cualquiera de entre ocho y doce años.

—¿No quieres que te hable de la tragedia de Santa Bárbara, entonces? —Sonrió con ese deje de duendecillo malicioso que surgía cuando arrugaba los ojos, divertido en lugar de inquisitivo.

Sandra dudó. Desde la parte más escéptica de sí misma, sentía curiosidad por oír las leyendas que corrían entre los lugareños. Por otra, las cosas siempre se veían de distinto color por el día y por la noche, y era ella quien tenía que dormir en un antiguo hotel «maldito».

—Déjalo para otra ocasión.

—Vaya, sí que te resistes a la intriga. Seguro que eres de las que acaban un capítulo de una serie y no necesitan poner el siguiente.

—No tengo demasiado tiempo para ver series, pero me gusta escuchar y contar historias.

—Para muchos es más que una historia, por eso no les gusta la idea de que haya depredadores sueltos por el bosque. Santa Bárbara nunca se ha llevado bien con los lobos. Aunque no tenga demasiado sentido, hay quien los culpa por lo que pasó en esta ciudad; para ellos, sus aullidos suenan como el presagio de una tormenta.

—Los escuché anoche, creí que eran perros. Lo cierto es que sí son espeluznantes. Me pregunto si las sirenas que oían cantar no serían en realidad lobos aullando. Mira, ahí está Nora.

La camarógrafa los saludó entusiasta desde el otro lado de la corriente humana, que continuaba avanzando imparable hacia su destino.

—No pensaba que fueses a venir, qué bien —dijo al llegar hasta ellos.

—Para nada —susurró Asier muy cerca de su oído—. Lleva toda la tarde asegurando que tenía el presentimiento de que volveríais a veros.

—¿Qué andas murmurando? —preguntó su compañera, al tiempo que se llevaba una mano a la cintura en una pose desafiante. A pesar de que el sol comenzaba a bajar y con él las temperaturas, Nora solo llevaba puesta su ajustada camiseta negra y una fina chaqueta vaquera—. Si le hablas mal de mí a... Sara, me aseguraré de que salgas deforme en todos los planos, allá tú.

—Creo que mi vanidad sobreviviría. Venga, apurémonos antes de que se vaya la luz.

Sandra observó atenta la forma en que hacían su trabajo: cómo volvían a algunas de las personas con las que Asier había charlado para grabar su testimonio, cómo interceptaban a viandantes ajenos a la manifestación para conocer sus impresiones y si el proyecto de la alcaldesa estaba generando división entre los vecinos... Ella escuchaba a unos pasos de distancia, oculta tras sus gafas de sol, y se sorprendía al descubrir comentarios tan dispares y a la vez tan similares, como si no pudiesen ponerse de acuerdo y aun así repitiesen las mismas ideas. Le recordó a las veces en las que había sido tan necia como para leer la sección de comentarios de algún medio que hablaba sobre ella o sus menciones y DM privados en redes sociales (su mánager cambió la contraseña para que no volviese a entrar en sus cuentas oficiales). Al verlas escritas en un soporte que podría ser eterno como la red, había sentido que el peso de toda esa colección de opiniones le sepultaba poco a poco en el barro de su propia miseria, pero al escucharlas en mitad de una avenida atestada, testigo de la naturalidad con la que muchos improvisaban su posicionamiento para olvidarlo en unos segundos, en cuanto Asier alejaba el micro, y continuaban con sus compras o su paseo, se dijo que tal vez le había dado demasiada importancia a lo que los demás pensasen de ella.

«A nadie le importa».

El proyecto de recuperación del lobo, el divorcio de Sandra O'Brian, eran noticias que pasaban por su vida durante los pocos segundos que tardaban en lanzar un tuit o comentarlo con el de al lado antes de seguir con sus propios asuntos. Una distracción pasajera en sus vidas desbordadas por sus propios sueños y preocupaciones.

Tras terminar de grabar a una chica joven que pasaba por allí y que se declaraba a favor del proyecto por razones ecologistas, Asier y Nora se reunieron para revisar cómo estaba yendo la jornada.

—Creo que ya tenemos suficiente material, solo nos queda don Emilio y seremos libres por hoy. ¿Te estamos aburriendo? —preguntó Asier dirigiéndose a Sandra.

—En absoluto, está siendo de lo más revelador. Tenías razón, se aprende mucho viéndoos trabajar.

—Uf, «tenías razón». No le digas nunca esas dos palabras o no habrá quien le soporte —suspiró Nora.

—Intentaré que no se me suba a la cabeza, pero es cierto que me alegra oírlo. Es lo bonito de esta profesión, ¿sabes? La actualidad y la gente nunca dejan de sorprenderte, para bien y para mal. Aguanta un poco más. Ya casi acabamos, y Nora podrá sobornarte con unos buenos pinchos.

—Es que como en el norte no se come en ningún sitio —aseguró la camarógrafa.

Se apresuraron a llegar hasta la cabeza de la protesta, en ese momento detenida frente al ayuntamiento. Allí los cánticos se habían vuelto mucho más intensos y viscerales, y aunque Sandra sintiese el ritmo en los huesos, también experimentó la determinación y la furia que contenían. Aquellas personas lo enfocaban como una lucha a vida o muerte. Nora no perdió la ocasión de inmortalizar el despliegue de pancartas y energía. Capturó con su cámara el gentío que se extendía sobre la plaza en un lateral de la Avenida.

El edificio del ayuntamiento era impresionante, y aunque podría haber pasado desapercibido en una metrópolis, saltaba a la vista que era el centro neurálgico de la ciudad, el punto de encuentro para ir de un lado a otro. Las grandes fortunas que operaron en Santa Bárbara en los inicios del siglo XX se habían puesto de acuerdo para construir un cabildo a la altura de la visión que tenían para el entorno, con sinuosas figuras modernistas, que uno esperaría ver antes en Barcelona que en un pueblecito costero, y elevadas y afiladas torres. Sin embargo, parecía también una carga: mantener un inmueble como aquel y proveerlo de suministros debía de costar una fortuna. ¿De dónde sacaban los fondos?

—Ahora vas a descubrir el verdadero motivo de ser de nuestro oficio, aunque no le tengas aprecio —dijo Asier a su lado sacándola de sus pensamientos.

—Déjame adivinar: ¿conseguir la imagen más impactante? Asier suspiró ante su cinismo.

—Dar voz a quien no la tiene, hacer que la gente mire donde pensamos que es importante mirar, procurar que presten atención. Vamos a entrevistar a don Emilio, el líder de los ganaderos locales, un tipo formidable al que te aseguro que no vas a encontrar en Facebook o Twitter, pero que tiene mucho que decir.

Los dos reporteros se adentraron de lleno en el centro de la acción. Sandra prefirió quedarse a un lado, camuflada entre la multitud. Aun así, podía escuchar todo lo que sucedía. Un hombre, que debía de ser don Emilio, cruzó al otro lado de la enorme pancarta en la cabecera de la marcha y se alejó unos pasos de la manifestación para que los reporteros pudiesen entrevistarle. A su lado avanzaban dos perros sujetos con sendas correas: un precioso y enérgico perro pastor blanco y negro y un mastín que por tamaño más podría pasar por un oso mediano. Don Emilio cubría su cabello grisáceo con una gorra verdosa y elegante y lucía un bigote espeso. Su aspecto era tan robusto como el de su mastín, y se movía con la seguridad de quien considera que se ha ganado de sobra el respeto a base de duro trabajo y manos callosas, el tipo de persona que desdeña cualquier oficio que no requiera sudor y tesón. Sin embargo, tras esa pose segura y algo enfadada, a Sandra le pareció ver un deje de inquietud, que comenzaba a contagiar a sus dos perros. Los mansos animales se movían inquietos junto a su amo.

—Muchas gracias por atendernos —dijo Asier antes de comenzar la entrevista. La transparencia en su forma de hablar, en su agradecimiento sincero, hizo que el otro se relajase.

—A vosotros por escucharnos.

Asier se aclaró la garganta.

—Empecemos. El programa de recuperación medioambiental, Lobo 23, se pondrá en marcha en breve. Según lo previsto, se aprobará en la votación del ayuntamiento que tendrá lugar la próxima semana. ¿Qué significará su implementación para la ganadería local?

El hombre miró a la cámara, algo cohibido. Asier tenía razón al decir que no era una persona acostumbrada a los focos, pero el periodista asintió con una sonrisa cándida, en un intento por infundirle ánimos.

—La convivencia entre la ganadería y la fauna es a veces complicada —arrancó don Emilio—. No pretendemos que se extermine a los lobos de estos montes, solo que se respete el equilibrio que ya existe. Si se fomenta la presencia de animales salvajes en las tierras de pastoreo, no podremos subsistir.

—Según la alcaldesa, se incluirán protocolos de rastreo y alimentación. Su propósito es alejar a los lobos de los núcleos rurales, también de los pastos del ganado. ¿Confían en esos protocolos?

El hombre rio con acritud, lo que agitó aún más a sus dos perros. Su dueño tuvo que palmearles el lomo para que dejasen de ladrar antes de seguir hablando:

—La alcaldesa... La alcaldesa dice muchas cosas, pero ella nunca ha vivido en el campo. Escucha, joven: el lobo no mata solo por hambre, en eso se parecen a nosotros. No estamos hablando de perros grandes a los que se pueda amaestrar con un hueso, son fieras despiadadas que no obedecen a ningún humano. Échales carne de comer, y tal vez decidan que aun así prefieren la emoción de la caza. Los lobos de este valle... —Negó con la cabeza, apesadumbrado y de nuevo inquieto. No, había algo más que inquietud, un pudor que se delataba en la forma en que se humedecía los labios secos y se frotaba las manos. Tenía miedo—. Esos lobos no son normales. Siempre ha habido leyendas, exageradas, claro, pero tienen su parte de verdad. En los últimos meses... sé que muchos no lo querrán creer, pero se han vuelto viciosos. Me han llegado a matar diez vacas en una noche. Diez. Y no les dieron ni un solo bocado.

—¿Por qué harían eso?

—Es un mensaje, muchacho: «Este es nuestro territorio. Marchaos o seréis los siguientes». El valle ya les pertenece, lo último que necesitan esas bestias es protección.

Como si quisiesen confirmar el mal augurio de su dueño, los perros comenzaron a gruñir y a retraer el hocico para mostrar sus amenazantes colmillos. Por muy domesticados que estuviesen, su mordisco era igual de peligroso que el de sus primos cercanos. Don Emilio mantuvo la correa firme, pero esta vez estaban demasiado nerviosos para frenarlos con palabras y palmadas. Se mantenían tensos, listos para atacar, con el lomo erizado y la cola erguida en alto. Cuando su dueño se agachó en un intento por hacer que parasen, aprovecharon para echarse a la caza tirando lo bastante fuerte para desequilibrar a don Emilio. El hombre paró la caída con las manos soltando las correas. Asier se apresuró a ayudarlo, pero Sandra no pudo ver nada más, porque los dos perros corrieron directamente hacia ella.

Cuando el mastín se lanzó con sus dos enormes patas delanteras sobre su pecho, la derribó sin dificultad alguna. Los perros ladraban y entrechocaban los dientes furiosos junto a su rostro. Sandra apenas había tenido tiempo de cubrirse con el bolso por miedo a que la mordiesen. Todo el suceso duró apenas unos segundos, pero el tiempo que transcurrió entre el inicio del ataque y lo que tardaron en llegar los pastores en su rescate le pareció una eternidad. Agarraron a los perros por los collares y tiraron para alejarlos de ella, aunque los animales seguían resistiéndose. Notó cómo una mano tomaba la suya y alguien la empujaba desde abajo para ayudarla a incorporarse, pero le llevó unos momentos darse cuenta de que eran Asier y Nora quienes la habían levantado.

—¿Estás bien? ¿Te han herido? —Asier la sostenía con fuerza por el hombro como si temiese que se fuese a desplomar en cualquier instante. Tal vez lo hiciese, porque notaba que le temblaban las piernas.

—Bien, sí. Eso... eso creo.

—Virgen santa... Disculpe, señorita —dijo don Emilio apresurándose también hacia ella mientras sus compañeros sostenían a los perros, que por fin comenzaban a calmarse—. No sé qué bicho les ha picado, esas dos son las perras más mansas que he tenido nunca, se dejan tirar de las orejas y del rabo por los niños, solo ladran a los lobos.

—Pues parece que hoy tenían un mal día —dijo Sandra, con la boca seca por la impresión. Nunca la había gruñido un perro, mucho menos atacado.

—Los lobos no son los únicos que están inquietos —susurró Asier.

—A lo mejor solo querían jugar... —propuso Nora ganándose una mirada condescendiente por parte de todos los demás—. Es decir, si hubiesen querido hacerte daño, lo habrían hecho.

Sandra recordó las palabras que el ganadero había pronunciado hacía solo unos minutos. «Es un mensaje, muchacho: "Este es nuestro territorio"». Puede que los perros se hubiesen dado cuenta de que era una forastera.

—Estás sangrando —señaló Asier, preocupado.

Tenía razón; había detenido el impacto de la caída con el codo, y el peso de los perros la había arrastrado lo suficiente para rasgarle la chaqueta y un buen trozo de piel. Tan pronto como Sandra vio la herida, empezó a dolerle.

—No es nada, un rasguño.

—Disculpe otra vez —insistió el hombre, aunque Sandra se percató de que también había un tinte de recelo en su voz, en la forma en que la escrutaba de los pies a la cabeza. Quizá si dos perras tan sensatas y cándidas se habían enfrentado a ella, era por una buena razón, debía de pensar.

—Está bien... Solo... creo que es mejor que me vuelva al hotel, suficientes aventuras he tenido por hoy.

Nora dio un respingo a su lado, como si fuese a añadir algo, pero se contuvo y asintió.

—Deja que te acompañemos —le pidió Asier, con una expresión que haría pensar a cualquiera que era él quien necesitaba un favor.

Sandra negó con la cabeza y las manos. Todo el mundo la miraba entre murmullos, y aunque su melena rubia y sus gafas de sol camuflasen su aspecto, se estaba arriesgando demasiado.

—No pasa nada, de verdad. Otro día me invitarás a esos pinchos.

Se despidió de Nora y Asier y se marchó tan rápido como pudo.

«Otra vez he olvidado preguntarle por la canción», se lamentó mientras atravesaba la Avenida a toda prisa. Aunque la ciudad fuese pequeña y el París estuviese a solo media hora caminando, decidió parar un taxi. Ya sentada en el asiento trasero, examinó con algo más de atención la herida. «Espero que no deje marca». Si algún paparazzi descubría una cicatriz nueva en su cuerpo, surgirían todo tipo de especulaciones y rumores absurdos.

El vehículo se detuvo frente al hotel y ella se bajó a toda prisa tras pagar. Apenas había dado unos cuantos pasos hacia la entrada cuando vio una figura de pie frente a la barandilla que daba a la bahía observando el atardecer. Supo quién era antes incluso de que se diese la vuelta y viese su rostro.

8

Candela

Comprendió enseguida que la playa de las Tormentas, como se la conocía coloquialmente en la zona desde la época en que del puerto zarpaban barcos pesqueros en lugar de regatas y veleros de recreo, no era el lugar más apropiado para un perro, al menos no para uno acostumbrado a la calma y el silencio como Emperatriz. La criatura olfateaba de un lado a otro, sobreestimulada, pero en todo caso había dejado de estar triste. Candela compartía sus sensaciones.

No había un solo rincón de la arena que no hubiese sido aprovechado. Una serie de toldos blancos ampliaban al exterior la terraza del hotel, y los camareros subían y bajaban las escaleras que conducían a la playa para atender a los comensales, enredados en animadas charlas y con los pies descalzos. Algunos turistas habían ido más allá y habían preferido instalarse en una especie de tiendas de campaña extendidas en hilera a lo largo de la bahía, donde se refugiaban cuando se cansaban del agua y el sol. Los más aventureros, por su parte, se contentaban con sentarse en sillitas plegables de madera y se cubrían con sombreros o con elegantes parasoles, en el caso de las damas.

—Este lugar es espectacular, ¿verdad? —preguntó Candela, asombrada al ver cómo unas muchachas jugaban entre las olas, ataviadas con prendas que dejaban a la vista sus brazos y piernas. «Tengo que hacerme con uno de esos», se dijo.

—Supongo que sí, señorita —asintió el abogado mientras se limpiaba el sudor de la frente con un pañuelo—, aunque esta humedad es demoledora.

Candela no comprendía su sofoco; para ella, igual que para todos los que elegían Santa Bárbara para veranear, el clima resultaba ideal. El sol calentaba, pero no quemaba, sino que bañaba los huesos de una agradable y reconfortante calidez, y aunque por la noche refrescase, durante el día la temperatura oscilaba entre los veinte y los veinticinco grados.

—Tal vez debería darse un baño para refrescarse.

Don Eduardo rio como si acabase de oír un chiste de lo más elocuente.

Continuaron avanzando por la arena, el abogado como si estuviese en penitencia y Candela asombrada por todo cuanto veía, aunque siempre pendiente de mantener a Emperatriz bajo control. Sostenía la correa tensa, pero sin tirar de ella o hacerle daño, para que supiese que su ama estaba allí y que no debía asustarse ni salir corriendo cada vez que algo llamase su atención, como los niños vestidos de blanco que jugaban a la pelota o un grupo de muchachas haciendo poses casi acrobáticas mientras un joven trataba de inmortalizar el momento con una pequeña cámara de cajón, de esas que habían empezado a verse no hacía tanto. Candela había sido inmensamente feliz en la casona; a pesar de vivir solo con su abuela, el aullido de los lobos había impedido que se sintiese sola, pero notó una punzada de envidia al advertir que nunca había tenido amigas con las que reír o hacer bailes y poses por mera diversión. Bastó un segundo de distracción para que Emperatriz lograse zafarse de la correa con un tirón.

La perra echó a correr a grandes zancadas hacia la cometa que dos niños trataban de hacer volar, aunque apenas conseguían levantarla unos pocos segundos en el tímido viento de la bahía.

—¡Emperatriz! —gritó Candela mientras salía a toda velocidad tras ella.

—¡Señorita! —la llamó el abogado, al tiempo que se esforzaba por seguirle el ritmo con penosos resultados. De nuevo, la vitalidad de la muchacha a la que debía proteger le tomaba por sorpresa.

Corrieron unos cuantos metros, ante la indiferencia de los veraneantes, hasta que un hombre se apresuró a retener a Emperatriz agarrando la correa con firmeza. La perra respondió en el acto ante su autoridad parando en seco y agachando las orejas. Candela respiró aliviada al comprobar que se trataba de don Francisco Velasco. Tenía la esperanza de encontrarle en la playa, pero no creyó que fuese a salirle tan bien la jugada.

—Señorita Candela, don Eduardo, ya veo que al final se han decidido a disfrutar del buen clima de la bahía. —Le tendió la correa a la joven, que la aceptó con una sonrisa tímida—. Tiene usted un sabueso con el brío de un purasangre —dijo a modo de halago.

—Emperatriz es muy enérgica, no podía dejarla encerrada en ese pequeño cuarto, si bien me temo que la playa es demasiado para ella.

Al notar el gesto de sorpresa de don Francisco, Candela temió haber dicho algo inoportuno otra vez, pero su tono sonó tan solo divertido:

—¿Pequeño? ¿No se hospeda usted en la suite del séptimo piso, la 707? La casona debía de ser un lugar enorme, sin duda. Tiene usted un alto estándar. Vengan, ¿por qué no se sientan con nosotros un rato? Si la perra se lo permite.

Candela reparó entonces en que a un par de pasos había dos sillas plegables dispuestas junto a dos llamativos asientos de mimbre, que se alargaban en vertical hasta cubrir por completo a quien se sentase en él protegiéndole del sol. Desde uno de ellos los observaba la madre de don Francisco, doña Pilar, ataviada con uno de sus exquisitos conjuntos de dos piezas.

—Nuestra idea era volver tan pronto como el animal se cansase —intervino rápido el abogado—. El testamento de doña Aurora, que en paz descanse, es complicado y extenso, aún tenemos mucho papeleo por delante y espero que la señorita pueda asistirme con algunos detalles antes de la llegada de su tío. Si nos disculpan...

—Pero, Eduardo, amigo, no sea cruel. Una cosa es que dos hombres de leyes y negocios como nosotros empalidezcamos bajo las luces eléctricas, y otra muy distinta, privar a una muchacha vigorosa de un día tan espléndido —dijo don Francisco con una gran sonrisa mientras palmeaba el hombro del otro como si fuesen viejos amigos.

—Me preocupa que sea un exceso para la señorita, podría sufrir una insolación.

Candela quiso gritar, impotente al ver cómo ambos pretendían decidir por ella sin ni siquiera preguntarle su opinión.

—Me gustaría poder sentarme un rato, respirar aire fresco —comentó tan asertiva como pudo.

—Iré a por una sombrilla, en ese caso. —Don Francisco se dirigió hacia un café de estilo art déco que se alzaba en plena playa, junto al paseo marítimo.

—Siéntense —insistió doña Pilar—, y no se preocupe tanto —le dijo al abogado—. Las jóvenes de hoy en día no son como las de mi época, les encanta ir por ahí con pantaloncitos y trajes de baño, corriendo, saltando, jugando al tenis... Ya no es común ver a una muchacha ociosa. Los tiempos están cambiando.

—Precisamente eso es lo que me preocupa, doña Pilar. No querría que ninguna de esas alocadas ideas modernas confundiera a una joven de su posición.

—Estaré bien —intervino Candela—. Ya ha oído, no hay por qué preocuparse. No planeo cortarme el pelo como un varón.

Su comentario hizo que la mujer riese.

Por fin volvió don Francisco con una sombrilla y se apresuró a colocarla sobre la sillita de madera antes de acomodarse en el sillón de mimbre junto a su madre. Candela le dio las gracias y tomó asiento. Se permitió cerrar los ojos durante un instante. Amparada por la sombra protectora, podía percibirlo todo con mucha más claridad: el arrullo de las olas al romper contra la arena, las risas de los chiquillos, conversaciones en español y en un sinfín de idiomas que no conocía, algunos sonaban similares y otros podría haber jurado que eran inventados. Pero lo que más le impactó fueron los olores, la infinita paleta de aromas, desde la humedad de la arena y el salitre del mar hasta el champán recién descorchado y la fruta fresca de un pícnic cercano, el café recién molido y la tela mojada. Por un momento pudo olerlo todo, y aquella sinfonía aromática se grabaría a fuego en su recuerdo de la playa de la bahía.

—¿Cómo ha encontrado hasta ahora su estancia en el hotel? —preguntó doña Pilar sacándola de su ensimismamiento.

—Oh, muy confortable, aunque... algo agitada. Había oído que la ciudad era peligrosa, pero no pensé que fuese habitual llevar armas de fuego.

El abogado la miró horrorizado ante la normalidad con que hablaba del incidente de hacía un par de horas. Candela estuvo tentada de añadir que había visto esa arma en persona y muy de cerca.

—¡Cierto! Hemos oído algo sobre ese asunto, ¿verdad, hijo mío?

—Así es, parece que Montseny finalmente ha perdido la cabeza. Una lástima, una lástima... Aunque no nos sorprenda del todo, debo decir que jamás pensé que llegaría tan lejos. He oído que encañonó a varios huéspedes.

—¡Qué espanto! —exclamó doña Pilar—. Pero usted no parece conmocionada, querida. ¿No tiene miedo?

—Eso se pregunta todo el mundo, pero mi instinto me diría si debo o no estar asustada. Es lo que me enseñó la abuela.

—Debía de ser una mujer extraordinaria —dijo don Francisco, pero el abogado se apremió a aclararse la garganta de forma muy abrupta y a cambiar el foco de la conversación para alejarlo de Candela, antes de que admitiese que la encañonada había sido ella.

—Dice que no le sorprende, ¿ha habido algún incidente con el señor Montseny? Tenía entendido que acababa de firmar un jugoso contrato para la construcción de una presa hidroeléctrica.

—Al parecer no era el trabajo lo que le atormentaba —explicó don Francisco acariciando una de las puntas de su bigote con los dedos—. Pero dudo que sea de buen gusto tratar el asunto a plena luz del día. ¿Usted qué piensa, Candela?

La joven se mordió el labio, pensativa, y acabó por encogerse de hombros.

—No creo que sea más escandaloso que entrar en un hotel pegando tiros.

Don Francisco rio.

—En efecto, bien visto. Sin entrar en detalles, recientemente la esposa del señor Montseny decidió abandonarle por un caballero más joven y apuesto, aunque no tan rico, según cuentan. Como podrán imaginar, ha sido el escándalo de la temporada en Santa Bárbara. Montseny no ha podido soportarlo y ha volcado toda su frustración sobre el hotel París.

—Fue donde los dos amantes se conocieron —añadió doña Pilar a modo de apunte, sin dejar de abanicarse con aire distraído—. Qué desgracia... Qué desgracia.

—Así es. Dicen las malas lenguas que fue la Duquesa en persona quien los presentó y, según Montseny, fue quien corrompió a su dulce e ingenua esposa, que habría sido incapaz de un acto semejante sin la influencia del mismísimo diablo. Un poco más, y culpa a las sirenas de la bahía. —Don Francisco soltó una carcajada con sorna—. Si me preguntan a mí, me parece que Montseny no conocía tan bien a su esposa como él creía, ¿no les parece?

Su madre rio la gracia y Candela acarició a Emperatriz entre las orejas, en busca de algo de calidez. Recordó a ese hombre tan conmocionado que necesitaba culpar a cualquiera por su desdicha, por haber creído a ciegas que el mundo a su alrededor era un cuento de hadas para descubrir que la magia nunca fue real.

—¿Qué pasará con él? —preguntó la muchacha.

—Si el hotel o alguno de los rehenes presentan cargos, me figuro que veremos a nuestro querido señor Montseny entre rejas —explicó don Francisco—, pero sospecho que la Duquesa no deseará semejante desenlace. ¡Venimos de vacaciones a relajarnos, no a que nos encarcelen! Dada su posición social, apuesto por que le caerá una reprimenda y le mandarán a su casa, lejos de Santa Bárbara y los malos recuerdos. Una lástima...

A la joven le picaba la curiosidad.

—¿Quién es esa Duquesa? Todo el mundo parece hablar de ella por aquí.

—Por supuesto que lo hacen, se trata de una auténtica celebridad —intervino doña Pilar—. Es la dueña del hotel París y de media Santa Bárbara, según tengo entendido.

—¿La dueña del hotel? ¿Una mujer? —preguntó sorprendida y no logró contener un gesto de reproche hacia el abogado de la familia. Llevaba días oyendo que sería mejor que dejase los negocios de los que participaba su abuela en manos de alguien más versado, más cualificado, porque ella no sería capaz debido a su inexperiencia y, sobre todo, «dadas las irremediables limitaciones de su sexo».

—Así es, y una mujer de lo más peculiar. Viste como un varón, y me atrevo a decir que con mejor gusto que yo mismo. La Duquesa es todo un dandi.

Don Eduardo resopló airado.

—Basta de bromas, don Francisco, conseguirá que esta joven se haga una idea equivocada de cómo funciona el mundo. Una mujer que viste como un hombre y dirige hoteles, qué despropósito. ¿A dónde va a llegar este país?

—Me encantaría conocerla —admitió Candela ignorando por completo el comentario de don Eduardo.

Don Francisco sonrió arrugando su bigote.

—Descuide, señorita. Si a la Duquesa le parece que es usted una persona de interés, ella misma se asegurará de que ese encuentro se produzca.

Candela estuvo a punto de lamentarse en voz alta, pues si esa era la condición, dudaba mucho que llegase a estrecharle la mano, pero justo en ese momento don Francisco se puso en pie con entusiasmo para saludar a dos recién llegadas.

—¡Miren, hablando de sirenas, ahí vienen las nuestras! Habéis tardado tanto que empezábamos a pensar que habíais varado.

Dos muchachas en bañador corrieron hacia ellos por la arena y, en un gesto galante, don Francisco les tendió una toalla a cada una para que se secaran. Candela las examinó de los pies a la cabeza. Hasta esa mañana nunca había visto el cuerpo de otra mujer y no dejaba de asombrarle la hermosa variedad de piernas, caderas, espaldas, cuellos, vientres, manos, pies, pechos y brazos que daban forma al ser humano. Aquellas dos jóvenes no podían ser más diferentes entre sí. Una de ellas era bajita y sinuosa, repleta de una vitalidad que invitaba a charlar con ella, con el pelo muy rizado y vello oscuro por todo el cuerpo, mientras que la otra era alta y angulosa, y lucía su cabello rubio blanquecino cortado a la altura de la barbilla y a mitad de la frente, un peinado que destacaba la acritud en su semblante. Fue ella quien lanzó una mirada de desdén a las dos personas que habían osado usurpar sus asientos.

Don Francisco se apresuró a romper la tensión:

—Permítanme que haga las presentaciones. Él es don Eduardo Cerezo, célebre abogado de la capital. Y ella es Candela Nieto, recién llegada a Santa Bárbara, nieta de Aurora Algora. Seguro que alguna de ustedes habrá comprado prendas o accesorios importados por su empresa, directas desde París a sus boutiques preferidas. Señorita Candela, le presento a dos estimadas amigas y protegidas de mi madre, Margarita Benegas y Virginie Delvaux, nuestra pintora belga preferida —dijo señalando hacia la mujer del cabello rubio y semblante altivo.

—¿Eres artista? —se asombró Candela. Su abuela tenía numerosos libros de arte en sus estanterías, aunque nunca le permitía tocarlos; «requieren una mano delicada», solía decir.

—Así es. —Virginie asintió con desinterés—. Pero no pinto paisajes ni bodegones. Me interesan las vanguardias, así que dudo que mi obra sea de su agrado.

Virginie estaba en lo cierto al pensar que Candela no conocía nada sobre las vanguardias, pero el comentario condescendiente le oprimió el pecho. La belga se apresuró a tomar asiento junto a Francisco acomodando sus largas piernas sobre la arena en una pose digna de uno de esos cuadros de los que ella renegaba, como si supiese que no merecía la pena intentar igualar la realidad cuando podía hacer con ella lo que quisiera. Le mostró al hombre lo que llevaba en la mano.

—¡Mira lo que hemos encontrado! ¡Conchas! Conchas de un hermoso naranja. No sé si hacer pintura con ellas o si dibujarlas. Podría hacer ambas.

Doña Pilar rio.

—Qué ocurrencias tienes, Virginie, eres igual que tu padre.

El nudo en el pecho de Candela se apretó más aún, al ser testigo de aquel mundo al que apenas acababa de asomarse y en el que otros llevaban navegando toda su vida. Si quería que su plan para quedarse en el valle funcionase, tendría que aprender mucho más rápido.

—Yo haré un colgante con las mías —reveló Margarita mostrando su botín.

—¿Y a usted, Candela? ¿No le interesa recoger conchas con las demás muchachas? —preguntó don Francisco.

—Eso sería una insensatez, la señorita no sabe nadar. Ni se le ocurra acercarse al mar —advirtió el abogado, que llevaba un rato callado luchando contra el calor que le había enrojecido el rostro y que hacía que gotitas de sudor le cayesen hasta por la papada.

—¡Vamos, don Eduardo, solo se mojaría los pies! Nadie se ha ahogado nunca por mojarse los tobillos —dijo don Francisco—. ¿Había visto usted el mar alguna vez, señorita? —se dirigió a ella.

—Me temo que no. Aunque en la montaña hay muchos arroyos.

Virginie suspiró.

—Arroyos, pobrecita. Ha debido de aburrirse mucho, sola en una torre en mitad del bosque como Rapunzel.

—No vivía en una torre y nunca estuve sola. En el bosque...

—Habrá muchas cosas que usted no había hecho antes —la interrumpió don Francisco—. ¡Está decidido! Tiene que ponerse al día antes de llegar a la capital. ¿Qué le parece si cenamos en el Château Chambord? Debe probarlo, es el mejor restaurante de la ciudad. ¡Vayamos todos! Y antes de que se apresure a decir que no es un plan adecuado para una muchacha —dijo mirando hacia don Eduardo—, usted está invitado también, para asegurarse de que se mantienen las normas del buen gusto en todo momento.

Candela asintió con la cabeza. Experimentó una punzada de satisfacción al comprobar que, ante don Francisco, la capacidad de mangonearla del abogado disminuía notablemente. Tal y como sospechaba, el caballero podía ser un aliado interesante. Desplegó la más dulce de sus sonrisas.

—Me encantaría cenar con ustedes. Sería maravilloso.

9

Sandra

—Pietro... ¿Qué estás haciendo aquí?

El hombre la saludó con una deslumbrante sonrisa, tan descarada como su perpetua actitud de gamberro adolescente que seguía conservando sin importar el paso de los años. El chaval inconformista se había convertido en un adulto más o menos responsable hacía mucho, pero nada había logrado que se desvaneciera su chispa, más bien todo lo contrario. Que fuese capaz de conservar esa frescura despreocupada le hacía aún más interesante, aunque Sandra le conocía demasiado bien para dejarse llevar por esos rasgos tan encantadores.

—¿Cómo que qué hago aquí? Venir a ver a mi chica favorita, por supuesto.

—Serás canalla.

Pietro extendió los brazos a modo de invitación y Sandra corrió hacia ellos sin pensárselo. Chocó con el fuerte cuerpo de su amigo y dejó que la estrechase hasta alzarla en el aire. Muchas habrían caído rendidas al verse rodeadas por sus brazos delgados pero musculosos cubiertos de tatuajes, o quizá al inhalar el olor de la colonia barata, a la que nunca había renunciado a pesar de que se podría permitir cualquier fragancia de lujo, mezclada con un buen puñado de feromonas. Sin embargo, para Sandra, Pietro siempre había sido un colega, un confidente, con quien se peleaba por el último trozo de pizza y a quien escuchaba cuando sus ligues casuales se convertían en mal de amores. Se habían visto recién levantados con pijamas viejos y en ropa interior cuando hacía demasiado calor para dormir vestido, tantas veces que ni siquiera ser «estrellas de la música» podía eclipsar el recuerdo del aliento mañanero del otro. No. Para ellos ese barco había zarpado hacía mucho.

—Por muy deprimida que estés, espero que te hayas lavado el pelo, porque me lo estoy comiendo. —Hizo el sonido de estar escupiendo de manera exagerada para ilustrarlo.

Sandra se echó atrás para mirarle mejor. No había sido consciente de cuánto había echado de menos a su banda. Ellos nunca la trataban como si estuviese a punto de romperse, ni le daban la razón solo porque fuese «Sandra O'Brian», y al verle allí diciendo tonterías y bromeando sin pudor, notó un agujero en el pecho.

—No estoy deprimida, solo triste. ¿Cómo están Las Hijas? ¿Becka, Daniel, están bien?

—Estupendamente; están aprovechando para divertirse ahora que no estás tú dando la tabarra con proyectos nuevos cada dos por tres. —Le guiñó el ojo—. Y qué hay de ti, reina, ¿te has estado mimando? Un hotel de lujo, ¿eh?, no escatimas en gastos. ¿Qué es eso de ahí? —Le agarró el brazo y su gesto desenfadado desapareció cuando vio el rasponazo en el codo y la chaqueta rasgada.

—No es nada —se apresuró a decir Sandra, por enésima vez esa tarde—. Me he resbalado antes. ¿Ya has dejado el equipaje en el hotel?

Pietro asintió y volvió a su actitud jovial y revoltosa.

—Sí, y también le he echado un ojo a mi habitación. Si te alojas en una suite, yo me merezco otra igual de buena; encima de que vengo a verte, no voy a ser el pringado de los dos. —Le dio un suave golpe con el hombro—. Este sitio es lujoso, pero hay un ambiente raro, ¿a que sí? Tiene ese rollo como de aeropuerto a las cinco de la mañana. Debería estar a tope, pero no se ve un alma.

—Al parecer acaban de reabrirlo, supongo que es por eso. O a lo mejor es que mi habitación es mejor que la tuya.

—«Mi habitación es mejor que la tuya» —repitió Pietro con una vocecita irritante que pretendía ser su imitación, aunque no sonase para nada como ella—. Pero a coche no me ganas. —Señaló con la barbilla un deportivo rojo aparcado frente al edificio.

—¿Estás de broma? Se supone que tenemos que pasar desapercibidos —dijo al ver el vehículo de alquiler. Era la típica horterada que solo Pietro podía hacer.

—Habla por ti, a mí me encanta que me miren.

Reemprendieron la marcha hacia el hotel, abrazados el uno al otro. Pietro le pasaba un brazo por encima del hombro, y ella le rodeaba la cintura con el suyo. Era un gesto de camaradería que solo significaba que eran una familia escogida, pero cuando Sandra se dio cuenta de lo que podría suceder si por casualidad alguien los fotografiaba, se apartó de golpe. «Sandra O'Brian busca consuelo en el hombro de su compañero de banda» era un titular que no soportaría leer.

—Oye, ¡que no muerdo! ¿O es que huelo mal? —Alzó el brazo sin ningún pudor y olfateó—. Nah. Estoy perfecto. ¿Vamos al bar? Necesito una copa para recuperarme del vuelo.

—¿Recuperarte? Pero si no dura ni una hora —le reprochó ella.

—Ya, pero detesto las alturas, lo sabes.

—De acuerdo, bebe lo que quieras, pero mejor subamos a mi suite. Es la más cara del hotel, así confirmarás que voy a dormir mejor que tú.

Subieron a la séptima planta, y tan pronto como abrió la puerta de la habitación, Pietro fue directo hacia el balcón.

—¡Mierda! ¿Tienes vistas al mar? A mí me ha tocado hacia el maldito bosque... Tenía que haber pedido vistas.

Sandra puso los ojos en blanco y se dirigió al cuarto de baño.

—Ve sirviéndote lo que quieras. —Señaló hacia la nevera del minibar.

Se quitó la chaqueta y se examinó en el espejo para ver mejor la herida. Tenía peor aspecto del que le gustaría. Sería todo un fastidio si se infectase y le tocase ir al médico. «Sandra O'Brian al borde de la muerte durante su viaje por España», dirían, cómo les encantaba exagerar. «Tengo que acordarme de pedir un botiquín en la recepción». Mientras tanto, se conformó con lavar la rozadura con agua y un poco de jabón.

Cuando volvió al salón se encontró con Pietro tirado en el sofá y sus zapatos tendidos junto al mueble. Se había servido el whisky del minibar en uno de los vasos de cortesía de la habitación.

—¿Qué? Ya no tenemos veinte años para andar bebiendo directamente de esas ridículas minibotellas.

—Cumpliste treinta hace dos meses. ¿Te ha golpeado de repente la sabiduría de la edad?

—Podría decirse así.

Sandra se sentó en un pomposo sillón tapizado y Pietro la siguió con la mirada.

—¿Cuándo piensas volver? —preguntó. De pronto se había puesto muy serio.

—Aún no lo he decidido.

Él se mordió el labio, y Sandra supo que se le venía encima

uno de sus «discursos sinceros». Además del tupido pelo negro, la atractiva nariz curva y la robusta mandíbula, su herencia italiana le había conferido el don de la honestidad brutal. Y no estaba segura de sentirse en condiciones de escucharlo, aunque Pietro siempre hablase desde el cariño.

—Sandra, ¿a qué viene todo esto? Sé que la prensa amarilla es una basura, y los puñeteros haters de internet también, pero ya hemos pasado por mierda así antes. ¿Por qué te has marchado sin decirnos nada, sin coger el teléfono o mandarnos un triste mensaje de «eh, sigo viva, se me ha ido la olla y me he pirado a un pueblo de España dejado de la mano de Dios». No eres una cría para escaparte de casa porque te riñe tu mamá.

Sandra inspiró hondo intentando mantener la compostura.

—No tienes ni idea de lo que significa pasar por un divorcio bajo el examen del ojo público, así que no me juzgues, Pietro. Lo peor que han dicho de ti es que eres un mujeriego triunfador con el que todo el mundo quiere acostarse.

—¡Lo entiendo! —le aseguró él, y Sandra se cruzó de brazos a modo de reproche—. De acuerdo, no lo entiendo porque no soy una mujer en un mundo sexista a la que examinan con lupa y con una doble vara de medir todo el tiempo —dijo repitiendo las palabras que Becka y ella habían utilizado tantas veces a lo largo de los años para explicar su experiencia en la industria musical—. Es una mierda, lo admito. Pero, eh, cualquiera puede comprender que no mola que todos te vigilen y que te señalen mientras vas por ahí con el corazón roto, aunque, vamos, estamos hablando de tu matrimonio con *Olivia*. —Extendió las manos al aire y arrugó el labio de forma despectiva.

Ella se irguió igual que un gato cuando se siente amenazado, pudo notar cómo se ponía a la defensiva.

—¿Qué quieres decir con eso?

—A ver, no pretendo meter el dedo en la llaga, pero tenías

que vértelo venir, ¿no? Tampoco es que tú estuvieses loca de amor por ella últimamente.

Sandra tuvo que ponerse en pie y caminar por el salón para contener el impulso de soltarle una sarta de improperios que escandalizaría a todos sus ancestros.

—¿Has venido a provocarme?

—¡No! Pero este melodrama no puede seguir durante mucho tiempo, Sandra. —Dejó el vaso sobre la mesa y se levantó del sofá para mirarla a los ojos—. Eres el alma del grupo, te necesitamos, y Olivia... para ser sincero, no lo merece. ¡No has hecho nada malo! A veces nos enamoramos muy rápido porque sentimos química con alguien, pero las relaciones que vienen después son una mierda, ya está. Así es la vida. Hay muchos peces en el mar. Déjalo ir.

—¿Que lo deje ir? ¿Debería decirle eso a la prensa y a los abogados de Olivia y a todas las personas que especulan sobre quién le ha puesto los cuernos a quién? Simplemente, dejadlo ir.

—Fue irónica y desagradable, porque era eso o romper a llorar.

Quiso echarle en cara todas las veces que le había escuchado lloriquear durante noches enteras porque una top model, una poeta underground o una diseñadora de vestuario se habían hartado de que su casa estuviese igual de destartalada que la de un estudiante de intercambio, o que fuese incapaz de comprometerse, pero Pietro aún no había acabado de hablar, y en esa ocasión dio en el clavo:

—¿Por qué te importa tanto lo que piense la gente?

Sandra vaciló.

¿Por qué?

Ella, que creía conocerse tan bien a sí misma, ni siquiera se había hecho la pregunta adecuada.

La providencia la salvó de tener que responder. Se escucharon varios golpes secos contra la puerta, y Sandra no se lo pensó dos veces antes de abrir, en busca de un rescate que le ahorrase enfrentarse a sus demonios. Creyó que se trataría del personal del hotel, pero fue a Asier a quien encontró al otro lado.

El reportero la miraba con los ojos desorbitados, igual que un conejillo asustado, y Sandra se dio cuenta de que había abierto la puerta envuelta en un halo de furia. Tragó saliva y se colocó un mechón detrás de la oreja porque había aprendido que ese gesto manda la señal de que eres inofensiva.

—Asier, ¿qué ocurre?

—Eh... ¿te pillo en mal momento? —Alzó una bolsita de plástico blanco con una copa y una serpiente verdes dibujadas—. Hemos pasado por delante de la farmacia al volver y pensamos que a lo mejor te harían falta un par de cosas, para tu herida.

—Vaya... Gracias. Eso es muy amable por vuestra parte. —Tomó la bolsa de sus manos—. ¿Cuánto ha sido? No me aclaro muy bien con los euros —preguntó, pero Asier se apresuró a negar con las manos.

Sandra suspiró y decidió aceptarlo porque tuvo la sensación de que era un gesto de amabilidad que harían por cualquiera y no solo por «Sandra O'Brian».

—Dale las gracias a Nora de mi parte. Después de esto, creo que tendría que invitaros yo a los pinchos.

—Para nada, le darías un disgusto... —Sonrió—. Además, técnicamente te hiciste daño por nuestra culpa. En fin, si necesitas algo más, ya sabes dónde encontrarnos. —Se despidió con la mano y le dio la espalda para caminar hacia su habitación.

Sandra se quedó asomada al pasillo mirando cómo Asier se marchaba antes de cerrar la puerta.

—¿Quién era? —preguntó Pietro a voces desde el salón.

—Alguien que he conocido en el hotel —dijo restándole importancia. Dejó la bolsa de la farmacia sobre la mesa.

—¿Y te hace recados? —Arqueó una ceja, malhumorado—.

¿Qué es esto? ¿Betadine o algo así? Comprueba que no haya puesto una cámara dentro. ¿Te acuerdas de aquel osito de peluche que nos regalaron en Viena? Siniestro.

—Vamos a cenar. —Sandra cambió de tema confiando en que la promesa de un chuletón medio crudo le hiciese olvidar la conversación que estaban teniendo antes de que Asier los interrumpiese—. ¡Ah, espera! Hay algo que quería enseñarte.

Volvió al mueble de la entrada, donde había dejado su bolso, y rebuscó hasta dar con el móvil.

—Escucha esto.

Se sentó en el sofá a su lado, colocó el móvil sobre la mesa para poder estudiar la reacción de su compañero y reprodujo la grabación que había hecho de sí misma tarareando la canción misteriosa. La música, junto a la amistad, era una de las pocas cosas que Pietro se tomaba en serio en la vida, así que siempre le resultaba fascinante ver la transformación. Su energía se concentraba en su frente, que se tensaba mientras escuchaba con los ojos entornados, todos sus músculos parecían encogerse hacia la melodía. Salvo los dedos de sus manos, que seguían el ritmo de la música, permanecía petrificado en un estado de abstracción total. La melodía, sencilla y potente a la vez que nostálgica, los envolvió hasta convertirse en lo único que existía en el mundo para ellos.

—¿Lo has compuesto tú? —preguntó Pietro cuando la hipnosis de la música cesó.

Ella negó con la cabeza.

—La escuché anoche, creo que alguien la estaba cantando en el pasillo, una melodía sin letra. ¿Qué te parece?

Pietro cruzó los brazos sobre el pecho y se reclinó contra el sofá.

—¿La verdad? Es... poderosa.

—Vibrante —coincidió Sandra—. Primaria. Como si se

hubiese despojado de todas las intrincadas mezclas y ritmos que se han ido poniendo de moda para volver a un sonido más puro.

Pietro arrugó el ceño.

—Me pone los pelos de punta, reina, lo reconozco... Pero no sé si es en el buen sentido.

—¿Qué quieres decir con eso?

—Es como... —Meditó unos segundos—. ¿Sabes las melodías de los camiones de helados? Se supone que son alegres e infantiles, pero a la vez tienen algo turbio, igual que un libro de Stephen King. Estás tan tranquilo pidiendo tu helado de colorines y, pum, sale un heladero demoniaco con un hacha y te ataca.

—No creo que eso pase en ningún libro de Stephen King.

—¡Los relojes musicales! Los relojes musicales también tienen cancioncitas espeluznantes.

—De acuerdo, lo he captado. No te gusta. Creía que tenías oído, pero me haces dudar. —Sandra arrugó el labio y se cruzó de brazos exagerando el mohín a modo de broma.

—¡Que no, que no es eso! No estoy sordo, sé reconocer algo bueno cuando lo oigo, pero... ¿qué piensas hacer con ella?

—Para empezar, averiguar de dónde ha salido y seguir tirando del hilo —dijo sonriente, y su amigo le devolvió la sonrisa.

—Esa es mi chica, un culo inquieto en busca de respuestas —asintió con orgullo—. De acuerdo, investiguemos la dichosa canción del tiovivo de la muerte.

—Deja de decir esas cosas —rio—. A mí me recuerda a las canciones de cuna. ¿Tu madre nunca te cantó de pequeño?

—Era más de gritarnos, soy el menor de cinco hermanos, ¿recuerdas? Cuando nací yo, mi madre estaría harta de nanas.

—Así has salido.

Pietro le sacó la lengua igual que habría hecho un chiquillo, se puso en pie y le tendió la mano.

—Ya investigaremos mañana, ahora invítame a cenar.

Sandra le hizo esperar unos minutos mientras se desinfectaba la herida con la clorhexidina que Asier le había traído y se puso un jersey limpio. Una vez que estuvo lista y con sus gafas de sol puestas (el resto de los huéspedes terminarían pensando que tenía fotofobia o que acababa de operarse de cataratas), caminaron hacia el ascensor.

Pietro enumeraba todos los posibles platos, a cuál más caro, que le apetecía pedir, y mientras él hablaba, Sandra se preguntaba si vería a los dos periodistas en el comedor. La noche anterior habían tomado comida para llevar, así que lo dudaba. ¿Cómo es que se hospedaban en un hotel de lujo, pero no les llegaba el presupuesto para una cena en condiciones? Lo cierto es que ignoraba cuánto costaba una habitación normal del hotel.

Como si la hubiese invocado con sus pensamientos, la puerta del ascensor se abrió y Nora apareció al otro lado con una bolsa que olía a kebab caliente en la mano.

—¡Sandra! ¿Qué tal va tu...? —Enmudeció cuando advirtió la presencia de Pietro y el color le abandonó el rostro.

Sandra recordó lo que dijo cuando se encaró con los reporteros por error, que había seguido su carrera desde Las Hijas Salvajes, y sonrió divertida.

—Ah, Nora, este es mi colega Pi...

—... Pietro Contaldo, guitarrista de The Savage Daughters. Es... es un honor.

La puerta del ascensor comenzó a cerrarse antes de que Nora saliese y Sandra tuvo que adelantarse a pulsar el botón para que no se la llevase a otra planta. Aun así, la camarógrafa tardó en percatarse de que tenía que salir de allí dentro.

—Vaya, a nuestra estrella la conoce todo el mundo, pero no mucha gente sabe quién soy yo —dijo Pietro, y Sandra se contuvo para no poner los ojos en blanco, porque eso era una soberana mentira que solo decía para hacerse el interesante—. ¿Eres fan de Las Hijas?

—Oh, yo... ni te imaginas cuánto. De hecho, madre mía, vais a pensar que soy una fan histérica o algo así, pero pensé que a lo mejor, bueno, mi CD está en casa y no me daba tiempo a ir a por él, así que fui a una tienda cuando acabamos de grabar, y el caso es que compré un disco, por si las moscas, o sea, no hace falta que lo firméis. —Miró a Sandra mientras sacaba un disco de una segunda bolsa, esta vez de papel, y se lo enseñaba. Al parecer, también había comprado un rotulador indeleble—. Es decir, si te incomoda o algo así, lo cierto es que no sabía si me atrevería a pedírtelo porque no quiero ser un estorbo, ay, Dios mío. Perdonadme.

—Tranquila, preciosa. Respira. —Pietro sonrió empeorándolo aún más.

Nora respondió con la risa nerviosa de alguien que estaba a punto de dejar de respirar por completo.

—Lo que Pietro quiere decir es que no eres en absoluto una fan histérica, solo una fan entregada, y que te lo firmaremos encantados a cambio de tu silencio.

—¡Claro! Nadie sabrá nunca que tengo esto, me llevaré el secreto a la tumba; de hecho, pediré que me entierren con él.

Pietro se echó a reír ante semejante promesa. Si había algo que le extasiaba más que la música, era que lo adorasen.

—Lo digo de verdad, ni siquiera pienso contárselo a Asier. Se enfadará conmigo por pedirte que hagas algo así durante tus vacaciones.

Sandra ladeó la cabeza inquisitiva, al darse cuenta de algo.

—¿Asier no ha vuelto contigo?

Recordaba perfectamente que le había dicho que ambos se acordaron de ella al pasar delante de la farmacia. «Nora y yo», estaba segura.

—Me tocaba hacer la compra para los bocadillos de mañana y él vino andando. Nos vamos de excursión a grabar pueblecitos pintorescos —suspiró—. Y yo que quería ser reportera de guerra cuando empecé la carrera. Pero casi mejor así.

Sandra apenas escuchó sus últimas palabras. Asier también debía de tener miedo de incomodarla. Puede que fuese un detalle insignificante, pero no se lo sacó de la cabeza mientras le firmaban el disco a Nora. Era un gesto... tierno. Sobre todo, para alguien que evitaba mentir a toda costa.

La camarógrafa había elegido uno de sus primeros álbumes, cuando su estilo aún podía considerarse como rock antes de mudar poco a poco hacia algo más cercano al soul. Algunos fans originales no les perdonaron la metamorfosis, pero a cambio habían ganado mucha más fama entre el público general. Eran las canciones en las que la potente voz de Sandra se imponía a las guitarras, y no al revés, las que le habían valido la fama. A Nora parecía gustarle todo lo que habían hecho, así que era de oído flexible. ¿Qué otro tipo de música escucharía? De pronto se acordó.

—¡Oye! Puede que haya otro favor con el que puedas pagarme por trabajar en mis días libres. —Le guiñó un ojo para que no se agobiase—. Ayer te oí tarareando en la habitación, puede que en el pasillo, ¿qué canción era? No consigo quitármela de la cabeza.

Nora arrugó el semblante tratando de hacer memoria, hasta que al final negó con un gesto.

—No creo que haya cantado nada. Ayer fue un día de locos intentando contactar con el jefe de prensa de la alcaldesa, así que no andaba de muy buen humor. ¿Cuándo dices que fue?

—Justo cuando Asier volvió con la cena.

—Lo siento, no era yo, estaba en la ducha. Cuando salí, Asier ya estaba en su habitación.

Todas las esperanzas de Sandra por encontrar a la única persona que parecía conocer la canción se esfumaron. Le mostró la melodía a Nora por si le sonaba de algo, pero tampoco dio signos de reconocerla.

—Es... peculiar. Bonita, pero...

—¿Espeluznante? —completó Pietro por ella dirigiéndole una mirada de «¿lo ves?, te lo dije» a su compañera.

—¡Sí! Pero no, me temo que no la conozco. —La decepción debió de ser tan evidente en su gesto que Nora añadió—: Puedes preguntarle a Desirée, la chica de recepción. Ella es de por aquí, así que seguro que conoce bien la música local, y tiene la lista de huéspedes. A lo mejor te puede decir si hay más mujeres jóvenes en el hotel.

Sandra asintió, decidida a no tirar la toalla. Por mucho que los demás insistiesen en que había algo oscuro en esa melodía, había decidido encontrar a su intérprete.

10

Candela

El olor mantequilloso de la salsa sobre la carne, aún humeante, subió hasta sus fosas nasales y la hizo salivar. Candela estaba acostumbrada a menús sencillos aunque sustanciosos en los que predominaban las verduras y los tubérculos que a su abuela tanto le gustaban. Decía que le revolvía el estómago ver la sangre que goteaba de un solomillo como el que Candela tenía delante, pero su nieta dudaba que incluso ella hubiese podido resistirse a la densa gama de olores. Fue don Francisco quien pidió por ellos: solomillo en su punto con salsa a la pimienta y guarnición de setas, acompañado de un vino que había elegido de una carta aún más extensa que el menú de entrantes, primeros y segundos. Según él, el maridaje era fundamental, y solo un ojo experto como el suyo podría escoger la reserva adecuada. Candela no les confesó a sus acompañantes que era la primera vez que probaba el vino, que le endulzó el paladar pese al regusto etílico.

—El chef es francés —les informó cuando depositaron ante ellos el plato principal—. Nadie prepara salsas con tanta maestría en Santa Bárbara como él.

Candela tragó saliva ante el suculento aroma. Empezaba a comprender por qué a todo el mundo le resultaba tan difícil contener sus apetitos en aquella ciudad.

El Château Chambord estaba a rebosar. En su mesa se contaban seis comensales, pero el resto no se encontraban más vacías. La estancia habría resultado impresionante de haber estado desierta, con las elegantes mesas redondas cubiertas por manteles de un blanco impoluto, la cubertería de plata, los inmensos ventanales que mostraban la ciudad cual pintura enmarcada y las alargadas plantas tropicales con descomunales hojas. No obstante, repleto de clientes que bebían y comían jocosos, el restaurante adquiría la categoría de templo. Los trajes de baño y vestidos de colores claros y estampados lisos de la mañana se habían visto sustituidos por brillos y flecos dorados, granates y negros, y en lugar de sombreros para protegerse del sol, las mujeres lucían joyas como si se tratase de una competición, marcados maquillajes, estolas e incluso plumas que decoraban tocados capaces de desafiar a la gravedad.

Candela se había vestido con un sencillo conjunto color verde muy claro y lo más parecido a una joya que llevaba era el broche de su abuela, una pieza anticuada con forma de bellota y varias hojas y perlas ornamentales, sobre la solapa de su chaqueta, así que de nuevo se sintió un poco fuera de lugar entre las damas.

El resto de la mesa siguió debatiendo sobre la gastronomía francesa y la conversación acabó derivando hacia la modernización de España, o más bien fue don Francisco quien aprovechó la ocasión para exponer su larga lista de opiniones sobre la industrialización del país, las grandes obras públicas que se estaban acometiendo en todo el territorio, la nueva gestión hidrográfica y, cómo no, sobre la guerra del Rif, que a Candela le resultaba tan lejana y ajena como si le hablasen de una colonia en la luna.

Ella asentía, aunque casi toda su atención estuviese puesta en el festín, en lo tierna que estaba la carne, en el sabor de la salsa al mezclarse en su boca con los jugos de la res, en cómo caía en su estómago y la saciaba de una forma en que las verduras del huerto de la casona jamás la habían llenado. Después del solomillo sirvieron una sabrosa tabla de quesos, más vino y de postre una ración de tarta tan dulce y deliciosa que resultaba un pecado, pero Candela no lograba quitarse de la cabeza la sensación de aquel bocado tan sabroso y visceral.

—¿Qué les ha parecido la cena, ha cumplido las expectativas? —preguntó don Francisco llevándose la mano a la tripa; también él estaba lleno.

—Tú siempre tienes el mejor gusto, Fran —dijo Virginie inclinándose hacia él con un cigarrillo encendido en la mano.

A Candela se le escapó una risita. El alcohol, que probaba por primera vez, comenzaba a nublarle la mente. Le resultaba cómico ver a Virginie cambiando su personalidad por completo para acomodarla a «Fran», llamar su atención y conseguir... ¿qué?, ¿una proposición de matrimonio? Cuando según aquel dramaturgo que había conocido no hacía falta esforzarse tanto: bastaba con disponer de la cifra adecuada para cerrar la transacción. Pobre Virginie, esperaba que no estuviese buscando amor, porque no parecía que los sentimientos ajenos le importasen mucho a «Fran».

—Sois... muy graciosos. ¿Lo sabíais? —preguntó Candela, con las mejillas y las orejas sonrojadas.

—Creo que deberíamos retirarnos ya —intervino don Eduardo, quien se puso en pie y la agarró del brazo para levantarla—. Gracias por la invitación, ha sido una velada de lo más agradable.

La joven no quería volver a su habitación en el séptimo piso, tan alta, tan lejos de la tierra, de la arena, del mar, pero debía admitir que no se encontraba del todo bien. Se levantó y sintió que el mundo se mecía a su alrededor. Tuvo que volver a sentarse.

—Yo también estoy satisfecha por hoy —dijo doña Pilar—. ¿Qué le parece si buscamos un carruaje libre para compartir mientras la señorita reposa la cena? Nos puede esperar aquí mientras hacemos la cola.

El abogado asintió, algo receloso, y ambos avanzaron hacia la salida. Virginie dio una calada a su cigarrillo y exhaló sobre Candela, lo que hizo que se le revolviese el estómago con el olor del tabaco. Contuvo una arcada y decidió en el acto que no volvería a beber nunca más. Esta vez fue Virginie quien se rio a su costa.

—Pobre Cenicienta, no soportaría tener que retirarme antes de las doce. Es cuando empieza la auténtica diversión. ¿Qué haremos nosotros, Fran?

—Por tu forma de hablar, me parece que tramas algo. —El hombre sonrió de una manera nueva, una que no mostraba cuando su madre estaba presente, menos cordial y más... voraz—. ¿No estarás pensando en lo que yo creo, querida?

—Oh, no, no me atrevería; soy mala, pero no tanto. A no ser que me lo pidas. —Le tendió la mano para que la besase, pero Francisco estaba más pendiente de si Candela les estaba prestando atención o no.

—¿De qué habláis? —preguntó ella.

—De cosas de mayores, seguro que tu niñero no te dejaría escucharlas —respondió Virginie, quien se apresuró a fingir que estaba desentumeciendo los dedos para eludir el bochorno del rechazo.

Francisco le lanzó una mirada de reproche ante su acritud.

—Verá, señorita Candela, además de los cafés y restaurantes, hay muchas fiestas y locales clandestinos en Santa Bárbara, pero ninguna es tan infame como las que acoge el hotel París. Se cuenta que antes de permitirte la entrada, te obligan a firmar un contrato de confidencialidad.

—Es decir, que si alguno de los presentes, o varios, hubiésemos estado allí, tendríamos que simular no saber nada. —Virginie guiñó un ojo y Margarita, a pesar de su carácter afable, se lo recriminó malhumorada.

—Basta ya, no deberíais bromear con esas cosas. Si alguien os oye, podría pensar que vamos a ir allí de verdad. Puede que a tu reputación de artista no le afecte, pero si mis padres lo sospechasen siquiera...

—De acuerdo, de acuerdo, no diré una palabra más. Ni siquiera sé en qué parte del hotel se supone que se reúnen. Llevamos aquí dos semanas y no he oído el más leve ruido. No seré yo quien afirme haber asistido a una de esas bacanales.

—Aunque negarlo tampoco serviría de nada si alguien te acusa, porque no podrías confesarlo igualmente —añadió Francisco—. Esa es parte de la gracia. Todos estamos bajo sospecha.

La conversación había despejado la mente de Candela, y ya no era el mareo sino un repentino sofoco lo que la aturdía. Puede que se debiese a que las noches eran más cálidas en la bahía que en la casona, o a la deriva de la charla. O quizá el culpable, de nuevo, fuese el alcohol en su sangre. Se quitó la chaqueta de punto, más apropiada para un paseo temprano que para una cena, y la colocó sobre sus rodillas.

—¿Creéis que habrá música? —preguntó ganándose miradas de extrañeza del resto de la mesa.

—¿Música? —repitió Virginie, sin comprender a qué se refería.

—En las fiestas del hotel París; me pregunto si habrá música. ¿Le gusta la música a la Duquesa? Él dijo que siguiese la música. —Esto último lo susurró para sí, como si fuese un secreto.

—Sí, claro, supongo que habrá música —rio Francisco, a quien la ignorancia ingenua de ella parecía divertirle—. Qué clase de fiesta sería sin un poco de jazz.

Virginie les hizo un gesto para que aparcasen el asunto al ver que el abogado se abría paso entre las mesas, una proeza cada vez más complicada, pues a medida que avanzaba la noche los comensales se ponían en pie y empezaban a ir de aquí para allá a saludar a los clientes de la mesa vecina o a cambiar de grupo como si de un juego se tratase.

—Señorita, el carruaje nos espera. Debemos apurarnos antes de que el cochero acceda a llevar a otros pasajeros —dijo don Eduardo.

Candela asintió con la cabeza y se despidió de sus nuevos amigos, o lo que quiera que fuesen. Al ponerse en pie notó que el restaurante se balanceaba igual que si estuviesen en un barco. La ebriedad, se dijo, no era especialmente emocionante; solo se sentía mareada, acalorada y más inclinada a decir lo que pensaba en voz alta sin darse cuenta. Todo el mundo en Santa Bárbara quería embriagarse, pero Candela no le veía la gracia. Se apoyó en el abogado hasta que sus piernas se acostumbraron a la verticalidad. Al salir a la calle, su mente se despejó ante la repentina bofetada de la fría brisa marina. Se abrazó a sí misma, en busca de algo de calor, cuando se percató de que había olvidado la chaqueta. Debía de haberse caído de sus rodillas al ponerse en pie, y llevaba en ella el broche de su abuela.

—Tengo que volver a entrar un momento —dijo cuando el abogado le tendió la mano para ayudarla a subir al carruaje, y echó a correr antes de que el hombre pudiese reprocharle que eso iba a aumentar la tarifa del trayecto.

Se apresuró a avanzar entre el gentío con torpeza y se golpeó con el pico de varias sillas mal colocadas en su camino. Había tal alboroto que le costó encontrar la mesa en la que había estado sentada cerca de dos horas. Por fin oyó la voz de Virginie en la distancia y la descubrió entre los comensales.

—¿De verdad no os resulta extraña? No me acabo de tragar toda esa mojigatería, esa fachada de mosquita muerta.

—Se ha criado sola en mitad del bosque, Virgie, ¿qué esperabas? No ha ido a un internado de señoritas como tú —replicó Francisco con sorna.

Candela se detuvo en seco al comprender que estaban hablando de ella a sus espaldas. No les tenía en tanta estima para que le doliese su desprecio, pero sí la hirió comprobar que, a pesar de sus esfuerzos, seguía siendo una rareza para los demás. «¿Cómo lo saben?», se preguntó. Había procurado parecer lo más normal posible, había tomado nota del comportamiento de otras señoritas para repetirlo después, pero al parecer había algo que se le escapaba. Algo que todos sabían salvo ella.

—A mí me da lástima —confesó Margarita—. Creo que solo quiere relacionarse con otras personas, ser como el resto. ¿Os imagináis cómo debe ser crecer sin hablar con nadie que no sea tu abuela o el servicio?

Candela apretó los puños. No. ¿Por qué seguían empeñados en imaginarla como una pobre niña solitaria y abandonada? No, no había sido así. Tenía a sus perros, a los animales del bosque, incluso había tenido un amigo de su edad a quien adoraba, aunque se hubiese marchado de las montañas hacía tanto que casi no recordaba su rostro. Se sentía mucho más sola en aquel salón repleto de gente de lo que se sintió jamás en la casona. «Dejad de compadeceros de mí».

—Es raro, desde luego —asintió Virginie—. Pero eso no es lo más peculiar de todo —dijo con una sonrisa maliciosa.

—Virgie, Virgie. Deja de hacerte de rogar y cuéntanos qué es eso que has descubierto —pidió Francisco—. ¿Qué es eso tan peculiar? ¿De qué te has enterado?

A través de la multitud que abarrotaba el Château, Candela pudo ver cómo Virginie se deleitaba con su momento bajo los focos, convertida en el centro indiscutible de atención.

—¿No os habéis preguntado cómo es posible que ella sea la nieta de Aurora Algora si la anciana nunca tuvo hijos?

Candela notó que el mareo, fruto del aturdimiento, se intensificaba convertido en algo más. Su abuela... No, claro que había tenido hijos. Su madre, le había hablado de su madre. No mucho, porque le dolía hablar de su querida hija fallecida antes de tiempo, pero lo había hecho. ¿No era cierto? Dijo que murió por culpa de una gripe, poco después de dar a luz. Y su padre, ¿cómo murió su padre?, ¿un terrible accidente? Fuera como fuese, sabía que ambos se habían amado con locura, algo así dijo su abuela. Siempre le contó lo suficiente para que ella jamás sintiese curiosidad, pero sin entrar en detalles, tal vez eso debería haberla hecho sospechar.

—¿Estás diciendo que no es la heredera real? —preguntó Francisco.

—En términos legales, lo es, pero naturales... Supongo que la vieja se aburría en su casa de las montañas y decidió adoptar una muñeca de juguete cuando los perros no bastaron para entretenerla —dijo Virginie con una carcajada victoriosa—. No debía de considerarla de su sangre si ni le puso su apellido. Nieto, la llamó Nieto, muy original.

—Qué lástima... —susurró Margarita.

—Si yo fuese tú, procuraría que nadie me oyese decir esas cosas. Adoptada o no, en unos días será la dueña de una de las mayores fortunas del país —dijo Francisco.

—Eso, si su tío y el picapleitos no le apañan un matrimonio con algún hijo o sobrino suyo para asegurar que la fortuna familiar permanece en manos de un auténtico Algora —escupió Virginie—. ¿Habéis visto cómo la controla?

Candela ya había oído bastante.

Se dio la vuelta, preparada para marchar a toda prisa, pero chocó de bruces contra un camarero cargado con copas de champán. El tropiezo causó un estrépito cuando todas las copas se precipitaron contra el suelo, seguido de un silencio repentino. Cuando los comensales comprendieron lo que había sucedido, rieron y aplaudieron.

—Disculpe, señorita —dijo el camarero, aunque la culpa fuese de Candela.

—¡Candela! —la llamó Francisco, que se había puesto en pie al verla.

Ella reconoció el pánico en sus ojos al percatarse este de que había escuchado todo.

Echó a correr por encima de los cristales rotos, sin mirar atrás, sin detenerse.

—Señorita Candela, por fin, creí que... —comenzó a decir el abogado al verla, pero ella no le dio la ocasión de seguir hablando.

Continuó corriendo entre la gente, cruzó la calle sin prestar atención a los coches de caballos, avanzó sobre las vías del tranvía, lejos de los dos hombres que la llamaban a gritos, poniendo su vida en peligro con tal de salir de allí. Corrió con una sola cosa en mente: el bosque, su amado bosque. Tenía que llegar hasta allí. Ese era el pensamiento que lo abarcaba todo hasta que dejó de ser consciente de sí misma y el mundo se difuminó a medida que su mente se nublaba.

11

Asier

Miró por el retrovisor para ver cómo Santa Bárbara quedaba atrás, cómo se iba volviendo cada vez más pequeña y borrosa a medida que el viejo Seat de segunda mano de Nora ascendía por la carretera que bordeaba las montañas. Normalmente salir de aquella ciudad adusta, que parecía cubierta por una pátina de color sepia, le producía una sensación de alivio. Cuando pasaba más de un par de días en Santa Bárbara, comenzaba a notar que le estaba revolviendo las ideas y le invadía un mal presentimiento.

Su abuela se había criado en un pequeño pueblo de pescadores junto al mar, muy parecido a lo que fue Santa Bárbara antes de su explosión turística. La anciana siempre le había advertido que anduviese atento en las ciudades, pensaba que sacaban a relucir los peores hábitos y cualidades de las personas, porque nadie conocía a nadie por su nombre, pero Asier nunca prestó atención a sus sermones. Su curiosidad siempre había sido más fuerte, una necesidad imperante que le condujo hasta Madrid para estudiar Periodismo y que también había sido la culpable de que acabase de vuelta en su tierra natal. Por eso había aprendido a silenciar esa voz inquieta que le pedía «más» sin importar cuánto la alimentase, hasta que se resignó a no ser escuchada y calló casi por completo. Su curiosidad, en vez de una fuerza imparable que le llevaba a vivir aventuras y cometer errores, se había transformado en una herramienta domesticada que le permitía hacer su trabajo sin complicarse la vida. O así había sido hasta que la vio asomándose a la puerta de su habitación con una expresión fascinada, como la de una criatura salvaje acudiendo a un reclamo.

Sandra O'Brian había conseguido que se hiciese preguntas que no eran asunto suyo y que no tenían nada que ver con lo laboral por primera vez en años. ¿Quién es? ¿Qué hace aquí? ¿Qué es lo que le ha producido esa expresión curiosa e hipnotizada? Intentó acallar la voz, pero volvió a verla en el comedor al día siguiente, sentada junto a la ventana con sus gafas de sol y su radiante melena dorada recién teñida, jugueteando con sus largas uñas y los numerosos anillos en su mano, examinando a todos los presentes con el mismo empeño con que lo haría el detective de una novela de Agatha Christie. Su presencia ocupaba mucho más espacio que su cuerpo, incluso sin proponérselo, igual que hacía sobre el escenario en los vídeos que había estado viendo a escondidas en su habitación.

Cuando el coche siguió alejándose y su corazón se encogió en vez de alegrarse, supo que su insidiosa curiosidad había despertado de su letargo y que, si no lograba meterla en vereda, volvería a causar problemas.

—¡Asier! —exclamó su compañera a su lado, frustrada, y se dio cuenta de que hacía un buen rato que le hablaba sin obtener respuesta.

—¿Qué? Sí, dime.

—Es la cuarta vez que te pido que busques la salida de Lucero. Usa mi móvil, anda.

Nora señaló al hueco que había entre ambos asientos, donde se hallaba el dispositivo junto a unas cuantas monedas y varios caramelos que debían de llevar ahí meses o años. Asier asintió e hizo lo que le pedía mientras su compañera farfullaba.

—Menos mal que estoy conduciendo yo o nos habríamos despeñado. ¿Dónde tienes la cabeza?

—Se me están acabando las pilas de los audífonos —dijo a modo de excusa.

—Puedo distinguir cuando no me oyes de cuando no me escuchas. Haz lo que te pido, anda.

Asier introdujo la dirección, y la conexión a la red era tan mala que el móvil necesitó cerca de un minuto para cargar el mapa con su localización y la de su destino. Cuando tuvo la información, hizo una captura de pantalla. Era cuestión de tiempo que perdiesen la conexión por completo entre aquellas montañas. Según en qué parte de la cordillera te encontrases, usar los datos de tu teléfono era un reto o una utopía, por eso dio un respingo al ver que un mensaje de WhatsApp entraba en el móvil de Nora. No pretendía leer la notificación, pero vio que se trataba de un mensaje de audio de Sandra.

—¿Le has dado tu número? —preguntó sorprendido.

Nora supo a quién se refería en el acto.

—¿Me ha escrito? —dijo con una sonrisa de oreja a oreja.

—Ha mandado un audio.

—¡Ah! Será por la canción.

—¿Qué canción?

—Una que escuchó el otro día en el hotel. Quiere averiguar cuál es. Dale a «escuchar».

Asier pulsó el botón y la voz de Sandra inundó el vehículo. Solo estaba tarareando una melodía sencilla, algo nostálgica, y, sin embargo, la profundidad que alcanzaban sus cuerdas vocales, con tanta facilidad, la hacían parecer mágica. Se le puso la carne de gallina al escuchar la densa melodía, rasgada por su voz de recién levantada.

—¿Te suena de algo?

Él negó con la cabeza, aunque tendría que volver a escucharla para afirmarlo con certeza. Había estado demasiado distraído con el timbre cálido y envolvente de Sandra. Era evidente por qué se había hecho tan famosa; había muchísimas personas en el mundo con talento, con grandes chorros de voz que te dejaban quieto en tu sitio como el que ella tenía, sí, pero no había tantas capaces de atravesarte por completo, con una caricia en la voz tan peculiar que podías reconocerla al menor roce. No solo era una increíble artista, era sencillamente Sandra, irreemplazable.

—Da gusto oírla, ¿a que sí? —preguntó Nora, sin desviar la vista de la carretera; aun así, Asier supo que sus ojos resplandecían como si fuese una niña que acabase de encontrar el juguete que tanto quería bajo el árbol de Navidad—. No me puedo creer que esté chateando con Sandra O'Brian, Dios mío. Parece que esté viviendo en un *fanfic* de internet.

—Eso no significa que sea tu amiga —replicó él sin pararse a reflexionar y ganándose a pulso un mohín de desdén por parte de Nora.

—Ya lo sabía, pero muchas gracias por los ánimos.

—Lo siento —se apresuró a disculparse—. Yo solo... Es mejor que no te ilusiones. Es muy probable que no volvamos a verla, y si lo hacemos, puede que ni se acuerde de nosotros. Tiene una vida muy atareada y solo está de paso.

—Ya, ¿y todo esto lo dices porque te preocupas por mí o por ti?

Asier enarcó una ceja y se cruzó de brazos de forma instintiva.

—¿De qué hablas?

—«Ven a la manifestación, así sabrás a qué nos dedicamos» —le parafraseó Nora con una voz ridículamente grave y burlona—. ¿Desde cuándo te preocupa lo que piensen los demás?

—No es que me importase, es que me pareció que estaba avergonzada por habernos juzgado y me sorprendió. La gente con esa fama y poder no suele admitir que se equivoca fácilmente. Eso es todo.

—Te intriga —le siguió pinchando Nora, con una sonrisa satisfecha.

—Supongo, pero no tiene importancia.

La sonrisa de su amiga se atenuó.

—Empezaba a echar de menos al Asier atrevido que corre riesgos, aunque sea un grano en el trasero. Hacía mucho desde la última vez que algo te interesó de verdad.

—No tanto —zanjó él el tema intentando disipar la atmósfera melancólica que se había creado entre ellos—. Es la próxima salida, no te la pases o tendremos que seguir otros diez kilómetros.

Nora puso el intermitente y tomó el desvío hacia Lucero de los Arroyos. Asier aprovechó el trayecto para cambiar las pilas de sus audífonos. Llevaban unos minutos pitando de rato en rato para advertirle de que estaban a punto de agotarse y no quería que los aparatos le dejasen tirado en mitad de una entrevista. Con su hipoacusia del sesenta por ciento podía oír que le estaban hablando, pero le costaba mucho seguir el hilo de una conversación porque las palabras se emborronaban o se perdían por completo.

Comenzaron a descender a la misma velocidad a la que se habían elevado sobre el valle. El pueblecito se hallaba en una hondonada entre las montañas, rodeado por bosques y surcado por varias corrientes, poco caudalosas pero constantes, de agua. Las nieblas de la mañana ya se habían levantado y un tímido sol otoñal bañaba las laderas occidentales haciendo resplandecer los restos húmedos del rocío y dándole una aureola mística al entorno. Los árboles de hoja caduca se habían tornado ocres y amarillentos, y tanto las personas como las criaturas salvajes que habían formado allí su hogar se aprovisionaban y preparaban para la llegada de un invierno clemente pero largo. En plena naturaleza, la presencia de Lucero era más fuerte que sus inclemencias, que el paso del tiempo y que la despoblación. Los lugareños que aún vivían en Lucero lo hacían convencidos, pese a las dificultades, porque amaban su tierra y su gente, y eso se reflejaba en lo mucho que se esforzaban por mantener las casas y las calles en el mejor estado posible. Aunque incluso así, le restaba fulgor alguna que otra vivienda de piedra abandonada.

—Qué bonito —comentó Nora, a medida que se acercaban a la entrada del pueblo a través de una vieja carretera de un solo carril—. ¿Y esto lo gestiona el Ayuntamiento de Santa Bárbara?

Asier asintió.

—Al parecer, todos los pueblos de esta parte de la cordillera decidieron unirse hace años para tener más peso político, luchar contra la despoblación y el abandono institucional. Ese tipo de cosas...

—Qué ironía, unirse con la intención de preservar el medio rural solo para que la ciudad más grande de la zona se acabe beneficiando. Me pregunto si se arrepienten ahora que no tragan a la nueva alcaldesa.

La duda quedó en el aire.

Nora detuvo el coche junto al muro de una de las primeras viviendas de la aldea. Aunque había algunas construcciones más recientes que imitaban las tonalidades grisáceas del resto, la gran mayoría de las casas eran edificios antiguos construidos en piedra y madera, con techumbres de teja de un color anaranjado apagado por el paso del tiempo. La carretera atravesaba la que parecía ser la calle principal, donde se encontraban la farmacia, la panadería, el bar, una iglesia románica con un cartel que la señalaba como patrimonio histórico-artístico y el cajero automático de la sede local del banco, casi siempre cerrada. El resto de las calles estaban adoquinadas también en piedra, y la humedad permitía que el musgo y la hierba creciesen con ímpetu entre una loseta de piedra y otra.

Asier bajó del coche y ayudó a Nora a descargar y preparar el equipo de grabación. Al abrigo de las montañas, el tenue aire del mar no llegaba hasta el valle y la temperatura era unos cuantos grados más baja que en la costa, así que se pusieron en marcha con premura, decididos a acabar su labor allí cuanto antes. Apenas se habían adentrado en Lucero, seguidos por la atenta mirada de los curiosos que habían acudido a ver quiénes eran «esos periodistas» que iban a grabar en su pueblo y entrevistar a uno de sus vecinos, cuando una mujer hacia el final de sus treinta acudió a recibirlos.

—Bienvenidos a Lucero. Soy Cristina Posadas, la hija de Emilio —se presentó con brío.

Cristina era una mujer enérgica, ataviada con unos pantalones de trabajo, un jersey y un chaleco de plumas de ganso. Esta última prenda era su único intento por conservarse caliente, como si su sangre norteña bastase para protegerla del frío. Nora y Asier también se presentaron y preguntaron por don Emilio.

—Mi padre ha bajado a dar de beber a las vacas, uno no puede tomarse días libres ni respiros cuando se trata de seres vivos a los que cuidar —explicó con naturalidad y los condujo hacia un camino que los alejó del pueblo, a través de un robledal—. Da gusto respirar aire fresco, ¿verdad? —exclamó la mujer, que avanzaba con un largo cayado en la mano.

—¿Les preocupa encontrarse con un lobo, cuando vienen por aquí? —preguntó Asier, señalando la vara de madera.

Al nombrar a los lobos, la entusiasta actitud de la mujer se ensombreció durante un segundo, aunque se esforzó por disimular. Asier y Nora estaban acostumbrados a tratar con personas que, si bien no pretendían mentir, tampoco querían mostrarles toda la realidad.

—¿Lo dices por esto? —Alzó el cayado en el aire—. Es por precaución, todo el mundo lleva uno de estos en los pueblos de por aquí. Sois de ciudad, ¿no?

—Él sí —dijo Nora, sin dejar pasar la ocasión de chincharle.

A pesar de sus ancestros pescadores, Asier y sus hermanas se habían criado en las afueras de una de las grandes ciudades del norte, donde su padre fue un maestro dedicado y su madre, una cartera célebre entre los vecinos por su perpetuo buen humor. Nada fuera del otro mundo. Aun así, a Nora, que se pasó la infancia trepando a árboles, cazando sapos o lo que quiera que hiciesen las chiquillas salvajes como ella en los pueblos, le divertía burlarse de él cada vez que uno de sus reportajes, la mayoría de ellos, los llevaba al mundo rural. Por suerte, Asier aprendía rápido y no se dejaba amedrentar.

—Pero hace décadas que no hay un ataque a humanos, ¿no es cierto? —Había hecho sus deberes—. Fue en los años veinte, si no recuerdo mal. Después vino la guerra y la caza descontrolada, durante muchos años los lobos estuvieron a punto de extinguirse.

—No me digas que eres uno de esos ecologistas en acción. —La mujer arrugó la ceja al mirar por encima del hombro para verle mejor.

—Solo me preguntaba por qué se ha conservado esa costumbre sin una amenaza inminente.

—No solo hay lobos en el valle y en el monte. Zorros, jabalíes, gatos monteses, incluso osos. Es raro verlos, la mayoría rehúyen con ganas al humano, pero de vez en cuando algún bichejo se despista o el hambre lo lleva a acercarse demasiado a las casas. Juro que una vez un águila intentó llevarse a una de mis perras cuando era cachorra. Aunque yo que vosotros estaría más atenta a las culebras. De esas sí que hay unas cuantas. —Se aferró al cayado con aún más ímpetu—. Una tiene que ir protegida siempre, de las bestias y de los hombres.

—Así que no veremos lobos —concluyó Nora, que apenas logró disimular su decepción. Captar imágenes de una manada o algún ejemplar solitario para el reportaje sería una proeza que su jefe aplaudiría.

—Lo dudo mucho, son seminocturnos, prefieren moverse en el atardecer o el amanecer. Es tarde ya —señaló hacia el sol—, casi mediodía. Y como él ha dicho, estuvimos a punto de matarlos a todos, aprendieron la lección. Es raro que se acerquen al hombre.

Asier tenía la sensación de que había algo que Cristina se guardaba para sí, pero dejó ir el tema. No quería ganarse la animadversión de uno de los protagonistas del reportaje; después de todo, aún no tenía una opinión consolidada al respecto del conflicto.

Encontraron a don Emilio sentado sobre el tronco talado de un árbol, con su propio cayado en la mano y el perro pastor blanco y negro tumbado a sus pies, atento a cualquier cambio en el ambiente. Fue el primero en percibir su llegada y comenzó a ladrar de alegría al reconocer el olor de Cristina. El ganado pastaba y yacía plácidamente a lo largo de un claro idílico, con lindes marcadas por bajos muros de piedras amontonadas que serían fáciles de saltar si uno se lo propusiese.

Don Emilio se incorporó para recibirlos y les estrechó la mano.

—Bienvenidos a Lucero. ¿Cómo se encuentra vuestra amiga? —preguntó con lo que parecía preocupación honesta.

—Bien, bien. Se hizo un pequeño rasguño al caerse, pero nada serio —intentó tranquilizarle, aunque él mismo hubiese estado tentado de llamar a su puerta por la mañana solo para asegurarse de que la crema antiséptica había hecho efecto.

—Lo peor fue el susto —asintió Nora, que enfocó a don Emilio sin miramientos con su cámara.

Aquel hombre decidido y elocuente, que había dirigido la protesta con arrojo, se mostraba cohibido al verse de pronto a solas ante las cámaras. Asier se percató y pensó en algo que pudiese relajarle un poco.

—¿Cómo se llaman? Los perros —dijo señalando hacia el mastín, que se había acercado a husmear para asegurarse de que los intrusos no eran peligrosos, pero no tanto como para alejarse de las vacas, que rumiaban y mugían sin que nada de cuanto sucedía a su alrededor las alterase en lo más mínimo.

—Callada y Lista —respondió el ganadero con una sonrisa que hizo bailar su bigote—. Mi madre lleva eligiendo los nombres desde que tengo memoria. Le basta con ver a un cachorro para saber cómo va a ser de mayor. Es un prodigio de la naturaleza esa mujer; a sus noventa años, sigue lúcida como una zagala de dieciséis.

—Sería estupendo poder hablar con ella —dijo Asier.

Aunque no estaba seguro de que el material tuviese hueco en un reportaje tan breve, hablar con los mayores del lugar siempre aportaba información sobre la que nadie más reparaba.

—¿Qué necesitáis exactamente? —quiso saber don Emilio, que vigilaba de reojo a la cámara como si pudiese atacarle en cualquier instante.

—La idea es grabarle desempeñando su oficio, para que la gente lo conozca y se ponga en su papel. Puede contarnos por qué es importante para usted, para el pueblo... Pero sobre todo le seguiremos durante el día.

Y así lo hicieron: acompañaron a don Emilio mientras dejaba bloques de sal en el recinto para que las vacas pudiesen lamerla y obtener sales minerales, y también cuando limpió y arregló una verja que amenazaba con caer si soplaba algo de viento fuerte. Aunque su oficio pudiese parecer tranquilo desde fuera, siempre había algo que hacer. Le siguieron por los claros donde sus vacas continuaban pastando y hasta el arroyo donde bebían agua. De vez en cuando se topaban con algún vecino y entablaban una breve y rutinaria conversación. Cuando el sol comenzó a ocultarse tras las montañas, el líder de los ganaderos locales dejó ver su exasperación:

—¿De verdad pensáis que esto servirá de algo?

—Les permitirá comprobar que es un oficio duro, noble... —intentó explicar Asier, pero después de una larga jornada, don Emilio empezaba a sentir el cansancio pesando sobre sus hombros y no ocultó sus recelos.

—Me compadecerán durante cinco minutos y después volverán a sus vidas, eso es lo que pasará. A nadie le preocupa nuestra lucha porque piensan que no les afecta, no tienen miedo... Pero deberían.

—Papá... —le recriminó su hija.

Así que ahí estaba, lo que quiera que los Posadas se estaban asegurando de no decir en voz alta, aunque el secreto llevase todo el día presente entre ellos. Nora y él intercambiaron una mirada cómplice. La oportunidad de convertir un reportaje de cinco minutos en algo más grande, más ambicioso, se desplegaba ante ellos, pero Asier no estaba del todo seguro de si debían o no abrir esa puerta.

—No hace falta que nos cuente nada que le incomode, solo somos reporteros locales —dijo, y Nora le fulminó con los ojos como platos de la incredulidad.

—Sois los únicos dispuestos a escuchar, para mí eso vale más que cualquier premio colgado en la pared o despacho con vistas, joven. Pero me temo que enseñar a vacas pastando no va a revelar a nadie lo que de verdad está pasando en este valle —explicó don Emilio, y Asier empezó a sentir que la decisión no estaba en su mano. La noticia le había elegido a él.

Cristina se tensó a su lado.

—Papá, podemos defendernos solos. Lo tendremos que hacer de todas formas. Vas a meterte en un lío para nada.

—No me importa; si la alcaldesa quiere demandarme, adelante. Tenéis que verlo con vuestros propios ojos. Cristina, quédate con el ganado. —Hizo un gesto a los periodistas para que lo acompañasen, seguidos por la mirada preocupada de su hija y por Lista, la leal perra pastora.

Los claros salpicados de árboles de lo más hondo del valle se convirtieron en un frondoso bosque de hayedos y eucaliptos cuando alcanzaron las faldas de las montañas.

—Es un buen paseo —advirtió el hombre inclinando su gorra con la mano a modo de disculpa.

Llegó un momento en que el camino se desvaneció y se vieron obligados a ascender campo a través, pisando entre las raíces de los árboles y sobre las hojas ocres y amarillentas, que habían caído de las hayas formando un manto otoñal. Por encima de sus cabezas, las ramas de los árboles de hoja perenne cubrían el cielo con un verdor perpetuo que frenaba la luz del atardecer sumiéndolos en un ambiente penumbroso y frío. Asier podía entender por qué se cortaba la senda, ¿quién querría subir hasta allí una vez que llegase el invierno? Lista permanecía atenta, deteniéndose cada pocos pasos para olfatear el aire. El joven tuvo la sensación de que pretendía protegerlos igual que hacía con las vacas de su amo. «¿De qué?», se preguntó.

—Ya hemos llegado —anunció don Emilio, cuando los árboles se abrieron ante una antigua casona de tres pisos, erigida con grandes piedras de colores arenosos que oscilaban entre el marrón y el gris.

Contaba con una gran puerta de madera de arco redondeado y balcones en el segundo piso, mientras que la tercera y última planta se alzaba más puntiaguda y prominente, recubierta de ventanas por doquier. Un sencillo tejado anaranjado a cuatro aguas la protegía de las inclemencias del tiempo, pero aun así podía palparse el abandono. Hacía décadas que nadie vivía allí, y la madera comenzaba a torcerse a medida que la hiedra ascendía implacable por la fachada. La construcción era tan grande y regia que Asier tardó unos segundos en reparar en lo que había a sus pies, lo que el hombre había querido mostrarles.

Alrededor de la construcción, formando un macabro semicírculo, se extendían los cráneos y huesos que parecían partes del cuerpo elegidas al azar de al menos medio centenar de animales: ovejas, vacas, cabras e incluso algún que otro caballo salvaje. El estado de descomposición de los cuerpos desmembrados iba desde calaveras completamente peladas de carne hasta patas recién arrancadas y cubiertas de un manto de moscas. Asier, vegetariano desde los catorce años, tuvo que contener una arcada.

—¿Qué demonios es eso? —preguntó Nora, que no había dejado de grabar en ningún momento. Avanzó hacia la casona para poder captar mejor los detalles lúgubres, como las cuencas vacías de una res que parecía haber sido decapitada recientemente, pero don Emilio la detuvo.

—Créeme, joven, no quieres entrar ahí dentro.

Señaló hacia los márgenes de la propiedad, delimitados por un muro de piedra y una puerta metálica donde podía leerse: CASONA ALGORA.

—Pero desde aquí apenas se aprecia lo que es, tengo que acercarme un poco.

—Entonces hazlo bajo tu propia cuenta y riesgo, nadie en el pueblo entra en la propiedad de los Algora.

—¿Está embrujada o algo así? —preguntó Nora, incrédula—. No pasa nada, no creo en esas cosas, no me da miedo.

—Es su terreno, por eso nadie cruza esa verja, si no, habrá consecuencias. Siempre las hay. Quieren que nos mantengamos alejados de este lugar, aunque no sabemos por qué —respondió don Emilio con una seriedad que heló la sangre de Asier.

Lista, tan audaz e intrépida, permanecía muy cerca de las piernas de su amo, nerviosa y con la cola entre las patas.

—Su terreno, dice. ¿El terreno de quién? —Frunció el ceño Asier, pero Nora ya lo había adivinado.

—¿Habla de los lobos? ¿Piensa que ellos han hecho esto?

Miró de nuevo hacia el cementerio de animales, con el estómago todavía revuelto. Por más que lo intentaba, no lograba acostumbrarse a la escena que veía.

—No lo pienso, lo sé. Esa res —señaló hacia la cabeza más fresca del extraño semicírculo— pertenecía a mi vacada. Escuché a los perros ladrar la otra noche, y cuando llegué al prado, ya era tarde y se habían llevado la cabeza y una pata trasera. Las vacas se enfrentan a los lobos, ¿lo sabíais? Se juntan para contener el ataque, y mis perros estaban también, así que tuvo que atacar una buena manada, o una muy feroz. Encontramos huellas en el camino, muy cerca de donde dormían las vacas esa noche.

—¿Cómo sabe que eran huellas de lobos y no de perros? —preguntó Nora.

El hombre la observó incrédulo, como si le resultase absurdo que no supiese algo tan evidente. Suspiró.

—La forma y el tamaño son diferentes, pero incluso en caso de duda, basta con fijarse en el trazado. Una bestia salvaje no tiene energía que desperdiciar, por eso siempre avanza en línea recta, hacia un objetivo. Los perros merodean más.

—Pero, suponiendo que los lobos matasen a las reses, ¿por

qué iban a traer sus restos hasta aquí en lugar de comérselos? —insistió la camarógrafa.

—¿«Suponiendo qué»? Tendría que haber escuchado a mi hija, no me creéis.

—Cuesta creer que un animal sea el responsable de esto —explicó Asier—. ¿Lo han denunciado?, ¿ha podido investigar la policía?

El hombre rio con acritud.

—¿La policía? Por aquí esos no harán nada que contraríe al ayuntamiento. Claro que lo hemos denunciado, pero la alcaldesa nos acusó de hacer un montaje para sabotear su proyecto y amenazó con denunciarnos a nosotros por fraude. Por eso mi hija no quería que os lo enseñase, piensa que estamos solos y que nos tenemos que defender entre nosotros. Pero tienen que saberlo, este lugar se está volviendo cada día más peligroso. Por ahora han sido animales, ¿qué pasará si empiezan a atacar a las personas?

Asier se llevó las manos a la nuca y frotó los rizos nacientes de su cabello intentando encontrar alguna explicación lógica a lo que estaban viendo. Su instinto le decía que don Emilio creía lo que contaba, pero como les ocurría a la policía y a la alcaldesa, veía una mano humana tras una puesta en escena tan teatral como aquella.

—Señor, entiendo sus preocupaciones sobre el proyecto, pero debería buscar al culpable entre sus vecinos. Alguien está hiriendo a los animales y jugando con los ganaderos.

Don Emilio inspiró hondo y dio un paso hacia él con determinación acortando las distancias de forma tan brusca que Asier tuvo que contenerse para no retroceder.

—¿Has mirado a un lobo a los ojos alguna vez? Por supuesto que no. Dicen que Dios intentó darles ojos humanos a los animales, pero que solo lo logró con los lobos. Los que moran estas montañas y valles no son meras bestias, son monstruos.

«Monstruos». Asier observó la Casona Algora. Las leyendas urbanas sobre esa familia se habían propagado por el valle de Santa Bárbara durante décadas, cada vez más exageradas y absurdas. En su opinión, eso reforzaba la teoría de que alguien estaba gastando una broma de muy mal gusto al resto de Lucero.

—Me gustaría poder ayudarle, pero me temo que una noticia como esta encaja más con un programa de misterios. Ya hemos cubierto el debate sobre el proyecto del ayuntamiento y nuestro trabajo aquí ha terminado —sentenció, y como si el bosque hubiese escuchado su desafío, su móvil comenzó a vibrar en el bolsillo de su pantalón—. Discúlpeme un momento —dijo a un defraudado don Emilio y se giró para atender la llamada.

—¡Alonso! —exclamó su jefe llamándole por su apellido, algo que solo él y los teleoperadores de las compañías telefónicas y energéticas hacían—. Llevo toda la tarde intentando dar contigo, ¿habéis estado grabando en una cueva?

—Más o menos, ¿qué es tan urgente?

—¿Habéis salido de Lucero? —preguntó, y Asier tuvo un mal presentimiento.

—Estábamos a punto de volver al coche.

—Estupendo. Cuando lo hagáis, dad media vuelta hacia Santa Bárbara. La alcaldesa ha accedido a hablar con nosotros.

12

Candela

Cuando despertó, lo primero que sintió fue el olor de la hierba húmeda que se había impregnado por toda su ropa, como si hubiese estado rodando en ella. Tal vez lo hubiese hecho, sumida en un inesperado sueño. Lo segundo fue el sonido de su nombre. Alguien la estaba llamando. Quiso girarse y seguir durmiendo sobre la tierra, caliente por su propia presencia, y fundirse con la vegetación hasta que los lobos acudiesen en su búsqueda. Podía oírlos aullando no muy lejos de allí. Pese a ser tan ruidosos, aquellas criaturas sabían bien cómo mantenerse a resguardo de la mirada de los hombres. A pesar de sus deseos, la voz siguió llamándola, cada vez más insistente.

—Señorita Candela. Señorita, ¿se encuentra bien? —El abogado la examinaba agachado sobre ella sin atreverse a tocarla.

Candela se incorporó lentamente apoyando su peso sobre las manos. Se frotó los ojos adormilada manchándose la cara con tierra, sin darse cuenta. Don Eduardo dejó escapar un suspiro de alivio. Junto a él, un agente de policía sostenía un farol en alto.

—Gracias a Dios. ¿Cómo se le ocurre salir corriendo de esa

manera? Podría haber sucedido cualquier desgracia. ¿En qué estaba pensando?

«En nada». Ni siquiera recordaba cómo había llegado hasta allí, solo la vaga obsesión de volver a casa y una asfixiante vergüenza. No era la primera vez que un pensamiento repetitivo y una emoción descontrolada le hacían perder el norte. Había sufrido varios episodios como aquel, para desgracia de su abuela. Al parecer, Candela escapaba y los guardianes de la casona la localizaban en los lugares más insospechados, como sentada frente a un zarzal comiendo las moras que tomaba del arbusto, con la boca y las manos teñidas de granate. Y sabía que había ocurrido un incidente mientras jugaba con otro niño, Jaime, el único amigo humano que llegó a tener en el valle, pero nadie había querido darle detalles de lo sucedido y ella tenía recuerdos borrosos y contradictorios. Solo sabía que, después de ese día, su abuela no le permitió relacionarse más con los muchachos del pueblo por miedo a que volviese a repetirse el episodio. «Pensarán que hay algo mal contigo, en tu cabeza —le advertía—, y si eso sucede, nunca te dejarán en paz. El mundo no se porta bien con quienes no siguen las normas, ¿lo comprendes?». Desde que empezó a tomar la medicación para sus desmayos no había vuelto a suceder nada parecido, y ella se había relajado, se confió. ¿Había olvidado acaso beber el tónico rojizo con un amargo sabor a bayas?

La joven se puso en pie y el hombre se llevó las manos a la cabeza al comprobar que tenía rasguños por todo el cuerpo, provocados por el roce de los árboles y arbustos en su camino. Candela se imaginó que, si le hubiese sucedido algo grave de verdad, el abogado habría caído fulminado en el acto.

—Está herida.

—Solo son rasponazos.

—Ni se le ocurra volver a hacer algo así. Podría haberse caído y golpeado en la cabeza, o podría haberla devorado alguna de esas bestias inmundas, ¿es que no ha oído los aullidos?

—No son bestias inmundas —protestó Candela—. Están contentos, por eso aúllan.

El abogado la miró como si de verdad se hubiese dado un golpe en la cabeza y hubiese perdido la cordura. «La abuela tenía razón, no lo entienden. No me entienden».

—Que no se repita, o tendré que informar a su tío —advirtió.

Candela no se tomó en serio la amenaza. Dudaba que tuviese el valor de confesarle a Rodrigo Algora que había perdido de vista a su sobrina nieta el tiempo suficiente para que se llenase de cortes y rasguños. «Su sobrina nieta, o lo que quiera que seamos con respecto al otro», le recordó una voz en su mente. Los insidiosos rumores sobre su abuela y ella volvieron a encogerle el estómago.

Don Eduardo estrechó con ímpetu la mano del policía y, mientras lo hacía, le deslizó varios billetes con disimulo. Al parecer era una técnica que tenía dominada.

—Muchas gracias por ayudarme a encontrar a la muchacha, y también por su discreción.

El policía asintió con la cabeza, satisfecho por la fructífera noche, aunque de rato en rato miraba a Candela de reojo y con recelo.

—Vamos, los acercaré al hotel.

El abogado la tomó del brazo y la condujo monte abajo mientras Candela se preguntaba qué le había sucedido y por qué se detuvo en mitad del bosque en lugar de seguir andando hasta la casona. ¿Se había cansado durante su trance y paró a recuperarse? Era muy tarde, después de todo, y la luna y las estrellas brillaban con todo su ímpetu sobre las montañas. Se llevó la mano al pecho, y fue entonces cuando lo vio, enganchado en los botones de su blusa. Un amasijo de cortos pelos negros pegados en su vestido. Al parecer, había llegado hasta la guarida de los lobos sin proponérselo. O puede que fuesen ellos los que acudieron en su búsqueda. «Yo también os echo de menos», se lamentó alzando la vista hacia la luna.

Tras el incidente de la montaña, los desafíos que lanzaba a don Eduardo dejaron de surtir efecto. El abogado le había arrebatado las llaves de su suite sin miramientos y le prohibió recibir visitas hasta que «su salud mejorase». Ese era el eufemismo con el que se refería a su repentina huida, como una especie de histeria o delirio pasajero que debía ser tratado con mucho reposo e ingiriendo muchos líquidos. Candela no tuvo fuerzas para contradecirle porque en el fondo se preguntaba si no estaría en lo cierto. Se había abstenido de comentar sus lagunas de memoria y de mencionar el pelo de animal que había limpiado de su ropa, mucho más duro y corto que el de Emperatriz. El miedo a que el suceso se repitiera la mantuvo dócil durante toda la mañana, resignada a su destino, pero enseguida las dudas sobre su pasado la hicieron moverse de un lado a otro de la suite con nerviosismo ahogándose en su encierro de apenas unas horas. Cuerda o no, tenía que hallar la explicación al rumor que había escuchado por accidente.

Aurora Algora no había tenido hijos, eso había dicho Virginie, convencida de sus palabras.

Y Nieto no era el apellido de su padre, sino el de una huérfana.

Debía averiguar cuánto había de invención y cuánto de verdad en esa historia. Dudaba que el abogado aclarase sus preguntas si le planteaba la cuestión. Solo le llevaría a alzar la guardia. Sería mucho más fácil buscar las respuestas por sí misma. No tenía sentido escarbar en el origen de las murmuraciones pudiendo recurrir a los hechos. Si de veras había sido adoptada, tenía que haber documentación que lo probase, y si se equivocaban y era hija de la única hija de Aurora, también existirían pruebas. Sin duda, don Eduardo dispondría de alguna copia, si no el original, del libro de familia de la anciana.

Candela meditaba sobre cómo podía conseguir acceso al maletín de cuero marrón, el que el hombre portaba el día en que fue a recogerla, cuando alguien llamó a su habitación con cuatro golpes secos y descompasados.

Por un momento creyó que sería el abogado, que había comprendido lo inhumano de su encierro y acudía a acompañarlas a Emperatriz y a ella a dar un paseo por la playa o la ciudad. Sin embargo, cuando abrió la puerta se encontró cara a cara con Francisco Velasco.

—¡Vaya! Es usted —dijo sin disimular su sorpresa.

—Espero no decepcionarla demasiado.

—Oh, no, yo... Quiero decir... ¿Qué le trae por aquí? ¿No le acompaña su madre?

Había oído repetir al abogado insistentemente lo indecoroso que era que una mujer soltera y un hombre joven estuviesen a solas, pero supuso que, si Francisco estaba en mitad del pasillo del hotel donde cualquiera podía verle, no podía considerarse que fuese un encuentro íntimo.

—No, no. Está jugando al mus con unas amigas. No siempre vamos juntos, ¿sabe? —respondió algo azorado. Se aclaró la garganta—. Yo, por mi parte, me dirijo al hipódromo, pero pensé en hacerle una breve visita para devolverle esto. —Alzó la mano izquierda. Llevaba en ella la chaqueta que Candela había olvidado la noche anterior, incluyendo el broche de su abuela.

—¡Gracias! —exclamó, al tiempo que lo tomaba con un movimiento un tanto brusco para estrecharlo contra su cuerpo—.

Me habría entristecido mucho perder este broche. Supongo que le parecerá una tontería, mi abuela me ha dejado una fortuna, pero llevar esta joya cerca del corazón es una de las pocas cosas que de verdad me emocionan de su herencia.

—Debe usted añorarla mucho.

Candela parpadeó con fuerza para evitar que sus ojos se humedeciesen.

—Muchísimo —admitió, y no era lo único que estaba dispuesta a confesar—. Yo... Creo que ya lo sabe, pero escuché lo que dijeron anoche sobre mí. Por eso salí corriendo.

Francisco se aclaró la garganta, nervioso e incómodo, justo antes de sonreír con una ligereza que solo podía ser falsa.

—Está en lo cierto. Y lo lamento mucho. No preste atención a la palabrería de los demás. Uno de los atractivos de Santa Bárbara es poder comentar la eterna sucesión de escándalos, incluyendo los inventados.

—Pero... ¿y si no es un invento?

La sonrisa de Francisco se torció, y por un segundo Candela pudo ver al hombre de negocios desesperado que había detrás de su caballerosidad.

—Sea o no su nieta natural, es su heredera legítima, no debe preocuparse. Siempre que firme los papeles adecuados.

Las palabras ponzoñosas de Virginie y las advertencias de Gustavo volvieron a sacudirla una vez más. Francisco tenía razón: su firma, ya fuese para aceptar un matrimonio o una herencia, tenía poder. Y más le valía utilizarlo bien si no quería acabar siendo la esposa desdichada de un hombre a quien no amaba en una ciudad que no podía soportar.

—Tiene usted razón, seguro que solo es una tontería, no debería prestarle más atención.

—Haría usted bien. Su abuela, según tengo entendido, fue una mujer de gran popularidad en su juventud. Pasó casi toda su vida en Madrid hasta que decidió mudarse de forma permanente y sin dar explicaciones a la casona donde la familia veraneaba. Una historia así da pie a que la gente especule, pero pronto se aburrirán. Quedarán tan cautivados por la señorita Nieto, que les interesará mucho más su futuro que el pasado familiar.

Candela agradeció el halago con una tenue sonrisa.

Hasta el día del funeral de su abuela, había creído que Aurora se crio en la casona igual que lo hizo ella, pero descubrió que se había trasladado al norte coincidiendo con su nacimiento. Si la madre de Candela hubiese sido el resultado de una relación ilegítima, cuya existencia su abuela había ocultado con maestría, tendría cierto sentido. «Eso explicaría por qué se esforzaba tanto por esconderme; no es que se avergonzase de mí, ni que creyese que estaba loca. Trataba de protegerme del escarnio público». Ya había visto una antesala de lo que sucedía a quienes, en la alta sociedad, daban un traspié en vez del paso adecuado.

—Gracias. Los rumores a veces son ciertos, pues, tal y como dicen, es usted un verdadero caballero. —«Al menos, sabe serlo cuando le conviene».

El hombre inclinó la cabeza hacia delante para agradecer el cumplido y Candela supo que esta vez había acertado al elegir sus palabras.

—No la entretengo más —dijo Francisco, consultando su reloj de bolsillo—. Suelo tener buen ojo con los caballos, pero aun así deséeme suerte. ¡Si gano alguna apuesta, la invitaré a cenar!

—Claro, suerte —respondió Candela como un autómata y cerró la puerta tan pronto como él echó a andar hacia el ascensor.

Apenas había tenido tiempo para quitar el broche de la chaqueta, que olía a la densa colonia masculina de Francisco en lugar de a la fragancia que se había llevado del tocador de su abuela, cuando volvieron a llamar, esta vez con tres golpes meticulosos.

—¿Habrá olvidado algo? —murmuró para sí.

Sin embargo, al abrir la aguardaba un hombre de pose erguida y firme, algo hierática, ataviado con un impecable frac y con el cabello negro peinado hacia atrás con tanto ímpetu y gomina que resaltaba las entradas nacientes sobre su frente. Era el maître del monóculo, el que la había advertido de que el hotel tenía prohibida la entrada a animales de compañía en su primer día. Por un momento temió que fuese a informarle de que la Duquesa había rechazado a la pobre Emperatriz y que tendría que abandonarla en la calle o entregarla a otra persona. Iba a empezar a suplicar cuando él le tendió una carta sellada con un lacre de cera. Candela titubeó unos segundos antes de tomarla.

—La Duquesa se sentiría muy halagada si pudiese contar con su presencia esta noche.

Aunque fuese inexperta, y a veces un poco ingenua, enseguida supo a qué se refería.

—¿Con... con mi presencia? ¿Está seguro? —Temía que hubiese habido algún tipo de confusión.

Según Francisco, la misteriosa mujer solo se encontraba con las personas que le resultaban interesantes, y ella no era una pintora vanguardista como Virginie Delvaux, ni un importante empresario como el señor Velasco o un dramaturgo talentoso como Gustavo Lozoya.

—La Duquesa desearía poder disculparse por lo sucedido ayer. Se horrorizó al escuchar las noticias.

Muerta de vergüenza, estaba a punto de preguntar cómo podía haber averiguado tan pronto lo de su «desvanecimiento», cuando comprendió que se refería al señor Montseny y el arma de fuego y no al incidente de la montaña. Aquel primer día en Santa Bárbara había reunido más emociones de las que solía experimentar en un año entero.

—Oh, sí. Entiendo. No es nada, de verdad, me encuentro

perfectamente y me temo que estoy... —se negaba a emplear la palabra «castigada», porque detestaría darle ese poder a don Eduardo—, recluida por cuestiones de salud. El señor Cerezo tiene mi llave y si salgo no podré volver a entrar.

—Eso no será un problema. —El maître sacó una llave dorada de su bolsillo y se la mostró el tiempo justo antes de volver a guardarla—. Todos los empleados contamos con una llave maestra, solo tiene que pedirlo y la conduciremos a su cuarto. Si su salud se lo permite, claro. —La forma en que pronunció aquel último apunte le dio a entender que sabía que esas «cuestiones de salud» a las que ella aludía eran ficticias.

Candela sintió la boca seca al sopesar sus opciones. Podía quedarse encerrada en su habitación preguntándose cómo sería vivir en Madrid y ser una buena esposa del hombre que su tío eligiese para ella, o buscar otro camino. Se quedó pensando en la llave maestra, capaz de abrir cualquier puerta de ese hotel. Lo que daría por tener algo así en su poder. Acarició el sello de cera de la carta y dibujó con la yema del dedo corazón la silueta de la letra P estampada en cera roja.

—Ya veo. Eso es... estupendo. Dígale a la Duquesa que allí estaré.

—Encontrará las indicaciones pertinentes dentro del sobre. No hable con nadie más sobre esta cuestión, o la invitación será retirada ipso facto.

Candela asintió con la cabeza, decidida, y esperó a quedarse de nuevo a solas para romper el lacre de la misiva. Tal vez en el caos de los festejos le sería más fácil hacerse con una de las llaves en un momento de descuido. Una vez la tuviese en su poder, solo tendría que entrar en la habitación de don Eduardo cuando no estuviese. Leyó la carta creyendo que esa velada hallaría el modo de recuperar el testamento de su abuela y su partida de nacimiento, pero descubrió algo mucho más intrigante.

Ha sido usted invitada a la infame y secreta fiesta del hotel París. La contraseña de esta noche será: OLEAJE. No hable de nadie sobre el evento ni comparta la clave. Vístase con sus mejores galas y baje al mirador justo antes de la medianoche. Después, siga el sonido de la música.

SEGUNDA PARTE

1

Sandra

Lo primero que advirtió Sandra al entrar en el bar del París fue que era mucho más pequeño de lo que había imaginado. En los ratos de aburrimiento de su primer día en el hotel, antes de que llegase Pietro, había leído en los trípticos publicitarios de la suite que Santa Bárbara había sido célebre por acoger grandes fiestas a las que acudían todo tipo de *socialités* y celebridades de la época, pero el espacio que tenía delante apenas daba para una barra, un piano de cola y media docena de sillones forrados en cuero marrón. Desde la marca de los licores hasta el hilo musical de jazz que sonaba de fondo, cada detalle había sido escogido para resultar elegante y evocativo, como si Gatsby y Daisy fuesen a salir a saludarte en cualquier momento. Pero a Sandra le producía la sensación opuesta, la de una mera imitación. Quizá se debiera a la ausencia de clientes. Además de ella y Pietro, la única persona allí era el barista, un chico que aparentaba veintipocos años vestido con un anticuado uniforme que incluía un chaleco a rayas y una placa dorada con su nombre. Pensó que todos los empleados del hotel eran ridículamente jóvenes.

—¿Qué te dije, preocupona? —Pietro sonreía de oreja a oreja—. No hay nadie aquí, puedes quitarte las gafas de sol.

Sandra tomó asiento en la barra junto a él y le hizo caso a regañadientes. Observó la reacción del barman en busca de reconocimiento, pero el chico se limitó a dejar de relavar vasos que ya estaban impolutos para preguntarles qué querían tomar sin mucho interés. Pietro pidió un whisky *on the rocks* y ella fue fiel a su habitual tónica. Muchas personas consideraban su política con el alcohol excesivamente rígida, pero había visto a demasiados compañeros con la vida arruinada por perder el control con aquello que les proporcionaba una sensación de paz instantánea y fugaz, ya fuese la bebida o las pastillas relajantes que les recetaban sus médicos. No los juzgaba, porque en una industria tan brutal como la suya todos necesitaban una vía de escape y cada cual tomaba la que más a mano tenía en los momentos de desesperación. Más bien le rompía el corazón. Sandra se había decantado por obsesionarse con el trabajo, a veces con excelentes resultados y otras con nefastas consecuencias para su vida personal y su salud mental. Prefería no arriesgarse añadiendo otros vicios. Al menos, se decía a modo de pobre consuelo, su adicción era productiva.

Incluso en Santa Bárbara había acabado perdiéndose en la música, y hacía mucho que no disfrutaba tanto haciéndolo. Se había pasado el día encerrada en la suite con la guitarra imaginando una letra que acompañase a la canción que había escuchado, elaborando todas las posibles variaciones que se le ocurrían en busca de un sonido que reconociese como propio. Si seguía trabajando con esa intensidad, pronto tendría material suficiente para empezar a ensamblar algo parecido a un álbum.

No sabía cómo le iba a explicar a Tillie, a su productor y al resto de Las Hijas Salvajes que se rendía, que desertaba de los ritmos de moda y que prefería la esencia ancestral del sonido que acababa de descubrir y todas las formas con que podía jugar con él. Lo fusionaría con r&b, soul, pop y jazz. Aun así, convencer a sus compañeros la aterraba menos que enfrentarse a sus fans. Enseguida la imagen de Nora acudió a su mente, y supo que ella se subiría a bordo con cualquier propuesta musical, curiosa por ver a dónde la llevaba con su imaginación, pero no todo el mundo pensaría igual. Algunos de sus discos más icónicos, los que los habían coronado en la cima de la música, fueron los que más rechazo generaron al principio por lo diferentes que resultaban. A nadie le agradaban los cambios abruptos, los que pretendían romper con todo lo anterior, pero igual que sucede con la vida, el oído acaba por acostumbrarse a lo que sea que le ofrezcas.

—Tienes buena cara —comentó Pietro, tras darle un trago a su vaso—. Estaba preocupado por ti, pero parece que las vacaciones te están sentando bien.

Le daba vergüenza admitirlo, pero la decadencia de la ciudad y las supersticiones locales que le habían puesto los pelos de punta habían acabado por inspirarla. Ese lugar «sacaba lo peor de las personas», le había advertido el taxista en su primer día. Pero de Sandra no dejaban de brotar toda la curiosidad y la armonía que llevaban meses, puede que años, enquistadas en su corazón.

—He tenido un buen día —admitió.

—Me alegra. No sé qué me ha costado más, si salir a correr contigo a las nueve de la mañana o si tener que empezar *Stranger Things* otra vez.

—Solo hemos visto dos capítulos y te has quedado dormido —protestó ella—. Además, no te des tanta importancia. La mejor parte ha sido cuando te has ido a explorar Santa Bárbara y me has dejado tranquila.

—¿Qué? Pues entonces me largo, no me voy a quedar donde no saben apreciar mi compañía. —Hizo un ademán de ponerse en pie, pero Sandra le puso las manos sobre los hombros para que volviera a sentarse.

—Tampoco es eso, tus ronquidos mejoran mucho las series —bromeó—. Ahora en serio, hacía mucho que no pasaba horas a solas con mi guitarra, solo porque sí, sin expectativas, disfrutando. Aunque creo que he encontrado un hilo del que tirar.

—¿Single? —preguntó Pietro con interés.

—Puede que álbum. —Sonrió aliviada, y su amigo asintió vehemente.

—Ya era hora.

—¿Qué quieres decir? Estuvimos en el estudio el mes pasado. —Aunque ninguno de los temas que grabaron vería nunca la luz si ella podía impedirlo—. Y sacamos un disco hace año y medio.

Pietro arrugó la nariz en una mueca de desagrado, como si acabase de encontrar una mosca flotando entre el hielo de su whisky.

—El último par de discos... —Negó con la cabeza—. No han sonado como tú, ni nosotros sonábamos como Las Hijas Salvajes. Me alegra que esa etapa se haya acabado. Las Hijas se alegrarán también cuando se enteren.

Sandra notó que una brecha se abría en su pecho al oír la confirmación de los miedos que había albergado durante meses. No había sido un mero producto de su ansiedad y perfeccionismo. De verdad había perdido su chispa.

—¿Por qué no me lo dijisteis?

Pietro suspiró.

—Oh, por supuesto que lo hicimos. No tan bruscamente, claro, pero dejamos caer mil veces que los nuevos temas no eran nuestro estilo. Insistías tanto en que teníamos que reinventarnos para estar al día que daba igual lo que dijésemos al respecto. Entiéndeme, yo tampoco quiero convertirme en un rancio acartonado que vive de las viejas glorias, tocando «Venus Voice» y «Running With Ghosts» en bucle hasta que nos retiremos, pero aún tengo cuerda para rato. Acabo de cumplir treinta años, creo que todavía me queda mucho que aportar. Me encanta vernos crecer, evolucionar, pero *Better Than Us*... Ese disco... Sinceramente, cada canción que grabábamos a mí me sonaba a desesperación.

Sandra se abrazó a sí misma. Puede que Santa Bárbara sí sacase a relucir la verdad de las personas, con lo bueno y con lo malo. Pietro siempre había sido honesto, pero sus palabras fueron bestiales. «Desesperación». Desesperación por encajar, por permanecer, por seguir siendo relevante en un mundo que escupía las modas en cuestión de semanas. Una desesperación por la que se había olvidado de su autenticidad, de la forma en que la música contaba quién era, lo que la convirtió en Sandra O'Brian. Y ni siquiera se había dado cuenta.

—Tienes razón —admitió con pesar—. Me ha importado tanto mi miedo a desaparecer que me he olvidado de por qué hacía las cosas. Supongo que tienen razón los que comentan en Twitter que ahora que tengo el corazón roto haré un buen álbum otra vez.

—¿Te has metido en las redes? —preguntó Pietro, listo para arrebatarle el móvil.

—Solo me lo he imaginado, pero gracias por la confirmación. —Se rio divertida al ver la expresión desolada de su compañero, que acabó por hacer lo propio cuando a ella se le escapó una de sus famosas risas contagiosas.

—Me gusta verte así —admitió.

—¿Abatida y divorciada?

Él negó con la cabeza y se llevó la mano al borde de la camisa para frotarse el pecho como si el calor del alcohol circulando por su cuerpo fuese demasiado repentino.

—Tomándome el pelo, reina —dijo, y se apresuró a cambiar de tema—: ¿Sabes? Mientras te esperaba he estado mirando las fotos de la pared; puede que en este mismo banco se sentara en su día Josephine Baker, ¿te lo puedes creer? También hay un montón de cantantes y actrices españolas, pero ni idea de quiénes son. Oye, si no estuvieses de incógnito, podríamos sacarnos una para que la cuelguen ahí, ¿eh?

Sandra le dio un manotazo para que se callase y comprobó que el barista no les prestaba atención.

—Lo digo en serio, los primeros famosos en un siglo que pisan el hotel. Seguro que les haría ilusión. —Miró de nuevo hacia los cuadros y las fotos—. Me pregunto por qué lo cerraron si tenía tanto éxito.

—Al parecer, ocurrió algo horrible y se difundió la leyenda de que el hotel y la ciudad están malditos.

Pietro se retorció en su asiento.

—Esas historias me ponen los pelos de punta, pero si una novia desolada que quiere vengarse de todos los hombres se tiró a las rocas desde mi habitación, es mejor saberlo.

—No seas idiota —le recriminó Sandra. Pietro sabía de sobra que las historias de fantasmas la ponían de los nervios y estaba jugando con ella—. ¿Por qué siempre tienen que ser mujeres despechadas y abandonadas las que van merodeando por las mansiones? A lo mejor es el fantasma de una asesina en serie a la que pillaron in fraganti, o de un tipo que lo perdió todo en el casino.

—Pues tienes razón. Averigüémoslo. ¡Oye! —Le hizo un gesto con dos dedos al camarero indicándole que se acercase—. Martín, amigo —dijo tras leer su nombre en la placa—, ¿puedo preguntarte una cosa? ¿De qué va esa historia de la maldición que dicen por ahí?

—Oh, es solo una tontería, caballero —dijo Martín, inquieto. Sandra se preguntó si era porque no solía tener muchos clientes a los que atender, si la brusquedad de Pietro le había pillado por sorpresa o si la mera mención de la maldición era suficiente para despertar sus recelos—. Habladurías y poco más.

—Ya me imagino que la parte de los fantasmas será una bola, pero debió pasar algo gordo para que cerrasen un sitio como este. Seguro que tú sabes qué fue.

—Claro. Ahora dices que es una bola, pero ya veremos esta noche si no vienes a llorarme porque te da mal rollo estar en tu suite con vistas al bosque maldito. —Sandra se iba a reír, pero su buen humor se frenó al ver que de verdad el chico estaba pasando un mal rato.

—Yo, eh... Bueno es que... en realidad, a mis jefes no les gusta que hablemos de esas cosas.

Pietro no se dio por vencido:

—Supongo que dará mala prensa. Pero ya sabes lo que dicen: lo importante es que hablen de uno.

—Anda, deja al chico en paz —protestó Sandra—. Ignora a mi amigo, solo le gusta incordiar.

—¿Desean... desean tomar algo más? —preguntó Martín, y Sandra supo que estaba rezando para que dijesen que no y que se marchasen. Le dio un suave golpe con la rodilla en la pierna a Pietro, a modo de reproche por arruinar una noche tranquila.

—No, gracias. Creo que nos vamos a retirar ya.

—¿Qué? ¿Tan pronto? No son ni las once, hasta mi *nona* se acuesta más tarde.

—Ya nos hemos tomado algo como querías, puedes elegir entre seguir bebiendo solo en el único bar vacío de toda España, o subir a mi habitación y dejar que te enseñe lo que he estado componiendo.

Pietro fingió pensárselo, pero por mucho que le gustase aparentar que sus puntos débiles eran la fiesta y las mujeres, Sandra sabía de sobra que lo único a lo que jamás decía que no era a la música. Como ella, la llevaba calada hasta en el tuétano de los huesos, y en cuanto surgía la ocasión de componer, ensayar o tocar, el resto de sus intereses se desvanecían y era capaz de convertirse en el adulto responsable que no le gustaba admitir que era.

—Conque quieres que sea tu conejillo de Indias, ¿eh? De acuerdo, pero solo porque necesitas mi sabio criterio.

Sandra puso los ojos en blanco cuando Pietro se colocó un mechón de su tupé con un ademán exagerado.

—Además, a Tillie le encantará saber que estás componiendo en lugar de leyendo los últimos comentarios de YouTube de nuestros videoclips. La gente se aburre demasiado, en serio. Si les sobra tanto tiempo, que se apunten a clases de taichí o algo.

Sandra se cruzó de brazos. Su mánager le había escrito varias veces a lo largo del día para preguntarle cómo se encontraba y había respondido con un vago «Todo bien, ¿y tú?». Le preocupaba que tuviese que afrontar ella sola una tormenta perfecta de fans preocupados, haters en pleno apogeo, prensa amarillista y una discográfica que necesitaba un álbum para el próximo año y que hasta la fecha solo había recibido evasivas. Todo ello tras gastar una fortuna en producir un disco abandonado a la mitad. No se permitiría seguir actuando como una víctima mientras otros cargasen con sus problemas, aunque tendría que haber supuesto que su mánager no se contentaría con sus respuestas de dos palabras, por mucho que fuesen bienintencionadas.

—¿Estás haciendo de espía para Tillie?

Pietro le guiñó un ojo.

—Siempre lo hago. ¿Por qué crees que me perdona todos mis escándalos? ¡Que es broma! —exclamó al ver su expresión anonadada—. Me costó horrores sonsacarle dónde estabas. Vamos, escuchemos esa música embrujada que tanto te gusta.

—¿Música embrujada, en serio? ¿No piensas parar con el tema? —Sandra suspiró, y se pusieron en marcha.

Ya salían del bar cuando Pietro se detuvo un instante en el umbral para observar la estancia.

—Es una pena —masculló, y Sandra le lanzó una mirada interrogativa—. Que ya nadie toque ese piano. Es una pena. Los instrumentos pierden el alma si nadie los acaricia. Me pregunto quién fue la última persona que lo tocó.

2

Candela

Siguió el sonido de la música, tal y como le habían indicado. Se había escabullido en mitad de la noche andando de puntillas por el pasillo como si estuviese cometiendo un acto ilegal. El corazón le martilleaba con tanto ímpetu que creyó que se escaparía de su pecho al pasar ante la puerta de la habitación de don Eduardo. Sin embargo, ni él se despertó y la descubrió in fraganti, ni se encontró con nadie por el camino que le impidiese continuar adelante. Descendió las escaleras del hotel y cruzó el hall desierto. Las luces seguían encendidas para garantizar el servicio de veinticuatro horas, pero no había un alma a la vista. ¿Seguro que no se había equivocado de día o de hora? Comprobó la invitación y las instrucciones eran claras: «Baje al mirador justo antes de la medianoche».

También indicaba que vistiese sus mejores galas, pero Candela no tenía ninguna prenda apropiada para la noche, así que se había conformado con un vestido de color lila que, sin la chaqueta a juego, dejaba sus brazos a la vista. Era la prenda más atrevida que encontró para encajar dentro de una fiesta considerada como indecorosa. Puede que el sentido común dijese que una «chica inocente» como ella debía ser cauta y resistir la tentación, pero su curiosidad era demasiado grande, más aún después de pasarse el día encerrada y sola en su suite. «Ya he llegado demasiado lejos para dar media vuelta», se dijo. Salió del hotel y lo bordeó hasta el mirador que se extendía en un semicírculo hacia el mar sereno, tan silencioso que podía escuchar las tenues olas resplandeciendo bajo la luz lunar.

Tal y como advertía la invitación, en aquel rotundo silencio era fácil discernir el sonido de la música que manaba del interior del hotel. Se acercó a la fachada, confusa, preguntándose de dónde venía exactamente la melodía, cuando un pasaje secreto se abrió ante sus ojos como en una novela gótica.

Se llevó la mano al pecho sobresaltada cuando una figura se asomó al otro lado. Al principio le pareció el fantasma de la ópera encarnado, que acudía a secuestrarla, pero enseguida se dio cuenta de que era un hombre joven con el cabello muy rubio, vestido con un elegante frac y un antifaz negro que cubría parte de su rostro.

El hombre la observó sin decir nada, hasta que Candela recobró la compostura.

—Oh, sí, claro. Cierto. Esto... ¿Oleaje?

—Bienvenida al Club de la Verdad, señorita.

El enmascarado se hizo a un lado para que Candela pudiese descender unas escaleras que conducían a un estrecho recibidor. Una cortina de un oscuro color granate los separaba del lugar del que brotaba la música.

—Es su primera vez, ¿cierto? —preguntó el joven mientras atravesaban una suerte de recepción. Candela distinguió un guardarropa a su espalda repleto de chaquetas y algún que otro abrigo de piel pese a que estaban en pleno verano.

—Así es —respondió ella—. ¿Puedo pasar? Creo que la Duquesa me...

—Antes de cruzar al otro lado —el enmascarado la interrumpió y señaló hacia las cortinas—, nuestros invitados están obligados a dejar una señal, una especie de garantía, para asegurar su discreción.

—Vaya, yo... no llevo dinero encima —admitió con timidez.

A pesar de que todo el mundo la veía como la acaudalada heredera, las gestiones económicas las había manejado el abogado desde que salieron de la casona. Candela no había puesto un solo dedo sobre un billete en toda su vida, más que para pagar aquella infusión en su primer día en el hotel. A su interlocutor no pareció preocuparle su falta de efectivo.

—No se trata de una cuestión monetaria. —Le tendió una hoja de papel de color crema, junto a una pluma estilográfica que sacó de debajo del mostrador—. Si desea continuar con la velada, es preciso que escriba en esta carta un secreto suyo que nadie conozca. Será custodiado por el hotel a modo de arras. Si no habla de este lugar ni cuenta lo que presencie aquí, su confesión estará a salvo. Si descubre nuestros secretos o los de otros miembros del club a los no invitados, el suyo saldrá a la luz.

«Los no invitados». Aquellos que la Duquesa no había considerado lo bastante interesantes o relevantes para hacerles llegar una invitación, para guiarlos a su club clandestino. El Club de la Verdad.

Candela tragó saliva preguntándose si de veras merecía la pena el riesgo. Pero no se trataba de un mero capricho. La había invitado la mismísima Duquesa, esa mujer de la que todos hablaban con reverencia y una pizca de miedo. En su delicada posición, cualquier aliado que pudiese ganar antes de la llegada de su tío era de agradecer.

Asintió con la cabeza, tomó la pluma y escribió el primer secreto que le vino a la mente, el más reciente y doloroso.

Podría no ser la nieta de mi abuela. Si eso es cierto, toda
mi infancia fue una mentira.

Le tendió el papel con algo de pudor, pero el joven lo tomó
y lo leyó en un alarde de frialdad mecánica. Debía de haber
leído tantos secretos y confesiones escandalosas que se había
inmunizado por completo.

—No es suficiente —determinó—. Solo es una suposición.
Además, ya hay rumores circulando al respecto. Necesitamos
algo que solo usted sepa. Algo que pueda destruir su vida si sale
a la luz.

Candela se frotó las manos, pensativa y nerviosa. ¿De verdad
todos los invitados habían entregado una verdad capaz de arruinarlos? Rebuscó en su mente, ¿qué era lo peor que había hecho
nunca? Se acordó de la vez en que aplastó un saltamontes por curiosidad, cuando tenía cuatro años. Al ver lo que le sucedió al insecto cuando presionó con el pulgar, se había echado a llorar desconsoladamente ante el alcance de su propia fuerza contra un ser
tan pequeño. También estaba la vez en que rompió un plato de
porcelana por colarse en la cocina a deshoras y lo escondió para que
no la regañasen, pero se sintió tan culpable que acabó confesándolo. Pero dudaba que a la Duquesa y a sus invitados les interesasen
las travesuras de una niña con demasiada energía y curiosidad.

—No tengo ningún secreto oscuro —confesó al fin.

—Todos los tenemos —dijo el joven, impasible, mientras
rompía la hoja en la que había escrito y le tendía otra. «¿Cómo
puede estar tan seguro?», maldijo para sus adentros—. Tómese
el tiempo que necesite. Le aconsejo que no escriba cualquier
ocurrencia inventada. Si trata de engañarnos, lo descubriremos,
y no hay nada que la Duquesa deteste más que las mentiras.

Las canciones se sucedían una tras otra sin que Candela
pudiese encontrar un secreto inconfesable. Estaba a punto de

desistir, cuando algo vino a su mente, como una descarga que la recorrió de arriba abajo. El mero hecho de ponerlo por escrito le provocaba pudor, pero supuso que eso indicaba que era justo el tipo de secreto que buscaban. El enmascarado estaba en lo cierto: hasta las personas más inocentes ocultaban algo de sí mismas a los demás. Le tembló el pulso cuando la pluma estilográfica rozó el papel, pero se obligó a sí misma a escribir. Cuando terminó, le tendió la carta al enmascarado y aguardó expectante su reacción. En lugar de darle un veredicto, se limitó a asentir y a guardar el papel en un sobre escarlata. Lo lacró con cera negra y un sello con el emblema de la Duquesa, que Candela había visto por todo el hotel. Para concluir, escribió sus iniciales en él, C. N., seguido de la fecha.

—Adelante. Disfrute de la noche, señorita.

Candela inspiró hondo, aliviada por haber concluido con aquel incómodo trámite, y descorrió la cortina.

Se halló detenida ante un inmenso y alargado sótano convertido en una especie de cantina clandestina bañada por una tenue luz rojiza. El club estaba dividido en distintas áreas para el disfrute de los invitados. A un lado había una barra en la que se servían copas sin cesar; al otro, mesas y asientos en los que los asistentes charlaban y jugaban a las cartas mientras fumaban y bebían. Al otro destacaba un rincón repleto de confortables cojines tendidos en el suelo entre alfombras y telas también rojizas que daban cierta intimidad a los que las usaban, aunque no la suficiente. Se intuían besos, caricias e incluso algún que otro gemido que hizo que Candela se alejase rápidamente, sin comprender del todo la mezcla de rechazo y anhelo en su cuerpo. Aunque se hubiese retirado, le costaba apartar la vista y quedó boquiabierta al distinguir, tumbada entre cojines, el rostro de Margarita.

La muchacha de cabello oscuro que tanto se esforzaba por complacer a sus padres durante el día llevaba puesto un vaporoso y escotado vestido blanco que parecía imitar las escamas de un reptil y medias hasta los gemelos, que contrastaba con el negro carbón con que había pintado sus ojos. Estaba recostada entre las piernas de otra mujer apoyando la cabeza contra su pecho y riendo mientras se acariciaban mutuamente sus brazos desnudos. Candela se sonrojó al comprender la relación que había entre ambas. Y pensar que pese a las bravuconadas de Francisco y Virginie, había sido la discreta y tímida Margarita quien había encontrado su lugar en la fiesta... También reconoció a Gustavo, que charlaba animado con un grupo variopinto de hombres y mujeres que se pasaban la boquilla de una cachimba. Era la primera vez que Candela veía un aparato semejante y le sorprendió el aroma dulzón que emanaba de él. Cuando el dramaturgo la vio, le dedicó una sonrisa divertida antes de seguir charlando a voces, para imponerse al sonido de la música, sobre algo relacionado con París y un baile de plátanos (Candela se preguntó si habría oído bien).

Se armó de valor y caminó entre la multitud, hacia la pista de baile en la que los invitados se agitaban con frenesí al ritmo de una música veloz, como si compitiesen con la melodía para ver quién se movía con más ímpetu. Las jóvenes agitaban los brazos y las piernas y giraban sobre sí mismas, y Candela se mareó al intentar seguir sus movimientos. Algunas de las parejas —de distinto sexo o del mismo— habían ido más allá e inventaban absurdas formas de bailar, como envolverse en el mismo abrigo de piel o bailar un vals al ritmo del jazz, mientras que algunos grupos de jóvenes ejecutaban coreografías perfectamente coordinadas entre risas. Parecía que la única norma era que no existían normas, que cada cual bailase a su manera, sin que le importase el juicio de los demás. Después de todo, nadie podría hablar de lo ocurrido allí, por lo que no tenía sentido albergar pudor o remordimientos. «Es como un sueño», pensó Candela. Nada de lo que sucedía en las fiestas del hotel París era real, solo una mera ilusión. Podías besar a un desconocido, y cuando os encontraseis a la luz del día seguiría siendo un extraño; podrías tropezar y torcerte un tobillo, y asegurar que te caíste de la cama al despertar. Y sería cierto. Ese era el poder de la Duquesa: convertir las verdades en espejismos para que todos los presentes pudiesen ser su versión más auténtica.

Los invitados también practicaban toda suerte de juegos sin sentido. Candela vio a varios asistentes que peleaban por atrapar con la boca una manzana colgante antes que sus contrincantes, todos ellos con las manos atadas a la espalda. Otros hacían una cadena en la que los jugadores trataban de encender el cigarrillo de la otra persona usando el que tenían entre los labios. Todo cuanto observaba en la fiesta estaba a medio camino entre la travesura y el espectáculo. Su atención revoloteaba de un lado a otro, sin saber dónde detenerse, si en el faquir que engullía espadas junto a las mesas para entretener a los presentes, o en la joven bailarina que se movía dentro de una jaula colgada del techo.

Alzó la vista hacia el escenario y volvió a sonrojarse. Había dos personas desprendiéndose poco a poco de todas sus prendas, un hombre y una mujer. Candela no sabía si formaba parte del entretenimiento que ofrecía el hotel, igual que la banda o los camareros que deambulaban entre las mesas ofreciendo bebidas, o si se trataba de algún juego o apuesta entre los implicados, pero se desvestían fríamente, con la vista clavada en el infinito, sin que nadie les prestase más atención de la cuenta. No había nada sensual en aquella desnudez, era algo natural, comprendió, como el pelaje de los lobos.

Explorando aquel rincón secreto, bajo las entrañas del hotel París, Candela se sintió igual que la niña de aquel libro tan extraño y surrealista, la que cayó en un agujero en el bosque mientras perseguía a un conejo. Si al cruzar la cortina hubiese aparecido en un mundo distinto con normas nuevas, le habría resultado más fácil de creer. Aunque, a fin de cuentas, ¿no era eso lo que había hecho? «¿Qué estoy haciendo aquí?», se preguntó, porque se sentía fuera de lugar y, a la vez, no podía dejar de mirar.

Y de escuchar.

La música que colmaba el club no se asemejaba a nada de lo que solía escuchar en el tocadiscos de su abuela. Chopin, Rajmáninov, Chaikovski..., esa era la música que conocía, pero aquella descarga de instrumentos acelerados se apoderó rápido de su cuerpo y, sin darse cuenta, los dedos de su mano, el vaivén de sus rodillas, se mecieron esclavos del ritmo. Apenas era capaz de identificar los instrumentos. Sobre el escenario había hombres y mujeres de distintas etnias y edades dando vida y alma a la música. Algunos tocaban concentrados, otros se movían con ímpetu, pero todos los instrumentos luchaban por imponerse a ratos, solo para retirarse y dejar espacio a otros sonidos acto seguido. El saxofón, el trombón y el clarinete, la batería, la voz atronadora de una joven cantante con la piel de un hermoso marrón, como el de las bellotas que caían de los robles, el contrabajo y, también, el piano. El piano. Había seguido el sonido de la música tal y como le indicó, y había acabado por encontrar al conejo blanco.

Su corazón, acelerado por la melodía, se encogió al ver a Rafael. Sus manos se movían por las teclas a una velocidad prodigiosa, mientras el joven sonreía sin cesar y mantenía la vista en sus compañeros, como si estuviesen teniendo una animada charla a través de los instrumentos. Conocía el lugar que ocupaba cada tecla mejor de lo que muchas personas se conocían a sí mismas, por eso podía tocar sin mirar. Igual que en su primer encuentro, Candela se quedó hipnotizada por completo con la forma en que su cuerpo se convertía en parte de la interpretación, una herramienta más para transmitir el sonido y el sentimiento de la música, en este caso, puro frenesí y diversión.

La muchacha apretó los puños para no moverse, para no bailar, porque temía que, si lo hacía, acabaría abriéndose paso hasta el escenario, hasta Rafael. «¿Qué diablos me sucede?», se preguntó al notar un ardor que la atravesaba, una emoción que, aunque mucho más agradable, la embriagaba de un modo que le recordaba mucho a la rabia y al miedo que le hacían perder el conocimiento. Si se desmayaba, ¿se despertaría en el bosque como la última vez, o sudorosa en la pista de baile, o sucumbiría como hacían todos los presentes a sus deseos inconfesables? Por fortuna, una voz la sacó de su ensimismamiento antes de que fuese demasiado tarde:

—Nuestro pianista es prodigioso, ¿no es cierto?

Candela se sobresaltó y dio media vuelta para descubrir a una mujer detenida a su lado, bien entrada en los cuarenta. Como muchas otras damas elegantes de la época, tenía el pelo ondulado y oscuro cortado a la altura de la barbilla, destacando la longitud de su cuello y la forma afilada de su mandíbula. Sus ojos eran grandes e incisivos, de un tono verdoso y marrón que resaltaba sobre su tez dorada. Era algo más alta que Candela, pero no tanto como la pintora belga, y mantenía una pose segura y firme, con las manos metidas en los bolsillos de su elegante esmoquin blanco y negro. «Viste como un varón», se dijo, recordando lo que Francisco había contado. La mujer que observaba a la banda, antes de clavar en ella sus ojos bicolores, era la célebre Duquesa.

—Gra-gracias por invitarme —se apresuró a decir.

La Duquesa sonrió, y el gesto escondía una seguridad tan arrolladora que Candela comprendió por qué todo el mundo se esforzaba por ganarse su interés y aprobación.

—En absoluto, tenía muchas ganas de conocerla en persona, pero ya veo que usted ha encontrado algo más interesante en lo que poner su atención.

Candela agachó la vista, roja hasta la punta de las orejas y esperando que la tenue luz no delatase los sentimientos que la habían embriagado hacía solo unos segundos.

—No se preocupe, Rafael suele generar ese efecto. Y yo no juzgo los intereses de mis huéspedes. Por eso organizo fiestas como estas, para que todo el mundo se entretenga como guste sin temer la opinión de los demás. ¿Me acompaña a tomar algo?

La Duquesa extendió el brazo, señalándole el camino, y Candela asintió con la cabeza para seguirla hacia uno de esos reservados, delimitados por telas traslúcidas que colgaban aquí y allá, no sin antes lanzar una última mirada al pianista. Su atención se desvió hacia la curva de su cuello, empapado por el sudor. «Estoy segura de que mi comportamiento no es decoroso —admitió ante sí misma—, pero ¿por qué no puedo detenerme?». Ni siquiera le horrorizaba tanto como debería, como habría horrorizado a una muchacha criada en la alta sociedad y no en los bosques.

La Duquesa tomó asiento sobre la alfombra persa de color ocre y dorado que cubría el suelo, entre cojines, con una rodilla en alto y un brazo apoyado sobre ella. Candela la imitó y se sentó con las piernas dobladas hacia un lado, de la forma más «recatada» que pudo. Una camarera se acercó a ellas tan pronto como se acomodaron.

—¿Qué desea tomar? —preguntó la Duquesa—. ¿Ginebra? ¿Vodka? ¿Whisky tal vez?

—Preferiría algo de agua —admitió; la idea de que el alcohol desencadenase otro episodio la disuadió de volver a probarlo—. Me muero de sed.

—Traiga un té pu-erh —pidió por ella y sonrió a su invitada—. Aunque no quiera beber alcohol, permítame que la sorprenda. ¿Está siendo agradable su estancia en el hotel?

Candela asintió mientras disponían ante ella una mesita baja, de color oro y decorada con líneas sinuosas que imitaban las plumas de un ave. Colocaron una tetera de porcelana sobre la mesa y dos tacitas con forma de cuenco del mismo material. En lugar de esperar, la Duquesa tomó la tetera y sirvió el líquido rojizo ella misma.

—Quería disculparme en persona por lo sucedido con el señor Montseny —dijo—. Me temo que el pobre hombre se dejó llevar por las leyendas sobre mi hotel. En este país, cada vez que un lugar o una persona tienen éxito, disfrutamos inventando oscuras historias y explicaciones que justifiquen por qué les ha ido tan bien, ¿no cree? Los rumores sobre el hotel París dicen que aquí las personas sacan a relucir lo peor de sí mismas, pero no es cierto. Solo brota lo que son en realidad, aquello que han estado reprimiendo hasta que encoge su ser, a veces hasta enfermar, y cuando vienen a Santa Bárbara al fin pueden relajarse y ser ellas mismas. ¿Qué hay de malo en eso? Es para lo que sirven las vacaciones.

—No sabría decirle —admitió Candela—. Es la primera vez que estoy de vacaciones, y preferiría estar en mi casa durmiendo en mi propia cama y rodeada de mis cosas.

Temió haber dicho algo ofensivo, porque para ella Santa Bárbara estaba convirtiéndose en una prisión en la que debía medir cada movimiento. En la casona, con su abuela, se había sentido libre, pero suponía que no todo el mundo disfrutaba de la fortuna de un hogar como ese. Por suerte, la Duquesa sonrió.

—Entonces déjeme que se lo explique. Las vacaciones son para despreocuparse, para olvidar y aparcar los problemas y las obligaciones del día a día y todo lo que nos corta las alas y nos obliga a alzar una máscara que oculta quiénes somos en realidad. Abrí este hotel porque estoy en contra de las falsedades. Por duro que sea enfrentarnos a la verdad, siempre es mejor que una mentira.

—¿Por eso pide secretos? —preguntó Candela, y la Duquesa la estudió intrigada—. Quiero decir... Después de confesar lo más terrible de ti misma, competir por morder una manzana no parece tan difícil.

La mujer la observó en silencio, antes de reír.

—Es una forma de verlo, sí.

Estaba tan absorta en la conversación que Candela se sobresaltó cuando una mano irrumpió entre los trozos de tela y apartó uno de ellos lo suficiente para asomarse al interior del reservado.

—¿Me has llamado? —preguntó Rafael dirigiéndose a la Duquesa, pero entonces sus ojos se posaron en Candela, y en lugar de la preciosa sonrisa que le regaló en su primer encuentro, la joven distinguió en ellos un pánico fugaz.

La dueña del París asintió.

—Nuestra invitada parecía impresionada por tu talento. Ya os conocéis, ¿cierto? De niños, ambos vivisteis entre las aldeas del valle y las montañas. —Se puso en pie—. Creo que será mejor que me retire, seguro que la conversación se volverá nostálgica y llena de recuerdos, y yo prefiero vivir en el presente. Ha sido un placer conocerla, señorita Nieto, espero que nos volvamos a encontrar. Me muero de ganas por saber qué descubrirá sobre sí misma durante sus vacaciones.

Al marcharse, apoyó la mano sobre el hombro del joven el tiempo justo para poder apretarlo. Él no reaccionó, hasta que se quedaron a solas, y la dulce sonrisa volvió a su rostro.

—¿Eres del valle? —preguntó ella. Lo cierto era que estaba más acostumbrada a ver de lejos a los niños que jugaban en el pueblo que a relacionarse con ellos.

—No te acuerdas de mí, ¿verdad, chica loba? —Sonrió de nuevo y se sentó junto a ella manteniendo una prudencial y caballerosa distancia entre ambos—. Mi padre tenía permiso de tu abuela para pastorear en sus tierras. Fue ella quien me enseñó a tocar el piano. Bueno, las bases. Pero si no hubiese sabido algunas pocas canciones, la Duquesa no me habría descubierto y... es una historia muy larga.

Candela dejó escapar un pequeño grito de sorpresa. «Chica loba», claro que se acordaba. La había apodado así porque cada vez que escuchaba un aullido en el bosque lo imitaba; porque siempre que algún miembro de la manada merodeaba por los alrededores, lo distinguía entre la maleza aunque fuesen expertos a la hora de esconderse, y porque era capaz de reconocer a cada uno de ellos. La astuta y robusta alfa de pelaje rojizo, el lobo gris más paciente y cauto que se encargaba de supervisar y enseñar a los cachorros, la pareja de la alfa, un lobo desconfiado más grande que el resto, y la loba anciana de huesos frágiles y memoria prodigiosa, que conocía todas las rutas que recorrían los ciervos y corzos, así como los lugares donde encontrar agua limpia. «Chica loba». Solo una persona la había llamado así, el único amigo que tuvo. No había nada en aquel joven prodigioso de manos ágiles y cuerpo robusto que recordase al crío delgaducho y torpe que intentaba seguirle el ritmo por las montañas, sin embargo... esa sonrisa. Esa sonrisa que tan rápido la había desarmado.

—¿Jaime? ¿Es cierto que eres tú? No puede ser... —Se llevó las manos al rostro en un gesto de estupor.

—Hace mucho que nadie me llama por ese nombre —admitió—. Es un poco peligroso que lo utilices, me hace pensar que podría haber una vida más allá del hotel París. Ahora soy Rafael, solo Rafael.

Apenas había terminado la frase cuando Candela se arrojó sobre él, tanto en cuerpo como en alma. Le abrazó como pudo, aunque sus finos brazos no abarcasen toda la espalda de Rafael, o Jaime, o comoquiera que se hiciese llamar. Le estrechó con fuerza hasta que sintió que le devolvía el gesto al posar sus manos cerca de su cintura.

—Maldito tonto, ¿por qué no me has dicho que eras tú? —dijo sin soltarle.

—Ahora eres la señorita Nieto, no deberías relacionarte con personas como yo. No en público.

Candela se alejó para poder contemplarle mejor. Tras saber quién era, resultaba más sencillo identificar algunos rasgos de su viejo amigo. Su nariz se había vuelto más grande y ancha, igual que su mandíbula se tornó definida a pesar del semblante bonachón que tuvo de niño, pero sus ojos risueños y los hoyuelos de sus mejillas eran idénticos.

—¿Personas como tú? —repitió anonadada—. ¿Qué quiere decir eso?

—Que tú eres una dama, y yo, el pianista del infame hotel París. Si alguien te ve conmigo más allá de estas paredes, asumirá que te he corrompido, chica loba. La Duquesa no debería habernos presentado, dudo que ahora pueda dejarte ir. —Suspiró y Candela le tomó de la mano, porque temía que se pusiese de pie y se marchase.

—Pues no me dejes ir. Todo el mundo piensa que crecer en la casona fue solitario, pero esta ciudad me ha hecho sentir mil veces más sola. Ojalá hubiese sabido que eras tú.

Se mordió el labio para centrarse en otra sensación distinta a la de sus ojos ardiendo y contener las lágrimas. Rafael le apretó la mano de vuelta y se inclinó para estar más cerca de ella y poder hablarle sobre la estruendosa música.

—Debes echarla mucho de menos, a doña Aurora —susurró.

—Cada segundo que pasa... Igual que añoro la casona, y el bosque, y a todas sus criaturas. Quieren que vaya a Madrid, pero no creo que sobreviva allí.

—Yo tampoco he sido capaz de alejarme demasiado del valle, aunque haya tenido que cambiar hasta mi nombre para poder empezar de cero. Todo lo que soy hoy se lo debo a tu abuela. Sin sus lecciones de música el único futuro para mí habría sido el mar, y no doy la talla como marinero. —El joven sonrió.

—Ah, sí. Recuerdo tu sentido del equilibrio —rio Candela—. Puede que hubieses descubierto que era la tierra firme lo que te hacía tropezar todo el tiempo.

Rafael sonrió ante sus palabras, con un aire nostálgico.

—En realidad, ya lo probé, y solo descubrí que sentado frente al piano es el único lugar en el que me siento seguro, donde soy ágil en vez de torpe.

Candela notó que los dedos de Rafael apretaban los suyos con un poco más de fuerza y todo su cuerpo se estremeció. Ahora los veía, tan nítidos y evidentes, los momentos que pasó de niño en el salón de la casona, frente a un piano cuatro veces más grande que él, siguiendo las lecciones de Aurora con una facilidad que Candela nunca había tenido y que envidió desde el principio, celosa por la atención que su abuela le brindaba. La mujer le había escuchado silbando uno de los días en que le tocaba cuidar del rebaño y enseguida se percató del buen oído del chiquillo. No se había equivocado.

—Me preguntaba cómo podías conocer esa canción. La nana de mi abuela. Cuando la escuché el otro día, por un momento fue como volver a estar con ella. Tendría que haberme dado cuenta de que eras tú.

—¿La nana? Es cierto... Fue la primera melodía que me enseñó. La repetí hasta memorizarla, casi hasta odiarla. —Sonrió de nuevo, empapado por los recuerdos de una época mucho más sencilla—. Me hizo prometer que, cuando ella no estuviese, la tocaría para ti cada día, ¿sabes?

Se le encogió el corazón. Su abuela había adorado a Jaime, pero después de su último gran episodio, la anciana cortó de raíz el poco contacto que tenían con el mundo exterior, prohibió a todos los pastores que se adentrasen en sus tierras y a ella, que se relacionase con otros niños. Las clases de piano también se acabaron. Candela tenía sus extrañezas, pero ¿por qué su abuela había tenido que tomar una decisión tan drástica?, ¿tanto se avergonzaba de ella y del malestar que nublaba su mente? Jaime, Rafael, lo habría entendido. Le dolió pensar en todas las cosas que no comprendía sobre Aurora y su comportamiento.

Rafael debió de percibir su pesar.

—Ahora que sé que estás aquí, que eres tú, podré cumplir mi promesa. Tocaré la nana para ti cada día.

Candela apretó los labios para evitar decir que solo tendría tres semanas para cumplir esa promesa, hasta que el barco de su tío atracase en Barcelona, después bastarían un viaje en tren y otro en coche para que la música enmudeciese. Salvo que ella pudiese evitarlo.

—Creí que no volvería a oírla. No me siento con fuerzas para tararearla yo misma, por si lo hago mal y la cambio sin querer. Entonces la canción se perdería para siempre, eso pensaba —admitió.

—No sucederá —dijo Rafael, y Candela ladeó la cabeza, curiosa—. Es una nana muy popular en el valle, ¿no lo sabías? Todas las madres se la cantan a sus bebés. Dicen que espanta a la mala suerte y que apacigua a todas las bestias que puedan estar acechando a sus recién nacidos. Ha pasado de generación en generación.

—Yo... lo ignoraba. —Ahora que lo pensaba, aunque su abuela la llamase «nuestra canción», jamás dijo que la hubiese compuesto ella. De niña asumió que era así y había arrastrado la confusión durante décadas. Se apresuró a sonreír, con un aire tan inocente como travieso—. Aun así, suena mejor cuando la tocas tú. En teoría estoy «castigada». Tendré que escabullirme para poder oírla.

—¿Castigada? Aunque ahora seas una señorita con clase y

yo, un músico desvergonzado, eso confirma que la mala influencia siempre fuiste tú —bromeó Rafael.

Dejó ir su mano y se giró hacia el escenario que había abandonado. Por unos minutos, Candela había olvidado por completo dónde se encontraban, pese al estruendo de la música, las risas y el jolgorio.

—Debo volver al trabajo, pero asegúrate de seguir escapando de tu cuarto. Hay muchas cosas de Santa Bárbara que me encantaría compartir contigo, si asumes el riesgo.

La forma en que lo dijo, como si estuviese guardando un secreto que ella no podía ni imaginar, pero que anhelaba descubrir, sacudió su cuerpo y su alma dejándola al descubierto.

—¿El riesgo de protagonizar el próximo escándalo de Santa Bárbara? A las aves del bosque y a los corzos no les importarán mis modales. Correré el riesgo. Ve, no quiero que te regañen por mi culpa.

—Deberías marcharte tú también. —Se puso en pie y le tendió la mano—. La fiesta solo acaba de comenzar; a medida que se acerque el amanecer se volverá más y más indecorosa.

—¿Te parece que soy demasiado inocente? —le retó.

—Eso me temo, recuerda lo que me enseñaste en la montaña. Para no tropezar, hay que ir paso a paso, fijándote en dónde pones el pie, en vez de correr sin pararte a mirar.

No se sintió capaz de llevarle la contraria, a pesar de la urgencia que la recorría. Sentía que su cuerpo era el cauce de un río a punto de desbordarse y que aumentaba su caudal cada vez que Rafael posaba sus ojos negros sobre ella.

—De acuerdo, paso a paso —prometió acallando el fuego en su pecho que la música no dejaba de avivar.

3

Sandra

En sus sueños había visto imágenes borrosas de bosques densos y oscuros, plagados de ojos monstruosos que la observaban mientras cantaba y tocaba la guitarra. Llevaba puesto un vestido blanco y estaba sentada sobre un taburete, como en los viejos tiempos, cuando en vez de llenar estadios apenas lograba atraer la atención de los clientes del pub de su barrio. Ella entonaba la melodía y los ojos murmuraban palabras ponzoñosas.

«Ya no suena como antes».

«Qué patética, mira cómo lo sigue intentando».

«Tendría que saber cuándo rendirse y callarse».

«Vieja gloria».

«Una vez puso en pie a multitudes, pero ahora solo da lástima».

La despedazaban sin piedad con sus comentarios, y a medida que lo hacían, tras las sombras del bosque sus enormes fauces de dientes afilados tomaban forma.

«¿Estos colmillos tan grandes? No te preocupes, son para oírte mejor. Sigue cantando».

Al abrir los ojos, comprobó que no se encontraba en ningún

bosque, sino tumbada en el sofá de su lujosa suite, fuera de todo peligro. Lo más amenazante eran los estruendosos ronquidos de Pietro, espatarrado frente a ella en una de las aristocráticas sillas.

Habían pasado la noche anterior repasando las sencillas melodías que Sandra había creado. Todas ellas se inspiraban en las sensaciones que la misteriosa canción del hotel París había causado en ella. Los dos juntos tomaron nota de las partes en las que un solo de saxofón o el acompañamiento de un violín podrían enriquecer el tema, separaron estribillos y estrofas tarareando en idiomas inventados para luego convertirlos en letras que contasen historias. Sandra aún no había decidido sobre qué hablar esta vez, había muchos temas íntimos que la afectaban: la sensación de perder el control de tu vida, guardar luto a relaciones antes de tiempo y sentirte vacío en lugar de triste cuando se acababan, el temor al qué dirán... Pero sus preocupaciones se le antojaban demasiado mundanas para ritmos tan poderosos.

Una vez que se adentraron en el mundo de los acordes y silencios, se convirtieron en presos de las musas. Pelearon con ellas para agarrarlas e impedir que huyesen, hasta que estuvieron tan enredados que no podrían haberlas dejado ir ni aun intentándolo. La música no era algo que eligieses, sino una fuerza que te atrapaba. Aunque estuviesen de vacaciones, trabajaron hasta caer dormidos por puro agotamiento, y seguramente Sandra no se habría despertado hasta el mediodía si el aullido de los lobos en la distancia no se hubiese adentrado en sus sueños.

«No me extraña que tenga pesadillas», pensó mientras se incorporaba. Pese a la intensidad de los aullidos, Pietro seguía roncando, imperturbable.

Comprobó la hora. Eran algo más de las cinco de la madrugada. Se preguntó si esos dichosos lobos estarían madrugando o trasnochando. Bostezó y se dispuso a caminar hacia el dormitorio para meterse en la cama y dormir hasta que se lo pidiese el cuerpo, pero el hotel París tenía otros planes para ella.

Apenas se había puesto en pie cuando volvió a oírla.

La voz de la mujer desconocida.

Entonaba la misma melodía, como si hubiese oído aullar a los lobos y quisiese unirse a su coro de lamentos. Porque así era su sonido esa noche, el de un triste y lánguido réquiem. Recordó el efecto que causó a Pietro cuando se la cantó por primera vez: «espeluznante».

Se inclinó sobre él para despertarle, deseosa de compartir el descubrimiento con alguien más.

—Pietro, Pietro, espabila, ¿la oyes?, ¿la canción? —dijo agitando su hombro, pero él la alejó con un aspaviento malhumorado.

—¿La canción? No... no oigo nada. Déjame en paz —farfulló medio dormido y se giró sobre sí mismo para darle la espalda.

Ella se cruzó de brazos con un suspiro.

—Está bien, encontraré a la cantora misteriosa yo solita, pero luego no te quejes si acabo pidiéndole que haga los coros en nuestro álbum —advirtió, a lo que Pietro respondió con un «Hum, vale».

Sandra se puso los botines, se abrigó con su gabardina granate y salió al pasillo, envuelta por la melancólica melodía. «Los lobos se han callado», observó con sorpresa. Tal vez ellos también quisiesen escuchar.

No encontró a nadie en la séptima planta, así que se detuvo y cerró los ojos intentando distinguir el origen del sonido. «Viene desde abajo», comprendió. Quizá alguna de las empleadas hubiese comenzado su jornada y acostumbrase a tararear mientras trabajaba. Había preguntado a la joven recepcionista, Desirée, y le había confirmado que ni era ella la cantante que buscaba, ni conocía la canción, pero había otras empleadas en el hotel: cocineras, camareras de piso, supervisoras...

Tomó el ascensor hasta la planta baja y, cuando las puertas se abrieron, notó que la melodía se había tornado mucho más cercana.

Iba por buen camino.

Encontró el recibidor del hotel completamente vacío y merodeó por el bar y el comedor sin resultados. «Cualquiera diría que se está escondiendo». Salió a la parte exterior del comedor, una terraza que en verano debía de ser espectacular, pero que entonces permanecía recogida por el fresco otoñal y la falta de huéspedes.

«Está muy cerca».

A lo mejor se había equivocado y la voz no procedía del interior del hotel. El edificio se erguía sobre el borde de la bahía, en lo alto de un modesto acantilado. Para deleitar a sus clientes, los arquitectos habían diseñado una especie de mirador sobre las rocas desde el que se podía contemplar el mar. Sandra lo recorrió pasando la mano por la barandilla. Si no estuviese tan concentrada en la canción, preocupada por que acabase antes de que pudiese localizar su origen, la habría cautivado el resplandor del agua ante el tímido saludo de la luna, asomada entre las nubes que se arremolinaban unas junto a otras, cada vez más grises. Dio la vuelta al mirador en vano y se cruzó de brazos, frustrada.

—Viene de aquí al lado, estoy segura —murmuró para sí. Su buen oído nunca le fallaba.

—¿El qué viene de aquí al lado?

La concentración de Sandra había sido tan profunda que estuvo a punto de gritar al advertir otra presencia en el mirador. Asier acababa de llegar y caminaba hacia ella con las manos metidas en los bolsillos de su chaqueta verde. Sandra exhaló con ímpetu para aliviar el susto en su cuerpo.

—Sé que a los periodistas os encanta hacer preguntas, pero ¿no podías empezar con un «hola» como todo el mundo?

—Buenas noches, o más bien, buenos días —rectificó—. No suelen confundirme con cosas que no soy, paparazzis, fantasmas... Así que no tengo la costumbre de ir anunciando mi presencia. Pero supongo que tengo que hacer una excepción contigo.

Sandra arrugó el labio, ofendida.

—¿Cuánto tiempo piensas seguir echándome en cara lo del otro día? Además, no he pensado que fueses un fantasma —protestó—; como mucho, un secuestrador.

—Vaya, eso es mucho mejor, dónde va a parar. ¿Qué haces despierta tan temprano? ¿Comprobar si hay espías escondidos antes de bajar a desayunar?

—Ya, desconfía una vez y te llamarán paranoica para siempre, un clásico. Estaba... Quería ver de dónde venía la música. ¿Qué haces tú? Creía que habíais terminado con el reportaje.

—Sí, el día ha sido un poco... En fin, digamos que no me extraña que te inquieten los espíritus. Ya nos íbamos, pero parece que la alcaldesa ha cambiado de opinión. Ahora sí quiere hablar con nosotros. —Se encogió de hombros—. Supongo que, al comprobar que en el reportaje habrá unos cuantos testimonios contra su proyecto, se ha dado cuenta de que guardar silencio no la beneficia. Me he despertado antes de tiempo y, como no podía dormir otra vez, he salido a dar una vuelta.

—Tiene sentido, pero ¿a vuestra cadena le compensa pagar una noche más de un hotel de lujo? He visto el tipo de anuncios que ponéis. «Persianas y ventanas Vázquez, el mejor aislamiento para el hogar». No suena a campaña publicitaria multimillonaria.

Temió haberle ofendido con su comentario, pero Asier se rio.

—¿Me tomas el pelo? Estamos en temporada baja, y casi nadie viene a hacer turismo a Santa Bárbara a pesar de los intentos de la alcaldesa. Con esta ocupación, la habitación estándar de este hotel cuesta casi lo mismo que un albergue en Madrid. No te creas que se rascan el bolsillo para dos pardillos como Nora y yo.

Sandra alzó la ceja sorprendida. Y pensar que su mánager le había echado en cara lo complicado y costoso que resultaba complacer sus exigencias.

—Supongo que los aullidos de los lobos no ayudan a revalorizar el hotel y la ciudad.

—Te entiendo... No me molesta el canto de los gallos al amanecer, pero sentir que hay una manada de lobos hambrientos tan cerca de tu cama es muy intenso para mi gusto —bromeó el reportero—. Me parece que he pasado demasiado tiempo escuchando las leyendas locales estos días. El caso es que me he desvelado.

—Bueno, ya que estás aquí, podrías ayudarme. Para compensar el susto que me has dado.

Asier sonrió, y las finas líneas bajo sus ojos reaparecieron.

—Claro, ¿cómo? —preguntó sacándose las manos de los bolsillos.

—Intento averiguar quién está cantando. Tal vez a ella también la hayan despertado los lobos. Llevo varios días a la caza de esa canción y no deja de escabullírseme.

Asier ladeó la cabeza, intrigado.

—¿Qué canción?

—La canción que están tarareando —dijo Sandra. ¿No era evidente? Al ver que Asier no daba señales de reconocimiento, tarareó ella también la melodía.

Asier negó con la cabeza.

—No oigo nada, lo siento.

«Ah, ya veo». Quizá porque estaba acostumbrada a tratar con Pietro, asumió que el periodista trataba de tomarle el pelo.

—Si vas a seguir con la broma de los espíritus y las apariciones, no tiene ninguna gracia.

—No, en serio, no la oigo, pero no creo que sean los espíritus. —Se llevó la mano a la oreja y le mostró un pequeño audífono de color carne—. Hay algunos tonos que se me escapan —explicó y volvió a colocárselo.

El moderno aparato era tan discreto que solo un diminuto agarre de plástico transparente podría haber delatado su presencia, pero las ondas del pelo de Asier lo cubrían por completo.

Sandra no tenía manera de saberlo, pero notó cómo sus mejillas se sonrojaban por el malentendido.

—Yo... no lo sabía, perdona... Parece que no dejo de meter la pata contigo.

—Si te sirve de algo, yo también me siento un poco torpe cerca de ti... —Se aclaró la garganta para cambiar rápidamente de tema al ver que ella entornaba los ojos intentando descifrar el comentario—. Solo es un poco de hipoacusia, tuve un accidente, fue... es una larga historia. Ahora que estamos solos, ¿puedo llamarte Sandra?

Las defensas levantadas a lo largo de una década le advertían que no cruzase líneas, que no permitiese que la confianza se abriese paso a través de sus cortafuegos, pero tan lejos de casa, de la banda, de su mánager y de los paparazzis, en mitad de un emocionante juego por encontrar una misteriosa canción... Fue demasiado fácil olvidarse de que había un mundo más allá de ese «Sandra» pronunciado con cercanía y acento español.

—Solo si me ayudas —sonrió.

Asier asintió.

—Veamos. —Se cruzó de brazos pensativo—. Dices que has seguido la música hasta aquí. ¿Estás segura?

—Completamente. Mi oído es infalible. Oh, disculpa, no quería decir... —Había tenido amigos dentro de la profesión que perdieron audición o habían desarrollado tinnitus por culpa de la exposición constante a fuertes ruidos y sabía por ellos lo dolorosa y frustrante que podía llegar a ser la experiencia, pero Asier barrió el aire con la mano.

—No te disculpes por tus dones, o me ofenderé de verdad.

Sandra asintió y él retomó el enigma:

—El problema es que, en apariencia, no hay nada aquí.

Asier caminó hacia la fachada del hotel y observó la lisa fachada beige y su parte inferior, pintada con un elegante azul marino casi negro que disimulaba la suciedad. Alzó la mano y acarició una larga fisura que se extendía por la curva del hotel y que resultaba chocante teniendo en cuenta que acababan de renovarlo. La recorrió con los dedos hasta una hondura lo bastante ancha para introducirlos.

—Alguien se ha esforzado mucho por que esta grieta parezca real.

Sandra pensó que lo único que encontraría allí sería alguna pobre lagartija a la que despertar de su letargo, pero cuando el periodista presionó ligeramente con los dedos, se escuchó un clic. Asier puso los ojos como platos y tiró hacia sí haciendo que la fachada se desplazase unos centímetros.

—No puede ser... —masculló Sandra.

—Me parece que esta puerta estaba pensada para abrirla solo desde dentro. ¿Me ayudas? —preguntó.

Ella tardó unos segundos en procesar la petición, luego agarró la piedra que había quedado a la vista y tiró junto a Asier hasta que revelaron unas escaleras que descendían hacia lo que parecía un pasaje secreto digno de una película de misterio. De su interior surgió una oleada de aire rancio, un aroma denso y polvoriento, pero también una melodía distante.

—Había oído leyendas sobre el local clandestino del hotel París, pero esto es aún más emocionante de lo que pensaba.

¿Quiere su descubridora hacer los honores? —preguntó Asier invitándola a pasar con una floritura.

—Me parece que vamos a meternos en un lío. Si los dueños del hotel quisiesen que bajásemos ahí, lo anunciarían en el folleto.

—Puede que no sepan que esto existe. No parece el tipo de lugar que uno incluye en los planos públicos. ¿De verdad no te intriga? —preguntó.

Sandra se detuvo un momento. Sí, claro que la intrigaba, pero podía vivir sin saber qué había más allá de aquellas escaleras que se hundían en la oscuridad. Sin embargo, la canción... Cada célula de su cuerpo la empujaba a seguir aquella melodía, que se había vuelto más tenue pero inconfundible.

—Está bien, pero deja la puerta abierta del todo. No quiero que el viento la cierre y que muramos aquí dentro atrapados.

Encendió la linterna del móvil y comenzó a bajar los escalones. Pronto descubrió una estancia mucho más grande de lo que cabría imaginar. Tal y como sospechaba Asier, no parecía que nadie hubiese entrado ahí en al menos un siglo. Una segunda linterna iluminó parte de la sala cuando el periodista se detuvo a su lado.

—Si Santa Bárbara no me diese escalofríos, creo que podría convencer a mi jefe para hacer un reportaje sobre este lugar.

Asier se aventuró entre mesas y sillas cubiertas por una capa de polvo tan gruesa que casi se diría sólida. Sus pasos resonaban con eco en lo que debió de ser la pista de baile. Sandra caminó hacia la barra, cuyos estantes quedaban ocultos por densas telarañas. Sobre ella resistían una botella de whisky y varios vasos y copas que nadie llegó a vaciar del todo, aunque el alcohol se hubiese evaporado hacía mucho.

—Parece que se fueron a toda prisa —dedujo.

—Lo mismo por aquí. Los músicos ni siquiera recogieron

sus instrumentos. O creían que podrían volver, o salieron con tanta urgencia que ni se detuvieron a llevarse una trompeta o un saxo. ¿Eso que hay sobre el escenario es una jaula? Me pregunto si estarían haciendo algún truco de magia, o un número de baile. Vaya... —Su tono se transformó de golpe, ya no estaba especulando—. ¿Es esto lo que buscas?

Asier se inclinó para examinar algo sobre el suelo del escenario. Lo enfocó con la linterna: era una caja de música, girada de lado y abierta de par en par, como si se le acabase de caer a alguien mientras corría.

La cantante se acercó para verla mejor. Tenía una forma rectangular y era de madera, el tipo de objeto que podría haber comprado alguien por no demasiado dinero hacía un siglo. Su única decoración era la silueta de un lobo dibujada sobre la tapa, que corría como si estuviese condenado a perseguir la luna sobre su cabeza para siempre. En su interior se distinguía el artefacto que producía las notas, un cilindro metálico que daba vueltas haciendo que las láminas del cepillo vibrasen al chocar con los remaches que determinaban cada nota, o más bien al ser levantadas por ellos, produciendo una melodía dulce y aguda. La canción que Sandra llevaba días escuchando. A pesar de su antigüedad, la caja era lo único de aquel lugar que parecía haber sido cuidado, y con esmero, además. Solo el rechinar que ensombrecía alguna de las notas delataba el paso del tiempo.

—No somos los primeros en entrar aquí esta noche. —Asier dejó de apuntar a la caja y enfocó el haz de luz de la linterna en derredor—. Al menos, ya has encontrado tu canción.

—Yo... juraría que... —Enmudeció. ¿Podía haber confundido las notas metálicas con la voz de una mujer joven? Cerró la caja con cuidado acallando la melodía—. ¿Quién la habrá dejado aquí?

—A lo mejor los empleados del hotel sí conocen el lugar, después de todo.

—¿Y por qué no rehabilitarlo? Seguro que un auténtico bar clandestino de los años veinte atraería a los turistas, o al menos a los habitantes de la zona.

Sandra miró a su alrededor y se imaginó a sí misma cantando con un vestido de lentejuelas sobre el escenario, acompañada de algún famoso saxofonista de la época. ¿Visitarían las celebridades que se alojaron en el hotel aquel lugar secreto? Ese tipo de locales se popularizó en Estados Unidos en tiempos de la ley seca, así que debía de ser divertido para los europeos imitar la emoción de lo prohibido en fiestas exclusivas y secretas.

—Me imagino que temen despertar a los fantasmas —dijo Asier, y Sandra ladeó la cabeza ante esa nueva mención a lo paranormal—. Quería decir... metafóricamente hablando. Las infames fiestas del hotel París fueron el epicentro de la caída en desgracia de toda Santa Bárbara. Supongo que, ahora que intentan que su gloria resurja, prefieren mantenerlas en el olvido.

—¿Qué pasó? No parece que sea un lugar tan terrible. —Más allá de la pista de baile, el suelo estaba cubierto por cojines y alfombras persas polvorientas que en otro tiempo debieron de ser coloridas, igual que las cortinas, que habían acabado por caer o estaban raídas del todo.

—Fue un cúmulo de desgracias. El hotel tenía fama de dar cabida a varios escándalos sonados cada temporada. Al principio, eso divertía a los huéspedes, que se obligaban a mantener una impecable moral el resto del año y en sus vacaciones se permitían cotillear sobre quién había sido infiel a quién. Pero la cosa fue más allá de unos cuantos escarceos amorosos y de esposos celosos hasta que desembocó en tragedia. No recuerdo los detalles, pero sí que hubo un intento de suicidio y varios homicidios; el último de ellos fue tan mediático que acabó por enterrar este lugar, aunque nunca llegó a aclararse con exactitud lo sucedido.

Los aristócratas y nuevos ricos pasaron de entretenerse con las desdichas ajenas a experimentar auténtico terror. El hotel París cerró y el verano siguiente nadie volvió a la ciudad.

—Vaya, debió de ser horrible. Asesinatos... en el hotel en el que dormimos cada noche.

Apretó la caja de música con ímpetu, como si se tratase de un escudo protector contra las malas energías. Por eso se había mostrado tan reticente a escuchar aquellas historias. Menos mal que Pietro no había querido ir con ella; se lo habría pasado de lo lindo provocándole sobresaltos cada dos segundos.

—¿Entiendes mejor por qué los habitantes de Santa Bárbara son tan supersticiosos?

Asintió con la cabeza. Llevaba solo unos días en aquella bahía de aguas tranquilas, y al principio le habría resultado difícil creer que un lugar que rebosaba belleza y calma pudiese ser el escenario de sucesos mórbidos y leyendas fantasiosas, pero visto cómo enloquecieron esos perros, la canción que la había conducido hasta allí, el hallazgo del sótano secreto y de la caja de música, comenzaba a admitir que en Santa Bárbara nada era lo que parecía.

—Alguna de las víctimas de esas muertes... ¿fue una mujer joven?

Asier ladeó la cabeza, en un gesto de curiosidad.

—¿Por qué? ¿Has visto una figura espectral paseando por los pasillos del hotel?

—Claro que no. —«Pero he oído su voz».

El periodista inspiró hondo tratando de hacer memoria.

—Sé que murió una acaudalada heredera, pero no sé cómo de joven era. Por eso nadie quiso volver. Si ni la huésped más rica estaba a salvo, ¿quién lo estaría? ¿Cómo se llamaba? Claudia... no, ¿Carmen? Algo así.

—Candela... Se llamaba Candela —murmuró Sandra acariciando el nombre grabado en la tapa de la caja, junto a las palabras «Chica Loba».

—¡Cierto! Candela Nieto. Ahora lo recuerdo. Vivía en la Casona Algora, aislada del mundo. Después vino a la ciudad, y encontraron el cuerpo en su suite, en un estado horrible, al parecer. Pobre mujer... Si esa historia volviese a salir a la luz, dudo que los forasteros se atreviesen a hospedarse en la ciudad. Sandra, ¿estás bien? Te has quedado pálida.

—¿Qué? Oh, sí... sí. Este asunto me está afectando un poco, me temo. Me dan mala espina estas cosas.

—Perdona, yo no soy especialmente sensible a los temas paranormales y me ponen los pelos de punta, así que no me imagino cómo te sentirás tú. No diré una sola palabra más, lo juro. —Asier alzó las manos en el aire, con las palmas hacia ella a modo de promesa.

—He preguntado yo —le recordó. Aunque no estaba acostumbrada a la transparencia de Asier, en su mundo todas las personas que la rodeaban trataban de protegerla de la verdad. Hasta Las Hijas Salvajes lo hicieron.

Iba a sugerir que se marchasen de allí cuando un fogonazo iluminó la sala y las lámparas del techo zumbaron al encenderse con una luz temblorosa.

4

Candela

A lo largo de los siguientes días, Candela se sumió en una rutina que empezaba a difuminar la frontera que separaba una jornada de la siguiente. Dormía hasta bien entrado el mediodía, cuando alguien del hotel acudía a por Emperatriz para darle el paseo de rigor, mientras ella tomaba el desayuno asomada al balcón envidiando a quienes podían pasear libremente. La séptima planta se quedaba tan vacía durante el día que se había escabullido hasta la puerta de don Eduardo en varias ocasiones, dejando la suya abierta de par en par por miedo a quedarse atrapada fuera, pero le había resultado imposible entrar en la suite del abogado sin una llave. Pasaba la tarde haciendo tiempo, peinándose el largo cabello, releyendo alguna de las novelas que había traído consigo y que en ese momento estudiaba con ojos frescos, con la mirada de alguien que, por fin, comienza a descubrir el mundo, y jugaba con Emperatriz hasta que pasaba la hora de la cena y el sol se ponía en el horizonte. Con el crepúsculo, un sobre con la contraseña de esa noche se deslizaba bajo su puerta y Candela cambiaba sus ropas por otras más oscuras.

La cita era a medianoche, pero Rafael le pedía que bajase un rato antes, mientras los preparativos aún seguían en marcha; así podrían sentarse plácidamente y charlar. Y eso era lo que hacían: tomaban asiento el uno frente al otro y hablaban de los viejos tiempos, de anécdotas que Candela había olvidado por completo, de su abuela, y también del futuro. A veces salían del hotel y paseaban por la playa en mitad de la noche, casi a solas junto a la orilla. Era entonces, sin oídos curiosos ni miradas indiscretas, cuando se atrevían a compartir sus sueños.

—Es complicado, y ni siquiera sé si reuniré el valor suficiente para llevarlo a cabo, pero a veces imagino que cuando ahorre suficiente dinero, me marcharé de la bahía. Iré a París, a Berlín. Allí me labraré un nombre y después viajaré a Nueva Orleans. Es la cuna del jazz, ¿lo sabías? Cuando llegue a América, podré conocer a artistas increíbles que no sabrán dónde se encuentra Santa Bárbara ni nada de lo que sucede aquí —decía Rafael oteando el infinito mar con anhelo.

—Creía que te gustaba tu trabajo —le respondió Candela, que sentía una opresión en el pecho con solo pensar en que tuviesen que separarse después de haberse reencontrado.

—Me encanta, pero es difícil labrarse una reputación como pianista cuando ninguna de las personas que te escuchan se atreverían a admitir en público que lo han hecho. Además, cuando uno se pasa el día descubriendo las historias de viajeros llegados de todos los rincones del mundo, acaba teniendo curiosidad. ¿No te gustaría saber qué hay más allá de estas montañas?

Candela negó con la cabeza, abrazándose a sí misma para resguardarse de la fresca brisa nocturna.

—Para mí el valle y la montaña son el mundo. No necesito descubrir qué hay más allá porque cada día me sorprenden. Cada día encuentro un nuevo nido entre las ramas de un viejo roble, o el brote de uno que acaba de nacer, descubro que el arroyo trae más agua que el día anterior, que los lobos han tenido una nueva camada o que los ciervos han perdido su cornamenta. Supongo que sonaré como una niña tonta —rio azorada al advertir la mirada del músico fija en ella.

Rafael negó con la cabeza.

—Siempre has amado el bosque.

—¿Crees que si se lo explico a mi tío lo entenderá?

—No conozco a tu tío, pero... los hombres con poder raramente escuchan a quienes no lo tienen. Es otra de las cosas que he aprendido en el hotel.

Candela asintió apenada y Rafael se detuvo en seco.

—Si no te escucha... vayámonos. Los dos. Huyamos a París. No tardaré en encontrar trabajo allí, sabes que tengo talento. Viajemos por el mundo, y cuando nos cansemos y envejezcamos, entonces podremos volver y descansar.

Al principio creyó que Rafael solo estaba invocando un escenario de ensueño, pero cuando tomó sus manos con ímpetu, percibió la urgencia en su propuesta. Le estaba proponiendo que se fugase con él. Y aunque no sonaba del todo mal, la idea de rendirse se atragantaba en la garganta de Candela, imposible de digerir.

A pesar del mundo de fantasía, oscuro y fascinante que la había seducido durante noches, Candela no había olvidado su plan de ganarse la confianza de Francisco Velasco ni los documentos que don Eduardo guardaba con tanto celo. Había estado atenta a cualquier oportunidad que se le presentase para robar alguna de las llaves de los empleados, cuando le servían copas que solo se atrevía a paladear, o cuando hacía alguna petición, ya fuera banal, como traerle un cojín más mullido, o algo más estrafalario en consonancia con el ambiente del club, como: «Aúpame para que pueda alcanzar esa manzana con la boca, está alta para mí». Sin embargo, los trabajadores del hotel las guardaban con celo y nunca bajaban la guardia. Solo tenía un intento; si fallaba, la Duquesa no volvería a invitarla y perdería toda opción de hacerse con una llave. Pero esa no era la única tara de su plan; se sentía culpable al pensar en la reprimenda que se llevaría el pobre empleado que perdiese su llave, ¿y si le despedían? Ese pensamiento la frenaba en más de una ocasión. Para muchos, como Rafael, el hotel París era lo único que les quedaba.

—Si mi tío no me escucha, tendré que probar otra cosa. No puedo renunciar a todo tan fácilmente —admitió.

Rafael agachó la cabeza, decepcionado, aunque eso no le impidió regalarle una de sus tiernas sonrisas.

—Tienes razón, no puedes rendirte. No esperaría menos de ti, chica loba. Me temo que yo nunca fui tan valiente como tú, ni en el bosque ni en la vida.

Lo único sobre lo que jamás hablaban era lo que había ocurrido durante los años en que no se vieron. No hablaban de cómo Jaime, el hijo del pastor, se había transformado en Rafael, el pianista del hotel París, ni por qué a ese niño siempre risueño ahora le acosaban arrebatos de melancolía que parecían brotar de ninguna parte y que duraban el tiempo justo que tardaba en esconderlos.

—Eso no es cierto —susurró.

Candela era impulsiva, algo temeraria, y en ocasiones se dejaba llevar por el primer pensamiento que tenía, pero eso no significaba que fuese valiente. Rafael era, a sus ojos, pura solidez. Daba igual lo que estuviese haciendo, siempre se entregaba de lleno, y cuando sentía algo, lo hacía sin medias tintas, dejando que la emoción se fundiese con él igual que él se fundía con el momento presente; por eso, cuando alzó la mano para acunar su mejilla, Candela tembló como una vela prendida a la intemperie.

—Si fuese valiente —susurró Rafael atravesándola con esos oscuros ojos suyos que tanto resplandecían incluso en la noche, atesorándola con la misma pasión con la que se perdía en las teclas del piano—, me atrevería a besarte aquí mismo, esta noche. Pero en el fondo solo soy un niño que lleva toda la vida intentando correr detrás de ti.

Ella se estremeció entre el anhelo y la sorpresa, aunque no le hubiese pasado desapercibida la forma en que sus cuerpos se inclinaban el uno hacia el otro cada vez que estaban cerca, como si ansiasen el contacto que el pudor y el qué dirán les negaban. Sonrió y, en lugar de responder, hizo algo que quería probar desde hacía días. Se quitó los zapatos, los dejó sobre la arena y corrió hasta la orilla. Al principio se frenó, temerosa, pensando que el agua estaría helada, y no se equivocó. Chilló de frío y emoción cuando la marea le mojó las plantas de los pies. El estímulo fue lo bastante intenso para quebrar la barrera del miedo y de la primera vez. Siguió avanzando hasta que el agua le llegó a los gemelos y se giró hacia la playa para indicarle a Rafael que la acompañase con un gesto de la mano.

—¡Ven! ¡Bañémonos juntos! El agua está estupenda.

Rafael la había estado observando, y esta vez a Candela no se le escapó que su mirada se colmaba de amor cuando era a ella a quien veía. Sonrió ante la osadía de la muchacha.

—Mentirosa. Eso es el Cantábrico, y sus olas cortan como cuchillas. —Señaló el agua—. ¿Crees que es la primera vez que me baño en el mar de noche?

—Supongo que no, pero... sería la primera vez que te bañas conmigo —le retó con picardía y una risa divertida.

Rafael suspiró y se rindió. Se dejó llevar por los deseos de Candela, porque sabía por experiencia que sus instintos siempre los conducían a alguna aventura maravillosa, un rincón del bosque inexplorado, un paisaje nuevo, una sensación inesperada. Se quitó los zapatos, se remangó los pantalones y se detuvo casi en la orilla, con el agua apenas rozando sus tobillos.

—¿A que no es tan terrible?

En un rápido movimiento y antes de que Rafael pudiese impedirlo, se agachó para llenar de agua el cuenco de sus manos y la arrojó sobre él salpicándole la elegante camisa, el chaleco y el pelo. Rafael se paró en seco, con tanta seriedad que por un momento creyó que se había enfadado, pero sus hoyuelos le traicionaron cuando apenas pudo contener una sonrisa.

—Vas a arrepentirte de eso, chica loba —advirtió, y Candela se apartó un segundo antes de que patease las olas para lanzar una tromba de agua sobre ella.

—¡Ja! Así que quieres jugar duro, ¿eh? Te recuerdo que siempre te ganaba en la laguna.

—Porque diste el estirón antes que yo, pero ya no tienes esa suerte.

Se salpicaron y se persiguieron por el agua entre risas, sin prestar atención a la brisa que los envolvía y enfriaba, ni al resplandor de la ciudad a solo una decena de metros, porque en ese instante se sentían solos en el mundo. Rafael corrió hacia ella para atraparla y Candela escapó avanzando a grandes zancadas, hasta que un repentino desnivel la hizo caer de bruces en el mar empapándose por completo.

—¡Candela! —la llamó él con tono preocupado. Se apresuró a llegar hasta ella y la tomó de los brazos para ayudarla a levantarse.

Candela, con el moño deshecho y el pelo empapado cayéndole sobre la ropa aún más calada, no pudo evitar echarse a reír. Se apartó un mechón de la frente.

—¿Estás bien? ¿Te has hecho daño? Deberíamos volver antes de que te congeles aquí fuera. Espero que no te resfríes, vamos.

Sin embargo, Candela no se movió de su sitio.

Al ver lo rápido que había llegado al rescate, acudieron a su mente los recuerdos de cómo terminaban algunas de sus intrépidas aventuras, como sucedió la vez en que Candela resbaló de lo alto de una pedriza y se torció el tobillo. Rafael cargó con ella en la espalda hasta la casona sin pensárselo dos veces, por más que ella insistiese en que podía andar, aunque fuese cojeando. O aquella ocasión en que se acercó demasiado a un avispero y terminó con el brazo lleno de picaduras. Su amigo la llevó hasta el arroyo más fresco para que aliviase sus heridas y preparó para ella un ungüento de hojas que su padre le enseñó tan pronto como empezó a acompañarle a la montaña.

Candela era la encargada de volver sus vidas emocionantes, pero, a cambio, Rafael siempre había cuidado de ella.

—Estoy bien. Sabes que nunca me resfrío ni enfermo. —Le tomó de la mano y sintió el pulso de su corazón acelerado al rozar su muñeca—. De verdad. No tienes que preocuparte. Todo está bien.

Él permaneció en silencio, sin saber qué decir. Aunque no hacía falta decir nada.

Candela le rodeó los hombros con los brazos para impulsarse hacia él y le besó, aunque no tuviese ni la menor idea de lo que estaba haciendo. Le besó con ímpetu como si quisiese decirle que tenía permiso para ser amable y cálido, que ella sería una loba feroz por los dos, sin tapujos ni pudores, sin normas sociales que obedecer ni decoro que le quitase el sueño. En el bosque no existían esas cosas. Nunca había deseado así a nadie, pero no tenía miedo de sus sentimientos. Ya no. Le besó una vez y le siguió besando, apretándose contra su cuerpo, aferrándose a sus anchos hombros con las uñas, derritiéndose al notar cómo él le devolvía el beso y se dejaba hacer sin retroceder ante su súbita voracidad, sin que les importase que las olas continuasen empapándolos. Notó las manos de Rafael sobre su pelo mojado y maldijo por no poder sentirlas en todo su cuerpo a la vez. Deseó que nunca se acabase, que la tumbase sobre la arena y que permaneciesen así para siempre, pero fue ella misma quien se detuvo, al escuchar el aullido de los lobos en la distancia, como una advertencia.

Aunque la reputación que importaba tanto a otras muchachas no significase nada para ella, dañar la suya sí afectaría a su única posibilidad de quedarse en el valle. Se alejó bruscamente de Rafael, porque si no, nunca habría podido hacerlo, y tras un segundo de confusión, él la miró abochornado.

—Yo... lo siento —dijo el músico.

Candela sonrió y ambos se pusieron en pie apoyándose el uno en el otro.

—No te disculpes, la osada soy yo, ¿recuerdas? —preguntó a pesar de que los golpetazos descontrolados de su corazón apenas le permitían oír sus pensamientos.

—Candela, esto es peligroso, nadie debería saberlo. No... no deberíamos volver a hacerlo.

—Es que... ¿no te ha gustado? —Sentía una opresión en el pecho y las burlas de Virginie volvieron a resonar en su cabeza. Qué sabía una chica salvaje que apenas había aprendido cómo vivir en sociedad sobre lo que disfrutaban los hombres.

Rafael frunció el ceño y, a pesar de sus propias advertencias, le acarició la mejilla con la palma de la mano.

—¿Qué? No, yo... Candela, soy tuyo. Siempre lo fui. Aprendí a tocar el piano solo porque quería interpretar para ti esa canción que tanto te gusta. Me he pasado los últimos diez años preguntándome si serías feliz, o si te sentirías sola en las montañas. Pero no deberíamos estar juntos, no me lo perdonaría si sufrieses por mi culpa.

Era tan dulce, tan honesto... De niña había ansiado compartir el bosque con él, le entregaba puñados de bellotas y bayas que había encontrado, hojas con colores hermosos que caían de los árboles en otoño, lagartijas aún vivas que se escurrían de entre sus manos. Quería regalarle todo cuanto amaba, y ahora que eran adultos, se amaban el uno al otro, y era ella misma la que quería ofrecerse para que la tomase como había bebido del agua de los arroyos. ¿Es que no lo veía? Era perfecto, ¿por qué se negaba a aceptarla? Solo debían ser algo más discretos. Esperar al momento adecuado. ¿Por qué no podían tenerlo todo? El ansia creció en su interior, y sus apetitos pasajeros se convirtieron en algo mucho más poderoso, una ambición incontrolable.

—Estamos en Santa Bárbara de vacaciones. Seremos cautelosos, es lo que hace todo el mundo. La Duquesa dice...

—La Duquesa es la última persona que debe enterarse de esto. —Rafael habló con una seriedad que Candela nunca había visto en él—. Ella aprovecha las debilidades y los secretos de las personas. Ya sospecha lo que siento por ti. Si descubre que tú sientes lo mismo...

El pianista miró a su alrededor, comprobando con alivio que en la playa solo había un par de parejas que habían acudido a hacer lo mismo que ellos, resguardados entre las casetas o bajo el muro del paseo marítimo.

—Rafael...

—Regresemos al hotel. La fiesta está a punto de empezar y yo debería cambiarme de ropa. Será... será mejor que no vengas esta noche.

Candela asintió, con el corazón temblando en el pecho, sin saber si debía romperse o solo agrietarse, y caminaron de vuelta en un silencio descorazonador. No comprendía qué era lo que lo atemorizaba tanto como para renunciar a ella. «Tiene miedo de no poder cuidar de mí esta vez». Pero Rafael estaba olvidando que ella también tenía sus propias garras, garras que estaba dispuesta a usar.

5

Sandra

—¿Qué estáis haciendo aquí?

Era la joven recepcionista del pelo fino y la piel pálida, Desirée, quien había activado la corriente eléctrica. Llevaba puesto su uniforme. Sandra supuso que habría dado un paseo antes de empezar su turno y se encontró la fachada del hotel abierta de par en par

—Esta zona está restringida para los huéspedes, no podéis bajar aquí —insistió al ver que ninguno de los dos respondía.

La recepcionista estaba muy seria, entre enfadada y temerosa, tal vez en riesgo de perder su trabajo si alguno de ellos provocaba daños en el sótano secreto o apretaba el botón que no era.

—Disculpa —se apresuró a decir Asier—. Tienes razón, ya nos íbamos.

Tomó a Sandra de la mano y tiró de ella hacia la salida a toda prisa, mientras la cantante se esforzaba por disimular la caja de música que llevaba bajo el brazo. Subieron veloces las escaleras para salir del sótano. Sandra era consciente de que nunca deberían haber bajado allí y que el fascinante club clandestino abandonado solo revelaba una milésima parte de las desdichas que acontecieron en su interior, pero no pudo evitar sentir una emoción juvenil que le recordaba a los días en que se escapaba del instituto para ir a ensayar o a cuando aún se atrevía a ponerse una peluca y un disfraz para pasar por delante de los paparazzis sin que se percataran.

—¿Investigar secretos es siempre tan... divertido? —preguntó cuando por fin salieron—. Oh, está lloviendo.

En el rato que habían pasado allí abajo, las nubes grisáceas habían comenzado a descargarse con ímpetu. Ambos se refugiaron durante unos segundos bajo la cubierta de cristal que se proyectaba desde la fachada del hotel y cubría una parte del mirador.

—¿Por qué crees que los periodistas tenemos fama de adictos al trabajo? Destapar engaños antes que nadie, darte cuenta de un detalle que el resto ha pasado por alto, colarte en sitios. Es mucho más entretenido que trabajar en una oficina delante de un ordenador sin despegarte de la silla en todo el día, y se libera mucha más adrenalina. Aunque también se duermen menos horas.

—No sabría decirte, nunca he trabajado en una oficina —admitió Sandra.

—Claro, lo olvidaba. Estrella de la música siempre será más emocionante que cualquier otro oficio.

Sandra estuvo a punto de echarse a reír. Aunque siguiese recelando de la profesión de Asier, era refrescante pasar el rato con alguien que «olvidaba» que estaba hablando con Sandra O'Brian, la artista que llenaba estadios y batía récords de escuchas en las plataformas de streaming, o que al menos solía hacerlo. Los últimos dos discos no habían logrado superar sus últimas marcas, disparando el temor a que su carrera fuese cuesta abajo.

—Hay días en que es más aburrido de lo que crees. Los números deciden tu valía como ser humano, así que te acabas obsesionando con ellos. ¿Cuántas visitas tiene mi videoclip? ¿Qué puntuación me han dado los críticos? ¿Se han vendido todas las entradas del concierto? ¿Cuántas horas tardaron en agotarse? Estos últimos meses he pasado más tiempo comprobando mis oyentes mensuales que componiendo. Por no hablar de las entrevistas... Prueba a responder doce veces en una mañana la misma pregunta sobre en qué te has inspirado para componer un disco. —Suspiró—. Ser famoso está sobrevalorado.

Asier se cruzó de brazos.

—Sí que nos tienes manía... Seguramente los pobres periodistas que te hicieron la entrevista tenían que escribir otros cinco artículos ese mismo día para intentar competir con Twitter e Instagram y no les dio tiempo de prepararse más, ten un poco de piedad. No todos pueden ser intrépidos reporteros como Nora y yo —bromeó, aunque sus palabras tuviesen más de verdad que de humor—. No, ahora en serio: los artistas no sois los únicos acosados por los números. Si tus publicaciones no llegan a un número de clics concreto, estás perdido, y la única solución es competir por el titular más disparatado, mal que te pese. Eso también te consume el alma.

Sandra sopesó sus palabras. Estaba tan acostumbrada a su propia distopía gobernada por las cifras, que no se había parado a pensar que había muchas otras personas en su misma situación. En apenas dos días, Nora y Asier la estaban devolviendo poco a poco a la vida real, al mundo donde los demás vivían y del que había estado tan desconectada.

—Tienes razón, pero, oye, tampoco soy un monstruo. Por eso, aunque quiera chillar del aburrimiento, siempre sonrío y finjo que es la pregunta más interesante que me han hecho en mucho tiempo. —Sandra abrió su gabardina granate para proteger dentro de ella la caja de música—. Me parece que cada vez llueve más. Y no tiene pinta de que vaya a parar.

—Vamos a tener que correr si no queremos pasarnos el resto de la noche aquí.

Se miraron a los ojos, asintieron y abandonaron la protección de la cubierta para recorrer a toda velocidad los metros que los separaban de la entrada del hotel. Aunque fueron unos pocos segundos, llovía a mares y Sandra notó cómo su nueva melena rubia se humedecía rápidamente, aunque se cubriese la cabeza con la mano.

Entraron en el vestíbulo riendo por la aventura y se apresuraron a subir a sus respectivas habitaciones para quitarse la ropa mojada y calentarse. Caminaron por el alargado pasillo empapando la moqueta con sus botas inundadas. Mientras avanzaban, comentaban su descubrimiento a pleno pulmón, pues estaban bastante seguros de que eran los únicos huéspedes de esa planta y el agua fría había acabado por despertarlos del todo.

—A Pietro le va a encantar la caja, es un auténtico friki de todo lo que haga música. Una vez que fuimos a un festival en Florencia se compró un laúd. Un maldito laúd renacentista. Bueno, en realidad no creo que sea del Renacimiento porque le costó solo mil dólares. Seguro que una pieza histórica vale bastante más.

—¿Lleváis muchos años tocando juntos? —preguntó Asier, con honesta curiosidad.

Ella asintió.

—Toda la vida, es casi como un hermano mayor al que le encanta chincharme, pero siempre me ayuda con mis ideas musicales. Por ejemplo, había pensado en inspirar el nuevo disco en esta melodía, pero, viendo lo antigua que es la caja de música, lo más probable es que no tenga derechos de autor y que podamos adaptarla y utilizarla tal cual.

—Eso significa que te vas a pasar todo el día encerrada en la habitación, ¿verdad?

—Una no puede darles la espalda a las musas cuando por fin se dignan a aparecer. Aunque lo cierto es que me gustaría saber de dónde viene la canción, para reconocer su autoría, averiguar si hay más que sean parecidas...

—Nora ha estado indagando en sus ratos libres, aunque no te dirá nada hasta que lo tenga claro. Cuando algo le interesa, es capaz de descubrir hasta el más ridículo detalle sobre el tema.

—Me he dado cuenta —admitió divertida. Se detuvieron frente a la puerta de la suite 707. Puede que fuese la repentina lluvia, que le recordaba a Londres, o que se sentía emocionada por componer con ilusión por primera vez en años, pero cada vez le resultaba más fácil bajar la guardia con aquellos dos—. ¿Os vais mañana? Bueno, hoy —preguntó, sorprendida por la punzada de pena en su pecho ante la idea.

Asier asintió con la cabeza.

—En cuanto entrevistemos a la alcaldesa. ¿Por? ¿Empezabas a encariñarte de nosotros?

Lo cierto era que sí, pero temía sonar como una tonta si lo admitía en voz alta.

—Pensé que podría despedirme de Nora cuando despierte. Yo tampoco sé cuánto me quedaré en Santa Bárbara.

—Deberías alargar tu estancia —le sugirió el periodista—. A la mayoría de la gente este lugar le pone los pelos de punta, pero lo cierto es que parece que a ti te sienta bien. Hasta ahora nunca te había oído hablar tanto.

Sandra se mordió el labio, pensativa. Sí, tenía razón; a pesar de las leyendas urbanas, de los terribles crímenes que ocurrieron allí, de los lobos feroces y de la nostalgia que lo empapaba todo, Santa Bárbara le había permitido relajarse y pensar en otra cosa que no fuese ella misma y lo que el resto opinaba de cuanto hacía.

—¿Sabes qué? Puede que lo haga...

Antes de que Asier respondiese, la puerta de la suite se abrió y al otro lado apareció Pietro, vestido con una camiseta negra y una fina chaqueta de cuadros. Al verlos juntos, la expresión en su rostro se encogió asqueada.

—Sandra, ¿en serio? ¿Has estado con él todo este rato? —Escrutó a Asier con desdén de los pies a la cabeza—. ¿Sabes lo preocupado que estaba? Te he llamado al móvil veinte veces y no daba señal. Dios, me vas a volver loco, joder.

—Nos hemos encontrado por casualidad y hemos estado explorando el hotel, ¿qué ocurre? —preguntó extrañada por su brusca reacción.

Pietro se tomaba la vida muy poco en serio como para enfadarse de verdad por una tontería, pero aquel gesto, la forma en que fruncía el ceño y apoyaba el brazo sobre la pared, apretando las manos como si se estuviese conteniendo, activó todos sus instintos de supervivencia, esa capacidad aprendida que tienen las mujeres de saber cuándo un hombre puede volverse peligroso, un instinto que jamás creyó que Pietro pudiese encender.

—¿Explorando el hotel? No me lo puedo creer. —Alzó la cabeza hacia el techo un instante y Sandra pudo ver que apretaba la mandíbula con fuerza—. Nunca vas a aprender, ¿verdad?

A su lado, el reportero permanecía inmóvil y observaba la situación desde fuera como un mero espectador. Podría haber anunciado que se marchaba, que los dejaba a solas para que hablasen de sus asuntos, pero no dio un solo paso, y Sandra supo que había sentido lo mismo que ella.

—¿De qué hablas?

—Es un puto periodista, ¿qué crees que va a pasar después de que se gane tu confianza? ¿Eh? Le venderá la historia al mejor postor. Luego vendrás llorando para que te consolemos.

Sandra vaciló.

—Es... Son reporteros locales, Pietro. Solo estábamos buscando esto. —Le mostró la caja. Cuando comprendiese que todo giraba en torno a la música y nada más, igual que siempre, se calmaría, estaba segura. Pero su compañero ni siquiera se paró a mirarla.

—Se supone que has venido hasta aquí, a este hotel de mala muerte en mitad de la nada, para curar tus heridas, no para abrir otras nuevas, y yo he venido detrás de ti como un imbécil, igual que siempre.

—¿Qué mosca te ha picado? —A pesar del desconcierto y los gritos de advertencia de su intuición, ella también empezaba a enfadarse—. Tú tienes montones de amigas que trabajan en los medios y nadie te dice nada.

—Porque yo sé distinguir. Sé distinguir el trabajo de lo personal y los sentimientos de los juegos, pero tú no. No supiste hacerlo con Olivia, ni sabes ahora. ¿Has hecho lo que te dije? ¿Has estado pensando y ya te da igual lo que digan los demás? Me extrañaría...

Notó cómo Asier se tensaba tras ella.

—¿Estás borracho? Déjalo estar, o más tarde te arrepentirás de lo que estás diciendo —dijo el periodista, lo que solo logró incrementar la rabia de Pietro.

—¿Y a ti qué cojones te importa si bebo o dejo de beber? Ni siquiera sé por qué sigues aquí —espetó, pero Sandra sí lo sabía.

Estaba preocupado por ella.

Quiso decirle que no pasaba nada, que Pietro, como le acababa de explicar, era como un hermano mayor y que era inofensivo a pesar de sus bravuconadas. Pero la realidad era que no quería que Asier se marchase y la dejase a solas con Pietro, por muy bochornosas que fuesen sus acusaciones. Y ese miedo, que fuese su mejor amigo quien lo causaba, era algo que no lograba asimilar.

—No he pegado ojo esta noche. Me parece que debería dormir y hablarlo por la mañana, ¿vale? Lo estás sacando todo de contexto.

—¡No estoy sacando nada de contexto!

Para asombro de todos los presentes, Pietro lanzó un puñetazo contra la pared más cercana. Él, que rescataba a todos los gatitos que rondaban por su piso, que lloraba escuchando baladas de rock sin pudor y que presumía de tratar a sus ligues de una noche como si fuesen auténticas diosas y él un caballero, le había pegado un puñetazo a la pared porque la otra opción era pegárselo a alguien. Sandra retrocedió horrorizada.

—¡Estoy diciendo lo que tendría que haber dicho hace mucho! He tenido que ver, cruzado de brazos, cómo te enamorabas de la persona equivocada una y otra vez, cómo les entregabas tu corazón antes de conocerlos de verdad. ¿A cambio de qué?, ¿un poco de inspiración? ¿Crees que no me duele tener que tocar esas canciones y ver cómo te desmoronas sobre un escenario? Oh, pero seguro que el público está encantado, y la crítica también, así que todos contentos, ¿no? ¡Y una mierda!

Los reproches de su mayor aliado, su mano derecha, su escudero, quien siempre la comprendía y consolaba, le atravesaron el pecho de lado a lado acribillándola como si fuese una representación del mártir Sebastián, a quien las flechas no lograron matar. Pero había verdades silenciadas durante tantos años que se habían vuelto afiladas como saetas.

«Tú no tienes vida, Sandra. Tienes material para tus canciones» fue una de las últimas cosas que su ex le había dicho antes de salir con sus maletas por la puerta. «No sé vivir de otra forma», quiso contestar en aquel entonces; aun así, igual que se le atascaban las notas, tampoco le salieron las palabras. Pero no esa noche, esa noche no iba a callarse.

—Todo esto es absurdo. Tú mismo lo has dicho: acabo de

salir de un divorcio que me ha destrozado —rio con acritud—. ¿Crees que tengo fuerzas para enamorarme otra vez? Te estás comportando como un cretino y no es digno de ti. Basta ya.

Pietro avanzó un paso para encararla y Sandra sintió que Asier se tensaba de nuevo tras ella. Cruzó los dedos para que los dos fuesen lo bastante mayorcitos para no intentar resolver las cosas como dos gallos de corral, porque el periodista no tendría muchas posibilidades.

—Mírame a los ojos y dime que no te gusta ni un poco —la retó. Sandra no se esperaba esa jugada, así que vaciló—. Olvidas lo bien que te conozco. Sé cuál es tu tipo.

—Ahora mismo mi tipo es un chándal cómodo para correr por la playa, es lo que he venido a hacer. Así que para. De todas formas, no es asunto tuyo...

Pero Pietro siguió, siguió hasta que no quedó nada que decir, ningún tabú por romper.

—Sabes cómo me siento, lo que siento por ti, y jamás te he pedido nada. ¡Ni una sola vez! Pero al menos —lanzó una última mueca de desdén hacia Asier— podías elegir mejor.

Sandra notó que el estómago le daba un vuelco. Eso había sido hacía mil años, cuando los dos eran unos niños y ella le rechazó amablemente, antes incluso de que tocasen juntos. Los sentimientos de Pietro se habían marchitado hacía mucho, estaba convencida de ello, a no ser que hubiesen logrado sobrevivir sepultados bajo el lodo, en lo más profundo de su ser.

Pietro no dio más explicaciones, los apartó de un empujón y enfiló el pasillo dando grandes zancadas, sin mirar atrás o molestarse en cerrar la puerta de la suite. Sandra no hizo ademán de seguirle; estaba segura de que cuando se le pasase el enfado y se diese cuenta de lo estúpido que había sido, se tragaría su orgullo y pediría perdón de rodillas, pero mientras tanto le tocaba a ella estar enfurecida. Porque era mucho más sencillo y cómodo que sentirse dolida, por Pietro, por su divorcio, porque jamás podría corresponderle y porque de verdad pensaba que su amigo había pasado página. Era más fácil estar enfadada que seguir aterrada.

No podía perderle, a él también no.

—Será imbécil, quién se cree... —susurró para sí.

—¿Estás bien? —preguntó Asier tras ella. Sandra asintió—. Para desconfiar tanto de los periodistas, tu guitarrista acaba de darme una buena exclusiva. Suerte que los espectadores de Norte Visión ni siquiera saben quién es.

Sandra se llevó la mano a la nuca y rio de puro agotamiento.

—Me parece que será mejor que me eche un rato. Buenas noches, o buenos días. Gracias por la aventura de investigadores intrépidos —dijo alzando la caja de música.

Asier sonrió complacido, aunque podía ver que en el fondo seguía preocupado por ella.

—Que descanses, Sandra.

Si pensaba algo al respecto de lo que Pietro había insinuado sobre «su tipo» o sobre que no hubiese sido capaz de negar la acusación, lo ocultó muy bien. «Es un reportero de actualidad, ya se habrá dado cuenta de que... bueno, no me desagrada su presencia». Pero no había mentido: su corazón seguía demasiado roto para abrirlo de nuevo. Nora y Asier solo la habían distraído un poco de su pesar. Le quedaban muchos meses, quizá años de rehabilitación a base de canciones desgarradas para volver a ser lo que era.

Aunque por ahora prefería dar un giro a su carrera.

Esa vez escribiría sobre algo que no tuviese nada que ver con ella, pensó sopesando la caja de música. Les demostraría que Sandra O'Brian no necesitaba desangrarse en el escenario, ni compartir sus penas con el mundo para crear música conmovedora. Era una compositora, una escritora, una artista. Podría emocionar hablando sobre cualquier cosa. Y esta vez pensaba contar la historia de Candela Nieto. Aunque primero tuviese que descubrir cuál era. Lo poco que Asier había podido contarle sobre ella la intrigó lo suficiente para seguir tirando del hilo: una heredera que había acudido a la ciudad sin conocer nada del mundo para encontrar un repentino final. Eso sí era una tragedia, y no su vida amorosa.

Depositó la caja sobre la mesa de té con sumo cuidado y la abrió una vez más para oír la melodía. En ella podía escuchar el latido del corazón de Candela. Se la imaginó inclinada sobre la caja, igual que hacía ella, deleitándose con la canción. La cuerda de la caja se agotó deteniendo el mecanismo y la música cesó de pronto. La giró para darle más cuerda, pero no había suficiente luz. Se acercó a una lámpara junto a la ventana para encenderla y fue entonces cuando lo vio. La nevera del minibar del hotel estaba abierta de par en par y, a su alrededor, una decena de botellitas de alcohol vacías.

«Pietro, ¿en qué demonios estabas pensando?». Tenía que haberse despertado en medio de la noche y, al ver que ella no daba señales de vida, había decidido emborracharse, pero ¿por qué?, ¿para calmar los nervios? El guitarrista había tenido su época de desenfreno, cegado por un éxito repentino que le sorprendió muy joven y sin saber qué hacer con él, pero se había serenado con los años. Aunque Sandra comprobó que seguía teniendo mucha maña a la hora de disimular hasta qué punto estaba borracho. ¿Podía haber caído su amigo preso de la sugestión? Si en Santa Bárbara todo el mundo se comportaba según sus instintos más primarios, ¿por qué no él?

Aunque seguía siendo impropio de Pietro, en ese momento entendía un poco mejor la conversación que habían tenido. Y pensar que Asier se había dado cuenta antes que ella. «Es un profesional, no se lo tengas en cuenta».

Suspiró, agotada. Pero la noche aún no había concluido para ella.

Un sonoro derrape la puso alerta. Se apresuró hacia el balcón de su habitación. En la calle, el deportivo rojo avanzaba haciendo eses bajo la fuerte lluvia. Giró bruscamente a la derecha y desapareció de su vista. «No. No, no, no». Si nadie lo impedía, era posible que ocurriese una nueva tragedia en la ciudad. Salió de la suite y aporreó la puerta de los reporteros.

Asier apareció al otro lado y su semblante siempre sereno se encogió al verla en un estado de puro terror.

—Pietro, ha vaciado el minibar y ha cogido el coche. Sigue lloviendo. Va a pasar algo malo —sentenció como una maldición, y no lograba discernir si era una corazonada lúgubre que la caló hasta el tuétano o una mera cuestión de lógica—. Tengo que seguirle, que detenerle de alguna manera, pero no tengo coche.

—Nora —dijo Asier a su compañera, que escuchaba tras ellos en pijama y con los ojos muy abiertos—. Llama a la policía y diles el modelo del coche, que lo has visto conducir a toda velocidad, para que estén avisados.

Nora asintió y fue rápido a por su móvil mientras Asier tomaba las llaves del Seat de la camarógrafa de la mesita de la entrada con una mano y a Sandra con la otra.

6

Candela

Aún tenía legañas en los ojos cuando llamaron a la puerta de su suite. Se secó los restos de agua del rostro con una toalla, aún adormecida. A pesar de que se había retirado temprano la noche anterior, no se sentía más descansada. Había tenido una sucesión de sueños en los que su tío aparecía en el hotel junto a un hombre sin rostro y le instaba a que fuese buena chica y se casase con él, o en los que la Duquesa la obligaba a subir al escenario del Club de la Verdad y, cuando se negaba a bailar para la multitud, la apuntaban con un millar de espadas. Se debatió en duermevela entre un sueño y otro hasta que Emperatriz la despertó pasado el mediodía reclamando su paseo. Cuando ella se preparaba para desayunar, el resto compartía el té de media tarde. Y eso fue precisamente lo que encontró al abrir la puerta, un carrito repleto de manjares que un botones custodiaba tras las tres mujeres que acudían a visitarla.

—Señorita Candela, espero que no seamos inoportunas —dijo doña Pilar, engalanada con uno de sus conjuntos de tres piezas, esta vez de un tono marrón terroso—. Mi Francisco me dijo que se sentía usted indispuesta y, al ver que su retiro se prolongaba, las chicas y yo pensamos que le vendría bien algo de compañía. ¿Cómo se encuentra?

—Oh, bien. Gracias —respondió atónita.

Virginie, desde luego, no parecía muy preocupada por su salud, y Margarita levantó la mano con timidez para saludar. Candela la observó más de la cuenta, aún sorprendida por la doble vida de la joven. Sus dos personalidades eran tan distintas como el día y la noche que la transformaban. Margarita, sin duda, la había visto también en el club charlando con distintos invitados sobre negocios y actualidad para aprender de ellos, observando y animando durante los juegos y admirando los vestidos y peinados de otras mujeres, pero el protocolo de las infames fiestas decía que debían fingir que eso jamás había sucedido.

Tras unos segundos de silencio, comprendió que estaban esperando a que las invitase a entrar en la suite.

—¿Quieren pasar?

Las mujeres asintieron y se acomodaron en el sofá mientras el joven empleado empujaba el carrito al interior de la estancia y distribuía su contenido sobre la mesa: sándwiches, dulces y delicadas tacitas de porcelana que llenó de té caliente, leche y un par de terrones de azúcar «al más puro estilo inglés», según informó doña Pilar, antes de retirarse y dejarlas a solas para que pudiesen conversar tranquilas.

—Se la ve mucho mejor, querida. Ha debido de preocupar mucho a don Eduardo. Eso, o no quería que nadie desgastase su compañía. —Rio doña Pilar, y Candela se preguntó si se hallaba ante un comentario con doble intención.

—Sí... Don Eduardo se interesa mucho por mi salud. —Sonrió cortés.

Comenzaba a comprender por qué la Margarita que tomaba el té a media tarde era tan distinta a la que bebía champán en las fiestas. Resultaba tan sencillo hablar con Rafael, bailar con desconocidos en la pista, aplaudir cada espectáculo sobre el escenario, mientras que algo tan simple como un té, a plena luz del día, se convertía en una prueba de precisión en la que era necesario medir cada palabra porque cualquier cosa que se dijese o se escuchase tendría varios significados.

—Esperemos que deje de ser codicioso en breve y vuelva a compartirla con el resto del mundo. Mi Francisco no para de hablar de lo agradable que es usted y de lo mucho que disfruta de su compañía.

A Candela no se le escapó el mohín despectivo de Virginie al escuchar el comentario, aunque no desaprovechó la ocasión para burlarse de ella con un resoplido.

—Mientras tanto, disfrutemos del té —zanjó doña Pilar—. De este placer no nos puede privar nadie.

—Entonces... ¿estás enferma? ¿Por eso tomas medicinas? —preguntó Virginie después de dar un breve sorbito a su taza. La cercanía de edad favorecía el tuteo; eso, y quizá también quería dejar claro que a sus ojos Candela no se había ganado su respeto.

Su presencia, saber cómo la despreciaba, los rumores que difundía sobre ella y, sobre todo, cómo parecía indiferente a cualquier daño que le pudiese ocasionar, la ponían nerviosa. Porque puede que tuviese razón y no fuese más que una impostora.

—¿P-perdona?

La belga señaló hacia el frasco que había dejado sobre la mesita, junto al balcón, tras tomar sus gotas hacía solo unos minutos. No esperaba visita, así que olvidó guardarlo. Las bayas que le habían dado un tono rojo escarlata se habían oxidado y el líquido comenzaba a tener un aspecto más granate, que recordaba al de la mermelada. Pronto tendría que reponerlo. Otro de los muchos motivos por los que no podía marcharse a Madrid sin más.

—Oh, es solo un tónico, un remedio casero para el mal de sueños. A veces me quedo dormida de repente y en el peor momento posible.

—¿Padeces narcolepsia? —dijo Margarita, sorprendida—. Uno de los pacientes de mi padre la sufre.

Candela no supo qué responder. Era la primera vez que oía aquel término.

—Algo así, supongo. Pero no hablemos de mí, he estado muy aburrida aquí dentro —mintió—. ¿Qué es de ustedes? ¿Qué ha sucedido en Santa Bárbara en mi ausencia?

—Nada escandaloso, por suerte. El señor Montseny sigue en prisión, el pobre hombre. Aunque no nos dijo usted que había sido una de las rehenes, qué desgracia, debió de estar aterrada. ¿Es por eso por lo que don Eduardo está tan preocupado por usted? Qué mala suerte, y en su primer día en la ciudad...

Candela ya casi se había olvidado del acontecimiento, demasiado absorta en el mundo clandestino de Santa Bárbara. Al parecer, el resto de los huéspedes sentían más interés por lo que le ocurría que ella misma. Asintió, incómoda.

—Pobre niña, ojalá hubiésemos ido a recogerla esa mañana. Una muchacha sola por ahí. ¿En qué estaría pensando don Eduardo? No vuelva a permitirlo; si necesita algo, háganos llamar. Mi Francisco habría podido protegerla.

—Sin duda, gracias...

—Doña Pilar, Francisco es uno de mis mejores modelos, no puede permitir que arriesgue su cuerpo así como así —intervino Virginie, y Candela agradeció que acaparase el protagonismo, aunque fuese a costa de rebajarla.

—Siempre pensando como una pintora, trabajando hasta en vacaciones. ¿Lo ha oído? —preguntó doña Pilar a Candela—. La mismísima Duquesa ha contratado a nuestra Virginie para que le pinte un retrato.

—Prefiero trabajar en obras más *avant-garde*, pero será una buena experiencia como artista. La Duquesa es una mujer fascinante, así que intento capturar esa esencia. Hemos hablado mucho durante nuestras sesiones, creo que nos volveremos muy cercanas antes de que termine el cuadro.

Margarita y Candela cruzaron una rápida mirada, cargada de complicidad, y ambas sonrieron por su secreto compartido. Si Virginie fuera tan íntima de la Duquesa como insinuaba, la habrían visto en alguna de sus fiestas. O bien no había sido invitada, o bien no se había atrevido a asistir y a compartir un secreto para pagar el acceso.

—No sé mucho de arte —admitió Candela—, pero estoy deseando ver el resultado.

—Podrás hacerlo, la Duquesa va a colgar el retrato en el recibidor para que todos los huéspedes puedan admirarlo.

—¿Qué hay de usted, Candela? —preguntó doña Pilar—. ¿Practica algún arte? ¿Pinta, toca algún instrumento tal vez?

Ella negó con la cabeza.

—Me temo que no tengo ese tipo de talentos, pero disfruto escuchando música.

Al decirlo en voz alta, notó un vacío en el pecho y se dio cuenta de lo mucho que había extrañado oír a Rafael tocar esa noche. Siempre que llegaba temprano interpretaba para ella la canción de su abuela, tal y como había prometido. Pero la noche anterior le había entregado mucho más que una vieja nana: el recuerdo de lo sucedido —del momento fugaz que compartieron en el agua, sus cuerpos anhelándose, sus labios intentando saciar la necesidad imperiosa de proximidad— volvió a su mente y notó que se le nublaban los ojos. «Esta emoción, sea lo que sea, es demasiado intensa». Si se desmayaba delante de Virginie, toda la ciudad sabría al día siguiente que Candela Nieto, además de una farsante, era un bicho raro.

—Si no les importa, creo que debería tomar mi medicina y descansar un rato. —Puede que la dosis que había tomado no fuese suficiente ahora que el tónico comenzaba a estropearse.

—Oh, por supuesto. No queremos cansarla más de la cuenta, ¿verdad? —dijo doña Pilar, y las tres mujeres se pusieron en pie—. Descanse mucho y recupérese pronto, mi Francisco también le desea buena salud —insistió la mujer antes de marcharse.

Virginie fue la primera en salir por la puerta, sin perder un solo segundo, seguida de doña Pilar. Margarita iba la última de la comitiva, y Candela se apresuró a detenerla agarrando su brazo solo un momento. Los dedos pálidos contrastaron contra su brazo, mucho más moreno y carnoso.

—¿Qué sucede? No deberíamos hablar aquí —dijo la joven, y Candela vio el miedo en sus ojos. Temía que la delatase, pero ni era tan cruel ni estaba dispuesta a que todo el mundo conociese su propio secreto. Tendría que estar loca para incumplir las normas del Club de la Verdad.

—Sé que apenas nos conocemos, y me gustaría cambiar eso. Aunque también... me preguntaba si podría pedirte un favor, si te parece bien, claro. Hay algo que quiero tener desde que llegué a Santa Bárbara, y creo que tú podrías ayudarme.

7

Sandra

El golpeteo de la lluvia en la luna frontal del coche se confundía con los latidos de su corazón, que retumbaban en sus oídos. Todo debía de haber sucedido en unos pocos minutos, pero para Sandra fue eterno. Se había subido en el asiento del copiloto en el coche azul y Asier conducía siguiendo sus indicaciones en busca de Pietro. Más allá del hotel, la ciudad se convertía en montaña, así que solo había una dirección que hubiese podido tomar: una curvilínea y peligrosa carretera comarcal entre el bosque y el mar en la que, según ascendían, la ladera se volvía más pronunciada. Asier avanzaba tan deprisa como podía sin ser imprudente y con cada curva que doblaban Sandra contenía el aliento temiendo encontrar una escena catastrófica, hasta que al fin sucedió.

El rojo del deportivo apareció en la distancia como una nota de color resplandeciente entre los tonos apagados de la lluviosa madrugada de otoño. «Por favor, que esté bien. Que esté bien», suplicó Sandra sin saber exactamente a quién rezaba. A medida que se acercaban pudieron distinguir que el vehículo se había estrellado de frente contra un árbol, aunque el lateral derecho del coche se había llevado la peor parte del impacto.

Asier frenó despacio hasta detener el Seat en el arcén ocupando más espacio en la tierra húmeda que en el asfalto. Sandra bajó del coche a la carrera, sin darse cuenta siquiera de cómo la lluvia la empapaba en cuestión de segundos. Los airbags del deportivo habían saltado y corrió hacia el asiento del conductor en busca de Pietro. Le llevó unos segundos comprender que bajo los airbags no había nadie.

Pietro había salido de allí por su propio pie.

Respiró aliviada, pero solo hasta que vio las gotas de sangre que habían salpicado el asiento. Trató de calmarse y de pensar con claridad, mientras un aluvión de preguntas la acosaba sin tregua. ¿A dónde había ido? ¿Por qué se estaba comportando de esa manera tan impropia de él? ¿Tan enfadado estaba con ella?

—Hay que llamar a una ambulancia —dijo Asier, a su lado.

Sandra no logró discernir el significado de las palabras, solo podía pensar en ayudar a su amigo.

Corrió hacia el interior del bosque llamando al guitarrista por su nombre y siguiendo el rastro de sangre hasta que le resultó imposible dar con la siguiente miga de pan que le revelase el camino. Las gotas rojas eran cada vez más escasas y la lluvia las diluía con voracidad mezclándose con ellas hasta hacerlas desaparecer del todo. De pronto se vio a solas en mitad de un bosque de robles y hayas, sin la menor idea de dónde estaba o de cómo salir de allí.

—Sandra... —Asier se detuvo tras ella, sin aliento—. Tenemos que volver al coche. Protección Civil está en camino. Le encontrarán.

—¿Y si no lo hacen? —preguntó ella, sin dejar de buscar a su alrededor—. ¿Y si es tarde? ¡Pietro! —gritó con todas sus fuerzas subiendo ladera arriba en línea recta—. ¡Pietro! ¡PIETRO!

Llamó y llamó, pero no fue su amigo quien acudió a su reclamo. Se detuvo en seco cuando unos ojos amarillentos aparecieron entre la maleza. Primero un par, después otro. Y así hasta que pudo distinguir a una docena de lobos de pelaje grisáceo y patas delgadas que la observaban atentos, como si se preguntasen quién había osado interrumpir la paz con sus gritos. O puede que fuese el olor de la sangre de Pietro en el aire lo que los sacó de sus madrigueras.

—No te muevas... —susurró Asier a su espalda—. Si corres, se activarán sus instintos de cazador y vendrán a por nosotros. Y nadie puede correr más rápido que un lobo.

Sandra permaneció clavada en el sitio. De acuerdo, no se movería, pero ¿a qué esperaban entonces?, ¿a que los devorasen? El recuerdo de los perros abalanzándose sobre ella le provocó náuseas. Si dos perros domesticados podían dar tanto miedo, ¿cómo de cruento sería el ataque de una manada de lobos? Una manada que aterrorizaba a todos los pastores del valle. Pero, por absurdo que sonase, las criaturas no parecían tan hostiles como los sabuesos. Se limitaban a estudiarlos, con curiosidad. Uno de los animales avanzó unos pocos pasos asomándose sobre una piedra que le daba altura para ver mejor a los intrusos. Su pelaje era algo más rojizo que el de sus compañeros y también era de menor tamaño. La loba la contempló fijamente, con sus ojos amarillos, tan lobunos como humanos. La inteligencia tras aquella mirada estremeció a Sandra. La criatura alzó el cuello y aulló sobresaltando a los dos espectadores humanos. Aulló hasta que las notas se agotaron en el aire y, sin más, dio media vuelta y se marchó llevándose a su manada con ella.

—¿Qué... qué acaba de pasar? —preguntó Sandra, una vez que el último lobo hubo desaparecido de su vista.

—Era la alfa de la manada, la hembra de pelo rojizo. Los pastores me han hablado de ella —explicó Asier con una sangre fría digna de un corresponsal de guerra—. Supongo que estaba decidiendo si éramos una amenaza para los suyos y los ha puesto sobre aviso. Estamos en su territorio, no nos darán una segunda oportunidad. Tenemos que volver antes de que se enfaden, o de que pillemos una neumonía.

—Pero Pietro... —Estaba borracho y herido en un bosque lleno de lobos. ¿Y si decidían que el guitarrista sí era un peligro, y su debilidad le convertía en un tentempié fácil?

—La ayuda está en camino, darán con él. Si te ataca una manada de lobos o si resbalas y te rompes una pierna, no le serás de ninguna ayuda —dijo el periodista; aunque su razonamiento tenía toda la lógica del mundo, las tripas de Sandra no querían escuchar—. Si fuese al revés, ¿querrías que Pietro se pusiese en peligro?

Sandra inspiró hondo y negó con la cabeza, desarmada ante ese argumento. No, si su amigo se jugase el tipo por ella estaría furiosa, aunque después de su comportamiento de esa noche, Pietro no tendría derecho a echarle nada en cara en mucho mucho tiempo.

Dieron media vuelta y descendieron por el barro húmedo con pasos torpes ayudándose a tramos el uno al otro. Sandra no se había percatado de todo el terreno que había ascendido en su carrera desesperada y sentía que bajar era mucho más difícil que subir. Cuando llegaron al borde de la carretera, las luces naranjas los avisaron de la llegada de la ambulancia y de un coche de la Guardia Civil.

La golpeó una sensación de irrealidad tan fuerte que casi pudo sentir cómo su mente se escindía de su cuerpo dividiéndola en dos. Su espíritu seguía en el bosque, clavado en el barro húmedo y mirando aquellos ojos amarillos y lobunos, aunque una mujer con un uniforme azul marino y naranja la tomase del brazo para conducirla lejos del accidente, que otros uniformados examinaban y fotografiaban a fondo. Apenas fue consciente de que la separaron de Asier, ni de que se apoyaba sobre el capó del coche de la Guardia Civil para no desvanecerse. Dos hombres, uno muy joven que se apresuró a cubrirla con un paraguas y otro que rondaba los sesenta, se detuvieron ante ella y le dijeron algo.

—¿Señorita? —insistió el joven al ver que no respondía.

—¿Qué? Perdone... ¿Han encontrado a Pietro? —preguntó cuando al fin logró volver al presente.

—Nuestros compañeros se están encargando de ello —informó el mayor de los dos—. ¿Presenció usted el accidente?

Negó con la cabeza y el joven apuntó algo en una libreta. Le estaban tomando declaración. Iban a levantar acta del accidente, y todo lo que sucedió esa noche se volvería real y de conocimiento público. Por suerte, no asociarían su nombre auténtico al de la diva Sandra O'Brian. Aunque no podrían ocultar el escándalo durante mucho tiempo si ingresaban a Pietro en el hospital. Tendrían que dar muchas explicaciones, pero nada era tan importante como que encontrasen a su amigo sano y salvo.

—¿Sabe cuántas personas viajaban en el vehículo? —continuó el agente.

—Solo el conductor.

—¿Qué relación guarda con él?

«Es mi familia».

—Somos amigos.

—¿Sabe si bebió antes de subir al coche?

Sandra se asomó tras el barullo para ver mejor el resultado del siniestro. El único herido, además de Pietro, había sido el árbol.

—No lo sé —mintió—. Discutimos, por eso se marchó en mitad de la lluvia. Yo le seguí porque estaba preocupada por el mal tiempo —añadió ante el gesto escéptico del guardia.

—¿Sobre qué discutieron?

—¿Eso importa?

El joven agente también tomó nota de eso.

—De acuerdo, por ahora será todo. Váyase a casa y procure calmarse.

¿Que se calmara? Su mejor amigo estaba en paradero desconocido después de estrellar su coche contra un árbol, en un bosque tomado por los lobos, herido, ¿y pretendían que se calmara?

—¿Por qué están perdiendo el tiempo hablando conmigo en lugar de buscarle?

El guardia más joven pareció atónito por su arrebato. La forma en que su superior se cruzó de brazos con el ceño fruncido dejó claro que no consentiría que los cuestionasen.

—Oiga, ha tenido una noche larga, así que no se lo tendré en cuenta, pero le aconsejo que no siga por ahí.

Sandra pensaba seguir por ahí, pensaba seguir hasta que la metiesen en una celda por desacato o hasta que hiciesen algo para ayudar a Pietro, pero notó una mano sobre su hombro y el rostro del joven agente se iluminó por la sorpresa.

—¿Asier? ¿Qué haces aquí?

Probablemente la aparición del periodista evitó que Sandra pasase lo poco que quedaba de noche en el cuartel.

—No vamos a hacer ninguna declaración —le advirtió el superior.

—Hoy no estoy trabajando. Conozco a la víc... —se autocensuró al reparar en Sandra—. Al conductor.

—En ese caso te digo lo mismo que a la señorita. No estáis involucrados en el siniestro y tampoco sois testigos directos, así que no podéis seguir pululando por aquí. Es mi último aviso —advirtió justo antes de colocarse la capucha de su uniforme y caminar hacia la ambulancia.

—Encontraremos a su amigo, no puede haber ido muy lejos —le aseguró el más joven, que le tendió el paraguas antes de apresurarse a seguir a su superior.

Sandra lo aceptó y observó impotente cómo se olvidaban de ellos.

—Tienen razón, no sirve de nada que estemos aquí parados, solo les estorbaremos. Volvamos al hotel, por si Pietro regresa. Es casi de día, nos vendría bien comer algo.

La cantante accedió a regañadientes, aunque tenía el estómago demasiado cerrado para ingerir nada. Pasó todo el trayecto de vuelta revisando su teléfono cada pocos segundos, intentando contactar con Pietro, llamándole y escribiéndole mensajes que entraban en su WhatsApp, pero que no abría.

—Nada de esto tiene sentido —dijo cuando la bahía y el hotel París al fin aparecieron ante sus ojos—. Pietro solía meterse en líos cuando era un adolescente, siempre por tonterías, pero nunca se había puesto así con nadie del grupo. Los amigos y la familia son sagrados, eso es lo que suele decir. Además, hace tiempo que no es un niño.

—El alcohol provoca que la gente se comporte de una forma en la que jamás actuaría sobria. Puede que llevase conteniendo su enfado y sus celos mucho tiempo y que la bebida abriese la compuerta. Esas cosas ocurren.

Ella negó con la cabeza, pero no insistió porque sabía cómo sonaba. «Normalmente no es así, lo juro». «Tú no lo entiendes porque no le conoces». No importaba cuánto lo repitiese, alguien que no supiese cómo era Pietro de verdad pensaría que solo trataba de protegerle de su propio comportamiento. Y Sandra sabía que la conducta de su amigo de esa noche era injustificable, pero necesitaba comprender el porqué. Él no era de los que golpean las paredes por la rabia, era de los que hacen una broma soez al respecto y se ríen hasta que se alivia la tensión; a lo sumo, era él quien recibía el golpe. Qué había cambiado en esas últimas horas que había sacado a relucir una parte tan sombría de él, una que Sandra no había visto en diez años de amistad íntima.

Asier aparcó en el paseo marítimo sin demasiada dificultad y caminaron juntos, en silencio, sin encontrar a nadie en su camino además de a Desirée, que los saludó educadamente tras el mostrador de recepción. La joven parecía haber superado por completo su enfado tras descubrirlos en una zona prohibida del hotel, o puede que hubiese optado por fingir que no había sucedido nada por la comodidad de todos.

—Vaya, veo que se han mojado mucho —observó servicial cuando pasaron frente a ella—. ¿Necesitan que les suban más toallas, o que llevemos alguna prenda a la tintorería? —Dejó un pequeño objeto peludo que había tenido en la mano junto al teclado del ordenador y Sandra se dio cuenta de que era una pata de conejo. «No soy la única a la que las leyendas sobre el hotel y la ciudad le resultan espeluznantes».

—No, gracias, estamos bien —intervino Asier, y continuaron en dirección al ascensor tan discretamente como pudieron.

Subieron hasta la séptima planta y se detuvieron frente a la puerta de la suite.

—Seguro que a lo largo de la mañana se ha aclarado todo —intentó consolarla Asier, pero le dio la sensación de que él tampoco se sentía demasiado seguro. Había pasado todo el trayecto tan perdido en sus pensamientos como ella, pero dudaba que fuese solo a causa de Pietro.

—¿Hay algo importante que no me estás contando? Sé que he dicho que las historias y supersticiones me ponen los pelos de punta, pero si hay algo que pueda afectar a Pietro, quiero que me lo cuentes.

Asier jugueteó con sus pendientes de aro, poco habituado a ser él quien se sometiera a un interrogatorio.

—Es solo que... tu amigo no es el único que ha actuado de forma extraña. Ayer, cuando grabamos en Lucero, don Emilio nos llevó hasta la Casona Algora.

—¿Algora? ¿Como Candela Algora?

Asier asintió.

—Lleva varias décadas abandonada. Es... No sé ni cómo explicarlo. Puedes notar que fue un lugar cálido y acogedor, pero ahora está vacía, sin alma, solo esqueleto. Dijo que los lobos no permiten que nadie se acerque allí, que reclaman el lugar marcando la zona con restos de animales que ellos mismos han asesinado. Me pareció que era un relato fantasioso, ni siquiera podemos incluirlo en el reportaje porque no hay pruebas que señalen a ningún posible culpable. Pero después de esta noche, de ver esos lobos cara a cara... —Se encogió de hombros porque no tenía una respuesta que dar.

—Me preocupa que ni siquiera tú sepas qué pensar.

—No tendría que habértelo contado —suspiró—. Me temo que entre una cosa y otra hayamos arruinado tus vacaciones en Santa Bárbara.

Sandra negó con la cabeza y aferró el móvil entre las manos como si fuese un talismán.

—Ya había valorado la opción de adelantar mi vuelta al trabajo antes de oír lo de la casona. En cuanto Pietro aparezca, nos marchamos de este hotel.

Él esbozó un gesto comprensivo.

—Si necesitas algo, estamos aquí al lado.

Sandra le dio las gracias y se despidieron.

Una vez en la suite, se apresuró a recoger el estropicio que su amigo había dejado atrás. Estaba casi convencida de que Pietro nunca consumiría sustancias más fuertes que el whisky, pero rebuscó por toda la habitación por si encontraba algo que explicase su repentino estallido. No vio nada, así que tiró las ridículas y diminutas botellas al cubo de basura y se dejó caer en el sofá.

«Ya ha amanecido, será mucho más fácil buscar a Pietro, seguro que en un rato me llamará para decirme que está en el hospital y para disculparse», se dijo, pero no confiaba lo suficiente en su capacidad para conservar la calma si no se mantenía ocupada. Una gran discusión con su mejor amigo por viejos sentimientos no correspondidos, un accidente de tráfico y un bosque sombrío, territorio de lobos, sin duda eran buen material para una canción, pero esta vez iba a apartar el foco de sí misma para conservar la cordura.

Vio la caja de música y le dio cuerda para hacer sonar esa extraña melodía que tenía el poder de tranquilizarla, de llenarla de esperanza, y se dispuso a averiguar quién era Candela Nieto y qué le había sucedido. «Chica loba, ¿qué me puedes contar sobre ti?».

8

Candela

Contempló el vestido negro tendido sobre la cama blanca; se diría recién salido de sus sueños más efervescentes. Margarita había cumplido con el favor que le pidió y ella no podía estar más agradecida. Fue la propia modista quien había llamado a su puerta con el elegante atuendo de noche, repleto de brillantes que hacían que la tela pareciese un cielo oscuro surcado por estrellas fugaces. Dejaba los brazos a la vista y se cortaba por debajo de la rodilla, pero quizá lo más atrevido fuese el escote en la espalda, que revelaba sus marcadas clavículas y la línea recta que la dividía en dos hasta casi el final de su torso. Jamás se habría imaginado a sí misma con una prenda tan escandalosa, pero cuando se lo probó para que la modista pudiese ajustar algunos detalles sobre su cuerpo, se sonrió en el espejo. Sí, le resultaba extraño verse reflejada de aquella manera. Pero enseguida se acostumbró. De no haber sido por su larga y espesa melena, podría haber pasado por una de las muchachas a la última moda que bailaban cada noche en la pista. Por fin tenía un vestido de fiesta, uno de verdad, se dijo mientras acariciaba la tela sobre su vientre y seguía las indicaciones de la modista.

Tras realizar un par de arreglos, le devolvieron la prenda justo a tiempo para la velada de esa noche. Tuvo un momento de duda antes de salir de la habitación a hurtadillas. Una cosa era ponerse ese vestido a solas ante el espejo y otra, ser capaz de defenderlo en público. ¿Cómo reaccionaría Rafael al verla? ¿Se sorprendería? La aterciopelada piel de su espalda ¿le resultaría atractiva, o tendría la sensación de estar contemplando a una chiquilla disfrazada de mujer? Se ruborizó ante la idea, pero se obligó a superarlo. Cualquier cosa que ocurriese en el Club de la Verdad sería un secreto para siempre, así que ni el más rotundo de los ridículos tenía importancia. Esa era otra de las ventajas de pertenecer a él, que podrían probar a ser quienes quisieran durante unas horas: elegantes damas, escandalosas libertinas o, incluso, ellas mismas.

Candela se puso el vestido, maquilló de negro sus ojos y tiñó de rojo sus labios. El golpe de color destacaba con ímpetu sobre su rostro pálido. Estaba lista, ya solo tenía que seguir el sonido de la música. Descendió hasta el mirador del hotel y dio la contraseña de esa noche:

—Tempestad.

El joven enmascarado de la puerta la recibió con una sonrisa encantadora y la invitó a pasar. No le habían vuelto a pedir ningún secreto, ahora era ya parte de la familia.

En cuanto entró en el sótano, alumbrado por una tenue y cálida luz que llenaba como de costumbre el espacio con colores rojizos y anaranjados, buscó a Rafael con la mirada, pero no le encontró sobre el escenario. Sonrió al verle al fondo de la sala, detenido junto a la Duquesa. El gesto alegre enseguida se vio desplazado por la suspicacia. La conversación entre ambos no parecía una mera charla cordial antes de una actuación. La Duquesa permanecía impasible, con un aire distante, en tanto que Rafael tenía el rostro encogido por la ira y hacía aspavientos mientras hablaba. Aunque fuese imposible oír desde allí lo que discutían, era evidente que estaba disgustado. Nunca había visto a Rafael tan enfadado, ni siquiera cuando eran niños. Normalmente era ella la que se enfurruñaba por todo para contentarse dos minutos después.

Mientras él hablaba, la Duquesa miró en dirección a Candela, solo un instante, y la joven sintió un escalofrío al notar que sus penetrantes ojos bicolores la fulminaban. La Duquesa tomó a Rafael del brazo antes de que se diese cuenta de que ella había llegado y lo condujo a través de una puerta negra al fondo de la sala, en la que la muchacha jamás había reparado.

Sin pensárselo dos veces, cruzó la estancia, directa hasta la puerta, y alzó la mano hacia el pomo.

—Yo que tú no haría eso —dijo una voz conocida a su lado—. Da acceso a los dormitorios privados del personal del hotel, y a la Duquesa no le hará ninguna gracia si un huésped se inmiscuye en los asuntos de sus empleados.

Candela se sobresaltó, porque no se había parado a pensar en si ir tras la Duquesa y Rafael era lo correcto, solo estaba siguiendo su instinto, que cada vez resultaba más difícil reprimir. Se dio la vuelta hacia Gustavo y sonrió al ver un segundo rostro familiar a su lado: Margarita iba del brazo del dramaturgo y la observó de los pies a la cabeza, asombrada.

—El vestido te sienta de maravilla. Parece que lo hubieses llevado puesto toda la vida.

Candela lanzó una última mirada hacia la puerta cerrada, reticente a dejar ir a Rafael. Había pensado mucho en sus advertencias sobre que nadie, en especial la Duquesa, debía descubrir que ella también albergaba sentimientos por él. Al ver a aquella mujer por primera vez, Candela se había sentido intimidada, sí, pero también experimentó una inmensa admiración por cuanto había construido. Hasta donde sabía, Rafael le debía su carrera como pianista, pero la tensa conversación entre ambos confirmaba que había mucho que ella ignoraba sobre lo que la anfitriona del hotel París y el Club de la Verdad se traían entre manos.

Le devolvió el cumplido a Margarita y se dejó llevar por la conversación antes de levantar sospechas.

—Así que... ¿os conocéis?

Gustavo rio.

—No en público, desde luego. Una señorita de bien como Margarita no puede asociarse con alguien de mi calaña —bromeó, a lo que la joven respondió dándole un suave golpe con el codo.

—Es fácil para ti burlarte, tú eres un hombre y vives lejos de tus padres. Nadie te va a perseguir día y noche para que te cases y seas buena esposa de un tipo que ni siquiera te agrada —le reprochó ella—. A ti tener una mala reputación te beneficia como artista, te da encanto y misterio, pero para mí sería la ruina. Cuanta peor reputación tenga, más viejo, feo y desagradable será mi marido; en cambio, un caballero puede ser un donjuán y aun así casarse con la chica más guapa de la ciudad. ¿No es injusto?

Candela asintió. En su breve tiempo como parte de la alta sociedad había experimentado de sobra aquella doble vara de medir.

—¿Lo dices porque no quieres casarte con el viejo, o porque estás celosa de que la chica guapa no quiera salir contigo?

—Eres insoportable —le reprochó Margarita entre risas.

—Entonces ¿renuncias a la opción de casarnos tú y yo? Prometo ser un excelente marido. No te preguntaré nunca dónde vas ni con quién, ni me interesaré lo más mínimo por tu vida y tus aficiones.

—Como la mayoría de los esposos de los matrimonios ricos. —Margarita puso los ojos en blanco y Candela sonrió. Tal vez no pudiese mostrarse tal y como era en sociedad, pero le agradaba mucho la Margarita del Club de la Verdad. La idea de hacer una amiga le provocó un hormigueo de emoción en el estómago.

—Candela, querida, la noche es larga. ¿Qué te parece si bebemos algo y charlamos mientras esperas a que vuelva tu amado pianista? —preguntó Gustavo.

La joven titubeó, sorprendida por el directo comentario.

—Él... Yo no...

—Por favor, no te molestes en negarlo, salta a la vista. Además, los secretos del hotel París son secretos compartidos. No diré una sola palabra fuera de aquí, tranquila.

Al parecer Rafael se había estado preocupando para nada. ¿Tan evidente era? A Candela nunca le enseñaron a disimular sus sentimientos, y Rafael... Cielos, apreciaba sin medida al niño que fue y no había un solo lunar o cabello del hombre en que se había convertido que no desease hasta rozar lo insoportable. Esperaba que su mutua adoración no le hubiese metido en problemas con la Duquesa.

Los tres amigos se acomodaron entre cojines, frente a una de las mesas bajas, y pidieron algo para beber. Candela quería tener la mente despejada, sobre todo tras su experiencia en el Château Chambord, así que solo bebió té.

El espectáculo principal de la noche eran los trucos de un escapista que lograba zafarse de todos los nudos que los asistentes se atreviesen a atarle en torno a la parte del cuerpo que prefiriesen, un detalle que provocaba todo tipo de situaciones escandalosas. Aunque la mayoría de los invitados tenían su mente y sus sentidos demasiado ajetreados para prestar atención al remedo de Houdini, a Candela le vino bien para distraerse de sus propios pensamientos.

Probaron sus bebidas y charlaron animados hasta que se les unió la mujer de cuerpo atlético que había visto en otras ocasiones junto a Margarita. Las dos se saludaron con un ligero beso en los labios antes de que tomase asiento. Se presentó como Eva; al parecer, era una tenista de cierto renombre, con éxitos en algunos de los grandes torneos de Europa, como Wimbledon o el de Roma. Para Candela, aquellos lugares y competiciones no significaban gran cosa, pero por el modo en que Margarita lo explicaba con orgullo debía de ser una proeza importante. Si ella miraba así a Rafael, no le extrañaba nada que todo el mundo se hubiese dado cuenta de lo que sentía por él. Las dos mujeres formaban una pareja preciosa: una sólida, la otra efervescente; una curva y blanda, la otra recta y fuerte. Qué injusto que aquel mundo en que vivían no pudiese verlo con los mismos ojos.

Continuaron bebiendo y charlando amigablemente durante un rato. Al contrario que la tensión y la distancia que sentía cuando eran Francisco, doña Pilar o Virginie quienes formaban parte de la conversación, con su nuevo grupo de amigos se sentía relajada y cualquier broma, por tonta o soez que fuese, era motivo para reír sin pudor.

—¿Cómo lograsteis que os invitase la Duquesa? —preguntó Candela con curiosidad.

—Al entrar en mi habitación el primer día encontré un sobre con las instrucciones para unirme al club. —Gustavo se encogió de hombros—. Supongo que mi fama me precede.

—El mío tardó un poco más en llegar —confesó Margarita—. Hasta que conocí a Eva. Ella me fascinó desde el principio, pero me aterraban mis propios sentimientos: ¿y si no me correspondía, y si se burlaba de mí y se lo contaba a todo el mundo? Habría sido el final de mi vida, pero entonces recibí la invitación, y cuando nos encontramos aquí... me di cuenta de que la Duquesa quería decirme algo, «adelante», creo. «Sé tú misma, sé libre, ama y sé feliz». Eso es lo que yo entendí. —Se sonrojó y Eva le dio un impetuoso beso en la mejilla—. ¿Qué hay de ti?

Candela vaciló. Al principio pensó que podría haber sido

casualidad, pero comenzaba a darse cuenta de que la Duquesa siempre sabía lo que sucedía en su hotel, por mucho que sus invitados tratasen de mantenerlo en secreto. ¿Podría estar Rafael equivocándose con sus intenciones? Había hecho de celestina con Margarita y Eva. ¿Por qué no iba a hacer lo mismo por ellos y unir a dos enamorados bajo su techo? Ante su titubeo, los amigos insistieron.

—¿Fue nada más llegar? La heredera de los Algora es un manjar muy apetitoso, ya has visto a Francisco y a su madre —dijo Margarita.

—Confiésalo. Solo escuchas las historias de los demás —le reprochó Gustavo—. Tienes que hablar para que estemos en igualdad de condiciones.

Se mordió el labio. Anhelaba desesperadamente poder confiar en alguien, hablar con la misma soltura y libertad que sus nuevos amigos de lo que la preocupaba y lo que le provocaba placer. Además, el dramaturgo estaba en lo cierto, y a fin de cuentas se encontraban en el escenario más indicado y seguro para compartir un secreto.

—A veces pierdo el conocimiento cuando me enfado mucho, me asusto o me desborda algún sentimiento, y cuando despierto, descubro que estoy en un lugar al que no recuerdo haber ido, o que me he comportado de forma... extraña. Si tomo mi medicina y me cuido, no tiene por qué ocurrir, pero al poco de llegar sufrí un sobresalto. Descubrí un rumor, un rumor sobre mi abuela y yo. —No pudo evitar mirar a Margarita y supo que recordaba lo que pasó, lo que Francisco y Virginie habían dicho sobre ella—. Me impresionó mucho y salí corriendo del restaurante donde estábamos cenando. No recuerdo qué sucedió después. Desperté en mitad del bosque. El abogado de mi tío tuvo que traerme de vuelta al hotel y creo que sobornó a la policía para que no se corriese la voz. Al día siguiente recibí la invitación.

Al principio pensé que podría haber sido una forma de disculparse por el incidente con el señor Montseny, pero por lo que he descubierto sobre la Duquesa y sus preferencias, no parece una razón suficiente. Ahora me pregunto si fueron los rumores o mi condición frágil, puede que ambas cosas, lo que la intrigaron sobre mí.

—Es espeluznante cómo esa mujer lo averigua siempre todo. —Eva se sacudió un escalofrío.

—Causa aún más impresión si piensas en lo poco que sabemos los demás sobre ella —señaló Gustavo, entre sorbo y sorbo de su cóctel.

—¿Tiene un pasado oculto o algo parecido? —preguntó Candela.

—Ya lo creo. —El hombre se inclinó hacia delante y les señaló que se acercasen para poder hablar en voz baja—. Se dice que es de orígenes humildes y que con misteriosas artimañas que nadie conoce logró seducir al duque de Pravia, dueño de todas estas tierras y un noble venido a menos. Cuando el duque murió unos años después, ella echó a todo el mundo, tiró abajo el pueblo de pescadores que había en la bahía y construyó el hotel con el poco dinero que le quedaba al ducado. En cuestión de meses vendió las tierras a un precio infinitamente más alto que el que tenían en un principio. Un negocio redondo, sin duda. Es posible que el duque se enamorase de una mujer bella e inteligente, que además tenía buen ojo para el dinero, pero ¿qué sería de la humanidad si no viésemos intenciones arteras en todas partes? Cuando pensamos en los monstruos, imaginamos seres voraces, con garras, colmillos, que escupen fuego o tienen lenguas venenosas. Pero en realidad los monstruos solo son los depositarios de nuestros miedos, aunque no tengan culpa alguna. Y así obviamos que los verdaderos demonios no son los que tienen el poder de herirnos y eligen no hacerlo, sino quienes están decididos a encontrar el modo de asestar el mayor de los golpes.

—Cómo se nota que eres poeta, Gustavo —le reprendió Margarita—. La mayoría nos habríamos limitado a decir que hay muchas habladurías sobre la Duquesa y sus orígenes, pero que nadie sabe la verdad. ¿A quién le importa? Lo que cuenta es que el club existe y que en él podemos hacer lo que queramos.

—¿Creéis que le molestan esas historias? —preguntó Candela, que no podía evitar sentirse reflejada en la recelosa acogida que la aristocracia había brindado a la nueva duquesa de Pravia. Estaba claro que en su mundo no recibían a los forasteros con los brazos abiertos. Debían de haber transcurrido décadas desde que enviudó y los rumores seguían circulando.

—Puede ser. Tal vez por eso nos sonsaque secretos a todos —sugirió Margarita—. Para recordarnos que nadie es un santo.

Gustavo hizo un aspaviento con la mano.

—¿Quién querría ser un santo pudiendo ser un pecador? Dejemos las oraciones a santa Bárbara, patrona de nuestra amada ciudad. Oh, pero mira. Ahí está tu pianista.

A pesar de la penumbra y del gentío, que no había dejado de crecer con el paso de los minutos, sus ojos lo localizaron en apenas un suspiro. Para ella, Rafael brillaba tanto que resultaría imposible pasar por alto su presencia. Acababa de salir de la puerta que conducía a los dormitorios privados del personal y se había detenido en seco oteando la pista. Cuando sus miradas se cruzaron, Candela supo que también la buscaba a ella.

—Disculpadme —dijo distraída olvidando por completo a sus nuevos amigos mientras se ponía en pie.

Avanzó hacia él tan rápido como se lo permitía la multitud, ajena a los comentarios de Gustavo sobre cómo la «habían perdido sin remedio».

—Rafael.

Sonrió al verle, pero el pianista parecía demasiado alterado para alegrarse.

—Hoy es mi noche libre. Salgamos de aquí.

Sin mediar más palabra, la tomó de la mano con ímpetu y la guio hacia la salida. Se sintió algo decepcionada porque no hubiese prestado ninguna atención a su nuevo vestido y a su cambio de imagen.

Una vez al aire libre y aún sin soltarla, Rafael se apresuró a asomarse sobre la barandilla del mirador y dejó que la brisa marina despeinase su cabello oscuro. Inspiró hondo y soltó el aire aliviado.

—¿Qué ha sucedido? —preguntó Candela, suspicaz. No le había mencionado antes que librase esa noche y llevaba puesto un traje del mismo estilo que los que lucía cada noche en el club.

—Necesitaba airearme un poco. —Ahora sí se giró hacia ella con su habitual y dulce sonrisa. El mero hecho de ver esos hoyuelos bastó para tranquilizar a Candela—. No tengo que tocar esta noche, y ese dichoso carcelero tuyo estará roncando en su habitación. Somos libres por una vez. ¿Qué es lo que te apetece hacer?

—¿Qué ha sido de toda esa historia de no dejarnos ver en público y de mantener lo nuestro a escondidas?

Por un instante, Rafael pareció sorprendido de que hablase con tanta ligereza de lo que compartían. El joven relajó sus músculos, y una expresión a medio camino entre la resignación y el alivio se instaló en su semblante.

—Me temo que ya es tarde para eso. Y ya no me importa.

Candela tuvo que morderse el labio para contener sus apetitos. Una cosa era besarse en la oscuridad de la playa casi desierta y otra, hacerlo bajo las ventanas de los huéspedes, a solo unos metros de la entrada del hotel.

—¿Podemos hacer lo que yo quiera de verdad? —preguntó con un aire travieso.

Rafael asintió, y aunque Candela tuviese preguntas sobre la Duquesa y por qué habían discutido, decidió olvidarlas hasta el final de la velada. No había tenido muchas oportunidades para la diversión desenfrenada en su vida, y pensaba exprimirla al máximo. La lista de actividades que le habían recomendado era muy larga: apostar en el hipódromo, montar en una regata de recreo, jugar al tenis, pero por desgracia la mayoría solo podían hacerse de día. Añoraba la casona, pero la curiosidad por el amplio mundo que había tras las montañas era cada vez más fuerte. ¿Por dónde empezar? Una idea prendió chispa en su mente. Había algo en concreto que no había logrado sacarse de la cabeza.

—Quiero ir al cine —dijo con decisión.

—¿Al cine? —repitió divertido—. Eso puedo concedértelo. Vayamos al cine, pues.

Le ofreció su brazo para que se apoyase en él, como un auténtico caballero, y caminaron juntos hacia el paseo marítimo, donde tomaron un carruaje que los condujo hasta la avenida de los Ángeles. El edificio que acogía el cine se podía apreciar desde la distancia. Su planta era cuadrada, pero eso no significaba que fuese una construcción modesta: contaba con varias balconadas a dos niveles que le dotaban de un aspecto palaciego, teatral, y una elevada torre que se alzaba en una de las esquinas. De ella emanaban intensos y deslumbrantes rayos de luz que recordaban a un faro, aunque en lugar de a los barcos, el lugar pretendiese guiar a las almas perdidas en busca de un edén donde reír, distraerse o tomarse de la mano.

La pareja se sumó al gentío que pugnaba por conseguir una entrada para la siguiente sesión y se dejaron llevar por la marea. Aunque estuviese acostumbrada a estar sola, a la joven no le disgustó aquella multitud efervescente. Compraron dos tíquets y se acomodaron en sus asientos, casi al fondo de la sala en la que cabían doscientas personas. Candela aguardó expectante y se sobresaltó cuando una modesta orquesta comenzó a tocar. Atenuaron la melodía y, tras una sucesión de nombres y de textos que narraban la historia de dos familias enfrentadas, la imagen cobró vida ante sus ojos. Había una ventana, enmarcada por unas cortinas, y al otro lado, una tormenta furiosa, seguida de un bebé que manoteaba alegre en una cuna y una mujer que hacía ganchillo a su lado.

Candela se llevó las manos al rostro, abrumada por lo que estaba presenciando. Era como si los cuadros de su abuela hubiesen empezado a moverse sin previo aviso. Miró a Rafael para asegurarse de que él también lo veía, pero el pianista la estaba observando a ella, con una de sus sonrisas de plena felicidad, en las que se marcaban ambos hoyuelos y no solo uno. Tardó muy poco en comprender por qué la gente se agolpaba a las puertas de aquel mágico lugar para ver a un tal Buster Keaton y dejarse mecer por la música que cambiaba en función de lo que sucediese en la pantalla. Rio en los momentos cómicos (su favorito fue cuando apareció aquel perro que saltaba entre los brazos del protagonista), se mordió las uñas cuando temió que algo malo pudiese ocurrirles a los protagonistas y se sonrojó cuando los dos jóvenes se besaron junto a un piano. Una vez la película acabó, Candela se descubrió inundada en lágrimas y se puso en pie para aplaudir como si estuviese en una función de ballet.

—Me alegra que te haya gustado —dijo Rafael cuando salieron del edificio a la fresca noche de Santa Bárbara—. Estabas tan ilusionada por venir que temía que te decepcionase.

—¿Decepcionarme? —se asombró ella—. ¿Cómo podría? Parece arte de magia: música, arte, teatro, todo unido por fotografías en movimiento. ¿Podemos volver otro día?

Rafael asintió.

—Aunque este cine es muy pequeño en comparación a otros. He oído que en París los hay tan grandes como óperas. Y en Los Ángeles cada estudio tiene su propio cine. ¿Te lo puedes imaginar?

Candela torció el labio. Aunque esos lugares parecían increíbles, el pianista le había hablado ya de su ambición de salir de la bahía y probar suerte en una gran ciudad.

—¿No intentarás convencerme para que me vaya de aquí? Porque lo parece.

—Si fuese así... ¿podría seguir intentándolo?

Se detuvo ante él y se puso de puntillas para estar a su altura, apoyándose sobre sus hombros para no perder el equilibrio.

—Puedes seguir tentándome si eso es lo que quieres, pero que no te extrañe si yo hago lo mismo y te tiento de vuelta. —Colocó la mano sobre el pecho de Rafael y le empujó para alejarle de ella.

Rafael rio y echaron a andar por la animada avenida.

—¿Siempre fuiste así de malvada?

Candela caminó de espaldas para poder mirarle mientras hablaba.

—¿Malvada según quién? Estoy acostumbrada a hacer lo que yo quiero, pero este mundo está lleno de normas sin sentido. ¿Por qué durante el día es de mala educación no llevar sombrero, pero todo el mundo se lo quita por las noches? Y todo ese asunto de los escándalos... Son cosas que todos hacen o quieren hacer, pero se horrorizan cuando descubren que alguien actúa igual... Hablando de escándalos, en realidad el malvado eres tú, Rafael, ¿qué diría mi tío si supiese que estoy en la ciudad a solas con un hombre?

—Dudo que nadie pueda reconocerte esta noche.

—¿Sí? —preguntó Candela, emocionada. Se había esforzado mucho por dejar aparcado su aspecto de damisela en apuros en la suite del hotel y le alegraba comprobar que, a pesar de todo, Rafael sí se había percatado—. ¿Mejor o peor?

—Distinta. Tus ojos parecen más grandes; tus labios, más pequeños.

—¿Y qué hay de mis brazos?

—¿Tus brazos? Son iguales que siempre.

—¿Y mi espalda, también está como siempre? —Dio media vuelta para que pudiese verla mejor y giró la cabeza sobre el hombro en busca de una reacción.

Rafael permaneció mudo durante unos segundos, y eso bastó para ella.

—No sabría decirte. ¿A dónde quieres ir ahora?, la noche es joven. Tal vez cuando conozcas todos los rincones de Santa Bárbara y te hayas aburrido de ellos, sea más sencillo convencerte sobre todas las maravillas que nos aguardan ahí fuera.

—Hum... —Candela miró a su alrededor, y aunque la ciudad estaba llena de distracciones, luces, olores y sonidos de toda clase, su vista fue a dar con un leve resplandor al final de la bahía—. ¡Allí! —Señalaba el parque de atracciones.

Para alguien que hubiese visto más mundo y que solo se hallase de paso en Santa Bárbara, lo más espectacular del parque serían las vistas al Cantábrico y a la ciudad que se extendía bajo ellos, rodeada por árboles y montañas. El recinto tan solo contaba con una pequeña montaña rusa, un tiovivo, una noria y unos cuantos puestos de chucherías y casetas más propias de una feria. Pero para Candela, que ni siquiera había soñado con que existiesen máquinas semejantes, que te hacían subir y bajar o girar en el aire, era como aterrizar en un planeta nuevo y apasionante. Rafael tenía razón en algo: su curiosidad empezaba a empatar con su nostalgia por su dulce y tranquilo pasado.

Subieron en todas las atracciones, y Candela no lograba contener la euforia en cada una de ellas, aunque en ocasiones se asustase por algún movimiento brusco y se cobijase entre los brazos del músico, que la acogía de buen grado.

—¿Qué sucedería si nos cayésemos ahora? —preguntó cuando estaban en la parte más alta de la noria.

—Me imagino que caeríamos por el barranco hasta el mar.

—¿Nos podríamos salvar de una caída así? —Aunque no era miedosa, se agarró a las fuertes manos de Rafael mientras se inclinaba para asomarse al vacío.

—Es posible, si nos rescatan las sirenas de la bahía.

—¿Sirenas? —Candela tardó unos segundos en darse cuenta de que estaba tomándole el pelo—. Puede que existan las máquinas que te alzan tan alto como una montaña y las imágenes que se mueven ante tus ojos, pero no existen las sirenas.

—¿Estás segura? Se dice que los días de tormenta en la bahía podía escucharse a las sirenas cantar desde las rocas para atraer a su vera a los marineros naufragados.

—¿Atraer a los marineros? ¿Cantando?

—La música tiene poder —fue lo único que dijo a modo de explicación, mientras su mirada se desviaba hacia el hotel, que desde allí, tan lejos y tan alto, apenas era un cuadrado resplandeciente en el otro extremo de la bahía.

—Entonces las sirenas sin duda te salvarán para que hagas música, y dejarán que yo me ahogue.

A pesar de que era una broma, el gesto de Rafael se volvió muy serio, y notó como apretaba su mano con ímpetu.

—No voy a volver a dejarte sola, Candela. Por muy fuerte que canten las sirenas.

La miró fijamente rozando la devoción. Ella sentía algo parecido. Bajo la luz multicolor de las atracciones, sus ojos se antojaban más profundos, su perfil, más hermoso y sus labios, más carnosos. Candela quiso besarle, pero la noria ya casi había llegado al suelo y ni siquiera ella era tan osada.

—Es tarde, deberíamos ir pensando en regresar —dijo Rafael una vez en tierra firme.

—Aún queda un buen rato para que amanezca y hay una última cosa que me gustaría hacer —confesó ella—. Me has enseñado tu nuevo mundo, ¿puedo llevarte de vuelta al nuestro? Solo durante un rato, me gustaría regresar al bosque.

Al principio le pareció que Rafael vacilaba, tardarían en llegar a la montaña y podría ser peligroso —durante las horas que acariciaban el alba, el bosque estaba más despierto—, pero acabó por asentir. Nunca había sido capaz de negarle nada a Candela.

—Una aventura, ¿eh? No me esperaba menos de la chica loba.

Pagaron a un conductor para que los llevase a la linde del bosque y para que los esperase hasta su regreso. Rafael le pidió no adentrarse demasiado y ella asintió a regañadientes. Candela olvidó enseguida las tribulaciones de su vida en sociedad, de los rumores y las malas lenguas, de la forma poco sutil en que casi todos querían obtener algo de ella en la ciudad. Entre los robles y pinos no existían tales cosas como los matrimonios, los acuerdos comerciales y las herencias; solo el murmullo del viento y el ulular de las lechuzas. Extendió los brazos e inspiró hondo, tratando de llevarse con ella tanto aire puro como pudiese.

—Ven, exploremos. Nunca he estado en esta parte del bosque.

Tomó a Rafael de la mano sin pensarlo, como si volviesen a ser dos niños y las cosas no hubiesen cambiado. Ella era una chiquilla atrevida y desobediente, él se dejaba llevar por su ímpetu con una sonrisa. Candela se quitó los zapatos para sentir la tierra bajo sus pies y corrió por el bosque riendo, gritando cuando le apetecía, liberándose de esas cadenas de la apariencia que reinaban en Santa Bárbara.

Se sentía libre, viva, pletórica de energía, pero sobre todo volvía a sentirse como ella misma.

—No puedo ir a Madrid. No siendo la señorita Candela. Durante el resto de mi vida me obligarán a tomar el té con personas que me menosprecian, a sonreír como si no me diese cuenta de lo que piensan de mí. Puede que no sepa qué son las vanguardias, pero sé cuándo va a derretirse la nieve y crecerán los arroyos, sé qué pájaro se esconde entre las ramas por el sonido de su canto. Este es mi sitio.

—Ya sabes lo que pienso. —A su lado, Rafael le apretó la mano.

—¿Que debería viajar por el mundo para dejar de ser una niña ignorante y aburrida? —bromeó.

Él se detuvo en seco.

—¿Ignorante, aburrida? No digas esas cosas. Quiero que vengas conmigo porque soy egoísta. Para mí eres la persona más interesante del mundo, siempre lo has sido. Nunca dejo de aprender de ti. Por eso te seguía de niño, y por eso no soporto la idea de que te vayas ahora.

Su sonrisa se había esfumado por completo y la ligereza en el corazón de Candela se convirtió en una pesada losa que la sepultaba contra la tierra. Le soltó la mano.

—¿Por qué te fuiste, entonces? Incluso te cambiaste el nombre, como si estuvieses huyendo de tu pasado, incluyéndome a mí.

Hasta que no lo dijo en voz alta, no se percató de que le molestaba de verdad. La euforia por recuperarle era tal que apenas había pensado en el tiempo perdido, en la sensación de abandono cuando su abuela le prohibió acercarse al pueblo y él nunca trató de llegar hasta ella.

—Candela. —Intentó tomar su mano de nuevo, pero ella se zafó de su contacto—. No tuve otra opción, todo se complicó cuando mi padre murió. Yo no elegí este nombre, ni el hotel París. Las cosas cambiaron de golpe y simplemente tuve que convertirme en otra persona para sobrevivir.

—Podrías haber acudido a nosotras; mi abuela te habría ayudado, te habría acogido... —Pero se dio cuenta de que no era cierto.

Aurora le impidió encontrarse con cualquier niño del pueblo, incluyéndole a él. Rafael pasó de ser su pupilo a una sombra del pasado que ni siquiera nombraban, hasta que la chica estuvo a punto de olvidarle por completo. ¿Por qué la anciana, siempre amable y razonable, había sido tan drástica?

—Tu abuela no me soportaba porque no pude cumplir sus expectativas. Aun así, no me rendí. No dejé de tocar el piano hasta que logré hacer lo que ella esperaba de mí.

Candela negó con la cabeza. No tenía sentido. Aurora nunca hubiese desterrado a nadie porque su habilidad con el piano o su velocidad para aprender no estuviesen a la altura que ella misma marcaba. Igual que hizo su abuela, igual que el abogado, Rafael le estaba ocultando algo. Recordó la conversación que escuchó a hurtadillas, sobre cómo en realidad no eran familia, la forma en la que don Eduardo evitaba mostrarle las últimas palabras que había dejado por escrito, y apretó los puños enfadada. No lo soportaba.

—¿Qué sucedió? El día en que perdí el conocimiento, tú estabas allí. ¿Qué fue lo que pasó?

Algo en el semblante de Rafael se rompió, y Candela supo que había dado en el blanco.

—La Duquesa piensa que conocer los secretos de los demás le da poder sobre ellos, pero yo creo que hay cosas que es mejor no remover; así dejan de ser del todo reales.

—Estoy harta de los malditos secretos de todo el mundo, pero sobre todo de los míos, porque parece que soy la única que no los conoce. ¿Lo sabes?, ¿sabes si Aurora era o no mi abuela?

Rafael inspiró hondo y alzó la vista hacia el cielo cuajado de estrellas.

—Ella siempre te protegió y esperaba que yo también lo hiciese cuando llegase el momento, me acogió con esa idea en mente. Por eso, ahora que la suerte nos ha reunido, pienso cumplir mi promesa.

—¿De protegerme? ¿Protegerme de qué?

Un aullido atravesó la noche enmudeciéndolos a ambos. A pesar de su enfado, Candela sonrió. Aulló de vuelta, y varios lobos acudieron a su llamada asomándose entre los árboles.

—Chicos, os he echado de menos.

Ante el horror de Rafael, caminó hacia ellos, y los lobos acudieron a sus brazos. Candela se arrodilló y dejó que lamiesen su rostro y sus manos como si en vez de depredadores jugase con cachorros de cocker spaniel. La saludaron con tanto ímpetu que la joven cayó sobre la tierra entre risas.

—¿Desde cuándo te encuentras con los lobos? —preguntó él a su lado, en tensión ante la cercanía de las criaturas.

—Como no tenía niños con quienes jugar, acabé haciéndome su amiga —dijo mientras frotaba con ímpetu el pelaje de uno de sus favoritos: el lobo tímido que enseñaba a cazar y a comportarse dentro de la manada a los cachorros. Le tenía tanto cariño porque fue su confianza la que más le costó ganarse de todas. Se giró hacia Rafael—. ¿Lo ves? No necesito que nadie me proteja.

—¿Aurora lo sabía?

—Se hubiese preocupado por nada. —Se encogió de hombros.

—Ya veo... Ella no era la única con secretos.

—¿Qué quieres decir?

Rafael apartó la mirada.

—Tú misma lo has dicho, ¿por qué preocuparnos por nada?

Candela podría haber presionado hasta que Rafael acabase por ceder o ella por enfadarse, pero el cielo estaba despejado, los lobos reclamaban su atención y durante un rato podía disfrutar de ser ella misma. Tal vez, si Rafael veía el mundo con sus mismos ojos, comprendiese por qué el bosque, las montañas y los valles le importaban tanto. Tendió la mano hacia él, aún agachada.

—Ven, ¿por qué no saludas?

Rafael ladeó la cabeza, seguramente sopesando las posibilidades de que los lobos se rebelasen contra su proximidad, pero la joven permaneció así, esperándole con el brazo en alto hasta que acabó por ceder. Al principio los animales se detuvieron en seco, la pareja de la alfa, que siempre estaba malhumorado, le gruñó, pero cuando se dio cuenta de que Candela respondía por él, se limitó a observarle con recelo.

—Esto es una locura... —susurró Rafael.

La hembra que lideraba la manada se aproximó hasta él para olfatearle, y el corazón del pianista se aceleró tanto que a Candela le pareció escucharlo. Tiró de Rafael para que se agachase contra sus instintos, que le animaban a continuar de pie por si tenía que echar a correr.

—No te hará nada, ¿lo ves?

La alfa le olfateó el rostro antes de retirarse de vuelta con su manada. La chica loba se echó a reír ante el estupor del músico.

—Esta noche, en el cine y las atracciones, ha significado mucho para mí. Me alegra haber podido devolvértelo de alguna forma.

—Será una noche difícil de olvidar —asintió—. Aunque, si hubiese podido elegir, habría preferido un beso tuyo —bromeó, y sus miradas se cruzaron.

Candela sintió que, si no se movía, el mundo resistiría así, congelado para siempre. Y aunque la tentación era grande, escogió el movimiento. Se inclinó, besó sus labios fugazmente y se separó el tiempo justo para comprobar que sus hoyuelos habían aparecido junto a una enorme sonrisa antes de volver a besarle sosteniendo su rostro entre las manos mientras él apoyaba las suyas sobre su espalda.

Dos lobatos que jugaban a su alrededor tropezaron el uno contra el otro cayendo sobre los dos enamorados, que rieron al ver cómo los cachorros se incorporaban y seguían corriendo como si nada.

—Ya es la hora del crepúsculo. —Rafael oteaba el horizonte sobre los árboles en dirección al valle. Era cierto: una fina línea anaranjada comenzaba a asomarse sobre el mar—. Será mejor que regresemos.

La joven asintió y se despidió de sus lobos para tomar la mano de Rafael. A medida que descendían la ladera, no podía dejar de volverse hacia atrás preguntándose cómo era posible sentirse tan eufórica y triste a la vez. Ante ella y a sus espaldas coexistían dos mundos que amaba y, sin embargo, cuando saliese el sol, le pedirían que se uniese a uno al que no pertenecía, igual que le sucedía a Margarita, y a Gustavo, y a todas las demás almas perdidas del Club de la Verdad.

9

Asier

El edificio del ayuntamiento era un digno representante de todo lo que había sido la ciudad de Santa Bárbara y un claro desafío al presente. Hacía algo más de un lustro, los pueblos del valle habían votado en referéndum para unirse, y ahora a Asier le parecía que el número de funcionarios y miembros del equipo de la alcaldesa que se movían por los elegantes pasillos y entre los despachos tenían que rebasar la proporción razonable para un valle que había perdido la mitad de su población en solo dos o tres décadas.

—Parecen ocupados —comentó a Nora cuando tuvieron que apartarse para dejar paso a una mujer cargada con una caja llena de documentos.

—Solo tenemos cuatro años para sacar adelante los proyectos de la legislatura —dijo el jefe de prensa del ayuntamiento, Diego Navas, un hombre muy joven para el cargo, aunque vestía como si tuviese diez años más.

Asier no perdió la oportunidad de recabar información:

—La alcaldesa es ambiciosa, ¿cómo cubren todos los gastos? Parece que las alfombras las hubiesen lavado ayer mismo; también he oído que mandó limpiar toda la fachada, por no hablar del coste en personal...

—Nuestro propósito es devolver a Santa Bárbara y a las aldeas de los valles la dignidad y el respeto que merecen. Es difícil levantar la moral de los ciudadanos y convencer a los forasteros si no empezamos por tener un ayuntamiento en condiciones, ¿no cree? Aunque tenía entendido que el reportaje trata sobre el programa Lobo 23.

—Eso es, pero da la impresión de que están pasando muchas cosas interesantes por aquí.

El jefe de prensa rio.

—Se lo garantizo. Vuelva en un par de años y verá el resultado. El futuro no se construye en dos días. Aquí es. —Se detuvo frente a una puerta doble de madera con cristales traslúcidos en el centro y dio un par de golpecitos con los nudillos—. Los reporteros de Norte Visión —los anunció antes de abrir la puerta.

Apenas habían entrado al despacho cuando una mujer enérgica acudió a estrecharles la mano con alegría, como si fuesen viejos conocidos. Asier se preguntó si aquel arrollador carisma era algo que los políticos entrenaban o si solo quienes nacían con él estaban destinados a tales posiciones.

—Bienvenidos, sentaos. ¿Queréis tomar algo?, ¿un café?, ¿un bollo? Los encargamos a un obrador local, por supuesto. Hacen las mejores napolitanas de crema que hay al norte del Duero.

Rechazaron el ofrecimiento educadamente y Nora comenzó a montar el equipo de grabación mientras Asier observaba el despacho. No era el primer ayuntamiento que visitaba, así que no le sorprendió la mezcla de elementos anticuados —como un tapiz que representaba a un grupo de corzos bebiendo de una laguna, el escritorio de robusta madera y las cortinas de un color verdoso poco favorecedor— y de otros que trataban de aportar modernidad al despacho —como los minimalistas sofás de tonos crudos dispuestos para que se mirasen los unos a los otros, el parquet beige recién puesto y las paredes pintadas de un impoluto blanco sin rastro de gotelé.

—Gracias por atendernos, señora Fabián. Salta a la vista que tienen todos muchos asuntos que atender por aquí. Se nota que les apasiona su trabajo —dijo cuando Nora terminó de colocarle el micro por dentro de una elegante blusa.

Su compañera puso los ojos en blanco cuando la entrevistada no podía verlos. Sabía lo que estaba pensando: «Sí, muchas gracias, pero podría habérselo planteado antes de rechazarnos en lugar de llamarnos cuando ya teníamos todo el maldito reportaje preparado».

La alcaldesa se mostró complacida con el halago, pero no tanto como para olvidar el propósito con el que les había hecho ir hasta su despacho.

—Lamento haberos convocado en el último instante, pero es cierto que estoy muy ocupada. Para eso nos han votado los ciudadanos, para que pasemos a la acción. —Sonrió solo con los labios. Daba la impresión de que tenía que repetir el gesto tantas veces a lo largo del día que no podía permitirse desgastar más músculos de la cuenta.

Asier la estudió mientras se acomodaba en el sillón, justo frente a la cámara. Al igual que su jefe de prensa, Gemma Fabián era más joven de lo que cabría esperar para la responsabilidad que acarreaba. No encajaba con la imagen de los políticos de la vieja escuela. En lugar de una abultada permanente de peluquería, lucía una pulcra melena castaña, con un corte recto por debajo de la barbilla, y había sustituido los trajes con falda de la década anterior por unos vaqueros que la hacían parecer vital y moderna junto a una americana granate, a juego con los colores del escudo de la región, que colgaba de un estandarte justo detrás de la silla de su escritorio. El conjunto hacía pensar en alguien a quien podrías conocer charlando en un *after work* más que en una inaccesible política. Asier no dudaba de que su imagen era calculada, igual que los sofás nuevos, la fachada impoluta o el constante ajetreo de los empleados del ayuntamiento. Esa mujer representaba un brillante futuro, y todo su equipo se había encargado de que fuese más que evidente.

—Estamos listos —confirmó Nora tras comprobar el balance de blancos de la cámara.

—Cuando queráis —asintió la alcaldesa.

—De acuerdo. Hemos solicitado entrevistarla en varias ocasiones con respecto al programa Lobo 23 y en todas ellas declinó la invitación. ¿A qué se debe el cambio de opinión?

Tal y como Asier supuso, lo primero que hizo tras oír la directa pregunta fue sonreír.

—Me pareció oportuno que los ciudadanos contasen con toda la información sobre lo que está sucediendo, y no solo con rumores y supersticiones.

Vaya, iban a empezar fuerte. Esa, había comprobado Asier, era otra cualidad habitual en «los nuevos políticos»: destacar con titulares impactantes cuando les convenía y presumir de no acatar ninguna norma de corrección impostada que les impidiese «decir la verdad».

—¿Puede contarnos cuál es esa información?

—Verás, yo también he oído lo que se dice en las protestas. Antes que nada, debo aclarar que estoy totalmente a favor de que los ciudadanos se manifiesten como deseen; por suerte, vivimos en una democracia. No obstante, me preocupa que la desinformación esté provocando una agitación contraproducente. Lo que necesitamos ahora es unidad. Los valles y la bahía tenemos los mismos intereses.

—Pero a muchos vecinos, especialmente en el medio rural,

les preocupa cómo la presencia del lobo y del proyecto de recuperación pueden afectar a su estilo de vida.

La alcaldesa negó con la cabeza, vehemente.

—El programa Lobo 23 no es una declaración de guerra entre el hombre y la naturaleza. España lleva muchos años siguiendo la Directiva Hábitats de la Unión Europea con respecto al lobo y al resto de las especies. El lobo, en concreto, forma parte del listado de especies silvestres en régimen de protección especial. Como podrás comprobar, desde las instituciones europeas se nos insta a esforzarnos más por preservar nuestra riqueza y nuestro patrimonio natural. Eso es lo que estamos haciendo en Santa Bárbara, ni más ni menos. Dar un paso adelante para estar a la cabeza de España en cuanto a investigación y protección de la fauna. Además de los evidentes beneficios medioambientales, generará prosperidad para las personas.

La alcaldesa hablaba con seguridad de un tema que se había preparado a conciencia. Nadie podría echarle en cara que no se habían detenido a pensar a fondo sobre las implicaciones de Lobo 23. Aunque toda esa información les sería muy útil para el reportaje, Asier y Nora no estaban allí para elaborar un panfleto sobre las labores del ayuntamiento, sino para asegurarse de que no se estaban ignorando las voces y las necesidades de muchos.

—¿Y qué hay de quienes piensan que no verán esa prosperidad en su día a día, sino todo lo contrario? Los ganaderos están muy preocupados. El año pasado hubo más de cinco mil ataques a reses y ovejas por parte de lobos.

—Esos ataques se distribuyeron por todo el territorio español; si comprueba los datos de la zona, verá que son infinitamente menores. Además, los ataques se pueden evitar con las medidas adecuadas, y las pérdidas se subsanan. Hay subvenciones para abarcar ambas medidas, aunque claro, no podemos impedir que haya quienes soliciten una subvención y la malgasten. Nuestra obligación no es vigilar a los ganaderos, sino pensar en el bien común y los beneficios colectivos. El programa Lobo 23 no solo atraerá al turismo nacional e internacional, para el que estamos sobradamente preparados, sino que además un centro de conservación trae consigo numerosos puestos de trabajo, incluyendo a investigadores de prestigio. La despoblación es el principal enemigo del campo español, no el lobo, y de este modo llegarán familias enteras al valle que requerirán servicios y a su vez generarán más riqueza.

—¿No teme que se pierdan otros empleos? Hemos hablado con el representante de los ganaderos, don Emilio Posadas, y con su hija y...

—Déjame adivinar: está preocupado porque los malvados lobos del bosque planean cómo destruirlos a él y a su ganado. —Suspiró—. Ha interpuesto varias denuncias y todas han sido desestimadas. Aunque la justicia haya sido clara, nosotros, como institución, hemos escuchado sus preocupaciones y le hemos explicado que no existe peligro alguno. La Directiva Hábitats de la Unión Europea permite exterminar ejemplares si se prueba que suponen un peligro para la salud pública o una pérdida económica superior al riesgo habitual. Sin embargo, no se ha podido demostrar ninguna de las dos cosas.

—Según el señor Posadas, sus reclamaciones han sido ignoradas, casi ridiculizadas.

La alcaldesa cambió de postura descruzando las piernas para acercarse un poco al borde del sofá.

—Permíteme que sea dura pero honesta. Lo que ridiculiza a Santa Bárbara son las supersticiones inútiles. Debemos ser racionales. En toda España no llega a haber trescientas manadas de lobos, y en el valle tenemos la suerte de contar con una fuerte, que ha resistido al acoso y la persecución que sufrió esta especie durante los años de la dictadura. Es una suerte, no una maldición.

—Según los vecinos de Lucero, precisamente por ese acoso y persecución la manada se ha vuelto agresiva.

La alcaldesa negó con la cabeza.

—Esos lobos no buscan venganza, solo alimentar a sus cachorros.

Asier estaba seguro de ser una persona racional, pero al recordar la escena que don Emilio les había mostrado, volvió a sentir el incómodo escalofrío asentado en su espalda y sus tripas. Le habían acusado de preparar un montaje, pero el miedo en los ojos del ganadero no era fingido. Lo siguiente que Asier había pensado era que alguien estaba jugando a gastarle una broma de mal gusto, pero después de lo sucedido la noche anterior, de su breve encuentro con la manada, no podía sacudirse la sensación de que algo se les escapaba sobre esos animales.

—¿A qué se refiere al hablar de supersticiones?

La alcaldesa bebió un poco de agua y se humedeció los labios antes de darle una extensa respuesta, sin duda meditada:

—El ser humano teme todo aquello que reine donde él es débil. El lobo domina el bosque profundo, la noche, la oscuridad. Es inteligente y transmite sus conocimientos de la zona y sus técnicas de caza de una generación a otra. ¿No es asombroso? Se parecen lo suficiente a nosotros para asustarnos, y comprendemos tan poco de ellos que es fácil condenarlos.

»El lobo feroz es un mito que lleva con nosotros casi tanto como nuestra propia humanidad por esa razón. Imagina el terror de un niño que ve a un lobo abatido, lo grande que debe parecerle, con sus afilados colmillos, después de pasarse la infancia oyendo cuentos en los que el lobo es el villano. "Caperucita Roja", "Los tres cerditos", "Pedro y el lobo", "Los siete cabritillos"... El miedo al lobo es un legado heredado durante milenios. —Suspiró—. El ser humano primitivo buscaba explicaciones fantásticas para todo lo que no podía comprender.

El imprevisible carácter del mar solo podía ser fruto de los caprichos de un dios como Poseidón. ¿Las auroras boreales? Eran el reflejo de las armaduras que portaban las guerreras valkirias.

»Durante muchos milenios hemos tenido más imaginación que conocimiento. Igual que nuestros antepasados no podían comprender el funcionamiento de las corrientes de aire y los cambios de presión, o de las partículas solares al chocar con nuestra atmósfera, tampoco lograban asimilar que un animal salvaje tuviese un comportamiento tan... singular.

»Los lobos son animales inteligentes, pero lo más curioso son sus personalidades únicas, los lazos complejos que crean entre sí. ¿Sabías que no todos los lobos matan? Hay algunos ejemplares dentro de la manada que se especializan en ese rol, mientras que otros elaboran estrategias de caza o educan a los lobatos. También hay lobos exploradores que se alejan cientos de kilómetros de su manada en busca de nuevos territorios. ¿De verdad somos tan necios para seguir viendo al lobo como una criatura malvada y viciosa? Lo que yo propongo es que nos dejemos de fantasías y nos centremos en obtener conocimiento sobre esta especie. ¿Miedo al lobo? Mucho más justificado está que los lobos nos teman a nosotros.

—A mí no me pareció que la manada de Santa Bárbara le tenga mucho miedo al ser humano —dijo Asier sin pensar, y se arrepintió en el acto.

La alcaldesa apretó la mandíbula invadida por una rabia fugaz, como si hubiese dejado escapar por un instante la pose que debía mantener para la entrevista. Sus instintos bien entrenados le permitieron recuperar el control en un santiamén. Se aclaró la garganta y sonrió, aún más amable de lo normal.

—Así que has podido observar a los lobos con tus propios ojos, y estás vivo y coleando —dijo con ironía.

—Creo que solo porque ellos quisieron. Su alfa no parecía muy interesada en nosotros.

La alcaldesa rio.

—Ah, sí. ¿Sabes qué otro falso mito existe sobre los lobos? Que los machos siempre son los alfas. La manada es como una gran familia a la que el lobo más astuto y capaz guía, no les importa tanto el sexo de cada individuo como a nosotros. Hay muchas lobas matriarcas ahí fuera, incluyendo la de la manada de Santa Bárbara.

—Eso también atraerá mucho a los investigadores, y a los turistas.

—Me alegra ver que nos vamos entendiendo —dijo mientras cruzaba las piernas de un lado al otro.

—Parece que le interesan mucho estos animales.

—He hecho bien mis deberes. Cuando mis asesores propusieron desarrollar el turismo sostenible en la zona, me aseguré de estudiar el tema a fondo y aprendí muchas cosas. Tal vez el señor Posadas deba hacer lo mismo antes de seguir interponiendo denuncias y de hacer perder más tiempo al ayuntamiento.

—Se puede aprender mucho de los libros, pero los ganaderos llevan décadas conviviendo con el lobo.

—Sí, influenciados por viejas leyendas. Es comprensible que sus antepasados, privados de una buena educación, pensasen así. Pero estamos en pleno siglo XXI, y planeo llevar a Santa Bárbara al futuro en lugar de continuar anclados en el pasado. No podemos seguir obsesionados por lo que ocurrió hace cien años.

—¿Lo que ocurrió? ¿Se refiere a los Algora? Si no me equivoco, fue el último ataque de lobo registrado.

Al escuchar el apellido, la alcaldesa parpadeó unos segundos y se recolocó el cabello nerviosa al comprender que había cometido un error evocando el incidente.

—De nuevo, más leyendas. No fue un lobo, sino un perro

rabioso el que provocó la tragedia. Pero la historia es mucho más aburrida así, supongo que por eso la han ido adornando con los años. Como ya he dicho, no tengo intención de seguir rebuscando en el pasado. Me interesa más lo que está por venir. Y bien. Eso será todo por hoy, me temo que tengo una reunión en cinco minutos. Espero que mi testimonio os sea útil.

«No quiere que insistamos en esa dirección», comprendió Asier. El nombre de los Algora encarnaba todo aquello contra lo que Gemma Fabián decía luchar: el pasado, el miedo, la oscura noche de la superstición frente a la luz de la razón. Recordó la caja de música que Sandra y él encontraron hacía unas pocas horas. Aunque no tuviese nada que ver con el reportaje en el que estaban trabajando, los Algora y sus misterios parecían empeñados en ocupar los focos.

Le dieron las gracias a la alcaldesa, recogieron el equipo y descubrieron que el jefe de prensa los esperaba pacientemente en la puerta del despacho para conducirlos hasta la salida. Estaba claro que no querían a dos periodistas moviéndose libremente por el edificio.

—Gracias por su cooperación —se despidió Asier—. Lo más probable es que se emita el reportaje este viernes, a no ser que se caiga por una noticia de última hora.

—Lo veremos, sin duda. ¿Ya se marchan de Santa Bárbara? Es una pena, después de la tormenta de anoche hay un pronóstico del tiempo estupendo.

—Yo me quedaría toda la semana, pero a mi compañero le estresa este lugar, ¿verdad? —le delató Nora.

—No me diga, ¿es usted supersticioso? —preguntó Diego Navas, intrigado.

—En absoluto, es que soy muy hogareño, no me gusta pasar tiempo fuera de casa. Gracias por todo.

El hombre les dedicó una última gran sonrisa y Asier y Nora

caminaron hacia el pequeño Seat azul que habían aparcado no muy lejos de allí.

—¿Soy yo, o todo el mundo es demasiado simpático en este ayuntamiento? Sé que es una cuestión de relaciones públicas, pero ha sido más incómodo que cuando nos ponen trabas para trabajar.

Asier suspiró y se subieron al coche. Nora estaba revisando el metraje y le pidió que condujese él, aunque sus pensamientos no estuviesen muy despejados, de modo que arrancó y condujo hacia el hotel sin darse cuenta de lo que hacía. Ya habían recogido el equipaje, apenas un par de bolsas, y se habían marchado demasiado temprano para molestar a Sandra con una segunda despedida, así que nada lo retenía allí. Rectificó el rumbo para dirigirse hacia la salida que llevaba a la autopista, sin embargo... Nora había insistido en que no quería marcharse sin decir adiós, y él estaba algo preocupado por la cantante. ¿Habría vuelto Pietro? ¿Le habría dado alguna explicación de por qué actuó así y de dónde había estado, o seguía esperando a solas a que su amigo volviese o diese señales de vida?

—Conozco ese silencio y ese ceño fruncido —lo sacó Nora de sus pensamientos—. Algo no te cuadra, ¿verdad?

Asier negó con la cabeza.

—Lo de anoche fue muy raro, Nora. Sandra jura que su amigo no se ha comportado así nunca. La gente no siempre es buena juzgando el carácter de sus seres queridos, así que podría equivocarse, pero no fue solo eso. La manera en que ha desaparecido, y los lobos...

—Sé que te impresionó verlos tan de cerca, pero ¿no pudo ser un subidón de adrenalina? Ya has oído a la alcaldesa, mucha gente de por aquí se deja llevar por el miedo subconsciente a los lobos, súmale toda esa tensión y...

—Anoche, cuando llegué a la habitación no tenía ganas de volver a la cama y estuve viendo entrevistas de expertos en comportamiento animal. ¿Sabes en qué coincidían todos? Los lobos rehúyen a los humanos. Han aprendido a hacerlo para sobrevivir. Pero la manada de ayer... Parecía que querían que los viésemos.

—Virgen santa, Asier, son lobos. No «quieren» nada, aparte de llenarse la barriga y revolcarse los unos con los otros. En eso le tengo que dar la razón a la alcaldesa.

—Ya... Sé cómo suena, créeme. Por eso no me lo quito de la cabeza. Sé lo que vi, lo que sentí.

—De acuerdo, confío en ti. Hay algo raro en Santa Bárbara. Siempre lo ha habido. Pero ya tenemos nuestra entrevista y el jefe nos quiere de vuelta cuanto antes. Yo soy la primera a la que le encantaría encontrar una buena noticia, pero esto no es Madrid, no vas a tener margen para escabullirte e investigar por tu cuenta, y menos si tu hipótesis es que hay una mano negra detrás de unos lobos demasiado atrevidos y de unas cuantas cabezas de animales colocadas de forma macabra... Ay, no, esa mirada no... —Suspiró cuando Asier salió de la ruta hacia la autovía para regresar al centro de la ciudad—. Juraste que no ibas a volver a meterte donde no te llamaban.

—Solo quiero hacer una parada en el cuartel antes de que nos marchemos, para asegurarme de una cosa. Me llevará menos de media hora. Si el jefe se queja, le diremos que había tráfico.

—¿Tráfico? ¿En Santa Bárbara? Esa sí que es buena... Voy a pedir que me cambien de compañero, que lo sepas —se quejó Nora, pero no trató de impedírselo.

Sabía que Asier solo se detendría cuando despejase sus sospechas. Esta vez él esperaba de veras ser un paranoico, un defecto del que le habían acusado a menudo para acabar felicitándole por su buen ojo cuando resultaba tener razón. Aunque también había cometido errores de cálculo que pagó muy caros. Cruzó los dedos para estar viendo fantasmas donde no los había, en lugar de insistir en algo que el resto había dejado pasar.

10

Candela

—No creo que vaya a pegar ojo —admitió Candela cuando se detuvieron ante la puerta de su suite. Se había envuelto en la chaqueta de Rafael durante el trayecto de regreso para protegerse del frío y le había pedido que la acompañase hasta su cuarto para devolvérsela, y porque quería ganar tanto tiempo como pudiese a su lado—. ¿Te veré mañana en el club?

Rafael tomó su mano y la observó durante unos segundos antes de responder.

—Mañana tendré que trabajar, sí. Pero queda todo un día para que comience la fiesta. —Jugueteó con sus dedos—. ¿Por qué no quiero dejarte marchar?

—Porque eres egoísta, y dicen que este hotel saca lo peor de las personas —bromeó.

Creyó que Rafael sonreiría ante su broma, pero en lugar de eso, agachó la mirada. Se podía intuir una carga sobre sus hombros que se negaba a compartir con nadie. Candela era consciente de que había muchas cosas sobre su nueva vida que no comprendía, años de distancia entre ellos sobre los que no sabía nada, pero que ese chico con una sonrisa tan hermosa no tuviese motivos para mostrarla al mundo, eso no lo podía permitir. Se acomodó bajo su barbilla acercando sus cuerpos tanto como podía y alzó el rostro hacia él hasta que la propia gravedad hizo que se besaran. Sintió las manos de Rafael sobre la base de su cintura estrechándola aún más contra su cuerpo y se escuchó a sí misma suspirar.

—¿Cuándo me vas a contar la verdad? —preguntó.

—El día en que estemos lejos de esta bahía maldita. Entonces los secretos no podrán hacernos daño.

—¿Por qué tengo la sensación de que a ti ya te duele? —Candela se colocó un mechón de flequillo rebelde que había escapado de su sitio—. No tienes que aguantar el peso tú solo.

En lugar de responder, Rafael acunó su rostro entre las manos y la besó con suavidad en la frente, antes de descender de nuevo hasta sus labios.

Candela nunca había anhelado los romances sobre los que leía en los libros, le parecía interesante ver cómo los personajes se enamoraban, el conflicto que surgía en ocasiones entre sus sentimientos y su deber o destino, pero nada más. Para ella no eran más reales que los fantasmas de Hamlet. Sin embargo, cuando estaba entre los brazos de Rafael no se podía imaginar un lugar mejor para ella. No era su amor lo que codiciaba; era él, toda su existencia, desde el más fino de sus cabellos negros hasta sus manos diestras y seguras, todo aquello que podía tocarse y besarse y lo que no, como su risa suave o el modo en que la miraba cuando hacía algo que le divertía, con las cejas alzadas y una sonrisa mal disimulada. Aún no acababa de creer que pudiese existir algo que la colmase de felicidad con más ímpetu y plenitud que la casona y los bosques, pero junto a Rafael se atrevía a imaginar otras formas de entender la palabra «hogar». Y eso le daba miedo, pero no tanto como perderle otra vez.

Una risa los interrumpió.

—Así que la dulce e inocente Candela Nieto no es tan pura

como creíamos. Parece que vas a recuperar de sobra el tiempo perdido. ¿Estás probando cosas nuevas, o repitiendo? —se burló Virginie.

Se separaron a toda velocidad, aunque fuese tarde. Habían sido unos imprudentes. Y ahora, in fraganti ante Virginie, iban a pagar por ello. La pintora lucía un vestido de fiesta y el maquillaje algo emborronado por el sudor. Su peinado también estaba revuelto. Ambas habían pasado la noche fuera, la diferencia era que Virginie estaba muy lejos de casa.

—¿Qué diría don Eduardo si se enterase de que sales a escondidas... con el servicio? Y Francisco, ¿qué pensará de su nueva y querida amiga? Deberíais ser un poco más sensatos, si no queréis acabar quitándoles el protagonismo al señor Montseny y su esposa.

Tenían que encontrar una solución para aquel desastre, aunque dejar de verse no era una opción para ninguno de los dos. Fue Rafael quien dio un paso adelante.

—Sé cómo piensa la gente de su clase, señorita —dijo—. Podría delatarnos por diversión, o sacar algo a cambio, y creo que sé por cuál de las dos opciones se decantará.

Virginie se ajustó el fular de piel blanco que llevaba en torno al cuello, una costosa prenda de pelaje de zorro que a buen seguro costaba una fortuna. Debía de haber pocas cosas que aquella mujer no tuviese a su alcance. Candela apretó los puños hasta notar que clavaba las uñas en la carne por pura rabia. ¿Por qué no podía dejarles en paz? Empezó a sentir cómo su cabeza daba vueltas a medida que la ira y la impotencia se apoderaban de ella. «No, ahora no, por favor». Si se desmayaba delante de la belga, tendrían que pagar el doble por su silencio.

Virginie pareció sopesar sus opciones hasta que acabó de decidir.

—Llevo un mes alojada en este hotel, estoy pintándole un

retrato, y aun así la Duquesa no me ha invitado a ninguna de sus infames fiestas. Me pregunto a qué espera.

Rafael asintió al comprender el acuerdo.

—No se preocupe, presiento que recibirá una invitación muy pronto.

La pintora ni siquiera asintió o sonrió ante la promesa velada.

—¿Me dejáis pasar? Tengo muchas ganas de quitarme los zapatos y meterme en la cama —dijo mientras señalaba la puerta de su habitación.

Candela no habría podido moverse, estaba empleando todo su autocontrol en permanecer consciente, en impedir que la intensa emoción de ira la arrollase, así que fue Rafael quien se hizo a un lado. Cuando Virginie pasó entre ambos, pudo oler en ella la mezcla de fragancias, a alcohol, tabaco y sudor junto al jazmín de su perfume, que emanaba de su cuello y sus muñecas, zonas vulnerables donde el latido del corazón se manifestaba con más ímpetu. Qué fácil era desangrar a un ser humano atacando en esos puntos, y qué curioso que los humanos los escogiesen precisamente para destacarlos con sus fragancias artificiales. No le quitó ojo de encima a Virginie mientras entraba en su suite, igual que una loba cazadora no aparta la vista de una corza herida y renqueante, aunque en este caso la presa hubiese sido ella. A cada segundo que transcurría notaba su cabeza más y más embotada, como si fuese a desmayarse en cualquier instante. Podría haber enloquecido si Rafael no la hubiese envuelto en sus brazos y hubiese comenzado a tararear la canción de su abuela. Entonó la melodía a la vez que la acunaba, y Candela sintió cómo poco a poco la ira se disipaba y su mente volvía a enfocarse. Tarareó hasta que la canción llegó a su fin.

—Ya está... Lo arreglaré todo. No tienes por qué preocuparte. —La dejó ir cuando la respiración de la joven se hubo estabilizado—. Lo siento. Asociarte conmigo solo te traerá problemas como este. Tendría que haber pensado más en tu reputación, en tu tío y tus amigos. Me he dejado llevar. Lo siento —insistió, pero ella negó con la cabeza.

—No hay nada que sentir. Adoro que te dejes llevar, y soy yo la que sigue besándote.

Sintió la risa en el pecho de Rafael, que no había cesado de acariciar la base de su nuca con el pulgar.

—Debemos de estar locos...

—Me parece que todo el mundo se vuelve un poco loco durante el verano, o puede que sea por la luna.

—¿La luna?

Candela se separó un poco de él para poder mirarle, y las manos del músico descendieron hasta sus hombros, como si no quisiese dejarla ir del todo.

—Mi abuela solía decir que la luna llena altera a todas las bestias y que, aunque los hombres y las mujeres nos creamos mucho más sofisticados, en el fondo no somos más que animales que reniegan de su propia esencia.

—Tu abuela solía tener razón en todo, así que no seré yo quien lo ponga en duda.

«¿En todo, incluso en separarnos?», se preguntó Candela, sin atreverse a lanzar su duda en voz alta. No estaba segura de qué respondería Rafael, quien acabó por resignarse y la soltó del todo.

—Casi es de día, los huéspedes más madrugadores empezarán a despertar dentro de poco. Deberías dormir.

Ella asintió con la cabeza y recurrió a toda su fuerza de voluntad para no besarle una última vez antes de separarse. Entró en su habitación y se quedó un rato apoyada contra la puerta procesando todo lo que había ocurrido esa noche. El cine, la noria, los lobos, aquella verdad que Rafael se resistía a compartir con ella, y ahora Virginie y su extorsión. ¿Qué secreto le contaría a la Duquesa ahora que conocía el suyo? Mientras meditaba en silencio, Emperatriz se apresuró a recibirla. El olor de los lobos que impregnaba su cuerpo no la espantó ni enfureció. Pese a ser una mastín que en cualquier otra familia se habría encargado de defender los rebaños de los lobos, para Candela la enorme perra era otra más de la manada, muy a pesar de Aurora Algora y de todas sus advertencias. Cuando la anciana le hablaba de la bestia que dormitaba en el corazón de todas las personas, lo hacía a modo de advertencia, pero para Candela resultaba una idea liberadora.

Si en el fondo todos eran animales, no había razón para no dejarse llevar por sus instintos. Y los suyos gritaban cada vez con más ímpetu.

—Inspira hondo... y ahora espira con fuerza —ordenó el doctor, y Candela obedeció.

Permanecía sentada junto al borde de la cama, aún vestida con su camisón y una fina bata de seda que usaba para cubrirse. Respiró tan fuerte como pudo bajo la atenta vigilancia de don Eduardo y del médico que había traído para que la revisase.

—¿Cómo está, doctor? —preguntó el abogado después de que el médico la examinase, auscultase y le hiciese ponerse en pie y caminar en línea recta.

—A simple vista, esta joven se encuentra perfectamente sana —informó.

Candela tuvo que reprimirse para no sacarle la lengua a don Eduardo. Se conformó con alzar las cejas desafiantes a modo de «¿lo ves? Llevo semanas diciéndotelo». Las insistencias de doña Pilar en que sometiese a la joven a una revisión médica acabaron por dar sus frutos. Si después de guardar reposo no se sentía mejor, debía acudir al hospital, y si ya se había repuesto, sería todo un crimen que se perdiese la carrera de regatas que tendría lugar esa mañana, un acontecimiento que atraía a espectadores de todo el norte y que empezaba a competir en importancia con la de San Sebastián. «Este año compiten ocho clubes», explicó la mujer, con asombro, aunque Candela estaba segura de que lo que más le interesaba no era la competición náutica, sino que la heredera de los Algora se dejase ver del brazo de su hijo en un evento público. Candela anhelaba poder moverse libremente y Francisco continuaba dentro de sus planes como posible aliado, así que insistió en que se hallaba perfectamente hasta que acordaron que sería un doctor quien tuviese la última palabra.

—Pero ¿y su desmayo? —preguntó don Eduardo al doctor.

—Las muchachas sensibles se desmayan a veces; diría que es una cuestión meramente psicológica. La muerte de su abuela y el cambio de la ciudad frente a su vida tranquila han debido de alterar sus nervios.

Candela no preguntó cómo conocía todos esos detalles cuando nunca antes se habían visto, porque, al parecer, toda la ciudad estaba al tanto de su vida. Su abuela siempre se había encargado de atender su salud desde que era niña, y además de sus ocasionales desvanecimientos, no recordaba haber estado enferma ni una sola vez, ni siquiera un catarro tonto.

—Tal vez podría tomar medicación, algo que la calme —sugirió don Eduardo, como si Candela no estuviese delante y no pudiese opinar sobre su propia salud. Cada día que pasaba detestaba más a ese hombre.

—¿Que la calme? Oh, no, todo lo contrario; lo mejor que puede hacer para mejorar su estado de ánimo es salir y ejercitarse, sin abusar, claro está. Que pasee y charle con sus amigas, eso la mantendrá vital y sana.

—Así lo haré, doctor —dijo Candela con una sonrisa satisfecha—. Gracias por todo. Y ahora, si me disculpan, me gustaría acicalarme para asistir a las regatas. Don Eduardo, usted tiene que hacer recados en la ciudad, ¿no es cierto? Es una lástima que se las pierda.

Consciente de su derrota, el abogado accedió a dejarla ir a regañadientes. Cuando por fin se quedó sola, Candela dio saltos de alegría y corrió a celebrarlo con Emperatriz, que la acompañó con ladridos felices y alzando las patas delanteras para jugar con ella, aunque no supiese muy bien el motivo de tanto jolgorio. La muchacha había disfrutado de la noche de Santa Bárbara, pero echaba de menos sentir la luz del sol en el rostro.

Eligió un sencillo vestido verde aguamarina con el cuello en pico y el borde de las cortas mangas de color blanco y se apresuró a bajar al comedor para el desayuno. Allí sin duda se reuniría con el grupo al completo, aunque era a Margarita a quien tenía más ganas de ver. No podía decir lo mismo de Virginie. Aún no se había acostumbrado a coincidir con ella en el salón de baile secreto, donde se presentaba con vestidos repletos de brillantes y tocados de plumas como si fuese la reina del lugar, a pesar de que solo había logrado una invitación a base de chantajes. Cuando se encontraban en las fiestas del hotel, la artista fingía no verlas a ella y a Margarita, y ambas se lo agradecían. Candela no dejaba de preguntarse qué oscuro secreto había anotado en el sobre, porque, a su juicio, no se esforzaba mucho por esconder lo peor de sí misma ni parecía que le importase lo que pensase el resto, salvo que la tomasen por alguien irrelevante. Si no hubiese oído las historias sobre lo que le ocurrió a la última persona que intentó espiar los sobres, tal vez se hubiese atrevido a intentarlo.

—¿Nadie los ha leído nunca? —preguntó una noche Candela, con el rabillo del ojo puesto en Rafael, sobre el escenario, en todo momento.

—Habría que estar muy loco para intentarlo después de lo que pasó con Luis Beltrán.

—¿Quién? —preguntó Eva, apoyada de espaldas contra el pecho de Margarita.

—¿De verdad vas a contar esa historia horrible? —protestó la muchacha.

—Yo quiero oírla —se apresuró a decir Candela.

—¡Y yo! —confirmó Eva.

—Dos contra uno —sentenció Gustavo—. Lo siento, querida —dijo a Margarita—. Veréis, hace un lustro los gemelos Beltrán llegaron a Santa Bárbara en busca de diversión, como todos nosotros, salvo porque ellos, con apenas dieciocho años, ya contaban con su propia reputación. Consiguieron su invitación en su primera noche en la ciudad. Cuando Luis preguntó a su hermano Fernando qué secreto había escrito y este no quiso contestar, se enfureció. Creía que él y su gemelo compartían todo y se obsesionó con su contenido. Se coló una noche en el club y le pillaron con las manos en la masa. La Duquesa le prohibió la entrada a las fiestas y amenazó con expulsarle del hotel si volvía a comportarse de forma tan grosera con el resto de sus invitados, pero ahí no acabó la cosa. Una mañana lo descubrieron en las escaleras del hotel con el cuello partido. La autopsia dijo que se había caído, pero...

—Nos encanta pensar mal —completó Candela por él.

—Esa fue la última vez que alguien pecó de ser tan imprudente como para contrariar a la Duquesa en su propia casa. Hablar de los misterios del club con quienes no pertenecen a él, mentir con un secreto falso, tratar de averiguar los que otros confesaron... Habría que estar loco para ofender a esa mujer.

Candela sintió un escalofrío al recordar la discusión que Rafael había mantenido con ella hacía unos días, sobre la que no se había atrevido a preguntar. ¿Había contrariado a la Duquesa?

¿Haría lo mismo con ella cuando lograse colarse en la habitación del abogado a por sus papeles? Si es que era capaz. Echar mano a una de las llaves le parecía cada vez más imposible, a ese ritmo tendría que conseguir una piedra grande y golpear el pomo de la puerta.

—Seguro que son habladurías —sentenció Candela—. Esas cosas ocurren cuando la gente bebe demasiado.

Y, sin embargo, cada vez que se preguntaba por el secreto de Virginie recordaba esa historia. Se reunió con el grupo, la artista incluida, y tan pronto como terminaron su desayuno se dirigieron hacia el embarcadero.

El que había sido un puerto pesquero pensado para los barcos que cargaban y descargaban la pesca del día se había transformado en un modesto muelle deportivo para algún que otro velero y distintas embarcaciones de recreo, pero sobre todo era el alma y el corazón de la regata. Había dos clubes en la ciudad que entrenaban en la bahía, pero otros seis de las ciudades cercanas se habían sumado a la competición, atrayendo a varios miles de espectadores que se agolpaban en las orillas de la playa y en el paseo marítimo.

—Tendríamos que haber venido más temprano, por lo que veo —observó Francisco, quien se había ofrecido muy galantemente a sostenerla del brazo.

Virginie y Margarita caminaban delante de ambos, aunque la primera los vigilaba de tanto en tanto con algún rápido vistazo, lo bastante sutil para que solo quienes sabían sus intenciones se percatasen de que no apartaba la vista del sol como fingía.

—No pasa nada, el ambiente de por sí es divertido —respondió Candela.

Y era cierto. Por una vez, en Santa Bárbara se mezclaban

personas de todas las clases sociales por igual, sin que unos sirviesen a otros. La única jerarquía válida esa mañana era la de quien hubiese madrugado más para obtener sitio en primera línea y una vista directa de la carrera. Las mujeres apostaban animadamente con los hombres sobre qué embarcación ganaría la carrera y los chiquillos ondeaban en el aire estandartes de alguno de los dos clubes de la ciudad.

Continuaron paseando hasta que estuvieron muy cerca del que fue el antiguo puerto, ubicado en la curva de la bahía donde terminaba el paseo y comenzaba la empinada colina donde se hallaba el parque de atracciones. Desde allí podían ver cómo los hombres, ataviados con una camiseta de tirantes y un bañador corto, arrastraban las naves de madera desde la orilla hasta el mar.

—¿No es curioso? Esas embarcaciones son propias de la zona, las llaman traineras —explicó Francisco—. El resto del año se dedican a la pesca, pero se está popularizando también como deporte. Al menos en un par de ocasiones al año. Espero con ansia el día en que la modernidad nos permita retirarnos a todos y disfrutar del ocio de forma indefinida. ¿No suena maravilloso?

Candela no desaprovechó el pie que acababa de darle:

—En realidad, espero que eso tarde mucho tiempo en suceder, hay asuntos de negocios que me gustaría discutir con usted.

—¿Negocios? —se sorprendió él, lo bastante bajo para que su madre no pudiese oírlo.

—Yo soy una rica heredera que no sabe nada de dinero, y usted, si no he entendido mal, busca inversores. Y con bastante urgencia. ¿Qué opinaría de que nos asociemos?

Francisco vaciló por un momento. Sin duda, no era así como esperaba tener acceso a su ingente capital, pero se adaptó rápido. Una esposa resultaba mucho más fácil de manejar que una socia empresaria, pero el dinero, en la forma en que se presentase, seguía siendo dinero.

—¿Está pensando en ser mi socia?

—¿No es en lo que pensaba usted? —dijo haciéndose la sorprendida—. Verá, es inspirador oírle hablar sobre la modernidad y todas las increíbles cosas que nos depara. Desde que llegué a esta ciudad he podido comprobar en primera persona todas sus virtudes y, desde el tranvía hasta el cine, no dejan de asombrarme. Me gustaría ser partícipe de ello, a través de usted y su empresa.

Francisco sonrió mostrando sus enormes dientes y arrugando el bigote; parecía divertido por la irónica situación: la mujer a la que había cortejado como pretendiente había acabado más encandilada por aquello que describían sus palabras que por su elocuencia.

—Sabía que su abuela era una mujer de negocios, pero no pensé que usted hubiese heredado esa cualidad. De acuerdo, me gustaría complacerla, pero ¿qué hay de su tío? ¿Estará de acuerdo en que invierta en empresas ajenas a los Algora?

—Con su apoyo, don Francisco, estoy segura de que podremos convencerle de que sabemos lo que hacemos. También me gustaría quedarme en el norte, para comprobar los avances de mi inversión. El tren, las carreteras que conecten los pueblos con las ciudades, sería maravilloso ser testigo de cómo se construyen y, sobre todo, asegurarme de que no dañan los bosques y las montañas en el proceso.

—Traer el progreso al norte. Sí, suena bien, desde luego. Hay mucho por construir en estas tierras.

—¿Qué hacéis ahí atrás? —los llamó Virginie, malhumorada—. Os vais a perder el pistoletazo de salida.

Aceleraron el ritmo y se detuvieron sobre uno de los dos muelles de piedra que penetraban en el mar desde el recodo de la bahía. Hacía un día espléndido, aunque el viento andaba algo rebelde y soplaba con ímpetu en el momento menos esperado.

Candela se asomó todo lo que pudo para inspirar el aire marino y observar a los regatistas. Descubrió que en el malecón frente a ellos había unos cuantos rostros conocidos. Era el personal del hotel, que debía de haberse tomado la mañana libre para disfrutar de la regata. Y entre ellos se encontraba Rafael.

Sus miradas se cruzaron y el pianista le dedicó una media sonrisa antes de inclinar la cabeza y la gorra con la que se cubría. Saltaba a la vista que se había engalanado para la ocasión, pero no bajo los términos de elegancia de los adinerados aristócratas que se hospedaban en el hotel París, sino con su propio criterio. El traje que lucía y su tejido no estaban pensados para ir a la moda y renovarse cada temporada, sino para durar décadas, al igual que sus botas. La joven se fijó en cómo el chaleco de lana se ajustaba a su cintura, marcando su abdomen definido. Él apartó la mirada antes de que nadie pudiese reparar en el gesto, pero ella no podía dejar de observarle. Era la primera vez que le veía en el mundo real, fuera de la fantasía que Santa Bárbara reconstruía desde cero cada noche, y le fascinó verlo charlar animadamente con sus compañeros, sin los artificios y las poses que ella misma debía mantener. Le había propuesto dos veces que se marchase con él, y en esta ocasión, Candela se preguntó si su vida en cualquier otra parte, donde nadie la conociese, no se parecería más a sus recuerdos de infancia que si permaneciese en la casona con el deber de seguir siendo «la heredera de los Algora».

—¡Ya va a empezar! —exclamó Margarita, emocionada, y al instante un disparo al aire inició la regata.

Según le habían explicado, las traineras debían llegar hasta unas balizas situadas más allá de la bahía, virar y volver al punto de partida. Tan pronto como los competidores comenzaron a remar, el júbilo se extendió entre el público, que animaba a sus preferidos con ímpetu. Candela se dejó contagiar por la energía y aplaudió y silbó con entusiasmo sin alentar a nadie en particular. Podría haber permanecido sumergida en el trance observando cómo las embarcaciones se adelantaban las unas a las otras o agrandaban la distancia con sus rivales, pero notó unos golpecitos en el hombro que la devolvieron a la realidad. Cuando se giró, vio que Virginie le hacía un gesto para que la acompañase. Lanzó una última mirada a Rafael, que también animaba a los regatistas, y la siguió hasta alejarse unos cuantos metros del gentío.

—Creía que estaba implícito en nuestro acuerdo —dijo malhumorada aprovechando la diferencia de estatura entre ambas para mostrarse intimidante—, pero para que mantenga la boca cerrada, es fundamental que guardes tus zarpas lejos de Francisco.

Candela se apresuró a disipar sus inquietudes:

—No tengo ningún interés en casarme con él.

—Eso es irrelevante. Mientras andes pululando por ahí, él sí querrá encontrar el modo de unirse a la familia Algora, aunque ni siquiera tengas su sangre. Y eso por no hablar de su madre: no te imaginas lo insistente que puede llegar a ser doña Pilar, así que tendrás que ser tú quien ataje la situación de raíz. ¿Entiendes?

Candela se tomó unos segundos para inspirar hondo y serenarse. Nunca antes alguien la había acusado de forma tan directa de no merecer su apellido. Pensó en la canción de su abuela y en cómo se había calmado cuando Rafael la tarareó para ella. Ni él ni Aurora hubiesen querido que respondiera a la inquina de la pintora con su ira. Trató de ser comprensiva y paciente, de ponerse en su lugar.

—Virginie, sé que estás enamorada de él, pero si sus afectos se inclinan lejos de ti tan fácilmente, puede que no acabar en el altar junto a Francisco sea la mejor de las fortunas.

Entonces Virginie hizo algo inesperado: dejó escapar una carcajada.

—Espera, ¿de verdad crees que todo esto es por un hombre? ¿Piensas que estoy enamorada de Francisco y que por eso te hostigo así?

La joven entornó los ojos, confusa.

—¿N-no lo estás?

—¡Desde luego que no! Francisco y yo somos buenos amigos —resopló—. Claro, tú no puedes entenderlo, por supuesto. Eres afortunada, tus padres y tu abuela están muertos. No tienes a nadie que te diga lo que debes hacer.

Candela se llevó la mano al pecho ante las brutales palabras. Primero se sintió atacada por ellas, porque aún lloraba a su abuela de la nada, cuando veía a una elegante dama de espaldas y por un instante creía que era ella, antes de recordar que era imposible, o cuando Emperatriz se tumbaba a sus pies con tristeza y sabía que era porque la echaba de menos. Pero enseguida se dio cuenta de que había algo aún más horrible escondido en su declaración. ¿Qué clase de hogar tendría para que envidiase el destino de una huérfana?

—Pero creía que tu padre te apoyaba con tu arte.

—Mi padre... —resopló ella con acritud—. Es un academicista. Consintió que me formase como pintora porque creyó que podría atraer a algún hombre en busca de una esposa culta, como quien prefiere vasijas exóticas recién llegadas de Oriente para decorar su salón. Esos son sus planes para mí, y en cuanto empecé a acercarme a las vanguardias y a pintar con mi propio estilo, perdí el poco respeto que pudiese albergarme como artista. Tengo tres hermanos mayores: dos pintores y un compositor. ¿De verdad crees que a mi padre le preocupa mi talento, o mi ambición?

Candela no supo muy bien qué decir, pero Virginie no le dio la oportunidad de encontrar las palabras.

—Casarme con Francisco me dará una libertad que nunca

he tenido —prosiguió—. Llegaremos a un acuerdo: él podrá divertirse como y con quien quiera, y yo seguiré pintando después de darle un heredero. Tú ya tienes tu fortuna y a tu amado pianista, no seas avariciosa. Francisco es mío. Mi vía de escape.

Virginie había concluido con sus advertencias y se disponía a reunirse con el grupo de nuevo, pero una chispa se prendió en Candela y la impulsó a hablar sin pensar, desde el corazón.

—No tienes por qué casarte. Si el problema es el dinero, yo tengo de sobra, tú misma lo has dicho. Puedes trabajar para mí, seré tu mecenas —propuso, pero cuando la belga dio media vuelta hacia ella no vio agradecimiento, ni complicidad, solo un desdén que nadie le había dirigido nunca.

—El dinero es un problema, sí, hasta alguien que siempre lo ha tenido todo, como tú, lo puede adivinar, pero ¿de verdad eres tan ingenua para creer que se trata solo de eso? —Virginie caminó hacia ella haciéndola retroceder un par de pasos en el muelle, hasta que sus pies estuvieron justo sobre el borde de la piedra—. Puede que a tu abuela le fuese indiferente el ostracismo social, pero yo no voy a mudarme al fin del mundo para envejecer en soledad con una mocosa a la que dar de comer por pena. Hay lugares en nuestra sociedad a los que una mujer soltera no puede acceder, Francisco abrirá todas esas puertas para mí. Todo esto es un juego para la dulce e inocente Candela, ¿verdad? —Arrugó los labios en una mueca de desprecio—. No tienes ni idea de cómo funciona el mundo.

Virginie avanzó otro paso y Candela resbaló hacia atrás. En algún momento de la caída logró ladear el cuerpo y cayó sobre su brazo evitando un golpe en la cabeza. El agua apenas era lo bastante profunda a esta altura para llegar a un adulto por las espinillas, pero se empapó por completo. En mitad de la regata, el grito pasó bastante desapercibido, menos para quienes reconocieron su voz.

—¿Qué ha ocurrido? —preguntó Francisco tras unirse a Virginie en el borde del muelle. Le lanzó una mirada de reproche a la pintora, como si adivinase lo sucedido—. ¡Señorita Candela!

Apenas había comenzado a quitarse la chaqueta para acudir al rescate de la dama cuando otro hombre se le adelantó: el pianista del hotel París se abrió paso a través del agua sin pararse a pensar siquiera.

—Candela, ¿te has hecho daño? —dijo Rafael mientras la ayudaba a incorporarse.

—Tu traje... está empapado —musitó la joven, invadida por una oleada de sentimientos contradictorios.

La confusión por lo rápido que había sucedido todo, el alivio por contar con los brazos de Rafael como apoyo, la sensación pegajosa de la tela empapada contra su cuerpo, el bochorno de la aparatosa caída y, después, la certeza de que acababan de cometer un nuevo error.

Francisco los observaba boquiabierto y aturdido desde el muelle. Puede que fuese un tanto charlatán, que sus modales fluctuasen en función de quién tuviese delante, pero no era un estúpido. Rafael no la había llamado «señorita Algora», ni «doña Candela», ella no había vacilado ante su contacto, y lo primero que había hecho tras su caída fue preocuparse por la ropa del músico. Esa no era la forma en la que un empleado trataba a una de las huéspedes de un hotel, ni en que una joven dama se dirigía al servicio. Todo ello, sumado a su proposición de negocios en absoluto romántica, debía dibujar un panorama muy revelador ante él. Aun así, Francisco se apresuró a cambiar su semblante para que nadie más sospechase y adoptó la pose de un pretendiente enamorado.

—Señorita Candela, ¿qué ha ocurrido?, ¿se encuentra bien? —Caminó hacia ella cuando la joven llegó a la orilla y apartó a Rafael de su lado.

—He debido de tropezar. —Candela se dio cuenta de que Virginie se había marchado y se relajó—. Soy un poco torpe.

—Gracias por su ayuda, ya puede retirarse —dijo Francisco hacia Rafael, sin mirarle siquiera.

El músico asintió y Candela quiso rogarle que no se marchase. ¿Por qué tenían que separarse así?, ¿por qué debían ocultar sus sentimientos? Sintió una honda punzada de dolor en el pecho. Detestó la sociedad en que vivían, la que hacía que Virginie se comportase de manera fría y calculadora con otras mujeres para poder cumplir un destino que para los hombres se daba por hecho; la que obligaba a que Rafael solo se pudiese dirigir a ella en público con la cabeza gacha, porque no pertenecían al mismo estrato social; la que obligaba a Margarita y a Eva a esconder los besos y caricias de un amor tan puro. Por fin comprendió por qué la Duquesa estaba dispuesta a proteger a cualquier precio el oasis que había construido para todos ellos.

En cuestión de segundos, Margarita y doña Pilar se arremolinaron junto a ella en la orilla. La primera, en silencio y preocupada; la segunda se apresuró a intervenir:

—¡Cielos! No puede quedarse así o agarrará un buen resfriado. Francisco, hay que llevarla de vuelta al hotel cuanto antes.

Apenas acababa de salir de su celda y ya querían encerrarla en ella de nuevo. Candela accedió, porque aunque sabía que no iba a enfermar, que nunca lo hacía, habría sido extraño que opusiese resistencia. Dejó que la acompañasen a su habitación y allí se cambió de ropa y se secó el pelo con una toalla, lamentándose en silencio por la mañana de sol perdida, pero sobre todo repasando su conversación con Virginie.

«Puede que a tu abuela le fuese indiferente el ostracismo social». ¿Se había mudado Aurora a la casona por el rechazo de sus iguales? ¿Por eso nunca la llevó a la ciudad, ni le presentó a ninguno de sus muchos amigos? Si fuese la hija de su bastarda, tendría sentido, pero recordó el gentío que acudió a su funeral. No, Aurora no se había recluido junto a ella por esa razón en las montañas. Pero ¿por qué actuó así, entonces?

—¿A ti te contó algo? —preguntó a Emperatriz. Se agachó para poder acariciar mejor su pelaje y le rascó con ímpetu entre las patas delanteras—. A veces siento que todo el mundo sabe más de ella que su nieta, pero en algunas cosas se equivocan. En realidad, nadie ha pasado más tiempo con la abuela que yo, ¿no es cierto?

Tres golpes en la puerta interrumpieron sus reflexiones. Candela se dirigió a la entrada de la suite con desgana. Esperaba encontrar a Francisco al otro lado fingiendo que se preocupaba por su estado mientras su madre vigilaba por encima del hombro, pero era Rafael quien llamaba. Llevaba la chaqueta mojada doblada sobre el antebrazo y los pantalones remangados. Quiso abrazarle, aliviada por verle, pero el músico retrocedió.

—Solo quería verte un minuto.

Candela asintió con la cabeza.

—Estoy bien, solo ha sido una caída tonta. Mi salud no es tan frágil como todo el mundo piensa.

—Lo sé —dijo él, y se miraron en silencio durante más tiempo del que se habría considerado decoroso—. En realidad, yo... estaba buscando el momento adecuado para dártelo, pero creo que sería mejor que no nos viesen juntos por unos días.

Candela se dio cuenta de que portaba algo en la mano. Se trataba de una caja de madera rectangular, con el grabado de un lobo que corría persiguiendo la luna.

—Encargué esto para ti, es una caja de música.

Rafael escrutó su reacción, con una mezcla de impaciencia y vulnerabilidad. A Candela le recordó a esa vez en que, de niños, le tendió un manojo de margaritas que apenas era un ramo y contuvo el aliento hasta que ella le dio las gracias entusiasmada y repartió las flores entre su pelo y el de su amigo. Habían cambiado tanto que a menudo se le olvidaba que en el fondo seguían siendo los mismos chiquillos.

Sopesó la caja, y por un instante la calidez del regalo envolvió su cuerpo como si la caja de verdad estuviese ardiendo. Subió la tapa y el mecanismo cilíndrico de su interior entonó una familiar melodía, la canción de su abuela, la canción que Rafael había tocado en su piano cuando creía que nadie le prestaba atención y que tarareaba para ella. Su corazón se encogió como si tratase de dejar espacio para todo el amor que le llenaba el pecho.

—Esto es... Gracias.

Rafael asintió y ella reparó en que, igual que cuando era un chiquillo, había estado conteniendo la respiración sin darse cuenta.

—Escúchala cada día, cuando yo no pueda tocarla para ti. Abre la caja de música y escucha con atención. Hazlo sin falta, ¿de acuerdo?

—No voy a olvidarme de ti porque no nos veamos en un par de días —bromeó ella ante la urgencia de Rafael, pero el músico permaneció muy serio.

—Prométeme que lo harás, escúchala antes de dormir, y si algo te enfurece o te asusta, escúchala y te calmará.

—¿Como si me estuvieses abrazando?

—Candela...

—De acuerdo, de acuerdo. Lo haré. Adoro esta canción, y me encanta este regalo. —Cerró la tapa y estrechó la caja contra su pecho. «Y te amo a ti», pensó, aunque no pudiese decirlo en voz alta; no aún, no allí.

A pesar de todo, ansiaba tomarle de la mano, al menos tenían que permitirle eso, pero el sonido del ascensor abriéndose al final del pasillo los sobresaltó a ambos un segundo ante de que sus dedos se rozasen.

Rafael se apresuró a hacer una leve inclinación de cabeza, como si acabase de retirarse después de atender alguna petición de la señorita Nieto en lugar de hacerle un regalo a su amada, y se marchó para dar paso a don Eduardo, que silbaba por el pasillo de muy buen humor, tan animado que casi parecía bailar.

—¡Señorita Candela! Qué bien que esté aquí, justo la estaba buscando para darle la buena noticia.

—¿Buena noticia? —repitió Candela.

—En efecto, su tío acaba de telegrafiar desde Barcelona. Llegará a Santa Bárbara pasado mañana. ¿No es maravilloso? Por fin podremos irnos de este lugar de mal augurio para no volver.

11

Sandra

A su alrededor se acumulaban las hojas arrancadas de cuajo y las notas sobre un bosque oscuro, ojos amarillentos, monstruos y chicas indefensas en lugares desconocidos. Había encontrado a su nueva musa en el lugar y el momento más inesperado. Tras una búsqueda exhaustiva en internet sobre Candela Nieto, solo había dado con vagas menciones sobre ella en páginas web que hablaban de la historia local y con la foto de un artículo de periódico de la época con tan mala calidad que tuvo que deducir la mitad de cuanto decía. Al parecer, descubrieron el cuerpo sin vida de la joven en su habitación, aunque la causa de la muerte era ilegible. El suceso había conmocionado a toda la ciudad, dando pie a los rumores de que una maldición asolaba la bahía. Poco después, el hotel París cayó en la ruina. La duquesa de Pravia, la mujer del retrato del hall, había desaparecido dejando a deber enormes deudas a numerosos proveedores y a la ciudad en bancarrota.

Por oscura que fuese la historia convertida en mito, Sandra seguía decidida a sacar el álbum adelante. No sabía cómo reaccionarían sus compañeros cuando les anunciase que su próximo disco sería una especie de cuento de hadas folclórico un tanto macabro, pero seguro que se alegrarían de que dejase de intentar sonar como la nueva chica de moda en la industria musical.

Puede que a muchos les costase concebir que buscar información sobre una muchacha que llevaba cien años muerta tuviese algo que ver con escribir canciones, pero trabajar en su nivel conllevaba mucho más que garabatear una nota tras otra. Debían pensar en un concepto que diese forma al álbum, en una portada, con imágenes, tipografías, que después se extenderían a una serie de videoclips, la escenografía de sus conciertos, el vestuario que luciría e incluso su peinado. A sus fans les encantaba comparar los looks y la puesta en escena de cada una de sus eras, aunque la mayoría coincidían en que las primeras eran las mejores. Todas las canciones de Sandra tenían una narrativa muy clara, y eso facilitaba el trabajo del resto de los equipos que participaban en cada álbum, single y gira.

Eso, si aún tenía un grupo al que volver. Sin Pietro, sin cualquiera de sus miembros, Las Hijas Salvajes no tenía una razón de ser. Dejó el bolígrafo de tinta negra sobre la mesa y tomó el móvil. Aunque pensar en su trabajo lograse distraerla, no podía evitar llamar a su guitarrista cada poco. Su teléfono seguía conectado, la docena de mensajes que le había enviado entraban, pero su amigo había decidido no responder, o no podía hacerlo. En un arrebato de preocupación, buscó los hospitales de la zona en Google. Si se acercaba a preguntar, ¿le confirmarían si estaba allí ingresado o eso solo ocurría en las series de televisión? En el bosque habían hallado suficiente sangre para dar por hecho que habría requerido atención médica; si la Guardia Civil hubiese dado con él, se habrían encargado de ello. Aunque se habrían puesto en contacto con algún familiar o amigo. La otra opción, que Pietro estuviese tirado inconsciente en algún lugar del monte sin que nadie se hubiese percatado, era la que más la atormentaba.

Sandra inspiró hondo e hizo lo que siempre la tranquilizaba cuando estaba al borde del abismo: llamar a su agente. Tillie sabría qué hacer. Pasase lo que pasase, podía contar con su habilidad para resolver cualquier problema, ya fuera de prensa o de la vida real, como un hada madrina vestida con trajes coloridos y tacones, lista para transformar cualquier desastre en una carroza de cristal.

Marcó su número, y la llamada dio varios tonos más de lo normal antes de que Tillie respondiese.

—¡Sandra, corazón! ¿Cómo va todo? He visto un par de llamadas tuyas, estaba en una reunión, pero nada de charla de trabajo. Estarás descansando como acordamos, ¿verdad?

Sandra respiró aliviada. Era un alivio dar con ella.

—Tillie, escucha. ¿Sabes algo de Pietro?

Se suponía que era su agente, pero Tillie se encargaba de todo lo relacionado con Las Hijas Salvajes desde casi sus inicios. Se podría decir que fue ella quien los descubrió y quien se dio cuenta de que destacando la voz de Sandra llegarían mucho más lejos.

—¿Pietro? Lo dices como si fuese posible librarse de él. No ha dejado de mandarme fotos muy sospechosas de su desayuno con el jardín de su casa de fondo, lo que, obviamente, me hace pensar que me oculta algo. ¿Sabes tú algo de eso?

Sonaba como una de las tretas de Pietro. Era especialista en hacerte plenamente consciente de que tramaba algo, pero te distraía tanto que no lograbas adivinar el qué. Mientras le siguiese enviando esas fotos, Tillie jamás pensaría que, en realidad, estaba en España con Sandra, a pesar del riesgo que eso suponía para la imagen de ambos, pero sobre todo para la cantante.

—¿Hoy también? ¿Te ha escrito hoy?

—Te interesará mucho saber que esta mañana se ha preparado tostadas de beicon y huevos fritos con salsa de pesto. Me ha pasado la receta de la salsa y todo. ¿Estás bien? Te noto agitada.

Pietro estaba vivo. Y lo bastante consciente para seguir engañando a su mánager sobre su paradero. Era lo único que importaba. Si le confesaba a Tillie que el repentino interés del guitarrista por compartir recetas era una tapadera para encubrir su escapada, le metería en un lío, así que optó por callar. Le daría la oportunidad de explicarse él mismo antes de recurrir a Tillie.

—No... es que... creo que está enfadado conmigo. Pero no tiene importancia.

—¿Pietro? ¿Enfadado contigo? Lo dudo, eres su debilidad. Lo sabes. Si acaso, se habrá enfurruñado.

—Sí, seguro que solo es eso. Oye, creo que voy a cambiarme de hotel. Puede que vaya a Santander a pasar el resto de mis vacaciones, o mejor, cogeré un tren a Alicante.

Había disfrutado más de un verano allí con la familia de su abuela cuando era una niña y conocía la zona bastante bien. En cuanto Pietro se dignase a llamarla, le exigiría que volviese a Londres y, después de aclarar lo sucedido, pondría rumbo al Mediterráneo.

—¿De verdad que no ha ocurrido nada? —preguntó Tillie, suspicaz—. Deja que busque algún pueblecito encantador para ti. Alicante y Santander son ciudades grandes, demasiadas posibilidades de que te reconozcan.

—De acuerdo. Voy a hacer las maletas y en un rato te llamo.

—De acuerdo, pero, Sandra, recuerda que estas son unas vacaciones, no una huida, ¿vale? Piénsatelo antes de tomar una decisión impulsiva. Elegí Santa Bárbara porque es el lugar perfecto para ti. Vayas a donde vayas, tendrás que cargar contigo misma, y dudo que te sientas más a gusto que donde estás ahora. Respira hondo y luego me confirmas, ¿sí? Te adoro, hablamooos —canturreó antes de colgar y ponerse manos a la obra.

Supo que Tillie le mandaría el enlace de una nueva reserva en cuestión de minutos. Igual que ella, era una adicta al trabajo:

en alguna ocasión su médico de cabecera le había obligado a tomarse un descanso, así que sabía bien de lo que hablaba cuando le advertía a Sandra que estaba a punto de llegar a su límite.

Se quedó mirando la pantalla de su móvil durante unos segundos. «Son unas vacaciones, no una huida». ¿Era eso lo que estaba haciendo?, ¿huir? No llevaba ni unos días en el mismo sitio y en cuanto había comenzado a tener una rutina le había invadido la necesidad de salir corriendo de allí, a pesar de que Santa Bárbara se había convertido en una inmensa fuente de inspiración. «¿Me estoy autosaboteando?», pensó a la vez que sacaba la maleta y guardaba su ropa en el modo de piloto automático. Se detuvo en seco cuando ya había metido todo y dio con la caja de música.

Acarició las filigranas de la tapa con la yema de los dedos y la abrió para escuchar una vez más la canción que la seguía a todas partes.

Apenas había empezado a resolver ese misterio.

Alguien en ese hotel o en los alrededores tenía que saber de dónde provenía la canción de Candela, qué le sucedió exactamente, quién pudo regalarle aquel objeto que había permanecido oculto en el hotel durante un siglo. Su curiosidad de artista le exigía respuestas, pero lo que había visto anoche..., la forma en que Pietro estalló... No. Lo mejor era que se marchase: «Este hotel nos está volviendo locos a todos». Ella ni siquiera tendría que estar trabajando y se había dejado arrastrar en un arrebato de inspiración. Le pasaban cosas así sin cesar: despertarse a las tres de la madrugada con una idea que creía que podía cambiar la industria de la música, trabajar como una loca y darse cuenta a la luz del día de que era una auténtica basura. El hotel París, Olivia y su ruptura, todo lo que la impulsaba a crear acababa siendo malo para ella. Era mejor hacer las maletas.

Ya estaba casi lista para partir cuando llamaron a la puerta.

«Pietro», pensó con un atisbo de esperanza, que se esfumó en cuanto la abrió y vio a Asier y a Nora al otro lado. Por supuesto que no era su viejo amigo y guitarrista. Habían intercambiado las tarjetas de su habitación, no necesitaba llamar para entrar.

—Chicos, pensé que os habíais marchado. —Trató de sonreír, pero estaba demasiado cansada para que resultase convincente.

Al igual que ella, Asier y Nora llevaban sus emociones escritas en la cara, y Sandra notó cómo su cuerpo despertaba de golpe al ver la seriedad en sus semblantes.

—¿Qué ocurre?

—¿Podemos pasar? —preguntó Asier.

Sandra dudó. Por muy cómoda que se sintiese cuando estaba con los dos reporteros, las duras palabras de Pietro tenían parte de razón: se había apresurado más de la cuenta en confiar, y no era la primera vez que tropezaba con esa piedra. Sin embargo, el periodista insistió ante su silencio.

—Es que... hemos encontrado algo. Creo que es mejor que lo hablemos en privado. Podemos ir a nuestra habitación, si lo prefieres.

—¿Algo sobre Pietro?

Asier asintió y Sandra los invitó a pasar.

—¿Te vas? —preguntó Nora al ver la maleta hecha sobre la cama.

—Está empezando a hacer demasiado frío para mi gusto —se excusó con una sonrisa educada.

Los dos reporteros intercambiaron miradas, y Asier sacó un viejo ordenador portátil del interior de su mochila.

—Puede que cambies de opinión después de ver esto —lo colocó sobre la mesita de té del salón.

—¿Habéis descubierto dónde está Pietro? —quiso saber ella, que le siguió por la estancia—. No quiero sonar desagradable, pero si sabéis algo, os agradecería que os dejaseis de tanto secretismo.

—Es mejor que lo veas por ti misma —intentó calmarla Nora—. Nosotros... no sabemos muy bien qué pensar. Puede que signifique algo para ti.

Asier levantó la tapa del portátil y navegó entre los documentos.

—Hemos hecho una visita al cuartel de la Guardia Civil y hemos preguntado por Pietro. No ha habido manera de convencerlos para que nos diesen acceso a esta grabación de las cámaras de tráfico, pero mi amigo me las ha dejado a escondidas, con la condición de que no las difundamos. —Hizo clic en un vídeo que se amplió hasta ocupar todo el rectángulo de la pantalla.

La imagen estaba oscura, pero a la luz de las farolas podía distinguirse la carretera y un rincón del bosque colindante. En los primeros segundos, solo salieron un par de coches circulando, nada fuera de lo común, hasta que uno de ellos se detuvo junto al arcén. De su interior bajó una figura femenina, con pantalones negros y botines. Un paraguas le cubría el rostro y avanzaba con movimientos ágiles pero comedidos. La mujer se adentró en el bosque y Asier se inclinó sobre el ordenador para acelerar la grabación. La luz del día, aunque siguiese estando nublado, mejoró la calidad de la imagen y ayudó a que se distinguiesen más detalles que antes costaba percibir. El número de vehículos que recorrían el camino aumentaba bajo la lluvia incesante.

Sandra se preguntó por qué le estaba enseñando aquello, cuando la mujer volvió a surgir entre la vegetación y esta vez no estaba sola: Pietro caminaba junto a ella apoyándose sobre su cuerpo para avanzar. Le reconoció antes incluso de que abandonase el amparo bajo el paraguas para subirse en el asiento del copiloto. Iba manchado de sangre, aunque el agua de la lluvia debía de haber limpiado la mayor parte; se intuía una brecha en su frente. Asier pulsó el botón de pausa y el nombre del hotel París pudo leerse con claridad escrito en letras blancas sobre el paraguas.

—La Guardia Civil ha detenido la búsqueda. Consideran que no hay motivos para localizar a Pietro contra su voluntad: es adulto y se ha marchado por su propio pie.

Sandra se acercó a la pantalla y observó la imagen congelada que mostraba a Pietro a punto de subir al coche y a la misteriosa mujer que se ocultaba bajo el paraguas.

—No... no lo entiendo. No sé quién es esa mujer, pero es imposible que se haya ido con ella por voluntad propia. Miradle, apenas puede sostenerle. Si hubiese sido una buena samaritana, ya le habría traído de vuelta al hotel.

Asier vaciló un segundo, antes de añadir:

—Hay algo más.

Volvió a activar el vídeo justo en el momento en el que la mujer cerraba el paraguas y giraba la cabeza para entrar en el asiento del conductor del coche gris oscuro. Su rostro fue visible un instante, pero, aunque hubiesen examinado fotograma a fotograma, solo habrían podido distinguir un borrón. Tan pronto como arrancó, los animales surgieron de entre los árboles. La manada de lobos gruñó amenazante al vehículo mientras se ponía en marcha y algunos ejemplares corrieron tras él para asegurarse de que no daba media vuelta. El coche desapareció del plano y la grabación llegó a su fin.

—Como puedes imaginar, este no es un comportamiento habitual de una manada de lobos que vive cerca de núcleos urbanos. Procuran mantenerse alejados de la gente, los coches y las carreteras. De vez en cuando aparece algún lobo solitario atropellado que intentaba cruzar de un lado a otro, pero esto... esto no es normal —explicó Asier, aunque Sandra solo podía pensar en la misteriosa mujer que había raptado a su amigo.

—Hay que averiguar quién es —dijo haciendo caso omiso al periodista—. Podemos buscar la matrícula en internet a ver si sale algo.

—Ya lo hemos hecho —explicó Nora—. También es de alquiler. Quienquiera que sea la mujer, no es de la zona o no desea que la rastreen.

—Pues entonces preguntemos a la empresa de alquiler. Tendrán sus datos, ¿no?

—No te van a dar esa información, es ilegal —intervino Asier.

—Pero la policía puede pedirla.

—Solo si tienen un motivo de peso para hacerlo. Ni siquiera hay un caso abierto, Sandra. Yo también creo que está pasando algo que se nos escapa, pero una intuición no es una prueba que pueda usarse ante un juez. ¿Conoce Pietro a alguien de la zona a quien hubiese podido pedir ayuda? ¿Alguien que se aloje o que trabaje en el hotel?

—No... no lo creo, no lo sé —admitió. Había pasado la mayor parte del tiempo con su amigo desde que llegó, pero conociéndole, no sería nada raro que le hubiese pedido el número a alguna mujer atractiva. Tal vez la hubiese conocido en los ratos que pasó explorando el hotel y la ciudad.

Sandra buscó su móvil y probó a llamarle una vez más, en un acto de desesperación. El teléfono daba línea, aún tenía batería. Pietro estaba en un lugar con electricidad y con un cargador a mano. ¿Y si todo estaba en orden y, en realidad, se estaba dejando llevar por el halo de misterio de Santa Bárbara?

Tenía que comprobarlo por sí misma.

Sin dar explicación alguna, tomó la tarjeta de la habitación de Pietro y salió de la suya para avanzar a paso veloz por el pasillo. Asier y Nora se apresuraron a seguirla. Pasó la tarjeta por el lector, una lucecita verde se encendió y entró en el cuarto con la esperanza de encontrar a su amigo echado en la cama durmiendo la mona, pero la estancia estaba vacía. Sandra rebuscó en los armarios y en los cajones: su maleta seguía allí, igual que toda su ropa, su guitarra favorita y el cargador de su móvil.

—Pietro nunca va a ningún sitio sin esa guitarra. Hay alguien que se está haciendo pasar por él mandando mensajes a nuestra mánager o le están obligando a hacerlo.

—O puede que se haya enfadado de verdad y se haya marchado hasta que se calme —sugirió Nora.

—Conozco a mi amigo —sentenció Sandra.

—Por eso puede que no lo estés viendo con objetividad —insistió la joven—. Fuera quien fuese la persona del vídeo, Pietro la siguió porque quería. No es como si le estuviese arrastrando por la fuerza, o usando un arma. Chicos, me parece que la Guardia Civil tiene razón aquí.

Sandra negó con la cabeza.

—Este hotel... Hay algo que no cuadra. El sótano secreto, la voz que canta por los pasillos, el comportamiento de Pietro y ahora esto. El paraguas, vosotros también lo habéis visto. Voy a averiguar si esa mujer está aquí y qué ha hecho con mi amigo —dijo, lista para llegar hasta la recepción y montar un número, pero Asier se interpuso en su camino.

—Si estás en lo cierto y está pasando algo en el hotel, solo los pondrás en alerta.

—¿Y qué sugieres que haga? Vosotros os vais a marchar de aquí porque no es vuestro problema. ¿Debería hacer lo mismo? ¿Irme y dejar a mi amigo tirado?

—Hay formas más sutiles de investigar. Preguntar a los huéspedes por su estancia en el hotel, charlar con los empleados para ver si están contentos... Cuando hay secretos, todo el mundo habla sobre ellos, a la gente le encanta fingir que sabe sobre lo que el resto ignora. Sé discreta, y si hay algún hilo del que tirar, darás con él. Si no lo consigues..., siempre hay tiempo para ser escandalosos y hacer ruido.

Sandra negó con la cabeza.

—No puedo ser discreta ni sutil. Soy Sandra O'Brian, ¿recuerdas? Si hago lo que dices, alguien acabará reconociéndome y mañana el hotel estará rodeado de periodistas ansiosos por saber si me he fugado con un amante o si estoy deprimida porque es Olivia quien lo ha hecho. —Apretó los puños, furiosa por todo lo que le había arrebatado la fama: su normalidad, su vida amorosa, su autoestima y estabilidad mental, y ahora le privaba de lo que más valoraba, por encima del dinero y la gloria: la capacidad para proteger y ayudar a sus seres queridos—. No lo entendéis, no soy como vosotros, no tengo la misma libertad, no puedo hacer las mismas cosas que una persona corriente. Si fuera periodista... —Y entonces hizo clic. Agarró a Asier del brazo intentando retener aquel atisbo de esperanza—. Yo no puedo hacerlo, pero vosotros sí. Vosotros sabéis cómo hacerlo.

—Dios, no... He visto esa mirada antes —maldijo Nora—, pero creía que solo Asier la tenía. Sandra...

—Ayudadme —la interrumpió—. Os pagaré lo que pidáis, trabajad para mí encontrando a esa mujer y a Pietro, como si fueseis, no sé, detectives privados.

—Creo que la situación te está sobrepasando. —Nora avanzó hacia ella, en un intento por calmarla que logró lo contrario—. ¿Has comido algo desde anoche? Deberíamos bajar al restaurante, llenarnos el estómago y tranquilizarnos.

—Sé muy bien lo que estoy diciendo. Pedid lo que queráis, puedo pagarlo.

—No es una cuestión de dinero, escucha: nuestro jefe está que trina, tenemos que editar y entregar el reportaje antes de pasado mañana por la tarde. Lo que tendría que haber llevado un día o dos se está eternizando y a nuestros compañeros les ha caído el marrón de grabar uno de los reportajes que nos tocaban. No podemos quedarnos aquí y cabrear a todo el mundo, a la gente normal nos despiden si no cumplimos con nuestro trabajo.

Nora cruzó los brazos, creyendo que el argumento que le había dado tenía suficiente peso y sentido común para que Sandra se rindiese, pero una de las ventajas de haber logrado hacer de su vida una especie de sueño que la mayoría consideraba imposible era que ser razonable no le parecía una cualidad tan importante como ser persistente.

—Tu jefe... me imagino que andará siempre agobiado por los índices de audiencia. El reportaje sobre los lobos y la alcaldesa seguro que funciona muy bien, pero tengo algo mucho mejor. Algo que haría que se olvidase de conseguir anunciantes durante mucho tiempo. Mi historia.

Los dos reporteros la estudiaron en silencio, quizá midiendo hasta qué punto hablaba en serio.

—Os daré la primera y única entrevista sobre mi matrimonio y mi divorcio. Vuestro programa podrá vender los derechos a todas las cadenas y periódicos que lo pidan en España y en el extranjero. ¿Creéis que será suficiente para que os dejen quedaros unos días más?

El enfado de Nora se convirtió en la angustia de la indecisión. Sin duda la hazaña les valdría no solo la simpatía de su jefe, sino un inmenso prestigio profesional, pero Sandra les estaba pidiendo que iniciasen una investigación donde no había indicios de criminalidad y que, además, la expusiesen como a una fiera en el coliseo.

—¿Vas a darle tu historia a Norte Visión? —preguntó incrédula.

—Está bien, haremos lo que tú quieras —zanjó Asier, que había permanecido en silencio analizando la situación—. Si tanto quieres nuestra ayuda, te la daremos. Pero puede que no quedes satisfecha si averiguamos lo que ha ocurrido de verdad.

—Acepto ese riesgo.

—Pero... —comenzó a decir Nora, que se rindió ante la determinación de los otros dos—. De acuerdo, no me parece buena idea, pero si sois así de inconscientes, adelante.

Sandra asintió con la cabeza, agradecida. Quizá el gancho de su entrevista sirviese para aplacar el enfado de su jefe y para tranquilizar a Nora, pero supo que él había accedido por una cuestión mucho más banal: curiosidad. Los dos querían llegar hasta el fondo de lo que estaba ocurriendo entre la bahía, los valles y las montañas.

Extendió la mano hacia él: tenían un trato.

12

Virginie

Virginie admiraba y temía a la Duquesa a partes iguales.

Le cautivaba todo lo que había construido por su cuenta, sin la ayuda de nadie y sobrepasando con creces todos los límites que una vetusta sociedad imponía sobre las mujeres. Claro que ella poseía dos condiciones que Virginie no cumplía. En primer lugar, era una viuda, y en segundo lugar, era una viuda rica. Al pensar en la Duquesa, se había descubierto en más de una ocasión fantaseando con la posibilidad de desposarse con un hombre que falleciese de pronto. Se imaginaba a sí misma fingiendo un llanto desconsolado tras descubrir que había muerto a causa de un accidente de caza o por una caída mientras montaba a caballo. No era malvada, pero sus opciones empezaban a agotarse. Su padre le había presentado a numerosos caballeros desde que entró en edad casadera, y aunque ella nunca los había rechazado abiertamente, se había encargado de que fuesen sus pretendientes quienes se hartasen y desistiesen ante la idea de tener por esposa a una mujer tan vehemente y arrogante. Su padre le había dado un ultimátum: o encontraba prometido antes de que acabase el verano, o elegiría por ella. Virginie juró que jamás llevaría esa vida. Se volcó por completo en el retrato de la Duquesa y en ganarse su apoyo, porque conservaba un halo de esperanza, de que tal vez si le demostraba a su padre hasta dónde podía llegar como artista, le ofreciese una tregua, pero sabía que solo era una vaga ilusión.

Por eso la Duquesa también le resultaba aterradora. No parecía el tipo de persona que necesitase la aprobación de nadie, mientras que todos los demás vivían de la suya. La propia Virginie había llegado a extorsionar a Candela para conseguir entrar en su dichoso Club de la Verdad, para no sentirse excluida. Cuando le llegó una nota escrita de su puño y letra pidiéndole que la retratara, se sintió eufórica, pero mientras subía a su suite —la más grande del hotel, que ocupaba toda la octava y última planta— sentía un escalofrío que permanecía atascado en la capa más profunda de su piel hasta que recogía sus utensilios y se marchaba. Era Virginie quien retrataba a la Duquesa, pero a veces sentía que ella era el objeto de estudio.

Llamó a la puerta con todos estos pensamientos en mente y aún alterada por su confrontación con Candela de esa mañana.

—Adelante —dijo la voz de la Duquesa.

Virginie inspiró hondo y al entrar en la suite descubrió que en esa ocasión no estaría sola con la Duquesa, lo cual resultaba un alivio y un fastidio a la vez. Para su sorpresa, ese pianista con el que la «inocente» Candela se besuqueaba por las noches permanecía sentado frente a un piano de cola que pasaba desapercibido en un rincón del gigantesco salón. La estancia había sido decorada con esmero, con muebles de diseño y todo tipo de obras de arte y antigüedades. La elegante mujer se servía una copa de vino junto al mueble bar.

—Como es nuestra última sesión, pensé que estaría bien contar con un poco de música, para animar el ambiente. Espero que eso no te desconcentre —explicó la Duquesa al darse cuenta de que Virginie estudiaba al músico con recelo.

—Por supuesto que no. —Le dedicó la sonrisa más encantadora que pudo y se preparó para trabajar.

—En ese caso... —Hizo un gesto hacia el pianista y, tras un tenso silencio, en que cruzaron una mirada, el joven se giró hacia el piano y comenzó a tocar.

La Duquesa siguió el ritmo de la melodía meciendo los dedos en el aire.

—Me encanta la música, ¿a ti no? Tiene el poder de despejarme la mente, de sacar todo lo que hay debajo de las distracciones mundanas.

—No sabría decirle, no entiendo mucho de esa materia más allá de Beethoven y Mozart.

—Y del jazz, me imagino. A todas las chicas jóvenes les gusta el jazz.

Virginie asintió y aguardó mientras la anfitriona se acomodaba sobre un taburete de madera colocado frente a la ventana, con la misma orientación y posición que en el resto de las sesiones. Virginie no hacía demasiados retratos, pero tenía el presentimiento de que este iba a ser una de sus obras más destacadas. La Duquesa había elegido posar con un esmoquin tan ajustado a su cuerpo curvilíneo que habría escandalizado a muchos, pero no a ella, que llevaba varios años viviendo en París y había conocido a muchas mujeres que preferían la ropa de varón, y viceversa. La luz no era muy buena, el cielo nocturno estaba cubierto por una densa capa de nubes que amenazaba con convertirse en una tormenta de verano en cualquier instante, pero la Duquesa siempre había insistido en que la pintase de noche.

Virginie untó el pincel en la pintura que había preparado sobre su paleta y se reunió con el cuadro casi acabado. Había retratado a la Duquesa con una mezcla de líneas angulosas y curvas que combinaban un aspecto a simple vista realista con uno más abstracto y onírico. A pesar de sus licencias, se había ceñido lo suficiente a la realidad para que cualquiera pudiese reconocerla con un vistazo. El objetivo de un buen retrato, le enseñaron sus maestros, era capturar el alma del modelo más que su aspecto. Comenzó a pintar siguiendo, sin darse cuenta, el ritmo de la música con sus pinceladas.

—Hemos pasado unas cuantas noches juntas y nunca me has preguntado por mí —dijo la Duquesa al cabo de un rato haciendo añicos su concentración—. ¿No sientes curiosidad?

Virginie se aclaró la garganta mientras evaluaba si era algún tipo de trampa.

—Todo el mundo siente curiosidad por usted, seguro que está aburrida de escuchar las mismas preguntas.

—Al contrario; lo que me aburre es ver a los demás eludirlas constantemente, como si ignorándolas dejasen de estar ahí. ¿De verdad naciste en la pobreza? ¿Cómo se enamoró el duque de ti? ¿Qué hiciste para alzar este lugar de la nada sin ayuda? —Sonrió—. Aunque yo también tengo preguntas para mis huéspedes, por ejemplo: ¿te gusta Santa Bárbara?

Por un segundo Virginie estuvo a punto de maldecir a la Duquesa. Una cosa era escuchar música de fondo mientras trabajaba y otra muy distinta, charlar. Ella siempre había preferido pintar en silencio, más aún en una fase del proceso en el que el cuadro estaba tan avanzado que cualquier error podía resultar fatal. Le devolvió la sonrisa.

—Es un lugar muy pintoresco para pasar el verano.

—Pintoresco...

—Sí, bueno. Le falta el glamour de Cannes, la tradición de San Sebastián y el casino de Montecarlo, pero las leyendas de la zona son más interesantes.

Virginie se llevó la mano a los labios, abrumada por su repentina sinceridad, y la Duquesa rio a pesar de las pullas que acababa de recibir. La joven solía guardarse ese tipo de observaciones para dejarlas caer con disimulo en el momento adecuado y desde luego nunca delante del aludido, pero tal vez el cansancio del día o la distracción de la pintura le habían soltado la lengua.

—¿Qué leyendas son esas?

—La protección de santa Bárbara frente a las tormentas, los lobos astutos en el bosque, las sirenas que atraían a los marineros naufragados, y bueno... usted. Ya lo ha dicho: todo el mundo se pregunta cómo llegó hasta aquí. —Virginie se aclaró la garganta, pero ¿qué bicho le había picado? Si quería ganarse la simpatía de la Duquesa, no podía permitirse especular sobre sus secretos tan abiertamente, pero lo que pensaba se convertía en palabras en su boca antes de que pudiese filtrarlas.

Sin embargo, la Duquesa no parecía molesta, solo satisfecha. De un modo extraño.

—¿Y si te dijese que no solo tienen razón en sus sospechas sobre mí, sino que se quedan cortos?

El sonido del piano se detuvo en seco y Virginie tragó saliva, sin saber cómo responder ante la confesión.

La Duquesa se giró hacia el joven músico y le dio una orden seca.

—Sigue tocando. Y tú —esta vez su atención se volcó en la artista— acaba ese cuadro, pero escucha con atención, porque quiero que pintes en él la verdad que te voy a contar. Ya que disfrutas tanto difundiendo secretos y rumores, ese será tu trabajo. Pinta —ordenó, y continuó añadiendo los últimos detalles de la obra destacando algún que otro brillo en las manos de la duquesa, repasando las sombras en su rostro para realzar sus rasgos duros y sensuales a la vez; para profundizar en aquellos ojos, verdes y marrones. Igual que sus iris, la Duquesa parecía estar colmada con dos colores a la vez. La joven pintó, pintó y no se detuvo, aunque le temblase la mano mientras lo hacía—.

Nací en Santa Bárbara cuando aún era un diminuto pueblo costero, ignorado por el resto del mundo y olvidado por todos los dioses a los que se puede rezar. Aun así, todo el mundo se encomendaba con una fe fervorosa cada vez que llegaba la tormenta, igual que sucederá esta noche. Yo también rezaba con ímpetu cuando apenas era una niña, pero no pedía protección ante las inclemencias del temporal, sino que se llevase de una vez por todas a ese hombre al que tuve la desdicha de llamar «padre».

Virginie alzó la vista hacia su modelo y comprobó que su expresión se había transformado: sonreía serena, con una oscuridad en la comisura de los labios y una negrura en los ojos que había pasado por alto retratar. Comprendió por qué la Duquesa había querido mostrarle esa faceta de ella, y siguió pintando para añadir esos matices a su obra, sin juzgar el relato, solo observando.

La modelo continuó hablando entrelazando su voz con las hipnóticas musas.

—El pueblo era tan pequeño que no tenía una auténtica iglesia, solo una diminuta capilla en la que un pescador jubilado muy devoto hacía las veces de párroco. Recuerdo a las mujeres reunidas allí cuando una marejada sorprendía a los hombres en la mar, vestidas con ropas lóbregas, concentradas en los rosarios en sus manos con el ceño muy fruncido. Era su forma de proteger a sus hijos y esposos. Tardé muchas tormentas en comprenderlo, la razón por la que se desgastaban las yemas de los dedos, a veces hasta hacerse callos y rozaduras, y por la que se quedaban afónicas. Esas mujeres ansiaban con toda el alma que sus seres queridos volviesen a casa, mientras que yo temía que lo hiciesen. Ellas eran las verdaderas sirenas de la bahía, aunque un día descubrí que mi voz tenía mucho más poder. Pero para eso tendrían que pasar muchos años.

»De niña, mi madre me llevaba hasta la capilla y permanecíamos allí noches, incluso días enteros, pero ella nunca rezaba con las otras mujeres. Verás, su marido, mi padre, era una mala bestia. Todo el pueblo sabía lo que ocurría en mi casa cuando su barco llegaba al puerto, pero nadie hacía o decía nada al respecto. Eran asuntos de familia, cosas que debían resolverse de puertas para dentro. Mi madre era huérfana, y mis abuelos paternos tampoco tenían ninguna intención de intervenir por muchos cardenales que ella luciese en el rostro, porque ese hombre era un pescador entregado que traía prosperidad al pueblo y la simpatía personificada cuando se trataba del resto de los vecinos. Hasta aquí mi historia no es nada especial, muchas hijas e hijos han visto a sus madres sufrir. Pero lo que más me envenenaba era pensar que mi madre tenía la solución en su mano y nunca la usó.

»Has hablado de las supersticiones de esta bahía y de las montañas que las acunan, pero ¿has oído alguna vez hablar de sus canciones?, ¿no? Hay muchas nanas que solo escucharás aquí, que han pasado de madres a hijas durante generaciones. Se dice que espantan a los malos espíritus y calman a las bestias. Pero no es solo un decir. La música alberga mucho poder, ¿lo sabías? Puede hipnotizar a un animal salvaje, conmover a una persona insensible, despertar los apetitos carnales de los más cautos y, sobre todo, tiene el poder de sacar a la luz la verdadera esencia de las personas. Cuando mi madre cantaba aquellas nanas que aprendió de mi abuela, no solo recitaba palabras o entonaba melodías; ella hacía magia, invocaba auténticos conjuros. Cantaba para apaciguar la ira de mi padre y hacer que se detuviese antes de que los golpes fuesen a más. Le encandilaba como a un niño y le ayudaba a dormir. Cuando era muy pequeña creía que nuestra situación era lo normal, que todos los padres eran violentos y que todas las madres cantaban para calmarlos. Después crecí lo suficiente pude entender cuán valioso era el don de mi madre, pero no por qué lo malgastaba de esa manera. También descubrí que, aunque yo no tuviese el talento musical, poseía el mismo poder. Y no iba a malgastarlo como mi madre. Probé las canciones que conocía, las que venían a mi mente sin saber muy bien de dónde, en los animalillos del bosque, hasta que encontré la que necesitaba. Una noche, antes de que mi padre embarcara para navegar varias semanas en alta mar, me incliné sobre el camastro que mi madre y yo compartíamos cuando él no estaba y susurré la melodía a su oído. Cuando le vimos partir seguí cantando, y lo hice también cuando estalló la tormenta y el resto de las mujeres rezaron. El conjuro surgió efecto. La ira de mi padre, que tan bien se le daba contener fuera de casa, estalló sin control mientras pescaban. Por poco mató a otro hombre porque se burló de él por tropezar con una soga, la misma con la que intentó estrangularle. Sus compañeros trataron de detenerle, pero su agresividad era tan incontrolable que acabó cayendo por la borda en plena tormenta. Eso dijeron, aunque a veces aún albergo la esperanza de que le arrojasen al mar. Podrías pensar que le hechicé para que se volviese agresivo, pero no fue así; solo le pedí a la música que sacase su auténtica naturaleza para que todos los que le justificaban pudiesen ver cómo era en realidad. Es lo que he seguido haciendo durante años, aunque mi madre no me lo pudiese perdonar y me repudiase por ello.

»Esa es la historia de mi infancia sobre la que muchos especulan, pero que nadie imagina. ¿Qué hay de mi matrimonio con el duque?, te preguntarás. ¿Le seduje con mi poder? No exactamente. Descubrió lo que yo era capaz de hacer cuando me buscaba la vida yendo de una ciudad a otra, a veces haciéndome pasar por la hija de algún empresario o artista adinerado, alguien como tú, otras veces me infiltraba entre el servicio. Me ganaba la vida cantando para que los poderosos bajasen la guardia y revelasen los secretos que tanto se esforzaban por ocultar. Después mantenía la boca cerrada por un módico precio. He conservado esa costumbre, la de hacerme con los secretos ajenos, aunque ahora me sirven de protección en lugar de para ganarme el pan. He de decir que el tuyo no era demasiado sorprendente. Muchas mujeres, especialmente las sensibles y las que han atisbado los regalos que la vida puede llegar a ofrecer, si naces con el sexo adecuado, se sienten como tú.

»Como te decía, el duque me descubrió in fraganti y quiso usar mi don a su favor. Se lo permití durante algún tiempo, a cambio de que nos casásemos para cerrar el acuerdo. Era divertido encontrar las debilidades y miserias de los aristócratas que me miraban por encima del hombro, como si por nacer en un hogar humilde fuese defectuosa, pero, oh, ellos sí que estaban llenos de taras. Al cabo de un par de años me cansé e invoqué al auténtico ser de mi marido. Resultó que su talón de Aquiles era su competitividad. Ese defecto le había hecho perder mucho dinero en el juego, pero con nuestro trabajo en equipo comenzaba a recuperarse. La idea de inaugurar un hotel fue suya, aunque él planeaba abrirlo en San Sebastián. Lo habríamos hecho si una noche no hubiese retado a otro famoso hotelero a una carrera en automóvil por los caminos angostos de la montaña, los que normalmente recorren rebaños o carromatos. Su coche acabó despeñándose por la ladera. Tras su muerte, trasladé el proyecto a Santa Bárbara, y nada me causó más satisfacción que ver la ciudad expandirse y engullir el pueblo en que nací hasta que solo quedó el muelle.

»Desde entonces, he dejado la música en manos expertas; como te he confesado, no tengo un gran talento musical, y me he propuesto convertir este lugar en un templo. En Santa Bárbara no hay cabida para la falsedad y las apariencias. Para algunos, que exista un lugar así es una auténtica liberación; para otros, tan protegidos por su doble cara como lo estaba mi padre, es una especie de justicia tardía. Verás, sé que habrá quien crea que yo he incitado todas esas tragedias: mi padre, mi esposo, los gemelos Beltrán, el señor Montseny... Pero lo único que hago es sacar la verdad a la luz. Como estoy haciendo contigo ahora.

Virginie había dejado de escuchar en algún momento de su relato, demasiado absorta por la melodía que manaba del piano, por la cadencia de la voz de la Duquesa y por los trazos del pincel.

—¿Qué? Perdone, me he dejado llevar por el proceso creativo —admitió azorada al advertir que la Duquesa tenía puesta en ella toda su atención—. Vaya, creo que está terminado.

Se alejó dos pasos del lienzo para verlo con un poco más de perspectiva. Puede que aquel retrato fuese su mejor obra, y también la más sombría. Al marcharse el día anterior había dejado atrás un retrato efervescente, que transmitía con sus colores la energía acelerada de la época y el sitio en el que estaban: negros glamurosos, rojo apasionado y brillos del color champán. Sin embargo, ahora veía en él un deje macabro. No tenía claro de dónde había surgido, pero su efecto era innegable. Las cuencas de los ojos de la Duquesa eran más profundas, como si hubiese un mundo escondido tras ellos, y el fondo a su alrededor se había oscurecido opacando los reflejos de las lámparas. Esa noche la intención de Virginie había sido la de dar unos últimos toques a la obra, pero en vez de eso la había transformado en otra distinta. No sabía si culpar a las lastimeras melodías del pianista o a la historia de la Duquesa que apenas había escuchado, pero ya no era el retrato de una exitosa mujer de negocios de la época, sino una suerte de mal augurio.

Sí, ese cuadro era su mejor obra, pero no sentía que fuese suyo.

Lo único en lo que destacaba era a la hora de pintar «las creaciones más vibrantes de su generación», así lo describieron sus amigos artistas. Aquel cuadro no era vibrante, solo siniestro. ¿Y si había perdido incluso eso, su chispa, su marca de identidad?

Una densa desesperación comenzó a hundirse en su pecho, hasta que todo su cuerpo se sintió pesado. «No sirves ni para pintar», dijo su mayor enemiga, esa voz en su interior que siempre la acosaba, aunque nunca se lo hubiese confesado a nadie. Se llevó la mano a la frente, abrumada.

—El cuadro está acabado. Si no le importa, me gustaría retirarme, no me encuentro muy bien, creo que necesito dar un paseo. —Ni siquiera se detuvo a recoger sus materiales.

La Duquesa abandonó el taburete sobre el que había posado y paseó por la habitación para servirse una segunda copa de vino, de un granate tan oscuro que parecía negro; después la despachó con un gesto, sin mucho interés. ¿Acaso no pensaba mirar la obra? ¿Tan poco le importaba el trabajo de Virginie? La joven sintió que las tripas le daban un vuelco. ¿Sabía de alguna manera que había arruinado el retrato, que su talento no estaba a la altura de los halagos que había recibido?

—Deberías darte prisa y aprovechar la noche, parece que no tardará mucho en desatarse la tormenta.

La pintora asintió y le dio las gracias antes de huir tan rápido como pudo. Aunque ella ya no podía verlo ni oírlo, Rafael dejó de tocar e hizo un ademán de ir tras ella, pero la Duquesa se interpuso.

—Haga lo que haga ahora, será fruto de su verdad. No te interpongas —le advirtió—. Sabes de sobra que la verdad es lo único que mantiene vivo el poder de la música. ¿Quieres que perdamos nuestro don?

Tras un instante de duda, el pianista negó con la cabeza. La Duquesa suspiró.

—Me preocupa que te estés ablandando, Rafael. Creía que entendías el precio de nuestro poder, que lo aceptaste el día que renunciaste a tu antiguo nombre, a tu vida antes del hotel París. Ese fue el acuerdo.

—Me da igual el poder, olvidas que no soy como tú, nunca lo he sido —rebatió él.

—¿Ah, sí? Es cierto, tú solo querías un hogar en tierra firme, unas paredes cálidas y secas donde pasar el invierno. Qué modesto —se burló—. Puede que no seas muy ambicioso, pero ¿y a tu querida Candela?, ¿le da igual si tus canciones surten o no efecto? ¿Sabe lo que ocurrirá el día en que deje de escucharlas? —Sonrió al ver el pánico en los ojos de su pupilo. Disfrutaba al saber que le tenía bien atrapado entre sus garras, siempre lo había tenido—. Puede que la famosa heredera se lo imagine. ¿Has leído su secreto? No. Claro, no te hace falta. Tú ya lo sabías. Aunque te has cuidado mucho de compartirlo conmigo. ¿Creías que no me iba a enterar?

La Duquesa rio al ver el estupor en su rostro, su impotencia. Se había pasado la última década enseñándole a ser sumiso, a creerse indefenso sin su protección, hasta que lo había interiorizado en cada fibra de su ser. Sabiéndose observada, la mujer avanzó, con la copa en la mano, hasta situarse ante el retrato.

—Qué maravilla, ¿así me ve en realidad? Es mucho más revelador que ese insulso boceto que estaba haciendo. Puede que sí logre hacerse famosa con sus cuadros, si consigue revelar la verdad de lo que pinta como ha hecho conmigo. —Suspiró—. No nos conviene llamar la atención más de la cuenta. Está bien, puedes asegurarte de que no hace ninguna estupidez, si eso es lo que quieres. —Hizo un aspaviento con la mano, y Rafael echó a correr tras Virginie. La Duquesa se detuvo junto a la ventana y descorrió las cortinas para otear las nubes negras que se acercaban a la costa. Detestaba la lluvia, le recordaba a su infancia—. Puedes correr cuanto quieras, Rafael. Eso no va a impedir que llegue la tormenta.

TERCERA PARTE

1

Sandra

A pesar de los esfuerzos de los dos reporteros, los primeros días de investigación no dieron fruto. «No pasa nada —insistía Asier—, nos sirve para descartar posibilidades y sospechosos». Pero lo cierto era que la desazón de Sandra aumentaba con cada hora sin noticias de Pietro. Estaba tan angustiada que había vuelto a hablar con Tillie. Le explicó que sospechaba que quien la escribía no era Pietro, o que lo hacía bajo algún tipo de coacción, pero solo logró que su representante se preocupase por ella y por su salud mental.

—¿Estás bien allí tú sola? ¿Quieres que vaya a verte unos días? Puedo hacer un hueco este fin de semana —se ofreció.

Sandra echaba de menos a su mánager, pero la idea de que pudiese correr el mismo destino que su amigo la disuadió.

—No. No vengas. Tienes razón, seguro que son cosas mías. Ya sabes cómo somos los artistas. Cuando no encontramos nada en que ocuparnos, nuestra mente se dispara.

Continuó «disfrutando» de sus vacaciones para no levantar sospechas, lo que significaba que se pasaba la mañana corriendo en la playa y la tarde esperando las novedades de Nora y Asier.

El director del informe semanal para el que trabajaban en Norte Visión había dudado a la hora de acceder al trato, pero solo porque estaba convencido de que era una broma. Las aptitudes de dos de sus reporteros a cambio de la entrevista del año. Sonaba demasiado fácil, demasiado maravilloso para ser cierto. Sandra tuvo que intervenir en una videollamada para asegurarle que sí era la famosa cantante y que la suerte le había sonreído.

Asier y Nora cumplieron su parte con diligencia: habían interrogado a todos los empleados del hotel por si habían visto u oído algo sospechoso últimamente fingiendo que solo andaban tras inspiración para un futuro reportaje y no buscando algo en particular. También charlaron con los huéspedes, pero la mayoría era gente mayor que solo estaban pendientes de aprovechar los días de buen tiempo antes de que llegase otra tormenta. Barrieron las redes sociales en busca de alguna foto de Pietro que algún fan le hubiese hecho a escondidas, pero el guitarrista se había esfumado sin dejar rastro. Volvieron a preguntar en el cuartel y recorrieron los hospitales de la zona sin resultado. No había ningún indicio que señalase que él continuaba en Santa Bárbara.

En ocasiones, Sandra dudaba de su propio juicio, lo que no la disuadía de escribir mensajes a su amigo de rato en rato, aunque él ni siquiera hubiese abierto los anteriores.

> Si es una broma, no tiene gracia. Si te he ofendido, ven y hablémoslo. Estoy muy preocupada, Pietro. Solo quiero saber que estás bien.

Se imaginó que quienes veían las notificaciones de los mensajes eran captores misteriosos, figuras altas, vestidas de negro y con pasamontañas, bajo las órdenes de una despiadada mujer; podía escuchar cómo se reían y se burlaban de sus patéticos ruegos.

La paciencia de Nora comenzaba a agotarse, e incluso Asier dudaba, pero Sandra se negaba a perder la esperanza. Se reunieron los tres en el comedor durante el desayuno del tercer día tras la desaparición de Pietro para repasar de nuevo todas las pistas que tenían.

—Ya hemos preguntado a todo el mundo en esta zona —les recordó Nora, que había pedido un café doble y lo bebía a grandes tragos—. Sé que nadie quiere afrontarlo, pero estamos en un callejón sin salida.

—Cabe la posibilidad de que estén mintiendo —opinó Asier.

—Sí, pero no podemos obligarles a confesar la verdad. —Nora profirió un largo bostezo.

—¿Estás teniendo problemas para dormir? —preguntó Sandra, quien creía que era la única. Se pasaba las noches dando vueltas en la cama pensando en su amigo. Al cabo de unas horas se rendía y se levantaba para escribir música hasta que no podía más y se le cerraban los ojos.

Nora asintió con la cabeza.

—No consigo estar tranquila en este hotel, después de saber todo lo que ocurrió aquí, y lo que podría estar pasando. —Sacudió la cabeza y los brazos, como si tratase de quitarse de encima la pesada y pegajosa sensación que el París dejaba en sus cuerpos—. Me da escalofríos. Hasta he tenido pesadillas: volvía a estar en el instituto, ha sido horrible. Aquí donde me veis, una mujer hecha y derecha, solía ser una pringada sin amigos en la ESO. Me desperté sudando y no volví a pegar ojo. No dormir me pone de muy mal humor, os lo aviso.

—Creo que no eres la única que está algo irascible —comentó Asier, y Sandra se dio cuenta de que el grupo de las señoras mayores, las turistas que siempre llevaban sus cámaras de fotos encima, estaban discutiendo durante el desayuno a viva voz.

—Puede que sea la luna llena —dijo Sandra—. Altera a la

gente. Y antes de que digáis que estoy cayendo en las supersticiones de Santa Bárbara, que sepáis que hay investigaciones científicas al respecto. La gente duerme peor las noches antes de la luna llena. Y como dice Nora, dormir mal cabrea a cualquiera.

La discusión de las mujeres de la otra mesa subió de tono, haciendo que todo el mundo se girase hacia ellas para ver qué sucedía. Al parecer, una vieja rencilla entre las amigas había salido a la luz.

—Tal vez deberías cantarnos una nana a ver si nos echamos una siestecilla —bromeó Nora, pero Asier se cruzó de brazos, muy serio.

—¿Has vuelto a escuchar en los pasillos la canción misteriosa? —preguntó.

Sandra había estado tan absorta por la desaparición de Pietro que no se había percatado de que no era lo único ausente. Negó con la cabeza.

—La última vez que la escuché fue la noche en que bajamos al sótano. Supongo que sería una huésped y que se habrá marchado. —Comparado con la posibilidad de perder a un amigo, una canción tendría que resultarle indiferente, pero sintió un hondo pesar en el corazón al advertir que tal vez nunca descubriría su origen.

Sin darse cuenta, Sandra comenzó a tararear la canción para sí y Nora apoyó la cabeza entre sus brazos cruzados y se adormiló por la melodía. No fue la única que se dejó atrapar por ella. Las cuatro señoras cesaron su discusión y aguzaron los oídos. Cuando la melodía concluyó, las mujeres se disculparon por sus palabras y siguieron desayunando como si nada hubiese sucedido.

—El poder de la música —observó Asier, y la intérprete asintió con la cabeza.

Lo había presenciado en numerosas ocasiones. Bebés apenas

capaces de balbucear que se echaban a reír al escuchar una canción alegre, multitudes unidas por un himno como si fuesen una sola alma, personas con la carga de un dolor inmenso que, al fin, lograban llorar hasta extirparlo de su cuerpo al escuchar una canción que les recordaba que no estaban solos en su sufrimiento. Además de los ritmos, notas y silencios de la música, una de las cosas que más amaba Sandra de ella, por lo que le había dedicado su vida, era el poder que tenía sobre la gente.

—Puede que quien cantaba no fuese una huésped —dijo Asier, pensativo.

—¿A qué te refieres? —quiso saber Sandra.

—No estoy seguro, pero me parece raro que encontrásemos la caja de música y que nos pillasen in fraganti en el sótano, donde claramente no debíamos estar, y que de pronto la canción desaparezca. Es como si no quisieran que la escuchásemos ya de entrada.

—Es una teoría conspiranoica interesantísima —dijo Nora, pero Asier no estaba bromeando.

—Pensadlo: quienquiera que cantase quería que descubriésemos ese lugar y la caja. Al contrario que los dueños y trabajadores del hotel.

Nora olfateó el aire como si estuviese oliendo algo muy desagradable.

—¿Qué es eso que apesta? ¡Ah, ya! Asier teniendo una de sus maravillosas ideas que nos va a meter en problemas.

A pesar de los reproches de Nora, que en realidad solo se preocupaba por que su amigo se estuviese metiendo en un lío del que no podría salir, el periodista había hallado un nudo de pistas y planeaba desenredarlo.

—Ambos desaparecieron la misma noche: la canción y Pietro. Y parece que hay alguien en este hotel que no quiere que indaguemos sobre ninguna de las dos cosas.

—¿Crees que están relacionados? ¿La canción y lo que ha sucedido con Pietro? —Sandra se inclinó con interés sobre la mesa al ver cómo sus dos obsesiones más recientes se entrelazaban.

—No tenemos ninguna evidencia de ello, pero sea lo que sea lo que está ocurriendo en este hotel, creo que la canción de Candela está relacionada.

«La canción de Candela». Habían comenzado a llamarla así desde que la escucharon en la caja de música con su nombre.

—El problema es que nadie parece saber de dónde ha salido esa canción, ni lo que significa.

—Otro callejón sin salida —se lamentó Nora—. No es como si pudiésemos poner un cartel preguntando «¿Alguien ha visto a este hombre? Por cierto, ¿habéis escuchado esta canción?». —A la broma de Nora le siguió un chispeante silencio, en el que Sandra y Asier se miraron para comprobar que acababan de tener la misma idea. Nora les leyó la mente—: Oh, no... Voy a tener que convencer al jefe otra vez de una locura, ¿no es cierto?

—A lo mejor esta vez podemos usar las redes sociales y el efecto viral a nuestro favor. Si hablamos sobre ellos en el reportaje, y alguien ha visto a Pietro o conoce la canción, no podrá resistirse a contarlo en internet.

—Imaginad los likes que tendría esa publicación... Lamento decir que puede funcionar —admitió Nora.

Asier centró de nuevo la atención en Sandra, y ella comprendió a qué se refería Nora al hablar de su famosa mirada de determinación. Cuando el periodista te miraba así, su euforia se volvía contagiosa, esa certeza de que podría conseguir lo que se propusiese, pero también el vértigo de estar al borde del precipicio.

—No te voy a mentir, habrá repercusiones. Muchos medios se harán eco de que un miembro de tu banda ha desaparecido, algunos deducirán que tú también estás por la zona, y las redes... van a estallar en llamas. Si Pietro está en apuros, también alertará a quienes le estén reteniendo. ¿Aún quieres hacerlo?

Sandra inspiró hondo y se tomó un segundo para meditar las consecuencias. Había huido de su casa, de su país, para evitar que el escándalo le diese caza, y ahora era ella quien planeaba lanzar una bengala al mundo con un nuevo y jugoso rumor del que hablarían durante semanas, meses, quizá años. «Sandra O'Brian» y «Las Hijas Salvajes» volverían a estar entre las búsquedas más populares y los hashtags más usados, pero no por su música.

—¿Piensas que funcionará?

Como siempre, Asier fue directo y honesto, aunque amable al exponer la verdadera situación:

—No tenemos ninguna garantía de que lo haga, pero es la única forma que se me ocurre para salir de este punto muerto. Hemos acudido a todas las personas a nuestro alrededor sin resultado. Si hay alguien dispuesto a hablar, tiene que venir a nosotros, o no avanzaremos. Me da la sensación de que existen demasiados intereses en juego en Santa Bárbara ahora mismo y de que muy pocos prestan atención en la dirección adecuada. Pero eso no significa que nadie se dé cuenta, y, en mi experiencia, las personas que tienen algo que contar lo hacen cuando les das la oportunidad de ser escuchadas y un espacio seguro para hablar.

Que todo internet especulase sobre su vida, que la juzgasen u odiasen, no le pareció tan terrible como otra noche en vela sin saber nada de Pietro. «¿Qué más da lo que piensen? Ni siquiera te conocen», habría dicho él.

—De acuerdo. Hagámoslo.

Esa noche Sandra fue la invitada de honor en la habitación 714, que compartían los dos periodistas. Le habían recomendado que viese la retransmisión con ellos para que las primeras reacciones al reportaje y al contenido que habían añadido a escondidas no la sorprendiesen a solas. Sandra había aceptado de buen grado.

Era una habitación doble y, aun así, considerablemente más pequeña que la suya. Consistía en una única estancia con dos camas, un diminuto armario, un escritorio sobre el que colgaba la televisión y un cuarto de baño. A pesar de su simplicidad y de que saltaba a la vista que habían dividido una antigua suite en varias estancias, conservaba aquel encanto de otra época que predominaba en todo el hotel. Eran ellos, los huéspedes, quienes más desentonaban en aquel ambiente.

Asier acababa de llegar con una bolsa de comida para llevar de un restaurante chino de la zona («Si vas a cenar aquí, tienes que hacerlo a nuestro estilo», bromeó mientras le tendía un recipiente de plástico con fideos picantes) y Sandra se acomodaba sobre la cama de Nora, que permanecía con las piernas cruzadas a su lado. Encendieron el televisor y Sandra intentó concentrarse en la comida, en su potente sabor a guindilla, mientras esperaban a que llegase el reportaje.

Una reportera con la melena rizada estaba entrevistando a una piragüista olímpica, que relataba sus rutinas de entrenamiento, cuando le sonó el móvil. Era su mánager. Había llamado a Tillie un par de veces para advertirle sobre el temporal que se les venía encima, pero no le había contestado. Ella había deseado en secreto que no atendiese la llamada, pero sabía que tarde o temprano tendría que dar la cara. Inspiró hondo y descolgó.

—Mi representada favorita, ¿cómo estás? Siento no habértelo cogido, estaba en mi clase de hot yoga. ¿Pasa algo?

—Sí... En realidad... Quería hablar contigo porque voy a hacer algo que no te va a gustar nada —le explicó—. Pero necesito que lo sepas de antemano para controlar el incendio.

—Espero que no vayas a decirme que te has enamorado y que te vas a Las Vegas a casarte o algo así. Hasta donde yo sé, no quieres acabar con siete matrimonios como Elizabeth Taylor —bromeó su agente, pero su risa enmudeció al percibir la gravedad del silencio de Sandra. Tillie era una de las personas más perspicaces con las que jamás se había encontrado, un talento que sabía aplicar para negociar sus honorarios para una campaña de publicidad y decidir a qué periodistas darles la palabra en las ruedas de prensa, pero también usaba su don con la propia Sandra y sus idas y venidas. La conocía a la perfección. Sumando las dos cosas, no había nada que pudiese ocultarle—. ¿Qué tramas? Dime que no voy a tener que matarte.

Decidió que lo mejor sería contarle la situación sin rodeos ni paliativos:

—Pietro ha desaparecido.

—¿Qué? ¿De qué hablas? Por supuesto que no.

—La persona que te escribe... estoy segura de que no es él.

—Sandra...

—No es él.

—He hablado por teléfono con él esta mañana. Estaba en su piso de Chelsea, juraría que con una enorme resaca porque tenía la voz más ronca de lo normal. Se oía a una chica hablando de fondo, sorpresa sorpresa —dijo con ironía.

Sandra negó con la cabeza. Tendría que haberse alegrado infinitamente al oír aquello, al escuchar que Pietro estaba bien, pero su corazón latió con tanto ímpetu que pudo notar sus palpitaciones en las sienes.

—Eso no tiene sentido, él nunca dejaría que me preocupase de esta forma, sabe que no estoy en mi mejor momento, y hacerme esto...

—Sandra, ¿te encuentras bien? Haz una pausa y respira.

—No sé con quién has hablado, pero no era Pietro, o le estaban obligando a responder.

«Se oía a una chica hablando de fondo», ¿y si era la mujer del paraguas? Sintió una náusea. La idea de que alguien pudiese estar reteniéndole y amenazándole, que pudiese estar en peligro, hizo que se echase a temblar y que su voz se entrecortase.

—Escúchame, tienes que tranquilizarte, ¿vale? Sé que adoras a Pietro, y yo también, pero ya le conoces, no es mister Responsabilidad, que se diga. ¿Sabes cuántas veces tuve que llamarle para que contestase al dichoso móvil? Habrá invitado a alguna de sus amigas a pasar unos días y se habrá olvidado de todo. ¿Quieres que le vuelva a llamar mañana y le tire de las orejas hasta que se comporte como un adulto? Iré a su casa si hace falta.

Su mánager tenía razón, Pietro era impulsivo y no sería la primera vez que se escabullía de Tillie y de la agenda que le tenía preparada para divertirse, pero nunca cuando esas obligaciones tenían que ver con grabar o tocar, ni cuando Sandra le había necesitado. El Pietro que ella conocía nunca se habría marchado sin avisarla, no así, no después de un accidente de coche y de su discusión. Pero el Pietro que le había gritado esa noche, ¿de verdad sabía cómo actuaría ese? Trató de aferrarse al último argumento racional que le quedaba.

—Pietro no puede estar en su casa de Londres porque voló hasta España y se ha dejado el pasaporte en la habitación. Ahí siguen todas sus cosas.

—¿Por eso ha estado tan raro estos días?, ¿ha ido a verte? —preguntó, incrédula y exasperada a la vez. Sandra había olvidado por un momento de la elaborada coartada de su amigo—. ¿Es que habéis perdido el juicio? No sois unos novatos, conocéis las consecuencias. Si alguien os hubiese visto juntos... Ni se os ocurra volver a mentirme como a una idiota. Tendría que haberlo sabido.

—Tillie, sé que ha sido una estupidez, pero necesito que me escuches. Sin su pasaporte no puede volver al Reino Unido. No sé cómo, pero te ha vuelto a mentir.

Pudo oír cómo Tillie suspiraba tratando de ser paciente con ella.

—¿Estás segura de lo del pasaporte? ¿Lo tienes tú ahora mismo?

Y a pesar de haberlo visto con sus propios ojos, dudó.

—Yo... Luego te llamo —se despidió de su mánager para no preocuparla aún más y caminó hacia la puerta—. Tengo que salir. Vuelvo en un momento —dijo a los dos periodistas, que seguían pendientes del televisor.

Antes de que pudiesen preguntar qué sucedía, cruzó el pasillo hacia la habitación de Pietro. Pasó la tarjeta por el lector y se encendió una luz roja. Por más que intentase abrirla, la manilla de la puerta seguía bloqueada. La tarjeta no funcionaba. Bajó corriendo a recepción, donde encontró a Desirée, que veía en el móvil el mismo informe semanal que ellos para espantar el aburrimiento. Al verla llegar, puso la pantalla boca abajo con disimulo para atenderla y sonrió con amabilidad.

—Buenas noches, ¿en qué puedo ayu...?

—La habitación 704 —dijo, y puso la tarjeta sobre la mesa—. Es la habitación de mi amigo, pero la puerta no se abre.

—Vaya... Déjeme que lo consulte. —Tecleó sin despegar la vista de la pantalla—. Oh, las tarjetas dejan de funcionar cuando el huésped hace el check out. Es por eso.

—¿Check out? ¿Pietro ha estado aquí?

—Debió de atenderle mi compañera, aquí pone que se marchó a primera hora de la mañana tal y como tenía previsto en su reserva.

Por un momento Sandra tuvo la impresión de que iba a desmayarse. No tenía ningún sentido. La discusión que mantuvieron fue absurda, ¿por qué se iba a marchar sin decirle nada, sin tratar de arreglar las cosas?

—La habitación, ¿está ocupada?

La recepcionista negó con la cabeza.

—En ese caso, me la quedo. —Señaló hacia la tarjeta que había sobre la mesa—. Actívela.

Apremió a Desirée para que hiciese todos los trámites necesarios y, tan pronto como le devolvió la tarjeta, corrió de nuevo hacia el ascensor. Mientras tanto llamó por teléfono a Asier para ahorrar tiempo.

—¿Sandra? ¿Ha ocurrido algo?

—Yo... no estoy segura. No tiene ningún sentido. O nos hemos equivocado de pleno, o se nos han adelantado.

—¿A qué te refieres?

Le relató lo sucedido, lo que Tillie le había contado y que al parecer Pietro se había marchado del hotel por su propio pie.

—Tengo miedo de estar cometiendo un error, de que Pietro solo esté ignorándome, pero mi corazón me dice que hay algo más.

El ascensor llegó hasta la séptima planta y ella se apresuró a abrir la puerta de la suite de Pietro. La encontró completamente vacía, no había rastro de sus cosas. Revisó el último mensaje que le había escrito a Pietro y que seguía sin abrir.

—Me estoy volviendo loca...

—O eso quieren que pienses. Sandra, deberías volver...

—¿Y si paramos la emisión? Por si acaso. Parémosla e indaguemos un poco más.

Asier suspiró.

—Es demasiado tarde para eso.

Sandra abandonó la suite de Pietro y llamó a la puerta de la habitación de los dos reporteros. Asier apareció al otro lado y Sandra entró justo a tiempo para ver cómo la entrevista con don Emilio, en la manifestación, daba paso a la grabación de la cámara de tráfico. El reportero iba a meterse en un buen lío con su amigo agente por eso.

La voz en off de Asier informaba de que los extraños sucesos se habían repetido en el valle desde hacía meses. Pietro y la misteriosa mujer del paraguas aparecieron en la pantalla.

Sandra se detuvo frente al televisor para ver mejor.

«Los incidentes incluyen comportamientos poco habituales en algunos de los visitantes de la ciudad. Para encontrar a uno de ellos, Pietro Contaldo, en paradero desconocido desde hace varios días, pedimos colaboración ciudadana. Por favor, si han visto a esta persona o han escuchado esta canción, pónganse en contacto con la emisora», pedía a los espectadores, aunque el número en pantalla fuese el de su móvil, mientras se escuchaba la voz de Sandra tarareando la canción.

—Nos van a matar. Hemos dado por desaparecido a un músico famoso sin consentimiento de su familia y en contra del informe policial. Hemos filtrado imágenes de la Dirección General de Tráfico —suspiró Nora, que se metió en la boca un rollito de primavera casi entero para ahogar las penas. Siguió hablando con la boca llena—: Más vale que alguien sepa algo, porque si no, os voy a matar.

Sandra notó una intensa presión en el pecho y la sensación de que no podía respirar. Empezó a dar grandes bocanadas de aire para evitar asfixiarse, pero eso solo la mareó. Al darse cuenta de su estado, Asier se apresuró hacia ella. Nora le siguió.

—Y si... y si Pietro no ha desaparecido, y si... Lo siento tanto, siempre llevo los problemas conmigo, tendría que haber pensado que la culpable era yo y no este lugar, lo siento... lo siento...

—Sandra. —Asier la tomó de los hombros con una firmeza

afectuosa para calmarla—. Detente. Dices que Pietro no está desaparecido. ¿Le has visto? —Negó con la cabeza—. ¿Has hablado con él? ¿Te ha escrito?

—No, pero...

—Entonces, no des nada por hecho hasta que lo veas con tus propios ojos. Verifica tu información. Es la primera regla de un buen periodista.

—Eso díselo al jefe, porque es lo contrario de lo que hemos hecho esta noche. —Suspiró Nora—. Sandra, lo que pase es problema nuestro, somos adultos y hemos decidido seguir adelante con esto para aclarar cuál es la verdad.

—¿Cuál... cuál es la segunda? —preguntó Sandra—. La segunda regla.

Asier liberó sus hombros y se llevó la mano al pecho.

—Escucha a tu corazón y busca las respuestas que te pide. Si quieres hechos, encuéntralos en lugar de quedarte con la duda.

Sandra inspiró y espiró para calmarse. Por contradictorias que fuesen aquellas reglas, las comprendía a la perfección. Con la música sucedía algo similar. Aunque sepas que una melodía tiene que seguir una serie de normas y estructuras, a veces has de dejarte guiar por lo que tu cuerpo te pide, porque hay algo dentro de nosotros que sabe lo correcto. Y en ese caso, lo que sentía con cada fibra de su ser era que Pietro jamás permitiría que sufriese por su culpa. No la ignoraría y le dejaría pensar que estaba herido o en peligro por muy enfadado que estuviese.

Inspiró hondo.

—De acuerdo. ¿Y ahora qué hacemos?

Asier hizo un amago de sonrisa.

—Intentar contestar a todas las llamadas.

Tal y como esperaban, el móvil de Asier no tardó en verse acosado por un sinfín de llamadas de todo tipo. Colgó varias veces a su superior, recibió una llamada ultrajada del jefe de prensa del ayuntamiento y un sinfín de bromas telefónicas y espectadores que llamaban para dar su opinión sobre el proyecto Lobo 23.

—Tal vez esta idea no sea tan brillante como creías, compi —le reprochó Nora, que se encargaba de inspeccionar las reacciones en las redes en busca de una pista de utilidad.

—Ten un poco de paciencia.

—Tú pides fe, no paciencia.

Pero la espera dio sus frutos tras tres llamadas más.

—Buenas noches, Asier Alonso al habla —dijo con el móvil en altavoz.

—¿Llamo a la cadena de televisión? —sonó la voz de una anciana al otro lado.

—Sí, es aquí. ¿Por qué razón llama?

—Sé cuál es esa canción, la de la televisión. Yo sé cuál es —explicó.

Los tres se incorporaron como si acabasen de pincharles con un alfiler. Asier se apresuró a buscar su bloc de notas.

—¿Qué podría decirnos de ella?

—Ahora no, mi hijo está dormido y madruga mucho. Ven mañana.

—De acuerdo. ¿Dónde vive usted?

Asier anotó una dirección en el bloc de notas e intercambió una rápida mirada con Nora, que también pareció sorprenderse al leerlo.

—Perfecto, mañana hablaremos. Gracias por su colaboración —dijo antes de colgar.

—Eso es...

—La casa de don Emilio.

¿Don Emilio, el pastor al que habían entrevistado como portavoz de los demás ganaderos? ¿El dueño de los perros que la tiraron al suelo? Sandra se abrazó a sí misma. El hombre debía de estar en sus sesenta, así que su madre debía de ser muy anciana.

—¿Y por qué susurraba? —quiso saber Nora.

—Habrá esperado a que don Emilio se durmiera para llamarnos a escondidas —dedujo Asier.

—¿Ha dicho algo de Pietro? —quiso saber Sandra. Aunque habían oído parte de la conversación, los susurros de la anciana no le permitieron entenderlo todo.

—No, pero ha escuchado antes esa canción. Si averiguamos qué significa, tal vez pueda acercarnos a Pietro, si es cierto que todo está conectado —explicó Asier mientras se frotaba la frente agotado—. Vete a dormir si quieres, es tarde. Nosotros nos quedaremos atentos al teléfono y las redes.

Sandra negó con la cabeza. Cómo iba a conciliar el sueño mientras esperaba noticias de su amigo y ellos contestaban todo tipo de llamadas absurdas y agresivas. A esas alturas todo internet ya habría descubierto que Pietro estaba en España y que alguien había denunciado su desaparición. Tillie y el resto de su equipo estarían desesperados intentando decidir qué versión o explicación dar a la prensa y a los fans. Las Hijas Salvajes, la familia de Pietro, ¿cómo se iban a tomar aquel circo mediático?

Pese a haber puesto a todo el mundo en un apuro, sería infinitamente feliz si Pietro apareciese en Londres y ella resultase ser una mujer desquiciada por el estrés de los escándalos y por su propia imaginación. «Escucha a tu corazón», se recordó. No, no podía quedarse cruzada de brazos hasta que averiguase qué estaba pasando.

—¿Puedo ir mañana con vosotros? —preguntó Sandra.

—Hasta ahora nadie te ha reconocido porque no te estaban buscando, pero después de la emisión de esta noche... —Asier enmudeció ante la determinación en el semblante de Sandra—. De acuerdo, si estás segura, no veo por qué no.

—Te recuerdo que somos reporteros de una tele regional, no guardaespaldas —dijo Nora, que acabó por suspirar resignada—. Aunque a quién quiero engañar. Me pondría entre Sandra O'Brian y una bala sin dudarlo. —Le guiñó un ojo, y la cantante sonrió por primera vez en días.

—Espero que no tengamos que llegar a eso.

Puede que las armas de fuego no estuviesen entre sus preocupaciones, pero el súbito aporreo contra la puerta les dejó claro que esa noche se habían ganado unos cuantos enemigos. Sandra había tenido malas experiencias con fans demasiado intensos que lograron dar con su paradero durante alguna gira y por un momento tuvo un *déjà vu*.

Asier era quien estaba más cerca de la entrada y se arrimó para ver si oía a alguien al otro lado. Se escuchó cómo un objeto metálico caía contra la madera de la puerta y el reportero se giró hacia ellas.

—Escondeos por si acaso —murmuró, aunque más bien le leyeron los labios.

—¿Y dejar que seas el héroe? Ni de broma. —Nora saltó de la cama y corrió a su lado, Sandra también se acercó para ver qué sucedía—. ¿Y si es un asesino con una motosierra?

—Está bien, si es un asesino con una motosierra, moriremos juntos. —Asier inspiró hondo y abrió la puerta poco a poco.

Al otro lado no había nadie, pero sí les llegó un insoportable hedor a pescado pasado. Su visitante anónimo había tirado frente a su habitación una cazuela llena de lubinas, merluzas y marisco en mal estado y se había marchado corriendo.

—Parece que alguien ha querido dejarnos un mensaje —dijo Asier—. Alguien con acceso a la cocina del hotel.

Sandra observó el pescado en descomposición. Quienquiera que hubiese lanzado los restos les estaba invitando a que se marchasen. No querían que siguiesen buscando a Pietro. Puede que tratasen de intimidarlos, pero para ella era la confirmación de que no estaba imaginándose las cosas. Se asomó al pasillo y corrió hasta los ascensores, pero allí no había nadie.

—¡¿Qué habéis hecho con mi amigo?! ¡Pietro! —le llamó a voces—. ¡Pietro, voy a encontrarte!, ¿me oyes? ¡Aún tienes que pedirme perdón por comportarte como un cretino!

Habría seguido gritando si Nora no se hubiese reunido junto a ella.

—¿Estás... estás bien? —quiso saber. Ella asintió con la cabeza—. ¿Quieres pasar la noche en otro sitio? Podemos acompañarte.

—No, eso es lo que les gustaría. No pienso marcharme hasta que Pietro aparezca. ¡¿Me oís?!

—A lo mejor solo nos han increpado así porque temen que afecte a la fama del hotel. Ya se decía que estaba maldito, y ahora... un secuestro... —Nora se llevó la mano a la frente y frunció el ceño al darse cuenta de que estaba sudando por el estrés.

Sandra no era la única que estaba pasándolo mal por la situación. Su furia se atenuó, y buscó en su bolsillo un pañuelo de papel para tendérselo.

—Me temo que después de todo esto, dejarás de ser fan de Las Hijas Salvajes —le dijo con una sonrisa apenada.

Aunque no podía culparla por ello, sintió una pesadez en el corazón. Nora había sido una admiradora fiel de su trabajo durante años y le había bastado con una semana para decepcionarla, para que pudiese ver que detrás de la diva que pisaba el escenario con seguridad había una mujer llena de contradicciones y debilidades.

Pero en lugar de darle la razón, Nora hizo una mueca y resopló incrédula, a la vez que se llevaba las manos a la cintura en una actitud desafiante.

—¿Te has vuelto loca? Eso nunca. Yo... solo estoy preocupada por Asier. Me alegra que se apasione por algo, pero no estamos acostumbrados a este ambiente. Por norma general, lo más polémico que nos toca cubrir son vecinos indignados por el ruido de una nueva obra o el cambio de nombre de una calle. Esto nos viene demasiado grande y me preocupa que vuelva a olvidar cuál es su sitio, como le pasó en Madrid. Ha logrado mantenerse alejado de los problemas durante mucho tiempo.

—Hasta que aparecí.

—Hasta que apareciste —asintió Nora.

Sandra observó cómo el joven periodista recogía los malolientes peces, conchas y crustáceos en el interior de la bolsa de la comida para llevar. De no haber sido por ella, el reportero estaría en su casa descansando, mientras pensaba en el próximo reportaje, en lugar de dedicarse a limpiar el desastre de una amenaza anónima.

—¿Qué ocurrió en Madrid? —preguntó, sin dejar de observarle.

Sabía que había trabajado en una cadena de televisión nacional al salir de la universidad, lo había deducido por sus comentarios, pero, además, igual que él hizo con ella, le había buscado en Google. En el caso de Asier no había nada que destacase demasiado en su trayectoria, nada de dominio público.

Nora negó con un gesto.

—Deberías preguntárselo a él. Por ahora, con que conservemos nuestros trabajos me basta. Más vale que esa entrevista que vas a darnos sea buena.

Sandra asintió con la cabeza.

—Créeme, será legendaria.

2

Candela

Una tormenta estival se acercaba a Santa Bárbara, inexorable y sombría. Quizá ya hubiese llegado, aunque muchos no se darían cuenta hasta que hubiese crecido tanto que fuese imposible ignorarla. Sí, se decía Candela, apoyada contra la barandilla del mirador sobre el acantilado, la tormenta ya estaba allí. Podía sentirse en el aire, más húmedo y frío de lo habitual, en las nubes que cada vez dejaban pasar menos luz lunar. También lo notaba en los huesos, esa sensación tiritante que te estremecía desde dentro. Se arrebujó en su fina chaqueta en busca de algo de calor y asomó la cabeza sobre la barandilla una vez más para comprobar que el mar permanecía picado, como si imitase sus propios sentimientos. Las olas rompían contra la roca con furia, voraces; parecía que tomasen impulso y se arrojasen sobre ella para tratar de engullirla. El modesto acantilado tenía apenas diez o quince metros de altura. Cuando el mar de la bahía estaba tranquilo, daban ganas de saltar desde allí para darse un chapuzón; mas cuando las aguas se agitaban bravas como esa noche, el espectador solo podía sentir un enorme respeto por la furia de la naturaleza.

Ante aquel repentino cambio del tiempo, cualquiera se habría refugiado por la amenaza de aguacero, pero Candela no fue capaz de quedarse quieta en su cuarto. Se había acostumbrado a vivir de noche, a bailar y a fundirse con el efervescente ambiente del Club de la Verdad. Para evitar más sospechas, Rafael le había pedido que guardasen las distancias. Cómo podría hacerlo cuando sabía que al día siguiente llegaría al fin su tío, Rodrigo Algora, ese hombre que pretendía hacerse con el control de su herencia y su vida y que contaba con los medios para lograrlo.

—Un extraño lugar para un encuentro de negocios —dijo una voz cantarina, pero extremadamente formal, tras ella.

—Gracias por acudir a mi llamada, don Francisco —respondió ella cuando el caballero se acercó al borde del mirador a su lado.

Candela le había pedido a uno de los empleados del hotel que le hiciese llegar una nota con la hora y el sitio del encuentro, aunque no estuviese segura de si él querría acudir, no después del incidente de la regata.

—He oído que su tío nos visitará en breve. Rodrigo Algora es un empresario de renombre, aunque nunca he tenido el placer de conocerle. Me pregunto si es por eso por lo que tenía usted tanta prisa en continuar con nuestra conversación de ayer por la mañana.

Candela suspiró. No tenía sentido seguir guardando las apariencias, ni esa imagen de damisela en apuros que todos querían ver en ella.

—En efecto. Esperaba que ya tuviese una respuesta que darme.

Francisco asintió, y él también se deshizo de su careta. Nada de sonrisas rebosantes de dientes ni gestos amables forzados. Esta vez su expresión se mantuvo pétrea y sus palabras fueron implacables. Candela se lo agradeció.

—Mi madre esperaba que el afecto creciese entre nosotros, que nos casásemos. Y yo también. Estará muy decepcionada.

—Lo lamento, nunca ha sido mi intención convertirme en la esposa de nadie. Y dudo que usted me amase en lo más mínimo, así que no le pediré perdón por romperle el corazón.

Francisco asintió.

—Está en lo cierto: aunque es usted una joven hermosa, no diría que me ha hecho perder el juicio. No obstante, nunca es del agrado de nadie perder, y menos contra el hombre que ha escogido. Cualquiera que no perteneciese a la clase alta habría provocado un escándalo, pero, señorita Candela, un músico del infame hotel París... ¿En qué estaba pensando?

Candela apretó los puños para contenerse, para no presumir a gritos de que ese músico era mucho más digno de su afecto que cualquiera de los caballeros que trataban de aprovecharse de ella y de su falta de experiencia. Pero el viento gélido le recordó que debía mantener la mente fría si deseaba llegar a un acuerdo favorable.

—Comprendo que mi decisión no es fácil de entender para todo el mundo, pero es irrevocable. Usted y yo no seríamos un buen matrimonio nunca, aunque espero que podamos hacer una buena pareja de negocios.

Francisco rio de pura sorpresa al encontrarse cara a cara con la auténtica Candela Nieto.

—Desde luego, aprende rápido. Hablemos de negocios, entonces; aunque el matrimonio sea otra forma de hacerlos, elegiremos la suya. Aceptaré su inversión en la empresa, pero no bajo su nombre. Primero, porque es una mujer sin experiencia y nadie la tomará en serio, y segundo, porque si su escarceo con el músico se descubre, será su ruina social y también la de cualquiera asociado a usted. Si quiere invertir, tendrá que ser a través de una sociedad creada por ambos. Usted tendrá el cuarenta por ciento de las participaciones y yo, el sesenta y, por tanto, el control de la compañía. No aceptaré un porcentaje inferior.

Candela asintió en silencio ganando unos momentos para desentrañar la propuesta. De los periódicos que había leído esas semanas y de las conversaciones escuchadas a hurtadillas había aprendido que las empresas se dividían en participaciones o acciones, que dictaban el grado de mando y los beneficios de cada socio.

—No estoy segura de que sea muy justo.

—Puede tener el cuarenta por ciento del control sobre su dinero conmigo, o el cero con su tío. Si tiene una oferta mejor, la invito a aceptarla.

—Puedo disponer del cien por cien si me encargo yo misma de invertirlo —advirtió desafiante, aunque ambos sabían que era un farol.

Si su abuela hubiese educado a Candela en esas materias, podría haberlo hecho, pero era demasiado ignorante y no había nadie dispuesto a enseñarla. Aunque aún amaba y extrañaba a su abuela tanto que dolía, la maldijo por un segundo. ¿Por qué había decidido que nunca formaría parte de la sociedad de la que ella había huido? ¿Por qué lo tuvo tan claro que ni siquiera le enseñó lo básico?

—Cincuenta y cinco, cuarenta y cinco. Es mi mejor oferta.

Candela se mordió el labio, pensativa.

—De acuerdo, con una condición.

Francisco asintió para demostrar que la escuchaba.

—Parte de su beneficio irá a parar a una beca, una beca de música.

—¿Quiere destinarlo a caridad?

—Más bien, justicia. Es el dinero de mi abuela, ¿sabe que Rafael fue su pupilo? Si él hubiese podido educarse en un buen conservatorio, estaría tocando en una de esas óperas y orquestas de las que tanto hablan en la alta sociedad. Entonces a nadie le molestaría que le eligiese a él.

—¿Y pretende darles esa oportunidad a otros? Cielos, suena como una anarquista, Candela, pero está bien. No me importa ser un mecenas de las artes. Tendrá su beca, socia, pero recuerde, usted es parte de esa alta sociedad contra la que se rebela. —Extendió la mano hacia ella.

—Se equivoca, solo pertenezco al bosque, socio —repitió mientras la estrechaba con ímpetu, igual que había visto hacer a los otros caballeros.

Candela contuvo su euforia. Iba a conseguirlo, iba a escapar del yugo de su tío y su maldito abogado, no tendría que ir a Madrid ni fingir ser alguien que no era. Solo tendría que convencer a Rafael para que la acompañase de vuelta a la casona, y su vida volvería a ser perfecta. Sin embargo, Francisco no había concluido con sus exigencias.

—Antes de firmar el contrato necesitaré cierta documentación para que la revise mi abogado —advirtió él, sin soltarle la mano—. Una copia de la herencia de su abuela, los documentos de propiedad de sus bienes inmuebles y activos que le han sido legados, y, por último, un libro de familia que demuestre que es usted nieta de Aurora Algora. Sé que está al tanto de los rumores.

—Tendrá todas las pruebas que necesite —dijo Candela, decidida.

No iba a permitir que unos cuantos papeles se entrometiesen en su recién adquirida libertad. Y menos aún cuando sabía dónde encontrarlos: guardados en la habitación de don Eduardo.

Todavía no habían sellado su pacto cuando el sonido de una risa quebrada se entrelazó con el estruendo del oleaje y, al igual que el primer trueno de una tormenta, era la risa de alguien que acababa de llegar a su límite. Ambos siguieron el eco de la carcajada y se sorprendieron al ver a Virginie al otro lado del mirador. Tenía las manos y el delantal sobre su vestido manchados con restos de pintura negra, que se extendieron por su rostro cuando se frotó la mandíbula estupefacta.

—Tendría que haber sabido que tu codicia no se detendría —maldijo mirando a Candela fijamente como si el mismísimo diablo se hallase ante ella.

Candela pudo verse a través de sus ojos: un hombre y una mujer reunidos en mitad de la noche sosteniéndose las manos, como amantes cómplices, en vez de estrechándoselas como socios. Era una escena mucho más creíble que la verdadera.

—Virginie, no es lo que tú crees —se apresuró a decir—. Solo estamos hablando sobre...

—No me tomes por estúpida —le espetó, con el ceño fruncido en una expresión de impotencia.

—¿Virginie? Estás muy pálida, no tienes buen aspecto ¿Qué ha sucedido? —preguntó Francisco, y Candela observó sorprendida cómo su preocupación parecía genuina. Después de todo, sí la consideraba su amiga—. ¿Estás bien?

Virginie rio.

—Por supuesto que no estoy bien. ¿Es que no puedo tener ni cinco minutos de paz en esta maldita ciudad sin que Candela Nieto lo arruine todo? Tú y yo podríamos haber sido un buen matrimonio, si me lo hubieses pedido, si me hubieses escuchado, pero no... tenías que perseguir a la chica nueva, al diamante del verano que todos codician.

—La señorita Nieto solo es una inversora potencial, y ¿de qué diantres hablas? ¿Matrimonio? —preguntó Francisco, pero Candela presentía que su sorpresa no era tan grande como sus gestos exagerados, que acababan de reaparecer, daban a entender—. Somos amigos desde niños.

—¡Precisamente! Tu madre está deseando que sientes la cabeza, que dejes de pensar en la empresa por el día y en divertirte por la noche; yo podría haberla tranquilizado para que siguieses haciendo las dos cosas. Podríamos habernos liberado el uno al otro, pero ahora... ahora... —Se llevó la mano al pecho como si no pudiese respirar.

—Virginie... —Candela avanzó hacia ella, pero la pintora la detuvo con un grito.

—¡No te acerques a mí! No te atrevas... a acercarte. No tienes ni idea de lo que has hecho.

El rostro de Virginie se encogió de rabia, pero también de puro terror. Candela sintió un escalofrío al recordar dónde había visto antes una mirada así, tan furiosa como temerosa por sus propios actos. Era la misma expresión que tenía el señor Montseny cuando la apuntó con la pistola. Trató de razonar con la belga:

—Todo esto es un malentendido, no pretendo arrebatarte nada.

—Oh, pero no dejas de hacerlo. Toda Santa Bárbara estaba fascinada con mi belleza antes de que llegaras; una mujer hermosa como una modelo que pinta mejor que cualquier hombre. Pero entonces llegaste tú, y se quedaron prendados por la trágica historia de Candela Nieto, sola en el mundo. Pobrecita... Para colmo, la Duquesa te invitó a ti primero, ni siquiera pudiste dejarme esa satisfacción. Y ahora lo he comprendido. He entendido por qué. —Su atención se alejó poco a poco de Candela para recluirse en sí misma, seguía hablando sin dejar de observarse las manos manchadas—. Llevo años mejorando mi técnica, empapándome de las vanguardias en busca de algo rompedor, algo único..., pero no hay ni un ápice de verdad en todo cuanto he hecho. La Duquesa debió de darse cuenta nada más verme. Soy una farsa. Mi padre tenía razón, no sirvo para pintar. Pero no podría soportar una vida siendo la esposa de alguien. —Rio, esta vez con acritud y una chispa de resignación—. No podría soportarlo.

Sin darles tiempo a reaccionar, miró hacia el acantilado y se subió sobre la barandilla de un salto tomando impulso para cruzar al otro lado. Candela y Francisco corrieron hacia ella tan pronto como comprendieron qué trataba de hacer, pero nunca habrían llegado a tiempo si otra persona no se les hubiese adelantado.

Rafael apareció junto a Virginie en solo un segundo y le rodeó la cintura con los brazos tirando de ella hacia atrás para impedirle saltar, aunque la joven se resistiese. Candela tomó su brazo para evitar que siguiese forcejeando y entre los dos la hicieron cruzar al otro lado. Pudo sentir cómo el cuerpo de la pintora perdía sus fuerzas y la dejaron sentada en el suelo, contra la misma barandilla que había intentado saltar. Francisco estaba fuera de sí y los apartó para agacharse junto a Virginie.

—¡¿Se puede saber en qué estabas pensando?! ¿Has bebido? ¿Te has drogado? ¿Qué porquería has tomado para comportarse así?

Candela observaba la escena sin saber qué hacer o decir. En las regatas había descubierto que Virginie no era tan fría e invulnerable como daba a entender, pero jamás pensó que cargase con tanto dolor.

—Puedo oírlas... —susurró Virginie—. Las sirenas están cantando... Oigo su canción en mi cabeza —continuó mascullando palabras sin sentido mientras Francisco se esforzaba por hacerla entrar en razón.

A su lado, Rafael respiraba agitadamente.

—No la dejes sola, podría intentar algo parecido de nuevo. Llevadla de vuelta a casa lo antes posible, lejos del hotel. Y que no vuelva, nunca.

Al oír su voz, Francisco se puso en pie y se giró hacia el pianista. Agresivo y furioso, se abalanzó sobre él. Por un momento Candela temió que fuese a golpearle y gritó por la sorpresa, pero en lugar de eso, el empresario le sostuvo por el cuello de la camisa. Era más alto que él, así que le obligó a alzar la cabeza hacia arriba tirando de la tela.

—¿Qué sabes de esto? La estabas siguiendo, ¿no es cierto? ¿Qué le habéis hecho?

La joven se estremeció al darse cuenta de que estaba en lo cierto. Rafael había llegado al rescate en el momento justo. Caminaba tras Virginie, quizá porque sospechaba que algo terrible podría sucederle.

El pianista trató de defenderse:

—Es esta ciudad, ¿no lo has oído? Santa Bárbara saca lo peor de las personas.

—¡No juegues conmigo! Te aseguro que ahora mismo tengo muy poca paciencia.

—Lo único que ha hecho ha sido acabar el retrato de la Duquesa y escuchar un poco de música. Te lo estoy diciendo, este lugar destruye a la gente. Lleváosla de aquí antes de que sea tarde.

Aunque el otro fuese una cabeza más alto, Rafael le superaba con creces en fuerza. Le agarró las manos y las apartó de un tirón sin apenas esfuerzo. Francisco se alejó un par de pasos, intimidado. Fue entonces cuando dirigió la atención hacia Candela.

—¿Este? ¿Este es el hombre que has elegido? ¿Sabes acaso algo de él y de su querida Duquesa? Espero que seas lo bastante lista para darte cuenta de tu error. —Sus palabras le golpearon con el ímpetu de una bofetada.

Francisco se agachó junto a Virginie e hizo que le rodease el cuello con el brazo, aunque ella seguía medio ida hablando de canciones y de sirenas. La levantó como pudo para llevársela de vuelta a su habitación y dejó a los dos amantes a solas frente a la tempestad que se aproximaba cada vez más rápido.

—Candela... —Rafael dio un paso hacia ella, pero la joven retrocedió.

—¿Vas a contarme qué está pasando, o cambiarás de tema para hablar de lo hermoso que está París en esta época del año? Tú sabes lo que me ocultaba mi abuela, y también lo que sucede en este lugar —le reprochó, con el corazón encogido. Por mucho que le doliese, Francisco tenía razón: había estado cegada por el amor, por el hambre voraz que Rafael despertaba en ella—. Cielos... He debido de parecerte tan tonta, tan ingenua...

—Nunca te he mentido —le aseguró él.

—Tampoco has dicho gran cosa.

—Hay cosas de las que no puedo hablar, y otras que no sé cómo decir para no hacerte daño, pero te juro por mi alma que nunca he pensado eso de ti. Eres la persona más decidida y honesta que he conocido nunca, Candela, yo... te adoro.

«Te adoro», dos palabras que, pronunciadas como una promesa, podrían quebrar su recelo, pero Candela se esforzó por no escuchar, no mientras no tuviese respuestas además de adulaciones.

—Al señor Montseny... le pasó lo mismo que a Virginie. Lo he visto en sus ojos, la misma angustia.

Rafael vaciló durante unos segundos, hasta que acabó por asentir.

—Por eso quería que nos marchásemos. La Duquesa... Ella siempre dice que lo único que hace la música es sacar la verdad de las personas, que no es culpa nuestra cómo actúen después de escucharla. Pero cuando descubrió que te ibas a hospedar en el hotel, empecé a dudar... No puedes imaginar cuánto te codicia, cuánto anhela tu secreto.

Candela trató de tragar saliva, pero descubrió que tenía la boca seca.

—Tú... ¿lo has leído?

Rafael avanzó un paso hacia ella acercándose a la barandilla del mirador.

—No necesito hacerlo.

—Solo es una tontería que escribí sin pensar —se apresuró a jurar—. Una pesadilla recurrente.

—Lo sé...

—Dile a la Duquesa que es mentira. Y a mí... a mí no vuelvas a hablarme hasta que estés dispuesto a decirme lo que me has estado ocultando. Todo.

Echó a andar hacia el hotel antes de que Rafael pudiese excusarse de alguna manera, o hacerle cualquier tipo de promesa, porque caería por completo en sus redes, de la misma forma en que su música atrapaba a todo aquel que la escuchaba. «Nunca debí venir a Santa Bárbara», comprendió, quizá demasiado tarde.

3

Sandra

El día amaneció especialmente frío en la bahía. El cielo estaba despejado, tal y como auguraba la fama de la zona, pero las temperaturas habían caído a lo largo de la noche y el sol, cada vez más cerca del solsticio, no tenía fuerzas para volver a calentar la ciudad. Sandra se vistió con un jersey de cuello alto blanco y con la gabardina de color granate a juego con sus botas. Bajó a desayunar con los dos periodistas y no notó ninguna mirada reincidente por parte de los escasos huéspedes, ni tampoco un trato diferente de los empleados del hotel. Puede que ninguno de ellos fuese espectador de Norte Visión y que tampoco estuviesen muy pendientes de las redes sociales. O quizá solo disimulasen.

Mientras trataba de comerse su desayuno de tostadas y huevos revueltos no olvidaba que cualquiera era sospechoso de la amenaza que recibieron la noche anterior. Pensaba en ello cuando un camarero se ofreció a rellenar su vaso de zumo, y cuando recogieron el plato vacío. Lo pensó también cuando coincidió con otro huésped en el ascensor, que le preguntó si bajaba. Todos parecían personas educadas y encantadoras. ¿Sería alguno de ellos capaz de llenar un cubo de pescado en mal estado para tirarlo en la puerta de los periodistas?

Durante el desayuno comentó con Asier y Nora las consecuencias del reportaje. Al parecer, la mayoría de las llamadas telefónicas que recibieron fueron bromas o procedían de otros periodistas o de fans de la banda que querían confirmar si su historia era real, si Pietro Contaldo realmente estaba en paradero desconocido.

Por su parte, Sandra tampoco había recibido ningún mensaje de Pietro, lo que para ella era una confirmación más que suficiente de que alguien le retenía contra su voluntad. El guitarrista tampoco había actualizado sus redes sociales ni desmentido su supuesta desaparición. La familia de Pietro, que por lo visto también había recibido mensajes suyos en los últimos días, había llamado a Tillie hecha una furia, y su mánager tuvo que improvisar que se trataba de una estratagema publicitaria y que Pietro los llamaría cuanto antes. Pietro, que seguía sin contestar al teléfono. «¿Y si le han hecho daño por nuestra culpa?», se preguntaba Sandra entre sorbo y sorbo de su té. Becka y Daniel también estaban inquietos, pero más por la salud mental de su líder que por Pietro. Se habían saltado la petición de Tillie de que le diesen espacio durante sus vacaciones para interesarse por ella, pero Sandra no tenía estómago para confesarles sus verdaderos temores y procuró tranquilizarlos.

—Así que hemos arriesgado nuestra carrera profesional a cambio de que una anciana nos hable sobre una canción que le parece haber escuchado —fue el balance que hizo Nora, después de su segundo café—. Supongo que puedo pedir un puesto en el almacén donde trabaja mi padre. El hombre no emigró pensando en que su hija cargase cajas como él, pero a mí no me importa hacer trabajos físicos. —Flexionó sus bíceps a modo de broma para aliviar la tensión, pero ninguno tuvo fuerzas para seguirle el juego.

—El mensaje de anoche también es información —dijo Asier, aunque las dos sabían que por «mensaje» se refería a «amenaza»—. Deberíamos dejar de hablar de este tema en público. Por si acaso.

Cuando acabaron con el desayuno, emprendieron el camino hacia el pueblo de Lucero, y apenas habían salido cuando Sandra descubrió que su mánager no era la única que trataba de lidiar con la atención mediática.

Frente a una de las salidas del hotel los esperaba un hombre joven trajeado que lucía una melena corta acicalada y peinada con esmero y un gesto de muy pocos amigos. Caminó hacia ellos con decisión nada más verlos. Más tarde, Sandra descubriría que era el jefe de prensa del ayuntamiento, un tal Diego Navas.

—Vosotros dos, ¿cómo habéis podido hacer esto a nuestras espaldas? —acusó procurando bajar la voz al ver que no eran los únicos en la acera.

El grupo de señoras que habían estado visitando la zona se preparaban para marcharse en un taxi de camino al aeropuerto. Trataban de encajar en el limitado espacio del maletero todo su equipaje, incluyendo varias bolsas llenas de productos locales que habían comprado durante su viaje.

—Si nos disculpa, estamos haciendo nuestro trabajo y nos gustaría continuar haciéndolo. —Asier intentó avanzar, pero el hombre se interpuso.

—No puedo permitirlo.

—¿Va a obstaculizar la labor de los periodistas?

—¿A esto lo llamáis periodismo? Yo solo veo elucubraciones y leyendas urbanas. ¿Sois conscientes del daño que podría causarle a esta ciudad, del impacto que tendrá en el turismo de la zona?

—No, no sé cómo los *hechos* impactan en el turismo —respondió Asier con la calma de quien está completamente seguro de haber hecho lo correcto—. Pero sí sé que el presupuesto que le corresponde a este ayuntamiento y su deuda sumados no cuadran con el gasto que está teniendo desde que empezó la legislatura. También sé que indagar cómo se financia el ayuntamiento sería un tema muy jugoso para cualquier cadena de televisión, ¿no le parece?

Sandra contemplaba boquiabierta aquella faceta del afable Asier que le era del todo desconocida. Junto a ella, Nora se había cruzado de brazos desafiante y no parecía en absoluto sorprendida.

El representante del ayuntamiento titubeó, y mientras duró su silencio pudieron oír cómo las mujeres discutían sobre el exceso de equipaje y sobre qué iban a hacer con él en el aeropuerto si apenas cabía en el taxi.

—La alcaldesa solo quiere lo mejor para la ciudad y para las aldeas del valle —se defendió el jefe de prensa; procuraba mostrarse altivo, pero Sandra podía ver que también estaba dolido—. Aceptar donativos es algo legítimo, podéis consultar las cuentas del ayuntamiento cuando queráis. No tenemos nada que ocultar.

Asier se disponía a responder cuando un chillido de dolor interrumpió la conversación. Una de las turistas se había caído al suelo ante la consternación de dos de las amigas, pero la cuarta permanecía inmóvil observándose las manos con horror. Sin parar a pensárselo dos veces, Sandra se apresuró hacia la señora para ayudarla a levantarse. El taxista, el mismo hombre que la había llevado hasta el hotel, la sostuvo de un brazo y ella, de otro.

—Por todos los santos, ¿se encuentra bien? Está sangrando —observó el hombre y señaló una brecha en la frente, justo sobre la ceja.

Sandra sacó un pañuelo de papel de su bolso y se lo tendió a la mujer, que lo miró aturdida, como si no supiese qué hacer con él.

—Carmen, Carmen, ¿nos oyes? —la llamó una de las señoras.

La mujer herida, Carmen, asintió levemente.

—Habrá que llevarla a un centro sanitario, eso va a necesitar puntos —dijo el taxista—. No se preocupen, seguro que no es nada, esa parte del cuerpo sangra mucho por cualquier tontería —trató de tranquilizarlas; sin embargo, las mujeres ya no estaban escuchando.

—¡¿Se puede saber qué bicho te ha picado?! —preguntó otra amiga.

La atacante seguía estudiando sus manos, como si intentase comprender qué había hecho con ellas y en qué momento sus actos le habían dejado de pertenecer del todo. En el suelo había pedazos de plástico esparcidos por doquier y película fotográfica echada a perder. Todo indicaba que, en un arrebato de ira, le había lanzado la cámara analógica a la cara a su amiga.

—No... no sé por qué he hecho eso —logró mascullar la culpable.

—Es este lugar —dijo el taxista—. Envenena a la gente, así se lo digo. Cuando los traigo, todo el mundo llega de buen humor, y cuando vuelvo a recogerlos para marcharse, se vuelven furiosos con el mundo.

—Empiezo a pensar que tiene razón —comentó Sandra.

—Oh, es usted —dijo el taxista al reconocerla, y ella sonrió a modo de asentimiento—. Espero que esté disfrutando de las vacaciones, olvide lo que he dicho, son solo supersticiones. —Se volvió hacia la anciana herida, que sostenía el pañuelo sobre su ojo. En apenas unos segundos se había teñido de rojo casi por completo—. Vamos, señoras, las llevo al ambulatorio a que le echen un vistazo a eso.

Las cuatro mujeres subieron al vehículo y emprendieron la marcha. Sandra se envolvió en su gabardina. De pronto le parecía que hacía aún más frío. «Olvide lo que he dicho», pidió el taxista, pero dudaba que lograse hacerlo. Imaginó a Pietro, solo en algún lugar, mirándose las manos igual que aquella mujer, sin comprender qué clase de mal le había invadido para actuar así, para enfadarse con su mejor amiga, emborracharse y estrellar un coche contra un árbol.

—Sandra... —la llamó Asier, que había avanzado hacia ella.

—Algo está sucediendo en esta bahía, algo de lo que todo el mundo habla, pero que nadie quiere admitir. Puede que esa mujer, la que llamó, sea la única dispuesta a hablar. Averigüemos qué tiene que decir.

Asier asintió sorprendido, aunque con una pizca de orgullo al reconocer en ella la misma chispa que le movía, la que le llevaba a meterse en un lío tras otro sin acabar de aprender la lección del todo. La búsqueda de la verdad.

Las pequeñas aldeas se extendían por doquier entre las montañas y los valles. Algunas bordeaban la costa dando lugar a pueblecitos pesqueros, otras se refugiaban bajo el amparo de las cordilleras, hacia el interior. De entre todas ellas, Lucero era el enclave más numeroso y uno de los que mejor habían resistido el fenómeno de la España vaciada.

Sandra había viajado por todo el mundo, pero al ver aquel rincón entre montañas comprendió lo ignorante que era aún. Sus experiencias se habían limitado a hoteles de lujo, aeropuertos, restaurantes de renombre y algún que otro monumento (que solía visitar de noche, en tours privados). El humilde pueblo no recibía turistas, ni aparecía en postales o coloridos imanes *made in China*, pero había algo único y genuino en su perseverante silueta, formada por un núcleo de casas bajas y una única iglesia de estilo románico, con una sobria torre donde se hallaba el campanario.

Sandra se contuvo para no sacar fotos con el móvil y siguió a los reporteros, que conocían el camino. Se detuvieron ante una de las casas de piedra de dos plantas, con puertas y ventanas pintadas de un discreto tono tierra, y llamaron al timbre.

Les abrió una mujer que rondaría los sesenta y vestía un sencillo pantalón gris conjuntado con una blusa. Enseguida se percató de que llevaban material de grabación con ellos y los reconoció del reportaje de la noche anterior.

—Oh, mi marido no está. Ha salido con el rebaño, Cristina se ha ido con él.

—En realidad, estamos buscando a otra persona —se apresuró a aclarar Asier—. ¿Es posible que su suegra viva con ustedes?

La mujer los estudió en silencio, recelosa. Aunque los habitantes de la zona pudiesen llegar a ser muy hospitalarios, también habían aprendido a ser cautos con los forasteros. En sus búsquedas en internet, mientras trataba de averiguar más sobre Candela y la maldición de Santa Bárbara, Sandra había descubierto que existían cuantiosas supersticiones sobre diablos y duendes que aparecían disfrazados de peregrinos y viajeros perdidos, que se habían pasado de generación en generación a modo de advertencia. Por supuesto, los duendes no existían, pero los desconocidos malintencionados, sí. Necesitaban demostrarle que no suponían ninguna amenaza si querían una invitación.

—Sí, la madre de Emilio. Esta es su casa, en realidad. ¿Por qué lo preguntas?

—Nos gustaría hablar con ella.

—¿Por qué? —insistió la mujer.

«Sería buena periodista, no deja pasar una», se dijo Sandra, algo impaciente.

—Ella nos llamó anoche. Al parecer, conoce la canción que sonó al final del reportaje, ¿lo recuerda? Se la notaba muy interesada, y solo le robaremos un momento —intervino Sandra, con su sonrisa afable e inofensiva de las entrevistas y ruedas de prensa.

La mujer volvió a mirar la bolsa donde Nora guardaba todo el equipo de grabación.

—Será *off the record*, sin cámaras —se adelantó el periodista al comprender lo que la preocupaba.

—Mi suegra es una mujer de noventa años que apenas sabe utilizar un móvil de los antiguos, se habrá equivocado al marcar. ¿Seguro que no la entendisteis mal? —refunfuñó.

—Si es así y nos permite preguntárselo para confirmarlo, acabaremos rápido.

La mujer suspiró y terminó por asentir.

—Está bien, pero solo porque nos dejasteis defendernos de esa condenada alcaldesa y sus lobos ante toda España. Eso sí, si veo cualquier cosa rara, os tendréis que marchar.

Ni Asier ni Nora le aclararon que la cadena solo se emitía en las comunidades autónomas del norte de la península; se limitaron a darle las gracias y a aceptar sus condiciones.

Cruzaron el salón, donde había una estantería que rebosaba libros de todos los tamaños, hasta llegar a la cocina, que era la estancia más grande de toda la planta baja y donde la familia hacía vida. Habían estado cocinando, y olía a una densa mezcla de pimentón y ajo. Una capa de yeso blanco cubría las paredes de piedra y de ellas colgaban baldas repletas de utensilios y platos decorativos. En un rincón, junto a una mesa tan antigua que podría estar en un museo, una anciana vestida de negro de los pies a la cabeza se entretenía resolviendo una sopa de letras, sentada en una silla de mimbre. Sandra no pudo evitar pensar en su propia abuela, que después de jubilarse pasaba las horas en una habitación muy similar frente al Mediterráneo.

Asier fue el primero en acercarse, bajo la atenta vigilancia de la nuera.

—Buenos días, señora Ortiz. ¿Me recuerda? Hablamos ayer por teléfono.

La anciana alzó la vista del librillo de pasatiempos y le señaló con el bolígrafo.

—Pues claro que te recuerdo, ¿crees que porque soy vieja no sé ni lo que he desayunado? Sois los de la televisión, los que entrevistasteis a mi Emilio.

—Entonces, ¿es verdad? —preguntó Sandra—. ¿Conoce la canción?

—Pues claro, aunque llevaba más de setenta años sin oírla. Mi madre me la cantaba de pequeña, a mí y a mis hermanas. Igual que hizo con ella su madre. Así fue durante generaciones. Se cantaba a los niños para protegerlos de la maldad de este mundo, de las orcavellas y guajonas, de las bestias del bosque.

Así que Sandra había estado en lo cierto: los ritmos y la fuerza de la canción sonaban antiguos y poderosos porque eran un legado que había pervivido durante generaciones, muy lejos de las intrincadas y a veces matemáticas composiciones de los maestros de la música. No se compuso en habitaciones lujosas, sino que nació arraigada en los ciclos de la madre naturaleza y en la necesidad de cantar, bailar, de arropar a los niños por la noche con canciones que calasen en la piel, de buscar algo de control sobre este incierto y a veces injusto mundo.

—¿Por qué dejaron de cantarla? —preguntó Sandra—. No he podido encontrar a nadie que reconociese la canción, salvo usted.

La anciana arrugó el ceño enfureciéndose solo por recordarlo.

—Las nanas nos protegían de los monstruos, pero no podían parar a los hombres malvados. La dictadura llegó hasta este valle y no le gustaron nuestras canciones. Nos daban algo que nos unía más allá de la patria y que no podían controlar. Si nos juntábamos más de tres para cantar y bailar, nos multaban y nos perseguían. Los gaiteros de toda la vida dejaron de venir al pueblo y las panadereteras dejaron de tocar. Mi madre fue la última mujer de mi familia que tenía una pandereta en casa. Es verdad que el régimen hizo sus propios grupos de gaiteros, sí, pero a nadie le gustaban. Era una cosa falsa, y lo falso se nota. Cuando se acabó la dictadura nos dejaron cantar otra vez, pero para entonces a los jóvenes, a nuestros propios hijos, la música de su tierra les sonaba a rancio, pensaban que era cosa de pobres o ignorantes, y ninguno quiso aprender. Preguntadle a mi nuera —señaló a la mujer que los vigilaba atenta— o a mi hijo. No llegaron a conocer nuestras canciones, las de verdad. Por eso llamé en cuanto la escuché. Antes de morir me gustaría volver a escucharlas, que los jóvenes de ahora las aprendan, en lugar de pensar que son tonterías de viejas supersticiosas. Por vivir en el campo no significa que seamos unos simples, ¿habéis visto todos los libros del salón? Mi hijo los ha leído todos —sentenció orgullosa.

Sandra admiró la determinación en su mirada. Sabía distinguir a otra amante de la música cuando la veía. Y sin embargo, por emotiva que fuese, la revelación no los ayudaba mucho. Se reunió con los reporteros para susurrar sus conclusiones.

—Quien entonaba la melodía en el hotel era una mujer joven. Quizá su propia abuela le enseñase la canción. Puede que sea alguien del valle que tampoco quiere que mueran las tradiciones.

—¿Y por qué esconderse, entonces? —preguntó Asier—. No, quien cantaba pretendía otra cosa, por eso huyó aunque tuviese que dejar atrás la caja de música de Candela.

—¿En qué piensas? —quiso saber Nora.

—Ya habéis oído: la canción se usaba a modo de protección, ¿y si es lo que estaban haciendo? Protegernos. Desde que la canción desapareció, tú tienes tantas pesadillas que no duermes y vives a base de café desde hace días —miró a Nora—. Yo me he vuelto imprudente, más de la cuenta. Y... —Enmudeció cuando le llegó el turno a Sandra.

—... y yo, paranoica. Lo sé. No me fío ni de mí misma.

Los problemas que los tres acarreaban se habían intensificado, ella también lo había notado. Durante sus primeros días en la ciudad le había ocurrido todo lo contrario, se había abierto a nuevas personas por primera vez en mucho tiempo, encontró la inspiración, y tan pronto como la misteriosa mujer que cantaba para ella se desvaneció, todo había comenzado a desmoronarse.

—Lo más probable es que sea sugestión.

—Puede que sí, pero quien las canta cree que son reales. Pueden sugestionarte para que pienses que estás a salvo, y también para todo lo contrario. —Asier tragó saliva y volvió a dirigirse a la anciana—: Señora Ortiz, esas canciones de las que habla ahuyentaban a los monstruos, pero ¿había otras que los atrajesen?

—Por supuesto que sí —respondió la anciana sin pestañear siquiera ante una pregunta que a cualquier otro le resultaría extraña—, pero esas no nos las enseñaban a los niños y los mayores no se atrevían a tocarlas. No eran canciones para las fiestas, solo para las cantadoras.

—¿Las cantadoras? —repitió Sandra.

—Brujas, meigas, sirenas, maruxainas. Cada cual las llama como quiere.

—¿Nos puede contar un poco más sobre eso? —preguntó Asier, y la mujer asintió complacida.

Saltaba a la vista que le encantaba hablar de las historias y canciones de su infancia, pero sobre todo estaba disfrutando porque alguien mostrase interés por ellas. Debían de ser los primeros en mucho tiempo.

—Eran mujeres extrañas, no vivían en pueblos como el resto de nosotros. Todo el mundo las temía, porque decían que, si te cantaban al oído mientras dormías, podían maldecirte, pero también las llamaban cuando no había a quien recurrir. Cuando un recién nacido no dejaba de llorar por una fiebre, o cuando un enfermo no podía soportar los dolores. Una de ellas venía al pueblo y les cantaba hasta que se les pasaban los males.

—En mi pueblo había leyendas parecidas —apuntó Nora—. Los abuelos nos decían a los niños que, si nos portábamos mal, las brujas cantadoras vendrían a por nosotros.

—No son leyendas —protestó la anciana con determinación—. Yo vi con mis propios ojos lo que eran capaces de hacer esas mujeres.

—Me parece que ya le habéis preguntado todo lo que necesitabais, ¿no es cierto? —intervino su nuera, que comenzaba a ponerse nerviosa por la deriva fantasiosa de la conversación—. Mi suegra es una mujer muy mayor, no conviene que la agitemos con esas tonterías.

—Pensáis que soy una vieja chocha... —maldijo la anciana para sí—. Puede que tenga que pasarme el día sentada por el cansancio y que me dé ronquera por la artritis, pero sé lo que digo.

Sandra observó a la mujer con admiración. Era fácil ver de dónde había sacado don Emilio aquella forma de expresarse tan aguda y determinada. Si aquella anciana hubiese podido acceder a una educación como la actual, no habría habido límites para ella. No fue la única en notarlo.

—Gracias por su ayuda, y no es por cortesía. Llevamos varios días tras esa canción. Lo que nos ha contado puede cambiar toda nuestra investigación. —Asier extendió la mano para estrechar la de la señora Ortiz, menuda y huesuda, con cuidado.

La anciana sonrió satisfecha.

Los periodistas se dispusieron a marcharse, pero Sandra aún no había acabado.

—Señora Ortiz, ¿puedo llamarla por su nombre? —preguntó aproximándose hasta ella. Se puso en cuclillas para que sus ojos estuviesen más cerca y no mirarla desde lo alto.

—Emilia. Me llamo Emilia, como mi hijo, y como mi padre antes que nosotros, que en paz descanse.

Sandra sonrió.

—Emilia, si viniese otra vez a verla, ¿me enseñaría esas canciones?

—¿Eres de por aquí? —preguntó la anciana con un aire receloso.

—Soy... un poco de todas partes. Pero no, no nací aquí, y mis antepasados tampoco.

—¿Y por qué quieres aprender nuestras canciones? Ni siquiera a los jóvenes que se han criado en el valle les interesan.

—Verá, mis compañeros son periodistas, pero yo en realidad soy músico. Y tiene usted razón, las canciones de este valle tienen mucho poder. La que nos ha traído aquí..., desde que la escuché por primera vez no he podido quitármela de la cabeza. Por eso quiero entender su auténtico significado, por qué son tan importantes para ustedes.

La anciana meditó durante unos segundos apretando los labios una y otra vez hasta que acabó por asentir.

—De acuerdo, ¿por qué no? Sería una pena que desapareciesen para siempre. Soy de las más viejas de la aldea, ¿sabéis? Cuando todas las que quedamos muramos, nadie recordará estas canciones. Puede que seas una enviada de los ángeles. Ven cuando quieras, hija.

Sandra sonrió, honrada por que hubiese aceptado su petición. No tuvo tiempo de expresar su agradecimiento. Apenas había abierto la boca para responder cuando la alarma de un coche comenzó a sonar con ímpetu, retumbando por todo el valle e irrumpiendo en su habitual calma.

Nora salió corriendo al reconocer el sonido y la esposa de don Emilio se asomó a una de las ventanas de la cocina.

—Dios mío, ¿es ese vuestro coche? —dijo tras descorrer el visillo que la cubría y contemplar qué ocurría ahí fuera.

Un mal presentimiento recorrió a Sandra de arriba abajo e intercambió una mirada consternada con Asier.

—Gracias por todo, creo que tenemos que irnos —se excusó el reportero antes de correr tras Nora.

—Gracias —repitió Sandra, y los siguió hasta la puerta de la casa.

La escena que descubrieron ante ellos los dejó boquiabiertos. Frente al coche azul, Nora forcejeaba con una mujer encapuchada y vestida de negro. Tenía un cubo de plástico entre las manos del que aún goteaba el líquido putrefacto de los peces podridos que había arrojado sobre su coche. Esa no era la única muestra de hostilidad que les había dedicado. Antes de que el pescado hiciese saltar la alarma del coche, había tenido tiempo para escribir «Callad o morid» con un espray rojo sobre el capó.

—¡¿Cómo te atreves a mancharme el coche?! —gritaba Nora, que la agarraba para que no pudiese escapar—. ¡¿Sabes cuántas letras me quedan por pagar, so marrana?!

Sandra y Asier avanzaron hacia ellas, pero no pudieron retener a la mujer. Logró zafarse de Nora, la golpeó con el cubo y aprovechó para correr lejos del pueblo, hacia la pradera que conducía al bosque.

—Hija de su madre... —Nora se agachó para coger el espray rojo a modo de arma y la persiguió sin pensárselo dos veces.

—Luego dice que el impulsivo soy yo —maldijo Asier—. Quédate aquí, podría ser peligroso —le dijo a Sandra, que le hizo caso omiso.

—Ni hablar, ¿no decías que ser reportero era vivir aventuras? Pues vamos.

Le agarró de la manga de la chaqueta para tirar de él y evitar que empezasen un debate sobre los pros y los contras de que le acompañase. De no haber sido por ella, nadie los estaría amenazando, así que no pensaba esconderse ahora que tenían una oportunidad de descubrir qué estaba sucediendo.

Se apresuraron por el sendero hasta que la misteriosa atacante se desvió del camino y corrió hacia los árboles. «Debe conocer bien la zona», pensó Sandra, que comenzaba a arrepentirse de haber elegido sus botas en lugar de unas zapatillas. A pesar de la pésima elección de calzado, estaba en mucha mejor forma que Asier y pronto estuvo a la misma altura que Nora, que no paraba de gritar.

—¡Acosadora! ¡Detente! ¡Da la cara si tan valiente eres! —exclamaba.

Pronto se vieron rodeados de árboles, tan frondosos que parecía que la noche hubiese caído de golpe. En un entorno así, perder a la mujer de negro entre la maleza y los desniveles era solo cuestión de tiempo. Al contrario que ella, no estaban familiarizados con el terreno, pero no se rindieron.

En un arranque de ira, Nora le lanzó el espray de pintura con todas sus fuerzas. No acertó a golpear a la acosadora, pero el sobresalto que le causó notar el paso del proyectil cerca de ella bastó para hacerle perder el equilibrio. Tropezó con la raíz de un árbol y cayó de bruces con un chillido. Trató de ponerse en pie y seguir corriendo, pero cuando logró incorporarse ya la habían alcanzado. Nora la agarró de la capucha para evitar que se volviese a escapar, pero la soltó boquiabierta al reconocer a la recepcionista del hotel París.

—¿Desirée? —preguntó Sandra, incrédula.

La joven de finos cabellos castaños muy claros y piel siempre sonrosada apartó la mano de Nora con un manotazo. En su rostro había una expresión de agitación y desdén que no se parecía en nada a su habitual cordialidad, aunque puede que solo estuviese fingiendo para poder llegar a fin de mes. «O que estuviese disimulando mientras esperaba, al acecho de víctimas».

—¿Tú has echado el pescado en nuestro coche y delante de la habitación? —preguntó Nora, que apenas daba crédito.

Asier por fin se reunió con ellas jadeando por el cansancio de la repentina carrera. Cuando vio a Desirée detenida en mitad del bosque, no pareció tan sorprendido como sus compañeras.

—Ah, sospechaba que había sido alguien del París. Desirée estaba de guardia esa noche... Tiene... tiene sentido. —Aún estaba recuperando el aliento—. ¿Quién te ha ordenado hacerlo? ¿Los propietarios del hotel? ¿La alcaldesa?

—Nadie me lo ha pedido, era evidente que tenía que haceros callar —se apresuró a decir—. Todo iba bien hasta que aparecisteis vosotros. Esta ciudad llevaba décadas muerta y estaba empezando a despertar. Vais a espantar a la gente, nadie querrá venir aquí si piensan que sigue maldita. Y Sandra... —Desirée la miró fijamente y lo comprendió: sabía quién era; aunque hubiese fingido que no, siempre supo que la famosa Sandra O'Brian se alojaba en el hotel—. No deberías acercarte a ellos. Van a crearte impresiones equivocadas sobre cómo somos en este lugar. Santa Bárbara te encantará cuando florezca, ya lo verás.

—Así que solo pretendías intimidarnos a nosotros —masculló Asier para sí mismo.

—¿Has sido tú? —preguntó Sandra conteniendo la náusea en su estómago. Reparó en su ropa oscura, en sus botas negras, recordó el paraguas del hotel en la grabación—. ¿Tú has secuestrado a Pietro?, ¿es eso? ¿Trató de marcharse y decidiste que a él también le encantaría Santa Bárbara?

—No he secuestrado a nadie. Ese músico... Sí, me deshice de sus cosas, pero solo para que te olvidases de él. Se supone que estás de vacaciones, que tienes que disfrutar de este lugar. —Sin previo aviso, Desirée se precipitó hacia Sandra y la tomó de la mano, con una agitación que rebosó de su cuerpo hasta calar el de la artista—. Sandra, tú llegarás a amar Santa Bárbara. Todo esto es para ti. ¿Es que no lo ves? No les hagas caso y quédate, ¿no eres más feliz aquí que vagando de un lugar a otro? Si tú te quedas, la ciudad seguirá creciendo y no nos tendremos que marchar de nuestra tierra. Solo quiero conservar mi puesto de trabajo, ¿es tanto pedir?

Sandra trató de retroceder, pero Desirée no soltaba su mano. Los dos reporteros permanecían atentos, listos para intervenir si la recepcionista hacía cualquier gesto brusco o sospechoso.

—A nadie le importa dónde viva. Puede que vengan curiosos al principio, pero, créeme, no cambiará nada.

—Oh, Sandra. Es cierto que no tienes ni idea de lo importante que eres para nosotros. Si te vas..., me despedirán. Tendré que volver a casa de mi madre, y no soporto estar allí. No te vayas —suplicó apretando tanto su mano que comenzó a hacerle daño—. No puedo volver con ella, nada de lo que hago le parece suficiente. Mi trabajo, mis novios, nunca son lo bastante buenos. Me hizo dejarlos a todos, me obligaba a llevar el pelo como a ella le gusta, me lo cepillaba cada noche, treinta y tres veces exactas, me prohibía pintarme las uñas o llevar pendientes. El hotel París me salvó de vivir así. Todos los que trabajamos en el hotel tenemos historias parecidas. Solo queremos vivir felices y tranquilos en nuestro lugar de nacimiento. Por eso no te puedes ir. El hotel puede salvarte a ti también. Quédate, te lo suplico.

Sandra tiró sin resultado, atemorizada por la desesperación con la que Desirée se aferraba a ella, y en lugar de liberarse, estuvieron a punto de caer las dos al suelo. Lo habrían hecho si Asier no la hubiese agarrado por los hombros.

—¡Suéltala! —exigió Nora, furiosa—. ¡Vas a hacerle daño! —exclamó, y sus gritos se entremezclaron con un aullido.

La manada era tan sigilosa que no se percataron de que los habían rodeado hasta que los lobos decidieron dejarse ver. Lo primero que vieron fue una centella rojiza y plateada cruzando el aire. El animal saltó sobre Desirée apartándola de Sandra y arrojándola contra el suelo.

Sucedió tan deprisa que apenas tuvieron tiempo para reaccionar.

La loba había clavado los colmillos en la pierna de Desirée para arrastrarla por el suelo, lejos de ellos. La joven recepcionista chillaba de dolor mientras su cuerpo dejaba un rastro de sangre sobre la tierra. Intentó zafarse, pero la loba no la soltó hasta que quiso. Después le gruñó mostrando las fauces.

El primer instinto de Sandra fue correr a ayudarla a pesar de todo lo que acababa de suceder, pero Asier se lo impidió. No había soltado sus hombros, sino que la apretaba contra su cuerpo con fuerza, como si así pudiese protegerla de los lobos.

—Quieta, podrían atacarte también.

Aunque la advertencia fuese lógica, algo en el interior de Sandra, una intuición quizá, le decía que no le harían ningún daño. Habían visto a aquella manada dos veces: en la primera ocasión podrían haberles atacado sin problema y no lo hicieron, y ahora la habían salvado. No comprendía el porqué, pero los lobos la estaban ayudando. Recordó las grabaciones de las cámaras de tráfico, que mostraban cómo la manada perseguía a quienquiera que hubiera secuestrado a Pietro. Esos lobos no eran peligrosos ni despiadados como pensaban los pastores, sino que estaban luchando contra la misma sombra que perseguía a Sandra y a los suyos.

Posó la mano sobre la de Asier y la apartó con cuidado para que la dejase marchar.

Sandra avanzó hacia Desirée y varios lobos de la manada se aproximaron para vigilarlas de cerca, en estado de alerta. La líder del pelaje rojizo giró la cabeza hacia ella y le mostró sus dientes, impregnados de la sangre de la recepcionista, pero no la atacó.

—No pretendo heriros —aseguró, aunque dudaba que tuviese la más mínima oportunidad de intentarlo antes de que le partiesen el cuello en dos con sus potentes colmillos.

La loba la miró a los ojos, y Sandra encontró comprensión en ellos. A pesar de la inexplicable calma que experimentaba, comprendió que el ser humano temiese a aquellos animales. Había una inteligencia perturbadora en sus iris amarillentos.

Desirée vio la distracción y trató de incorporarse para huir, pero la loba lo advirtió y saltó de nuevo sobre ella, con las fauces abiertas. Iba directa a su rostro y la habría desfigurado por completo si Sandra no hubiese empezado a cantar, por puro instinto.

Seguía sin conocer la letra de la canción, así que solo pudo entonar su melodía. Llenó los pulmones de aire, cerró los ojos y sintió cada nota mientras brotaban de su pecho hacia el mundo exterior. Entró en aquel trance que la invadía durante los conciertos, los preciados momentos en los que olvidaba que había miles de personas escuchando, porque solo existían ella y la música. No se sobresaltó cuando los lobos comenzaron a aullar para acompañarla porque le resultó el coro más natural, el más lógico, para aquella nana. Tarareó la canción hasta que se quedó sin aliento. Cuando abrió los ojos, los lobos se mostraban tranquilos, incluso juguetones, como perros falderos que aguardan a que su amo les lance un palo o un juguete. La loba que había atacado a Desirée caminó hacia ella y entrechocó la frente contra su pierna, sin detenerse hasta que Sandra extendió la mano para acariciarla entre las orejas.

Los lobos no eran los únicos que estaban más tranquilos. Nora ya no alternaba el peso de una pierna a otra, tensa y llena de furia hacia su acosadora, y Asier no contenía el aliento por el miedo a que le ocurriese algo. Quizá el cambio más evidente era el de la recepcionista. Su locura transitoria se había esfumado, y ahora solo quedaba una certeza tan calmada y sólida que estremeció a Sandra aún más que sus delirios.

—Era cierto... —masculló Desirée, que se agarraba la pierna para impedir que la sangre siguiese brotando—. ¿Lo estás viendo? Este es tu sitio.

—Bruja... Sirena... Cantora —dijo Asier.

Nora y él observaban la escena con asombro y supo que lamentarían toda su vida no haber llevado cámaras consigo para inmortalizar el instante.

—La música amansa a las fieras, no es nada especial —dijo Sandra, quizá porque necesitaba convencerse a sí misma—. Deberíais marcharos —se dirigió a la loba, que sacudió su pelaje antes de merodear en torno a ellos, sin prestar mucha atención a su petición.

—Me parece que los intrusos somos nosotros —añadió Nora, que rodeó a los animales con recelo para ayudar a Desirée a levantarse. La recepcionista gimió entre protestas de dolor por la herida abierta—. Deja de quejarte, te lo has buscado tú solita. Por ahora vayamos al hospital, y luego ya veremos si a comisaría.

Las dos mujeres avanzaron sobre las hojas secas, de camino al coche a través del frondoso bosque. Sandra necesitó unos segundos más para retornar al mundo real, donde las canciones solo eran frases y acordes unidos para bailar o cantar, y los lobos feroces solo existían en los cuentos.

—Vámonos, este bosque va a acabar por volverme loca —dijo, y se reunió con Asier ante la atenta vigilancia de la manada, que los observó marchar.

—Si tú estás loca, todos lo estamos. Lo que has hecho...

—No he hecho nada, solo cantar —le interrumpió porque no quería escuchar lo que iba a decir, porque trataba con todas sus fuerzas de no pensar en ello—. Es como cuando hipnotizan a serpientes con flautas.

—Las serpientes son como yo, Sandra, no pueden oír muchos sonidos. Solo siguen el movimiento de la flauta como si fuese una presa.

—Sabes lo que quiero decir.

—No. Lo cierto es que no. Nunca había visto algo así.

—Entonces ¿crees que soy una hechicera como las de los cuentos de la aldea? —El único motivo por el que no se detuvo para enfrentarle cara a cara era que estaba ansiosa por salir del bosque y por dejar de notar la mirada punzante de los lobos en su espalda.

—Estoy seguro de que hay una explicación lógica para lo que acabas de hacer, pero me pregunto si no habrá alguien más en el hotel que sepa cómo funciona. Un hipnotizador de serpientes, si quieres llamarlo así.

Sandra notó un nudo en la garganta.

—Un hipnotizador que puede llevarnos hasta Pietro —comprendió.

—Ya has oído a Desirée: te vigilaba, sabía quién eras, buscaban a alguien como tú. Y puede que también a alguien como él.

—¿Puede haber sido ella quien secuestró a Pietro?

Asier negó con la cabeza.

—Estaba en la recepción del hotel cuando llegamos nosotros, y también cuando Nora y yo salimos para ir al ayuntamiento. Viendo las horas de la grabación es imposible que tuviese tiempo para ir al bosque, encontrar a Pietro y fingir que nada extraño ocurría. Pero puede que sea una cómplice.

—Así que seguimos donde estamos. Nada ha cambiado.

El periodista suspiró, y en aquel gesto Sandra pudo intuir preocupación y algo de lástima. Se compadecía por alguien que no era capaz de aceptar lo que tenía ante los ojos.

—¿De verdad piensas eso?

Sandra se mordió el labio para acallar el nudo en el estómago que le advertía que, después de lo que había sucedido en el bosque, algo en su interior nunca volvería a ser como antes. Nunca más. Santa Bárbara, su bahía y las montañas que la rodeaban la habían transformado sin pedir permiso.

4

Candela

Aunque tenía el estómago cerrado y la mente aturullada por los acontecimientos de la noche anterior, Candela se obligó a bajar a desayunar, en parte porque sabía que el hambre acabaría por aparecer y que la volvería irritable, pero también porque quería averiguar cómo se encontraba Virginie. El recibidor y el comedor del hotel París eran la mejor fuente de información de todo cuanto sucedía en Santa Bárbara. Se acomodó en un asiento junto al ventanal, desde donde podía ver el mar picado y las nubes oscuras. Aunque la ciudad les había dado los buenos días con el suelo encharcado, la llovizna continua no había sido suficiente para descargarlas del todo y se tornaban cada vez más amenazantes.

Pidió un café, un zumo y un cruasán, y tal y como esperaba, la información que buscaba no tardó en encontrarla. Apenas acababan de servirle el desayuno cuando Gustavo y una consternada Margarita se apresuraron a sentarse a su lado. Era la primera vez que los tres se reunían en público, así que supo que la situación era más grave de lo que se temía.

—¿Es cierto? —preguntó Gustavo sin rodeos.

—¿Qué parte? —respondió Candela tras dar un sorbo a su café.

—Dicen que os vieron discutir a Francisco, a Virginie y a ti —explicó Margarita—. También se rumorea que... —Negó con un suspiro—. No puedo ni decirlo.

Por suerte, el dramaturgo no tuvo ningún complejo a la hora de relatar los cuchicheos que se propagaban por el hotel como una enfermedad:

—Se dice que la señorita Virginie habría cometido una enorme estupidez si tu amado pianista no lo hubiese impedido. No es que me escandalice tan fácilmente como nuestra amiga Margarita, pero, Candela, querida, permíteme que te pregunte: ¿en qué demonios andáis metidos?

La joven agitó el pie con nerviosismo bajo la mesa. Se preguntó quién los habría visto forcejear desde los balcones del hotel. No supo si estar agradecida o apenada porque no hubiesen alcanzado a oír los pormenores de la conversación. Después de tres semanas en la ciudad de los escándalos, estaba convencida de que los rumores que inventarían serían mucho peores que la realidad y que perseguirían a Virginie allí a donde fuera.

—No estamos metidos en nada, solo fue un malentendido —aclaró, aunque por supuesto no fue suficiente.

Gustavo se inclinó hacia ella para susurrar:

—Nadie trata de darse un chapuzón en el Cantábrico en plena noche por un malentendido.

—¿Es necesario que seas tan insensible? —protestó Margarita.

—Evitar la verdad no la hará menos cierta, no podemos huir de ella. Y todo el mundo se pregunta por qué Virginie Delvaux intentó suicidarse después de terminar el retrato de la Duquesa.

Candela inspiró hondo. Gustavo tenía razón, lo única forma de resolver la situación era afrontar la realidad.

—¿Qué más habéis oído? —quiso saber.

—La pregunta sería qué no hemos oído. En un rato me han contado dos teorías completamente distintas. Teoría número uno: que vas a casarte con Francisco y que Virginie está encinta de su vástago bastardo. Y teoría número dos: que Francisco ha descubierto que ambas sois amantes y que os amenazó con desvelarlo. No hay límites para la imaginación de un grupo de ricos ociosos. Aunque sepa que es puro invento, yo prefiero la segunda, porque ese «caballero» no se merece romperle el corazón a nadie.

El estómago de Candela se encogió y se arrepintió del par de tragos de café y del tímido bocado que había dado a su cruasán. Margarita se apresuró a intervenir:

—La mayoría piensan que son dos teorías bastante fantasiosas. La favorita es que tú y Virginie discutisteis por el afecto de Francisco y que ella perdió la cabeza. Aunque, como se ha difundido que doña Pilar y ella van a acortar su estancia en el hotel y a marcharse juntas, todos apuestan por que Virginie ganó la pugna.

—Espera, ¿Virginie abandona Santa Bárbara?

—Acaban de ver a un botones cargando su equipaje en un coche —dijo Gustavo.

Candela se puso en pie y pidió que la disculpasen antes de correr hacia la salida.

—Con eso va a conseguir que la teoría número dos cobre fuerza.

—¿Esto es un chiste para ti? —le reprochó Margarita, pero Candela no logró oír el resto de la conversación, ni podría haberle prestado atención.

No iba a permitir que Virginie dejase la ciudad en ese estado. Había visto el dolor en sus ojos y, aunque sabía que las raíces que lo sostenían con firmeza en su cuerpo crecieron hacía mucho, no quería ser el agua que lo ayudaba a sobrevivir y florecer. Tenía que hablar con ella antes de que partiese, o perdería para siempre la oportunidad de consolarla y arreglar el daño causado. Aunque no sabía muy bien qué decirle.

Trató de cruzar el hall, pero se topó con un barullo de gente arremolinada en torno a la pared. Habían colgado el retrato de la Duquesa lo bastante alto para que todo el mundo pudiera verlo. Candela se quedó congelada ante él, asombrada por cómo el estilo de la pintora, aunque no pretendiese ser del todo realista, transmitía a la perfección la luz, los volúmenes y sobre todo los colores. El rojo anaranjado, el dorado y el negro resplandecían en toda la obra; Virginie había capturado y bebido de los colores de la época que les había tocado vivir y los había plasmado con mano maestra. No obstante, para quien supiese leer entre líneas había algo más, una oscuridad que complementaba la luz y que envolvía a la Duquesa dándole un aire siniestro. Candela recordó la pintura negra que había manchado sus dedos la noche anterior. Tal vez las sombras de la Duquesa la habían enfrentado a las suyas propias. De pronto supo lo que tenía que hacer.

Corrió hacia la salida y comprobó que todavía estaban cargando maletas y que no había rastro de las dos mujeres. Perfecto, aún tenía tiempo. Bajó corriendo a la playa, desierta por la amenaza de tormenta, sin reparar en la llovizna. Recorrió la orilla en busca de un brillo anaranjado hasta que por fin las encontró. Cuando volvió a subir para reunirse con las dos mujeres, tenía la falda, los pies y las manos manchados de arena. Virginie y doña Pilar parecían preparadas para marcharse tan pronto como se despidiesen de Francisco, quien permanecía de pie junto a la puerta abierta del coche. Al comprender que el tiempo jugaba en su contra, Candela echó a correr hacia ellos, sin percatarse de lo chocante que resultaba la estampa. Doña

Pilar abrió mucho los ojos, incrédula ante el salvajismo de la muchacha, pero la joven solo prestaba atención a Virginie. Creyó que hallaría desdén, quizá odio en su semblante, y se había mentalizado para ello, pero no estaba preparada para lo que reflejaba la mirada de la pintora. Al principio lo confundió con mero pánico, pero había un matiz más. Vergüenza. Candela había sido testigo accidental de su momento de mayor fragilidad y había visto a través de su puesta en escena, siempre altiva y segura de sí misma, como quien se aproxima demasiado a un cuadro y empieza a distinguir las pinceladas. La belga estaba acostumbrada a que estudiasen su obra, pero no a que se inmiscuyesen en su alma, en sus miedos y tormentos. Por eso, al verla venir directa hacia ella, quiso huir. Se apresuró a subir al automóvil, pero Candela la detuvo justo a tiempo.

—¡Virginie, Virginie, espera! No te vayas sin esto. —No paró hasta estar a su lado, a pesar del espanto de todos los presentes, atentos a lo que sucedía a su alrededor por si alguien empezaba a murmurar—. Tienes que llevarte esto, oh, están un poco sucias, espera. —Limpió las conchas anaranjadas con la tela de su chaqueta blanca hasta quitarles toda la arena que pudo. Tomó la mano de Virginie, que no se resistió, y las puso sobre su palma—. Llévatelas, te encanta este color. Puedes hacer más pintura con ellas, o guardarlas como recuerdo.

Virginie sopesó las conchas, anonadada, y después alzó la vista hacia ella.

—¿Por qué me das esto?

—Para que no te olvides de por qué pintas, de lo que nadie te puede quitar.

Para Candela era el olor del bosque por las mañanas, la tranquilidad interrumpida solo por el sonido del arroyo y el canto de los pájaros, y la presencia de los lobos en la distancia; pero para Virginie eran detalles como ese, encontrar un buen pigmento, un pincel que se acomoda a la mano, el denso perfume del barniz. Esos recuerdos, esas sensaciones, le pertenecían.

—No... no lo entiendo.

—He visto tu cuadro, en el hall del hotel. Sabes que no entiendo las vanguardias, pero me parece que es la obra de alguien que ama lo que hace. No necesitas la aprobación de nadie para seguir pintando, solo colores como este. —Señaló las conchas.

Virginie resopló con acritud.

—Y suficiente dinero. No tengo madera de bohemia, y no te gustaría saber las formas en que se tienen que ganar la vida las mujeres sin un esposo o un benefactor.

—Yo lo seré —insistió Candela.

—¿Mi esposo?

—Tu benefactora, tu mecenas.

—Ya te lo dije: guárdate tu caridad. Prefiero morir de hambre.

—Probablemente mueras antes de frío. Y no es caridad, te repito que he visto tus cuadros. No soy estúpida, dentro de poco tendré una fortuna que administrar. Quiero invertir en tus cuadros porque algún día me harán aún más rica. Tú misma lo dijiste, es lo que hacen los hombres de negocios. Pues bien, ahora soy igual que ellos. Pregúntale a Francisco.

El hombre desvió la mirada al darse por aludido, y para Virginie fue confirmación suficiente.

—¿Por qué harías eso? Me he burlado de ti, te he menospreciado y he propagado rumores. Tendrías que alegrarte de verme así. Deberías odiarme.

—Lo que odio es que hayas llegado a sentir que no te quedaba otra opción que hacerme pasar todo eso para no ser abandonada. Se me da bien calar a las personas, ¿sabes? Mi abuela decía que tengo instinto, olfato. —Era cierto que al principio la había maldecido por sus ataques e indirectas, pero no después de lo de la noche anterior. Igual que le había ocurrido con el señor Montseny, sabía distinguir los ojos de una presa acorralada cuando los veía—. No tienes que decidir ahora, piénsatelo. ¿De acuerdo? Contacta con Francisco si cambias de opinión.

La pintora tardó unos segundos en reponerse de la sorpresa y asentir pensativa. Subió del todo al vehículo, seguida de doña Pilar, que no había abierto la boca. El coche arrancó y se puso en marcha, a la vez que Virginie se llevaba el puño cerrado, con las conchas en su interior, hasta el pecho, junto al corazón.

Detenidos en la acera frente al hotel, en silencio, Candela y Francisco observaron cómo el vehículo partía, hasta que desapareció entre los carruajes y autos del paseo marítimo. Ante la amenaza de una de las famosas tempestades de la bahía, las dos mujeres no eran las únicas que habían decidido adelantar su marcha y había más tráfico de lo habitual.

—No las he acompañado porque confío en que nuestro acuerdo, a pesar de todo, siga en pie.

—Así es.

—¿Dice en serio que invertirá en los cuadros de Virginie?

—Suele presumir de lo talentosa que es, ¿acaso mentía?

Francisco rio, de forma muy diferente a cuando lo hacía con un falso gesto de amabilidad. Candela se alegraba de que por fin se mostrase tal y como era: el caballero galante que se esforzaba por ganarse su favor le resultaba espeluznante, mucho más que el hombre que simplemente quería algo a cambio de sus servicios.

—Si sigue escuchando con esa atención, puede que acabe sobrepasando la fortuna de su tío. No deje de traerme esos documentos. Procure hacerlo antes de que don Rodrigo llegue a la ciudad, o complicará nuestra operación. No esperaré para siempre, señorita Nieto.

Candela asintió. Iba a asegurarle a Francisco que así lo haría, pero vio a don Eduardo caminando hacia ella con el cuerpo encogido y la furia de un toro malhumorado. Por un instante creyó que iba a embestirla, pero en lugar de eso, la agarró del brazo para alejarla de allí.

—¿Se puede saber en qué está pensando? —murmuró—. Ya bastante desafortunados son esos rumores para que además siga alimentándolos. No tendría que haberla dejado bajo la protección de doña Pilar. Sabía desde el principio que tramaban algo.

Candela intentó zafarse de él, pero el abogado la apretaba con demasiada fuerza. Esa vez no se detuvo para secarse el sudor que le empapaba la frente y la papada, demasiado rabioso para percatarse de ello. Francisco, que había ido tras ellos, trató de calmarle en vano:

—Vamos, don Eduardo, no se lo tome así. Ya sabe cómo es la gente, les encanta inventar en cuanto tienen un rato libre. ¿Por qué no desayunamos todos juntos para demostrar que no ha sucedido nada?

—¿Desayunar? Qué desfachatez. Usted ya ha hecho suficiente para dañar la reputación de esta ingenua chiquilla. No piense en volver a acercarse a ella en mi presencia. —La arrastró de vuelta al hotel—. Su tío nos va a matar a los dos. Nos va a matar. Primero a mí por permitir ese desastre, y después a usted.

Su tío podría llegar en cualquier momento, y Candela supo que don Eduardo volvería a encerrarla para que solo pudiese asomarse a la ventana y mirar al mar esperando a que llegase la tormenta. Pero nunca había sido capaz de estar demasiado tiempo quieta.

Cuando la tormenta comenzó a descargar, Candela abrió las ventanas del balcón de par en par para poder sentir la lluvia. Ya fuese en el bosque o en la ciudad, el mundo parecía ralentizarse, casi detenerse bajo la lluvia, aunque los olores fuesen muy distintos. La sal revuelta por la oleada se mezclaba con la suciedad acumulada en las calles tras un verano caluroso, pero la tormenta se cernía sobre Santa Bárbara con tanto ímpetu que pronto arrastró todo el hedor hasta que no quedó nada. La nube negruzca se extendía más allá de la ciudad, hasta las montañas. Candela se imaginó a los pájaros aguardando en sus ramas para poder volar de nuevo, a los conejos escondidos en sus madrigueras y a los lobos que permanecían inmóviles esperando a que pasase el aguacero. Sin los olores que el agua se llevaba, solo percibían el mundo a medias, así que no podían cazar ni vagar por la montaña con la misma confianza. Candela se sentía igual que un lobo sin su olfato. Como una bestia enjaulada, que habían apresado en una trampa de oro después de haberle mostrado todos los esplendores que le ofrecía la vida. ¿Quiénes eran sus verdaderos captores?, ¿don Eduardo y su tío, en su afán de control y sobreprotección, o la Duquesa y sus tentaciones, que acababan por llevar a sus huéspedes a perder la cordura?

Si fuese más fuerte, o más fiera, echaría abajo la puerta de la habitación del abogado y se llevaría los papeles que la harían dueña de su propia vida. Pero solo era una huérfana que no había logrado robar una de las numerosas llaves maestras que pululaban por el hotel. La última vez que había tratado de robarla del bolsillo de un camarero del Club de la Verdad estuvo a punto de ser descubierta, y no quería ni imaginar cómo habría reaccionado la Duquesa. Aún tenía tiempo para intentarlo una última vez. Se preguntó si habría fiesta esa noche a pesar de la tormenta. El abogado la había encerrado a cal y canto. Solo podría salir de su suite si acudían a llevarle la nueva contraseña, aunque también podía probar a descolgarse por el balcón. Siempre había sido buena escaladora.

Extendió la mano fuera para sentir la lluvia. La temperatura había descendido de golpe y las gotas de agua estaban frías, pero no le importó. Sacó la otra mano, después el brazo entero. La lluvia que chocaba con la piel rebotaba hacia ella y salpicaba su vestido y su chaqueta beige y la larga melena cobriza que había dejado caer suelta sobre el pecho y la espalda. Se quitó la chaqueta y la dejó sobre uno de los sillones. Estaba a punto de dejarse empapar por la lluvia cuando llamaron a la puerta.

Al principio pensó que podría tratarse de don Eduardo y que a pesar de la tormenta su tío se las habría apañado para llegar antes de tiempo, pero el abogado nunca había tenido suficientes modales como para llamar antes de usar su llave y entrar.

—¡Adelante! —dijo, y escuchó el sonido del cerrojo.

Caminó hacia la entrada, la puerta se abrió y al otro lado encontró a Rafael, vestido y peinado como si estuviese a punto de salir al escenario a tocar. Quiso cerrar, pero él interpuso la mano en el marco al adivinar sus intenciones.

—Candela, espera, espera, por favor. Deja que me explique.

Ella vaciló porque cada vez que la llamaba por su nombre sentía como si la estuviese abrazando contra su cuerpo hasta que se desvanecían todos los problemas; era el poder que tenía sobre ella. Después de respirar el olor vacío de la lluvia, podía percibir con más claridad las notas de su aroma, que le recordaba a la madera y al musgo, y eso también la volvió incauta.

—Date prisa, tengo las ventanas abiertas y se forma corriente. —Intentó sonar tan fría como pudo.

—¿Puedo entrar? Esto llevará un rato.

Candela arrugó el labio en un intento por mostrarse malhumorada y se echó a un lado para dejarle pasar. Cerró la puerta tras él y le invitó a sentarse en el sofá, pero Rafael permaneció de pie mirándola como si la viese por primera vez. Candela se dio cuenta de que su ropa estaba mojada, pegada a su cuerpo hasta revelar cada línea de su figura. También reparó en que nunca habían estado completamente a solas bajo un techo, ni siquiera cuando eran niños. Tragó saliva.

—¿Y bien? ¿Qué es eso tan importante que no puede esperar?

Rafael lo anunció de un tirón y sin preámbulos:

—Me marcho. Mañana por la mañana.

—¿Cómo? —preguntó tratando de procesar su declaración de intenciones.

—Aún no he presentado mi renuncia, porque la Duquesa nunca la aceptaría. Pero ya tengo el billete de tren. Viajaré a París, como te dije. Después iré a Berlín, quizá me embarque a Nueva York. Conozco a músicos que viven en Nueva Orleans, lo bastante lejos de aquí. Tú también deberías marcharte, con tu tío, conmigo, sola, eso no importa, pero tienes que irte, igual que ha hecho Virginie. —«Antes de que acabes como ella», esa era la advertencia oculta entre el temblor de sus palabras y el miedo en sus ojos.

—Mi tío estará aquí en cuestión de horas, ni siquiera le conozco... ¿Y vienes a decirme que te vas, sin más? ¿No te preocupa no volver a verme?

Una chispa de esperanza prendió en la mirada de Rafael y dio varios pasos hacia ella, hasta que apenas quedaron unos centímetros entre ambos. Clavó en ella sus ojos negros.

—¿Vendrás conmigo si te lo pido?

Candela apartó la vista.

—No soy una cobarde, no me da miedo viajar. Quiero visitar París, volver a ver a Virginie, pero... no así, no huyendo. Este es mi sitio.

—No puedes quedarte aquí, ni en la ciudad ni en las montañas, pero mucho menos en este hotel. Al principio solo desencadenábamos peleas matrimoniales, escándalos amorosos, alguna rencilla entre hermanos y poca posa más; calculábamos el riesgo, avanzábamos poco a poco. Pero a medida que su poder crece, se apodera de este lugar, de las paredes, los techos y suelos, de las cañerías y cableados; todo está envenenado. —Parecía más agitado e impaciente por momentos—. La Duquesa es cada vez más ambiciosa, ya no le preocupan los efectos colaterales, está dispuesta a usar tu secreto.

La joven negó con la cabeza, ¿por qué tenía que volver a hablar de ese estúpido secreto? Solo era una tontería que escribió porque sí.

—No puede. Si da a conocer nuestros secretos y se llega a saber, sus fiestas se irán a pique, nadie volverá a confiar en ella. La Duquesa no es tan poderosa como nos hace creer.

—Oh, Candela... Ni siquiera sé por dónde empezar.

Rafael agachó la cabeza y enterró el rostro en su mano, y unos mechones de pelo rebeldes cayeron sobre su frente. Candela tuvo que contenerse para no reunirse con él, recolocar su cabello, consolarle por un mal que no alcanzaba a comprender.

—¿Por qué temes tanto a esa mujer?

—Tú no la conoces. Ella me salvó, pero también me ha condenado. —Tragó saliva y suspiró antes de comenzar su relato—: Cuando mi padre murió, me quedé sin nada. La manada de lobos había atacado a nuestras ovejas hacía poco, y las que no murieron aquella noche abortaron y enfermaron del estrés. El marido de mi hermana se hizo cargo de la situación, pero tenían tres hijos y no podían alimentar una boca más. Por eso me marché del valle y llegué a Santa Bárbara. Por aquel entonces el hotel solo llevaba abierto unos pocos años y aún quedaban barcos de pesca. Mentí sobre mi edad en el puerto. Dije que tenía quince cuando apenas había cumplido los doce, y fingieron creerme. Yo... me esforzaba mucho, pero era un trabajo duro, y las tormentas... Nunca he pasado tanto miedo. —Se remangó la camisa para dejarle ver una larga cicatriz en el brazo que se extendía por debajo del codo hasta casi llegar al hombro—. Las olas me hicieron caer sobre el ancla. —Alzó la tela, descubrió su abdomen, y bajo su ombligo se extendía otra marca con forma de estrella—. Un compañero intentaba recoger las cañas para que no se perdiesen, el barco se balanceó y me clavé el carrete. Aun así, lo más aterrador era ver a hombres que caían por la borda y no volvían a aparecer, hombres mucho más fuertes y experimentados que yo.

Candela olvidó su enfado, los secretos que los distanciaban, y alzó los dedos hacia las marcas que poblaban todo su cuerpo. Acarició las cicatrices con las yemas de los dedos prestando infinita atención a la sensación que le producía su tacto rugoso, como si aquel contacto tal vez pudiese aliviar el dolor de aquel chiquillo asustado. Se dio cuenta de que tenía lágrimas en los ojos.

—Necio... Debiste haber vuelto. Todo habría sido tan distinto... Debiste acudir a nosotras.

—Lo pensé muchas veces, pero temía más tu rechazo que al mar. Ya no era el niño que conociste, sino un huérfano con el rostro maltratado por la sal y el sol, con las manos repletas de callos y el cuerpo golpeado. Tu abuela me echó de allí y me dijo que no volviese, ¿cómo podría regresar? —Cerró los ojos, como si así lograse contener el pesar de los recuerdos—. Un día llegamos a puerto después de un temporal. Habíamos perdido a dos hombres, y yo tenía un brazo roto. Me aterrorizaba no poder recuperar del todo la movilidad, no tocar el piano más, y el dolor era insoportable. Esa fue la única vez en que estuve a punto de volver al valle, pero entonces apareció ella. Me escuchó cantando en el muelle, una de las nanas de la bahía, y se acercó para preguntarme si sabía tocar algún instrumento. Le dije que empecé a tocar el piano, pero que nunca acabé mis lecciones. Ella quiso saber si me gustaría aprender del todo. Ni siquiera me lo pensé antes de decirle que sí. Jaime murió ese día para que Rafael pudiese nacer, hasta que apareciste tú. Han pasado diez años desde entonces, y en ocasiones me he arrepentido de mi decisión, pero nunca tanto como el día en que te vi llegar. Tendría que habértelo contado desde el principio. Lo que hace la Duquesa, cómo enloquece a la gente, cómo alimenta su poder. Candela, tenemos que huir. Al principio solo afectaba a quienes escuchaban la música de las fiestas, pero ahora... lo ha impregnado todo, este hotel está empapado por su sonido.

A pesar de sus advertencias, Candela negó con la cabeza.

—No. No voy a huir ni de esa mujer ni de mi tío.

Llevó la mano del pianista a sus labios y besó los nudillos con suavidad. Tenía manos fuertes pero delgadas, necesitaban ser ágiles para poder obrar su magia, aunque también resistentes, o no podrían aguantar las horas y horas de las largas noches de Santa Bárbara.

—Si alguien vuelve a hacerte daño, si te ponen un solo dedo encima, los destruiré. Les devolveré el daño por mil —juró recorriendo el brazo del joven a besos hasta llegar a su cicatriz.

Notó la resistencia de él a sus amenazas. Podría haberse burlado, ¿qué iba a hacer una muchacha delgaducha y sin contactos contra dos personas tan poderosas como la Duquesa y Rodrigo Algora? Pero Rafael se tomó muy en serio su determinación.

—¿Hoy has escuchado la canción de la caja de música?

—No lo recuerdo.

—Candela..., es importante.

—Sí, supongo que sí. La escucho siempre que pienso en ti. Hasta cuando estoy enfadada y te odio por mentirme —dijo, y notó cómo el pecho de Rafael se relajaba al soltar el aire, aliviado—. Quédate. Siempre me pides que me vaya contigo, pero por qué no te quedas. Sea lo que sea de lo que tienes miedo, yo te protegeré.

—Eres tú la que me preocupa.

—En ese caso, ¿por qué te vas?

—Porque no quiero ayudar a hacerte daño, y es lo que acabará ocurriendo si me quedo.

—No es tan fácil hacerme daño. Nadie ha podido hacerlo nunca. Solo la gente que quiero cuando se va y me deja sola. Si temes herirme, entonces quédate. —Soltó su mano para rodear su torso con los brazos. Enterró el rostro en su pecho y le estrechó con fuerzas—. Quédate.

—Candela...

Notó cómo Rafael inclinaba la cabeza para inhalar el aroma de su pelo, su olor, y eso la volvió loca. Recorrió su espalda con las manos siguiendo la marcada línea que la separaba en dos. La rodeó hasta llegar a la altura de su pecho, después adelantó las palmas para detenerlas justo debajo de sus clavículas, sintiendo los latidos de su corazón. Le gustó comprobar que se había desbocado tanto como el suyo.

Rafael acarició la parte de debajo de sus brazos, desde los hombros hasta las muñecas, provocándole cosquilleos en la piel desnuda y húmeda.

Si quedaba alguna gota de sentido común en ella, murió cuando él tomó las delicadas manos de Candela entre las suyas.

—No deberíamos... —masculló, pero ella negó con la cabeza para que no acabase la frase.

—Sé lo que quiero —le aseguró mirándole a los ojos. Los aristócratas y ricos que había encontrado en Santa Bárbara estaban convencidos de ser los únicos conocedores de todos los pecados del mundo, juraban que solo en la ciudad existían los placeres de la carne, pero Candela no era una necia. Había leído libros escondidos en la biblioteca de la casona que escandalizarían a cualquiera de ellos, había visto a los animales reunirse en el bosque después del cortejo y, aunque al principio se había sorprendido, supo lo que ocurría en la naturaleza cuando nadie miraba, cuando los deseos se volvían más poderosos que el instinto de supervivencia—. La pregunta es... ¿me lo puedes dar?

Ninguno de los dos logró contenerse más. Sus labios se encontraron, guiados por la necesidad, y se besaron con una furia digna de los más fervientes enemigos. Rafael rodeó su cintura con las manos y la estrechó contra su cuerpo mientras ella se aferraba a su nuca con los dedos, en busca de un sostén que la mantuviese en este mundo. Notó cómo su consciencia titilaba, igual que sucedía cada vez que comenzaba uno de sus episodios, pero se obligó a permanecer allí, a sentirlo y saborearlo todo. Las manos de Rafael continuaron su descenso hasta el borde de su vestido y se alzaron bajo él levantando la tela hasta llegar a sus nalgas. Candela suspiró con un gemido cuando sintió la palma de sus manos hundiéndose en su piel, a la vez que Rafael besaba su cuello, desde el borde de la oreja hasta la clavícula.

Le hizo parar para recuperar el control, le quitó la chaqueta del traje de un par de tirones y desabrochó los botones del ajustado chaleco. Notó la mirada acuciante de Rafael, casi desesperada, y ralentizó sus manos para alargar el momento. Le quitó el chaleco poco a poco palpando sus hombros y brazos en el proceso hasta agarrarse de los tirantes de cuero que se apretaban sobre el ancho torso del músico. Tiró de él y esta vez fue Candela quien se perdió en su cuello, en la línea de su mandíbula, en el olor que desprendía. Usó los tirantes para impulsarse sobre su cuerpo y mordió el lóbulo de su oreja haciéndole gemir. Forcejearon el uno con el otro, peleando por ver quién deseaba más, quién besaba más, quién acariciaba más, hasta que cayeron sobre la cama entre risas y medio desnudos.

Candela notó su propio cuerpo hundiéndose sobre el colchón y cómo el peso de Rafael ejercía y liberaba presión cuando apoyaba las manos a su alrededor.

—¿De qué es esta marca? —preguntó, cuando al fin le quitó

la camisa blanca y descubrió en su hombro un peculiar desgarrón con la forma de una luna creciente.

Rafael negó con la cabeza.

—No me preguntes por esa —pidió, antes de besarla de nuevo.

Era tan hermoso, tan fuerte y a la vez suave, que necesitaba detenerse de rato en rato para poder admirarle, para posar las manos sobre su cintura ancha o recorrer los músculos de su abdomen. Rafael, por su parte, también se deleitaba con su cuerpo y con la fina lencería de encaje de color azul cielo y beige. Ella podría haberle suplicado que la desnudase de una vez, pero no pensaba darle esa satisfacción; le dejó jugar, que la siguiese tanteando, acariciando y besando el pecho sobre el encaje del sujetador, a la vez que deslizaba las manos bajo las resbaladizas enaguas.

—He soñado con verte así desde que me besaste en la playa —susurró él, tras depositar un beso en el hondo hueco entre sus clavículas.

—Yo también... quería tenerte. Solo para mí. —Recorrió su mandíbula y le hizo alzar la barbilla.

Rafael estaba apoyado sobre sus brazos encarcelándola con su cuerpo. Candela se mordió el labio, devorando cada centímetro de su figura con los ojos. Bajó el dedo por su cuello hasta apoyarlo en su nuez, con suavidad. Notó el movimiento de sus músculos al tragar y reprimió el impulso de morderle.

—No me trates como a una señorita delicada —pidió—. Estoy cansada de que todos me vean así. Pero tú sabes cómo soy en realidad.

Rafael descendió poco a poco por su cuerpo.

—Lo sé —asintió él, con los labios posados sobre su ombligo—. Eres una loba, una criatura salvaje. Siempre lo has sido.

Continuó su descenso, y Candela notó cómo una de sus manos recorría sus piernas, las abría y avanzaba por el interior de sus muslos. Agarró las enaguas y tiró de ellas hacia abajo hasta que el tacto de sus dedos la hizo estremecer y estuvo a punto de reír de puro delirio. «Ah, así que quiere hacer música conmigo», pensó antes de proferir el primer gemido, después dejó de pensar en absoluto. Ni siquiera se dio cuenta de que estaba clavando las uñas en el brazo de Rafael, ni de que sentir el movimiento de sus músculos, que se convertían en su placer, la estaba volviendo loca.

Los truenos retumbaban contra las paredes del hotel y los relámpagos iluminaban el cielo y la habitación, pero solo tenían ojos el uno para el otro.

—Estás demasiado lejos...

Le guio de vuelta a sus labios y se incorporó para quedar colgada de su cuello. Él la sentó sobre su cuerpo para que lo rodease con las piernas. Ahora era ella quien le tenía atrapado. Puede que fuese inexperta, pero no era inocente, y sabía que quería más, aunque aún no supiese exactamente qué ni cómo conseguirlo. Rafael le quitó el *brassiere* alzándolo por encima de sus brazos y ella no sintió ningún pudor. Nunca se había sentido tan natural, tan libre como en ese instante entre sus brazos moviendo su cintura sobre él, apoyando la frente contra la suya, mordiéndole cuando notaba que no podía contener más el amor que sentía por él. Le mordía en el lóbulo de la oreja, en la mejilla, en el hombro o en la mano, en el borde de la mandíbula, allí donde hubiese carne, piel y sudor.

—Dime lo que quieres —logró decir él—. Te daré lo que me pidas.

—Lo quiero todo, te quiero a ti —dijo ella, y lo mismo podría haber sido una súplica que una orden.

No habría soportado apartarse de él, así que se alzó levemente para que Rafael se guiase hasta su interior. Candela se agarró a sus hombros y él la condujo con dulzura, posando las manos en la parte baja de su espalda para acompañarla mientras se mecía arriba y abajo. En sus novelas, la protagonista siempre sentía un inexplicable y repentino malestar al principio, pero a ella solo le dolía cada milímetro que los separaba. Sonrió feliz, pletórica. Puede que el resto de su vida pendiese de un hilo, que fuese incierta, pero esa noche de tormenta les pertenecía a ellos, y cada instante se tornaba eterno para aullarle a la luna.

Podrían haber transcurrido mil años cuando Rafael la tumbó sobre la cama y se balancearon juntos hasta terminar y quedar tendidos el uno sobre el otro, en una maraña de sudor, piernas y risas.

—Candela... —susurró él en su cuello—. Qué vamos a hacer.

—Dormir... Por ahora dormiremos —dijo, y no tardó en cumplir su palabra, abrazada a su mejor amigo, a su amante, su persona. El único que sabía quién era en realidad mejor que ella misma.

5

Sandra

Agachó la cabeza para que su melena dorada le cubriese el rostro. También se ajustó las gafas de sol pese a estar en mitad del pasillo de un hospital iluminado tan solo por las luces fluorescentes. El gesto era inútil, porque nadie de los que pasaban por allí miraba su cara, les impresionaba más la sangre que empapaba su jersey blanco.

Tras el revuelo en el bosque, consideraron que tardarían menos en llevar a Desirée directamente al hospital de Santa Bárbara que en esperar a que llegase una ambulancia hasta las lindes de Lucero. Los tres habían acabado cubiertos de su sangre cuando la ayudaron a subir y bajar del coche y al tratar de detener la hemorragia de la pierna todo lo posible. La recepcionista se pasó el viaje profiriendo quejidos y rogándoles que, pase lo que pase, no llamasen a su madre.

Sandra no era especialmente aprehensiva ante la sangre ajena, pero ahora que la adrenalina en sus venas comenzaba a diluirse, fue consciente de lo impactante que resultaba su aspecto para los pacientes y visitantes que merodeaban por los pasillos y de la gravedad de la herida que había sufrido su acosadora.

Una vez en urgencias, les explicaron que tendrían que llevar a Desirée al quirófano para reparar el daño producido en los vasos sanguíneos y en los músculos. Los colmillos de la loba habían causado desgarros importantes en sus tejidos y era vital intervenir lo antes posible. Les preguntaron por sus familiares, para contactar con ellos, pero lo único que conocían de ella era su nombre; los remitieron al hotel. Sandra recordó las súplicas, cuánto la aterraba su madre. «No puedo volver con ella, nada de lo que hago le parece suficiente». Ella misma había discutido mucho con la suya en su juventud, cuando su madre insistía para que estudiase y ella respondía que no necesitaba saber aritmética y geografía para dedicarse a la música, pero no se imaginaba lo que debía de ser temer a quienes, en teoría, más debían amarte. Tener un vínculo de sangre con alguien, ser su madre, hija o hermana, no era una garantía de amor.

Creyó que los dejarían marchar, pero el accidente resultó ser tan aparatoso que el hospital dio parte a la policía. No todos los días tenían que ponerle la vacuna contra la rabia a una paciente. Enseguida corrió la voz por el hospital sobre el «temible ataque de un lobo». Sandra procuró mantenerse a un lado y no llamar la atención, mientras Asier y Nora daban las explicaciones.

—Otra vez vosotros, ¿por qué andáis metidos en todo? —dijo el agente de la Guardia Civil al ver a Asier.

Él se encogió de hombros.

—Es el don del reportero. En lugar de encontrar la noticia, nos encuentra ella a nosotros.

—¿Vais a convertir esto en otro circo mediático? —preguntó el guardia mientras ladeaba la cabeza, exasperado—. Primero inventáis todo ese asunto de las desapariciones en la bahía, y ahora un ataque de lobo, lo que nos faltaba en la zona.

Sandra estuvo a punto de salir de su coraza cuando mencionó a Pietro. Si los agentes estuviesen haciendo su trabajo en lugar de ignorar el asunto sin más argumento que un vídeo que no probaba nada, no tendrían que haber recurrido al informe semanal de Norte Visión. Nora se percató y apoyó la mano sobre su hombro, mientras Asier conducía la conversación donde a él le convenía.

—Me imagino que a la alcaldesa no le va a hacer mucha gracia. ¿Hay algún rumor sobre ella por el cuartel, si se ha hablado de modificar Lobo 23 en el ayuntamiento, o si se ha tomado el reportaje de forma demasiado personal, por ejemplo? —preguntó, y Sandra se tensó en su sitio, ¿por qué preguntaba por la alcaldesa? En el bosque también la había mencionado. ¿Acaso sospechaba de ella o solo estaba haciendo su trabajo?

—Buen intento, chaval. Pero si quieres saber lo que piensa la señora Fabián, tendrás que hablar con ella. Ya bastante lío has provocado en comisaría sacando esas imágenes a la luz. Todos sabemos que tuvo que dártelas alguien de dentro, así que tonterías las justas. Contadme qué narices ha pasado.

Asier le narró los acontecimientos uno por uno: una mujer les había estado gastando bromas de mal gusto y, al pillarla in fraganti, la persiguieron hasta el bosque, donde discutieron. Describió cómo la manada surgió de la nada y atacó a Desirée, pero omitió que la recepcionista estaba intimidando a Sandra cuando sucedió y todo lo relativo a la canción que logró calmar a la criatura.

—Debía de estar molesta por el reportaje de la otra noche. Ya les costaba llenar el hotel antes de que saliesen todos esos pastores hablando sobre lo monstruosos que son los lobos de por aquí, aunque bueno, parece que no andaban tan desencaminados —comentó el guardia, sin dejar de tomar nota de la declaración.

—¿Vio el reportaje? —preguntó Nora con honesta curiosidad.

—Dudo que haya alguien a este o al otro lado de la montaña que no lo haya visto. ¿Vais a denunciar?

Asier negó con la cabeza y el otro asintió, aliviado.

—De acuerdo, pero si alguien vuelve a amenazaros, acudid a la policía en lugar de jugar a los detectives, ¿de acuerdo? Esa chiquilla no es peligrosa; un poco rara sí, por lo que dicen, pero inofensiva. Habéis tenido suerte, porque podríais haber ido a dar con algún desequilibrado armado. Nosotros nos encargaremos de investigar el ataque de los lobos, así que no husmeéis.

Mostraron su conformidad, y Asier le dio las gracias por su labor. Eran libres de marcharse, y ningún motivo los retenía allí. Les habría gustado poder volver a hablar con la recepcionista, pero la cirugía aún no había concluido, y aunque lo hiciese, le llevaría horas despertar del todo de la anestesia general.

—¿De verdad vamos a volver al hotel después de lo que ha pasado? —preguntó Nora mientras avanzaban por el aparcamiento del hospital.

—Precisamente por lo que ha pasado es por lo que tenemos que volver. Puede que Desirée haya dejado alguna pista tras de sí —adujo Asier.

Sandra le detuvo agarrándole del brazo.

—Os han estado acosando por mi culpa. Cuando os pedí que me ayudaseis, no pensé que esto llegaría tan lejos y no ha servido de nada. Haré la entrevista y, después, podéis marcharos si queréis —dijo, muy consciente de la sangre que empapaba su ropa, no quería que también acabase por manchar sus manos.

Cuanto más lo pensaba, más ridículo le sonaba, pero no podía evitar decirse que esos lobos habían atacado a Desirée por ella. Los perros la increpaban, los lobos la defendían y nadie parecía entender la razón. Desde que llegó a esa ciudad el mundo estaba patas arriba y era imposible adivinar hasta dónde llegaría la locura.

Asier se cruzó de brazos.

—De acuerdo, haremos la entrevista, si te quedas más tranquila, pero aún tenemos que interrogar a Desirée y averiguar si alguien le ordenó deshacerse de las cosas de Pietro. Mientras tanto, yo no pienso irme a ningún sitio, ¿y tú?

Ambos miraron a Nora, la más escéptica de los tres. Que se llevó las manos a las caderas y suspiró.

—¿Y qué voy a hacer? ¿Dejaros aquí tirados sin la supervisión de alguien con sentido común? Además, cuando el jefe se entere de lo que ha pasado, nos va a pedir que grabemos algo para el telediario. Estaremos atrapados en esta condenada ciudad hasta que deje de ser noticia.

Nora acertó de pleno con su profecía. Norte Visión no fue el único medio en hacerse eco del ataque de un lobo. En cuestión de horas, Santa Bárbara se convirtió en un foco de atención mediática como no se recordaba desde los años veinte.

Después de ducharse para quitarse toda la sangre de encima, Sandra se sentó ante el televisor de su suite, donde descubrió que hacía más de dos décadas que no se producía un ataque semejante de lobos a humanos. Los expertos de los programas de actualidad explicaban que era un comportamiento de lo más inusual en esta especie, que prefería atacar al ganado o a las mascotas. El lobo temía al hombre y solo osaba atacarlo cuando amenazaba directamente a su manada o sus lobeznos, o cuando estaban infectados por el virus de la rabia.

Unos y otros especulaban sobre los motivos que habían propiciado el ataque. ¿Se habían habituado los lobos a la presencia del ser humano hasta el punto de empezar a considerarlos una presa? ¿O eran, por el contrario, los humanos quienes estaban invadiendo el espacio de los lobos hasta hacerlos sentir acorralados? Sandra apagó el televisor cuando, a pesar de las cautas palabras de los expertos, en los debates acabaron por convertir la cuestión en un arma arrojadiza en clave política.

Revisó el móvil y encontró un mensaje de Nora: habían tenido que marcharse corriendo para preparar una emisión en directo que saldría durante el telediario de la noche. «Escríbenos si oyes o ves algo raro, ¿vale?», le pidió.

«Estupendo, justo lo que me apetece, pasar la tarde aquí sola», se dijo.

Apenas eran las cinco, pero el sol ya no brillaba con igual ímpetu. Y, sin embargo, no era por sí misma por quien sentía inquietud. El incidente había despertado muchos de los fantasmas que dormitaban en el valle y la bahía, pero Sandra tenía los suyos propios. Aquellos lobos feroces a los que todos temían se habían detenido con solo oír su voz al cantar.

«Todo esto es para ti», le había dicho Desirée cuando la desenmascararon. «Cantadora».

Se había pasado los últimos diez años escuchando lo especial y única que era, pero nunca lo había creído del todo. Sus colegas de Las Hijas Salvajes se encargaban de mantenerle los pies en el suelo, pero lo cierto era que nunca le había disgustado oír que era diferente, que tenía un talento que nadie más compartía, hasta esa noche.

«Se equivocan, estoy convencida de que se están dejando llevar por la leyenda de Sandra O'Brian, como todas esas personas que creen conocerme».

Se dirigió hacia el armario para vestirse y se puso un jersey marrón oversized sobre unos vaqueros negros. «Todo el mundo ha salido a buscar respuestas». Su voz no tenía ningún poder especial más allá de las notas que llegaba a alcanzar y de las emociones que aprendió a transmitir, pero sí podía emplearla para hacer las preguntas indicadas, igual que hacía Asier. Se calzó unas zapatillas cómodas y descolgó el teléfono de la suite para pedir un taxi. Cuando le llamaron de vuelta para avisarle de que ya había llegado, bajó hasta la recepción, donde se encontró con un inusual ajetreo.

Corresponsales llegados de todos los rincones del norte hacían cola para registrarse en el hotel e iban de aquí para allá con muchas prisas. Sandra también cruzó el hall tan rápido como pudo y con la cabeza gacha. «Esto es bueno», se recordó; si de verdad había asuntos oscuros en Santa Bárbara, alguno de esos periodistas acabaría por descubrir una pista crucial. Todos estaban tan interesados por el ataque del lobo que parecían haberse olvidado de aquel músico extranjero desaparecido, pero aun así tendría que extremar las precauciones. Se alegró de haberse puesto también la gorra negra.

—Dicen que la víctima trabajaba y vivía aquí, ¿es cierto? —preguntó una mujer con aire distraído en la recepción.

—No puedo responderle a esa pregunta, señorita —respondió el joven que cubría el turno de Desirée.

«El hotel va a batir su récord de ocupación desde la reapertura», se dijo. El reportaje había logrado el efecto contrario al que Desirée y el jefe de prensa del ayuntamiento habían temido. A lo largo del día y a pesar de la polémica que el ataque había levantado, empezaron a colgar los carteles de las fiestas de Santa Bárbara que aparecerían de fondo en casi todos los telediarios nacionales. «La alcaldesa estará encantada». Una vez en la calle, respiró aliviada al comprobar que el taxista no era el mismo a quien había visto ya dos veces; así no tendría que dar demasiadas explicaciones.

—A Lucero, por favor —dijo, y el vehículo se puso en marcha.

Cuando llegaron a su destino, Sandra le tendió un billete de cien euros al taxista, bastante más que la tarifa que le había cobrado por el trayecto. Sonrió de oreja a oreja tratando de parecer lo más normal e inofensiva posible.

—¿Podría esperar a que acabe? Es difícil encontrar un taxi libre por aquí —bromeó—. No hace falta que pare el taxímetro, puede que me lleve un rato —pidió, y el taxista asintió complacido.

Sandra se envolvió en su gabardina ante la bajada de temperaturas que se avecinaba. El atardecer llegaba antes al valle entre las montañas, cuando el sol comenzaba a ocultarse tras las laderas del oeste. Por suerte, aún se veía lo suficiente para que pudiese encontrar el camino que la condujo hasta la vivienda de piedra de la familia Posadas. Supo que don Emilio estaba en casa cuando vio a las dos perras tumbadas junto a la entrada.

El recuerdo de la furia con la que se abalanzaron sobre ella hizo que se detuviese en seco, y los animales se incorporaron alerta en cuanto percibieron su presencia. «Has logrado amansar a una manada de lobos furiosos, ¿de verdad vas a preocuparte por un par de perros domesticados?», se dijo y optó por caminar con confianza ante Callada y Lista. Les lanzó una mirada de advertencia, que, para su sorpresa, funcionó. Ambas apoyaron la cabeza entre sus patas, en actitud sumisa.

Se paró frente a la puerta y, antes de llamar, escuchó por accidente una acalorada discusión entre don Emilio y una mujer; no parecía la voz de su esposa, y pensó que quizá se tratase de su hija Cristina. Hablaban sobre el ataque de los lobos.

—¿Y qué sugieres, entonces? ¿Que nos crucemos de brazos? ¿Es eso? ¿Que sigan haciendo lo que quieran? —decía la mujer, muy alterada.

—Llevo meses dando la voz de alarma, lo sabes mejor que nadie. Nos hemos manifestado, hemos llamado a la prensa, hemos recogido firmas —se excusaba el hombre ante la rabia de su hija, que estaba muy lejos de resignarse como empezaba a hacer su padre—. ¿Qué más podemos hacer?

—Despertar. Son nuestras tierras, nuestro hogar. No necesitamos que venga nadie de fuera a protegerlas, ni a decirnos cómo nos tenemos que defender.

—Cristina, encontraremos la manera; pero si perdemos los papeles, también perdemos la razón.

—¿A quién le importa tener razón? Me niego a vivir con miedo en nuestra propia casa. O se van ellos, o nos acabaremos yendo nosotros. ¿No lo ves? Usar la palabra no va a servir de nada con esas bestias. Ya has oído a los expertos de la televisión, han dicho algo que nosotros ya sabíamos desde hacía mucho. Tenemos que recordarles por qué sus ancestros temían al hombre, que vuelvan a tenernos miedo.

—¿Eso es lo que dirás en la reunión? Sé que estás furiosa, pero tenemos que mantener la calma.

—Tú defiende tu postura si quieres, que yo haré lo mismo con la mía.

La puerta se abrió de par en par y Cristina se quedó congelada por la sorpresa de toparse con Sandra parada en la entrada de su casa. La ganadera llevaba las llaves de su coche en las manos y se estaba poniendo la chaqueta, lista para marcharse.

—Hola, soy San... Sara. Vine aquí esta mañana con Asier y Nora —se presentó procurando parecer lo menos sospechosa posible.

Don Emilio se asomó tras su hija para comprobar por qué se había detenido en seco.

—¿Qué pasa? —Abrió los ojos al ver a Sandra—. ¡Vaya!, es usted. ¿Qué la trae por aquí?

—¿La conoces? —preguntó Cristina, suspicaz y algo grosera, a juicio de Sandra. Detestaba esa costumbre de hablar sobre otra persona como si no estuviese delante.

—Es la joven a la que ladraron las perras en la manifestación, ¿recuerdas?

Cristina hizo una mueca y frunció el ceño mientras la estudiaba con desconfianza.

—Ah, sí...

Aunque Sandra ya empezaba a acostumbrarse a ese recelo inicial de los lugareños, seguía resultándole algo violento. Decidió obviar que los perros habían hecho bastante más que ladrarle, y se centró en las razones que la habían llevado hasta allí.

—Le prometí a doña Emilia que vendría a verla. Para escuchar las canciones típicas de la zona.

—¿Canciones? ¿Y por qué te interesa eso? —preguntó Cristina. Tenía que encontrar pintoresco que una veinteañera apareciese en la puerta de su casa en mitad del caos, de una guerra abierta entre el valle y la alcaldesa, los ganaderos y los lobos, preguntando por las canciones locales que estaban a punto de desaparecer.

—Soy musi... cóloga.

—¿Y de qué conoce a Asier y a Nora? —preguntó esta vez el hombre.

—Estamos trabajando juntos en un proyecto. —No era del todo mentira.

Don Emilio asintió. Parecía que confiaba lo suficiente en los reporteros para extender el beneficio de la duda a cualquiera que se congraciase con ellos.

—Mi madre es una mujer muy mayor, le pido que no la altere más de lo necesario. Con esos lobos sanguinarios sueltos por el bosque ya estamos todos bastante inquietos. La invitaríamos a tomar algo, pero me temo que tenemos que irnos.

—Sí, y ya llegamos tarde —farfulló Cristina.

Sandra asintió con la cabeza. Padre e hija se marcharon antes de que ella entrase en la casa.

En esa ocasión encontró a doña Emilia sentada en el sofá del salón viendo un concurso de televisión que apagó en cuanto la invitó a entrar. Sonrió de oreja a oreja dejando ver casi todos los dientes de su dentadura postiza.

—¡Vaya! No pensé que volverías tan pronto —exclamó, aunque en realidad lo que parecía sorprenderla era que hubiese cumplido su promesa—. Ven, siéntate. Mi nuera ha ido a ver a una vecina, tardará un rato en volver. Sabe que me quedo entretenida con los concursos. Me hacen compañía, pero lo que tengo hoy va a ser mucho mejor. —Señaló el hueco a su lado y la instó a sentarse. Sandra se acomodó en el viejo sofá.

—No podía esperar a escuchar esas canciones, me hace mucha ilusión. —Intentó corresponderle con una sonrisa, pero, a pesar de lo encantadora que le resultaba aquella anciana, sus músculos se congelaron a mitad del gesto.

La mujer arrugó el ceño.

—¿Y por qué parece que lo que tienes es miedo, niña?

Pensó en negarlo, pero comprendió que no serviría de nada.

—No estoy segura, supongo que me asusta descubrir algo que no me guste.

—Ven, siéntate. —La anciana señaló la silla que estaba a su lado, junto a la mesita de té del salón. Sandra obedeció—. Esta vieja estuvo pensando mucho cuando os marchasteis esta mañana. Las canciones de un pueblo son la voz de su alma, son nuestra verdad. Por eso te las enseñaré, para que no se pierdan. Pero me parece que no servirá de nada si temes a tu propia verdad. Es inútil cantarlas sin sentirlas, y una no puede sentir de corazón si primero no se escucha a una misma.

Sandra vaciló.

—¿Cómo sabe...?

—Lo llevas escrito en la cara, niña. Crees que estás buscando algo, pero solo huyes. Si te voy a enseñar las canciones que cantaban mi abuela, mi madre y todas las mujeres del pueblo, primero tienes que ser honesta contigo, ¿podrás, cantadora?

Sandra se llevó la mano al cuello de forma inconsciente, a la altura de sus cuerdas vocales.

«Cantadora».

Aquella anciana que había presenciado a las misteriosas mujeres que acudían a sanar y consolar a los más necesitados había visto en ella un resquicio de ese poder. No sabía si había algo paranormal en semejante talento, o si solo buscaban la magia en aquello que no lograban comprender.

Asintió con la cabeza y pulsó el botón de grabar en su móvil.

—La nana... Me imagino que tiene una letra. ¿La recuerda?, ¿podría enseñármela?

—No canto tan bien como mi madre, que en paz descanse, así que tendrás que perdonarme. Pero sí, claro que la recuerdo.

Emilia Ortiz dio lentas palmas para acompañar su voz y comenzó a cantar una letra sencilla, pero cargada de significado:

Cuando la luna llora,
y oscura es la noche.
Donde las hadas moran,
y las niñas bailan solas.
Contigo estaré yo,
cantando a viva voz
hasta que salga el sol.
Cuando a los lobos oigas,
y oscura sea la noche.
Donde no veas las olas,
y el bosque sea feroz,
contigo estaré yo,
cantando a viva voz
hasta que salga el sol.

Su voz era carrasposa y temblaba por la edad, pero había una profundidad en ella que sobrecogió a Sandra. La anciana desentonaba en algunas ocasiones, su ritmo era impreciso, y, aun así, la joven notó sus ojos húmedos. Podía sentir la emoción de todos los recuerdos que la nana despertaba en Emilia: los cálidos brazos de una madre, el amor con que la arropaban cada noche, esa placidez de saber que hay alguien cuidando de ti, que se encargará de que todo salga bien y que desaparece en la edad adulta; todo estaba allí. Por un instante, Sandra cerró los ojos y pudo ver a una mujer de cabellos negros en aquella misma cocina meciendo a un bebé mientras le cantaba.

La canción llegó a su fin, y Sandra solo pudo balbucear.

—Eso... ha... ha sido precioso.

—Tendrías que haber oído cantar a mi madre, ella sí tenía una voz hermosa, como la de un jilguero.

«Lo he hecho», se dijo Sandra, aunque no supiese explicar cómo.

—¿Qué otras canciones hay? —preguntó, ávida por saber—. ¿Para sanar enfermos? ¿Y para encontrar a personas que están perdidas? Enséñemelas todas.

La mujer rio divertida.

—Paciencia, joven, paciencia. Tú te la puedes permitir. No recuerdo todas las canciones enteras, pero haré lo que pueda. Algunas las he escuchado mil veces, las cantábamos para entretenernos mientras lavábamos la ropa en el caño, o en las fiestas del pueblo para divertirnos, pero otras solo las he aprendido a escondidas, las canciones que los jóvenes compartíamos para sonrojarnos por lo obscenas que eran, o las que oíamos apoyando la oreja en una puerta cuando una cantadora estaba en la casa. Te las cantaré todas, pero tú tendrás que averiguar para qué sirve cada una. Debes tener cuidado, niña. Aunque quieras rescatarlas, hay canciones que sería mejor si nadie las volviese a escuchar, canciones que se quedan ancladas en los corazones que tocan, que envenenan los lugares que las oyen. La música recuerda los sentimientos con que se canta, igual que las personas hacemos con el olor de quienes nos importan.

6

Candela

El pelo revuelto de Rafael le hacía cosquillas en el pecho y podía sentir el aire que exhalaba y le acariciaba el ombligo, casi haciendo remolinos. La abrazaba contra sí con ímpetu, a pesar de seguir dormido, y rodeaba su cintura para apoyar la cabeza entre su vientre y su pecho. Ella tampoco quería dejarle ir; si siguiese el mandato de sus deseos, podría pasarse el resto de su vida tumbada junto a él en esa cama, pero aún tenía una tarea pendiente por cumplir.

Vio en el reloj de pared que eran las siete de la mañana, aunque las nubes confundían el amanecer con la noche cerrada. Había llovido y tronado durante toda la madrugada, pero el cielo aún no se había saciado.

Su tío estaría a punto de llegar a Santa Bárbara y era cuestión de un par de horas que acudiesen a buscarla para que firmase los documentos de la herencia. Con un solo giro de muñeca, cedería su libertad y su vida a un completo desconocido. Estaban locos si esperaban que aceptase esas condiciones. Iba a luchar hasta el final. Apartó el brazo de Rafael y le hizo rodar con cuidado para no despertarle. El pianista gruñó, aún dormido, y la sustituyó rápidamente por una almohada a la que se aferró como si le fuese la vida en ello. Candela rio tan bajo como pudo.

—¿Por qué eres tan hermoso? —susurró.

Le dejaría descansar un rato más, aunque tendría que marcharse antes de que llegasen los dos hombres. Recogió el rastro de ropa que Rafael había dejado por la suite y la colocó sobre una silla para que se vistiese al despertar. Examinó sus bolsillos, antes de doblarla, pero lo que buscaba resplandecía sobre la moqueta.

Una llave maestra. Pequeña y dorada, capaz de abrir cualquiera de las puertas de aquel hotel, incluyendo la del cuarto de su tío. Se agachó para recogerla y reprimió la punzada de culpa cuando la tuvo en su poder.

—Lo siento, pero es mejor que me la lleve sin que lo sepas. Así, pase lo que pase, no serás mi cómplice, solo mi víctima —susurró al joven. Él quería que partiesen juntos, pero Candela aún no estaba lista para rendirse.

Se vistió en silencio y abrió la puerta que conducía al pasillo. Se asomó para asegurarse de que no había nadie y, descalza, caminó hacia la habitación del abogado. Sintió una presencia a su lado y se dio cuenta de que Emperatriz la había seguido.

—Me has asustado. Vuelve a la habitación, no vamos de paseo —ordenó en voz baja, pero la perra no se dio por aludida. Si intentaba convencerla para que se marchase, se echaría a ladrar en protesta y despertaría a toda la planta, así que suspiró y se resignó—. De acuerdo, pero no hagas ruido ni tires nada con la cola.

Se detuvo ante la puerta de don Eduardo e introdujo la llave en el cerrojo. Contuvo el aliento mientras la giraba hasta que sintió un clic. La llave maestra había cumplido su papel. Le bastó con un leve empujón. Abrió la puerta con delicadeza, dejando un hueco lo suficientemente amplio para que ella y Emperatriz pudiesen entrar en silencio. Avanzó con pasos cautelosos sobre sus pies menudos hasta llegar al centro de la suite y lo primero que notó fue un palpable vacío.

No había nadie allí.

Se asomó con cautela al dormitorio. La cama estaba hecha y desocupada. Candela trató de encender las luces, pero la tormenta debía de haber interrumpido el suministro eléctrico.

En la sala de estar de don Eduardo, mucho más pequeña que la de la suite de Candela, había un pequeño escritorio de madera y una silla colocados junto a una esquina. El abogado parecía haberla convertido en su despacho temporal durante el verano. Encontró unas velas y unas cerillas dentro de los cajones y encendió una para poder ver lo que hacía. La mesa estaba repleta de papeles que repasó con atención. Eran contratos y cuentas de las empresas de los Algora, aranceles que tendrían que pagar, encargos de lotes de telas o vajillas de porcelana y todo tipo de artículos de lujo que la mayoría de los españoles de la época no podrían ni imaginar en sueños, pero que para su tío solo eran un número en un papel que le hacía un poco más rico. No había en ellos nada que tuviese que ver con Candela o con su abuela. Rebuscó en el resto de los cajones, procurando dejarlo todo como estaba, pero tampoco halló nada de interés. Estaba a punto de rendirse cuando lo vio, apoyado en la pared contra la mesa. El maletín.

Se agachó y gateó un poco para tomarlo y se quedó sentada sobre la moqueta, con Emperatriz tumbada junto a ella, mientras lo abría y escudriñaba su interior. «Premio», se dijo, al comprobar que el primer documento se trataba de las escrituras de la casona, junto a otras propiedades en Madrid que al parecer estaban a nombre de su abuela. También había títulos de acciones y el registro de propiedad intelectual de un par de nombres de tiendas de la familia. Eso no bastaría para contentar a Francisco.

Tenía que demostrar que ahora todo eso le pertenecía a ella. Siguió examinando los papeles hasta que, por fin, dio con él: el testamento de su abuela escrito de su puño y letra y también transcrito a máquina. Ambas versiones estaban firmadas por Aurora y selladas ante notario.

Comenzó a leer.

Tal y como le había explicado, su abuela se lo había dejado todo a ella como su única y legítima heredera, junto a un libro de familia en el que figuraba como su hija biológica a pesar de que debía de tener unos cincuenta años cuando ella nació. Candela había aprendido lo bastante en ese mes sobre cómo funcionaba el mundo de los adinerados como para deducir que el libro de familia era el resultado de un jugoso soborno capaz de comprar la meticulosidad de un funcionario. No importaba que no resultase creíble; a ojos de la ley, Candela era en sangre y carne una Algora. Candela Nieto Algora.

Sin embargo, también descubrió que algunas de las cosas que el abogado de la familia le había contado no eran ciertas. Su abuela había pedido que Candela nunca se quedase sola, sí, pero también fue clara al especificar que bajo ningún concepto debía abandonar la casona. Dio indicaciones precisas de que se cediese el manejo de las rentas y las acciones a su hermano a condición de que a Candela se le asignase una cantidad mensual que la permitiese vivir holgadamente y pagar los salarios del servicio de la casona. El matrimonio formado por Rogelio y Susana no podía ser despedido bajo ningún concepto y cualquier persona que se contratase tendría que contar con la aprobación de los guardeses.

Al buscar los papeles solo pretendía demostrar a Francisco su solvencia y legitimidad, pero aquello era mucho más grande: se trataba de un fraude. Rodrigo Algora y su abogado habían intentado invalidar la última voluntad de su abuela para poder usar a la joven como les placiese. Y si no querían que lo compartiese con todo el mundo, más les valdría echarse a un lado y dejarla vivir en paz.

Un torrente de emociones la desbordó. Sentía rabia por los pocos escrúpulos de su tío. No le cabía duda de que solo la veía como un instrumento y no como su sobrina nieta. También sentía euforia al comprender que la jugada les iba a salir mal y que ella saldría vencedora, pero sobre todo la paralizaba una enorme incomprensión. Sabía que su abuela trataba de protegerla, pero ¿por qué estaba tan obstinada en aislarla del mundo, oculta, como si fuese una vergüenza, hasta el punto de falsificar documentos oficiales, de inventar una hija y un yerno muertos que jamás existieron para engañar a los demás? O puede que creyese que era tan necia que no podría sobrevivir en sociedad.

Volvió a guardar el testamento en el maletín. Se apoyó sobre la silla para ponerse en pie, con las piernas dormidas después de tanto rato sentada, y al incorporarse golpeó el maletín sin querer haciendo que cayese de lado. Unos pocos documentos salieron de su interior, y cuando se agachó para colocarlos de nuevo, reparó en un sobre que le había pasado desapercibido. Se trataba de una carta, dirigida a su nombre, y en ella iba a encontrar todas las explicaciones sobre el comportamiento de su abuela, que tantas veces había intentado comprender, aunque no podía imaginarlo cuando la abrió para leerla. Saltaba a la vista que habían roto el sello y que no era la primera en leer esas palabras dirigidas a ella.

Mi preciada y amada nieta:
Si estás leyendo esta carta, me temo que acabas de perderme. Se me encoge el corazón al pensar cuán sola y desorientada te sentirás ahora mismo. Debes saber que he arreglado todo para que esta transición te sea sencilla. He dado instruc-

ciones para que puedas permanecer en la casona. Mi hermano gestionará la fortuna y tú recibirás una asignación mensual. Rogelio y Susana te ayudarán, no temas. Como bien sabes, les confiaría hasta mi vida, y también el bienestar de lo más preciado que tengo: tú, mi niña; sé que te cuidarán bien. Al principio será duro vivir en una casa tan grande tú sola, pero te acostumbrarás al vacío que yo haya dejado. Sé que amas el bosque con todas tus fuerzas, y sin duda podrás encontrar en él consuelo.

Temo añadir aún más dificultades a tu herido corazón, pero es preciso que te lo advierta. Es probable que en los próximos días o semanas lleguen a ti rumores que te confundirán, rumores que dirán que yo no tuve hijos y que, por tanto, no puedes ser mi nieta. Esos rumores, mi niña, son ciertos, pero también falsos. Yo nunca di a luz a ningún bebé, así que mi sangre no corre por tus venas, pero jamás permitas que te hagan dudar de que somos una familia. Mi abogado dispone de la documentación que así lo confirmará ante un juez si fuese necesario.

Otra de mis instrucciones, que tal vez te sorprenda, es la de que no debes quedarte sola en ningún momento. Pero no valdrá la compañía de cualquiera. He dejado al final de esta carta una lista para ti de personas que podrán ocupar mi lugar, verás que todos ellos son músicos dotados. ¿Recuerdas nuestra canción? La he tocado y cantado para ti cada noche, mi niña, desde que tienes uso de razón. Me temo que no nos pertenece: es una canción de cuna que llevan cantando generaciones en este valle para espantar el mal augurio y los espíritus que moran en el bosque.

Es hora de que confiese el secreto que llevo décadas guardando, la causa por la que me convertí en tu abuela, cómo la suerte quiso que llegases a mi vida. Te pido, por favor, que no creas que son los delirios de una anciana frágil que puede morir el día menos pensado. Puede que mi cuerpo empiece a marchitarse, pero mi mente está muy lúcida mientras escribo estas palabras.

Como ya habrás escuchado, yo no crecí en el valle, sino en Madrid. La casona era para mi familia un lugar de recreo al que acudíamos en los veranos, cuando ansiábamos algo de paz o el calor se volvía insoportable. Durante más de cincuenta años pasé al menos un par de semanas cada año entre estos bosques que tanto amas y la bahía de Santa Bárbara, antes de que existiese esa desagradable ciudad. Ocupaba los días en leer, hacer punto o disfrutar de excursiones con mis hermanos. Es curioso cómo los placeres sosegados que solo me permitía durante las vacaciones se han convertido en mi día a día en la vejez. Fue durante uno de esos ociosos veranos cuando te convertiste en mi nieta.

Uno de mis sobrinos organizó un paseo por las montañas y me advirtieron que sería un trayecto duro para una mujer de cincuenta años recién cumplidos. Molesta por su condescendencia, me sumé a su plan con aún más ímpetu que el de una muchacha de veinte. No obstante, ese sobrino engreído tenía su parte de razón. Al cabo de un par de horas estaba tan agotada que me senté sobre una roca y les pedí que siguiesen sin mí. Se trataba de un punto reconocible del bosque, ¿recuerdas esa pequeña laguna formada por varios arroyos y un manantial, escondida en un desnivel, donde cae una cascada de agua entre las piedras cubiertas de musgo? Allí sucedió todo, en el día que más tarde recordaríamos como tu cumpleaños.

Acordamos que los muchachos volverían a la casona siguiendo esa misma ruta y que regresaríamos a casa juntos, así que continuaron con su camino. Aliviada, me quité los zapatos y refresqué mis pies agotados en la laguna. Creía que estaba sola, pero enseguida me di cuenta de que me estaban observando.

Era una loba de pelaje rojizo. Semejante visión tendría que haberme aterrorizado, pero me sentía en paz por algún extraño motivo. Llevaba décadas paseando por esas montañas y los lobos, temerosos de los hombres, siempre se habían mantenido bien ocultos, lo que no impidió que los varones de la familia convirtiesen a varios de ellos en trofeos de caza. No comprendía su osadía, aquella hembra no parecía especialmente hambrienta ni la acompañaban cachorros a los que proteger. Después supe que solo estaba alertándome para que no dejase pasar al destino.

Tras el peculiar encuentro, la escuché. La melodía. Alguien estaba cantando la que se convertiría en nuestra canción, con la voz temblorosa, parecía que cada nota fuese el verso de un rezo. Una mujer en sus treinta tardíos apareció de pronto entre la maleza y estuvo a punto de echarse a llorar al verme. Dio gracias a santa Bárbara y entonces depositó en mi regazo el fardo que cargaba entre los brazos sin ninguna explicación. Eras tú, mi amada luz, mi querida Candela. Por supuesto, yo no comprendía nada. Cuando se calmó, logró explicarme que tenía que salvarte la vida. «¡Salvarle la vida! ¿Qué le ocurre a la pequeña?», exclamé. Creí que tal vez estuvieses enferma, pero la mujer me aclaró entre sollozos que estabas maldita.

Eras la séptima hija de la séptima hija y, según decían las supersticiones de la zona, aquellas que nacían con esa estrella no pertenecían a sus padres, sino a los animales del bosque y a los espíritus que lo moraban. Para comprobar si la criatura había sido elegida por los espíritus malignos, el bebé se abandonaba durante una noche en el bosque. Decía la superstición que, si las bestias lo devoraban, significaba que su alma era inocente y que se reuniría con sus antepasados y los ángeles en el reino de Dios. Pero si al amanecer la criatura sobrevivía intacta, significaba que pertenecía al bosque y debía ser asfixiada antes de que creciese para convertirse en una bestia monstruosa. Al parecer, tú no solo sobreviviste, sino que hallaron las mantas que te envolvían cubiertas por pelo de lobo.

Aquel relato macabro y despiadado me sacudió por completo, ¡qué clase de horrores sucedían en el valle! Abandonar a bebés para que los devorasen los lobos. Nunca había oído nada así, no en nuestros tiempos. Quise decirle a la mujer que esa conducta no podía permitirse en un país civilizado, que debía acudir a las autoridades de inmediato. Pero estaba convencida de que eso solo extendería el mal augurio al resto de su familia. Como madre, su misión era deshacerse del bebé, pero había perdido a dos de sus pequeños —uno por una mala caída cuando tenía cinco años y el otro presa de una gripe especialmente feroz— y no podía soportar la idea de ver morir a la niña.

Me enseñó la canción de cuna y me hizo prometer que te la cantaría cada noche para mantener la maldición a raya. Esa canción, me dijo, había pasado de generación en generación en el valle para proteger a los niños del mal, y también te mantendría a ti a salvo.

Cuando la mujer se marchó, la dejé ir, porque pensé que no sería sabio devolver una criatura tan pequeña e indefensa a una familia tan dispuesta a odiarla. Decidí que te llevaría a la ciudad, a un orfanato donde te pudiesen criar, pero luego reparé en tus ojos ambarinos, que me miraban tan abiertos como si estuviese ante ti lo más sorprendente que habías visto jamás. Siendo tan pequeña, seguro que esa mujer cincuentona y bien vestida, que en nada se parecía a tu madre, debió de fascinarte. Tarareé la canción que acababa de aprender para ti y empezaste a sonreír, antes de dormirte entre mis brazos. Mis planes se derrumbaron, y ya no pude dejarte ir.

Mi familia creyó que me había vuelto loca cuando aparecí

con un bebé entre los brazos y anuncié que eras mi hija. Creo que siguen pensando que estoy algo demente. Mi sobrino, el resabido, insistió en que no lograría convencer a nadie de que había tenido un bebé a mi edad y que todos me habían visto en la capital sin la más mínima señal de haber quedado encinta. Esa vez decidí escucharle. «Entonces será mi nieta». La única condición de mi familia para aceptar mi delirio cuando comprendieron que no iba a ceder fue que no podía transmitirte el apellido Algora. Para mí, eso no era tan importante como poder conservarte y cuidarte. Decidí criarte en el valle, lejos de juicios y escrutinios, cerca de tus padres por si algún día cambiaban de opinión y venían a por ti (y yo, con todo el dolor que una mujer puede llegar a sentir, te habría entregado gustosa a cambio de tu felicidad). Pero tus padres nunca volvieron, aunque sí lo hicieron los lobos.

Durante muchos años creí que la maldición no era más que una superstición. Indagué un poco y descubrí la existencia de un viejo cuento, el de los lobishome, que podía explicar el miedo que sintieron en la diminuta aldea en que naciste, escondida entre montañas.

Mi dulce Candela, estaba equivocada.

No sé si «maldición» es la palabra más adecuada, pero pronto me di cuenta de que tú eras diferente. Aunque te quería como si fueras mía, una parte de ti siempre perteneció al bosque. Te orientabas en él como si llevases años recorriéndolo, aunque fuese la primera vez que visitábamos una zona. Los pájaros no se asustaban al verte venir, sino que se posaban sobre tu mano extendida con total confianza cuando los llamabas; los zorros te dejaban acariciarlos y reían histéricos de felicidad cuando les frotabas la barriga, los corzos comían de tu mano y los jabalís más feroces se comportaban como perros falderos en tu presencia... Y los lobos. La primera vez que te encontré, en las lindes de nuestro jardín, hablando con ellos como si te pudiesen comprender, sentí un frío que me heló el cuerpo durante días. Y entonces sucedió. El primero de tus episodios.

Tendrías tres o cuatro años cuando ocurrió. En una de nuestras visitas al pueblo de Lucero te prendaste de unos pollitos recién nacidos, que parecían gigantescos entre tus manos de niña. Te permití quedarte con uno, sin pensar en qué haríamos con una gallina o un gallo cuando creciese, porque no sabía decirte que no a nada. Tampoco me di cuenta de los peligros de dejar a una niña tan pequeña a cargo de una criatura tan frágil. Recuerdo aquel día con tanta nitidez que todavía puedo verte sentada en el suelo con las piernas extendidas acunando algo en tus manitas. Debiste de hacerle daño sin querer mientras jugabas y el pobre animalito tenía el cuello aplastado. En lugar de llorar o gritar, permanecías en silencio observándolo fijamente. Cuando te llamé por tu nombre, sin saber aún qué sucedía, sentí algo diferente en tu mirada, frío, salvaje. Y entonces perdiste el control. Destrozaste todos los muebles del salón antes de que pudiésemos detenerte y después te quedaste dormida. Al despertar, no recordabas nada de lo sucedido.

Volvió a ocurrir en varias ocasiones y decidí llevarte a Santander, lejos del valle, para que te examinase un doctor de confianza. Me habló de una nueva sustancia del cuerpo, descubierta hacía poco por un científico nipón, que aumentaba la frecuencia cardiaca y provocaba una reacción de lucha en las personas. Pensaba que esa sustancia, la adrenalina, podría estar desequilibrada en tu cuerpo y te recetó calmantes, pero no te sentaban bien. Te adormecían tanto que no parecías una niña y no impedían que tuvieses episodios cuando tus emociones se descontrolaban. Quería creer que había una explicación médica para lo que te sucedía, pero en el fondo de mi corazón lo sabía: la palabra «maldita» acudía a mi mente cada vez que veía tus ojos volviéndose feroces. La séptima hija de la séptima hija, lobishome, le pertenecía al bosque.

Recordé la canción que canturreaba tu madre mientras te acunaba. La había vuelto a oír en el pueblo, a otras madres y abuelas, y durante un episodio, no sé aún por qué, supongo que porque nada más podía perder, la tarareé. Tu mirada volvió a ser dulce, tu respiración calmada, y regresaste a mí. Descubrí que, al tocarla al piano, surtía mayor efecto. La música dormía a la fiera que había en tu interior. Empecé a tocarla cada día para ti y dejaste de tener episodios. ¿Recuerdas aquel niño del pueblo al que enseñé a tocar el piano? Me dije, pensando en el día en que yo no estuviese, que sería bueno preparar a alguien para que te cuidase, y erais tan buenos amigos que imaginé que estaríais juntos por siempre. Hasta que volvió a suceder.

Yo estaba en cama con una gripe desde hacía un par de días, fuera de peligro, pero demasiado agotada para asegurarme de que alguien cantaba la canción para ti. Salisteis a jugar después de que te pasases varios días pegada a mi cama por si algo me ocurría. Te prometí que estaría bien cuando volvieses, y fuisteis al bosque, más lejos de lo que debisteis. Lo que pasó después lo sé por lo que ese niño nos contó, aterrado y asombrado. Que los lobos os rodearon, aunque solo se mostraban hostiles con él. Esas bestias astutas debieron de recónocerle como el hijo del pastor, el mismo que habría abatido a muchos de los suyos con su escopeta cuando se acercaban demasiado al ganado. Los lobos de este valle, Candela, siempre han sido más listos de lo normal, más arteros. Uno de ellos llegó a morderle en el hombro, estaba empapado de sangre cuando volvisteis a casa. Juraba que te habías enfrentado a los lobos, que le defendiste hasta que retrocedieron. Lo que Jaime dijo literalmente fue que «te obedecieron». Pero tú no recordabas nada. Me di cuenta de lo peligroso que era dejar que otras personas entrasen en tu vida, le hice jurar que no se lo contaría a nadie, pero no era suficiente; si seguía viniendo, acabaría por comprender qué eras en realidad. Por eso tuve que aislarnos, que protegerte. Espero que me puedas perdonar y que entiendas por qué es tan importante que las cosas sigan siendo así. Sé cuánto amas este lugar, eres parte de él, y te llama con la misma fuerza con que tú lo anhelas, por eso confío en que ese amor bastará para llenarte.

No me imagino lo conmocionada que debes de estar, después de todas las mentiras que te he contado sobre tu medicina, sobre quién eres y sobre por qué se fue Jaime. Pero sé que, en el fondo de tu corazón, también sabes la verdad. A pesar de la canción, a veces he presentido la loba en tu corazón, y cuán fuerte es. No dejes que te domine, Candela. Recuerda quién eres; recuerda que, ante todo, siempre serás mi nieta. Te quiero, mi niña.

Tu abuela,

AURORA ALGORA

Candela apretó la carta entre sus manos cuando por fin terminó de leerla. Tal y como predijo, deseó creer que su abuela había perdido la cordura en algún momento de su vejez y que había concebido aquella absurda fantasía sobre su nieta Dios sabe por qué. Sin embargo, la mente de la anciana nunca había entrado en declive y su cuerpo solo se deterioró en la recta final, que fue tan rápida y voraz que no tuvo ocasión de advertir a su nieta sobre aquello que confesaba en su carta.

Deseó poder seguir engañándose a sí misma, mirar a otro lado y volver a ser la Candela de siempre, pero no podía quitarse de la cabeza lo que ella misma había escrito como precio para convertirse en una invitada de la Duquesa, el secreto que confesó de su puño y letra:

A veces, cuando hablo con los lobos y ellos me escuchan,
pienso que no soy del todo humana.

No se atrevió a escribir la palabra que la acosaba después de leer su carta. La que su familia de sangre se había apresurado a utilizar para ella cuando solo era un bebé.

«Monstruo».

Sus manos cayeron sin fuerzas sobre su regazo y permaneció sentada en el suelo de la habitación de don Eduardo, con la vista perdida en el infinito mientras repasaba todos sus recuerdos de la infancia, esta vez usando el nuevo filtro para comprenderlos. Los cambios repentinos en la decoración, que Aurora atribuía a que «se aburría con facilidad»; las ocasiones en que se encontraba a sí misma en el bosque sola sin saber cómo había llegado hasta ahí y se echaba a llorar, pero sobre todo... Rafael, Jaime. Su mente debía de haberse esmerado mucho por reprimir esa tarde, y las imágenes aún seguían borrosas. Sus gritos cuando intentaron morderle el cuello, pero solo alcanzaron su hombro en el proceso, y después, el vacío.

«No me preguntes por esa», le había pedido él cuando descubrió la cicatriz en su hombro. Cómo había podido ser tan necia, cómo había podido olvidar. Él lo había sabido todo ese tiempo, incluso de niños; había sabido qué era ella. Puede que no las palabras exactas, pero llevaba años llamándola «chica loba», mucho antes del incidente. Su abuela le había enseñado a tocar la canción que adormilaba a la bestia en su interior, de la misma forma en que la Duquesa le enseñó a usar la música para despertar al monstruo que había en el fondo del corazón de todas las personas. Era lo que Rafael le había escondido durante semanas: que su abuela no le había instruido en la música solo porque viese un talento excepcional en él, sino para convertirle en su guardián, y que él estaba tratando de cumplir su promesa muchos años después.

Todos se lo habían ocultado, pero no podía atribuirles toda la culpa. Ella también se había engañado a sí misma. Cómo pudo creer por un solo instante que un jugo de bayas rojizo era una medicina para sus achaques. No padecía «narcolepsia» como la había llamado Margarita. No estaba enferma, ni necesitaba beber su suero, que no era más que un burdo placebo para enmascarar los efectos de la canción. Era un monstruo.

El hallazgo le resultó tan abrumador que podría haber permanecido catatónica durante todo el día, pero oyó voces acercándose por el pasillo y supo que don Eduardo estaba de vuelta. Tomó el maletín, apagó la vela y tiró de Emperatriz en busca de un escondrijo. Lo único que se le ocurrió fue meterse en el armario. Dejó una fina rendija, suficiente para ver cuándo podría salir de allí sin que la viesen. No era para tanto, se dijo: si la sorprendía, le confrontaría; aunque aún le faltaban fuerzas para tener esa conversación, no podría evitarla siempre. Don Eduardo había traicionado la última voluntad de su abuela y tenía que saberse. Aunque sería preferible contar con el apoyo de Francisco y un nuevo letrado antes de enfrentarse a él.

Sin embargo, el abogado no estaba solo.

Dos hombres entraron en la habitación. Candela supo quién era el segundo nada más verle. Había en él algunos rasgos de los Algora que compartía con Aurora, como el cabello espeso a pesar de la edad, los pómulos altos y los ojos grisáceos. Pero aquellas facciones que en su abuela resultaban elegantes, en Rodrigo eran pura frialdad. El hombre rondaba los sesenta y cinco años y era alto y delgado, afilado como si estuviese hecho de púas. Pese al largo viaje que había hecho para llegar hasta allí, se había esmerado por cuidar su aspecto y lucía un traje a medida con sus iniciales bordadas. Aunque el abogado tuviese la ropa cubierta por parches de agua, la de su tío estaba completamente seca, por eso supo que le había sostenido el paraguas para que no se mojase.

—De todos los lugares del mundo —dijo Rodrigo examinando la estancia con desdén—, por qué mi hermana tuvo que elegir estas montañas dejadas de la mano de Dios para morirse.

Su voz resultaba tan cortante como su aspecto.

—En un par de días estaremos de regreso en Madrid y no tendremos que volver a oír el nombre de Santa Bárbara.

La idea de tener que vivir con aquel hombre despiadado le provocó un nudo en la garganta y en las tripas. «Ni siquiera siente un poco la muerte de su hermana», comprendió.

—Ha debido de ser todo un incordio pasar el verano haciendo de niñera de esa mocosa. Recuérdeme que se lo pague como es debido, don Eduardo.

—Solo he cumplido con mi deber, señor Algora. ¿Quiere tomar algo? Puedo pedir un desayuno al servicio de habitaciones.

Rodrigo negó con la cabeza.

—Cuanto antes nos marchemos, mejor; no perdamos el tiempo con banalidades como un desayuno. ¿Está seguro de que puede hacerse?

—Completamente, señor. Hay testigos que pueden corroborar el comportamiento extraño de la muchacha, incluyendo un policía, nada menos. Y luego está el tema de la carta de su hermana...

Candela apretó la carta contra su pecho, sin comprender de qué estaban hablando, aunque fuese evidente que ella estaba en el centro del asunto.

—De acuerdo, haremos lo acordado entonces. Es una lástima

que la chiquilla no se pueda doblegar, un matrimonio favorable podría haber supuesto un buen acuerdo para los Algora. ¿De veras su temperamento es problemático o es que no ha sabido usted llevarla?

El abogado tragó saliva, agitado por la acusación.

—Es-es un desastre. No tiene la más mínima noción de cómo ha de comportarse una señorita, es irrespetuosa y hace cuanto se le antoja. Esta mañana la encontré con los pies y las manos cubiertos de arena, y siempre lleva el cabello medio suelto. No pasa desapercibida.

—En eso ha salido a mi hermana, aunque no compartan una gota de sangre. Me figuro que todo es contagioso si se pasa el suficiente tiempo junto a alguien. Lástima que le haya transmitido sus peores cualidades. Mejor evitemos usar la carta y centrémonos en las declaraciones de los testigos. Una cosa es que una cría adoptada resulte ser una mala hierba y otra, que salpique a la familia. Hagamos que mi hermana parezca una mujer generosa que trató de ayudar a una criatura sin remedio.

—Sí, señor, así se hará. El ala psiquiátrica del Hospital Provincial ya está bajo aviso. Tras observar a la muchacha durante un tiempo, la trasladarán a una institución más apropiada para enajenados. Es lo que se ha acordado. Entonces ya no será nuestro problema.

«Enajenados». Candela se agarró al pelaje de Emperatriz para calmarse, como solía hacer. Así de lejos estaban dispuestos a llegar para arrebatarle el control de su herencia. Pretendían enviarla a un manicomio. Poco importaba la palabra de una huérfana adoptada frente a la declaración de un hombre poderoso y rico que fingiría estar preocupado por su salud. Si afirmaba que la joven perdía el control de sus actos, nadie se cuestionaría los motivos. La tildarían de alienada y la abandonarían en una sala hacinada hasta que perdiese la cordura de veras.

Candela empezó a notar la ira bullendo en su interior, más intensa de lo que nunca antes la había experimentado.

—Estupendo, acabemos de una vez por todas con este engorro. —Rodrigo iba a tomar asiento en la silla frente al escritorio, pero tras examinarla con el dedo, haciendo una mueca asqueada, optó por seguir de pie—. Me pregunto en qué estaría pensando mi hermana, adoptar a una niña repudiada como si fuese un perro callejero. Y esa carta... Siempre supimos que era excéntrica, pero supongo que estaba demente de verdad. Al menos no dilapidó su fortuna.

Candela comenzó a sentir un ardor en el pecho, un sofoco que subió la temperatura de todo su cuerpo. Respiró hondo intentando calmarlo. «¿Has escuchado la canción?», le había preguntado Rafael, pero no estaba segura de que la melodía de una caja de música bastase para contener al monstruo que le exigía salir. No había una nana lo suficientemente poderosa para impedirle odiar a ese hombre y a su patético esbirro con todas sus fuerzas. Notó que Emperatriz gimoteaba entre sus brazos, asustada por la energía que desbordaba a su ama. «Tus ojos volviéndose feroces», decía la carta.

Se puso en pie y abrió la puerta del armario muy despacio. La atención de los dos hombres se posó en ella, y estos adoptaron un gesto de asombro. Cuando comprendieron que había escuchado todo, don Eduardo empezó a balbucear excusas ante su jefe, o más bien su dueño, que la estudiaba como si estuviese escogiendo cuál sería su castigo. Ninguno de los dos pensó que tuviese que dedicarle más atención a la chiquilla. Era joven, inexperta e ingenua, y no tenía a nadie de su parte. Era una presa fácil.

—Llévatela de aquí, que no hable con nadie —ordenó a don Eduardo.

—¿Ni siquiera te vas a presentar, tío? —preguntó ella.

Con el pelo suelto, los pies descalzos y su mirada desquiciada no les resultaría difícil convencer a nadie de su «enajenación», pero ni aun así le tenían un ápice de miedo.

Rodrigo sacó una pistola del interior de su chaqueta y se la mostró con el fin de intimidarla.

—Muchacha, no dejes que lo que te han contado te confunda. Yo no soy tu tío. Y tú no eres una Algora. Si aceptas renunciar al apellido y a la herencia, a lo mejor podemos llegar a un acuerdo. Ya has oído cuál es la alternativa para ti.

Candela apretó los puños y esa vez no quiso contenerse ni reprimir sus emociones, tampoco podría haberlo hecho. No serviría de nada explicarles que Aurora era su madre, su abuela, su hermana, su amiga, su salvadora, y que jamás lograrían hacerla renunciar a eso; aunque le hubiese ocultado la verdad, aunque a su juicio hubiese cometido errores, ahora comprendía sus razones. Perdonó a Aurora en el mismo instante en que la rabia se adueñó de ella y perdía la noción del mundo, ansiosa por castigar a los verdaderos culpables.

7

Sandra

En circunstancias normales, una entrevista de ese calibre habría requerido una larga lista de personas implicadas, que irían de acá para allá asegurándose de que la grabación fuera impecable. Tillie estaría a su lado tranquilizándola y recordándole qué podía contar y cuáles eran los temas que debía evitar a toda costa. Sandra disfrutaría de una manzanilla mientras la peinaban y maquillaban, antes de ponerse un conjunto seleccionado para la ocasión por un estilista profesional. Pero en la suite no había maquilladores, ni técnicos de sonido e iluminación haciendo comprobaciones y ajustes, tampoco presentadores famosos, ni guionistas estresados o productores controladores. Solo ellos tres: Sandra, con las piernas cruzadas sobre el sofá del salón; Nora, que controlaba la cámara colocada sobre un trípode, y Asier, listo para lanzar sus preguntas frente a ella, fuera de plano.

—¿Qué tal estoy? —preguntó colocándose un mechón de pelo tras la oreja.

Al ver que se había vuelto a teñir el pelo de su castaño oscuro natural, Asier vaciló durante unos segundos por la impresión y no logró responder a su pregunta.

—Como una diosa, igual que siempre —fue Nora quien halagó su aspecto.

Sandra se había peinado y maquillado lo mejor que pudo considerando que llevaba semanas con la cara lavada para evitar que la reconociesen. Había apostado por la sombra de ojos ahumada con kohl negro que la caracterizaba desde sus inicios. Nora se acercó a ella para colocarle un micro negro entre una ristra de cadenas plateadas, que, prendido a su blusa granate, destacaba como si hubiese un ratoncillo escalando por su ropa.

—¿Estás lista? —preguntó Asier. En vez de apabullado, esta vez parecía sentirse culpable.

—Sí, de modo que puedes dejar de mirarme así. No soy una vaca camino del matadero. Estoy en manos de un gran profesional del periodismo, ¿lo sabías?

Asier negó con la cabeza y sonrió arrugando la comisura de los ojos.

—No estoy seguro de si tratas de aliviar la tensión o de si pretendes engatusar al entrevistador para que sea amable con sus preguntas.

—Las dos cosas, por supuesto.

Los reporteros se habían pasado la mañana tratando de entrevistar sin éxito a la alcaldesa Fabián, que se había convertido en una especie de celebridad en cuestión de horas por su arrollador carisma y su forma directa de expresarse. Nora se había quejado de que ni siquiera pudo obtener unas imágenes decentes de ella saliendo del ayuntamiento por la cantidad de reporteros armados con sus micros en busca de una de sus contundentes declaraciones. Sandra, por su parte, se había dedicado a escuchar, a hurtadillas y siempre sentada hacia la pared, las conversaciones de los demás periodistas en el comedor del hotel. Ninguno de ellos había descubierto nada que no supiesen ya: que la víctima de la manada de lobos era una empleada del

París y que aún estaba en la planta de cuidados intensivos del hospital.

—Esa mujer... cada vez me cae peor —maldijo Nora, refiriéndose a la alcaldesa—. Cualquiera diría que está encantada con la situación, aunque alguien haya resultado herido. Hasta aprovechó que tenía una decena de periodistas delante para promocionar las fiestas de Santa Bárbara, «que arrancarán en solo dos días y a las que todo el mundo está invitado» —dijo imitando la tajante voz de la alcaldesa.

Sandra se mordió el labio. No era bueno para su búsqueda que el ruido mediático siguiese desviándose hacia la alcaldesa y las fiestas. Si conseguían que se volviese a hablar de Pietro, ahora que la ciudad estaba en boca de todos, tal vez lograsen averiguar algo más.

—¿Qué importa si no habéis entrevistado a la alcaldesa? Podéis entrevistarme a mí.

—¿Ahora? —preguntó Nora, que se volvió hacia Asier para confirmar que había entendido bien sus intenciones.

Sandra asintió.

La tarde que había pasado junto a Emilia le había servido para poner sus problemas en perspectiva. Con cada canción le había parecido viajar a distintos momentos de la vida de la mujer. Al primer beso furtivo que le dio a su marido cuando solo eran unos críos bailando en las verbenas del pueblo, a los soleados días de la cosecha y, más tarde, a la época en la que solo oía cantar a su madre a escondidas, cuando venía a ayudarla con el pequeño Emilio. Canciones para celebrar, para lamentar, para espantar los malos sueños, para rogar por que un familiar volviese sano y salvo... Todos esos ruegos llenos de miedos y esperanzas grabados en su teléfono móvil eran un recuerdo de que todo aquello por lo que estaba sufriendo era solo un grano de arena entre su pasado y su futuro. Hacía unas semanas, la idea de confesar las verdaderas razones detrás de su fracaso matrimonial, hasta qué punto había sido inmadura e imperfecta, impulsiva y torpe, le habría provocado náuseas en el estómago, pero escuchar a Emilia, perder a Pietro, investigar sobre la corta vida de Candela y su temprana muerte, le habían hecho comprender que sus meteduras de pata no eran en absoluto especiales. Algo que supo de joven, pero que el éxito y la fama le habían hecho olvidar.

—Una promesa es una promesa; cuanto antes lo hagamos, antes nos lo quitaremos del medio. Además, a partir de hoy debo ser honesta conmigo misma. Es otra promesa que he hecho.

No iba a seguir escondiéndose. Que el mundo opinase lo que quisiese sobre su pasado. Ella misma ya se había encargado de ser su jueza más dura. Asier la observó en silencio para asegurarse de que no se trataba de un arrebato momentáneo. Al entender que hablaba en serio, asintió.

—Todo listo, chicos —anunció Nora devolviéndola al presente. Su confesión estaba a punto de comenzar—. Entráis después de la claqueta, ¿de acuerdo? —Los dos asintieron y Nora se posicionó delante de la cámara—. Entrevista a Sandra O'Brian, toma uno. —Abrió los brazos e hico chocar sus manos como si se tratasen de una claqueta.

Asier se aclaró la garganta y empezó a preguntar en cuanto Nora se colocó de nuevo tras la cámara.

—¿Podrías presentarte a la audiencia?

Sandra se humedeció los labios y disimuló una sonrisa. Por supuesto. Los Asier del mundo, apasionados por su trabajo o concentrados en sus quehaceres, no seguían la cultura pop e ignoraban quién era Sandra O'Brian. Puede que les sonase el nombre de haberlo oído por ahí, que incluso reconociesen sus canciones si las escuchaban, pero era ruido de fondo en sus vidas al que no habían prestado ninguna atención. El pensamiento la reconfortó e incomodó a partes iguales.

—Me llamo Sandra O'Brian y canto desde que tengo uso de razón. Mi madre tiene grabaciones mías actuando para la familia con tres o cuatro años, en los cumpleaños, Navidades, ese tipo de cosas. Con dieciséis empecé a cantar en una banda, Las Hijas Salvajes. Tocábamos en bares del barrio y a veces en la calle o en el metro. Incluso producimos un EP con nuestros ahorros. Un año más tarde nos descubrió una agente musical que nos ayudó a producir un par de discos y a los diecinueve publiqué mi primer álbum de estudio como solista. Desde entonces no he dejado de trabajar.

—Nunca has querido hablar de tu vida personal en los medios, ¿por qué ahora has decidido conceder esta entrevista tan íntima?

Inspiró hondo. Allá iba.

—Confieso que he estado escondiéndome en la ciudad de Santa Bárbara. Temía la opinión pública y el acoso de la prensa en lo relativo a mi divorcio. Pero me he cansado de ocultarme. Estos días he presenciado y vivido unas cuantas cosas que me han abierto los ojos. Lo que piensen unos cuantos desconocidos sobre mí en internet ya no me parece tan importante, también me he dado cuenta de que mis fans siempre estarán de mi lado. —Sonrió hacia la cámara, aunque en realidad el gesto estuviese dirigido a Nora.

—¿Qué es lo que te gustaría que tus fans supiesen sobre tu divorcio?

Sandra estuvo a punto de echarse a reír.

—Siento decirles que esta vez no voy a escribir canciones sobre el desamor. He encontrado un tema mucho más interesante que mi vida.

—¿Cuál es?

—Las canciones populares, que pasan de generación en generación y dan voz al alma de quien las canta —dijo rememorando las palabras de Emilia Ortiz—. También me interesan las historias que sus protagonistas no han podido contar. —Esta vez pensó en Candela y en todo lo que sus nuevos amigos amaban de su oficio—. He estado muy preocupada por las modas estos últimos años, así que será un alivio alejarme de ellas para volver a las raíces de la música.

—Un tema muy atractivo, desde luego. ¿Ha tenido que ver esa preocupación por las modas con tu divorcio?

Sandra alzó las cejas a modo de reproche. Cielos. Asier le había advertido que la trataría como a cualquier otro entrevistado, pero ¿era necesario que fuese tan agudo con sus comentarios? El periodista pidió disculpas juntando las palmas de las manos, pero no retiró su pregunta. «Ante todo, la verdad». Ese era el acuerdo, ese era Asier.

—Sí. En parte. Que una de las dos personas de la pareja se sienta estresada e insegura siempre no ayuda a cultivar el amor. Aunque no fue la única razón.

—Te casaste con Olivia Nan hace solo dos años. ¿Cómo fue el noviazgo?

Sandra inspiró hondo. Había evitado hablar de su historia de amor en público durante todo ese tiempo precisamente porque temía el día en que le preguntasen por su corazón roto. Tal vez no hubiese sido la mejor actitud con la que comenzar un matrimonio.

—Ella es guionista y directora de cortometrajes, con muy buen nombre dentro de su gremio, pero muy poco o nada conocida fuera de él. No le gusta que le presten más atención de la necesaria, su lugar siempre ha estado detrás de las cámaras. Por desgracia, salir conmigo le ponía un foco encima tan fuerte que derretiría a cualquiera. Me contrataron para componer el tema principal de su primer largometraje con una productora importante, y quedamos para tomar un café y hablar sobre el proyecto. La forma que tenía de hablar de su historia, de percibir a sus personajes como si fuesen viejos amigos a los que tenía que proteger, aunque no existiesen... Era como si quisiese asegurarse de que los demás comprendían el porqué de sus actos en lugar de juzgarlos sin más... No sé, supongo que el amor que sentía por su oficio me cautivó y no tardé mucho en enamorarme de todas sus pequeñas manías y obsesiones. Yo siempre he sido algo tosca, intensa. Voy a lo grande, vivo entre mareas de emociones, ¿sabes? Pero ella no, ella siempre se fijaba en los detalles, en lo ínfimo, en esa cosita insignificante capaz de cambiarlo todo, y esa forma de ver el mundo me daba mucha envidia y me volvía loca de amor a la vez. Desde el principio me dejó claro que no quería que mi fama fuese la tercera persona de nuestra relación, y le aseguré que no sería así, pero no pude mantener la promesa durante mucho tiempo. No sé componer y escribir sin hablar de mí misma, de las cosas que me importan...

Asier entornó los ojos, perspicaz.

—Le compusiste una canción.

—«Versailles». Uno de mis sencillos más exitosos.

—Y lo detestó.

—Casi tanto como me molestaba a mí que ella jamás usase lo nuestro como inspiración. Quiero decir, te enamoras locamente de alguien, os casáis en menos de un año porque os consume la pasión, os decís que estáis destinadas a estar juntas y que nunca amaréis a nadie de la misma forma... ¿Y ni se te pasa por la cabeza gritarlo a los cuatro vientos?

—¿Querías ser la protagonista de uno de sus guiones? —La forma en que Asier lo preguntó armándose de paciencia como si tratase de razonar con una chiquilla caprichosa que pedía un poni por Navidad, hizo que se echase a reír.

Normalmente, cuando hablaba con otros periodistas, adoptaba una pose concreta, modulaba la voz y procuraba sonar de una forma determinada, como alguien interesante e ingenioso, alguien con carisma. Pero frente a Asier esa pose se había derrumbado antes siquiera de empezar, y por una vez sonaba como ella misma en una entrevista, para bien y para mal.

—¡Al menos, un personaje secundario! Sí, habría estado bien. Visto con perspectiva, puede parecer una tontería, pero yo sentía que ella me mantenía en secreto, como si se avergonzase de mí, como si lo que tenía que contar una cantante comercial no fuese lo bastante interesante para su círculo de intelectuales y todo eso. Ella siempre lo negó, y tal vez dijese la verdad, pero era lo que me decían mis tripas. O puede que fuese mi inseguridad, no lo sé... También es cierto que yo la traicioné al gritarle al mundo los detalles de lo que había entre nosotras, cosas que nadie más tenía por qué saber. Supongo que lo estoy volviendo a hacer, pero esta será la última vez. No hay más que contar, su versión de la historia, esa no la puedo compartir.

Asier se reclinó hacia atrás y meditó durante unos segundos.

—No me parece una tontería.

—¿Ah, no? —preguntó Sandra, quien dudaba que un entrevistador, tal y como Asier veía el periodismo, tuviese que dar una opinión tan personal sobre lo que le contaba su entrevistado.

—Necesitabais cosas radicalmente distintas, es el tipo de conflictos que pueden destruir una relación. Incluso cuando hay amor de por medio.

—Sí, eso es. Vaya, ¿quién te ha roto el corazón así? —preguntó Sandra olvidándose por un momento de la cámara.

Asier negó con la cabeza.

—Nadie, pero es lo que suele pasar entre mis jefes y yo.

A Sandra se le escapó una risotada tan grande que hizo un ruido de cerdito y se cubrió el rostro enseguida, abochornada, pero sin poder parar de sonreír. «Al final, contar tu historia no es tan terrible», se dijo. No se sentía arrinconada ni preocupada por lo que otros pensarían al ver sus declaraciones, sino mucho más ligera, como si el peso de su arrepentimiento la hubiese mantenido pegada al suelo.

—Lo digo en serio —insistió—. Por ejemplo, mi jefe actual espera de mí que me ciña a un guion, que siga la rutina. Y hasta que no apareciste en esta ciudad, Sandra O'Brian, no me había dado cuenta de que me estaba ahogando por seguir sus deseos en lugar de los míos.

Sandra se quedó inmóvil en su asiento durante unos segundos procesando la respuesta. A pesar de su peculiar confesión, Asier no parecía nervioso por lo que ella pudiese responder. Era lo que sentía, sin más, y poco se podía hacer al respecto. ¿Por qué avergonzarse de ello u ocultarlo?

—Para mí también ha sido un alivio, dejar de vivir en un mundo donde todo es apariencia durante unos días. A pesar de todo.

Nora hizo un aspaviento para que prosiguiesen con la entrevista.

—Sí, esto... lo que quiero decir es que puede parecer que una canción, o un guion, no son gran cosa. No son tangibles, ¿cómo pueden ser tan importantes para consolidar o destruir una relación? Pero es lo que aprendí de ella, lo que evitamos ver en el gran plano de las cosas se esconde en los pequeños detalles. Puedes ignorar que el comportamiento de tu pareja ha cambiado de la noche a la mañana, pero no una marca de carmín en el cuello de una de sus camisas, ese tipo de cosas. En nuestra relación ocurría lo mismo. No sabíamos querernos, eso es lo que tendríamos que haber visto desde el principio, que, por mucho que nos admirásemos y adorásemos, no podíamos satisfacernos. Y solo lo vimos gracias a una canción. Supongo que una de las cosas que suceden cuando maduras es que comprendes que el amor no basta para sacar adelante una relación, igual que el amor por tu oficio no significa que vayas a poder vivir de él, que el amor, en general, es un combustible que no sirve de nada sin el motor adecuado y un poco de suerte. Respeto mucho a Olivia, y le deseo lo mejor, pero me temo que cuando nos divorciamos... que cuando ella me pidió el divorcio, nuestra relación llevaba mucho tiempo rota.

Asier se llevó el bolígrafo que sostenía a los labios y se los golpeó pensativo, a la vez que la escudriñaba. Sandra sintió que estaba haciendo una radiografía de sus emociones con ojo clínico, así que esperó paciente su diagnóstico. Por fin hizo su siguiente pregunta:

—¿Te has arrepentido alguna vez de haberte hecho famosa?

El cambio de tema la pilló desprevenida, pero la respuesta fue rápida. Ni siquiera tuvo que sopesarla, salió de su boca.

—No, no. Hay muchas cosas que echo de menos del anonimato, pero me gusta mi vida. —Puede que esa fuese la verdad de la que se había estado escondiendo en Santa Bárbara, que ser Sandra O'Brian era algo que la había escogido a ella y no al revés—. Todos tenemos que pagar un precio por ser nosotros mismos; estoy dispuesta a cargar con el mío. No me imagino qué hubiese sido de mí sin la música, los fans, los conciertos, las entrevistas divertidas en la radio... Cuando tu pasión se convierte en tu oficio, siempre hay cosas que no te apetece hacer, igual que en cualquier otro trabajo, pero no lo cambiaría por nada. Aunque a veces está bien tomarse un descanso y volver al mundo real. La fama... ha estado a punto de destruirme en ocasiones, pero también me ha regalado lecciones muy importantes. Aún estoy aprendiendo a convivir con ella, a navegarla sin que una pequeña tormenta me haga naufragar. Hay cosas que me ayudan, mi familia, mi agente, pero sobre todo mi banda. Las Hijas Salvajes nunca me han abandonado. Sobre todo Pietro. —Miró a cámara—. Si estás viendo esto... quiero que sepas que no te voy a dejar atrás. Nunca.

Asier la miró fijamente durante unos segundos antes de golpear su agenda con el bolígrafo.

—Ya está, creo que tenemos material suficiente —dijo a Nora, que asintió con la cabeza y comenzó a desmontar la cámara.

—¿Ya? —preguntó Sandra por acto reflejo.

—Has contado a cámara más sobre tu vida privada en media hora que en toda tu carrera, un minuto más y tendré que cobrarte la sesión de terapia. —Se levantó para tenderle la mano—. Ha sido un honor, señorita O'Brian. ¿Se ha sentido cómoda?

Sandra aceptó el gesto y le estrechó la mano de vuelta. Igual que toda la presencia de Asier, el contacto de su piel ejerció un efecto calmante que la recorrió como un analgésico. Rompió el contacto al darse cuenta de que estaba durando más de lo apropiado.

—Recortaréis mi infame risotada porcina, ¿verdad? —preguntó.

—A mí me parece adorable —intervino Nora, que acababa de guardar todo el equipo dentro de su bolsa—. En un rato lo editaremos y te lo enseñaremos. Mi ética de fan me impide emitir cualquier cosa que te incomode.

—¿Creéis que ayudará a que se hable de Pietro?

—Sin duda —confirmó Asier—, pero aunque no fuese así, todavía nos quedan recursos. Tenemos una conversación pendiente con Desirée y otra con la alcaldesa. Indagaremos hasta averiguar su paradero.

Sandra supo que, si había la más mínima oportunidad de lograrlo, Asier cumpliría con su palabra. «Es agradable poder confiar en alguien», se dijo.

Cuando se quedó sola en su suite, permaneció inmóvil durante unos segundos sin saber muy bien qué hacer. «Ya está, ya no hay vuelta atrás». Se echó a reír. ¿Eso era lo que tanto miedo le había dado? Algunas personas dirían de ella que era caprichosa e inmadura; otras, que la comprendían a la perfección porque habían vivido experiencias similares. Olivia volvería a guardar silencio, centrada en su arte, y despreciaría con su desinterés a la farándula y su espectáculo barato. Tillie querría matarla. Así era la vida.

—Pietro…, tenías razón. He sido una tonta por dejar que la opinión de otros me afectase tanto. —El deseo de confesarle aquello y la imposibilidad de hacerlo laceraron el corazón que acababa de sanar—. ¿Dónde estás, Pietro?

Recordó las palabras de aliento de Asier. Aún tenían que hablar con Desirée, era cuestión de esperar solo un poco más. Confiaba en que Pietro, estuviese donde estuviese, también contase con ese tiempo.

Se acomodó en el sofá y abrió el cuaderno, lista para repasar el centenar de notas que había tomado sobre cada una de las canciones que doña Emilia le enseñó. Pasó un par de páginas y encontró una antigua melodía que cantaban las mujeres del pueblo cuando sus esposos ascendían las montañas durante los meses de la trashumancia; una canción de anhelo, soledad, que deseaba a sus seres queridos un buen viaje y un pronto regreso. Comenzó a tararear y a canturrear algunos de sus versos.

No ocurrió nada.

«¿Lo ves? —se dijo—. Son solo canciones. Los cimientos de la tierra no se han tambaleado. Los animales y las personas no han enloquecido. ¿Qué esperabas?». Arrancó una nueva hoja de su cuaderno de pentagramas y comenzó a escribir frases inconexas, melodías. «Si pudiese componer una canción con un poder mágico, ¿cuál sería?», se preguntó, y por pura diversión empezó a imaginar una canción que hablase de la verdad, de la autenticidad, de descubrirse a una misma. Escribió hasta perder la noción del tiempo, se sumergió tanto en su trabajo que ni siquiera notó el olor a humo que comenzaba a colarse entre el cierre de las ventanas, por donde también se inmiscuía el frío otoñal.

No se percató de que algo extraño sucedía hasta que un bramido recorrió el hotel y lo sacudió igual que si un relámpago hubiese impactado sobre sus cabezas.

El cuaderno se resbaló entre sus manos y la mujer siguió gritando, en la forma de un lamento continuado, desgarrado, parecido al de quien acaba de perder a un ser amado y siente tanto dolor que se desborda en todas sus formas.

Sandra reconoció la voz.

Era la mujer que había escuchado en su primera noche en Santa Bárbara y cuando encontraron la caja de música. Estaba segura. Quiso correr fuera de la habitación, pero las paredes comenzaron a temblar. Parecía que un gigante estuviese agitando el hotel desde los cimientos. Tirón y pausa, tirón y pausa. La sacudida se repitió varias veces, hasta que los gritos cesaron. Esperó unos segundos para asegurarse de que no había más temblores y se puso en pie con la intención de salir al pasillo, pero se detuvo en seco ante la imagen que distinguió a través del ventanal.

La montaña estaba en llamas.

Se acercó al balcón para comprobar que sus ojos no la engañaban. Al principio confundió el humo con las nubes grisáceas que amenazaban con una nueva tormenta, pero después vio el fuego, una lengua roja que avanzaba entre los árboles. Abrió las ventanas y un pesado olor a humo la hizo toser. Aquel longevo y hermoso bosque repleto de misterios ardía ante sus ojos, y lo seguiría haciendo, engullendo todo a su paso, si alguien no lo impedía. Enseguida escuchó un tumulto en el pasillo y se asomó a ver qué sucedía. Los mismos periodistas que se habían alojado en el hotel para cubrir el ataque de la loba se apresuraban por doquier para conseguir las primeras imágenes y las más impactantes del incendio, o para averiguar cuál era su origen.

También se encontró frente a frente con Nora y Asier, que terminaba de ponerse una sudadera negra mientras cerraba la puerta de la habitación a toda velocidad.

—Sandra —la llamó al verla—. Lo siento, hoy no vamos a poder montar la entrevista. Parece que ha habido un incendio, en el territorio de los lobos.

—Ya lo he visto. No pasa nada...

Tuvo que apartarse para que no la arrollase uno de los reporteros. Su instinto le pidió que ocultase el rostro tras el cabello, pero a nadie le importaba lo más mínimo quién fuese ella en mitad de aquel caos.

—Seguro que cuando lleguéis ya lo han apagado. Si no llueve antes —comentó Sandra.

Se le partía el corazón de pensar en todos esos árboles centenarios siendo pasto de las llamas, pero sobre todo le dolía por los animales. Había leído en alguna parte que eran las crías, demasiado pequeñas para salir volando o corriendo, las que más perecían en los incendios forestales.

—Esa es la cuestión. La tierra está húmeda y el otoño se deja sentir desde hace días. No ha caído un solo rayo esta noche. —Asier tomó una de las bolsas de Nora para que pudiese ir más ligera—. Es un incendio provocado. La cuestión es quién lo ha hecho y por qué.

La voz de Cristina Posadas, el infinito desdén en sus palabras, su ira, volvió a resonar como un eco en su mente. «O se van ellos, o nos acabaremos yendo nosotros», «Tenemos que recordarles por qué sus ancestros temían al hombre». ¿Habría sido capaz de llegar tan lejos como para escoger quemar la montaña antes que dejarla en manos de los lobos?

—Tengo una teoría al respecto, pero preferiría equivocarme. Va a ser otro triunfo para la alcaldesa, si estoy en lo cierto.

Asier se detuvo para escucharla, intrigado, pero su mirada se desvió más allá de ella. Al ver que se había quedado boquiabierto, Sandra siguió la trayectoria de sus ojos. Todos los reporteros se habían detenido en seco al verle llegar, al hombre joven que apenas lograba avanzar por el pasillo. Llevaba la ropa cubierta de sudor y suciedad, pero lo que más llamaba la atención era la sangre que empapaba sus muñecas, rodeadas por hondas marcas. Era la señal inequívoca de que había permanecido atado durante muchas horas y días.

Pietro se esforzaba por seguir avanzando, sin apartar la vista de su amiga. El corazón de la cantante se paralizó y su mente se disparó a mil pensamientos por segundo. Después de tanto buscarle, había sido él quien por fin la había encontrado.

—Sa... Sandra. Ella... me ha salvado —fue todo lo que logró decir, con la voz ronca y la boca seca.

—¡Pietro!

Corrió hacia él sin pensárselo dos veces. Tenía un millón de preguntas. ¿Dónde había estado? ¿Quién le había hecho aquello? ¿Se habían hecho pasar por él o le obligaron a fingir? ¿Quién era esa «ella» que lo había salvado? Pero tan pronto como le alcanzó, el guitarrista se desplomó inconsciente entre sus brazos.

8

Candela

Notó la vaga sensación de que flotaba en el aire y creyó que estaba soñando. Hasta que sintió la presión de unos brazos que la sujetaban. Su cuerpo se encontraba ovillado contra un torso familiar, que siempre sería un cobijo para ella y que desprendía una fragancia que jamás podría olvidar. Puede que la esencia del hotel París se adhiriese a ellos con el ímpetu de una infección que se niega a liberar al paciente, pero Rafael seguía oliendo como él mismo. ¿A dónde la llevaba?, se preguntó. ¿Por qué parecía tan apurado? ¿Qué era ese aroma metálico que se entremezclaba con el suyo? ¿Sangre? ¿Su propia sangre? ¿Acaso se estaba muriendo y por eso no podía andar por sí misma?

—Todo va a ir bien —susurró Rafael—. Volveremos a empezar. Esta vez haremos las cosas bien, sin secretos ni mentiras. Todo irá bien —prometió, pero la dulce cadencia de sus palabras volvió a adormecerla.

Despertó en su cama, vestida con uno de sus camisones. Se estiró con brío, invadida por la extraña sensación de paz que la embriagaba tras uno de sus episodios. ¿Había vuelto a suceder?, ¿había perdido el control? La falsa calma se esfumó cuando distinguió la voz de Margarita, que le llegaba desde el salón de la suite. «¿Qué está haciendo ella aquí?». Se incorporó para ver qué ocurría al otro lado de las puertas francesas que separaban el dormitorio de la sala de estar y descubrió que había dos hombres en el salón: un agente de policía y el doctor que la había examinado unos días atrás. El rostro del primero también le resultaba familiar; era el hombre que había ayudado a don Eduardo a localizarla en el bosque tras su anterior episodio, el mismo que guardó silencio bajo soborno y a quien planeaban recurrir para que testificase confirmando su supuesta locura. Tendría que haberse enfurecido, pero tal vez había dormido tanto que los sentimientos de ira se habían apaciguado. ¿Qué hora era? El cielo de Santa Bárbara continuaba teñido de un gris negruzco, así que no era fácil adivinarlo. Se frotó los ojos y se sentó del todo para escuchar mejor la conversación.

—Se lo repito, habíamos quedado para desayunar y la encontré en shock. Muerta de terror. Vinimos aquí y se desvaneció de la impresión. ¿Quién no lo haría? —explicaba Margarita.

Debía de haber dormido lo suficiente para que le diese tiempo a inventar una versión falsa de lo sucedido, pero ¿qué necesidad tenía de mentir? ¿Dónde estaban su tío y don Eduardo? Ellos eran quienes deberían dar explicaciones.

—En cambio, usted parece muy tranquila —replicó el agente.

—Alguien tiene que conservar la calma, ¿no le parece? Usted es policía, debería saberlo. Oh, está despierta. —Margarita se apresuró a caminar hacia ella. Se sentó en el borde de la cama y le puso la mano sobre la frente para comprobar si tenía fiebre—. Candela, querida, ¿cómo te sientes?

Candela miró al policía, que se había acercado a su altura.

—¿Qué ha ocurrido? ¿Dónde está Rafael? ¿Está bien todo el mundo?

—¿Quién es ese Rafael? —se interesó el policía de inmediato.

—Nadie, la pobre debe de seguir aturdida. ¿Recuerdas que quedamos para desayunar, pero que fuiste a hablar con don Eduardo antes? —preguntó Margarita a toda prisa.

—Sí... sí me acuerdo —mintió mientras el doctor se abría un hueco para tomarle el brazo y poner un tensiómetro en él sin siquiera pedirle permiso.

—Señorita Benegas, si no le importa, a partir de ahora yo haré las preguntas —protestó el hombre.

—Oh, sí, claro, disculpe, quería asegurarme de que mi amiga se encuentra bien. —Margarita sonrió con amabilidad y se apartó para dejar que el médico continuase con su revisión.

Candela recordó hasta qué punto la joven estaba acostumbrada a fingir una falsa identidad, la de la hija perfecta y servicial. Escucharla mentir sabiendo la verdad era como observar a una serpiente mudando de piel, tan natural como el ciclo de las estaciones, y a la vez perturbador.

El agente se aclaró la garganta y se concentró en sus notas.

—Su amiga nos ha contado que fue usted quien halló los cuerpos, ¿es así?

—¿C-cuerpos?

Rafael llevándola en volandas, el olor a sangre, las imágenes vagas que parecían sacadas de una pesadilla retornaron a su mente, tan reales que tuvo que mirarse las manos para asegurarse de que estaban limpias.

—¿No lo recuerda? —preguntó suspicaz.

—El bloqueo de recuerdos dolorosos es habitual en pacientes que acaban de sufrir una fuerte sacudida emocional —apuntó el doctor—. Deberíamos darle tiempo, en estos casos es la mejor cura.

—No, no necesito tiempo. ¿De qué cuerpos hablan? Cuéntenme qué ha sucedido.

—Eso es lo que esperábamos que usted nos aclarase —respondió el policía—. Tenemos motivos para creer que su perro atacó a su tío, Rodrigo Algora, y a su abogado, don Eduardo Cerezo. ¿Presenció usted el ataque o solo dio con los cuerpos?

—¿Qué? No, no. Eso no tiene sentido. Emperatriz nunca haría daño a nadie. Espere, ¿eso significa que... han... han...? —Se llevó la mano al rostro para contener su terror.

El odio, la ira que había sentido al escuchar sus artimañas habían sido tan poderosos que el mundo se emborronó en el acto, pero no podía haber sido ella..., ¿verdad? El monstruo en su interior había roto objetos, destrozado habitaciones enteras, pero nunca había hecho daño a nadie, incluso protegió a Rafael cuando eran niños.

—Así es, señorita, me temo que ambos hombres fallecieron durante el ataque, desangrados. Tenemos testigos que afirman haberse despertado con el sonido de sus gritos y tenían marcas de mordeduras en el cuello y de zarpas por todo el cuerpo que se corresponden con las de un cánido —expuso el policía con total calma.

—Ya es suficiente —intervino el doctor—. Está conmocionada; si sigue así, le causará secuelas de por vida. Deberíamos dejarla descansar.

Pero el otro no se dejó amedrentar así como así, tal vez porque sabía de primera mano que Candela tenía motivos para quererlos muertos. «Piensa que ordené a Emperatriz que atacara», comprendió.

—¿Sabe quién no tendrá secuelas de por vida? Los dos hombres que estaban con ella. Así que necesito que recuerde. ¿Atacó o no su perro al señor Algora y a don Eduardo?

—Emperatriz nunca haría daño a nadie —repitió Candela,

ocultando el temor que la acosaba. «No ha sido el perro», quiso decir, «ha sido la loba feroz»—. ¿Dónde está Emperatriz? ¿Qué han hecho con ella? Por favor, no le hagan daño. Es lo único que me queda de mi abuela; es la perra más buena y dócil del mundo, pregúntele a cualquiera.

—El animal está en la perrera, a la espera de una orden del juez para ser sacrificada. Sé que es de su propiedad, pero el bien común impera en estos casos —repuso el policía con total apatía.

Candela negó con la cabeza y el aire le faltó en el pecho.

—No, no, no. No pueden sacrificarla. No pueden hacer eso. —Empezó a respirar con tal frenesí que su mente se aturdió y por un momento temió perder el conocimiento de nuevo—. Emperatriz no es la culpable, fui yo, yo lo hice. Los maté con mis propias manos —juró, y el policía lanzó una mirada consternada al médico.

—Ninguna persona podría haber causado heridas como esas, nadie tiene tanta fuerza, y menos una jovencita como usted —intentó tranquilizarla el doctor—. Sé que es difícil de aceptar, pero estamos ante el ataque de un animal. Me temo que algo debió de descontrolar a Emperatriz, ¿la golpearon su tío o su abogado? ¿Se sintió amenazada por ellos tal vez?

Margarita negó con la cabeza para que no insistiese. Les había dicho la verdad, y aun así se negaban a creerla. En la ciudad ya no había espacio para las supersticiones, los duendes, las apariciones y los lobishome. Tenían el peligro ante sus ojos y no eran capaces de reconocerlo. Todos pensaban que Candela Nieto era una pobre damisela en apuros, porque no podían imaginar que en realidad era un monstruo.

—No... no sé qué ha podido suceder —se rindió.

—Llámenos o escriba un telegrama si recuerda algo. —El agente le tendió un papel con el número de la comisaría—. Mientras la situación se aclara, procure no abandonar la ciudad.

Los dos hombres se marcharon, dejándola a solas con Margarita, cuyo semblante se transformó en una máscara de preocupación en cuanto escucharon el sonido de la puerta al cerrarse. Se plantó ante ella con los brazos cruzados, y Candela supo que no se marcharía hasta tener respuestas.

—De acuerdo, estoy mintiendo por vosotros dos. Rafael está bien, fue él quien vino a buscarme y me pidió que me inventase esa patraña del desayuno y de que te encontré en shock. Me estoy jugando ser cómplice, así que tienes que contarme la verdad. ¿Qué demonios ha ocurrido? ¿Intentaron hacerte algo y Rafael los mató? Las dos sabemos que esa perra no ha usado las zarpas en su vida, y menos aún los colmillos.

Candela rio con acritud. Señalaban a Emperatriz o a Rafael, pero a nadie se le ocurría investigar a la auténtica culpable.

—No estaba mintiendo. Creo... creo que yo los maté.

La noticia de que dos huéspedes habían muerto en el hotel, nada menos que un poderoso empresario y su abogado de confianza, corrió con el mismo frenesí con el que los cielos grises secuestraron los últimos días de agosto en Santa Bárbara. Sin embargo, no tuvo el impacto que cualquier hotelero habría temido. Fueron más los huéspedes que abandonaron el hotel en esos días a causa del mal tiempo que por pudor o miedo ante las desgraciadas y violentas muertes, pero tan pronto como se marchaban, ocupaban sus habitaciones los turistas curiosos que se detenían en aquella parte de la costa para conocer el infame hotel y sus truculentos escándalos. La prensa también había acudido en masa a la ciudad para fotografiar los escenarios de la desdicha o en busca de testimonios. Incluso intentaron entrevistar a Candela aunque solo hubiese abandonado el París en dos ocasiones. La primera, para despedir el féretro que contenía el cuerpo de su tío, que partía rumbo a Madrid, donde tendría lugar el funeral y el entierro. La segunda, para retrasar el sacrificio de Emperatriz cuanto estuviese en su mano.

Margarita la había acompañado en todo momento, ante la dolorosa ausencia de Rafael. Candela supuso que, al descubrir el alcance de su verdadera naturaleza, el ímpetu del monstruo en su interior, la había abandonado. ¿Quién estaría tan loco para amar a una abominación? Seguía escuchando la melodía de la caja de música cada día tal y como le había prometido; quizá calmara a las bestias, pero no reparaba corazones rotos. En cuanto a Margarita, le había confesado los detestables planes que su tío tenía para ella, que estaba maldita y que desde pequeña sufría extraños episodios en los que se perdía a sí misma. Le contó que siempre había sospechado que esos brotes iban más allá de los desmayos o pataletas que describía su abuela, pero que la realidad resultó ser incluso peor que sus mayores temores. Margarita, hija de un célebre psiquiatra, había entendido que sus palabras, «maldita» y «bestia», no eran más que metáforas, la forma en que Candela había intentado entender sus síntomas. Escribió a su padre para consultarle sobre su caso sin especificar de quién se trataba, convencida de que su nueva amiga no era culpable, sino una mera enferma que debía recibir tratamiento lo antes posible. Candela intentaba sacarla de su error, pero Margarita se limitaba a asentir sin creer una sola palabra. Había momentos en los que llegaba a albergar la esperanza de que su amiga estuviese en lo cierto y que existiese un tratamiento eficaz de aplacar su malestar. Una inyección capaz de hacer desaparecer a la Loba y dejar solo a Candela.

Ante el resto, las dos jóvenes mantuvieron la versión de que Emperatriz se había sobresaltado por la presencia de un desconocido y que había atacado en un intento por proteger a su dueña. Aunque nadie se atrevía a hacerle preguntas sobre el trágico suceso a la cara, era la comidilla de la semana en Santa Bárbara, así que, con todos los ojos puestos sobre ella, debía asegurarse de interpretar su papel a la perfección. Se vistió de negro y se cubrió el rostro con un velo el día en que sacaron el cuerpo de Rodrigo de la funeraria, cuando sus hijos llegaron a Santa Bárbara acompañados por un ejército de abogados. Desde allí, un carro tirado por caballos lo conduciría hasta la estación más cercana. Candela observó la escena entre el horror de la culpa y el odio que aún latía en ella al pensar en lo que esos hombres trataron de hacerle. El hospital psiquiátrico donde planeaban encerrarla no se parecía en nada a los retiros campestres de los pacientes del padre de Margarita. Acabar en uno de ellos era un destino peor que la muerte para ella. «La Loba solo trataba de protegerme», se dijo, porque nadie más habría alzado la voz por ella. Estaban solas ellas dos: Candela y la bestia.

Después de que cargasen el ataúd, el hijo mayor de Rodrigo Algora se acercó a ella con una advertencia:

—Ya has causado suficiente desdicha en esta familia. Primero convertiste a mi tía en una marginada social, nos la arrebataste, y ahora esto. —No parecía tan dolido por la pérdida como furioso por su mera existencia—. Has traído la mala suerte a los Algora, es un alivio que no te permitiesen heredar el apellido. Si tienes algo de decencia, renunciarás a la herencia de mi tía y desaparecerás para siempre.

Candela creyó que la culpa vencería en su corazón, pero cara a cara frente a su primo pudo ver en sus ojos la verdad, lo que más importaba a los varones que dirigían aquella familia. Y se negó a sentirse culpable un solo segundo más. Dejó que venciese la ira y resopló incrédula.

—Así que se trata de eso...

—¿Qué dices? —preguntó él, ultrajado por que se atreviese a hablar en su presencia.

—Dinero. Tu padre pretendía ingresarme en un psiquiátrico por dinero, tú me amenazas por dinero. ¿Es que no sois ya lo bastante ricos? ¿Tan grande es vuestra ansia?

Y pensar que decían que ella era el monstruo maldito, cuando el hambre y la falta de escrúpulos de los Algora no conocían límites.

Ni la propia Candela daba crédito a su coraje, y se preguntó si no sería la Loba quien hablaba por ella. No, cada sílaba que pronunciaba era suya, y las sentía repletas de rabia, pero también de orgullo. Orgullo por que su abuela hubiese sido la mejor de todos ellos.

—Condenada mocosa. —El hombre alzó la mano como si fuese a golpearla, poco acostumbrado a que nadie se atreviese a hablarle con semejante osadía, pero la sonrisa siniestra de Candela le detuvo.

—¿Qué vas a hacer después de golpearme? ¿Perseguirme, denunciarme, deshacerte de mí? Si mi abuela pudiese ver en qué se ha convertido su familia, en un montón de buitres que no respetan su última voluntad...

El hombre bajó la mano y retrocedió un paso.

—No te atrevas a hablar de los Algora —dijo mientras se alejaba de ella con la cautela de un corzo que acaba de presentir a un depredador entre los árboles—. Mi tía no era nada tuyo, solo eres una huérfana, la hija de alguna desvergonzada que no quiso cargar contigo. Deja en paz a mi familia.

Margarita tuvo la sensatez de sacarla de allí y subirla a un carruaje antes de que replicase. Candela no se sentía dolida por las acusaciones del hombre, solo por su falta de ética: Aurora había sido clara en su carta y en su testamento; para ella, Candela era la familia más auténtica y valiosa que había tenido, y los Algora no eran nadie para juzgar su vínculo.

—¿Se puede saber en qué estás pensando para enfrentarte a

un tipo así? Mañana lo sabrá todo el hotel —le reprochó su amiga tan pronto como cerró la puerta del coche tirado por dos caballos negros.

—Es él quien nos ha increpado, que digan lo que quieran. Hemos llegado hasta este punto porque no he hecho más que callarme y agachar la cabeza. Si hubiese dicho lo que pensaba desde el principio, si hubiese enseñado los dientes..., tal vez no habría tenido que usarlos. Ahora ese hombre sabe que lucharé si intenta hacerme daño.

A pesar de que sus colmillos estuviesen a la vista, su primo no fue el único que acudió a ella en busca de explicaciones en esos días.

Candela quería marcharse de la ciudad, volver a la casona donde nadie se atreviese a molestarla, pero temía lo que pudiese ocurrir si se quedaba allí sola, en qué se convertiría. Además, aún albergaba la esperanza de que Rafael volviese a ella, y por ínfima que fuese, bastaba para anclarla en Santa Bárbara. Continuó hospedada en el hotel, cautiva en su prisión sin barrotes. Se alojaría allí hasta que cumpliese todas las tareas de su lista. Necesitaba un notario de confianza para recuperar su hogar y el capital suficiente para mantener la casona y llenarla de gente de confianza que pudiese vigilarla y asegurarse de que la Loba no volvía a aparecer. Iba a pedirle ayuda a Gustavo y a Margarita, pero Francisco volvió a llamar a su puerta, insistiendo en saber qué había sucedido. Estaba preocupado porque la noticia había trascendido a la prensa y por cómo podía afectar el escándalo al acuerdo entre ambos. Candela dio por hecho que él también se retiraría al ver cómo un nuevo rumor la salpicaba, pero, al parecer, necesitaba el dinero con más urgencia que una imagen intachable. Si él estaba dispuesto a negociar y a darle lo que necesitase, que así fuese. Ella había encontrado el maletín de don

Eduardo escondido bajo su cama hacía un par de días, Rafael debió de guardarlo ahí, así que le tendió los papeles de la herencia firmados y cubiertos de sangre.

—Dijiste que tú te encargarías de lo demás. —Ya no tenía fuerzas ni ganas para seguir fingiendo, para hablarle con la cortesía con la que una dama se dirige a un caballero cuando sabían que ninguno de ellos era tal. —. Quiero contratar a personal para la casona y asegurarme de que los guardeses de la finca reciben su salario periódicamente para marcharme de vuelta cuanto antes. ¿Podrás tenerlo todo listo antes de que acabe la semana?

Francisco la observó en silencio, sobrecogido por su calma, antes de tomar los papeles con un gesto asqueado, procurando tocarlos solo por la parte limpia.

—Claro, te aseguro que yo también estoy deseando volver a Madrid. Santa Bárbara ha dejado de divertirme hace tiempo. Pero, Candela…, toda esta sangre. Y tú estabas allí. ¿Qué sucedió?

Candela explicó de corrido la historia que llevaba días repitiendo:

—Emperatriz los confundió con intrusos y los atacó, eso es lo que dice la policía. Yo no recuerdo nada.

Francisco frunció el labio arrugando como una oruga ese elegante bigote suyo.

—Puede que la policía crea esa historia, pero yo sé que esa perra ni siquiera ladra a los gatos. Le estás protegiendo a él, ¿verdad? No he vuelto a verle por aquí. ¿Se ha escondido para ocultar su culpa?

Oírle hablar del pianista con tanto recelo, convencido de su culpa, le provocó un escalofrío.

—Rafael no es un asesino, se está escondiendo de mí, me temo. Sé que te preocupaba la naturaleza de nuestra relación; pues bien, ya se ha terminado. Será mejor que inviertas tu energía en conseguir esos contratos para que podamos acabar con esto cuanto antes.

Francisco asintió, aunque Candela estaba segura de que no la creía. Nadie lo hacía, ni cuando decía la verdad ni cuando mentía. Todos sacaban sus propias conclusiones.

—Francisco —le detuvo antes de que se marchase—, ¿te acuerdas de la noche en que cenamos todos juntos? Cuando bromeasteis sobre las fiestas de la Duquesa, sobre quién habría estado en ellas y quién no. Pues tú nunca has sido invitado, ¿sabes cómo lo sé? Porque yo he asistido a muchas. —Sonrió ante su sorpresa. Seguía sin poder creer que la dulce Candela rompiese las normas, las de la alta sociedad y también las de la Duquesa—. No soy tan inocente como piensa todo el mundo. Ella me pidió un secreto, se lo pide a todo el mundo. El tipo de secreto tan oscuro que nunca se lo has confesado a nadie. Me pregunto... qué habrías escrito tú. ¿Qué es lo peor de ti?

Francisco arqueó las cejas, desprevenido, y también incómodo. Alzó los papeles de la herencia en alto.

—Fingiré que no he oído eso, por el bien de ambos. Me encargaré de poner nuestros asuntos en orden en breve. Este lugar empieza a afectarte, igual que hizo con Virginie. ¿Por qué no te alojas en otro hotel mientras tanto?

Candela sonrió con acritud.

—Porque la Duquesa sabe mi secreto y, aun así, no me ha pedido que me marche.

9

Asier

Sandra le había dicho que estaban en la tercera planta del hospital, pero cuando subió las escaleras y llegó hasta el pasillo donde se encontraba la habitación de Pietro, descubrió que no era el único que intentaba llegar hasta el guitarrista. Uno de los guardias de seguridad del centro se había apostado en la zona para despachar a todos los paparazzis encubiertos que trataban de conseguir una foto en exclusiva de Pietro Contaldo ingresado en un hospital por motivos que aún no se habían hecho públicos. Por supuesto, el escueto comunicado de prensa de su agencia, donde hablaban de una indisposición leve causada por un accidente, junto a los rumores sobre su desaparición en esa misma zona, habían suscitado todo tipo de teorías, algunas de ellas incluso más fantasiosas que la realidad. Sandra había tenido razón desde el principio: alguien tuvo retenido a Pietro en contra de su voluntad por razones desconocidas. El guitarrista estaba deshidratado y muy débil, así que era improbable que hubiese recorrido una gran distancia en semejante estado. Incluso de tratarse de un subidón de adrenalina, tampoco había nadie que le hubiese visto entrar en el hotel. Lo más probable era que hubiese estado todo el tiempo en alguna de sus habitaciones, muy cerca de ellos.

Al ver que se aproximaba, el guardia le dio el alto y le pidió explicaciones sobre a quién iba a visitar y por qué. Antes de que pudiese aclarar la situación, Sandra se acercó hasta ellos.

—Está bien, Luis. Es amigo nuestro. Gracias —dijo con la soltura de quien está muy acostumbrado a tratar con el personal de seguridad. Parecía que en cuestión de horas habían congeniado lo suficiente para llamarse por su nombre de pila.

Sandra sentía que su fama la había distanciado del resto del mundo, pero Asier tenía la impresión de que no se daba el suficiente crédito a sí misma por su habilidad para hacer malabares entre la afable chica de un barrio de Londres y la inalcanzable diva del soul, el rock o el estilo musical que le pusiesen delante.

El guardia se echó a un lado para dejarles pasar y avanzaron juntos por el pasillo, en un silencio desolador.

—¿Cómo estás? —le preguntó Asier en cuanto estuvieron a solas.

Aunque en teoría acudía a visitar al guitarrista, era ella quien le preocupaba en realidad. Sabía que se responsabilizaba porque Pietro la hubiese seguido hasta Santa Bárbara y por no haberle encontrado antes.

Sandra se abrazó a sí misma.

Asier reprimió el impulso de ser él quien la estrechase. Sabía que no era ni el lugar ni el momento, y que ellos tampoco tenían una relación lo bastante informal para un gesto semejante, pero cuando se trataba de ella necesitaba todo su sentido común para no dejarse llevar, igual que le sucedía con cualquier otro misterio por resolver. Aunque al contrario que con sus investigaciones, cuanto más cerca creía que estaba de desentrañarla, más se daba cuenta de cuánto le quedaba por descubrir.

—Intento no pensar demasiado. —Hizo un amago de sonrisa.

La noche anterior, cuando llevaron a Pietro al hospital, la había oído llorar por teléfono. Hablaba con su mánager y le suplicaba que fuese a la ciudad, que no podía más y que era incapaz de lidiar con aquello sola. Asier extendió la mano hacia su brazo y lo apretó con cautela, en un intento por decirle que, aunque sus seres queridos estuviesen lejos de allí, no estaba del todo sola. Sandra sonrió agradecida ante la tímida muestra de afecto y él respiró aliviado por no haberla incomodado. Era increíble cómo no pestañeaba al desafiar a alcaldes y empresarios con preguntas, pero se le hacía un nudo en el estómago al pensar en dar el paso equivocado con Sandra, no como periodista, sino como él mismo. Solo quería estar allí para ella, pero se le daba mucho mejor interrogar que consolar.

Caminaron hasta la habitación que Pietro compartía con otro paciente. Ambos estaban dormidos, así que se quedaron en un rincón junto a la puerta para no molestar. Asier observó al guitarrista tumbado en la cama, en apariencia plácidamente dormido. Aparte de las vendas en las manos, no tenía ninguna otra herida o marca visible en el cuerpo. Ni moratones, ni cortes. Su mal aspecto tenía más que ver con la barba desaliñada de unos pocos días y las ojeras en su rostro, algo demacrado. Sandra le leyó el pensamiento.

—Los médicos llevan toda la mañana haciéndole pruebas, y parece que está bien a nivel físico. Tiene heridas en las muñecas y en los tobillos, como si le hubiesen atado, y está algo deshidratado, pero eso es todo.

—Es una buena noticia. ¿Ha dicho algo...?

—¿... coherente? —se adelantó Sandra, y negó con la cabeza. Cuando le encontraron la noche anterior había gritado algo sobre una mujer que lo había salvado y a continuación se había desvanecido—. Se ha despertado un par de veces, al verme me ha llamado por mi nombre y se ha vuelto a dormir. Sea cual sea la razón por la que sigue durmiendo, parece algo psíquico. Dicen que su mente está tratando de protegerle y que volverá a la normalidad en cuanto descanse lo suficiente, pero ¿protegerle de qué? —Negó de nuevo y le hizo un gesto para continuar la conversación en el pasillo—. ¿Crees que debería presionar para que investiguen el secuestro y el acoso de Desirée? Todos los policías están pendientes del incendio, así que no sé si serviría de mucho ahora mismo. Lo último que necesita Pietro es que lo nieguen y que empiecen a inventar que se ha herido practicando sadomasoquismo en una secta o qué sé yo —suspiró—. Ya bastante ha pasado por mi culpa.

—No seas tan dura contigo misma, nunca dejaste de buscarle, aunque todo el mundo te llevase la contraria —le recordó—. Sobre lo de presionar... Ni la alcaldesa ni los dueños del hotel van a facilitar las cosas. Tal vez deberías esperar hasta que todo esté más tranquilo. En cuanto Pietro despierte tendremos todas las respuestas que buscamos y ni todo el poder económico ni político del mundo podrá detener una investigación en condiciones. Con la zona llena de periodistas y la policía alerta no será fácil destruir pruebas sin llamar más la atención, podéis esperar uno o dos días. Los médicos tienen razón, le vendrá bien descansar, y tú deberías hacer lo mismo.

Sandra asintió.

—¿Qué hay de vosotros? ¿Habéis tenido una mañana productiva? —Hizo un amago de sonrisa. «Distráeme, por favor», parecían decir sus ojos cansados.

—Podría decirse. A Santa Bárbara se le acumulan los escándalos, y eso significa más trabajo para nosotros. Tengo que darle la razón a Nora en que estábamos más tranquilos hablando de la artesanía local.

Se detuvieron ante la máquina expendedora de bebidas y Asier se apresuró a seleccionar dos cafés con leche; aunque se había fijado en que Sandra siempre pedía té, la máquina expendedora no tenía muchas más opciones.

—¿Qué crees tú que ha pasado? —preguntó, y su curiosidad era genuina—. Cristina Posadas parecía furiosa cuando me pasé por allí a ver a su abuela, pero no pensé que pudiese llegar tan lejos. Quiero decir, a pesar de lo que dijo, parecía una mujer sensata, con los pies en el suelo y esas cosas.

—¿Cuándo volviste? —preguntó Asier, sorprendido, aunque enseguida su vena periodística tomó el relevo—. ¿Y qué escuchaste exactamente?

Sandra inspiró hondo y miró hacia arriba mientras trataba de hacer memoria.

—Antes de ayer por la tarde... Decidí acercarme a hablar con doña Emilia y, al llegar, oí discutir a Cristina con su padre. Opinaba que nadie les tomaba en serio y que tenían que empezar a actuar por su cuenta para defenderse.

Asier se cruzó de brazos mientras su mente se aceleraba para atar todos los cabos.

—Puede que esperasen que las protestas y el reportaje tuviesen un mayor impacto, pero no es razón para llegar tan lejos. Deben de estar aterrados de verdad. La noticia se está cubriendo como «Ganaderos descontentos con la gestión de la alcaldesa se toman la justicia por su mano», pero más que una cuestión de venganza, creo que es solo miedo.

Al parecer, el mensaje de «tú puedes ser el siguiente en sufrir el ataque de un lobo» había calado hondo y reunieron a suficientes voluntarios para un plan improvisado. Conocían bien los bosques, así que pensaron que podrían hacerlo sin ser descubiertos. La noche anterior habían prendido fuego a los arbustos y ramas caídas de forma estratégica para conducir a la manada de lobos hacia un desnivel donde los esperaban armados con sus escopetas; sin embargo, el incendio se descontroló. Esa era la versión oficial que había dado la Guardia Civil. Los bomberos forestales pudieron apagar el fuego gracias a que no había viento y a que las lluvias de los días anteriores habían enfriado y humedecido el bosque, pero podrían haber causado una auténtica desgracia medioambiental.

La historia de una España rural abandonada que se rebelaba contra las políticas que en ocasiones llegaban desde un lugar tan lejano como Bruselas, aderezada con un efectismo tan dramático como un incendio, se había convertido en un gancho fácil que garantizaba horas y horas de debates en la parrilla televisiva. Puede que no fuese de la forma en que deseaba, pero la alcaldesa lo había conseguido una vez más. Santa Bárbara volvía a estar en boca de todos, y justo a tiempo para las fiestas.

—Con todo lo que está sucediendo, a los espectadores de Norte Visión no les va a interesar demasiado mi entrevista —bromeó Sandra.

Asier tomó el primer vaso de cartón y se lo tendió. El café no era de muy buena calidad, pero la sensación de calor entre las manos resultaba reconfortante.

—No la vamos a emitir por el momento. Solo quería que lo supieses. Sé que tienes muchas preocupaciones, así es una menos.

—¿A tu jefe le hará gracia?

Aún no le había contado su cambio de parecer, pero tendría que aceptarlo si no quería que dimitiese. Esa entrevista estaba en su poder y nadie iba a verla sin el permiso de Sandra.

—No te preocupes por eso, ya se nos ocurrirá alguna excusa. Prometimos ayudarte a encontrar a Pietro, y si él no llega a escapar, aún seguiríamos perdidos. Deja que al menos hagamos esto por ti.

—Me bastó con que hubiese alguien buscándole. Además,

sin vuestra ayuda no habría conocido a doña Emilia, aunque me temo que no soy una bruja como ella piensa. Le he cantado a Pietro durante toda la mañana, y no se ha curado por arte de magia. —Trató de reír, pero el sonido se truncó en su garganta.

—Puede que no haya funcionado con Pietro, pero es probable que Desirée se hubiese desangrado, o algo peor, si no hubieses detenido a los lobos a tiempo —le recordó él, y Sandra frunció los labios.

—Ya ha despertado, ¿lo sabías? Pero no me atrevo a enfrentarme a ella.

—Con la pierna así no podrá ir muy lejos, no hay prisa. ¿Por qué no vuelves al hotel? Te vendría bien echar una cabezada. En cuanto acabemos el reportaje podemos traerte de vuelta.

Sandra negó con la cabeza.

—Me aterra la idea de quedarme allí sola. Pietro estuvo en el hotel todo este tiempo, atrapado a unas pocas habitaciones de nosotros. —Notó un escalofrío y le dio un sorbo a su café—. Todo esto es demasiado, y es culpa mía. Si me hubiese enfrentado al divorcio desde el principio, nada de esto habría ocurrido. De hecho, quiero que emitáis la entrevista, te lo pido como un favor. Hoy mismo, si es posible.

—¿Estás... estás segura?

—Sí. Estoy agotada. De callarme, de dejar que el resto decida qué se dice sobre mí y qué no. A partir de ahora seré la única que controle mi narrativa. Me parece que es lo que Pietro trataba de decirme.

Asier la estudió unos segundos. Había llegado a conocer a Sandra lo suficiente para saber que no hablaba por hablar. Había tomado una decisión, y solo podía respetarla.

—De acuerdo.

Ella se humedeció los labios suavemente antes de sonreír.

—Gracias.

—¿Por exponer tu vida privada ante millones de personas? La cantante negó con la cabeza.

—Por darme una voz. ¿No decías que ese es tu verdadero trabajo?

Sus ojos se encontraron, y, como le sucedía a menudo, Asier dijo lo que pensaba antes de poder filtrarlo:

—Tú ya tienes voz. La más fuerte que he escuchado jamás. Y no lo digo por tus canciones. Ya lo sabes, pero tienes la presencia de una estrella. Puede que por eso Emilia Ortiz te confundiese con una bruja y que por eso los lobos te obedezcan.

Sandra se echó a reír y apoyó la mano sobre su brazo durante un segundo.

—Lo aceptaré como una explicación racional. Es cierto que he tenido que lidiar con algún que otro «lobo» en mi vida, pero es la primera vez que consigo que me hagan caso en lugar de estar al acecho.

Asier tomó el segundo vaso de café, aunque no tenía ganas de bebérselo. Había una idea que llevaba días rondándole y que no se atrevía a pronunciar en voz alta porque sabía de sobra cómo sonaba.

—No era una broma, Sandra. Sabes que me gusta contemplar todas las posibilidades, ¿Y si la señora Ortiz tenía razón?

La sonrisa de la cantante se torció.

—Si tuviese el poder que la señora Ortiz dice, Pietro estaría sano y salvo. Por un momento... me da vergüenza decirlo, pero estuve a punto de... no de creérmelo, no del todo, pero sí de pensar que a lo mejor es cierto que la música tiene un poder que no logramos comprender. Cuando estaba con Emilia, sentí cosas, *vi* cosas que no sé cómo explicar. Bueno, sí. Sugestión pura y dura. —Intentó sonreír de nuevo, pero su gesto, por bien entrenado que estuviese, no fue convincente.

—¿Quieres saber mi opinión profesional? —preguntó Asier,

y Sandra asintió—. Ya sea una cuestión de magia o de paranoia colectiva, están sucediendo demasiados eventos extraños en Santa Bárbara a la vez. El comportamiento de los lobos, las amenazas de Desirée, la desaparición de Pietro, la canción misteriosa. Todas ellas tienen una cosa en común: tú, Sandra O'Brian.

La cantante puso los ojos en blanco ante su teoría.

—Estás a un paso de contratar a una médium para que nos ayude a resolver el misterio, lo noto.

—Puedes burlarte —admitió—, es legítimo. Pero en Madrid aprendí a considerar todas las opciones, por absurdas que suenen.

—¿Qué fue lo que pasó? —dijo Sandra antes de darle otro sorbo a su café.

—Es una historia... bochornosa —confesó.

—Necesito pensar en algo que no sea yo misma, considéralo un favor.

Asier suspiró. Contarle su mayor fracaso a la persona más fascinante que había conocido distaba de su idea de un desayuno agradable, pero igual que le costaba resistirse a la curiosidad y a un buen misterio por resolver, tampoco era capaz de decirle que no a Sandra. Después de todo, ella se había expuesto ante él, le debía lo mismo.

—De acuerdo, pero es muy ridículo, te lo advierto —suspiró—. Acababan de hacerme un contrato fijo en un medio nacional después de años de becario y de encadenar contratos de sustituciones y... puede que se me subiese un poco a la cabeza. Es difícil obtener un puesto así. La competitividad era brutal. Para que te hagas una idea, desde que entré en la cadena tuve una jefa que nos alentaba a captar el testimonio más estremecedor; si alguien lloraba ante la cámara, se consideraba un triunfo; si convencías al testigo que todos los canales codiciaban para que hablase aunque no estuviese preparado, eras un héroe. Sin ese tipo de logros resultaba imposible destacar y, por tanto, alcanzar un puesto mejor que el de «el novato».

»A pesar de haberlo conseguido, a mí me interesaban más las noticias relacionadas con el crimen organizado o tramas policiales complejas que los sucesos. Trataba de colar el pie poco a poco en los reportajes de investigación, pero no dejaba de ser uno de los últimos en llegar, y ya bastante suerte tenía por estar trabajando como para quejarme de mi puesto. Aun así, solía meterme en líos en busca de noticias que otros pasaban por alto. A veces salía bien, otras mal, pero por norma general me tocaban los reportajes que no quería nadie, como el de las típicas olas de calor.

»Ese año me mandaron a un barrio de Madrid a preguntar a los vecinos cómo lo sobrellevaban, y todos acabaron hablando sobre lo mismo: los continuos cortes de luz que hacían aún más difícil mantener fresca la casa. Se quejaban de que no podían ni enchufar un ventilador más de cinco minutos. Me pareció raro que la red eléctrica no diese ninguna explicación, así que seguí indagando hasta que descubrí que en uno de los edificios de la zona había un piso que tenía pinchada la luz. Suficiente energía eléctrica como para tener un cultivo de marihuana productivo. Se lo conté a mi jefa y me dijo que lo dejase estar, pero presenté la información a la policía. Insistí tanto que me permitieron acompañar al operativo policial para grabarla y arrastré a un cámara conmigo.

—No lo entiendo, ¿dónde está el problema?

Asier notó cómo sus mejillas enrojecían por la vergüenza.

—Me... me equivoqué. No era una plantación de droga. Era una granja de bitcoins, perfectamente legal salvo por la parte de pinchar la luz, claro. Al ver a decenas de policías en su puerta, los mineros se asustaron y trataron de desconectarse de la luz, pero hubo un chispazo que provocó un incendio en el edificio.

La policía me dijo que me largase, pero yo quise averiguar qué estaba pasando. Entonces varios de los equipos reventaron. ¿Has visto alguna vez vídeos de móviles y portátiles que explotan de golpe? Pues multiplícalo por diez. —Se señaló los audífonos—. Así perdí parte de mi audición, y tengo acúfenos desde entonces. Pero no debería quejarme; si el fuego se hubiese propagado por todo el edificio, mucha gente habría perdido su hogar.

»Para mi jefa, que corriese un riesgo tan estúpido y en contra de sus órdenes fue la gota que colmó el vaso. Me largó sin pensárselo dos veces. Ahora sé que era un despido más que merecido: di por hecho mi versión de la situación sin haberla comprobado, no pensé que pudiese haber otras alternativas que explicasen lo sucedido. Es la lección que más cara he pagado, así que no pienso olvidarla. Hasta que no contrasto un asunto, ni lo asumo ni lo descarto.

Asier esperó atento a su reacción. Cuando se lo contó a Nora, su compañera se burló de él durante semanas y, contra todo pronóstico, esa actitud le ayudó a sobrellevar la experiencia, a aceptarla como algo que le había ocurrido. Habían pasado varios años y lo único que le molestaba era cuando le compadecían. Sandra le miraba, y no vio en su semblante ni burla, ni lástima, solo comprensión.

—Debiste de sentirte muy culpable. Conozco la sensación. Espero que ya no te afecte eso. Has ayudado a suficientes personas para reparar tu error, como a don Emilio, o a mí.

—Aunque no he podido daros lo que necesitabais, a ninguno de los dos.

—Sí lo has hecho. Nos has escuchado sin juzgarnos. —Sonrió—. Me alegra haberte podido escuchar de vuelta.

Asier no supo qué responder. No estaba acostumbrado a recibir halagos y tampoco a buscarlos. El sonido de su móvil le salvó de convertirse en el periodista menos elocuente de la ciudad. Era un mensaje de Nora. Resultó que él no era el único dispuesto a confesar.

Se acabó lo que le quedaba del café de un solo trago.

—Lo siento, tengo que irme. Cristina Posadas quiere hablar con nosotros.

La hija de don Emilio los había citado en una de las cafeterías más populares de Santa Bárbara. El establecimiento había reabierto sus puertas hacía un par de años, en el lugar que había ocupado el famoso restaurante Château Chambord, donde los *socialités* y artistas de los frenéticos años veinte se habían dado cita para degustar los platos de un conocido chef francés, charlar y empezar a beber antes de que la verdadera fiesta diese comienzo. Para conservar el encanto de su época dorada, los nuevos dueños habían mantenido la decoración original y, al igual que sucedía en el hotel París, uno viajaba en el tiempo cuando cruzaba el umbral de la puerta, salvo porque no olía a salsas mantequillosas, whisky y tabaco, sino a café recién hecho y pan tostado. Pese a su éxito entre los vecinos y los escasos turistas, el halo de decadencia que cubría toda Santa Bárbara también reinaba en la cafetería casi vacía. Apenas tardaron un par de segundos en localizar a la ganadera, sentada en una esquina con la mirada perdida.

Caminaron hacia ella con brío, pero la agotada mujer que se levantó para saludarnos no se parecía a la enérgica Cristina que ellos conocían.

—¿Se encuentra bien? Ha tenido que ser una noche horrible —dijo Asier tras estrecharle la mano.

Después de ayudar a sofocar el incendio, la Guardia Civil detuvo a unos cuantos de los «alborotadores» y los retuvieron en los calabozos del cuartel hasta esa mañana, cuando los dejaron en libertad como principales sospechosos de causar el fuego.

Antes de volver a su casa para darse una ducha y dormir como cualquiera habría deseado en esas circunstancias, Cristina les había llamado. «Debe de ser importante», se dijo Asier estudiándola de los pies a la cabeza. Tenía ojeras, la mirada vidriosa y, aunque había intentado acicalarse, restos de humo y cenizas en la ropa y el pelo.

—No estoy pasando por mi mejor momento, no —asintió.

Los dos reporteros tomaron asiento y pidieron un café con hielo y otro descafeinado.

—¿Por qué quería vernos? Tal y como solicitó, no hemos traído las cámaras, pero sin ellas no podremos serle de mucha ayuda. —Asier imaginaba que su objetivo sería limpiar la imagen de su familia, asegurar que su padre no tenía nada que ver con lo sucedido, pero se equivocaba.

—No podéis grabar lo que os voy a decir, porque si alguien lo oyese, pensarían que estoy loca. Por eso os he llamado a vosotros.

Nora alzó las cejas, sorprendida, y cruzó con Asier una de sus miradas telepáticas. De acuerdo, la conversación no estaba tomando la deriva que esperaban, pero escucharían lo que tuviese que decir.

—A pesar de mis advertencias, mi padre os mostró lo que sucedía en la Casona Algora, esos... sacrificios. Temía que aprovechaseis las imágenes para ponerle en ridículo o restarle credibilidad, pero no lo hicisteis. Aunque no le creyeseis.

—Lo omitimos del reportaje porque no pudimos contrastar lo que ocurría en realidad —le aclaró Asier—. Eso no significa que le creyésemos o no.

Cristina tenía ambos codos apoyados sobre la mesa y se frotaba la frente con la yema de los dedos, en busca de las palabras adecuadas. Aquella actitud temerosa era impropia de la mujer que conocieron en Lucero, quien con solo llevar un cayado en la mano y caminar junto a sus perros parecía capaz de enfrentarse al mundo entero.

—No sé si podréis contrastar lo que os voy a contar, pero... necesito que no saquéis ninguna conclusión hasta que acabe. Es vuestro trabajo, ¿no?

Asier asintió, y la mujer comenzó su relato:

—Sé que lo que hicimos no era legal, pero no somos unos necios. Conocemos nuestras tierras. Nunca hubiésemos permitido que el fuego se extendiese, las lluvias de estos días habían empapado el suelo, no soplaba viento y había luna llena. Era la noche perfecta.

»Os juro que tampoco queríamos matar a los lobos, solo darles un buen susto para que no se acerquen más a las personas y evitar una desgracia mayor. Además, revisamos que no hubiese nadie por la zona antes de prender los rastrojos que rodean los peñascos. Es allí donde los lobos crían. Los esperamos durante un buen rato, escuchamos sus aullidos. Parecía que pidiesen ayuda desesperados, y admito que me sentí un tanto culpable, pero era tarde para dar marcha atrás. Algo se movió entre los árboles y pensábamos que por fin estaban huyendo de sus refugios, pero lo que vimos no era ningún lobo. Al principio pensé que era cosa del humo, que no había buena visibilidad. Pero no, estaba viendo bien: era una mujer. Le gritamos para que se marchase cuando nos dimos cuenta de que había alguien tan cerca del incendio, pero siguió avanzando entre las llamas.

—¿Está diciendo que alguien murió en el bosque? —preguntó Nora, llevándose una mano a la boca, horrorizada.

—Os pedí que no sacaseis conclusiones. Esa mujer no es una víctima. Nos atacó.

—¿Qué quiere decir con que los atacó? ¿Cómo? —preguntó Asier, que tenía que esforzarse para seguir tomando notas en lugar de pararse a escuchar el relato.

—Volcó las rocas del peñasco hacia nosotros.

—¿Una mujer, humana, de carne y hueso?

—Sí. O no. Una mujer, un monstruo, un fantasma. No tengo ni idea de qué era esa criatura, pero sé lo que vi con mis propios ojos. Quienquiera que fuese estaba protegiendo a los lobos, y creo que no habría dudado en matarnos si no hubiésemos salido de allí como alma que lleva el diablo.

Asier alzó la vista para mirar a Cristina a los ojos. No les estaba mintiendo, creía el relato que les acababa de narrar, pero resultaba demasiado fantasioso para recogerlo en cualquier noticiario. No quería ofender a su fuente, pero no le quedaba otra opción que cuestionarla.

—Esas piedras deben de pesar varias toneladas cada una.

—Sí.

—Pero las arrojó sobre ustedes. Una sola mujer.

—Eso es lo que trato de deciros. Es... es imposible. Corrimos hacia el otro lado de la ladera para evitar que nos aplastasen las rocas. Podéis ir allí, las encontraréis muy lejos de donde estaban ayer a estas horas.

—¿Tiene alguna prueba gráfica? ¿Un vídeo, una fotografía, algo que respalde su testimonio?

—No, estábamos ocupados salvando la vida —respondió con acritud.

—Y cometiendo un delito contra el patrimonio natural —masculló Nora para sí, más alto de lo que pretendía—. Perdón, pero, quiero decir, es cierto. Si yo fuese a cometer un delito, no lo grabaría.

Cristina apretó una mano contra la otra, como si tratase de darse ánimos a sí misma. Pretendía seguir defendiendo su versión de los hechos sin importar cuánto la cuestionasen.

—Sé lo que he visto. Hay algo más en esos bosques que lobos y árboles protegidos. Un demonio. ¿Sabéis qué hizo después de casi matarnos? Se puso a cantar. Se sentó, se abrazó las rodillas y cantó mientras los lobos la rodeaban. ¿Qué sentido tiene eso?

Asier notó un nudo en la garganta y una patadita de Nora por debajo de la mesa. Sí, él también se había dado cuenta de que solo había dos explicaciones y que ninguna de ellas era mera coincidencia. La explicación más sencilla y racional, que Cristina, igual que Desirée, formaba parte de un entramado retorcido que no acababan de comprender. La segunda, que la misteriosa voz del hotel París había propagado su melodía más allá de sus pasillos y habitaciones.

—Es... extraño, sí. Pero sin pruebas, lamentablemente no podemos ayudarla. No trabajamos en ese tipo de programas.

—Todos mis compañeros vieron lo mismo que yo. No estoy inventándomelo —se apresuró a decir Cristina—. La gente tiene derecho a saber lo que está sucediendo, que algo oscuro está entre nosotros. Pensaba que mi padre veía fantasmas donde no los había, que solo eran animales salvajes comportándose como tales, pero después de mirar el mal con mis propios ojos, sé que él está en lo cierto. Esos lobos no son lobos normales.

Asier comenzó a notar ese tipo de inquietud que le impediría permanecer sentado un solo minuto más, así que se apremió a despedirse.

—Gracias por su testimonio, por ahora no hay pruebas ni testigos suficientes para que podamos informar, pero si las encuentra, háganoslo saber.

—Ya... Tenía que intentarlo. Supongo que los habitantes del valle volvemos a estar solos. —Se puso en pie para irse la primera y dejó un billete sobre la mesa para pagar la cuenta—. ¿Sabéis qué? Puede que las fiestas de la alcaldesa sean una buena idea. Si Santa Bárbara se llena de gente, quizá alguien más vea lo que nosotros. No podrán ocultarlo durante mucho más tiempo, ya van dos ataques. Primero esa chica, después los ganaderos... Solo espero que no tenga que morir nadie para que actúen.

Se marchó visiblemente alterada, frustrada y asustada a partes iguales. Asier se sintió culpable. Habían tratado a Cristina como si pensasen que lo que había presenciado no tenía fundamento, cuando ellos mismos fueron testigos de sucesos igual de inexplicables en esos bosques.

Nora silbó, impresionada por lo que acababan de escuchar.

—¿Una mujer cantando en el bosque? Sandra estaba en el hotel con nosotros, ¿crees que alguien más ha tenido experiencias como la suya, escuchando esa melodía o con los lobos? ¿Podría tratarse de algún tipo de alucinación sonora? Me suena que hubo un caso de un culto en el que juraban hablar en un idioma divino, ¿el fenómeno de la glosolalia se llamaba? O puede que solo confundiesen el sonido del viento en la oscuridad con una voz de mujer. Una vez tuve una resaca tan grande que confundí el canto de un gallo con los chillidos de una niña. Casi me da algo del susto que me pegué yo sola.

Asier negó con un gesto de la mano ante las numerosas teorías de su compañera.

—No, es una canción real. Yo también la he escuchado en la caja de música de Candela Nieto. Me pregunto quién más la conocerá.

—Candela Nieto. Es curioso que la menciones justo ahora.

—¿Por qué? —preguntó Asier.

Nora ladeó la cabeza, sorprendida por la ignorancia del reportero.

—Pensaba que todo el mundo por aquí lo sabía. Candela Nieto murió en un incendio.

10

Candela

La promesa de Francisco no se hizo esperar. Esa misma tarde el hotel entregó a Candela un telegrama de su parte. Lo leyó con atención. El empresario había dado con un abogado que acababa de abrir un despacho en la ciudad dirigido a todos aquellos emprendedores que veían la oportunidad de iniciar negocios en Santa Bárbara. A través de él podría firmar la aceptación de su herencia y también el contrato que vincularía su fortuna a una empresa de nueva creación, cuya propiedad compartirían ambos, justo como habían acordado. Francisco la llamó para aclararle todos los detalles y la informó de que había enviado un coche de caballos al hotel para que la condujese hasta el despacho del abogado. Solo tenía que vestirse, salir de su cuarto y dejar que la guiasen.

Cerrar un acuerdo razonable con Francisco había sido su principal objetivo de las últimas semanas, pero ahora que estaba a punto de lograrlo no se sentía particularmente feliz ni satisfecha. Su destino seguía estando en manos de hombres poderosos, aunque esta vez se aseguraría de que el guion se dictase bajo sus propias condiciones.

Se puso uno de sus vestidos más discretos, de un gris perlado que se fundía con el tono del mar, y se encaminó a la puerta de la suite. Notó una punzada en el pecho cuando fue a despedirse de Emperatriz solo para recordar que se la habían llevado. Cruzó el recibidor del hotel, foco de todas las miradas. Estaba empezando a acostumbrarse a ser el centro de atención, y ahora, en vez de mostrarse cohibida, procuraba mantener la cabeza bien alta mientras avanzaba hacia la salida, seguida por una estela de murmullos. Tal y como afirmaba Francisco, un coche de caballos la aguardaba. Se subió sin hacer preguntas y observó por la ventanilla cómo se alejaban del hotel y del mar para adentrarse en la ciudad. Se detuvieron frente a un edificio de cinco plantas, de aspecto regio y el mismo estilo arquitectónico que imperaba en toda Santa Bárbara. Bajó del coche, se paró ante la entrada en busca de la placa del abogado —el suyo no era el único despacho en el bloque, a veces Candela olvidaba que había gente que vivía allí todo el año— y, justo cuando la encontró, sintió que una mano agarraba su antebrazo y tiraba de ella.

A punto estuvo de gritar pidiendo auxilio al ver que se trataba de un hombre con el rostro parcialmente cubierto por una gorra irlandesa, pero de pronto reparó en su olor. Ese inconfundible aroma a madera y musgo.

—Rafael —susurró.

Él le pidió que guardase silencio con un rápido gesto.

Reprimió el deseo de estrecharle y asintió con la cabeza. El pianista la condujo entre los edificios hasta que llegaron a un angosto y oscuro callejón que opacaba el glamour de las grandes avenidas circundantes. Un gato negro que merodeaba entre los cubos de basura y las salidas traseras de los edificios les bufó al ver cómo interrumpían su preciada paz, aunque enmudeció enseguida cuando la joven lo miró. A Candela no le molestaba lo sucio que estuviese el lugar, solo le importaba que estaban juntos.

—¿Estás bien? —preguntó Rafael en cuanto se detuvieron, y ella no perdió un segundo en echarse a sus brazos y apretarse contra él con un ímpetu que rozaba la desesperación.

Siempre fue la dura de los dos, tal vez por eso no se había dado cuenta de cuánto le necesitaba y le había echado de menos hasta que notó las lágrimas que empañaron sus ojos. Los brazos de Rafael rodearon su espalda y sintió su barbilla recostándose sobre su hombro. Dejó que sus respiraciones se acomodasen la una en la otra, pecho contra pecho, hasta que se convirtieron en un único movimiento.

—Creí que te habías marchado. Cuando supe que ya no estabas en el hotel pensé... pensé que te habías subido a ese tren.

Rafael la estrechó de vuelta y hundió el rostro en su espesa melena.

—¿Y dejarte aquí? No. Nunca. Ya te lo dije. —Se alejaron para poder mirarse a los ojos, y Rafael le limpió las lágrimas bajo sus párpados con un delicado movimiento de su dedo pulgar—. Voy a cumplir mi cometido, tocaré para ti cada día, siempre que me lo pidas.

Su rostro semioculto bajo la gorra revelaba las huellas del cansancio y la preocupación. Tenía marcadas ojeras y vestía el mismo traje de lana que aquel día en las regatas. No llevaba ninguna maleta o equipaje consigo.

—¿Dónde has estado?

—Aún conservo algunos amigos de mi breve época de marinero. La mayoría de sus casas fueron derruidas y tuvieron que marcharse a otras ciudades costeras, pero algunos se mudaron a pueblos cercanos. No te preocupes por mí. Yo... no podía quedarme en el hotel y tampoco podía avisarte. La Duquesa escucha todo lo que sucede allí, la misma música que está impregnando cada pared del hotel le devuelve los murmullos de sus huéspedes. Candela, tenemos que marcharnos. Su poder se alimenta de la verdad, y la tuya... es más fuerte que ninguna que haya descubierto antes.

La verdad. Su verdad. Lo que había hecho, lo que era. Retrocedió un paso, aunque el pianista no le soltó la mano.

—Tú me encontraste esa noche. Lo viste, lo que hice. No deberías protegerme después de presenciar eso —murmuró casi para sí, pero en el silencio del callejón su voz resonó con fuerza.

Rafael alzó la mano para acariciar su rostro y ella la apartó porque aún no entendía cómo podría recibir y aceptar amor después de lo que había descubierto sobre sí misma. Solo su abuela había sabido quién era y la había querido a pesar de todo, no podía pedirle lo mismo a nadie más. Rafael suspiró, exasperado.

—Desperté y no estabas. Oí los ladridos de Emperatriz, los seguí y te encontré cubierta de sangre... No sabía si era tuya. Casi muero del susto, de pensar que podía haberte pasado algo, y luego, sí, los vi, y también sé lo que pasó.

—Me llevaste en brazos de vuelta a mi habitación, me lavaste, me cambiaste de ropa y te deshiciste de las pruebas. ¿Qué sentiste al comprobar que no era mi sangre? ¿Alivio, horror?

—Candela...

—¡Soy un monstruo! —exclamó ahuyentando al gato negro, que echó a correr lejos del callejón—. Deberías odiarme.

De nuevo apartó la mano de Rafael de un manotazo, pero él no retrocedió ni se dejó intimidar.

—No eres un monstruo —respondió paciente.

—Estoy maldita. ¿Es que no lo ves? ¡Estoy maldita, destruyo todo lo que toco, por eso debo estar encerrada, vigilada!

El músico negó con la cabeza y apoyó ambas manos sobre sus hombros, para evitar que la joven siguiese alejándose de él. Sonrió, y el gesto, cargado de un amor que Candela no lograba comprender, la detuvo en seco.

—Todos tenemos sombras, la mayoría son grises, algunas se tornan mucho más oscuras y profundas, pero los verdaderos monstruos arrojan sombras sangrientas, Candela. He visto cosas atroces en el hotel en estos años, secretos horrendos. Madres que envenenan a sus hijos cuando se hacen adultos para poder seguir cuidándolos igual que cuando eran niños, matrimonios capaces de raptar y dejar morir a una tía lejana para hacerse con una herencia inmerecida, hombres que se casan con una viuda porque desean a su hija... Tu sombra no es roja, Candela, no eres ningún monstruo. Confía en mí.

—Tú lo sabías —dijo incrédula—. Has tenido mucho tiempo para pensar en esa excusa, en absolverme de mis pecados. Lo sabías y no me lo dijiste.

—Creía... Tu abuela me echó en cuanto lo descubrí. Al principio pensé que tú también lo sabías, que estabas de acuerdo en ocultarlo.

—¿Por qué volviste a mí, entonces? ¿Por qué, conociendo esa parte de mí, te quedas?

—No hay una sola parte de ti que conozca y no ame, Candela. No eres ningún monstruo, eres la persona más humana y auténtica de toda Santa Bárbara.

Ella supo que de verdad pensaba lo que decía, que Rafael, aunque hubiese tenido que aprender a guardar silencio y a apartar la mirada para sobrevivir, no sabía cómo mentir... Pero se resistía a creerlo.

—Puede que yo no sea un monstruo, pero la Loba lo es. Mató a dos hombres.

—Olvidas que, al contrario que tú, yo la he visto, a esa parte de ti que llamas Loba. Ella me salvó hace diez años y me parece que también te salvó a ti. Los humanos pueden ser más peligrosos que cualquier bestia.

—¿Crees que tuve mis motivos, aunque no estuvieses cuando ocurrió? —preguntó Candela, tentada de aferrarse a la posibilidad de una redención, al menos a sus ojos. Después de todo, eran los únicos que le importaban—. Has visto a la Loba, de lo que es capaz... ¿y no le tienes miedo?

—No. Ninguno —respondió tajante.

—Mi abuela sí me temía. Me encerró para que no pudiese hacer daño a nadie.

—Te equivocas. Ella temía que otros no lo comprendiesen. Durante mucho tiempo me pregunté por qué me apartó así de vosotras, si pensaba convertirme en tu guardián, hasta que al volver a encontrarme contigo lo entendí. Temía que al verte como la Loba antes de tiempo pudiese dar la voz de alarma, que el miedo me cegase. Aurora te amaba más que a nadie en el mundo. Por eso te dio un lugar donde crecer segura. Te protegía a ti del resto, no al revés, pero ya no eres una niña, no tienes por qué volver a encerrarte. No cierres la puerta y me dejes fuera, por favor. —Rafael apoyó las manos sobre sus hombros, y esta vez Candela aceptó su contacto, dejó que la guiase, hasta que acabó de nuevo apoyada contra su pecho escuchando los serenos latidos de su corazón—. Mi único miedo es volver a perderte, y será inevitable si nos quedamos en Santa Bárbara. ¿Vendrás conmigo?

Ella también tenía miedo. La idea de ser algo remotamente parecido a feliz, después de lo que había sucedido, le resultaba una mera fantasía.

—Podríamos marcharnos, tú y yo, pero ¿qué vamos a hacer con la Loba?

Rafael acarició la base de su nuca y ella cerró los ojos deseando que el momento durara para siempre. Pero él la alejó para poder hablar cara a cara, tomó su mano y la estrechó con fuerza.

—Aprenderemos a convivir con ella.

—¿Convivir?

—Esta —alzó la mano de Candela y la colocó sobre su corazón, hasta que pudo escuchar sus propios latidos— es quién eres. Puede que la Loba salga con tanta ferocidad porque ha estado encerrada. ¿Has visto cómo se ponen los animales cuando pasan mucho tiempo sin poder correr y jugar? Ansiosos, voraces. Una vez vino un circo a la ciudad, con osos, tigres y leones, y aunque pareciesen tranquilos y sumisos en sus jaulas, podías verla en sus ojos. La ira. Tuve la certeza de que, si los barrotes se quebraban, nos destrozarían a todos. Pero no es culpa suya, cualquiera se volvería así si lo aislasen, si lo castigasen continuamente, si no le permitiesen existir. Tal vez deberías dar espacio a la Loba para que viva en ti.

¿Era posible? ¿Escuchar lo que la oscuridad en su interior tenía que decir? Si hacía memoria, aquella consciencia que sus padres biológicos y toda su aldea natal habían percibido como monstruosa solo había alzado su voz para protegerla cuando ella había desoído sus advertencias. ¿Sería capaz de calmarla a través de la música sin asfixiarla?, ¿podrían darse una tregua mutua? Todo el mundo sucumbía a sus demonios en ocasiones, a no ser que aprendiesen a vivir de la mano.

—Puede que la que más asustada esté sea yo —admitió.

—Yo también lo estaba cuando abandoné el valle para vivir en Santa Bárbara, pero piensa en todas las maravillas que nos esperan —dijo Rafael, y por un momento el agotamiento se esfumó de su rostro sustituido por la emoción de un nuevo comienzo—. Piensa en todas las películas que aún no hemos visto, en los bailes que no conocemos, en las canciones que nos quedan por escuchar. El miedo pesa un poco menos cuando lo comparas con todo lo que te podrías perder, ¿no te parece?

Candela se había resistido a la tentación, a la emoción irrefrenable que sus descubrimientos sobre el mundo moderno despertaron en ella, gracias a su determinación de volver a la casona. Pero ahora que sabía que había sido una prisión tanto como un hogar y que las criaturas del bosque acudían a ella por la Loba que habitaba en su interior, comprendió que no podía volver. No aún. No mientras la Loba y ella fuesen dos entidades diferentes pugnando por el control. Tenía toda una vida por delante para averiguar cómo hacerlo, junto a Rafael. Por primera vez en días, sintió una punzada de expectación, y el hormigueo de la esperanza calentando su piel como un repentino rayo de sol que se abre paso entre las nubes.

—De acuerdo. Iré contigo. —Apretó la mano de Rafael de vuelta y ambos sonrieron, conmovidos y temerosos a la vez.

—Vayamos a la estación. Parte un tren esta tarde —se apresuró a decir el músico.

—¿Qué? ¿Tan pronto? ¿Qué hay de mis cosas?

—Podremos conseguir todo lo que necesitemos cuando lleguemos. Si regresas al hotel, existe el riesgo de que no puedas volver a salir —dijo, y aunque le costaba imaginar que la Duquesa estuviese dispuesta a secuestrar a sus huéspedes, la seriedad en su voz no dejaba lugar a dudas de que era así.

—No dormiré allí, pero hay algo que tengo que hacer antes de irnos. Dos cosas, en realidad. Quiero aceptar la herencia de mi abuela y después tengo que rescatar a Emperatriz. No puedo irme sin ella.

Rafael la escuchó y, a pesar del contratiempo, asintió. La conocía demasiado bien como para imaginar que podría convencerla de que abandonase a su fiel perra a la espera de una muerte segura e injusta.

—Lo haremos juntos. Encontrémonos esta noche, en el cine. Finge que vas a ver una película con Margarita. Deberías irte ya si vas a firmar los papeles, o Francisco sospechará.

Candela accedió a regañadientes. Cada minuto que quedaba hasta el anochecer se le antojaba una eternidad, pero ahora que sabía que al menos había una persona en el mundo que la veía tal y como era, que conocía todo sobre ella, las luces más atrayentes y las sombras más aborrecibles, y que a pesar de todo la amaba, sentía que el camino sería un poco más llano, aunque tuviese que ser ella la que diese un paso tras otro obviando el agotamiento.

—Recuerda que puedes escuchar la canción en la caja de música si lo necesitas —dijo él, que también se resistía a dejarla ir—. O si me echas de menos.

Rafael sonrió y Candela se puso de puntillas para besarle en los labios y apretarse contra él como si quisiese detener el tiempo. La urgencia de protegerle pasase lo que pasase ardió en su pecho con mucho más ímpetu que cualquiera de sus dudas.

—No estoy segura de si debo escuchar la canción —dijo al separarse de él—. Por mucho que la tema, puede que necesitemos esa parte de mí esta noche.

—Quizá su fuerza, *tu* fuerza —se corrigió— nos ayude. Pero no tienes por qué estar asustada. La Loba no volverá a hacer daño a nadie, te lo prometo.

11

Sandra

«El tiempo tiene la capacidad de contorsionarse, expandirse y contraerse en los hospitales», se dijo al comprobar la hora por enésima vez. Sandra era dolorosamente consciente de esa particular relatividad mientras esperaba sentada junto a Pietro.

Su numerosa familia llegaría en unas horas, algunos desde Londres y otros desde el sur de Italia, pero hasta entonces estaban solos. Él, dormido para huir de sus tormentos, y ella, velando sus sueños.

Las primeras horas, en las que sometieron a Pietro a toda clase de pruebas médicas para asegurarse de que su estado no respondía a ninguna causa física, fluyeron en un parpadeo. Ahora que solo podía esperar a que se despertase y se recuperase, el silencio, los segundos, se habían tornado densos. Cada vez que miraba el reloj en lo alto de la habitación creyendo que habrían pasado treinta minutos, apenas habían sido cinco. Trataba de hacer la espera más liviana cantando para él. Al principio probó con la melodía sanadora que le enseñó Emilia Ortiz, pero por supuesto no funcionó. Después pasó a interpretar sus propias canciones, esas que solían tocar juntos sobre el escenario, con la esperanza de que la música familiar le hiciese volver a casa, volver con ella.

—Tienes que despertar pronto —le decía entre canción y canción—. Haremos un concierto porque sí, para demostrar que estamos bien. Todos están preocupados por ti, canalla, te encantaría verlo. La banda, los fans, incluso los haters quieren que te recuperes.

El resto de Las Hijas Salvajes —Becka, su batería, y Daniel, el bajista— habían querido reunirse con sus hermanos de la banda, pero Tillie se lo había prohibido terminantemente. Ya bastante atención mediática habían atraído Sandra con su divorcio y Pietro con su supuesta desaparición seguida de una hospitalización cuyos detalles nadie había aclarado. Al menos ellos dos debían mantenerse a salvo de los flashes de las cámaras. Su mánager, en cambio, le había prometido que se reuniría con ella tan pronto como controlase la situación en el Reino Unido. Sandra contaba los segundos que le quedaban para poder refugiarse en Tillie. Desde que tenía diecisiete años su agente se había convertido en la parte adulta de su cerebro. Las minucias del día a día, que al resto de las personas les desgastan y les arrebatan su tiempo, eran cosas de Tillie: era quien se encargaba de todos los asuntos prácticos, desde los más serios, como pagar las facturas del agua y la luz de su piso o de hacer y entregar su declaración de la renta, hasta los triviales, como decidir dónde se cortaba el pelo. Sandra nunca se había preocupado de comprobar las reseñas de un dentista en Google para saber si era de fiar, ni de si la zona donde se iba a mudar tenía espacios de aparcamiento; se limitaba a cuidar su garganta y a estar en forma para poder rendir en sus conciertos, e invertía toda su energía en decidir cuál sería la próxima canción que iba a grabar. Tal vez por eso se sentía tan perdida y desamparada, sentada frente a su amigo sin saber cómo ayudar.

Estaba sumida en tales pensamientos cuando una enfermera y un auxiliar entraron en la habitación para cambiar los vendajes en las muñecas de Pietro y renovar los goteros. Sandra aprovechó la ocasión para airearse un poco y estirar las piernas. El exterior continuaba vigilado por paparazzis que ansiaban una foto de Sandra O'Brian entrando o saliendo del hospital tras visitar a su guitarrista (y presunto amante, según muchos; tal y como esperaba, la imaginación de la prensa amarillista no tardó en desbordarse), así que se conformó con pasear por los pasillos de la tercera planta.

Caminó de un lado a otro, procurando pasar desapercibida, hasta que escuchó los gritos que procedían de una de las habitaciones. Al acercarse, reconoció la voz de Desirée y el estómago le dio un vuelco. Era consciente de que tarde o temprano tendría que enfrentarse cara a cara con ella, pero había contado con tener más tiempo para mentalizarse y con que Asier y Nora estarían junto a ella cuando eso sucediese. Pensó en dar media vuelta, pero Desirée continuó gritando y la intriga acabó por imponerse.

Se asomó para ver qué ocurría y descubrió que la joven estaba forcejeando con varios enfermeros y con su doctora. Insistía en que quería marcharse, a pesar de que aún tenía la pierna vendada tras la larga operación a la que se había sometido para salvar el tejido de los músculos.

—¡Tengo que ir! Morirán de hambre, no, de sed. No puedo dejarlos allí. Dejen que me marche.

La doctora intentaba razonar con ella, explicarle que no estaba en condiciones de ir a ningún sitio, que el tratamiento con antibióticos no había concluido y que sin un seguimiento sus heridas podían infectarse y matarla. Más aun habiendo sufrido el mordisco de un animal.

—Puede llamar a un familiar o a un amigo para que se haga

cargo de los... ¿perros?, ¿gatos? Le dejaremos un teléfono si el suyo no funciona.

—No lo entiende, nadie más puede hacerlo, tengo que ser yo.

Por supuesto, se dijo Sandra; solo ella podía hacerse cargo del asunto porque no estaban hablando de ninguna mascota, sino de seres humanos, como Pietro. «Hay más, Pietro no era el único», comprendió al advertir el plural, y sin pararse a pensar en lo que hacía, entró en la habitación.

—Disculpe, doctora —dijo, provocando un silencio inmediato.

Desirée la miró aterrorizada y el personal médico, con curiosidad. Reconoció ese tipo de expresión enseguida. La noticia de que Sandra O'Brian estaba en la ciudad había corrido como la pólvora y con la gente atenta, sus gafas de sol no bastaban para mantenerla en el anonimato. Decidió que era hora de sacar provecho de su fama y se quitó las gafas para disipar cualquier duda.

—Soy amiga suya, ¿verdad, Desirée? También conoce a mi compañero Pietro. Creo que yo podría ayudarla a calmarse, si me dejan unos minutos con ella.

La doctora permaneció perpleja unos segundos. ¿Sandra O'Brian, amiga de la recepcionista de un hotel de Santa Bárbara? Aunque le resultase extraño, cedió ante su propuesta, ya que las evidencias médicas no lograban hacerla entrar en razón.

—Volveremos en unos minutos a revisar cómo avanzan las heridas —le advirtió a su paciente, antes de marcharse junto al resto del personal sanitario.

Cuando se quedaron a solas, Desirée miró a un lado y a otro de la estancia como si buscase una salida, alguien a quien pedir auxilio. Al comprender que tendría que enfrentarse a Sandra, empezó a hablar a toda velocidad:

—Yo no le llevé hasta allí, te lo juro. Cuando ella se marchó del hotel, me pidió que los atendiese, que me asegurase de echarles un ojo en su habitación de vez en cuando, nada más.

—¿Quién es esa «ella»? —preguntó Sandra recordando a la mujer en las grabaciones de las cámaras de tráfico—. ¿Es la alcaldesa? ¿Tiene ella algo que ver con todo esto?

Había advertido a los periodistas, a través de su jefe de prensa, para que no ensuciasen el nombre de la ciudad y del hotel, ¿había llegado a mancharse las manos?

—Yo... no lo sé. Sí, supongo. No... no sé qué negocios tienen con el ayuntamiento, ¿de acuerdo? Yo solo he hecho lo que me pidieron y a cambio me dejan vivir en el hotel.

—¿Quién secuestró a Pietro?

—Nadie. Vino porque quiso. Luego... se torcieron las cosas.

—¿Cómo se torcieron? Cuéntame todo lo que sepas.

—Ya estoy hablando demasiado.

Aquello fue la gota que colmó la paciencia de Sandra. Había alguien jugando con todos ellos, acosándola con esa maldita canción, amenazando a sus únicos aliados para que se marchasen, secuestrando a su amigo. Si Desirée no quería hablar, le haría cambiar de opinión. No se sintió orgullosa por lo que hizo, ni disfrutó con ello, pero no dudó ni un segundo.

—No es difícil averiguar el número de teléfono de una persona cuando eres periodista, ¿lo sabías? Los médicos nos han preguntado por tus familiares, ¿deberíamos pedirles que llamen a tu madre?

Los ojos de la joven se abrieron mucho, inundados por un terror visceral. Parecía aún más asustada que cuando aquella loba le clavó sus colmillos en la pierna.

—No puedes hacerme eso. Yo no os he causado ningún daño, solo trataba de ayudar, no es justo. No... no puedes.

—¿Quién secuestró a Pietro? —preguntó de nuevo—. Respóndeme, o la próxima persona que vendrá a verte será tu madre.

Y con la pierna así, no podrás volver a huir de ella en mucho tiempo.

—Te juro que no sé quién es. Nos comunicamos por e-mail, viene y va cuando quiere, con su propia llave. Es una de las socias que compraron y remodelaron el hotel.

—Al menos sabrás qué aspecto tiene.

—No la he visto nunca.

—Pero habrás notado algo raro; una clienta que entra en el hotel sin registrarse, que merodea por allí a menudo, cosas así.

Desirée negó con la cabeza.

—Es un hotel de cinco estrellas con el precio de uno de dos, en una ciudad fantasma. Vienen amantes de todos los alrededores y muchas veces evitan llegar juntos para disimular, así que sí, hay mucha gente que trata de pasar desapercibida. Demasiados como para que me haya fijado en nadie en concreto.

—¿Dónde está mi amigo?

—Es que...

La estudió en silencio. Un periodista o un policía podrían haber usado ese instinto forjado a base de experiencia en el terreno y de mirar a mentirosos a los ojos, pero Sandra no tenía forma de saber si Desirée tenía o no talento para el arte del engaño. Sin embargo, sí sabía reconocer a una persona que teme arriesgar su futuro y verse atrapada en un pasado al que no soportaría volver. Y esa chica estaba aterrada porque había hablado más de la cuenta, y eso traería consecuencias. Dijese o no la verdad, no la convencería para que soltase una sola palabra más sobre su jefa. Pero ella también sabía cómo jugar a las mentiras...

—¿Quieres que Pietro se muera de sed y convertirte en una asesina? Ya han pasado dos días. No hemos presentado cargos por tu acoso, pero si algo le ocurre a mi amigo...

—En la suite del octavo piso —dijo al cabo de unos segundos—, la única habitación de esa planta. La 801. Es donde solía vivir la duquesa de Pravia, la fundadora del hotel.

Así que era cierto... Todo ese tiempo que habían pasado buscando a Pietro, preocupándose por él, resultó que había estado justo sobre sus cabezas. Ignoró la punzada de culpa y de dolor.

—¿Cómo entramos? ¿Tienes la tarjeta?

Desirée negó con la cabeza.

—Esa habitación solo puede abrirse con una llave. Mantuvieron la cerradura original para que nadie del personal del hotel pudiese entrar. Hay dos copias: una la tiene ella y la otra está en mi habitación. La 124. La tarjeta está en mi bolso.

Señaló un bolsito de color marrón, apoyado sobre el sillón de los visitantes. Alguno de sus compañeros debía de habérselo traído de su taquilla. Sandra lo abrió y rebuscó entre sus pertenencias hasta dar con una cartera a juego con el bolso. La abrió y dentro encontró una de las tarjetas del hotel. La guardó en el bolsillo de su gabardina y, a pesar de que ya tenía todo lo que necesitaba y de que cada segundo frente a Desirée la desestabilizaba por completo, no pudo marcharse sin hacer una última pregunta:

—¿Por qué hacéis todo esto?

—Sé... sé que cuesta entenderlo, pero solo tratamos de ayudar.

—¿Ayudar? —respondió con una risotada amarga. Tenía que ser una broma.

—Santa Bárbara está maldita, ¿lo sabías? Es lo que cree todo el mundo, pero no tiene por qué ser así. Tú lo viste, lo que puedes hacer.

El temor a esa mujer que le daba órdenes por escrito se convirtió en una emoción distinta cuando la recepcionista miró a Sandra a los ojos, un sentimiento a medio camino entre el recelo a lo que no se comprende del todo y la admiración devota.

—Yo no puedo cambiar nada. Solo soy una cantante. Me dedico a escribir canciones, no a salvar vidas ni a apagar incendios. Deja de mirarme así.

—¿Mirarte cómo?

—Como si fuese... una diosa o algo similar.

Desirée agachó la vista.

—Sí que lo hiciste... —Palpó su pierna herida, sin llegar a hacer presión—. Sí me salvaste la vida. Esos lobos me habrían matado si tú no...

—Estás muy equivocada conmigo. Lo que ocurrió en la montaña fue una casualidad. —Sandra se puso en pie y caminó hacia la puerta, dispuesta a seguir la única pista que tenía: la habitación 801—. Y, por cierto, no tienes que preocuparte por Pietro. Está en el hospital recuperándose de lo que quiera que le hicieseis. ¿Has visto? No soy una salvadora, solo otra mentirosa más, igual que tú y que todos.

Desirée echó todo el cuerpo hacia delante igual que si la recorriese una descarga

—¿Le encontrasteis?

—No, supongo que escapó al ver que no volvías. Fue él quien vino a buscarme.

—¿Y... habéis visto a alguien más? —preguntó, tan tensa que no dejaba de apretar los dientes.

—¿A cuántos habéis secuestrado?

Ni Sandra ni los reporteros habían visto a nadie sospechoso, pero habían estado ocupados atendiendo a Pietro y con el caos provocado por el incendio... ¿Era posible que otra víctima hubiese escapado de la suite 801, o acaso había más personas allí atrapadas a la espera de que alguien las encontrase?

—No la hemos secuestrado. La estamos cuidando.

Sandra no tuvo ocasión de hacer más preguntas, aunque cada vez tenía más claro que Desirée vivía inmersa en una especie de delirio. Escuchó un par de golpecitos en la puerta y la doctora volvió a entrar junto al resto del equipo.

—Necesitamos cambiar los vendajes. ¿Está todo arreglado?

Sandra sonrió y asintió con un aire inocente.

—Claro, todo resuelto. —Únicamente tenía que encontrar la suite 801 y a su dueña para zanjar aquel asunto de una vez por todas.

Los ecos de la época de gloria del hotel París se habían convertido en un estruendo ensordecedor. El pasado que hasta entonces solo podía intuirse con mucha imaginación era de pronto un hecho irrefutable. El vestíbulo vacío al que llegó Sandra no hacía ni dos semanas bullía de actividad en un trajín continuo de gente. Al principio fueron solo los periodistas que acudían para hacerse eco del ataque de los lobos o del incendio de la pasada noche, y a lo largo del día se habían ido sumando los paparazzis a la caza de una foto de Sandra O'Brian o de Pietro Contaldo, y eso que en el último par de días la ocupación del hotel ya se había disparado por las fiestas de Santa Bárbara. La alcaldesa se había encargado de organizar y engalanar la ciudad para los festejos, que incluían competiciones deportivas por la mañana, comidas populares que se repartían a lo largo del día y conciertos y fuegos artificiales durante la noche. Habían cortado el tráfico en la avenida del paseo marítimo para situar un escenario en uno de sus extremos, el resto de la calle se había convertido en un ir y venir de gente y en el enclave de puestos callejeros de comida rápida y de tiendecitas de artesanía.

Sandra había llamado a Asier y a Nora tras la confesión de Desirée para contarles lo sucedido y acababan de reunirse en la entrada del hotel. Apenas se saludaron; no tenían tiempo que perder. Si había alguna prueba en la suite 801, debían encontrarla antes de que su huésped decidiese que era el momento de volver a la ciudad.

—Démonos prisa. Podría haber otra persona atrapada allí todavía —dijo camuflada con una gorra y un fular que le tapaba media cara. Resultaba casi aún más llamativa que si fuese con el rostro al descubierto, pero era la única forma de evitar que los paparazzis consiguiesen una foto que pudiesen vender.

Asier y Nora asintieron y se apresuraron a subir las escaleras dejando atrás el barullo de huéspedes.

—¿Estarás bien? —preguntó Asier—. Esta noche se emite la entrevista.

—Lo estaré, si mi mánager no me estrangula cuando la vea. No le he contado nada al respecto.

—Es difícil que no se haya enterado —le advirtió Nora—. Llevan todo el día anunciándolo, está por todas partes.

—Vaya, no lo sabía. Ventajas de no usar internet, supongo. —Se esforzó por ignorar el nudo en el estómago, en ese momento su vida personal era insignificante en comparación con el peligro que los acechaba en Santa Bárbara—. La habitación de Desirée es la 124 —informó, y recorrieron el pasillo hasta dar con la puerta en cuestión.

Sandra sacó la tarjeta del bolso y la pasó por el lector para comprobar, aliviada, que se encendía la luz verde. Los tres se pusieron guantes antes de entrar para no dejar sus huellas en la estancia y ella abrió la puerta creyendo que solo tendría que preocuparse por encontrar la llave, pero lo que vio allí dentro la sobrecogió. La habitación de Desirée tenía vistas hacia la avenida, y era mucho más pequeña que la suya, pero lo que más llamaba la atención era el imperante desorden.

—Huele como si tuviese un cadáver aquí dentro, lo que no me sorprendería tanto, la verdad. —Nora se cubrió la nariz y la boca con la manga de la chaqueta.

—No es un cadáver, al menos no humano. —Asier señaló hacia un plato con restos de pollo con arroz que debía de haber subido del comedor a su habitación—. Me parece que el personal de limpieza tiene órdenes de no entrar aquí, y entiendo por qué.

Además de la ropa revuelta y los platos medio vacíos, Desirée había colgado ristras de ajo sobre la puerta y junto a todas las ventanas. Pero aún más impactante era su colección de patas de conejo, alineadas unas tras otras sobre la mesilla de noche. Sandra recordó que la había visto frotar una de ellas la noche en que volvieron al hotel después de encontrar el coche de Pietro estampado contra un árbol.

—Encontremos esa llave y marchémonos de aquí, la energía de esta habitación me está poniendo de los nervios —admitió Sandra.

Los reporteros asintieron y comenzaron a buscar. Nora abrió los armarios, Asier revolvió aún más el desorden y Sandra se encargó de revisar los cajones uno por uno.

—¿Qué clase de persona guarda palas y sierras junto a los zapatos? —Nora apuntaba a la extraña colección de herramientas—. ¿Y eso de ahí es una soga? Joder...

—Eso no es lo peor de todo —advirtió Asier, alzando una carpeta que había abierta sobre la cama. En su interior había lo que parecía ser un informe detallado sobre Sandra y fotos que no reconoció, aunque apareciese en ellas. Apartó la vista, prefería no verlo—. Parece que se ha esforzado por averiguar todo lo que ha podido sobre ti.

Nora se abrazó a sí misma.

—Esto es supersiniestro. Puede que ese guardia civil tenga razón, ¿y si dejamos esto en manos de las autoridades?

—Lo haremos —decidió Sandra—. Pero antes quiero ver esa suite con mis propios ojos.

Abrió el último cajón del escritorio y allí estaba, la llave que buscaban. Era lo bastante grande y anticuada para llamar la atención, el tipo de objeto que uno esperaba encontrar en una tienda de coleccionismo y no en un hotel recién renovado.

—La tengo.

Con la llave en su poder, subieron las escaleras de los siete pisos restantes, hasta el octavo, que presentaba una distribución diferente a la del resto del hotel. En lugar del alargado pasillo en torno al que se desplegaban las habitaciones, en la octava planta había un enorme recibidor, decorado con una lujosa alfombra de estilo persa y plantas de interior tan altas que parecían árboles. La estancia conducía a una única puerta. La suite 801.

—¿Y aquí vivía una duquesa? ¿Para qué necesitaba tanto espacio? —se preguntó Nora—. Tengo entendido que era una mujer viuda y sin hijos.

—Me imagino que, cuando eres rico y tienes empleados que limpian por ti, no hay casa demasiado grande —comentó Asier.

—Creedme, sí que las hay —dijo Sandra recordando cómo las paredes de su casa de dos plantas de Londres se le echaban encima en ocasiones a pesar de haberlo compartido con Olivia. Tener habitaciones enteras que no sabía a qué dedicar solo lograban recordarle los vacíos en su existencia, todas las aficiones interesantes que podría haber tenido, los huéspedes que podrían haberla visitado, si no hubiese entregado toda su vida a la música.

Ignoró los retazos de su pasado y avanzó directa hacia la puerta. Llamó varias veces y esperó para asegurarse de que no había nadie dentro. Introdujo la llave en la cerradura y comprobó que encajaba a la perfección. La giró con un suave movimiento mientras sus compañeros de aventura aguardaban expectantes. La puerta se abrió con un sonoro clic y apenas tuvo que empujar para adentrarse en la suite.

Igual que sucedía en el resto del hotel, se habían esforzado por conservar la decoración original de la suite 801. Sandra podía imaginar a una adinerada duquesa viuda viviendo allí, pasando largas veladas con sus invitados predilectos, disfrutando de las vistas del mar a un lado y de la montaña al otro. Mientras que el resto de las estancias tenían el aire impersonal de una habitación de hotel, este espacio estaba pensado para habitarse, y pese a los esfuerzos del nuevo dueño, se notaban los vacíos, esos rincones donde en otro tiempo hubo un armario para la vajilla o un retrato familiar estaban huecos. Lo que sí mantuvieron fue un piano de cola en el salón, junto a la ventana.

Fue frente al instrumento donde hallaron las pruebas que estaban buscando, los indicios que demostraban que el lugar había sido más que una suite en las últimas semanas. También fue una prisión. Descubrieron dos elegantes sillas, la una frente a la otra, y junto a sus patas, dos sogas de color azul, como las que empleaban los marineros. Alguien las había roto en dos grandes pedazos.

Así que era cierto. Pietro estuvo allí todo el tiempo con alguien más. Asier se agachó junto a las sogas rotas y las examinó sin llegar a tocarlas.

—Sé que es impactante, pero creo que deberías ver esto.

Sandra se inclinó a su lado y comprobó que había rastros de sangre en una de ellas. Se le revolvieron las entrañas al pensar en los días que Pietro pasó allí atado luchando por soltarse. ¿Se habría preguntado si alguien le buscaba, por qué tardaban tanto en dar con él?

—¿Corresponde con las heridas de Pietro? —preguntó el periodista, y ella, que las había visto de cerca, asintió.

Asier sacó su móvil para tomar varias fotos de las sogas tal y como las habían encontrado.

—Parece que las hubiesen rasgado, pero eso es imposible. Debería serlo. Las fibras de este tipo de sogas están diseñadas para soportar varias toneladas de fuerza. ¿Te acuerdas, Nora? Nos lo contaron cuando hicimos aquel reportaje en el puerto.

—Es cierto, pero también es imposible que alguien lance rocas como las de la pedriza —apuntó su compañera.

Asier y Nora le habían contado el testimonio de Cristina Posadas por teléfono, la supuesta aparición de una misteriosa mujer de fuerza sobrehumana e ira desmedida. Quienquiera que fuese, había hecho acto de presencia la misma noche en que Pietro había reaparecido.

—¿Pensáis que es la misma persona?

—¿La verdad? —admitió Nora—. Yo ya no sé qué pensar, pero si han secuestrado a varias personas y esta es la escena del crimen, me parece que es el momento de llamar a la policía. Me gustaría poder aportar algo más, pero... no sé qué decir. Voy a explorar a ver si encuentro algo, puede que haya alguna prueba más en alguna de las ochocientas estancias de la suite de la Duquesa. —Se alejó de las sillas y del piano y comenzó a inspeccionar el resto de los cuartos por su cuenta.

—¿Estás de acuerdo? —preguntó Sandra a Asier—. ¿Deberíamos dejarlo en manos de las autoridades a partir de este momento?

—Por ahora el único delito lo hemos cometido nosotros entrando en la suite sin permiso. Aun así, llamaré a mi amigo y le sugeriré que echen un ojo por aquí, podría haber correspondencias de ADN en la sangre de las sogas, alguna fibra. Pero, la verdad, me preocupa que no perciban el verdadero peligro. Es fácil ignorar los hechos cuando señalan una verdad difícil de aceptar. No sería la primera vez que pasa.

—Los hechos... —repitió Sandra, acariciando las teclas del

piano. Tocó una de ellas para comprobar que funcionaba y que no era un mero elemento decorativo—. Tillie tendría que haberme conseguido esta suite. ¿La secuestradora será músico?

—Puede ser, eso o que estén buscando a uno. Como Pietro, como tú.

Sandra negó con la cabeza.

—Otra vez no. No digas eso.

—Ya lo oíste. Lo dijo Desirée. Te esperaban a ti, o más bien a alguien con tu don. Alguien capaz de utilizar la música para algo más que conmover a las personas. Ese piano de ahí solo prueba sus palabras. Puede que quien está urdiendo todo esto esté en lo cierto y esa canción posea poderes que no comprendemos, o que lo crea con tanto ímpetu que ha llegado a secuestrar a varias víctimas para convencerse de su fantasía. En este caso, lo que sea real no importa tanto como lo que el responsable crea.

—La responsable —le corrigió—. Desirée también dijo que era una mujer. ¿Recuerdas el vídeo? En algo tienes razón. Nos han estado vigilando y siguiendo. Pero nosotros no sabemos nada sobre ella o sus verdaderas intenciones.

—Si hay alguna pista sobre su identidad en esta suite, daremos con ella —prometió—. ¿Has visto algo, Nora? —llamó a la camarógrafa, pero la camarógrafa no respondió—. ¿Nora? —Silencio—. Voy a ver qué anda haciendo.

Asier comprobó varias de las habitaciones y todas estaban vacías. Sandra, que comenzaba a inquietarse, revisó el otro lado de la estancia y llamó al reportero con un gesto cuando escuchó un sollozo que provenía del interior de uno de los dormitorios. Las cortinas estaban echadas y apenas entraba luz en la estancia.

Al principio no la vio en la penumbra, pero Sandra siguió el sonido de su respiración y distinguió su silueta acurrucada en una esquina, entre la cama y un enorme armario.

—Nora, ¿qué sucede? ¿Te encuentras mal? —preguntó y se agachó junto a ella, seguida de un preocupado Asier.

—Lo... lo siento —dijo entre lágrimas, con la voz nasal.

—¿Por qué? ¿Qué ha pasado?

—Siento ser así, haberme comportado como una niña pequeña. Soy insoportable, ¿verdad? Incluso ahora no dejo de hablar, de ponerle pegas a todo sin aportar nada. Solo repito que llamemos a la policía porque no sé qué más hacer, cómo ayudar. Desde que te vi no he hecho más que molestarte.

—¿Por qué dices eso? —preguntó Sandra—. No es cierto. Estaba hecha polvo cuando llegué a Santa Bárbara creyendo que todos mis fans me odiaban, pero te conocí a ti y me di cuenta de que no era cierto.

Trató de tomar su mano, pero Nora la apartó con brusquedad.

—¡No mientas! —exclamó Nora—. ¡No mientas para protegerme, por ser amable! ¡Eso solo lo empeora! —Comenzó a tirarse de su corto cabello con fuerza y enterró el rostro entre las piernas.

Asier y Sandra se apresuraron a agarrarle las manos para evitar que se hiciese daño, pero esto no alivió ni un poco la fuerza con que se tiraba del pelo.

—*Losientolosiento.* Soy molesta, lo sé, siempre hago bromas o comentarios en el momento equivocado. No puedo evitarlo. Me lo decían siempre en el instituto, y yo, yo solo tenía tus discos, y ahora he arruinado eso también.

—¡No has arruinado nada! —exclamó, pero su voz no parecía alcanzar a la joven, que seguía sollozando. Pensó que Asier sabría qué estaba sucediendo, pero parecía tan confuso como ella.

—¿Qué le ocurre? ¿Esto es normal?

Asier negó con la cabeza, estaba tan alarmado por su amiga que por primera vez desde que le conocía le costaba encontrar las palabras.

—No... Nora es la persona más dura que conozco. Me contó que tuvo problemas en el instituto, pero creía que los había superado. Nunca se había comportado así. —De pronto, se quedó quieto y dejó de sostener a la joven—. Nunca se había comportado así... igual que Pietro. Es lo que dijiste.

La misma bombilla que iluminó a Asier se encendió en su cerebro.

—¿No pensarás que...?

El reportero asintió.

—Hay algo en el hotel que hace que la gente pierda el control, que actúen de formas en las que normalmente no lo harían.

Sandra apoyó las manos sobre el suelo para no perder el equilibrio y la notó, la casi imperceptible vibración de un instrumento de cuerda. La sensación era la misma que apreciaba bajo sus pies cuando encendían el amplificador del bajo y Daniel comenzaba a tocar, salvo que mucho más suave, como si estuviese a cien kilómetros de distancia, o a cien años.

—Alguien... alguien está tocando música.

—¿Qué? —preguntó Asier—. ¿Estás segura?

Ella asintió. Siguió el sonido y apoyó la oreja contra el papel pintado de la pared. Y la oyó. Tan clara como si hubiese viajado en el tiempo: la música de una orquesta de jazz. Pero no solo escuchó la canción, sino también las risas, los zapatos sobre la pista de baile, el champán descorchándose. Se transportó a los años veinte, a las infames fiestas del Club de la Verdad —aun cuando no sabía que ese era su nombre—, hasta que fue una más disfrutando del festejo junto a los músicos de la orquesta y a las *flappers* de la pista. Su corazón se aceleró y se apartó de la pared con brusquedad porque temió no ser capaz de resistirse al sonido si seguía escuchando.

Cuando Emilia cantó para ella las melodías que aprendió de su madre, sintió cómo se convertía en ella y veía su pasado por un instante, y al escuchar la música de jazz le estaba ocurriendo lo mismo. Era como si las melodías tuviesen memoria.

«Doña Emilia, ella me advirtió sobre esto».

Se agachó y esta vez pegó la oreja al suelo. La experiencia se repitió.

«La música está por todas partes impregnando el hotel», comprendió. Llevaba allí todo el tiempo provocándoles aquella sensación nostálgica e inquietante que nadie lograba explicar del todo y que atribuían al aire de decadencia de la ciudad. Había sonado tan débil porque no había nadie que escuchara, de quien alimentarse, pero a medida que el hotel se llenaba la música se volvía más y más fuerte, aunque solo ella podía ver el pasado del que provenía su poder.

Asier la observaba sin comprender lo que hacía, expectante y algo asustado. Nora seguía ovillada en el suelo rehusando su contacto cada vez que trataba de abrazarla para ofrecerle consuelo.

—Llévala al salón. —Sandra señaló a Nora.

Se apresuró hacia el piano. Era el instrumento que había escuchado con más fuerza entre las paredes, el más poderoso. Quienquiera que hubiese tocado aquel piano tenía un don capaz de anclar la música al hotel a través de las décadas. ¿Fue una «cantadora»?

Asier apareció con Nora entre los brazos, que se resistía ante su tacto sin dejar de sollozar y de pedir disculpas. Sandra cerró los ojos, se concentró en recordar la melodía de la caja de música, pero no tuvo que hacer demasiados esfuerzos. Aquella canción había calado tan hondo en su interior que dudaba que lograse olvidarla, aunque se lo propusiese.

Se quitó los guantes y comenzó a tocar. Las notas y los acordes brotaban del piano y se entremezclaban con las vibraciones que surgían de las paredes y del suelo hasta que acabó por sofocarlas del todo. Puede que la memoria del pasado fuese impetuosa en el hotel París, pero el presente se impuso con aún más fuerza. Sandra siguió tocando, dejándose absorber por la melodía, olvidando por completo dónde estaba.

Al cabo de unos segundos, los sollozos se detuvieron, y tras la primera estrofa, Nora había dejado de llorar por completo. Cuando la canción concluyó, Sandra vio en sus ojos aquel aire confuso, el mismo que experimentó la turista que atacó a su amiga cuando volvió en sí.

—¿Qué... qué ha pasado? ¿Por qué...? Oh...vaya.

Asier la ayudó a ponerse en pie y Sandra se apresuró a abrazarla, aliviada por que hubiese vuelto en sí.

—Qué vergüenza, no sé por qué he dicho esas cosas. Lo siento.

—No vuelvas a pedir disculpas nunca más en mi presencia —le pidió Sandra.

Mientras tanto, Asier las observó a las dos, antes de dar voz a las sospechas que Sandra no se atrevía a compartir.

—Ha sido la música, le ha hecho perder el juicio por un momento, ¿no es cierto?

—¿Y por qué a vosotros no os ha afectado? —protestó Nora.

—Quizá no tenga poder sobre Sandra. Y es posible que yo no pueda oírla del todo. Sigue habiendo sonidos que se me escapan, sobre todo cuando hay mucho ruido de fondo. —Señaló sus audífonos.

—Sí me ha afectado, me he vuelto paranoica desde que estoy aquí, más de lo normal.

—Pero también más decidida —contraargumentó Asier—. Nunca has perdido el control de tus actos. Además, si somos sinceros, tenías razones de sobra para sospechar. Y lo que es más importante, la música responde ante ti.

Sandra asintió. Podía dudar de sí misma, de su talento —era una indulgencia a la que todos los artistas cedían de vez en cuando—, pero no tenía sentido cuestionar lo que acababan de vivir. Si continuaba ignorando lo que era capaz de hacer, serían otros, como Nora, quienes pagarían las consecuencias.

—Está por todas partes, en las paredes, en el suelo, en el techo. Lleva aquí cien años, atrapada en el hotel buscando quien la escuche. No creo que nos haga solo enloquecer, no exactamente. —Había muchas diferencias entre el comportamiento de Pietro y el de Nora, y creía saber por qué—: ¿Y si saca las partes de nosotros que nos esforzamos por tapar? Es lo que dice todo el mundo, ¿no es verdad?

—«Santa Bárbara saca lo peor de las personas» —repitió Asier.

—Podría ser más que una forma de hablar.

Nora los escuchaba abochornada, y no le extrañaba. Si alguien hubiese sacado a la luz sus mayores miedos, las inseguridades, la ira, el odio hacia otros o hacia uno mismo que trataba de esconder a toda costa, también se sentiría vulnerable e insignificante.

—No tienes por qué avergonzarte. Todos llevamos nuestra carga. A Pietro le ocurrió algo parecido —admitió con un nudo en el estómago.

Había asegurado una y otra vez que su amigo no era así, pero se equivocaba, sí lo era. Había conocido una parte de él que mantenía oculta, dormida, una de la que no estaba orgulloso, pero que tampoco podía cambiar o eliminar por completo. La continua necesidad de huir de Sandra, la curiosidad de Asier que eclipsaba todo lo demás, el pavor de Nora a no ser digna de amar; todos acarreaban una ristra de errores y secretos, pero Santa

Bárbara sabía cómo sacarlos a flote. No le extrañaba que Desirée hubiese acabado comportándose de manera tan errática y temerosa. ¿Cuánto tiempo había pasado en ese hotel, sometida al influjo de la música sin saberlo?

Nora se abrazó a sí misma.

—Pero es horrible ser tan insegura. Pensé que lo había superado.

—No podemos huir de nuestros monstruos; lo importante es que no les demos rienda suelta, que aprendamos a ser mejores que ellos. —Asier apoyó una mano sobre el hombro de su amiga para darle ánimos—. El problema es que el hotel está repleto de huéspedes, y si todos sacan sus monstruos a la luz...

—Si una señora mayor fue capaz de hacerle una brecha en la cabeza a su amiga por unas maletas, imaginad qué no harán un montón de periodistas jóvenes y estresados acostumbrados a competir entre sí. O quienes vienen de fiesta con la intención de desparramarse —suspiró Nora.

—No solo se trata de los huéspedes del hotel, ese tipo de estados de ánimo son contagiosos. Hay suficientes tensiones en la ciudad como para que salte una chispa en cualquier momento.

—Mañana es el pregón de las fiestas —recordó Nora—. Va a haber un montón de gente aglomerada, ¿y si a alguien se le va la cabeza?

—Todo el mundo estará allí —asintió Asier—. Escuchando el concierto...

Ambos, Nora y Asier, alzaron la vista hacia Sandra al unísono.

—¿Qué? ¿Qué ocurre ahora?

—Tú puedes evitarlo. El efecto de la maldición de Santa Bárbara —dijo Asier, tan convencido que Sandra se estremeció.

—¿La maldición de Santa Bárbara? Tenías que ser periodista para referirte así a lo que está pasando... Suena como una película de terror de serie B.

—Sandra...

—Es absurdo, suena absurdo.

—¿Vas a seguir negándolo, después de lo que acaba de pasar? Eres igual que esas mujeres de las leyendas, que las cantadoras. Cuando haces música... ocurren cosas especiales. Nora, ¿no has dicho que su música era lo único que aliviaba tu tristeza cuando ibas al instituto?

Aunque parecía algo agotada por su crisis emocional, la joven asintió con ímpetu.

—Era como si alguien, un viejo amigo invisible o algo así, viniese a abrazarme y levantase toda esa soledad y angustia que tenía durante el rato que duraba la canción. Era casi... magia.

Asier la confrontó perforándola con sus perspicaces ojos verdosos, y Sandra no tuvo donde esconderse.

—Dicen de ti que hipnotizas a multitudes, que sanas el alma. Me parece que no es solo una metáfora.

—Quiero pensar que recibo todos esos halagos por mi talento, no por ser una especie de... bruja.

—Sandra, acabas de comprobar lo que puedes hacer. ¿Por qué te resistes tanto?

Era una buena pregunta; cómo no, tenía que venir de él.

—Porque no quiero esa responsabilidad. No he sido capaz de salvar mi matrimonio, ni de proteger a mis amigos, ni siquiera he logrado grabar mi último álbum sin salir corriendo, ¿qué os hace pensar que puedo tocar la guitarra, cantar y salvar a esta ciudad de quienquiera que esté jugando con ella? No soy una heroína.

Asier, siempre cortés, siempre dispuesto a escuchar la historia que cada cual tuviese que contar, perdió la paciencia. Se detuvo ante ella, le sostuvo la mirada y la señaló sin pudor alguno.

—No, no lo eres. Ni hace falta que lo seas. Porque tú misma lo has dicho, lo has admitido, lo sabes.

—¿Que sé el qué?

—Que tienes talento.

Se hizo un silencio porque Sandra no supo qué responder. Era cierto, lo había reconocido en voz alta: «Recibo todos esos halagos por mi talento». Llevaba meses acribillándose a sí misma con un centenar de dudas, preguntándose si de verdad servía para componer música, o si alguna vez tuvo ese don, pero había perdido la chispa. Sin embargo, parecía que Santa Bárbara también había despertado otra faceta de sí misma que había dejado languidecer en el último año. Su orgullo. La certeza de que su voz era única y de que las melodías a las que daba forma con el sudor de su frente eran valiosas. En el fondo, por mucho que temiese carecer de mérito o interés, siempre lo había sabido. Pero en la industria musical, igual que sucedía en muchas otras, a las mujeres que eran conscientes de su valía se las vigilaba con recelo, así que se había esforzado por pisotear ese orgullo y esa certeza hasta que se olvidó de ellas por completo.

Asier continuó con su retahíla de verdades:

—Creo que la persona que tarareaba trataba de protegernos, de compensar la melodía corrupta con esa nana que acabas de tocar. Puedes hacer tres cosas, Sandra: olvidarte de esto y dejar que los huéspedes pierdan el control como les ha ocurrido a Nora y a Pietro; vagar de noche por los pasillos tarareando hasta que consigamos que alguien nos haga caso, o...

—¿O qué? —preguntó, aunque ya sabía la respuesta.

—Puedes dar un concierto.

—¿Lo estás diciendo en serio? —preguntó Sandra, abrumada de golpe.

—Soy consciente de que lo que te estoy pidiendo no es razonable —continuó Asier—. Que ya te has sacrificado y ya has dado más de lo que debías, pero si hay una persona buscando a alguien con tu talento, alguien que ha estado dispuesto a secuestrar a quienquiera que cantase la nana y a Pietro, cuando anuncies un concierto...

—Irá —masculló Nora respaldando sus intenciones—. Irá al concierto y vendrá a la ciudad, a la suite.

Sandra miró por la ventana y vio que estaba anocheciendo. Un día más sin que Pietro despertase. Otro día sin saber quién le había hecho tanto daño y con qué intenciones.

Suspiró.

Hacía meses que no cantaba en público y se sentía oxidada, pero no era el pánico escénico lo que la llevaba a dudar, sino la posibilidad de que Asier y Nora estuviesen en lo cierto, de que hubiese algo en su voz mucho más grande y poderoso que ella misma. Un don que la convertiría en el blanco de la mujer del paraguas y de todos sus aliados y esbirros. «Yo solo buscaba un lugar tranquilo donde descansar». Pero a veces el destino elegía por ti, igual que la había elegido cuando conoció a Las Hijas Salvajes por casualidad y se dieron cuenta de la buena química que tenían en el escenario, igual que cuando Tillie los descubrió, o cuando su primer y humilde EP se convirtió en un éxito rotundo sin apenas haber invertido en su promoción, o cuando aceptó componer un tema original para la película de Olivia. Ella no había decidido ninguna de esas cosas, pero tampoco se había escondido de ellas, ni lo haría entonces.

—De acuerdo, cantaré.

Como si el bosque aplaudiese su decisión, el aullido de un lobo le dio la bienvenida a la luna.

12

Candela

Que una joven como ella hubiese salido sola de noche habría sido sospechoso, además de inapropiado. Lo último que le convenía era atraer más atención de la que ya había sobre ella. Había explicado la situación a Gustavo y a Margarita eludiendo los detalles sobre su maldición, y habían accedido a acompañarla para que pudiese huir de la ciudad y dar comienzo a su nueva vida.

—Qué emocionante, es la primera vez que soy cómplice en la fuga de dos amantes. ¿No te parece romántico, Margarita? —dijo Gustavo—. Aunque siento algo de envidia, y vamos a extrañar a tu guapo pianista en las fiestas del hotel.

Candela sonrió agradecida, no solo porque la estaban escoltando, sino también porque trataban de restarle peso al asunto con sus bromas y buen humor. Era consciente de que los estaba metiendo en un apuro, pero no confiaba en nadie más. Por fortuna, el plan era sencillo: harían ver que trataban de animar y distraer a una muchacha perseguida por la desgracia con un plan de lo más anodino, una velada en el cine. El dramaturgo estaba emocionado por el material creativo que le estaba proporcionando, y Margarita, preocupada por las consecuencias si los descubrían. Pero ninguno de los dos vaciló a la hora de ayudarla. Ojalá se hubiesen conocido en otras circunstancias, se decía a menudo Candela. Habría sido muy feliz con amigos como ellos a su lado, pero no tenía mucho sentido martirizarse por lo que nunca podría ser. En lugar de eso, mantenía sus sentidos anclados a la realidad, alerta.

Esa noche, la avenida de los Ángeles se hallaba tan desbordada de transeúntes como de costumbre, aunque ella tenía la sensación de que la brillante luz de la luna llena había animado incluso a más gente a disfrutar de la noche de Santa Bárbara.

Las dos muchachas avanzaban por la acera tomadas del brazo, con Gustavo a su lado, quien se acercó a ellas para susurrar:

—¿Os habéis dado cuenta de que nos están siguiendo? Chaqueta azul y pantalones blancos. Nunca me habían seguido. Me siento como si fuese el protagonista de una novela.

Candela miró hacia atrás tan disimuladamente como pudo y no tardó en vislumbrar a un tipo que encajaba con la descripción. Incluso sin el antifaz puesto, reconoció al portero del Club de la Verdad, el encargado de recolectar y custodiar los secretos de sus miembros. Al parecer, la Duquesa había decidido no perderla de vista, tal vez con la esperanza de que la guiase hasta Rafael. El pianista no había exagerado al temer lo que pudiese llegar a hacer la mujer con tal de no permitirles escapar.

—¿Puede que también vaya al cine? —preguntó Margarita, aunque ni siquiera ella acababa de creer sus palabras.

—¿Acelerando y deteniéndose a la vez que nosotros? Ya sería casualidad —comentó Gustavo—. Además, si es quien creo, no tiene pinta de ser de los que se ríen con las comedias. —También él lo había reconocido.

—Por ahora actuemos con naturalidad —sugirió Candela.

Se pusieron en la cola para conseguir las entradas de la primera sesión de la noche, como si de verdad estuviesen deseando ver a Mary Pickford. Su perseguidor dejó que una pareja y un grupo de amigos se colocaran tras ellos antes de sumarse a la cola. Candela se llevó la mano al broche de su abuela, como si así pudiese recibir su apoyo. Esa joya y los papeles de su herencia, escondidos bajo su blusa, eran lo único de su antigua vida que había podido sacar de su habitación sin levantar sospechas.

—Ya imagino lo que me vas a responder —dijo Gustavo—, pero ¿de verdad estás segura de seguir adelante con todo esto?

—No —admitió Candela—. Ignoro si lograremos escapar esta noche, ni si me agradará lo que me espera más allá de estas montañas, pero confío en Rafael.

El dramaturgo suspiró.

—El amor ha creado más necios que sabios, eso está claro. De acuerdo, seguiremos con tu plan. Yo me encargo de nuestro amigo.

Candela notó la presión de la mano de Margarita al agarrarse a su brazo y le tendió un pequeño papel con disimulo.

—Esta es mi dirección de Madrid. Si lo conseguís, escríbeme para saber que estás bien. Es decir, puedes escribirme para cualquier cosa que necesites.

Candela asintió y contuvo el impulso de abrazarla. Su perseguidor se habría dado cuenta de que tramaban algo, así que se contentó con apretar su mano.

—Gracias por todo, Margarita. Cuando vivía sola en la Casona Algora, sin niñas de mi edad, imaginaba cómo sería tener una amiga. Gracias por convertirte en la primera.

Margarita parpadeó para evitar que sus ojos se empañasen y señaló con la cabeza hacia la multitud que se acercaba hacia ellos.

—Ve, es el momento. —La dejó ir, y Candela les lanzó una última mirada agradecida antes de echar a andar hacia el interior del cine y confundirse con el aluvión de espectadores que abandonaban la sala después de la sesión anterior.

El secuaz de la Duquesa avanzó para seguirla, pero Candela escuchó a Gustavo intervenir.

—Disculpe, caballero, ¿nos conocemos? Me parece que nos hemos visto en el hotel París, ¿es usted empleado allí? —comenzó a decir casi a gritos mientras se interponía en su camino y le bloqueaba el paso.

Ante su insistencia, el hombre acabó por apartarle de un empujón, pero cuando lo hizo ya era tarde. Candela se había mezclado con el gentío y se había escabullido para salir por una de las puertas laterales. Después corrió para rodear el edificio, hasta una calle mucho menos concurrida, donde la esperaba el rudimentario carro tirado por un único pero robusto caballo. El vehículo no se parecía en nada a los carruajes negros a los que se había subido para ir de un lado a otro de la ciudad, acomodada en sus mullidos asientos y amparada por sus enormes y altas ruedas. El carro en el que Rafael la esperaba estaba pensado para transportar heno, mercancías y animales pequeños, pero a Candela no le importó. Corrió a los brazos de su enamorado tan pronto como le vio y se estrecharon con fuerza.

—Has llegado —susurró él con alivio.

Candela quiso besarle, pero una voz ronca y grave se lo impidió.

—Vamos, muchachos, no tenemos toda la noche y este carro llama mucho la atención por estos lares —los apremió un hombre que rondaría los cincuenta, sentado al frente sobre un madero que hacía las veces de pescante. Llevaba puesto un pantalón gris que sujetaba con unos tirantes y una camisa remangada que dejaba a la vista sus brazos morenos.

—Adán fue el capitán que me acogió en su tripulación cuando llegué a Santa Bárbara —explicó Rafael.

—Así fue, y en qué estaría pensando, no he visto peor marinero en mi vida. Estaba claro que el chico tenía que servir para otra cosa, porque no era un inútil, pero asegúrese de que no se acerca al mar, señorita.

El pianista la ayudó a subir a la parte de atrás del carro, ocupada por varias cajas de madera que olían a pescado y salitre y un montón de redes de pesca. Él se acomodó junto a su antiguo capitán. Debía de ser un buen hombre si le ayudó a sobrevivir de niño; ahora los estaba salvando de nuevo, a un chico que conoció hacía diez años y a una completa desconocida.

Adán agitó las riendas y el caballo comenzó a avanzar al trote entre los elegantes carruajes y los coches a motor. El animal parecía algo cohibido por todo aquel jaleo, o tal vez fuese la presencia de Candela lo que le ponía nervioso. Los animales tendían a amarla o a odiarla, sin punto intermedio. Procuraron tomar calles secundarias, allí donde menos ojos pudiesen verlos, y a medida que se alejaban de la avenida de los Ángeles y del mar, también iba remitiendo el alboroto. Acabaron por detenerse ante un edificio en las lindes de Santa Bárbara, en la zona donde se hallaban las viviendas de los trabajadores de la ciudad y aquellos lugares que existían con fines prácticos. Candela tuvo la sensación de encontrarse en un lugar totalmente distinto al elegante paseo marítimo, se le antojaba imposible que siguiesen en la misma ciudad. Las casas eran más bajas, pegadas las unas a las otras y construidas en distintos tonos de ladrillo, con ventanucos muy pequeños. El edificio de la perrera se hallaba aún más apartado. Tenía una sola planta y una puerta metálica que recordaba a la entrada de una fábrica. Un halo de tristeza lo sobrevolaba, e incluso desde el exterior podían escucharse los ladridos lastimeros de los perros callejeros que habían atrapado merodeando. A Candela se le encogió el corazón.

—¿Por qué los encierran ahí? ¿Todos han atacado a alguien?

—No hace falta que un perro callejero muerda para que sea un peligro, señorita —explicó el marinero mientras detenía el carro frente a la puerta de metal.

—Qué injusto... —susurró.

Su propia familia, el pueblo entero en el que nació, debió de pensar algo parecido sobre ella. ¿Por qué esperar a que una criatura con dientes decida usarlos si antes puedes ponerle un bozal o, mejor aún, deshacerte de ella? Pero Candela, igual que muchos animales, solo trataba de defenderse.

La entrada estaba cerrada a cal y canto con una cadena de metal y un candado.

—Hazte a un lado —pidió Rafael, antes de golpear la cerradura con las puntas metálicas de una tornadera que había en el carromato.

El candado cedió y cayó sobre el suelo con un golpetón. El joven quitó la cadena de un par de tirones. Mientras tanto, Adán, desde el pescante, miraba en todas direcciones por si alguien se asomaba a la ventana atraído por el ruido.

Candela se apresuró a entrar la primera pensando en rescatar a su querida Emperatriz. La estancia era alargada y estaba repleta de jaulas de metal a un lado, para los animales más viejos, feos o peligrosos, y un espacio delimitado por una valla de madera donde los perros con la posibilidad de ser adoptados, aquellos más mansos y jóvenes, permanecían atados. Todos ellos ladraron con frenesí al verlos, algunos gruñeron, y la chica pensó que tal vez presintiesen a la Loba en su interior. Los perros y sus primos salvajes tenían una relación complicada, pero ella amaba a todas las criaturas por igual. Pese a su recelo, se agachó junto a los animales que estaban atados y extendió el brazo para que pudieran olerla.

—Soy una amiga, aunque venga del bosque —les aseguró, y

ellos parecieron entenderla porque dejaron de gruñir desconfiados para gimotear de forma quejumbrosa. Querían que los sacasen de allí—. ¿Qué sucederá con estos perros? —preguntó a Rafael, que la observaba paciente pese a estar en mitad de una huida.

—Los granjeros de la zona adoptarán a los que puedan trabajar; los que sean de raza quizá vayan a parar a una familia acomodada, y los que no encuentren un hogar... —Hizo una pausa tan explícita que no necesitaba más palabras.

Candela acarició la cabeza de un perrillo juguetón que se había apoyado sobre la valla para llamar su atención. El pequeño sin duda encontraría una familia cariñosa pronto, pero ¿qué sería del resto? ¿Cuántos acabarían sacrificados?

—Es peligroso que los perros estén en la calle —admitió—. Pero qué forma tan cruel de decidir su destino. —Se acercó a las jaulas en busca de Emperatriz, pero encontró a perros ancianos o tullidos que permanecían tumbados en ellas con la mirada perdida y sin demasiado interés en los intrusos—. Es como si supiesen lo que les espera. —Se giró hacia Rafael porque de pronto comprendió que su misión era mucho más grande que la de rescatar a su perra—. Tenemos que sacarlos de aquí —pidió, y él, tras una pausa, asintió con la cabeza.

Usó la misma tornadera para abrir las jaulas y romper las cadenas, y, una vez liberados, Candela susurró a los perros qué debían hacer.

—Id al bosque, donde moran los lobos. Intentarán expulsaros de su territorio, pero decidles que vais de mi parte y ellos os ayudarán a encontrar vuestro lugar —les explicó uno a uno, con la certeza de que, aunque no entendiesen sus palabras, comprendían su significado. Los acarició a todos con la mano y el antebrazo para impregnarlos de su olor y que la manada no los atacase.

Avanzaron por la perrera hasta llegar a la última jaula, la más grande de todas, donde Emperatriz apenas cabía. Ladró de emoción al verla, aunque seguramente ya la hubiese olido desde hacía rato y su llamada se hubiese confundido con la de los demás perros. Se agachó junto a ella y dejó que le lamiese los dedos mientras meneaba la cola desbordada por la alegría golpeando las paredes del estrecho cubículo.

—¡Emperatriz! Mi querida amiga, lo siento, siento haber tardado tanto. Vamos a sacarte, pero primero échate a un lado.

Le habían puesto un bozal que había arañado su piel provocándole rozaduras rosáceas, y en lo alto de la jaula había un cartel escrito a mano que advertía de su supuesta peligrosidad. «Perro asesino». Candela notó que se le humedecían los ojos: una criatura inocente estaba pagando por el crimen que ella había cometido. No podía asegurar que la Loba no volviese a surgir, pero sí se prometió que nadie importante para ella sufriría injustamente. Percibió la ira en su interior, esa que le hacía perder el control, tomando fuerza. La caja de música aún permanecía en su suite, junto al resto de sus pertenencias, pero podría haber alertado a Rafael para que tararease su canción. En lugar de depender de una vieja nana, dejó que la ira fluyese por su cuerpo, la experimentó y no se permitió huir, ni ceder el timón a la Loba. Arrancó la palanca de las manos de Rafael, la apoyó contra la cerradura y canalizó toda aquella furia hasta sus manos. Comenzó a golpear, una y otra vez, gritando con cada golpe, hasta que el candado cayó a sus pies. Abrió la puerta de la jaula y Emperatriz salió a la carrera correteando entre ella y Rafael, emocionada.

Candela alzó la vista hacia el músico, temerosa por su reacción ante lo que acababa de hacer, pero en sus ojos solo había admiración.

—¿Lo ves? Sabía que podías hacerlo. —Sonrió, mostrando sus dos hoyuelos, y le tendió la mano.

Candela la tomó y una descarga de vértigo la atravesó al pensar en lo cerca que estaban de conseguirlo. Hasta ese instante, su nueva vida recorriendo el mundo junto a Rafael y Emperatriz era para ella una medida desesperada que tenía que tomar para protegerse a sí misma y a sus seres queridos, pero al descubrir la fuerza que de verdad albergaba, que podría cumplir sus promesas de mantenerlos a salvo, miró hacia el futuro conmovida por los sueños que Rafael vería cumplidos y por todos los que ella aún no sospechaba que tuviera.

Su alegría y su alivio fueron efímeros. Salieron de la perrera, entonces completamente vacía, tomados de la mano y con Emperatriz a su lado. Tan pronto como pisaron el exterior, una sombra en movimiento golpeó a Rafael y lo lanzó de espaldas contra la pared del edificio. Se escuchó el sonido de unos grilletes al cerrarse, y los gruñidos de protesta de Rafael ante el impacto y la brusquedad con la que le embistió y redujo el agente de policía.

Un segundo agente vigilaba a Adán, a quien habían hecho bajar de su carro.

—Queda detenido por el asesinato de Eduardo Cerezo y Rodrigo Algora —anunció el policía, a la vez que tiraba de Rafael para arrastrarle hacia el furgón automotor de la policía.

Todo sucedió en cuestión de segundos y Candela apenas logró entender lo que sucedía hasta que vio a Francisco, que avanzaba hacia ella para rodearla con los brazos, en un gesto de preocupación. Al parecer, la Duquesa no era la única que estaba vigilando sus movimientos.

—Sé que ahora me odiarás por esto, pero algún día me lo agradecerás —dijo—. Cuando os vi juntos esta mañana lo supe, el motivo por el que se estaba escondiendo. Fue él, ¿no es cierto? Él los mató y tú lo estabas encubriendo. La policía ha encontrado el arma de tu tío en su cuarto y tu ropa y la suya empapadas de sangre.

—Nos seguiste... —masculló Candela.

Rafael debía de haber escondido la pistola y la ropa para evitar especulaciones que la afectasen, pero solo había logrado colocarse una diana en el pecho al protegerla.

—Te estaba esperando en el rellano del edificio, y vi que tiraba de ti. Cielos, creí que eras una joven con criterio, pero el amor te ha nublado la vista. ¿Cómo has podido considerar siquiera fugarte con un asesino, Candela? ¿Para eso planeabas usar tu dinero?, ¿para dárselo a él? ¿Fue idea suya que negociases conmigo desde el principio?

A unos metros, Rafael trataba de resistirse en vano, mientras Emperatriz ladraba a modo de reproche a los dos policías que tiraban de él. Tras perder la paciencia, uno de los agentes golpeó a Rafael en el estómago e hizo que se retorciese de dolor.

Mientras tanto, Francisco la miraba compungido, como si temiese que estuviera a punto de romperse. De verdad creía que la estaba salvando. Candela rio harta, furiosa. Creyó que podría convencer a Francisco de que era una digna socia a quien tomar en consideración, pero al final del día seguía viéndola igual que todos los demás, como una niña tonta e ingenua que necesitaba que hablasen por ella, que la protegiesen, que decidiesen qué era lo que más le convenía. Una muñequita de porcelana. Siguió riendo, y Francisco liberó su brazo, sorprendido por su reacción.

—Te has equivocado en todo. Rafael no los mató. Fui yo.

Francisco vaciló, pero tal y como esperaba, se negó a creerlo.

—¿Vas a intentar protegerle? No destroces tu vida de esa manera. Ningún juez te creerá y ensuciarás tu nombre en vano. Sé que has sufrido mucho tras la muerte de tu abuela, pero él no es la solución. Yo puedo protegerte. Casémonos, Candela, y me aseguraré de proteger tu reputación y tu fortuna.

—¿Me protegerás como hiciste con Virginie? ¿Cuidarás de mi dinero como hiciste con el de tu padre? Así que esa es tu debilidad, la sombra que el hotel París saca de tu interior: te crees mucho más fuerte y noble de lo que eres. —Candela le apartó de un empujón, la ira bullendo en su interior.

Francisco, varias cabezas más alto que ella, cayó de bruces y la observó atónito desde el suelo.

—No... no puede ser.

Unos pasos más allá, Rafael había lanzado un rodillazo al agente que se acercó a levantarlo, y él otro había desenfundado su arma y le apuntaba con ella. «Oh, no, de ninguna manera».

—Agente —le llamó, distrayéndole el tiempo necesario para correr hasta él y arrancarle el revólver de la mano de un tirón. Sacó partido de su incredulidad y sorpresa y le apuntó con él a pesar de que nunca había empuñado uno y no sabía cómo utilizarlo—. Rafael es inocente. Suéltenle.

Requería de toda su concentración y fuerza de voluntad para no dejarse llevar por la Loba. Sería tan fácil cederle las riendas, permitir que acabase con aquellos hombres como hizo con su tío y ese condenado abogado... «Solo intentan cumplir con su deber», se recordó. Seguramente habría personas en sus vidas que los querían tanto como ella amaba a Rafael, a su abuela o a Emperatriz. Ese pensamiento la ayudó a permanecer consciente.

—¡He dicho que le suelten! —exclamó al ver que no reaccionaban.

Ante su nueva advertencia, ambos se alejaron de Rafael. El músico agachó la cabeza con un gesto de disculpa, cuando él no había hecho nada malo, salvo quizá proteger a un monstruo como ella.

—Nos vamos —anunció, y Adán se apresuró a ayudar a Rafael, ya sin las esposas, pero cubierto de magulladuras y golpes que se convertirían en oscuros moratones, a subir al carro.

Candela lanzó una última mirada hacia Francisco, que seguía

en el suelo, horrorizado por la verdad. Se preguntó si comprendería de una vez por todas la oscuridad que vivía en ella, o si culparía al hotel París o a Rafael por sacar a la luz la verdad que su abuela había tratado de esconder durante veintiún años. Nada de eso importaba ya. Se subió al carro, con el revólver aún en la mano, y Emperatriz se acomodó de un salto junto a ella. Adán azuzó a su caballo para que corriese lo más rápido que pudiese.

Se preguntó si los dejarían ir en paz, pero tan pronto como los hombres recuperaron la compostura, se subieron al furgón para seguirlos.

—Ve hacia el bosque —indicó a Adán.

—Pero la estación...

—Haz lo que ella te pida —dijo Rafael, y el hombre asintió.

Le debían un favor muy grande, Candela tomó nota de ello. Se aproximó a Rafael con torpeza a través del carro en movimiento, para ver de cerca las heridas. Le habían abierto una fina brecha en la ceja que no dejaba de sangrar y tenía el labio amoratado.

El músico empezó a tararear al notar su furia, pero ella negó con la cabeza.

—Necesito estar furiosa ahora mismo.

El caballo trotó tan rápido como pudo hasta que al fin alcanzaron la falda de la montaña y los primeros robles que auguraban el frondoso bosque.

—Para aquí —indicó Candela, y Adán hizo parar al animal con un chasquido de la lengua y un tirón de las bridas.

Saltó del carro, seguida por Emperatriz, y Rafael bajó del pescante para reunirse a su lado.

—Gracias por todo —dijo al hombre que acababa de conocer y a quien le debían la vida. Se puso de puntillas para abrazarle.

—No sé en qué andáis metidos, muchachos, pero sobrevivid. ¿De acuerdo? —dijo. La seriedad de su semblante, su piel curtida por el viento y el salitre y su ceño arrugado por el cansancio eran los de un hombre que llevaba toda su vida luchando por hacer lo que acababa de pedirles a ellos. Era el rostro de un superviviente.

Asintieron y, sin más equipaje que la bandolera que cargaba Rafael, echaron a correr ladera arriba. Estaban muy lejos de su aldea y de la zona por la que solían merodear de niños, pero la luna iluminaba lo suficiente su camino para orientarse con facilidad. No transcurrieron más que unos pocos minutos hasta que escucharon gritos tras ellos.

—¿Por qué no pueden dejarnos tranquilos? —maldijo Candela.

Se detuvo durante unos segundos para inspirar hondo y lanzar un aullido al aire, demasiado humano para engañar a nadie, pero lo bastante animal para erizar el vello de quien lo escuchara. Igual que la habían llamado a ella cada noche que pasó lejos de la casona, la chica loba reclamaba a su manada. Continuaron corriendo, mientras presentían a sus perseguidores cada vez más cerca. Rafael aún estaba dolorido por los golpes, y ella, aunque era ágil y pequeña, llevaba semanas sin correr por el bosque como antaño y comenzaba a notar el cansancio.

Uno de los dos policías dio el alto a viva voz y, tras el aviso, abrió fuego. La bala fue a dar en un tronco cercano, pero Candela supo que había apuntado a matar. Se detuvo en seco y alzó el revólver que habían robado.

—¡Alto! ¡Suelte el arma o disparo! —avisó el hombre, y en lugar de obedecer, Candela apuntó hacia ellos.

—Ponte detrás de mí —le pidió a Rafael, quien, después de dudar unos segundos, asintió con la cabeza y buscó cobijo tras ella, a la vez que agarraba a Emperatriz para que no se abalanzase sobre los policías.

Aquellos hombres no dudarían en disparar a un perro si ladraba más de la cuenta o trataba de defenderlos.

—Señorita Nieto, no haga estupideces. Baje el arma —advirtió el policía. Sin duda, no habrían tenido que sobornarle para que jurase que la joven estaba demente después de aquello, pero Candela se sentía más lúcida que nunca.

—¿Por qué debería? Es lo único que impide que nos matéis.

—Tenéis las de perder. Los dos sabemos que no has disparado un arma jamás. No quiero haceros daño.

Un aullido, esta vez lobuno, atravesó el silencio nocturno estremeciéndolos a todos.

—La manada está de camino, y detestan a los forasteros —advirtió Candela.

En cuestión de segundos, los animales comenzaron a surgir entre los árboles; no solo los lobos que ella conocía desde niña, sino todos los perros que habían liberado. Los rodearon creando la forma de una media luna y dejando espacio a los invasores para que recapacitasen y huyesen antes de atacar. La líder de la manada se adelantó para detenerse junto a Emperatriz y Candela. Las dos cánidas se olfatearon la una a la otra antes de gruñir en dirección a sus perseguidores.

—Tienes razón, nunca he sostenido un arma. Pero estoy bastante segura de que no tienes munición suficiente para abatirnos a todos. Los colmillos pueden hacer el mismo daño que las balas, o más.

El hombre no vaciló ante sus amenazas, aunque su compañero, desarmado, sí demostraba su nerviosismo girándose de un lado a otro cada vez que un nuevo perro aparecía.

—Puede que muramos todos, pero tú caerías la primera. ¿Estás dispuesta a eso? —Se aferró al arma con aún más ímpetu—. Supe que había algo que no funcionaba bien contigo cuando te encontramos dormida en el bosque. Don Eduardo dijo que eras sonámbula, pero eso no explicaba tu olor. Apestabas como una de estas alimañas. ¿Huiste para jugar con los lobos? ¿Qué clase de monstruo eres?

Candela sonrió.

—Por fin alguien reconoce lo que soy. A pesar de que hay un monstruo en mí, yo tampoco quiero haceros daño —insistió—. Dad media vuelta. Me perderé en el bosque y nunca volveréis a encontrarnos.

—Mis hermanas y sus familias viven en las aldeas. No pienso soltar un engendro como tú en estas tierras.

—Nos iremos lejos de aquí —intervino Rafael dando un paso adelante.

Los perros comenzaron a ladrar y los lobos gruñeron.

—Señor —dijo el segundo agente—. Tal vez deberíamos escuchar.

Nunca llegarían a saber lo que su superior pretendía responder. Un tintineo metálico, seguido de la voz de una mujer. Cantaba en una de las lenguas del norte que aún pervivían en las aldeas y valles. Candela nunca había escuchado aquella canción, entonada desde el pecho al ritmo de una pandereta, pero supo que era tan poderosa como la melodía de su abuela.

Los policías se tensaron aún más al ver a la Duquesa, ataviada con prendas masculinas, más cómodas e informales que las que lucía cuando estaba en el hotel. A su lado se encontraba el portero del Club de la Verdad, el custodio de secretos, a quien no habían logrado despistar como pretendían.

—Duquesa, ¿qué hace aquí? ¿Podemos ayudarla en algo? —se apresuró a preguntar el agente, servil, como si acabaran de encontrarse en el vestíbulo del París.

La Duquesa tenía a las fuerzas policiales de Santa Bárbara comiendo de su palma igual que hacía con el resto de la ciudad.

En lugar de responder, la mujer continuó cantando. Había afirmado en más de una ocasión que carecía de los talentos de Rafael, y aunque era cierto que su voz, su entonación y su ritmo no eran tan refinados como los de otros intérpretes, había un eco de verdad y poder en las notas que ascendían con ímpetu desde su caja torácica, en sus enérgicos gritos y en los golpes secos que asestaba en la pandereta con la base de la mano a la vez que la agitaba con la otra.

Candela se habría sumido en un trance profundo, provocado por la melodía, en cuestión de segundos si Rafael no hubiese agarrado su brazo y susurrado a su oído:

—Tenemos que marcharnos, ahora.

Asintió, debían aprovechar la distracción de los policías para adentrarse en el bosque, pero apenas habían dado un par de pasos cuando la voz del agente armado los detuvo.

—¡Alto! ¿A dónde creéis que vais? —anunció, pero la canción comenzaba a surtir efectos en él. Sus palabras se volvieron espesas, sus ojos se entornaron mientras hablaba. —No... pod-déis... ir-iros —masculló antes de desplomarse en el suelo.

Candela gritó por la sorpresa y corrió hacia él para comprobar que estaba vivo, aun cuando unos segundos atrás habría estado dispuesta a dispararle en el pecho si hubiese sido necesario. El segundo agente también cayó de bruces, sumido en un profundo sueño. La propia Candela comenzó a notar la pesadez de sus párpados, pero su determinación era demasiado fuerte para caer así como así en el embrujo.

La música se detuvo y la Duquesa los reprendió por su osadía:

—Planeabais huir lejos de mí, despistar a mis hombres y engañarme, y ni siquiera habrías salido de estas montañas sin mi ayuda. Vuestro fracaso debería haceros pensar, para aprender de vuestros errores.

Al verla en lo alto de la ladera, con su piel cobriza resplandeciendo bajo la luna llena con una pandereta en la mano y decidida a someterlos a sus deseos, Candela comprendió por qué, a pesar de vivir aterrado por los tentáculos de su influencia,

Rafael no había sido capaz de huir. Por mucho que supieses que sus actos no eran honrados, el halo de esa mujer era tan repulsivo como fascinante. Te convencía de que sin aquello que te ofrecía estabas perdido, porque no podrías encontrarlo en ningún otro lugar salvo a su lado. Le bastaba con agitar esa pandereta para decantar la balanza a su favor.

—Déjanos en paz. No vamos a caer en tus trucos, ya no.

La Duquesa la estudió con un aire compasivo y maternal que enfureció a Candela aún más.

—¿Trucos? Eso que sientes, querida niña, es la fuerza de la verdad. No hay nada que temamos y nos atraiga más que lo que es cierto e inevitable, porque es también una de las cosas más raras en el mundo de los humanos. Pero no aquí, en el bosque. Los animales solo tienen verdad dentro, no pueden fingir ser lo que no son, ni ocultar su auténtica naturaleza. Y sin embargo, por singular que sea la verdad, no podemos huir de ella para siempre. —Extendió la mano hacia uno de los perros rescatados, un ejemplar de pelaje marrón que había estado encerrado en las jaulas por su carácter agresivo y que se dejó acariciar por ella como si fuese un cachorro—. Una criatura tan simple como un perro lo comprende, pero a los humanos a veces nos cuesta. Entrad en razón, volved al hotel conmigo. Lo que estamos construyendo allí es demasiado importante para dejarlo a medias. No me interpondré en este gracioso romance que hay entre vosotros dos.

Habría sido más sencillo asentir, dejarse guiar, entregarse en cuerpo y alma a la causa de otra persona. Tal y como la Duquesa hacía su oferta, parecía menos arriesgada que la incierta libertad. Pero Candela no pudo evitar recordar a su tío, la forma en que había tratado de utilizarla, y supo que jamás admitiría que nadie la encadenase de nuevo.

Los perros, incluyendo el que había disfrutado de las caricias de la Duquesa hacía un segundo, comenzaron a gruñir al percibir la ira que irradiaba su cuerpo.

—No te pertenecemos —afirmó decidida.

Rafael permanecía a su lado, dispuesto a acompañarla hasta el final.

Ante su seguridad, la Duquesa sonrió para sí, como si reclamase paciencia al cielo para lidiar con una muchacha tan necia.

—Admiro tu coraje, pero hay algo que necesitas comprender. Todos, bestias y humanos, podemos ser domesticados si se tocan las cuerdas adecuadas. Te daré una última oportunidad de volver al hotel por voluntad propia.

Por ella misma, que tan perdida se había sentido sin su abuela y al descubrir la verdad de quien era, podría haber dudado, pero no por Rafael. No iba a permitir que volviese a convertirse en su títere.

—No hay nada que puedas ofrecernos. El mundo nos espera ahí fuera. ¿Por qué iba a arrodillarme ante ti?

La Duquesa negó con la cabeza.

—¿De verdad crees que una criatura como tú puede ser feliz? Eres una lobishome, espíritu del bosque. Las cantadoras conocemos bien la leyenda de tu estirpe, el alma de un engendro que ocupa un cuerpo humano, la séptima hija de la séptima hija. No envejecerás como el resto de las personas, no podrás engendrar nueva vida, ni lavar la sangre de tus manos. ¿Cómo puedes pensar que llegarás a vivir una vida normal? Nunca serás libre, no hasta que nazca otra lobishome que ocupe tu lugar y, para entonces, todos los que amas ahora habrán muerto. ¿Serás capaz de soportarlo?

Candela retrocedió un paso al oír sus advertencias. Su abuela solo le había confesado en su carta cuál era su verdadera naturaleza, pero no le habló sobre sus consecuencias, seguramente porque las desconocía. ¿Estaba en lo cierto?, ¿no podría envejecer en paz junto a su amado, contemplar juntos a sus nietos tomados de la mano? Ni siquiera estaba segura de anhelar esa clase de vida, pero tener que renunciar a su futuro antes de empezar siquiera a soñar con él la paralizó.

Fue Rafael quien se enfrentó a la mujer por ella:

—No te atrevas a insinuar que estamos condenados. Eso es algo que depende de nosotros, y tú ya has intervenido lo suficiente.

—Es cierto que te has vuelto un rebelde, ¿eh? Cuando te llevé al hotel hace diez años no te habrías atrevido a responderme de esa manera. A pesar de tu coraje, estás equivocado. Podéis huir tan lejos como queráis; la Loba os perseguirá, y Candela seguirá oyendo la llamada del bosque. Este es tu sitio, perteneces a las montañas, a la bahía. No podrás darles la espalda para siempre. Si te quedas en el hotel conmigo, al menos servirás a una causa noble, en lugar de convertirte en un animal salvaje poco a poco.

—¿Noble? —Candela sintió un escalofrío al recordar la expresión de Virginie aquella noche de tormenta en que tuvieron que evitar su muerte—. Has destruido la vida de muchas personas.

—Sus mentiras lo han hecho, no yo. Su empeño por engañar a otros y a sí mismos fue su perdición. Igual que estás haciendo tú ahora. Por las buenas o por las malas, el resultado será el mismo: la verdad siempre acaba emergiendo a la superficie.

La Duquesa alzó la pandereta en el aire y la agitó, hasta que cada golpe de su mano se entrelazó con el siguiente convirtiéndose en el ritmo de una canción.

«Loba... Te necesito», rogó Candela abriendo de par en par las puertas de su alma a la bestia que llevaba tratando de domar desde que descubrió su existencia. Aquella parte de sí misma recibió su petición de buen grado y se abrió paso por su carne tornando sus músculos más fuertes, sus uñas y sus dientes más afilados, su olfato más fino, su oído más agudo. Esta vez no perdió el conocimiento, sino que se volvió mucho más consciente del alcance del mundo a su alrededor y de sus propias habilidades.

Rafael había estado en lo cierto, no se desvanecía porque la Loba fuese malvada y quisiese apoderarse de ella, sino porque malgastaba todas sus energías luchando contra sí misma, intentando encerrarse en vez de permitirse ser tal y como era, poderosa, libre, voraz.

Aulló a la luna para dirigirse a sus compañeros del bosque. Los lobos respondieron entusiasmados.

Si quería recuperar a Rafael, volver a convertirlo en su juguete, la Duquesa tendría que pasar por encima de toda la manada.

Candela estaba eufórica, se sentía fuerte, dominante, capaz de proteger a sus seres queridos y a sí misma por primera vez en su corta vida.

Hasta que la Duquesa comenzó a cantar.

Su voz estaba rota y las notas sonaban desafinadas, pero su efecto era tan poderoso como el de un coro de ángeles o una sirena que atrae a los marineros a su destino fatal.

—¡Candela! —oyó cómo Rafael la llamaba. Su enamorado se apresuró a taparle los oídos deteniéndose tras ella, pero ya era tarde.

Los lobos, feroces hacía un instante, se tumbaron sobre la tierra y apoyaron la cabeza sobre las patas incapaces de sostenerse a sí mismos. «Emperatriz». Buscó a la perra, alarmada, y comprobó que se había quedado dormida junto al resto de la manada. El efecto tardó unos segundos más en apoderarse de la joven, pero notó que sus músculos empezaban a flaquear, los párpados le pesaban. La ira que ardía en la Loba se adormeció y Candela se desplomó en los brazos de Rafael. Estaba despierta, podía verlo y oírlo todo, pero no lograba reaccionar.

La canción, que no surtía efecto en Rafael ni en su secuaz, se detuvo por fin cuando la Duquesa los sometió a todos a su voluntad.

—Puedes llevarla en brazos, o dejar que la arrastremos hasta el hotel. Tú decides —sentenció la Duquesa.

Candela habría preferido tragar toda la tierra que los separaba de la bahía antes que permitir que Rafael volviese a quedar a merced de aquella hechicera, pero no pudo hacer nada cuando el músico la alzó en volandas igual que hizo la noche de los asesinatos, salvo porque esta vez sus manos estaban manchadas de barro y no de sangre, y la cazadora se había convertido en la presa.

13

Sandra

Las multitudes recorrían el paseo marítimo de Santa Bárbara por primera vez en un siglo, y la mayoría de sus habitantes estaban de acuerdo en que la transformación se debía a una mujer: Gemma Fabián, la alcaldesa que se había convertido en una celebridad sin apenas esfuerzo. Los medios hablaban de ella como una promesa de la política sin pelos en la lengua y que presumía de ser capaz de cualquier cosa por su ciudad. Con una presentación como aquella, no fue de extrañar el estruendoso aplauso con el que la recibieron sus vecinos cuando subió al escenario, engalanada con un vestido de *flapper* y una diadema con plumas falsas de color magenta. Habían pasado de ser los últimos residentes de un lugar abandonado y olvidado a recibir a forasteros deseosos por conocer aquel hermoso rincón de la costa donde hacía décadas se reunían las celebridades y *socialités*. Una vieja costumbre que estrellas como ella, Sandra O'Brian, empezaban a recuperar. Desirée estaba en lo cierto al decir que su presencia se convertiría en un faro para muchos otros, pero, de nuevo, Sandra había subestimado su capacidad de influir en los demás. Su improvisado concierto era ahora uno de los principales reclamos de los festejos en una ciudad que le había dado tanto como le había arrebatado.

Cortaron el tráfico de la avenida y el espacio que normalmente ocupaban los coches lo tomaron los vecinos de la ciudad y de los pueblos cercanos, turistas y periodistas que habían acudido, expectantes y curiosos, a la inauguración de las fiestas de Santa Bárbara, que celebraban el retorno de los pescadores cuando aún era un pequeño pueblo. Los cristales rotos de los edificios y los locales abandonados a su suerte seguían allí, pero los carteles que anunciaban los festejos al estilo de los locos años veinte y la decoración de luces de colores y guirnaldas lograban opacarlos. Aunque Sandra pensó que eran las ganas que tenía la gente de presenciar algo asombroso lo que dejaba la decadencia y el deterioro en un segundo plano.

La alcaldesa se ofreció a hacer un despliegue policial para escoltarla hasta el escenario, pero Sandra le aseguró que bastaría con que evitasen que la puerta del hotel se llenase con reporteros de prensa rosa. Llamaría mucho más la atención si la escoltaba un vehículo policial que entremezclándose con el gentío. Avanzó por uno de los laterales de la calle, cabizbaja, y procuró mantener las distancias con la multitud que ya se agolpaba frente a las vallas. Distinguió alguna que otra camiseta con su rostro y frases de sus canciones. «Así que sigo teniendo fans», pensó, y si no fuese a actuar esa noche por una razón muy concreta, se habría sentido enormemente aliviada.

Comprobó que sus gafas de sol le tapaban bien el rostro y que la gorra negra continuaba en su sitio. También cubría con su gabardina un ajustado vestido de noche, de un rojo que resaltaba su piel morena y finos tirantes que dejaban los hombros y clavículas a la vista. Un par de personas la habían reconocido y le pidieron una foto discretamente, pero la mayoría de los asistentes parecían más concentrados en el discurso de la alcaldesa.

—Queridos vecinos de Santa Bárbara y queridos visitantes, ¿lo estáis pasando bien? —preguntó con un micro en la mano, como si ella también fuese una estrella de la música jaleando a una audiencia entregada. El público vitoreó—. Me alegro, me alegro mucho. ¿Sabéis por qué? Este valle y las montañas que nos rodean han estado sumidos en la tristeza durante demasiado tiempo, y ya ha llegado la hora de que vuelva la alegría a las calles.

«¿Así es como se ganan los votos ahora?». Sandra siempre había creído que los trabajos creativos, que te dejaban a merced de los gustos y las opiniones ajenos, eran duros, pero sin duda la política también podía contarse dentro de ese tipo de oficios. No importaba cuánto mejorases o empeorases la vida de las personas tanto como la forma en que supieses comunicarlo. Mientras Gemma Fabián proseguía con su entusiasta pregón, la mente de Sandra comenzó a divagar lejos de allí y a rememorar la conversación que había mantenido con la mismísima alcaldesa por la mañana.

La esperaron los tres juntos durante algo más de media hora en su despacho, hasta que concluyó el pleno del consistorio. A pesar de su «apretada agenda» y de lo solicitada que estaba por periodistas de todos los medios, no dudó en recibirla cuando dio el nombre de Sandra O'Brian. Entró en el despacho con una enorme sonrisa que estuvo a punto de flaquear al ver a los dos reporteros junto a ella.

—Vosotros de nuevo... —dijo antes incluso de saludarla.

—La última vez que lo vimos, su jefe de prensa nos dijo que podríamos echar un ojo a las cuentas del ayuntamiento cuando quisiésemos. Así que aquí estamos —se excusó Asier, que no parecía en absoluto avergonzado por inmiscuirse en los asuntos de la alcaldesa.

La mujer los ignoró para dirigirse, esta vez sí, a Sandra.

—Señorita O'Brian, me complace enormemente saludarla. Lamento mucho el accidente que sufrió su amigo, ¿cómo se encuentra? —Se aseguró de mostrarse cercana y empática.

Sandra no pudo evitar pensar en esas fotos de los cargos públicos cuando van a visitar a las víctimas de una catástrofe natural, previamente seleccionadas por un equipo de relaciones públicas institucional, para estrecharles la mano y hablar con ellas ante las cámaras.

—Aún no ha despertado, pero los médicos aseguran que su cuerpo está sano y que lo hará tan pronto como su mente descanse.

La mujer asintió.

—Despertará pronto, sin duda. Está en buenas manos. El hospital de Santa Bárbara es pequeño, pero contamos con excelentes profesionales. Si hay algo que podamos hacer para que, más allá de lo sucedido, se lleve un recuerdo grato de su paso por la ciudad, en el ayuntamiento estamos a su plena disposición.

—Gracias, lo tendré en cuenta. Me parece que ya conoce a mis amigos. —Hizo un gesto hacia Asier y Nora, que permanecían con los brazos cruzados aguardando a que terminase la conversación—. Me han entrevistado hace poco para Norte Visión.

—Sí, lo sé. Vi la entrevista anoche. Fue conmovedora, enhorabuena. —Se esforzó por mantener su semblante amable con tanta tensión en las comisuras de los labios que Sandra creyó que estallaría si le pellizcaba las mejillas—. En cuanto a la contabilidad del ayuntamiento... Sois incansables, ¿verdad? —Caminó hacia el escritorio, abrió uno de los cajones y sacó un dosier granate de su interior. Se lo tendió a Asier, que no tardó ni un segundo en abrirlo y examinarlo junto a su compañera. Sandra se asomó también para ver su contenido—. Sabía que seguiríais cuestionando las decisiones de este ayuntamiento, así que pedí que preparasen toda la información que atañe a mi legislatura. ¿Satisfechos?

Asier pasaba las páginas sin que a Sandra le diese tiempo a ver nada, pero, al parecer, él tenía una idea muy clara de lo que significaban todas esas columnas repletas de números.

—Hay donativos muy cuantiosos de varias empresas extranjeras.

—Sí —asintió la alcaldesa—, que además son inversores privados de la zona. Al final del dosier tenéis los documentos sobre quién es propietario de qué. No es ilegal, y tampoco inmoral, os lo aseguro. Solo hay lo que veis.

—Han comprado media ciudad —comentó Nora—. A precio de saldo, además.

—Y planean elevar su valor para enriquecerse. ¿Aprueba que se especule con el valor de su ciudad? —preguntó Asier, suspicaz.

—Apruebo que se invierta en ella. No es especulación, es desarrollo. Deberíais saber la diferencia. Si hubiese algún negocio oscuro, ¿os estaría mostrando los catastros, los ingresos y los gastos del ayuntamiento? Mirad bien. Veréis que ni un solo euro se ha gastado en algo que no tenga como propósito el beneficio de los ciudadanos. Ni siquiera he subido mi sueldo en estos dos años.

Era cierto. Las infinitas partidas estaban dedicadas a rehabilitación de espacios públicos, limpieza, mantenimiento y labores de lo más rutinarias, nada escandaloso o sospechoso que llamase la atención.

—¿Queréis ver los contratos también? No vais a encontrar ninguna concesión a familiares ni amigos. Ni siquiera compañeros de la escuela. ¿Dejaréis de perseguirme ahora? Sé que pensáis que soy una líder agresiva y que no tengo lo bastante en cuenta a quienes discrepan de mis políticas, pero os aseguro que todo lo que hago es por el bien de esta ciudad y de las aldeas. Yo nací aquí y he tenido que ver cómo todos los jóvenes que querían prosperar, incluyendo mi generación, se veían obligados a marcharse. Trato de impedir que eso siga sucediendo. —Se cruzó de brazos, algo irritada, mientras el periodista escrutaba toda la documentación.

Sandra la creyó. Y aunque no era muy hábil para detectar las mentiras ajenas, estuvo segura de que esta vez no se equivocaba.

Asier hojeó el dosier hasta llegar a las páginas del catastro de propiedad de varios bienes inmuebles en zonas clave de la ciudad, como la avenida de los Ángeles o el paseo marítimo. El nombre de las tres mismas grandes compañías se repetía una y otra vez. La única excepción era una cuarta sociedad jurídica, que aparecía como copropietaria del hotel París. Venus Voice, S. L.

—¡Anda! Se llama igual que tu canción —señaló Nora.

—Os aseguro que no soy la propietaria de la empresa —bromeó Sandra, aunque a ella la coincidencia también le llamó la atención.

—¿Conoce a todos estos inversores en persona? —preguntó Asier.

Gemma Fabián sonrió aún más, pero eso no logró disimular que le molestaba que cuestionasen su competencia como alcaldesa.

—Sí. Por supuesto. Me he reunido con ellos para ratificar que su visión de la ciudad y la de mis votantes están en sintonía.

—¿Y le gustó lo que escuchó?

—Buscan lo mismo que yo: reactivar la economía de la zona. El proyecto Lobo 23 impulsará las áreas rurales y el turismo de lujo fortalecerá la ciudad. Así combatiremos la despoblación, dando a los jóvenes oportunidades para quedarse aquí y atrayendo a gente de fuera.

—Lo que no entiendo es por qué Santa Bárbara —dijo Asier—. Seguramente a sus inversores les sería más barato construir la ciudad de cero que restaurarla.

—Lo que describes es un parque de atracciones, creado para entretener, sin historia, ni alma. Santa Bárbara se convertirá en el hogar de numerosas celebridades, *socialités* y emprendedores de éxito en busca de un enclave auténtico y exclusivo. Podemos ofrecerles eso. Antes de que lo preguntes, también estamos trabajando para evitar que la gentrificación afecte a los vecinos locales.

—Lo que me intriga es cómo está tan convencida de que va a funcionar —siguió indagando Asier—. ¿Por qué los famosos iban a venir aquí?

—Pregúntale a tu amiga —sonrió a Sandra—, seguro que ella puede explicarte mejor que yo los atractivos de nuestra ciudad.

Sandra llegó allí huyendo de los focos y, si hubiese sabido que la ciudad se llenaría de gente y de cámaras, jamás la habría escogido como destino, pero no podía decirle eso a la alcaldesa. Se limitó a sonreír educadamente.

—¿Hay alguien en su equipo tratando de atraer a celebridades? —preguntó Asier.

—En absoluto, es demasiado pronto. Queda mucho trabajo por hacer, aunque, en fin, la presencia de la señorita O'Brian nos ha sido de gran ayuda para dar a conocer nuestros planes. Lo admito.

—Y la de Pietro —añadió Sandra provocando un tenso silencio que ella misma se encargó de romper—. Alguien le retuvo contra su voluntad. ¿Se le ocurre quién podría llegar tan lejos para «atraer a celebridades»?

Gemma Fabián entreabrió la boca sin saber qué decir, y esa fue la evidencia de que su sorpresa era genuina. Aquella mujer siempre tenía la respuesta adecuada, pero aquello no se lo esperaba.

—¿Estáis... estáis seguros de eso? La policía no ha informado de ningún secuestro.

—No podremos saberlo a ciencia cierta hasta que despierte —explicó Asier—. Pero hay indicios de ello. Me temo que no ayudará a su campaña de lavado de imagen de la ciudad.

—Lamento lo que quiera que le haya sucedido a su amigo, pero espero que no pretendáis acusar a nadie de mi ayuntamiento por ello. He respondido a todas vuestras preguntas y os he dado toda la información de la que dispongo. Creo que ya he cumplido con mi cometido con la prensa, y ahora me gustaría poder seguir cumpliendo con los ciudadanos. —Los invitó a abandonar su despacho, pero Sandra aún no había acabado.

—Tal vez pueda compensarle por las molestias —dijo, y la alcaldesa se detuvo en seco y alzó una ceja, intrigada—. Llevo demasiado tiempo de vacaciones. Echo de menos subir a un escenario.

Sonrió con un aire ingenuo, y la alcaldesa abrió mucho los ojos, repletos de codicia, al comprender lo que sugería.

En cuestión de minutos y de un par de llamadas, los organizadores de las fiestas le hicieron un hueco en la programación de la tarde para una actuación de un par de temas. Sandra nunca había visto a nadie sonreír y asentir tantas veces en tan poco tiempo. El rumor de que Sandra O'Brian actuaría en Santa Bárbara corrió como la pólvora, y a nadie le cupo ninguna duda de que la alcaldesa tenía mucho que ver con el veloz boca a boca. Era parte del plan, que todo el mundo supiese que Sandra O'Brian estaría allí exhibiendo su voz, incluyendo a la mujer del paraguas.

—Una última cosa —dijo Asier justo antes de marcharse—. En esas reuniones, ¿alguna de las inversoras era una mujer?

La alcaldesa suspiró.

—Me temo que no. Yo era la única presente. Aún tenemos mucho que avanzar en algunas materias.

Una vez en el pasillo, el reportero caminó a grandes zancadas, algo frustrado por la situación.

—¿Te molesta que por una vez la mala de la historia no sea una política corrupta? —bromeó Nora—. No es que esté de acuerdo con ella en todo y me parece una engreída, pero es verdad que se está esforzando mucho.

Asier negó con la cabeza.

—Le hemos dado la oportunidad de explicarse y lo ha hecho. Es mucha más atención y transparencia de la que solemos conseguir. Lo admito, no parece que haya motivos para investigarla. Lo que pasa es que todo habría sido mucho más sencillo si hubiese sido culpable.

Sandra le detuvo al intuir la culpa en su voz. La entrevista se había emitido la noche anterior y los fragmentos que la cadena había subido a internet como cebo se habían convertido en tendencia a nivel mundial. A Sandra no le había quedado otra opción que apagar el móvil, y eso que era el número al que solo unas pocas personas tenían acceso. Sabía que Asier sentía que debía solucionar todos sus problemas a cambio, pero ella no lo veía así en absoluto. Le apretó el antebrazo entre sus dedos para darle ánimos.

—La encontraremos esta tarde, lo sé, a la mujer del paraguas. Nunca habría llegado tan lejos sin vosotros.

—Es pronto para cantar victoria —rebatió Asier—. Además, antes tenemos que asegurarnos de que los huéspedes del hotel no pierden el control por culpa de la música.

Tras la reunión con la alcaldesa, el día se le había hecho eterno. Sandra no tuvo ocasión de ensayar porque su presencia habría armado un revuelo antes de tiempo y los reporteros recibieron órdenes de su jefe de cubrir las fiestas de Santa Bárbara. Lo que significaba que ella se había pasado el día sola, incomunicada y con tiempo de sobra para pensar en todo lo que podía salir mal.

«No, no puedes pensar así —se recordó a sí misma, de vuelta al presente—. Confía en ti, confía en tu voz».

Gemma Fabián estaba concluyendo su discurso, después habría una actuación de baile regional y, a continuación, sería su turno. Era el momento de dejarse ver en el *backstage* para hacer al menos algunas comprobaciones rutinarias de sonido antes de su actuación. Reanudó la marcha mientras la alcaldesa hablaba:

—Somos una comunidad honrada, llena de gente trabajadora. Y tenemos la suerte de vivir en la bahía más bonita y soleada de todo el norte. Dan fe de nuestra riqueza natural las numerosas especies protegidas que habitan en el bosque y nuestras denominaciones de origen...

Sandra caminó sin prestar atención al discurso, centrada en encontrar un hueco por el que avanzar, hasta que oyó que alguien la llamaba por su nombre. Al principio pensó que habían vuelto a reconocerla, lo cual habría sido peligroso ante el embotellamiento que comenzaba a formarse en el paseo marítimo. Sin embargo, al girarse, se encontró con el rostro que llevaba días añorando.

—¡Tillie! —exclamó al ver a su agente.

Llevaba puesto uno de sus elegantes *power suit* de color celeste y el pelo rizado recogido en una coleta alta que le llegaba hasta la base de la nuca. Las dos se fundieron en un abrazo tan impetuoso que el bolso de Tillie se cayó al suelo volcando parte de su contenido.

—Tillie, cuánto te he echado de menos.

—Y yo a ti, mocosa. Te dejo dos días sola y mira en qué líos te has metido. ¡Líos! En plural.

Se agacharon al unísono para recoger las cosas de Tillie antes de que alguien las pisase.

—He ido a verte al hotel, pero no estabas allí. Me han sugerido que te buscase en las fiestas, y fíjate. Tenían razón. Pensé que lo último que querías era una aparición pública, y me entero aquí de que vas a actuar en directo. Tienes muchas cosas que explicar, niña. Tú dirás cómo quieres que gestionemos tu imagen después de esa íntima entrevista a lo Lady Di, porque estoy perdida contigo.

Sandra recogió un pintalabios, un botecito de cincuenta mililitros de protector solar, un coletero...

—Ya... Hay otra cosa que debería contarte.

Unos auriculares inalámbricos, un bolígrafo casi gastado...

—¿Más sorpresas?

Unos caramelos de sabor a café... y una llave, que se disponía a guardar de nuevo en el bolso.

—Es sobre Pietro, no te he dicho nada por no preocuparte, pero sospecho que... —Enmudeció cuando sostuvo la llave entre las manos, vieja y pesada. La habría reconocido en cualquier lugar, lo que no comprendía era por qué la tenía Tillie—. Te alojas en la habitación 801. La suite del último piso —dijo en voz alta para confirmar que lo que veía era cierto.

Tillie no tenía una tarjeta electrónica, sino esa condenada llave.

—¿Sí? Era la única libre. Ni siquiera he tenido tiempo de verla. ¿Por qué? ¿Es donde viven los fantasmas? —bromeó.

Era la primera vez que Tillie visitaba la ciudad, la primera vez que se alojaba en el hotel. ¿Puede que se hubiesen equivocado al darle esa habitación? Era lo más seguro, que Desirée fuese la única que sabía quién se alojaba en ella y que se la hubiesen dado a su mánager porque no quedaba otra libre. Tillie aguardaba expectante y ella respondió lo primero que se le pasó por la cabeza:

—Qué va, es que había... había oído que es la única que se abre con llave, pero no me lo acababa de creer. —Trató de disimular—. Debe... debe de ser agradable. Supongo. ¡Mejor que la mía!

—Más le vale. ¡Menudo precio por una llavecita! ¿Qué ibas a decirme sobre Pietro?

—¿Qué? —Por un instante olvidó de qué habían estado hablando—. ¡Ah! Ya. Creo... creo que Pietro estaba enfadado conmigo la noche en que desapareció. —Iba a contarle sus verdaderas sospechas, que había sido secuestrado por culpa de un complot que aún no comprendía, que encontraron pruebas de ello en la suite 801 y que el hotel, por increíble que sonase, estaba maldito. Pero no fue capaz.

—Sí, ya me lo dijiste, ¿recuerdas? —Tillie extendió la mano hacia ella y Sandra retrocedió en un acto reflejo.

Miró hacia abajo y descubrió que en lugar de sus habituales tacones de colores, su mánager llevaba unos botines negros, mucho más prácticos y cómodos.

—¿Sí? Tengo que marcharme, he... Bueno, tengo un compromiso antes de cantar. Acabaré en un rato. ¿Por qué... por qué no me esperas por aquí?

Tillie puso los brazos en jarras.

—¿Llevamos casi dos semanas sin vernos y me dejas tirada? —Le lanzó una sonrisa pícara—. ¿No habrás conocido a alguien? Un clavo saca otro clavo y todo eso.

—Algo... algo así. Espérame, ¿de acuerdo?

—¿Seguro que no quieres que te acompañe hasta el *backstage*? —se ofreció.

—No, no. Yo te busco, no te preocupes.

Sandra dio media vuelta y se abrió paso entre el gentío.

¿Limpiaron la suite antes de la llegada de Tillie? ¿Qué habría sido entonces de las pruebas?

Miró hacia atrás por encima del hombro y comprobó que su representante parecía ocupada respondiendo mensajes de texto en el móvil. Llegó a la parte de atrás del escenario con el corazón desatado y una náusea en el estómago.

La suite 801. Solo había dos llaves de esa habitación: una la tenía ella; la otra, Tillie.

Tillie, quien la había conducido hasta la ciudad, quien reservó un vuelo hasta Santa Bárbara y una habitación para ella en el hotel París.

Quien le aseguró una y otra vez que Pietro estaba bien, que le mandaba mensajes y fotos, quien decía haber hablado con él.

Alguien en quien el guitarrista confiaba lo suficiente para subir en su coche en mitad de la noche sin hacer preguntas.

Alguien capaz de nombrar a una empresa Venus Voice, S. L.

Su cuerpo reaccionó provocándole una arcada cuando comprendió la verdad. Le hubiese gustado convencerse de que se trataba de meras casualidades, de que le dieron esa suite por error, pero era tan evidente que no comprendía por qué había estado tan ciega. ¿Cómo había podido seguir confiando en ella, sin pensar una sola vez en quién la metió en la boca del lobo?

Tillie se había esforzado por ser sutil, no la había presionado para que se marchase del hotel, pero se había asegurado de que encontraba motivos para quedarse, sin levantar sospechas. Fingió preocuparse por ella y su salud mental cuando Pietro desapareció, pero en realidad solo la había hecho dudar de su propio juicio. Sandra sabía que Tillie era astuta, pero siempre había empleado ese don a su favor, nunca en su contra. O eso creía. ¿En qué otras cosas la había engañado? Cuando mediaba entre ella y Olivia, ¿también había tenido en mente el plan de conducirla hasta Santa Bárbara? ¿Y cuando buscó para ella ese piso tan enorme que la hacía sentir vacía y sola, deseosa de huir? Sin su mánager, Sandra sería una cajera o una camarera que vivía en los suburbios de Londres, que cantaba en los bares por las noches con su guitarra a cambio de propinas. Sin su guía habría sido una persona totalmente distinta, con una existencia menos complicada que la suya y a la vez más difícil. Una Sandra que ya nunca existiría. Necesitaba saber cuándo la había traicionado Tillie, desde qué momento su vida había dejado de ser auténtica para convertirse en un premeditado plan que pretendía conducirla hasta ese instante, hasta aquella condenada bahía.

Sus emociones estaban tan descontroladas que estuvo a punto de chocar con Asier sin ni siquiera verle.

—¡Sandra! ¿Dónde estabas? Nora y yo empezábamos a preocuparnos. —Se detuvo al percatarse de su agitación—. ¿Ha pasado algo?

Se quitó la gorra y las gafas porque sentía que le oprimían la cabeza. Trató de respirar hondo, de pensar con claridad.

—La mujer del paraguas. Es... creo que es... No. Estoy casi segura de que es mi mánager.

Pensó que Asier le preguntaría cómo lo sabía, pero ese periodista que siempre necesitaba una prueba, una confirmación, se limitó a asentir y confiar a ciegas en su criterio.

—De acuerdo. ¿Está aquí ahora?

Sandra afirmó con un gesto.

—¿Se ha dado cuenta de que lo sabes?

Negó con la cabeza.

—Me parece que no... Yo... no lo entiendo. No sé por qué me ha hecho esto. ¿Me ha traicionado, o era lo que buscaba desde el principio?

Trató de comprender los actos de Tillie, con la esperanza de hallar una explicación lógica que aliviase el dolor en su pecho, el temor de que toda su vida profesional, los numerosos sacrificios que había tenido que hacer, se hubiesen basado en un engaño, en ser una ingenua fácil de utilizar. Notó que le faltaba el aire y tuvo que apoyarse entre Asier y uno de los andamios metálicos que sostenían la estructura del escenario.

Su mirada se desvió hacia la playa mientras trataba de respirar. Allí vio el barco de madera que habían construido sobre la arena. Asier y Nora le habían explicado que era una vieja tradición en varios pueblos pesqueros de la zona, que nació en la bahía de Santa Bárbara mucho antes de que surgiese la ciudad. Cuando se acercaban los meses fríos, los peces que durante el verano subían hasta la superficie del mar en busca de calor descendían de nuevo a las profundidades y los pescadores podían volver a casa, donde pasarían algunos meses tranquilos antes de que comenzase otra nueva temporada, pues siempre había peces de un tipo u otro que capturar en las redes o cañas. Para celebrar que santa Bárbara los hubiese protegido de las tormentas e inclemencias del mar y que retornaron sanos y salvos, ofrecían una pequeña embarcación, construida para la ocasión con madera de barcos viejos, y la quemaban a modo de ofrenda. Al parecer, la alcaldesa había querido retomar aquella tradición como punto de partida de los festejos.

Sandra se sintió como ese endeble barco, que no había sido pensado para navegar, y nunca podría hacerlo, sino que se trataba de un mero sacrificio. ¿Era así como Tillie la había visto siempre, en realidad? ¿Como un navío de juguete a la deriva?

—Sandra, ¿estás segura de que puedes actuar? —preguntó Asier, y ella retornó a la realidad al ver la preocupación en sus ojos.

—Sí... sí puedo, debo hacerlo.

A lo largo del día habían comprobado cómo la perversa música atrapada en el hotel, desde los cimientos hasta la última planta, se hacía cada vez más poderosa y sus efectos, más veloces, como si el gentío que lo ocupaba alimentase un poder que había permanecido sumido en un largo letargo.

Nora y Asier le contaron que durante el desayuno se habían producido varios encontronazos y discusiones entre los huéspedes, que a veces también habían involucrado al personal. Al principio, Sandra se preguntó por qué la música había tardado tanto en afectar a los empleados del hotel, que habían trabajado allí durante meses. «Fue ella», recordó, la mujer que había escuchado cantar la nana por todos los rincones del hotel, intentando contrarrestar la maldición, igual que hizo ella con aquellos lobos. Pero quienquiera que cantase se había desvanecido, puede que tras ser secuestrada igual que Pietro. Durante su ausencia, el hotel se había llenado de nuevas almas que corromper y la música se nutría de ellas. Probaron a usar la caja de música, convencieron al director del hotel —un hombre que apenas salía de su despacho y que solo tenía interés por cumplir con las ratios de costes e ingresos que sus jefes le habían marcado— para retransmitir la melodía como hilo musical, pero no había aliviado las tensiones. La nana de por sí ya no funcionaba. Necesitaba un empujón extra, el poder de una cantadora.

«Si no hacemos algo pronto, va a acabar ocurriendo una desgracia», se recordó.

El ambiente entre el público que aguardaba las actuaciones era tenso. Los asistentes al evento se peleaban a empujones por una buena posición mientras el grupo de danza actuaba. También crecían las tensiones entre los reporteros y fotógrafos profesionales que competían por obtener una buena imagen. La crispación era contagiosa y se propagaba incluso entre aquellos que no habían pisado jamás el hotel.

«¿Sabe Tillie lo que está sucediendo?», se preguntó Sandra. ¿Formaba parte del plan o acaso de trataba de un efecto secundario inesperado?

Se quitó la gabardina revelando su espectacular atuendo y le pidió a Asier que se la sostuviese hasta el final de la actuación. Puede que no fuese la mejor vestimenta para una noche de otoño, pero Sandra sabía cómo vestir para causar un impacto. A juzgar por el asombro de Asier, había tenido éxito.

—No estoy segura de si funcionará o no —admitió—. Pero quiero intentarlo.

Se reunió con los técnicos de sonido y apenas habían comenzado a mostrarle cuál sería su micro cuando estalló la única chispa que faltaba para provocar un incendio. El golpeteo de los bailarines sobre el escenario se detuvo en seco, igual que lo hizo el sonido de las gaitas, sustituido por los gritos de los manifestantes. Sandra y Asier intercambiaron una mirada inquieta y se asomaron al borde del escenario para descubrir qué sucedía.

Un grupo de protestantes, liderados por Cristina Posadas, habían surgido de entre el público, alzando pancartas por doquier y soplando con ímpetu sus silbatos para hacerse oír. Las consignas «Fuera, lobos, de nuestros valles», «Fabián, traidora, los lobos nos devoran» y otras rimas que atacaban a la alcaldesa y al proyecto Lobo 23 se entremezclaban con los pitos de los asistentes, que deseaban que continuasen los festejos. Pronto se formaron dos bandos que no dejaban de gritarse e increparse.

—Esto va a acabar mal —susurró Asier.

Nora, en primera línea con el resto de los periodistas, grababa lo que sucedía, pero hacía gestos hacia ellos en busca de alguna explicación. No, la protesta no tenía que ver con la música del hotel, esa gente estaba indignada de verdad. Tenían miedo a lo que había en el bosque y sentían que nadie estaba de su parte, que nadie los protegería. Pero el ímpetu con el que respondieron los turistas y periodistas sí estaba emponzoñado por la maldición del hotel París. Pronto comenzaron los empujones y reproches a viva voz.

—¡Queréis hundir esta ciudad! —los acusaban los vecinos de Santa Bárbara—. ¡Vais a espantar a los turistas! ¡Volveos con vuestras ovejas, paletos!

—¿A esto lo llamas ciudad? Más bien parece una ruina. ¿De

qué ibais a vivir sin el dinero que robáis a los pueblos de los valles, parásitos?

Los insultos se volvieron cada vez más intensos por ambas partes, hasta que se produjo el primer golpe. En la confusión de la multitud, nadie supo decir quién pegó el primer puñetazo, pero en cuestión de segundos lo que debía haber sido una fiesta apta para toda la familia se convirtió en una batalla campal.

—Se han vuelto locos —dijo Asier a su lado, y Sandra comenzó a moverse por puro instinto.

—Quítate los audífonos cuando empiece a cantar. Aprovecha para llegar hasta Tillie y asegúrate de que no se va a ninguna parte. Cuando acabe mi actuación, quiero hablar con ella —le pidió, y el joven asintió.

Sandra tomó un micro de uno de los técnicos de sonido, que la observó apabullado sin saber si debía o no detenerla, y subió las escaleras que conducían al escenario. Alguien había lanzado una lata de cerveza contra los bailarines regionales, que se apresuraron a correr para protegerse tras los andamios. La policía encargada de controlar el evento intentaba poner orden en vano y la alcaldesa gritaba a su equipo pidiéndole que hiciese algo al respecto, aunque nadie sabía qué. Algunos alborotadores habían bajado hasta la playa para arrancar maderos del barco y usarlos como armas.

En mitad del caos, Sandra hizo aquello que de verdad sentía en su corazón, la única cosa en que era buena y que nadie más podría hacer en su lugar: crear música.

A un lado del escenario habían dispuesto una guitarra eléctrica para ella. La tomó entre sus manos y se detuvo frente al micrófono.

—Buenas noches —saludó, aunque apenas hubiese comenzado a atardecer. Unos pocos espectadores repararon en ella, mientras la mayoría continuaban el alboroto—. Soy Sandra

O'Brian y voy a interpretar una antigua nana de los valles que forman este bonito rincón del norte. Es posible que algunos la conozcáis, que vuestras madres o abuelas la cantasen para vosotros. Yo la escuché por primera vez en Santa Bárbara, pero fue una mujer del pueblo de Lucero, Emilia Ortiz, quien me enseñó su letra. Espero que os guste.

Inspiró hondo y comenzó a cantar:

Cuando la luna llora,
y oscura es la noche.
Donde las hadas moran,
y las niñas bailan solas.
Contigo estaré yo,
cantando a viva voz
hasta que salga el sol.
Cuando a los lobos oigas,
y oscura sea la noche.
Donde no veas las olas,
y el bosque sea feroz.
Contigo estaré yo,
cantando a viva voz
hasta que salga el sol.

Se perdió por completo en la melodía, se dejó llevar por cada sílaba, se convirtió por un momento en esa madre amorosa que acuna a su bebé contra su pecho. Estaba tan sumida en la música que no presenció cómo poco a poco una calma cálida se propagaba entre los espectadores. Los silbatos dejaron de sonar, los golpes cesaron, bajaron las pancartas, se renunció a los insultos y a la falta de entendimiento, y durante un par de minutos la multitud escuchó, inmóvil, hipnotizada.

Cuando los dedos de Sandra acariciaron la última nota sobre

las cuerdas de la guitarra, permaneció unos segundos con los ojos cerrados escuchando su propia respiración, y al abrirlos, descubrió que la mitad de la audiencia se hallaba sumida en una especie de trance, absorta en los pensamientos o emociones que la canción hubiese despertado en ellos, y que la otra mitad continuaba sobrecogida y quieta, con lágrimas en los ojos. Nadie aplaudió, pero no hacía falta. Ya no podría volver a negar su propia naturaleza. Las canciones eran poderosas, y también lo era su voz. La alcaldesa se había quedado completamente dormida al escuchar la nana, y tuvo que esquivarla, tumbada en mitad de las escaleras, para salir de allí.

Aquella actuación combatiría los efectos del hotel París durante un tiempo, pero no bastaría para deshacer la oscura maldición que lo invadía. Quizá su mánager supiese cómo acabar con ella de una vez por todas. Había llegado la hora de plantarle cara.

Bajó del escenario y se apresuró hacia el lugar donde se había encontrado con Tillie. Enseguida vio a Asier a su lado, pero su instinto le advirtió de que algo fallaba. El reportero no estaba ni adormilado ni sobrecogido gracias a su hipoacusia, pero Tillie tampoco. Los dos estaban muy juntos, demasiado, y ambos la miraban fijamente, Asier con un gesto de disculpa.

Se detuvo en seco al distinguir los auriculares blancos que sobresalían de las orejas de su mánager, esos que tanto le gustaban con cancelación de ruido.

—¿Desde cuándo sabes lo que puede hacer mi voz?

—Oh, Sandra —suspiró su agente—. Siempre lo haces todo al revés. Se suponía que estas vacaciones eran para que descansases, para que aprendieses a amar este lugar. En vez de eso, mira el alboroto que has provocado. ¿Por qué has tenido que meter a unos periodistas en esto?

—Responde a mi pregunta —ordenó furiosa.

Tillie no se inmutó.

—Me temo que no estás en condiciones de exigir nada.

Sandra notó cómo Asier tensaba todo su cuerpo. Su mánager sostenía una pistola en la mano y la apretaba contra la espalda del reportero.

—He aparcado mi coche a un par de calles de aquí —dijo Tillie—. ¿Qué os parece si damos una vuelta?

14

Sandra

Mantuvo su atención fija en el arma y se preguntó si Tillie sería capaz de usarla. La respuesta era que no tenía ni la menor idea. La persona que ella conocía, en quien confiaba y delegaba sin dudar, no era quien tenía ante sí. Puede que nunca hubiese existido. E ignoraba hasta dónde estaba dispuesta a llegar esa desconocida para conseguir su propósito.

La mayoría de los asistentes comenzaban a desperezarse poco a poco de los efectos de la nana, incluyendo a los agentes de policía. Tal vez...

—Ni lo pienses —intervino Tillie. Aunque Sandra ignorase las intenciones y los límites de su mánager, ella la conocía demasiado bien. Adelantarse a sus miedos y necesidades era para la mujer tan natural como respirar. Apretó el arma contra Asier con aún más ímpetu—. Venga, solo quiero hablar contigo, no me lo pongas difícil. Tampoco intentes cantar, si oigo una sola nota musical salir de tu boca lo pagará tu nuevo amiguito.

Asier negó con la cabeza, pero la cantante no estaba dispuesta a ponerle en más riesgos de los que ya había asumido por su culpa. Asintió y accedió a seguirla antes de que la multitud recobrase la normalidad. Se los imaginó incorporándose aturdidos, sin la menor idea de qué había sucedido, pero invadidos por una paz infinita. Parecida a esa sensación que te atrapa cuando te detienes a contemplar un hermoso atardecer y todas tus preocupaciones y dudas existenciales se desvanecen por un momento. Lo que estaba experimentando ella era todo lo contrario. Los cimientos de su vida se habían derrumbado y ahora solo le quedaba caer, caer en el vacío.

Con la mánager al frente, giraron hacia una de las calles que brotaban del paseo marítimo y la recorrieron hasta llegar a un coche negro de alquiler. Sandra reconoció el modelo de las grabaciones de seguridad de la carretera que había visto una y otra vez. Todos esos días, cuando fingió llamarla desde Londres, ¿había estado en Santa Bárbara, o había ido y venido? ¿Cómo había sido capaz de mentirle con tanta naturalidad?

Tillie hizo que Asier se pusiese al volante y a ella le señaló el asiento trasero. Aún no se había subido al vehículo cuando oyó que la llamaban a gritos.

—¡Sara! Quiero decir... ¡Sandra! —Era Cristina Posadas, que había salido del trance de la melodía y corría hacia ellos—. Tengo que... tengo que hablar contigo. Esa canción, ¿de verdad te la enseñó mi abuela?

Sandra puso los ojos como platos y alzó las cejas, quiso darle a entender que era mejor que se marchase, que diese media vuelta, pero Cristina no descifró su tensión, el pánico en su semblante. Cuando reparó en la pistola de Tillie apuntando a la nuca de Asier, fue tarde. Su captora suspiró.

—Está bien, sube tú también al coche, y antes dame tu móvil —ordenó, pero ambas mujeres permanecieron inmóviles. Agitó el arma en el aire—. ¿Tengo que usarla para que me creáis?

Sandra subió al vehículo y Cristina, al ver cómo el cañón de la pistola se dirigía hacia ella, tragó saliva y la siguió después de entregarle el móvil tal y como le había ordenado.

—¿Qué... qué está pasando? —preguntó la ganadera una vez se hubo sentado atrás.

—Pasa que tú y tu asociación de pastores habéis sido todo un incordio. Aunque tal vez sea una suerte que te hayas inmiscuido. Si lo ves con tus propios ojos, entenderás por qué es mejor no meter a los políticos y a la prensa en todo esto —dijo Tillie, que se inclinó sobre el asiento delantero, sin perderlas de vista, para tenderle a Asier las llaves del coche y exigirle, en un volumen más alto de lo normal para que pudiese oírla sin sus audífonos—: ¡Llévanos al bosque!

Asier vaciló y se giró hacia a ella. «No pasa nada, acabemos con esto de una vez por todas», quiso decirle. El reportero se resignó y arrancó mientras Tillie permanecía con el arma en alto. Avanzaron entre las calles de la ciudad, rumbo a la carretera que bordeaba la silueta de las montañas.

—¿Por qué me estás haciendo esto? ¿Me has traicionado por dinero? ¿O te acercaste a mí para eso? —se enfrentó Sandra a ella. Al menos se merecía una explicación.

—¿Dinero? —repitió ofendida—. Ya tengo todo el que necesito, entre los *royalties* que da la música de mi padre y mi comisión de las tuyas, estoy más que servida. Sandra..., te aprecio, de verdad. Te considero una buena amiga, de hecho. Pero hay cosas que no comprendes, no todavía.

—Ilumíname, siempre se te ha dado bien hablar, y mentir, por lo que veo.

—Ahórrate las pullas pasivo-agresivas, ¿quieres? Sí, sé cómo mentir, pero nunca te ha molestado esa habilidad cuando te beneficiaba. Además, me preocupo por ti mucho más de lo que piensas, he pasado los últimos dos años tratando de hacer este lugar lo más acogedor posible para ti.

«¿Dos años?». Durante los últimos dos años, cada vez que había hablado con ella para contarle sus preocupaciones musicales, para desahogarse por el callejón sin salida en que se estaba convirtiendo su matrimonio, Tillie fingía consolarla y aconsejarla cuando en realidad estaba esperando a que llegase el momento adecuado para enviarla a Santa Bárbara. Recordó todas esas «vacaciones» que se había tomado tras la muerte de su padre, Samuel, y después a causa del estrés y por recomendación de su médico. ¿Era lo que había estado haciendo? ¿Comprar el hotel París?, ¿restaurarlo? ¿Por qué? ¿Qué sacaba ella?

—¿Tengo que darte las gracias?

—No, supongo que no. La carga que te espera, y que el destino te ha asignado, no es fácil. Así que te lo debo, el procurar que al menos estés cómoda.

—¿Carga? ¡¿Qué carga?! ¿De qué demonios hablas? —exclamó Sandra, perdiendo la paciencia.

Tillie miró a Cristina Posadas con el rabillo del ojo y con cierto desdén. Era evidente que no le agradaba tener que contar esa historia delante de ella, pero no podía parar el coche y hacerla bajar, o daría la voz de alarma.

—Paciencia, hay cosas que es mejor ver para poder creerlas. Pero cuando lo hagas, recuerda que estabas cantando en un bar andrajoso cuando te descubrí. Nunca has servido para estudiar, tampoco llevas bien seguir las órdenes de un jefe y sin mí nunca habrías sido una artista comercializable. Te salvé de ti misma, Sandra, te he dado una vida de comodidades y lujos, no es injusto pedirte que ahora pagues por ella.

Mientras Tillie le reprochaba su ingratitud, Sandra se aferró a su gabardina como si fuese un oso de peluche al que abrazar tras una pesadilla. Asier había dejado la prenda en el asiento trasero aprovechando la distracción que Cristina generó. «Un momento», pensó, al notar un bulto pesado entre la tela. Asier no era de los que hacen las cosas por casualidad. Metió la mano en el bolsillo y se dio cuenta de que su móvil había estado ahí todo el rato guardado. Sin sacar la mano, buscó con disimulo el número de Nora. Solo pudo escribir las palabras «boske policia» y esperó que entendiese todo lo demás.

Asier siguió conduciendo alejándolos de la ciudad por la sinuosa carretera, hasta que Tillie le dio unos golpecitos en el hombro con el cañón del arma y señaló al arcén junto a la ladera. Les hizo apearse y, sin dejar de apuntarles, sustituyó la pequeña pistola por una larga escopeta de dardos tranquilizantes que había en el maletero. También había sogas azules, como las que vieron en la suite 801, y lo que parecía una mordaza. Cargó uno de los dardos, un alargado tubo plateado con una punta roja, y transportó el resto en una funda al hombro.

¿Qué pretendía? ¿Cazar lobos o ciervos? A juzgar por la habilidad y la rapidez con las que ajustaba y cargaba el arma, no era la primera ni la segunda vez que lo hacía. Ni siquiera les dio tiempo a tratar de huir o enfrentarse a su captora. Una vez que la pistola estuvo lista, les ordenó caminar ladera arriba por delante de ella para mantenerlos vigilados.

Tan pronto como se adentraron entre los árboles, los aullidos de los lobos se alzaron como un coro que entonaba su propia melodía. «Se avisan entre ellos, están alerta por nuestra presencia», se dijo Sandra. A Tillie no le preocupó no ser bien recibida por los habitantes del bosque.

—Nos queda un buen rato de subida, así que seguid caminando y no hagáis movimientos bruscos.

—¿A mí también vas a dispararme? —preguntó Sandra, incrédula.

—No, pero si me incordias, le meteré a tu amigo una dosis de ketamina y midazolam en el cuerpo capaz de tumbar a elefantes marinos. Nunca la he probado en humanos normales, así que mejor no correr el riesgo, ¿no te parece? —Miró hacia el horizonte—. Ya queda poco.

«¿Humanos normales?», se repitió Sandra en su fuero interno. ¿Eso significaba que sí había disparado antes a otras personas? ¿A qué tipo de personas?

Siguieron ascendiendo y acabaron por llegar a un camino serpenteante y en desuso, que recorrieron hasta detenerse en las lindes de una vieja casona. Las malas hierbas se habían apropiado del terreno vallado y las hiedras se entrelazaban entre las piedras de la fachada dándole un aire salvaje, como si también perteneciese al bosque. La naturaleza había reclamado aquel lugar para sí. Pero la casona, por tétrica que resultase, enseguida quedó opacada a un segundo plano cuando Sandra se dio cuenta de que no estaban solos.

Detenida frente al edificio había una mujer que permanecía de espaldas, vestida con un pijama de dos piezas de color champán y una bata a juego. A pesar de que parecía estar confeccionada con un tejido caro y sedoso, la ropa estaba rasgada en distintos puntos y cubierta por el barro, igual que sus pies descalzos. Pequeñas hojas y ramitas cubrían su larga melena de un claro tono cobrizo como si hubiera echado una cabezada en el suelo y no se hubiese molestado en acicalarse el cabello después. Aquella mujer debía de llevar días rondando por el bosque, pero no parecía perdida ni desorientada, más bien todo lo contrario.

Tillie suspiró al verla y negó con la cabeza.

—Si siempre que huyes vienes al mismo sitio, ¿cómo esperas que no te encontremos? Igual eso es lo que quieres en el fondo, que vengamos a por ti.

Tillie dio un paso hacia ella, y a Sandra no se le escapó el detalle de que, por muy fuerte que se agarrase a la escopeta, sus manos temblaban. Fuera quien fuese la mujer del bosque, su mánager la temía.

—No lo hagas más difícil, volvamos al hotel. —Intentó que sonase como una orden, pero en el fondo era una súplica.

La mujer se dio la vuelta hacia los intrusos. Lo primero en lo que pensó Sandra fue que parecía sacada de un cuadro, y lo segundo, que su rostro le resultaba terriblemente familiar. A pesar de su belleza, tenía una apariencia de agotamiento que volvía su piel más cetrina y sus ojeras más profundas. Su largo cabello le daba un aspecto juvenil y salvaje, pero las líneas en sus ojos y un leve decaimiento en la piel de sus pómulos y mandíbula señalaban que había dejado atrás aquella época de su vida. Si Sandra la hubiese visto entre una multitud, habría dicho que acababa de cumplir los cuarenta. Aunque pareciese una especie de ángel perdido que había caído en el bosque, era aún más llamativo lo que sostenía entre sus manos: la cabeza de una oveja completamente devorada por los carroñeros hasta que solo había quedado el hueso.

—Es... es la mujer del bosque —señaló Cristina—. La que nos atacó durante el incendio. Las cabezas... Fue ella quien las trajo —comprendió horrorizada, pero Tillie se apresuró a sacarla de su error.

—No. Está limpiando la entrada de su vieja casa de la infancia.

—¿La casa de su infancia? Hará cien años que nadie vive en ella —replicó Cristina, confusa—. Solo los lobos vienen aquí, a dejar esas cabezas y esos miembros arrancados.

—También te equivocas en eso. Le pedí a Desirée que mantuviese alejados a los vecinos de aquí, y los lobos no dejaban de matar ganado cada vez que escapaba y volvíamos a encontrarla. Así que se le ocurrió cortarles las cabezas a los cadáveres que dejaban atrás y soltarlos por aquí para asustar a los vecinos.

Sandra recordó las herramientas que encontraron en su habitación: las sierras, las palas y las cuerdas. Así que las había empleado para mutilar al ganado...

—Esa chica... es leal y entregada —continuó Tillie—, pero demasiado macabra para mi gusto. Candela, deja eso, ¿quieres? Es repugnante.

La mujer no dio señales de haberla oído, en lugar de eso seguía mirándolas, con un aire triste.

«Candela». Sandra alzó la vista hacia la mansión y vio la inscripción en la valla metálica de la entrada, bajo un escudo de armas. Era la Casona Algora. Eso significaba que aquella mujer... Claro, por eso le resultaba familiar. Había visto fotos suyas en esos viejos periódicos, fotos que le sacaron en los años veinte, cuando era una jovencita recién llegada a la ciudad que recogía su larga melena. Sabía que era imposible, que habían pasado cien años desde entonces. «Debe de ser su descendiente», se dijo, porque parecía más razonable que la realidad. Estaba ante la misma mujer que revolucionó la bahía hacía un siglo, por quien Santa Bárbara perdió su fulgor para convertirse en un mero recuerdo. Candela Nieto había sobrevivido al incendio en el que todos pensaban que había perdido la vida, pero aun así debería estar muerta, o al menos ser una anciana encogida por la edad.

Sintió un escalofrío y advirtió que la estaba mirando a ella, solo a ella. La extraña mujer no había pronunciado una sola palabra desde que llegaron, pero comenzó a tararear. La canción que tantas veces había escuchado por los pasillos del hotel. Cuando se dio cuenta de que lo había comprendido, Candela sonrió.

—Pretendías protegernos de la maldición del hotel, ¿verdad?

—¿Qué maldición? —protestó Tillie, que suspiró con una mueca de pena—. Ella es la única que está maldita, por eso te necesita. Al principio se calmaba ella sola, con esa horrible canción cuando vivíamos en Londres. Después usaba la caja de música, pero pronto empezó a necesitar ayuda, hasta que la voz de las personas corrientes dejó de servir. No te dejes engañar por su rostro dulce. Candela Nieto es peligrosa. Tanto que nos enterrará a todos. Debería llevar décadas muerta, y ahí está, apenas envejecida. Es la séptima hija de la séptima hija, por eso nació con el alma corrupta. A la gente como ella la llaman lobishome por aquí. *Home.* En estos valles la líder de la manada siempre es una loba, pero se les olvidó pensar en nosotras. Y aun así soy yo quien ha heredado la carga de cuidar de ella, de asegurarme de que no hace daño a nadie, ni a sí misma —suspiró—. Sandra, te presento a la mujer que adoptó a mi abuelo. Mi padre hubiese querido que la llamase bisabuela, pero una cosa es tener una deuda con alguien y otra muy distinta, ser familia. Dime, ¿piensas que estoy loca o me crees?

Cristina dio un paso adelante.

—Yo... yo lo creo. La he visto. He visto lo que puede hacer cuando está furiosa. Casi nos mató a mí y a mis compañeros. He oído esas historias desde que era pequeña, pero siempre creí que eran cuentos. Es un monstruo. Ahora lo entiendo, por eso no podíamos mantener a raya a los lobos. Era por su culpa.

Al escuchar lo sucedido, Tillie se estremeció.

—¿Os atacó? Aunque lo pueda parecer, no es del todo un monstruo, es como si tuviese una enfermedad, no ha elegido ser así —se excusó—. Por eso debemos mantenerla sana y salva en el hotel, junto a alguien que pueda controlarla. —Tillie no apartó la mirada de Candela, y tampoco el cañón de la escopeta. Aun así, Sandra supo que hablaba con ella—. Yo no puedo seguir protegiéndola. Pero tampoco puedo evitar sentir lástima por ella. Durante un tiempo fue una persona normal, antes de que su esposo muriese. Vivió una vida longeva, pero no lo bastante para seguir acompañando a una pareja que no envejece a un ritmo normal. Candela se sumió en una profunda depresión y no ha vuelto a ser la misma, se descontrola, se producen... incidentes. Mis padres se encargaron de cuidarla, después ese deber recayó en mí. Pero yo, al contrario que ellos, no tengo el don de la música. No tengo tu don, Sandra. La traje de vuelta a su lugar natal esperando que eso la calmase, pero ya ves que no ha funcionado. Solo se ha vuelto más insolente.

El padre de Tillie había sido un hombre amable, discreto a pesar de su fama como músico. No podía imaginárselo escondiendo a Candela Nieto en su casa. Sandra había ido allí de visita en numerosas ocasiones. ¿Dónde había estado la mujer?, ¿en el sótano, en el desván? Samuel había muerto hacía dos años, víctima de una larga enfermedad, por lo que había tenido tiempo de poner sus asuntos en orden. Aun así, fue un largo y duro proceso para Tillie. Sandra lo recordaba bien porque estuvo allí todo ese tiempo, y por mucho que su mánager tratase de separar su vida personal de la privada, acabaron por convertirse en amigas. O eso había creído. Resultó que no había estado buscando futuras promesas de la música, sino que andaba al acecho de personas como ella, alguien con su don, que fuese lo bastante ingenua para dejarse llevar.

—¿Planeas secuestrarme a mí también si me niego, como hiciste con Pietro, como has hecho con Candela?

—Sé que estás enfadada por eso, pero Pietro te habría contado todo. Intenté convencerle para que cooperase. Pensé que si nos esforzábamos lo suficiente, incluso podría sustituirte, o al menos serte de ayuda cuando necesitases descansar, pero su música no es como la tuya, Sandra. Nadie puede reemplazarte.

Quiso chillar. Llevaba toda la vida anhelando que alguien confirmase de una vez por todas su valía, que ella era especial y que lo que hacía merecía la pena, pero no así. Lo que Tillie había hecho con ella era retorcido. La ayudó a brillar, a encumbrarse, a escalar hasta una cima donde, en lugar de aprobación, solo encontró dudas, y ahora que temía la caída, le aseguraba que solo ella era lo bastante buena. Llevaba años jugando con su cabeza, asegurándose de que dependía de ella material y psicológicamente, a la espera del día en que pudiese utilizarla para saldar la deuda que su familia tenía con Candela y para proteger al mundo del monstruo en su interior.

Allí de pie, mientras aguardaba paciente a que tomase una decisión, Candela no parecía tan temible.

—Quiero hablar con ella. —Dio un paso hacia delante, decidida, pero Tillie se interpuso.

—No está estable. Intentamos darle cierta independencia poco a poco, que pudiese pasear por el hotel de noche, incluso salir a la playa, pero cada ocasión que encuentra, la usa para escabullirse hasta el bosque. Se queda ahí plantada, frente a su casa, y cuando tratamos de llevarla de vuelta al hotel, se pone agresiva.

—¿Y no entiendes por qué? —No supo si reír o llorar. Ella también se resistiría si la tratasen como a una aberración, si la condujesen de aquí para allá contra su voluntad, sin recibir una pizca de amor o comprensión.

—¿A quién le importa por qué? —dijo Cristina Posadas. Había odio contenido en sus ojos, y encogía los hombros por el miedo—. Tenéis que llevarla lejos de aquí, sea como sea. No... no es humana. Nos habría matado si hubiese podido; ella... deseaba hacerlo.

Sandra resopló, incrédula.

—¿Has olvidado por qué estabais en el bosque? Le prendisteis fuego a su hogar. Queríais matar a los lobos, a los adultos, a los cachorros. ¿Y la inhumana es ella?

—¿La estás defendiendo? —se indignó Cristina—. Mira todas esas cabezas. ¡Esos lobos son peligrosos!

—Tus perros me atacaron, ¿deberíamos sacrificarlos por eso? —Sandra recordó la ferocidad con que la recibieron, cómo perdieron el control. ¿Fue porque olía a Candela? Recordó haber soñado que le cantaban al oído, ¿y si fue real?—. En cambio, esos lobos han tenido muchas oportunidades de herirme y no lo han hecho.

Ignoró sus reproches y siguió avanzando. Tillie se aseguró de que el arma estaba bien cargada y apuntó con ella a Candela, lista para disparar ante cualquier señal de alarma. Asier la seguía con la mirada, consternado. Le había contado que sin sus audífonos le costaba seguir las conversaciones en su totalidad, que siempre se perdía alguna parte, así que sonrió para tranquilizarle y dijo con los labios: «Está bien».

Puede que Tillie tuviese razón y que hubiese perdido el buen juicio. Sandra había cometido muchos errores a la hora de tratar con otras personas, pero había un instinto que nunca le fallaba: el que tenía que ver con la música. Había escuchado a esa mujer cantar, tararear, repleta de nostalgia, anhelo y, sobre todo, un profundo amor que se palpaba en cada nota. Alguien capaz de sentir y expresar tanto amor no podía ser la criatura inhumana que Tillie y Cristina veían en ella.

Un aullido cruzó el atardecer recordándoles que no estaban solos. Los lobos los observaban desde la linde del bosque protegiendo a su líder.

—Me llamo Sandra —se presentó con voz suave.

Candela asintió, como si quisiese decirle que ya lo sabía.

—¿Por qué has venido hasta aquí? —preguntó, y la mujer se volvió hacia la casona—. ¿Es tu hogar? ¿Por qué no entras?

En lugar de contestar con palabras, comenzó a tararear y le tendió la mano. De forma instintiva, Sandra cantó con ella y los lobos se sumaron aullando a su alrededor. Apenas alcanzaba a imaginar cómo debía de verse la escena desde fuera. Ella con su vestido rojo y su piel morena; Candela, pálida y cubierta de barro, salida de otra era; las dos detenidas frente al bosque alzando la voz al unísono. Sandra extendió la mano hacia la de la mujer y entrelazó ambas.

Como le había sucedido en la suite 801, o al escuchar cantar a Emilia Ortiz, tuvo la sensación de que desaparecían las fronteras del tiempo. Vio a una joven Candela llegando a la ciudad con el corazón roto, pero dispuesta a descubrir y explorar ese nuevo mundo ante sus ojos; vio el ímpetu con el que se había enamorado y dejado llevar por su primer amor, el pianista del hotel París; presenció las traiciones, el menosprecio, la injusticia de una época en la que la desigualdad era una norma que no podía romperse; y después sintió la enorme soledad cuando murió su amado, cómo la habían aislado del mundo bajo el pretexto de que era por su propio bien. Pero entremedias también había recuerdos de una vida feliz, de la respiración del hombre que se convertiría en su marido mientras la abrazaba y tarareaba para ella, de tardes cálidas paseando por Montmartre, inviernos en Nueva Orleans, nuevos amigos en cada viaje, añoranza y emoción entremezcladas en el mismo sentimiento. La acompañó en su pena al no poder concebir hijos propios y más tarde en la inmensa alegría cuando abrieron su corazón a un muchacho sin hogar que se ganaba la vida tocando en la calle: un chiquillo con el mismo don que su esposo. Los tres se convirtieron en una familia y, a pesar de sus rarezas, se esforzaron por crear un hogar cálido. Candela había tenido una vida asombrosa, pero su maldición no le había permitido descansar cuando se quedó sola, solo añorar. Era el destino de la séptima hija de la séptima hija.

También vio en los recuerdos de la música a la pequeña Tillie, cuando solo era una niña, el terror en sus ojos, y las manos de Candela manchadas de sangre en su reflejo. Unos intrusos, ladrones que buscaban los valiosos instrumentos que coleccionaba su padre, yacían en el suelo sin vida. Habían intentado hacer callar a la chiquilla, creyendo que estaba a solas con su niñera, a quien habían golpeado hasta dejarla inconsciente, pero se equivocaron. Candela también estaba allí. Los Simmons volvían a estar en deuda con ella y Tillie nunca dejaría de tener pesadillas con lo sucedido aquella noche. Para ella, Candela era su salvadora, pero también su condena. Después murió Samuel, y con él, el último de los Simmons que la conoció como una mujer apasionada y curiosa, en lugar de como la sombra inestable y desgastada en la que la pena y el encierro la habían convertido.

Cuando Sandra abrió los ojos notó que estaban desbordados de lágrimas. Había sentido en esa canción el peso de todo su amor y su pérdida y del vacío de las últimas décadas.

—¿Por eso dejaste de hablar? —preguntó enjugándose esas lágrimas prestadas—. Nadie podía comprenderlo, nadie escuchaba.

—¿Por... —la voz de Candela carraspeó, había estado a punto de olvidar cómo usarla para otra cosa que no fuese tararear, pero seguía ahí—, por qué escuchar a un monstruo?

Sandra sabía de primera mano lo que era ser malinterpretada, que dibujasen ante ti una versión tan distorsionada de quien eras, y con tanto ímpetu, que llegabas a creerla.

—Yo te escucho.

—¡Sandra, basta! —exclamó Tillie tras ella—. No tienes que escucharla, solo canta hasta que se calme.

Sandra la ignoró y siguió mirando hacia la mujer, la Loba, esperando con una sonrisa tranquilizadora a que confiase en ella, a que comprendiese que estaba de su parte. Pero Candela había vivido una larga vida que le había enseñado a ser recelosa y a protegerse a sí misma.

—Él tocaba música para ti. El hombre que amaste, ¿no es cierto? Canciones del valle que te recordaban a tu hogar cuando más lo extrañabas.

La mujer asintió lentamente.

Sandra se llevó la mano al pecho y comenzó a cantar, como

Emilia Ortiz le había enseñado, proyectando la voz con ímpetu, igual que lo hacían sus antepasadas para alzarse sobre el tintineo de las panderetas. Aquella no era una canción de cuna para adormecerla, ni una siniestra melodía como la que perturbaba a los huéspedes del hotel en busca de sus miserias, sino una mera canción festiva. Era una canción creada para reír, bailar y jugar, para celebrar. Cuando Sandra terminó el estribillo, los lobos habían surgido de entre los árboles y se aproximaban, más curiosos que hostiles.

—¿Conocías esta canción?

La mujer tenía la mano apoyada sobre su pecho, conmovida. Asintió.

—De acuerdo. Está bien. Ahora, volvamos al hotel —dijo Tillie dando un paso hacia ellas.

Los lobos empezaron a gruñir ante su proximidad.

—Creo que Candela prefiere quedarse aquí, en su antiguo hogar.

—¿Hogar? La casona está medio en ruinas. Tardaríamos meses en arreglarla, y si alguien se mudase después de tantos años, llamaría demasiado la atención. Todo el mundo querría acercarse a saludar, conocer a la nueva inquilina. ¿Qué pasará cuando descubran su parecido con Candela Nieto, cuando no envejezca, cuando pierda el control?

La tristeza volvió al semblante de Candela, acompañada por una segunda emoción. Estaba cansada y su corazón no cobijaba el mismo fuego que en su juventud, pero sí quedaban brasas ardiendo que mantenían caliente la emoción de la furia.

—Sandra, es la última vez que te lo digo, apártate.

Tillie caminó hacia ellas con paso decidido y los lobos se interpusieron con gruñidos y advertencias. Cuando no se detuvo, uno de ellos, un macho de carácter inquieto, se lanzó sobre la mánager, pero esta le disparó un dardo tranquilizante sin dudarlo y el animal se desplomó en el suelo entre convulsiones antes de llegar a tocarla.

Candela chilló.

Tillie se apresuró a cargar un segundo dardo, pero era tarde. El cuerpo de Candela había comenzado a transformarse. Sandra fue testigo de cómo sus músculos se tensaban con una fuerza impropia de alguien de su tamaño y se cubrían de un fino vello anaranjado que fue tiñéndose de negro.

El segundo disparo falló por centímetros.

—Sandra, tienes que cantar.

Debería haber estado aterrorizada, igual que Tillie. Había visto lo que les sucedió a esos ladrones, de lo que era capaz la lobishome, pero Candela le había mostrado aquella canción para protegerla. No podía usarla en su contra.

Le habían repetido mucho en los últimos días que la música tenía poder, y que esa fuerza crecía cada vez que tocaba un alma, de ahí que las canciones ancestrales y tradicionales fueran más poderosas, pero eso no significaba que las baladas recién nacidas careciesen de virtudes.

Antes de que Tillie pudiera efectuar un tercer disparo, Candela, la Loba en su interior, se abalanzó sobre su captora. Podría haberla destrozado en un segundo, y la Guardia Civil habría creído que se trataba de un nuevo ataque de lobo, pero no lo hizo, solo apartó la pistola de su mano con un golpetazo y le gruñó, furiosa.

—Candela, será mejor que hagamos esto por las buenas —le advirtió al verse desarmada—. ¿Vas a matarme, después de cuidarte todos estos años, después de cargar contigo, aunque no compartamos una gota de sangre? Y tú... —Miró a Sandra con una acusación escrita en el semblante—. Tú eres igual que ella. Tus días de estrella de la música han acabado, igual que su humanidad. Aceptad la realidad. Es la mejor solución para todas.

—Eres tú quien no la quiere aceptar. Has construido toda tu vida para poder engañarme, para atarme a este lugar, creyendo que así podrías ser libre. Pero ¿sabes qué, Tillie? Has sido libre todo este tiempo, la carga te la has impuesto tú sola. Y te lo voy a demostrar.

Se sintió desnuda sin su guitarra, sobre la que había trabajado en aquella melodía desde hacía días. Aun así, volvió a cantar su propia canción, una que ninguna otra persona había escuchado hasta ese momento. Cerró los ojos y se concentró en la intención con la que la había creado. Para acompañarla, escribió una letra que hablaba sobre ser uno mismo, sin esconderse, sin endulzar tu propia imagen, una canción sobre la honestidad, sobre el valor de reconocer quién eres sin vergüenza alguna. Volcó en ella el anhelo de que quien escuchase sintiese también ese coraje y esa certeza de que el pálpito en su interior, con lo bueno y lo malo, era su auténtico ser. La verdad.

La canción del hotel había hecho surgir lo peor de cada persona y sus mayores secretos.

La nana del valle adormilaba y ocultaba las sombras en el interior de cada uno.

Ninguna de esas dos versiones era cierta. Estaban incompletas. Nadie es la peor parte de sí mismo, pero tampoco es la versión que carece de sombras.

«Muestra quién eres». Si ella tuviese una canción mágica, ese sería su poder.

El cuerpo de Candela volvió a ser el de una mujer, sin rastro aparente de la bestia que la habitaba. Su humanidad era tan auténtica como su oscuridad, algo que aquellos que trataron de someter a la Loba nunca comprendieron.

La mujer se observó las manos tratando de comprender cómo había logrado volver sin la canción que dormía a la Loba. Su semblante se llenó de gratitud.

—Esta eres tú, no quien los demás ven en ti —le dijo Sandra, una lección que le había costado aprender.

No era la artista prodigio que le gustaría ser, ni la diva artificial que fabricaba un éxito tras otro, cumpliendo así con las expectativas que había depositado en ella la industria. Pero tampoco era la diosa perfecta que adoraban algunos fans, ni la creída egoísta que veían sus detractores. Solo era Sandra, la chica que tocaba la guitarra cuando tenía demasiadas cosas en la cabeza y que salía a correr cuando ni siquiera la música la calmaba. Sandra, que adoraba la comida picante, se dormía con la televisión puesta de fondo y se enamoraba demasiado rápido. Solo Sandra.

Candela asintió para mostrar que comprendía lo que trataba de decir, lo que significaba su canción.

—Quiero... quiero volver al bosque —dijo; su voz se había tornado más clara—. Llevo cien años oyendo su llamada. Es hora de que vuelva. —Caminó la estrecha distancia que la separaba de Tillie para tomar sus manos. La mujer trató de resistirse presa de un pánico visceral—. Escucha a esta joven. Tiene razón, la carga que sostienes no ha existido nunca. Nunca te haría ningún daño, mi niña, ni permitiría que otros te lo hiciesen. Soy yo quien debería cuidar de ti. Somos la única familia que nos queda.

Tillie observó con pavor a esa mujer que llevaba décadas sin pronunciar una palabra, a quien había tratado como si fuese una suerte de animal salvaje que debía ser domesticado y vigilado.

—N-no lo comprendo. ¿Cómo lo has hecho? —preguntó a Sandra.

—Es la última canción que he escrito. Siempre he confiado en tu criterio musical, ¿te gusta?

Su mánager apartó las manos y retrocedió tanto como pudo.

—Sigue estando maldita, por mucho que hable, que ruegue, que prometa que se portará bien. Sigue siendo una lobishome y lo será hasta que nazca otra séptima hija de una séptima hija en el valle o sus huesos se tornen en polvo. ¿De verdad piensas que este numerito cambia algo?

—¡Sí! ¡Claro que sí! Me parece que te has olvidado de algo muy importante. De que Candela y yo somos humanas, no tus juguetes para que nos controles como quieras. Somos capaces de tomar nuestras propias decisiones, y eso hemos hecho. Tillie, estás despedida.

Su mánager entreabrió los labios, incrédula.

—No te atreverías...

—Ninguna de las dos te necesitamos. Ya no.

El labio de la mujer tembló. «¿Así que hay algo que te da aún más miedo que la maldición de Candela?». Ella misma afirmaba que anhelaba liberarse, pero no había conocido otra vida que la de hacer que otros dependiesen de ella, y la idea de perder ese poder la aterraba.

—Sandra..., escúchame. No aguantarías ni un día sin mí, y lo sabes. Dejaré que Candela se vaya por ahora, ¿de acuerdo? Después veremos cómo puedes encargarte de ella.

—¿Qué? ¿Irse? ¿Es que os habéis vuelto locas? —dijo una voz tras ella, cuya presencia habían olvidado por completo.

Cristina Posadas se apresuró a tomar la escopeta de dardos, antes de que Asier lograse impedirlo. La alzó y apuntó con ella directamente a Candela. Sandra se interpuso entre ambas.

—¡No! Tendrás que dispararme a mí primero —le advirtió.

—Esa criatura no es humana. Si la liberáis en el bosque, ¿cómo podremos volver a dormir tranquilos? Hay niños en las aldeas. ¿Qué haréis si hiere o mata a uno de ellos? No puedo permitirlo.

La canción de Sandra no solo había despertado la humanidad de Candela, ni las inseguridades de Tillie. También había servido de combustible para el instinto protector de Cristina, la necesidad de salvaguardar aquello que más amaba: su pueblo, su familia, las tierras donde pastaba y yacía su ganado.

Los lobos gruñeron, listos para atacar. Candela les pidió calma y las criaturas obedecieron.

—Cristina —intervino Asier, quien mejor la conocía de todos ellos—. Apuntar a un lobo con un arma es muy distinto a apuntar a una persona. Un error y alguien podría salir gravemente herido. Baja la escopeta, por favor.

—No tiene por qué haber heridos, no si os apartáis y dejáis que libere a este pueblo de una vez por todas de esa aberración.

El tenso silencio se quebró por el sonido de voces que se acercaban y de luces tintineantes que se colaban entre los árboles. «Nos están buscando», comprendió Sandra. Nora había recibido su mensaje y había pedido ayuda.

—¿Oyes eso? —intervino—. Es la policía, y cuando nos encuentre, no querrás que te vean así, pensarán que eres la culpable de todo esto.

—Y ya tienes una causa abierta —le recordó Asier—. No empeores la situación, Cristina. ¿Qué diría tu padre?

—No me importa lo que piensen los demás. Ni siquiera me importa ir a la cárcel. Mi padre lo entenderá.

Tillie, que había tratado de retener a Candela con ahínco durante años, comprendió enseguida el desastre que supondría si la policía descubriese a una mujer sin identificar que vagaba por el bosque entre lobos, y a Sandra O'Brian y su agente implicadas en el caso.

—Si le disparas, solo la dejarás inconsciente. Permite que se vaya. Nadie más debe saber que existe. Nosotras nos encargaremos de todo.

«Ya no hay un nosotras», pensó Sandra.

Los argumentos y la habilidad de persuasión de la astuta mánager fallaron esta vez. Cristina negó con la cabeza.

—Al contrario, todos tienen que saberlo. Y no me creerán si no se lo muestro. Cuando la policía la vea con sus propios ojos, entenderán por qué tuvimos que quemar el bosque. Tienes cinco segundos para retirarte.

—¡Sandra! Apártate de ahí —la llamó Tillie, pero ella no se movió un solo milímetro de su posición.

—Cuatro...

Las voces de los agentes de la Guardia Civil y sus linternas se aproximaban.

—Tres...

—Cristina —intervino Asier—, confías en mí, ¿verdad? Por eso viniste a contarnos tu historia. Hay otras formas de resolver esto.

—Dos...

—Nosotros contaremos esta historia, todos lo sabrán —prometió, y se acercó tanto a Cristina que ella giró la escopeta hacia él durante un instante.

Candela aprovechó la distracción y echó a correr, amparada por sus lobos. Al darse cuenta de que huía hacia el bosque, Cristina se preparó para dispararle, pero tanto Tillie como Sandra se interpusieron.

—¡Uno! —avisó solo un segundo antes de apretar el gatillo.

Sandra no tuvo tiempo para prepararse ante el impacto que nunca llegó. Asier se había enfrentado a Cristina tratando de desviar la trayectoria del proyectil, pero no fue lo bastante rápido y el dardo se había clavado en su hombro. Lo arrancó sin dudar, tan rápido como pudo. La enorme aguja estaba llena de sangre.

Sandra corrió hacia el reportero.

—¡Asier! —le llamó.

—Estoy bien... estoy bien. Algo mareado.

—El suero tarda unos segundos en hacer efecto. —Tillie se

apresuró a comprobar el dardo, que tomó del suelo para examinarlo a la altura de los ojos—. No ha entrado todo, pero sigue siendo una dosis alta. Deberías ir al hospital.

—No tendrías que haberte entrometido, ahora ese monstruo está libre —maldijo Cristina.

—¡Son ellos! —exclamó una voz en la distancia, y Sandra reconoció a Nora, que corría al frente de los agentes de la Guardia Civil.

—¿Qué ha pasado aquí? —preguntó uno de los hombres al ver la ropa de Asier manchada de sangre y el dardo en la mano de Tillie.

Sandra miró a su mánager y ella le devolvió un gesto de súplica para que guardase silencio. «No se detendrá», supo; nunca las dejaría ir, ni a ella ni a Candela. Era la obsesión de su vida, y tal vez algún día comprendería que debía empezar de cero, dejar ir el control que había tenido sobre ambas y ser dueña de su propio camino, pero ese día aún no había llegado, y Sandra no iba a esperar pacientemente. «Lo siento».

—Esta mujer nos ha secuestrado a punta de pistola. También retuvo a Pietro Contaldo contra su voluntad con la ayuda de una cómplice. Encontrarán todas las pruebas en la suite 801 y en la habitación 124 del hotel París —dijo con un nudo en el estómago por la culpa.

A pesar de todo lo que les había hecho, de cómo los engañó y utilizó, se sintió como una traidora. Ese era el alcance de los tentáculos que su mánager había enredado en su vida.

—¿Es eso cierto, señora? —preguntaron los agentes.

—No... Puede parecerlo, pero yo no... no es lo que pretendía.

—¿A quién le importa lo que haya hecho esta mujer? —exclamó Cristina, señalando hacia el bosque—. ¡Hay un monstruo ahí fuera!

—Creo que será mejor que nos acompañen todos al cuartel

para aclarar qué está pasando. —El agente de más edad empezaba a perder la paciencia.

Tillie se mostró reacia, pero acabó por acompañarlos, a la espera de que Sandra se retractase. Cuando le llegó el turno a Asier de avanzar, esta se percató de que apenas atinaba a dar un paso tras otro.

—Tenemos que llevarle al hospital —pidió tratando de mantener la calma—. Le han disparado un dardo tranquilizante, con una dosis muy alta.

Estaba diciéndolo cuando el periodista se desplomó. Le agarró a tiempo de que no se golpease la cabeza. Dos agentes corrieron a ayudarla y Nora le llamó por su nombre, fuera de sí al ver que se había quedado inconsciente.

Cristina aprovechó la confusión del momento para acercarse a los policías, tomar una de las pistolas que llevaban al cinto y echar a correr hacia el bosque, con el arma en la mano. Los policías le dieron el alto, y el más joven iba a seguirla, pero su superior intervino:

—Déjala ir, el bosque está infestado de lobos, podría ser peligroso para ti ir a solas. Necesitaremos refuerzos para ocuparnos de eso. Tú espera a que vengan y nosotros llevaremos al joven al hospital. No quiero que el chaval se nos muera en el asiento del coche. Vamos.

Cargaron a Asier entre los dos y Sandra y Nora los siguieron de cerca. Tillie se quedó rezagada, y por un instante Sandra creyó que también iba a correr tras las dos mujeres para asegurarse de que no ocurría una desgracia.

—Candela estará bien. Conoce estos bosques, sabrá esconderse —dijo en un intento por consolarla.

Su mánager rio con incredulidad.

—¿Aún no lo has entendido? No es Candela la que me preocupa.

15

Candela

En mitad de un angustioso silencio, que parecía inacabable, y completamente vacío, el Club de la Verdad tenía un aspecto muy diferente al hogar de innumerables fiestas que habían conocido. Aquel rincón del mundo que normalmente estaba repleto de destellos y almas sedientas de libertad y diversión acababa de convertirse en una prisión para Candela.

La Duquesa había ordenado a todos que se marchasen. Las copas se quedaron a medio beber, los instrumentos dispuestos sobre el escenario y el ambiente cargado con el olor de las cachimbas y el alcohol. Cuando por fin estuvieron a solas, hizo a Rafael entrar con ella en brazos, la había arrancado de ellos y la había arrojado dentro de la jaula dorada en cuyo interior las bailarinas se habían mecido hacía solo unos minutos, subidas a un escueto columpio como aves cautivas. Ahora era ella la que estaba atrapada entre sus rejas. Mientras aún se hallaba aletargada, la Duquesa le había atado las manos a los barrotes valiéndose de gruesas cadenas para asegurarse de que permanecía inmóvil. Había seguido el mismo patrón de nudos y tensiones imposible de desatar que un ilusionista puso a prueba ante los sorprendidos espectadores. Las cadenas y la jaula no eran los únicos objetos que la Duquesa había tomado prestados de sus intérpretes: sostenía en la mano una alargada espada que la joven había visto tragar a un faquir en su primera visita a las infames fiestas. La Duquesa le había mostrado todo cuanto necesitaba para someterla sin que ella se percatase del peligro.

Candela comenzaba a recuperarse poco a poco de los efectos de la canción y, aunque aún no podía moverse libremente, era capaz de rotar las manos y de protestar con breves gruñidos. Alzó la cabeza lo suficiente para comprobar que no estaba sola en el salón de fiestas.

—Estás cometiendo un grave error —advirtió Rafael a su captora—. Es demasiado fuerte para ti, no podrás controlarla.

La Duquesa negó con un gesto de cabeza.

—Eres tú quien la sobreestima. Date cuenta de la situación en que estáis: ni siquiera ha descubierto aún cómo controlarse. Te guste o no, os tengo en la palma de mi mano. —Apoyó sus largos dedos sobre su hombro, y Rafael no reunió el coraje para apartarse de su lado. El tamborileo de las uñas contra su piel funcionaba como un mandato de obediencia, que él se había acostumbrado a acatar sin cuestionar.

Alzó la vista hacia Candela, impotente, y esta no soportó el dolor que halló en sus ojos. Rafael había cargado con ella en aquel estado de letargo desde el bosque hasta la bahía, y durante todo el trayecto la joven solo podía pensar en alargar la mano hasta su cabello para acariciarlo y asegurarle que nada de lo que estaba ocurriendo era su culpa. Lo habían intentado, hicieron todo lo que pudieron. Y, por un instante, estuvieron cerca de conseguirlo.

Puede que la Duquesa estuviese en lo cierto, y que, aunque lo hubiesen logrado, nunca habrían llegado a ser felices. Un pianista y un monstruo, un muchacho inocente que se pasó la vida tratando de sobrevivir y una asesina. ¿Qué futuro podían tener juntos?

Rafael apretó los puños, y Candela supo que sufría tanto como ella.

—Ella no es una huérfana desvalida como tú te piensas. No es como yo.

—Es cierto, no lo es. Por eso no dejaré ir una joya como esta. Piensa en cuántos años hemos trabajado recolectando poco a poco la verdad de cientos de forasteros, aumentando nuestro poder a cuentagotas para no provocar nuestra propia ruina, cuando teníamos una criatura tan magnífica como esta a solo un par de colinas de aquí. El secreto más oscuro de toda Santa Bárbara. Tú lo sabías y no me lo contaste. —Negó con la cabeza, decepcionada—. ¿Acaso no he sido generosa contigo?

—El único poder que has aumentado es el tuyo, y lo único que has hecho por mí es atraparme en tu telaraña.

La Duquesa subió al escenario con un ágil movimiento.

—¿Pretendes hacerme reír? No te he visto rechazar el champán caro, ni los trajes a medida, tampoco alzaste la voz en contra de lo que hago después de que te regalase este piano. —Le dio un par de golpes a la tapa con la palma de la mano antes de señalar la jaula donde se encontraba Candela—. Si tus sentimientos de la infancia no te hubiesen nublado el juicio, ¿cuántos años crees que habrías tardado en preocuparte por si lo que estábamos haciendo aquí estaba bien o mal? No finjas ser mejor que yo.

—No soy un idiota. Siempre he sabido que estaba vendiéndole mi alma al diablo, por eso bebía tanto champán sin rechistar.

—Si tan listo eres, espero que no te hayas convencido de que tu dulce e ingenua Candela es un ángel —resopló—. No puedo redimirte por tus pecados, pero sí perdonarte este... lapsus. Siéntate aquí, toca y olvidaré que has intentado abandonarme. —Señaló hacia el piano con la cabeza.

—No volveré a ayudarte, nunca. Prefiero que me destroces las manos y no poder tocar nunca más. La próxima vida que arruines tendrás que hacerlo sin mi ayuda.

—Siempre tendré tu ayuda, Rafael. Has tocado esas canciones malditas tantas veces que formas parte de este lugar, de su alma. Aunque mueras, tu música vivirá por siempre entre estas paredes. Y cuando haya extraído hasta la última pizca de verdad de tu amada, nadie podrá esconder sus miserias en este valle nunca más. Todos los maltratadores, ladrones, infieles y estafadores no tendrán más remedio que mostrar sus auténticos colores, y todas sus víctimas serán libres por fin para vivir su vida como gusten, fieles a sí mismas. Esa es la misión que hemos cumplido, la que tan horrible te parece ahora, para la que tanto hemos trabajado. Nadie tendrá que sufrir como sufrí yo. Y es algo que conseguiré con o sin ti, Rafael, aunque tus prodigiosos dedos habrían tornado este momento de triunfo mucho más hermoso.

La propia Duquesa se sentó frente al piano y se subió las mangas de su chaqueta negra.

—¿Quieres que me quede, que te obedezca? De acuerdo. Me quedaré contigo —se apresuró a prometer Rafael—. Si te detienes, me quedaré en el hotel para siempre, tocaré cada noche hasta que me muera. Seguiremos recolectando verdades como hasta ahora, me esforzaré mucho más, y tu poder continuará creciendo. Pero no lo hagas, te lo suplico.

La Duquesa ladeó la cabeza para dirigirle una mirada compasiva, igual que si observase a un pájaro recién nacido en su nido que abría la boca en busca de alimento, sin saber que sus padres habían sido devorados por un depredador, que ahora estaba solo.

—¿Tan rápido estás dispuesto a pisotear tus nuevos principios por amor? Agradezco tu oferta, pero tengo que rechazarla. ¿Por qué esperar años y años, hasta que tus articulaciones se deterioren y no puedas seguir tocando, cuando puedo conseguir lo mismo en una sola noche? Sobreestimas tu valía, Rafael. Quería darte la opción de redimirte por bondad hacia ti, hacia ese niño perdido que fuiste, pero ya ha caducado. Voy a exprimir cada gota de poder en el alma de tu querida Candela, y cuando se recupere, lo volveré a hacer, hasta que no pueda soportarlo más —dijo, y comenzó a tocar.

Candela había bailado al ritmo de esa melodía en numerosas ocasiones en el Club de la Verdad, aunque no le hubiese prestado demasiada atención, siempre acompañada por el clarinete, el trombón, los ritmos de la percusión y la voz de los cantantes y coristas. El cariz oscuro de aquella sonata había pasado desapercibido entre el bullicio de los festejos; sin embargo, al escucharla a solas, con el golpeteo de las teclas del piano como único acompañamiento, la maldad que emanaba de ella, el vacío que le socavaba el pecho, eran más que evidentes. Y no era la primera vez. Entre bailes y risas, siempre que había notado la angustia de la canción la había atribuido al cansancio, al abuso del alcohol o a la falta de este. Pero el malestar siempre estuvo allí, emponzoñando a todos los oyentes hasta que poco a poco perdían la cabeza. ¿Fue el señor Montseny uno de sus invitados, o habían tocado aparte para él como hicieron con Virginie? En ambos casos, en cuanto cruzaban las puertas del hotel París, todos los huéspedes estaban a merced de la música.

El mismo malestar galopaba voraz por el pecho de Candela sin ningún cortafuegos que se lo impidiese.

La Duquesa decía que la música hacía aflorar la verdad, pero esa canción reclamaba lo peor que tenía que ofrecer, sus más hondas miserias y las de todos los que la habían oído alguna vez: la envidia, la inseguridad, el odio, el miedo, los celos enfermizos, la desidia, el temor a la crítica, la autoexigencia, el rencor, la altivez, la avaricia, el ansia, cualquier afán de más, más que ayer, más que el otro. Todas las personas cobijaban una forma u otra de miseria en su interior, pero Candela, además, albergaba un monstruo.

Primero llegó el cambio en sus emociones. La quietud, la preocupación por Rafael y el sentimiento de culpa que se negaba a abandonarla del todo desde su último episodio dieron paso a una rabia desmedida. Desde que perdió a su abuela, habían tratado de aprovecharse de ella con toda clase de engaños. Su tío quiso internarla para que no fuese un problema en sus planes de futuro; Francisco hubiese preferido casarse con ella para poder manejar su vida y su fortuna a su antojo, y ahora la Duquesa pretendía convertirla en otro más de sus trofeos, otra presa que sucumbió a la música maldita. Si al menos su abuela le hubiese confesado antes de morir quién era en realidad, nunca habría pisado Santa Bárbara, habría permanecido en el bosque, se habría fundido con la Loba para no volver al mundo humano, pero ya no había marcha atrás. Había conocido a Margarita y a Gustavo, descubrió lo que significaba tener amigos, había experimentado el cine, la música, las delicias de un restaurante, el frenesí de la ciudad, el sonido de las olas del mar. Y, sobre todo, había encontrado a Rafael, se había entregado a él en todos los sentidos posibles, había jurado protegerle, y también la vida que podían llegar a experimentar juntos. Ya no había marcha atrás.

El pianista permanecía detenido frente a la jaula, impotente. Quería salvarla, aunque no supiese cómo.

—Ve... vete —logró mascullar Candela.

No soportaba que la viese así, que fuese testigo del demonio en el que se iba a convertir.

El poder de su amor, el de las amistades honestas que había fraguado en la ciudad, no bastaban para detener el torrente que se abría paso desde su corazón hasta su piel. El monstruo, la Loba, estaba a punto de emerger, y estaba furiosa. De no haber sido por la música, tal vez habría perdido el conocimiento como en otras ocasiones, pero la melodía mantenía su mente anclada en su cuerpo, o quizá se rindió. Dejó de luchar contra la Loba y, en lugar de eso, le pidió un último favor. «Protégele, no dejes que le hagan daño». Gritó de dolor cuando comenzó la transformación, y Rafael se apresuró a correr hasta ella, a tomar su mano entre los barrotes de la jaula, mientras la llamaba por su nombre.

—Haz una estupidez, y no dudaré en probar el truco de la espada en tu amado engendro —le advirtió la Duquesa sin dejar de tocar.

—Candela... —Rafael intentaba llegar hasta ella.

Candela se escuchó a sí misma aullar pidiendo auxilio, pero allí abajo ninguno de sus hermanos de manada podía responder. Sus dedos se tornaron más largos y robustos, las plantas de sus pies se expandieron e inclinaron, partes de su rostro se cubrieron de un fino pelaje anaranjado, al igual que sus manos, parte de sus brazos o sus piernas. Notó que sus músculos se volvían más fuertes, al compás de su furia animal. Su apariencia era más humana que monstruosa, y quizá por ello resultaba más aterradora ante quienes la observaban. Candela miró sus manos de mujer bestia por primera vez, que a pesar del vello, se dijo, no parecían tan peligrosas. Su ropa seguía valiéndole, no era más alta ni sus colmillos más afilados, pero no era del todo ella misma. Las barreras de la humanidad, la conciencia que obligaba a no hacer daño a otros por mucho que lo desease estaba debilitada ante su transformación física. Si la Duquesa continuaba tocando, no tardaría mucho en transformarse en un animal, una auténtica loba, pero por el momento permanecía atrapada en aquel estadio intermedio. Quiso esconderse, encogerse sobre sí misma para que Rafael no la viese convertida en un engendro, pero las cadenas que ataban sus manos eran tan fuertes como las que usaban los pescadores para mantener amarrados y a flote sus navíos en plena tormenta. Tiró de ellas, sin resultado alguno.

—¡Para! ¡Le estás haciendo daño! La transformación no debería ser forzada —rogó Rafael.

Corrió hacia el piano y empujó a la Duquesa lejos de las teclas. La mujer se puso en pie para apuntar la espada contra su cuello.

—Supongo que tú y tu lealtad sois causas perdidas. No necesito este piano para conseguir lo que quiero.

—Para ahora, mientras Candela siga teniendo el control. Te lo suplico, para antes de que sea tarde.

—¿Tanto miedo tienes de ver qué ocultan en realidad esos bonitos ojos dorados? Ya casi hemos llegado al final, sé valiente.

La Duquesa comenzó a tararear y Candela no pudo contenerlo más. Sus ropas empezaron a rasgarse y la transformación fue mucho más allá de los límites de la razón. Los vecinos de su aldea habían sido sabios al temerla, pero se equivocaron en algo: Candela no pertenecía al bosque y a sus espíritus malvados. El bosque le pertenecía a ella. Ella encarnaba aquellos espíritus.

Las cadenas reventaron liberando el colosal cuerpo, su ropa se resquebrajó y donde antes había una muchacha, ahora se erguía un descomunal lobo negro como la noche. En lugar de pelaje, su cuerpo estaba cubierto de oscuridad y si te fijabas lo suficiente podías ver reflejado en ella el firmamento.

La verdad había sido expuesta, y la Duquesa continuó tarareando para apropiarse del poder del bosque. La melodía se hizo tan potente que su eco rebotó en todas las paredes empapándolas por completo. Por fin se detuvo. Ya no necesitaba seguir cantando. El hotel París era su instrumento musical, todo él. Estaba tan eufórica, que no se dio cuenta de que la jaula apenas lograba contener a su prisionera.

Candela veía lo que sucedía a través de los ojos de la Loba, pero estaba recluida en un rincón tan diminuto de su interior que no podía interferir, apenas podía existir. El odio, la sed de venganza, dominaban a la bestia por completo. No, su odio. Su sed de venganza. La Loba era ella, ella era la Loba. Por fin lo comprendía. Extendió las patas hacia los barrotes y con solo un gesto los dobló y partió. Quería cumplir los deseos de Candela, sus propios deseos, protegería a Rafael, le liberaría, y solo había un modo de conseguirlo.

—¿Qué has hecho? —susurró Rafael con los ojos abiertos en par en par.

La Loba olfateó el aire en su dirección y le reconoció enseguida, aquel niño al que tanto adoraba.

Su atención se volvió enseguida a la Duquesa, que celebraba su victoria.

—Ya tengo lo que necesito de ti por esta noche, loba feroz, es hora de dormir.

La mujer depositó la espada sobre la tapa del piano y comenzó a tocar la nana de su abuela. No obstante, en lugar de doblegar al monstruo como esperaba, la torpeza con la que interpretaba aquella canción que tanto amaba la humana en su interior, que pretendiese retorcerla y usarla en su contra, solo enfureció aún más a la Loba. Al comprobar que la criatura no se adormilaba, sino que continuaba despedazando la jaula barrote a barrote, aceleró el ritmo de la melodía hasta desvirtuarla por completo, los nervios le hicieron cometer errores, y al final fue incapaz de seguir tocando.

—Tócala tú —ordenó a Rafael indicándole que la sustituyese frente al piano.

Rafael obedeció, pero no porque todavía se hallase bajo su influjo, sino para proteger a Candela de su propia culpa. Cerró los ojos, inspiró hondo y acarició las teclas, sereno y conmovido a la vez, igual que la mañana en que su chica loba siguió la melodía y acabó por reencontrarle. Tocó como si solo él y su piano existiesen en el mundo, como si solo ella pudiese oírle.

La criatura se detuvo para escuchar mejor y la Duquesa respiró aliviada creyendo que había funcionado, pero la Loba arrugó el hocico y mostró los colmillos. La Duquesa había anhelado destapar el auténtico interior de Candela desoyendo las advertencias de su pupilo y acababa de comprender que había verdades que era mejor mantener ocultas.

La jaula se quebró y la Loba se arrojó contra la mujer, con las fauces completamente abiertas.

Antes de que los colmillos se cerrasen sobre su captora, la música se detuvo en seco y el filo de una espada se asomó a través del pecho de la Duquesa. El asombro sustituyó el horror en el gesto de la mujer ante el ataque de la criatura que ella misma había invocado. Apenas tuvo tiempo para experimentar el dolor de la herida mortal. Dio una risotada y la sangre borboteó de su boca.

—Yo... yo te creé del barro. Jamás pensé que tuvieses lo que hacía falta para liberarte de mí. Parece que me equivoqué en muchas cosas —fueron sus últimas palabras.

Rafael, que aún sostenía la espada que la atravesaba, la soltó de la impresión y el cuerpo de la Duquesa se precipitó contra el suelo. Tenía las manos empapadas por la sangre que goteaba por el filo. La Loba olfateó el líquido de color escarlata y después se inclinó para lamer las lágrimas saladas de Rafael.

El Rafael de la Duquesa, antes el Jaime de Candela, aquel niño ingenuo que se enfadaba con ella cuando mataba a sangre fría a algún insecto y que se pasaba días sin querer hablar cuando sus padres sacrificaban a una oveja que había cuidado desde que era un cordero, se había cobrado una vida en lugar de la bestia.

Miró a los ojos a la Loba y dijo con una seguridad absoluta, aunque le ahogasen los sollozos:

—Te prometí que no iba a permitir que te manchases las manos nunca más.

Dio un paso al frente para abrazar a la Loba enterrando el rostro en su frondoso pelaje negro, y un instante después, Candela, ya humana, era quien enredaba los dedos en su cabello sosteniéndole igual que a un niño, tratando de consolarle.

—Perdóname —le rogó—. Siento haberte convertido en esto. Yo tenía que ser el único monstruo. ¿Cómo podrás amarme después de lo que has tenido que hacer?

Rafael se alejó de su pecho y se incorporó para poder mirarla.

—¿Lo que he tenido que hacer? Tu no escoges los actos de la Loba, y aun así siempre me has protegido... En cambio, todos nosotros sí tenemos elección. La Duquesa no se equivocaba al decir que he sido un cobarde que aceptaba hacer lo que sabía que no era correcto. No soy mejor que quienes te han utilizado. De no ser por ti, quizá nunca hubiese parado de tocar para ella, de pertenecerle. Tú me has salvado, Candela. Lo menos que podía hacer era devolverte el favor.

La joven agachó la vista hacia el cuerpo ensangrentado de la Duquesa. Esa mujer había logrado embaucar y someter a todo tipo de personas, honradas y malvadas, a magnates poderosos en busca de más dinero y poder, o almas errantes que solo anhelaban esconderse. Y también los había usado a ellos. Hablaba de libertad, pero solo ofrecía cadenas y barrotes. No sintió pena por su destino, pero sí porque tuviese que ser Rafael quien vengase a todas sus víctimas y cargase con la culpa. Tomó las manos del pianista y apoyó la frente sobre la suya.

—La loba forma parte de mí. Tenías razón. Es todo lo que no me han permitido ser. —Apretó con fervor sus manos—. Basta ya. Olvidemos lo que ha ocurrido. Empecemos de cero. Desterremos para siempre a Rafael y a la heredera de los Algora. Volvamos a ser Jaime y la chica loba, como en los viejos tiempos.

—Hace demasiado tiempo que dejé de ser Jaime, pero tampoco estoy seguro de poder seguir siendo Rafael después de esta noche. Si nos fugamos, sabrán que somos los responsables de la muerte de la Duquesa y sabrán que Emperatriz no mató a tu tío y al abogado. No tenemos por qué sacrificarnos los dos. —Alzó la vista hacia ella, y Candela pudo leer sus intenciones con la misma facilidad con que predecía el comportamiento de los lobos de su manada.

Se alejó de él.

—Piensas entregarte, cargar con toda la culpa.

—Ya hay quienes sospechan de mí, ¿por qué no confirmarlo? Aún estás a tiempo de llegar a la estación, si avisamos a Adán...

—¡Basta! No. No voy a permitir que te sigas sacrificando. Además, no serviría de nada. Francisco sabe la verdad. Si vuelvo al bosque, me acabarán encontrando, y ahí fuera no tengo contactos, ni dinero en el bolsillo, ¿qué será de mí?

Rafael vaciló.

—Entonces estamos perdidos. Somos... asesinos. Y no nos dejarán ir mientras vivamos.

Candela negó con la cabeza y tomó el rostro de Rafael entre sus manos para consolarle. Si había aprendido algo aquel verano en Santa Bárbara era que, a pesar de los esfuerzos de la Duquesa, las apariencias eran más cegadoras que la verdad.

—Matamos a la Duquesa y huimos. Es una historia que se extenderá y que todo aquel que la escuche creerá, pero nada de eso tiene por qué haber sucedido esta noche. Podemos contar una historia distinta.

16

Sandra

Se vistió con sus mejores galas y se maquilló los ojos con una densa sombra marrón, casi tan oscura que parecía negro, su sello de identidad. Así se aseguraría de que la persona que iban a fotografiar a la entrada del hospital fuese, sin lugar a dudas, Sandra O'Brian, tal y como el público la recordaba, pero más grande, más fuerte. «Recuérdales por qué eres una diva», se dijo. Tuvo que abrirse paso a través de un pasillo de flashes y preguntas indiscretas, pero en lugar de huir, procuró sonreír para salir favorecida en las fotos. Respondió a un par de preguntas, afirmando que Pietro se encontraba bien y que solo había sido un susto. Ella misma había dado el soplo a los paparazzis de que visitaría a su guitarrista esa mañana a cambio de que no la molestasen durante el resto de sus vacaciones. Ya que no podía evitar el interés de la prensa y las redes sociales, se había propuesto aprender a emplearlas a su favor. Además, en ese momento solo había una cosa que le importase de verdad.

Avanzó por el hospital con paso firme y se asomó a la habitación de Pietro. Contuvo la emoción al encontrarle despierto y se aclaró la garganta para llamar su atención.

—Por fin consigo verte a solas, ayer vine varias veces, pero había más personas que en un bautizo.

Pietro, que permanecía de pie junto a la ventana vestido con un pijama de color azul, sonrió de oreja a oreja y extendió los brazos. Aquel era su ritual compartido. Daba igual que se encontrasen por primera vez en meses o que se hubiesen despedido hacía unas pocas horas. Como había hecho un millar de veces, Sandra caminó hacia él y le estrechó con todas sus fuerzas.

—Soy el *bambino* de una familia numerosa, reina, ¿qué esperabas? ¡Hasta mi *nona* se ha subido a un avión por primera vez en su vida para visitarme! Becka y Daniel también están de camino.

Sandra se alejó de él para verle mejor y comprobar que estaba tan sano como afirmaban los médicos. Tras una noche en observación para asegurarse de que su memoria y sus funciones cognitivas y motoras no estaban dañadas, era más que probable que le diesen el alta.

—Cualquiera diría que hasta lo estás disfrutando.

—Por supuesto. ¿Qué hay más gratificante que recibir atención sin haber hecho ningún esfuerzo?

Ambos trataron de mantener el ambiente liviano, pero aquel último comentario quebró la frágil fachada de normalidad. Aunque riese y dijese que no había tenido que hacer esfuerzos, los dos sabían lo duros que habían sido los últimos días, la pesadilla que habían vivido.

—Claro que... para los demás debe de haber sido agotador. —Su sonrisa se desvaneció—. Sobre todo para ti. Al parecer, la policía ha encontrado mi móvil y lo están examinando. Me han dicho... me han dicho que estaba lleno de mensajes y llamadas tuyas. ¡Me escribiste más que mi madre!

Sandra jugueteó con los finos anillos en sus dedos, como si concentrarse en sus manos pudiese disimular las lágrimas que empezaban a agolparse en sus ojos.

—Ya sabes lo que dicen de la culpa. Puede ser un motor más poderoso que el amor o el odio, incluso.

—¿Culpa? Sandra... No tienes nada por lo que culparte. Yo, en cambio —resopló—, fui un auténtico *imbecille*. Por más que lo intento, no me quito de la cabeza lo que te dije esa noche, toda esa basura que salió de mi boca. Podría haber sido lo último que te dijese. No me lo habría perdonado ni muerto, porque en realidad no pienso ninguna de esas cosas.

—Lo sé. —Estrechó las manos de Pietro entre las suyas tan fuerte como pudo—. Ya lo sé.

Sandra también pasó muchas horas tratando de comprender lo sucedido, pero después de ver lo que el hotel era capaz de hacerle a la gente, de convertir a la segura Nora en una niña asustada, de enfrentar a una multitud en una batalla campal, había perdonado a Pietro por completo. Porque si ella no hubiese sido una cantadora, si Candela no hubiese cantado la nana para todos ellos en secreto, estaba segura de que tampoco habría empleado palabras bonitas y amables. Sin embargo, su amigo no había visto los efectos de la música en otros y continuaba angustiado por sus actos.

—Me dan igual la fama, las ventas, el dinero, todas esas memeces. Solo quiero que tú y la banda estéis bien. Y voy y me comporto como un desgraciado. Te falto al respeto, me subo a un coche borracho... No sé por qué lo hice, Sandra. Fue como si viese lo que estaba haciendo, sin dejar de pensar en lo patético que soy, y aun así no pudiese pararme los pies. Te juro que no sé qué pasó.

Sandra se humedeció los labios en busca de las palabras adecuadas.

—Tardé mucho en averiguar la verdad, pero te va a costar creerla.

Pietro resopló, a medio camino entre una carcajada y una maldición.

—Eso es lo que llevo pensando todo el día. ¿Quién me va a creer si lo cuento?

Sandra pudo ver el miedo en sus ojos, terror ante lo que había presenciado, pero también a lo que los demás dirían si alguna vez se atrevía a compartirlo. Esa soledad era aún más terrible que los malos recuerdos.

—Pietro, sé lo que te ocurrió. Tillie...

El guitarrista, desbordado de preocupación, empezó a inspeccionar a su amiga en busca de heridas o moratones.

—¿Te ha hecho algo a ti también? ¿Esa desgraciada te ha puesto una mano encima?

—No exactamente... No ha podido. Ella no es quien pensábamos. Nunca le interesó Las Hijas Salvajes de verdad, solo estaba entrenándonos, nutriéndonos hasta hacernos llegar a lo más alto para después dejarnos caer, recoger nuestros restos y aprovecharse de nosotros.

—¿Sí? Pues yo no tenía lo que buscaba. —Desvió la mirada hacia la ventana, pensativo, y se abrazó a sí mismo antes de atreverse a decir—: ¿Tú también la has visto? ¿La mujer loba?

Sandra asintió y él hizo una pausa antes de proseguir:

—¿Habremos perdido un tornillo? No puede ser real, ¿verdad? Las personas no tienen superfuerza ni se convierten en monstruos.

Pietro inspiró hondo y le contó todo lo que había visto esos días. Cómo había vagado por el bosque durante horas, aturdido por el accidente y por su comportamiento. No lograba entender por qué se había sentido tan furioso y celoso, era impropio de él, que se lo tomaba todo a la ligera, que tanto se esforzaba por no guardar rencores ni regodearse en sus fracasos.

—Tengo que admitir que, en mitad de aquel bosque, cubierto de sangre, oyendo a los lobos aullar, estaba cagado de miedo. —Rio, pero pronto el sonido se entumeció hasta que su semblante se quedó muy serio—. Y justo entonces apareció Tillie, surgida de la nada como un ángel salvador. No es la primera vez que llega en el momento más oportuno para salvarme, así que no dudé de ella ni un instante. Me dijo que tú la habías llamado, que le pediste que me encontrara y que me llevara de vuelta al hotel. Que me esperabas en su suite. Me subió a su coche y pasó algo rarísimo.

—Los lobos —dijo Sandra por él—. Os siguieron.

—¡Sí! Fue una locura, estaban furiosos. Tillie dijo que era por el olor a sangre y yo... No sé, me lo creí porque lo dijo ella. Ahora que lo pienso es una estupidez, ni que fuesen tiburones —trató de bromear, pero a medida que avanzaba con su relato, cada vez le era más difícil mantener su pose optimista y dicharachera—. Cuando llegué a la suite, en lugar de encontrarte a ti estaba esa chica, la recepcionista. Entre las dos me... me ataron para que no pudiese moverme y me amordazaron para que no gritase. En cuanto dejé de resistirme me di cuenta de que no estaba solo. Ella también estaba atada, pero, al contrario que yo, parecía muy tranquila, casi ida, como si su cuerpo estuviese allí, pero su mente no del todo. Te juro que no entendía nada...

Sandra tomó la mano de su amigo para infundirle ánimos, con el corazón roto por todos los malos momentos que tuvo que pasar. «Por supuesto, Desirée mintió cuando dijo que no sabía quién era la huésped de la 801». ¿Solo conocía su aspecto, o también su identidad? Las dos se la habían jugado bien. Tras una pausa para reunir fuerzas, Pietro continuó narrando su historia:

—Me dejaron allí un par de días, solo me quitaban la mordaza cuando esa Desirée venía a darme de comer y de beber. La otra mujer tenía la boca destapada, pero no gritaba, solo canturreaba esa condenada canción de vez en cuando, y ya sabes que me pareció siniestra, pero escucharla... Creo que fue lo único que me mantuvo cuerdo, tal vez porque me recordaba a ti.

—Sonrió, pero el gesto se empañó enseguida—. No volví a ver a Tillie hasta que se presentó con una pistola. ¡Una maldita pistola! Me apuntó con ella, me desataron y me ordenó que tocase la guitarra. ¡Mi guitarra! Le pregunté si tenían también el resto de mis cosas, si las habían cogido de mi habitación. Me aseguró que podía estar tranquilo, me dio unas partituras, y yo obedecí, sin entender nada. Me tuvieron así horas hasta que Tillie se rindió y volvieron a atarme. Sé que suena ridículo, porque estaba secuestrado por alguien que en teoría era como de mi familia, pero eso fue lo que más me jodió. Me sentí como si me estuviesen descartando, ¿sabes? Me parece que siempre hemos dependido de la aprobación de Tillie más de lo que pensábamos, y en ese momento fue como si mi talento y yo no valiésemos nada. Le eché en cara que había perdido el norte, que no podía seguir reteniéndome contra mi voluntad. Cuando comprendí que no tenía intención de soltarme, la amenacé con denunciarla, pero ella no parecía nerviosa. Me aseguró que estaba haciendo todo aquello por ti, que te estaba cuidando, y que cuando yo viese lo feliz que serías en tu nueva vida, en paz, libre de todo lo que tanto te había atormentado esos años..., dijo que lo comprendería todo y que le daría las gracias.

»No vino más veces, pero Desirée seguía apareciendo de cuando en cuando, hasta que un día dejó de hacerlo. Intenté aprovechar para desatarme, pero esa cuerda no era como las de las películas, no había manera de romperla. Intenté comunicarme con la mujer, para salir de allí juntos, pero ella se limitaba a mirar al infinito, hasta que empezó a oler a humo. La noche en que escapamos se comportó como si estuviese viva por primera vez. Empezó a gritar y yo pensé que le dolía algo, que estaba enferma o que le estaba dando un ataque, gritó y gritó y comenzó a tirar de las cuerdas. Ahí fue cuando pasó, lo que me hizo pensar que había perdido la cabeza.

»Esa mujer se transformó delante de mis ojos. Su cuerpo se cubrió de pelo negro, pelo de animal, su rostro se deformó, sus músculos... Dios, nunca antes había visto un cuerpo así. Solo era humana a medias. Rompió las cuerdas que la ataban y aulló como un lobo. ¡Como un puñetero lobo! Al principio creí que iba a marcharse y a dejarme ahí, pero se acercó a mi silla. Yo llevaba sin rezar desde que hice la catequesis con nueve años, pero te juro por mi vida que recé de corazón, pedí auxilio porque creía que iba a devorarme, pero... solo me soltó. Rompió mis cuerdas y se marchó. No recuerdo muy bien qué pasó después de eso, solo que lo único en lo que podía pensar era en encontrarte, en alertarte sobre Tillie, pero no pude. Lo siento.

Sonrió con amargura y los ojos se le humedecieron.

Sandra le abrazó de nuevo, le abrazó con todo su ser.

—Tú tampoco tienes nada que sentir. Es Tillie quien nos ha hecho esto, y deberá pagarlo ante la justicia. Ha pedido hablar conmigo varias veces —admitió—, pero me da miedo que si me reúno con ella a solas logre convencerme para que declare que todo se ha tratado de una especie de broma que nos gastamos entre nosotros. Sabría qué palabras decir para ablandarme incluso después de cometer un delito.

—¿Crees que eso era lo que pensaba hacer, ponerte de su parte y convencerme para que me callase después de secuestrarme? —resopló incrédulo—. Me la puedo imaginar pidiéndome que no sea egoísta, un ingrato, y que piense en Las Hijas Salvajes, que piense en ti. —Agachó la mirada—. Tienes razón, conoce nuestros puntos débiles demasiado bien. Y visto lo visto, si nos hubiésemos negado, habría encontrado la forma de coaccionarnos. ¿Es verdad que tenía carpetas sobre todos nosotros, llenas de trapos sucios y miserias? Fotos que compró para que no llegasen a la prensa, mensajes de WhatsApp y fotos íntimas... ¿Cuánto tiempo llevaba planeando esto?

Sandra asintió con la cabeza. Había visto una parte de la información que guardaba sobre ella en la habitación de Desirée, así que no le sorprendía que hubiese más. Se apretó los dedos entre las manos y recordó lo que había visto en el pasado de Candela.

—Puede que desde que era niña. Si la hubieses visto en el bosque... No parecía ella, tan diminuta y aterrada. Me da la sensación de que tenía tanto miedo de la Loba que hubiera sido capaz de cualquier cosa con tal de mantenernos controlados a todos.

—Esa mujer, la Loba... ¿Está viva? —preguntó Pietro con honesta preocupación por su salvadora. Sandra asintió y él suspiró aliviado—. ¿Tillie sabía lo que era, lo que podía hacer?

Sandra asintió de nuevo. Algún día le contaría la verdadera historia de la lobishome, cuando estuviese preparado.

—Su nombre es Candela, puede que su aspecto intimide, pero es buena.

—¿Tú también la has visto? —se asombró el guitarrista—. ¿De verdad que no estamos majaras los dos?

—Estoy segura de que estamos cuerdos, pero nadie te culpará si tratas de olvidar lo que has visto. —Pietro corroboró sus palabras con la cabeza, y Sandra notó un nudo en la garganta—. Aunque si decides dejar Santa Bárbara del todo atrás, puede que no te gusten las canciones que estoy componiendo.

Pietro arqueó una ceja, intrigado. La mera mención de su gran pasión en común disipó el resto de sus preocupaciones y el recuerdo de todos los tormentos vividos. Daba igual lo heridos o perdidos que estuviesen, la música siempre era su tabla de salvación.

—Eso que has escrito... ¿te gusta?

Sandra asintió, emocionada y asustada a partes iguales. Notaba en sus entrañas esa sensación de vértigo que te invade cuando te asomas al precipicio de algo que puede ser grandioso o el mayor de tus fracasos.

—No se parece a nada que esté de moda, pero sí sé que será un álbum honesto. A mí me gusta, pero si os parece horrible, quiero que esta vez me lo digáis.

—¿Tienes algo grabado?

—Solo cosas sueltas. Te las enseñaré cuando te den el alta, no estás en condiciones de trabajar.

—Si tengo que quedarme aquí solo más de cinco minutos, voy a volverme loco. Por mí me iría a un local de ensayo ahora mismo, solo tenemos que llamar a Tillie y pedirle que... Oh. Ya. Mierda.

—Lo sé. A mí también se me olvida. —Sandra se mordió el labio, pensativa—. Se aseguró de malacostumbrarnos, de que la necesitásemos para todo sin cuestionarnos nunca ninguno de sus actos. Ni siquiera sabía qué bufete de abogados gestionaba nuestros contratos y nuestras propiedades. Me sorprende saberme el PIN de mi tarjeta de crédito. —Suspiró.

—Ahora que lo dices..., ¿cuál es el número de mi cuenta del banco?

Ante lo absurdo de la situación solo pudieron echarse a reír.

—Hemos sido unos niños, ¿verdad? Unos niños grandes jugando a ser adultos.

—Eso creo —asintió Sandra—. Pero nos va a tocar espabilar. Los acuerdos que teníamos con nuestro productor solo son válidos con Tillie como intermediaria, también se aseguró de eso, así que... estamos solos.

La risa de Pietro se esfumó y él suspiró también, preocupado por lo que les deparaba el futuro, aunque nunca había sido de los que se detienen mucho tiempo a pensar en todo lo que podía salir mal.

—No tenemos agente, no tenemos ningún contrato firmado, ni álbumes o giras pendientes. ¿Qué vamos a hacer ahora, Sandra?

La cantante apoyó la mano sobre el hombro de su compañero.

—Ahora vamos a hacer lo que nos dé la gana.

Pietro sonrió y el miedo se esfumó de golpe, porque supieron que, sin importar lo que decidiesen, lo harían juntos, como siempre habían hecho Las Hijas Salvajes. No necesitaban a Tillie, y tampoco un puesto asegurado en los éxitos más escuchados de la radio o las plataformas de streaming. Con una guitarra, un bajo, una batería y un par de micros podían ser dueños de su destino. Era lo único que habían deseado, antes de que Tillie apareciese, antes de la fama y el dinero.

—¿Sabes qué? Me gusta el plan.

Apenas había amanecido cuando retornaron al bosque que rodeaba la Casona Algora. Era el momento de mayor actividad de la manada, pero no lo eligieron por eso, sino porque fue la única hora en la que Gemma Fabián accedió a verse con ellos.

Habían transcurrido varios días desde las fiestas de Santa Bárbara, los necesarios para que Asier se recuperase del todo de los efectos residuales de la elevada dosis de fármacos que absorbió su cuerpo, y también para que la atención mediática sobre la zona se disipase al igual que hizo la ketamina.

Después de la actuación de Sandra, los turistas y habitantes del valle llegaron a una especie de acuerdo tácito de no mencionar lo sucedido durante los festejos, sobre todo porque ninguno de los asistentes sabía cómo explicar ni el origen repentino del caos que provocó la reyerta, ni cómo se convirtió en una calma absoluta por arte de magia. Nadie recordaba haber escuchado cantar a Sandra O'Brian y todos estaban demasiado ocupados peleando o poniéndose a salvo como para pensar en grabar, y luego demasiado adormilados para que se les pasase por la cabeza hacerlo. La explicación más sencilla era que se dieron cuenta de que pelear no tenía sentido y eso fue lo que decidieron creer. Casi se produjo una tragedia, pero se quedó en un susto.

Por su parte, la alcaldesa no le había pedido ninguna explicación sobre el concierto que nunca llegó a dar; había pasado la mayor parte de esos días reunida con los ganaderos de la zona para intentar llegar a un acuerdo sobre Lobo 23 y evitar que el descontento siguiese creciendo. Asier, Nora y Sandra tuvieron que insistir mucho para conseguir que les dedicase unos minutos de su valioso tiempo y podían notar que Gemma Fabián tenía la mente y sus intereses puestos muy lejos de allí.

Se detuvo para recuperar el aliento en mitad de su ascenso.

—¿De veras esto es necesario? —preguntó—. Tengo una reunión dentro de una hora. Si me hubieseis avisado de que íbamos a hacer senderismo...

—Creí que se consideraba una persona muy activa y amante de la naturaleza —comentó Nora a su lado, con un deje irónico—. O eso decía en una de las entrevistas que le han hecho estos días.

—Y lo soy, pero es miércoles por la mañana y llevo tacones —protestó malhumorada y perdiendo toda la paciencia protocolaria que le quedaba—. No os echaré de menos cuando os vayáis de la ciudad. Mi jefe de prensa me mataría su supiese que os lo he dicho, pero no os tengo cariño.

Asier sonrió.

—No se lo tendremos en cuenta, ya sabe lo que dicen de Santa Bárbara.

—Que tiene el mejor clima de toda la costa cantábrica, espero que se refiera a eso.

Atravesaron una parte quemada del bosque, cubierta por ceniza y árboles completamente negros o blancos como la cal. Resultaba imposible discernir cuáles podrían salvarse y cuáles permanecían en pie a pesar de estar muertos. La sensación de avanzar entre el follaje negruzco y los arbustos completamente carbonizados, que se retorcían como las patas de una araña gigante y voraz, resultaba desoladora. Siguieron subiendo hasta llegar al peñasco donde los lobos criaban a sus cachorros. Los recibieron con un aullido de bienvenida.

—¿Qué ha sido eso? —preguntó la alcaldesa tensando todo el cuerpo—. ¿Me habéis traído a la guarida de la manada? ¿Es una broma de mal gusto?

Los lobos se asomaron sobre las rocas, y entre ellos apareció una mujer con una larga melena cobriza.

—¡Candela! —la llamó Sandra, y se apresuró a reunirse con ella.

Había estado muy preocupada por la mujer loba desde que Cristina Posadas entró en aquel bosque armada con una pistola.

Más tarde, los agentes de la Guardia Civil le explicaron que no llevaban el arma cargada, dado que en treinta años en el cuerpo nunca habían necesitado utilizarla. Aun así, pidieron ayuda para buscarla por miedo a que se produjese un nuevo ataque de lobo. Localizaron a la mujer horas más tarde, desorientada y algo deshidratada. Tras asegurarse de que no estaba herida, fue detenida por su implicación confesa en el incendio forestal, sin fianza esta vez por el riesgo real de que volviese a cometer un delito similar. Sin embargo, la posibilidad de una condena no parecía preocuparla tanto como advertir de que había un monstruo en el bosque y que debían encontrarlo. Sus afirmaciones fueron tan rotundas que varios periodistas de medios nacionales adujeron un estado de «histeria colectiva» y de «enajenación transitoria» que había llevado a los vecinos a provocar el fuego, lo cual, muy a pesar de una Cristina que solo quería que la tomasen en serio, seguramente ayudaría como atenuante. Su caso sirvió para hablar de algunos precedentes en los que poblaciones enteras habían creído hallarse ante un peligro que no era real y enseguida el debate sobre los lobos quedó en un segundo plano.

Sandra se sentía muy apenada por su familia, sobre todo porque sabía que Cristina tenía razón. Había fuerzas en aquel bosque que los humanos comunes no podían comprender, pero se había equivocado, igual que tantos otros antes que ella, igual que Tillie, al temer a un monstruo feroz.

Caminó hacia Candela, la abrazó y dejó que los lobos la saludasen con su habitual efusividad. Seguía sin saber muy bien cómo interactuar con un lobo, así que les acarició en el cuello como habría hecho con un perro.

—Tengo algo para ti; bueno, en realidad siempre ha sido tuyo. Pensé que querrías recuperarlo. —Le tendió la caja de música, que había cargado con cuidado en el interior de su bolso.

Candela abrió mucho los ojos, la tomó y la estrechó contra su pecho. Asintió hacia ella con un gesto de gratitud. Sandra pensó que tal vez la habría dejado atrás a propósito, pero a juzgar por su alivio, la había perdido de verdad.

Gemma Fabián observó la escena boquiabierta, y no era solo por los lobos.

—Cielo santo, deberíamos llamar a la policía —dijo—. Parece que esa mujer vive aquí en el bosque, descalza entre los lobos... ¿Creéis que ha perdido el juicio?

—Debería abrir la mente —le aconsejó Nora—. No he visto lo que viene ahora, pero me han dicho que es increíble.

—¿Podrías enseñárselo, de lo que eres capaz? —le pidió Sandra.

Candela dudó, y podía comprenderlo. Se había referido a ello como si hablara de un don, pero la mayoría de las personas en su vida lo habían considerado una maldición, la prueba de que en ella habitaba un monstruo.

—Necesitamos que lo vea para poder protegeros, para que

nadie más, como Cristina o Tillie, llegue hasta vosotros, por buenas o malas que sean sus intenciones.

Candela acabó por acceder, y Sandra se hizo a un lado para dejarle espacio. La mujer comenzó a quitarse la ropa con pudor procurando cubrirse al sostener las prendas sobre su cuerpo tan pronto como se las quitaba. Cerró los ojos y apretó los puños buscando en su interior las emociones que necesitaba para propiciar la transformación. Cuando el proceso hubo concluido, una enorme loba negra inclinó la cabeza para aullar.

—Alucinante —asintió Nora, satisfecha con las expectativas que le habían creado.

La alcaldesa, por su parte, estuvo a punto de perder el equilibrio de la impresión.

—¿Q-qué... ha sido eso? ¿Qué me habéis hecho? ¿Me habéis drogado?

—Según cuenta, toda su familia es originaria de la bahía de Santa Bárbara —dijo Asier a su lado—. Así que estoy seguro de que ha oído las leyendas que recorren estas montañas desde hace siglos, las que hablan de los...

—... lobishome —se adelantó ella—. No puede ser. Es una cámara oculta, ¿verdad? ¿Me estáis poniendo a prueba?

Candela volvió a transformarse en una mujer y la alcaldesa chilló.

—Lo que narran esas historias es real —intervino Sandra—. Y si sigue adelante con el proyecto Lobo 23, el bosque se llenará de investigadores y turistas que visitarán el centro de conservación. Candela nunca podrá vivir en paz.

—Tiene que paralizar el proyecto —dijo Asier—. Es la única forma de mantener los secretos de Santa Bárbara en Santa Bárbara. ¿Ve a esa mujer? Es Candela Nieto, la misma que supuestamente murió en la década de 1920. La ciudad se arruinó una vez por su causa, ¿no querrá que suceda de nuevo?

La alcaldesa titubeó tratando de procesar lo que acababa de presenciar. Un mito imposible. Pero solo tan imposible como lo que acababa de ver con sus propios ojos.

—No puedo hacer lo que me pedís. El proyecto está pensado para traer prosperidad y puestos de trabajo al pueblo, ya lo hemos aprobado en el ayuntamiento, estamos a punto de llegar a un acuerdo con los ganaderos y de firmar los contratos para la construcción del centro. Van a traer a lobos de distintos refugios para estudiarlos en semilibertad ¿No podéis... no podéis lleváros-la a otra parte?

—Candela es tan ciudadana de los valles como cualquiera de sus votantes —argumentó Asier—. Para ella este es su único hogar, y siempre acabará volviendo a él. El bosque la necesita tanto como ella a él.

—Podemos... podemos habilitar una zona restringida. Prohibir la entrada a ninguna persona no autorizada.

El reportero negó con la cabeza y continuó con su retahíla de preguntas, hasta que la alcaldesa quedó acorralada por completo:

—¿A los investigadores les parecerá bien que les prohíban observar a la manada en su estado salvaje? Ese es su principal reclamo, ¿no es así? Además, esos lobos que piensan traer, aunque nunca hayan vivido en el bosque por su cuenta, acabarán acudiendo a su llamada, igual que todos los demás. Candela es el centro de esta montaña, su corazón. No lograréis esconderla mucho tiempo.

—Pero... no puedo sacrificar el futuro de toda la comarca por una sola persona. Tiene que haber otra solución.

Sandra sabía que la alcaldesa no cedería así como así, no después de lo que le había costado sacar adelante Lobo 23.

—Somos conscientes de cuánto ha trabajado para atraer inversiones y nuevos vecinos a la ciudad, por eso no esperamos que acepte cancelar un proyecto tan ambicioso a cambio de nada. He comprado una parte de la propiedad del hotel París, vendré a menudo. Para verla y para asegurarme de que Candela está bien...

—También para tratar de contrarrestar la maldición que empapaba el hotel. La música que fluía por sus paredes y cimientos era insidiosa, pero si las melodías se tornaban más fuertes cada vez que lograban tocar un alma, extraer su verdad, dudaba que fuesen rivales para cualquiera de sus canciones después de una gira mundial. Mientras tanto, debía asegurarse de que no volvía a descontrolarse—. Piense en la publicidad que eso supondrá para la ciudad. También voy a componer un álbum inspirado en todas las viejas canciones del valle, lo que incluye sesiones con fotógrafos de renombre, videoclips, ruedas de prensa... Se lo puede imaginar. Pero no podré hacer nada de eso en un área protegida.

Aunque la mente de la alcaldesa no lograba comprender del todo la existencia de Candela, sí estaba diseñada para sacar provecho de un buen trato. Tras unos momentos valorando los pros y los contras, Gemma Fabián le tendió la mano.

—Lo quiero por escrito. Y firmado ante notario. Además, necesitaré tiempo para buscar una excusa creíble para detener el proyecto.

—No nos cabe duda de que se le ocurrirá algo que le haga quedar bien —añadió Asier.

Sandra le estrechó la mano, agradecida, y sonrió hacia la mujer loba, que le devolvió el gesto. Tillie había deseado que Sandra se convirtiese en la guardiana de Candela, alguien capaz de vigilarla día y noche para controlarla, pero ella había preferido convertirse en su aliada, en su amiga. Las dos habían tenido que luchar para poder ser ellas mismas, y las dos habían aprendido que no había jaula más opresiva que aquella en la que tú mismo te encierras. Ya era hora de que volviesen a ser libres.

Epílogo

Santa Bárbara, década de 2020

Sandra había llegado al hotel París en taxi, sola a excepción de su guitarra y ocultando su rostro para que nadie la reconociese, por miedo al qué dirán. A pesar de la melancolía que la acompañaba como un equipaje más, su primer día en la ciudad el sol había brillado y la temperatura en la costa era de una agradable calidez. Dos semanas después dejaba atrás la bahía en el coche de sus dos nuevos amigos, de camino al aeropuerto, y tras ella avanzaban las nubes grises del otoño. Ya no tenía ganas de esconderse, sino de gritarle al mundo que Sandra O'Brian estaba de vuelta.

—Parece que va a llover —observó Nora desde el asiento del conductor.

Asier y Sandra le dieron la razón.

Al cabo de media hora llegaron al aeropuerto más cercano, que se encontraba entre el bosque y el mar Cantábrico. Aparcaron y acompañaron a Sandra hasta el control de seguridad. Nora, la más cabizbaja de los tres. Sandra se detuvo junto a su maleta de mano para poder despedirse.

—Pues ya hemos llegado. Voy a estar ocupada escribiendo y buscando un nuevo mánager en los próximos meses. —Pietro se estaba tomando un descanso con su familia, pero Becka y Daniel se encontraban de vuelta en el Reino Unido, a la espera de que su cantante regresase para ponerse manos a la obra. Aunque no tenía claro si les resultaría sencillo encontrar un representante teniendo en cuenta que la última en ocupar el cargo seguía en prisión preventiva, ni si serían capaces de volver a confiar en alguien tan pronto tras la traición de Tillie—. Pero si os pasáis por Londres, no dejéis de llamarme. De hecho, quiero que sepáis que siempre tendréis una casa en la ciudad. Venid cuando os apetezca, y no es una de esas expresiones vacías que se dicen por decir, es de verdad. Yo también pienso llamaros cuando vuelva para ver a Candela.

—Siempre dicen que es mejor no conocer a tus ídolos porque te decepcionarán. —Nora trataba de contener las lágrimas—. Pero conocerte a ti ha sido una de las experiencias de mi vida... Quiero decir, a ver, habría sido mejor sin los secuestros, los lobos furiosos y las maldiciones, pero por lo demás... eres una tía increíble, Sandra. No dejes que los haters te hundan.

—Nunca más —le prometió con una sonrisa. Miró a Asier, que la estaba estudiando con aquellos inquisitivos y perspicaces ojos verdes que iba a echar de menos—. ¿Qué vais a hacer ahora? Espero que hayáis pedido un ascenso después de todo lo que ha pasado —bromeó para aliviar la tensión de la despedida.

—En absoluto —resopló Nora—. Estoy deseando volver a la normalidad. Es otoño, así que toca hablar de la temporada de castañas, las lluvias, Halloween, si cada vez ponemos la decoración de Navidad más temprano o no... Es tan aburrido como suena y por eso me encanta. El mundo necesita un poco de rutina y normalidad, para eso estamos nosotros.

El reportero jugueteó con uno de sus pendientes, algo más inquieto que su compañera.

—Yo... me lo estoy pensando.

Nora se giró hacia él boquiabierta.

—¿Desde cuándo?

—Me parece que el informe semanal de Norte Visión nunca ha sido del todo para mí. —Se encogió de hombros—. Qué puedo decir, creo que me ha picado el bicho de la actualidad, otra vez.

—Espero que no pretendas arrastrarme contigo —le advirtió Nora.

Sandra sonrió.

—No sé si debería opinar, pero estoy de acuerdo. El mundo se perdería un gran entrevistador si sigues con los reportajes sobre las lluvias, alguien capaz de hacer que Sandra O'Brian se sonroje y que los políticos se queden sin palabras.

—¿Y qué hay de ti? —preguntó Asier—. ¿Volverás a los escenarios?

—Él lo quiere saber como amigo y periodista, pero yo *necesito* que nos lo confirmes como fan.

Sandra sonrió tanto que casi le dolió.

—Puede que me tome un tiempo para centrarme en componer y aclararme las ideas, pero sí. Me gustaría volver a tocar, más ahora que sé cuánto puedo ayudar a la gente si me lo propongo. Además, hay una historia que quiero contar.

Había dedicado el último par de días, mientras trataba de diluir la maldición del hotel París y aguardaba a que diesen el alta definitiva a Pietro, a investigar el pasado de Candela junto a Asier. Documentarse con su álbum en mente era tan divertido como lo llegó a ser en su mundo interior.

Buscaron información siguiendo las pistas que Sandra había visto en el pasado de Candela y descubrieron que la pareja dejó atrás sus antiguos nombres para convertirse en Jaime y Dela, un dúo artístico de lo más peculiar que había actuado por todo el mundo. Aunque Jaime también destacaba como solista al piano y tocando con grupos de jazz, en muchas ocasiones Dela le acompañaba sobre el escenario bajo el título de «la mujer más hermosa y fuerte», en un número en el que cantaba y dejaba anonadados a los espectadores con su fuerza sobrehumana, cuyos testigos atribuían a trucos de ilusionismo muy bien logrados. Jamás habrían sospechado que se trataba del poder que Candela había aprendido a domar y utilizar.

Jaime y Dela iniciaron sus andanzas en Europa, pero también se hicieron un nombre en Estados Unidos: actuaron en Nueva York, Nueva Orleans e incluso en Hollywood, donde llegaron a ofrecerles participar en una película sonora, pero ella se había negado porque temía las consecuencias de la fama, sobre todo cuando ocultaba tantos secretos. «Fue más lista que yo», se dijo Sandra, aunque sabía de sobra que ella nunca lograría renunciar a la adrenalina de los escenarios, por muy práctico que fuese el anonimato. Además de viajar y trabajar juntos, la pareja adoptó a un muchacho huérfano que conocieron en Nueva Orleans, después de salvarle la vida durante unas aparatosas inundaciones. Siendo todos huérfanos, debieron de sentirse identificados con su situación. Aquel niño se convirtió con el tiempo en un trompetista de jazz de renombre, el padre del aún más famoso Samuel Simmons y el abuelo de su exmánager.

«Parece que fueron muy felices», se dijo Sandra mientras estudiaba una foto en blanco y negro en la que aparecían los tres posando como una familia en la que abundaba el amor, la alegría y también la música. Habían compuesto una hermosa vida entre los dos, una vida que merecía ser recordada. Sandra empezaría su disco con los ritmos ancestrales y las melodías tradicionales que Emilia Ortiz le había enseñado, y después los temas se irían transformando hasta acabar con una explosión frenética de jazz al más puro estilo de los años veinte.

—Me alegra que al menos este viaje te haya servido de inspiración —dijo Asier con una sonrisa apenada—. Aunque, cuando vuelvas, estaría bien que no fuese solo por obligación. El norte tiene muchas cosas buenas que ofrecer.

—Claro que no será solo por obligación, no se me ha olvidado que me debéis unos pinchos y una cerveza.

—Hablando de asuntos pendientes —recordó Nora—. Hay algo que Asier quería comentarte, ¿verdad? —Sonrió a su amigo, y este le devolvió un gesto de reproche por tenderle una emboscada—. Mientras te lo cuenta todo, voy a ir sacando el coche o me van a cobrar un riñón.

Alargó la mano hacia Sandra a modo de despedida, pero Sandra dio un paso hasta ella y la estrechó con fuerza.

—Gracias por todo —susurró a su oído—. Eres mi fan preferida de todas, pero no se lo cuentes a nadie o el *fandom* de Las Hijas Salvajes se enfurecerá conmigo.

Se separaron y Nora la observó unos instantes, en estado de shock, antes de excusarse de nuevo para emprender el camino hacia el aparcamiento. Se giró para despedirse al menos media docena de veces con una radiante sonrisa antes de desaparecer de su vista.

—¿Qué le has dicho? —preguntó Asier con curiosidad—. No la veía tan emocionada desde que aquel grupo de rock que le gusta ganó Eurovisión.

—Solo la verdad —respondió Sandra con un gesto despreocupado—. ¿Qué hay de ti?, ¿qué es eso que tienes que contarme?

—Oh. —Asier se llevó la mano a lo alto de la cabeza y se alborotó el pelo mientras trataba de encontrar las palabras, que normalmente acudían a él como ratoncillos en pos de su flautista—. Verás... No me quedé del todo tranquilo pensando en Candela, es decir, sé que pertenece al bosque y que llevaba décadas ansiando volver a él, pero no podía dejar de darle vueltas a que no tiene un hogar, en términos humanos. —Rebuscó en su mochila hasta dar con una carpeta de plástico transparente. Se la tendió a Sandra, quien la tomó intrigada y entreabrió los labios por la sorpresa al descubrir de qué se trataba—. Estuve indagando un poco sobre la Casona Algora y descubrí que es propiedad de uno de los descendientes de Rodrigo Algora. Al parecer, la fortuna familiar no resistió a la Guerra Civil, la Segunda Guerra Mundial y después a la autarquía del franquismo. Esa parte del siglo XX no fue una buena época para los negocios basados en la exportación e importación de moda y lujo europeos, supongo.

»El caso es que esta persona vive en Alemania, no siente ningún apego por la casona y no sabe qué hacer con ella, el dinero tampoco le vendría mal, así que está dispuesta a venderla por un precio razonable. Pensé que a lo mejor te gustaría saberlo, por si quieres, no sé, reformarla. Podrías alojarte allí en vez de en el hotel París cuando vengas, y Candela tendría un lugar al que volver cuando ella quisiese. Puedes poner personal de seguridad de confianza para que nadie se acerque a la zona; si la dueña es una famosa, nadie sospechará.

Sandra permaneció congelada, con la carpeta abierta entre las manos.

—¿Has... has hablado con el propietario?

—Sí, más o menos. El único idioma que teníamos en común era el inglés y ninguno de los dos lo dominamos, pero creo que nos hemos entendido.

—Has investigado, has solicitado el registro de la propiedad, has hablado con el actual dueño y has llegado a un acuerdo con él. —Sonrió para sí—. ¿Sabes? También podrías plantearte ser detective privado.

Asier negó con la cabeza.

—Nah, no me iría bien. Querría resolver los problemas de todo el mundo, aunque no me pagasen, y acabaría en la quiebra.

Al menos, siendo un periodista independiente, puedo vender lo que averigüe —bromeó, pero Sandra estaba muy seria.

—Asier, esto es... Es increíble. *Tú* eres increíble. Gracias —dijo, y esta vez, en lugar de un abrazo, se acercó a él para darle un beso en la mejilla—. Debería marcharme ya, o voy a llegar tarde al embarque. Aunque... tampoco pasaría nada si pierdo el avión.

—¿No? —preguntó Asier, sin disimular su sonrisa azorada—. ¿Y eso por qué?

—¿Ves? Siempre haces las preguntas adecuadas. —Sandra alzó la carpeta—. Creía que tenía todo el papeleo resuelto, pero ya ves que no. Tendré que quedarme un par de días más. Ya de paso, podrías enseñarme esos bares tan buenos que tenéis por aquí.

Estaba siendo impulsiva, tal vez incauta. Pietro estaba en lo cierto al acusarla de dejarse llevar demasiado rápido por su corazón, pero si se arrepentía de algo de lo que había sucedido en los últimos meses era de esconderlo y reducirlo, de negarse a sí misma ser quien era por miedo o recelo, de poner en manos de otras personas las decisiones importantes en lugar de arriesgarse. En cambio, no se arrepentía de haber luchado por encontrar a Pietro, ni por subirse a ese escenario a obrar una especie de conjuro ni tampoco de enfrentarse a su agente al descubrir sus engaños. No estaba al cien por cien segura de si el impulso se debía a la Casona Algora, o si le había conmovido tanto el gesto desinteresado de Asier que no quería despedirse tan pronto de él, pero cada fibra de su ser le pedía que esperase un poco más para descubrirlo.

—Todo el mundo te reconocerá en cuanto entres por la puerta. ¿No te importa?

—Soy Sandra O'Brian. —Se encogió de hombros—. Es normal que miren. Y a ti, ¿te preocupa? Puede que haya rumores, que inventen sus propias teorías.

Asier negó con la cabeza.

—A mí solo me importan los hechos.

Sandra notó una cálida emoción expandiéndose por su pecho. Volvía a sentirse ilusionada por primera vez en mucho tiempo, por su trabajo y lo que sus proyectos le deparaban, por comprar y por reformar la casona de la familia Algora en la que Candela se crio y también por todas las personas que formaban parte de su vida. Las que llevaban años allí y las que se habían abierto paso con la fuerza de un tsunami que devoraba la tierra a su paso.

—En ese caso, vámonos de aquí. Te daré algo interesante sobre lo que informar —prometió tendiéndole la mano.

Asier la aceptó.

La noche del incendio en el hotel París.
Santa Bárbara, década de 1920

La ropa de Candela le quedaba corta a la Duquesa, más alta que ella, y no cerraba del todo en la parte trasera. Además, el vestido estaba lleno de rasgaduras por culpa de su transformación, pero ninguno de esos detalles era importante. Cuando acabasen de montar el escenario de su historia, solo quedarían cenizas y algún que otro botón. Gracias a su abuela y a la reclusión en la que la mantuvo, no había ningún registro médico que pudiese servir para contrastar si se trataba o no del cuerpo de la difunta Candela Nieto. Pero sí habría testigos.

—¿Estás... segura de que quieres hacer esto? —preguntó Margarita.

La joven había estado a punto de vomitar por la impresión al ver el cadáver de la Duquesa y la ropa empapada de sangre de Rafael, pero ella y Gustavo eran los únicos en quienes podían confiar. Aunque antes tuvieron que asegurarle que la Duquesa la había raptado y que planeaba mantenerla bajo su poder. Cuando Candela le confesó que había matado a su tío, Margarita no la creyó, pero después de mostrarle la escena del crimen en el Club de la Verdad, vio la duda en su rostro. Le confesó toda la historia: su infancia en la casona aislada del resto del mundo, sus extraños episodios y cómo había descubierto la criatura que habitaba en su interior, la bestia que en realidad era una parte de ella de la que no podía separarse, a la que no podía renunciar. También le habló de los dones de la Duquesa y de cómo los había utilizado para someter a la ciudad bajo su puño y torturar emocionalmente a sus invitados. Margarita y Gustavo escucharon atentos, y aunque su historia pareciese sacada de un cuento de hadas, los dos admitieron las sensaciones de incomodidad y de malestar durante las fiestas, impulsos de los que no se enorgullecían y que asomaban a la superficie a tomar el aire y que cada vez les costaba más reprimir.

La creyeron, era todo lo que necesitaba. Les había pedido ya muchos favores y no podía exigirles otro más, así que habría comprendido que se negasen a colaborar, pero ninguno de los dos estaba dispuesto a darle la espalda.

—Todos hemos visto lo que el hotel París les hacía a las personas, en lo que las convertía —dijo Gustavo—, pero miramos a otro lado porque nos entretenía, porque pensábamos que nunca nos iba a ocurrir a nosotros. Si una sola persona hubiese alzado la voz en lugar de difundir rumores por diversión, nada de esto habría pasado. Eres otra de sus víctimas, y, además, nuestra amiga. ¿Cómo no vamos a ayudarte?

—Gustavo... —Candela abrazó al siempre cínico dramaturgo.

—No creas que mi ayuda es gratis. Estoy deseando volver a Estados Unidos, así que, si algún día viajáis allí, estáis obligados a invitarme.

Un buen rato después, los cuatro permanecían detenidos en

mitad de la suite 707 reuniendo el valor para dar el siguiente paso. Debían apresurarse y acabar con la puesta en escena antes del amanecer.

—Sí. Estoy segura —dijo respondiendo a la pregunta de Margarita—. Es lo único que podemos hacer.

Su amiga aún insistió por última vez:

—Sé lo importante que es para ti la herencia de tu abuela, sobre todo la casona. No podrás reclamarla si todos piensan que estás... en fin, muerta. —Tuvo que apartar la mirada del cuerpo.

—Margarita tiene una parte de razón, pero sería un detalle que no cambiases de opinión después de lo desagradable que ha sido vestirla y subirla a escondidas —protestó Gustavo.

—No lo haré. Puede que lejos del valle logremos ser felices, o puede que no —dijo Candela recordando las advertencias de la Duquesa—, pero siempre seré una mujer maldita si me quedo aquí, una bestia; es el único destino que me espera hasta que dejen de temer a los lobishome. Algún día olvidarán las leyendas, o nacerá otra séptima hija de una séptima hija que ocupe mi lugar. Mientras tanto, quiero intentar vivir una vida normal, como una persona completa.

Rafael la tomó de la mano para darle ánimos y se dirigió a sus amigos:

—¿Recordáis la historia?

Margarita asintió y recitó el que sería su testimonio:

—Desde lo sucedido con tu tío estabas muy deprimida. Tratamos de llevarte al cine para distraerte, pero no funcionó, y acabaste bebiendo más de la cuenta. No estabas acostumbrada al alcohol y te sentó mal. Te trajimos a la habitación y sugeriste que encendiésemos una vela por las almas de tu abuela y tu tío. Ayudó a que te calmases, pero quisiste llevarla hasta el dormitorio. Te tumbaste en la cama y te dejamos descansar. Gustavo y yo nos quedamos charlando en el salón y nos dormimos sin darnos cuenta. Nos despertó el humo y entonces vimos las llamas, que ya habían engullido la habitación. No sabemos si tropezaste con la vela, o si la tiraste a propósito a causa del dolor emocional al que has estado sometida. Es trágico que no pudiésemos salvarte, pero al menos logramos dar la voz de alarma y evitar una desgracia mayor.

—Qué frívolo es todo, pasar de cómplices de un crimen a héroes con tanta facilidad. —Gustavo suspiró de nuevo. Se disfrazaba tras aquel humor ácido y oscuro, pero Candela sabía que estaba conmocionado de veras por lo sucedido. Nunca dejaría de agradecerles a ambos que se implicasen en un asunto tan desagradable por ella.

—Es el momento. Está a punto de amanecer y nadie debe vernos salir del hotel —dijo Rafael.

—Nosotros dejaremos caer la vela, marchaos —dijo Margarita, no sin antes despedirse con un abrazo—. Puede que dentro de poco nos veamos en París. Yo también he decidido que es hora de dejar España, buscar un lugar lejos de mis padres donde pueda ser yo misma sin tener que esconderme detrás de un espejismo como este. —Señaló las paredes del hotel—. Tal vez algún día mi familia lo entienda, pero hasta entonces tendré que seguir mi camino, aunque esté aterrada. Virginie también se ha asentado allí, esta vez de forma definitiva. Podríamos encontrarnos todas. No me lo ha dicho directamente, pero sé que te está agradecida por lo que le dijiste ese día, fuese lo que fuese.

—Eso sería... sería estupendo.

Se despidió también de Gustavo, que le pidió en un susurro que cuidase del prodigioso pianista del hotel París de parte de todos.

Candela tomó a Rafael de la mano y se marcharon con lo

puesto, pero juntos. Solo miraron atrás para ver cómo las llamas brotaban de su suite en la séptima planta. Deseó que, tan pronto como desalojasen el edificio, el lugar ardiese hasta los cimientos, pero más tarde descubriría que los bomberos lograron apagar el incendio antes de que se propagase. Aun así, su engaño funcionó. Todo el mundo creyó que Candela Nieto había perdido la vida aquella fatídica noche y que la duquesa de Pravia se había escondido hasta que pasase la tormenta del escándalo. Después de innumerables infidelidades, accidentes sin resolver y sustos como el provocado por el señor Montseny, dos asesinatos y un incendio que se cobraron tres vidas en su hotel en menos un mes fue la señal de que los escándalos de Santa Bárbara habían dejado de ser un juego. Ni siquiera ella podía sortear un revés semejante.

Sin embargo, aún quedaban semanas para que le llegase el recorte de la noticia en un sobre a su nueva dirección en la Ciudad de la Luz, la buhardilla de un modesto hostal que lograron alquilar tras fingir que estaban casados. Por el momento, el único faro que resplandecía en el horizonte era el de aquel incendio, al que Rafael y Candela —ahora de nuevo Jaime y Dela— dieron la espalda tomados de la mano. El músico y la loba. Dos huérfanos que habían encontrado su familia el uno en el otro y que partían en busca de un hogar.

—¿Me guiarás otra vez a través del bosque, chica loba? —dijo Jaime estrechando su mano aún con más fuerza.

Candela afianzó la caja de música contra su pecho, el único recuerdo de su vida pasada, junto al broche de su abuela, que se había permitido llevarse consigo. Aunque no tuviese la menor idea de hasta dónde los llevaría aquel camino, asintió, decidida a escribir su propio final feliz. La última canción que se escuchó en el hotel París fue entonada por un coro de lobos que se asomaban desde los bosques. Candela supo que se estaban despidiendo de ella. Se imaginó a la manada, a la alfa de pelaje rojizo y a Emperatriz a su lado deseándole un buen viaje. Sonrió con el corazón dividido en dos entre sus dos mundos, sus dos mitades.

—Hasta pronto.

Agradecimientos

Hay tantas lobas sin las que esta novela no habría llegado a convertirse en lo que es hoy que podríamos considerarnos una manada.

Gracias a mi madre por ser siempre la primera persona que lee todo cuanto escribo y por decirme lo que piensa sin tapujos. A mi equipo de lectoras betas ya casi profesionales: a Mairena Ruiz por sus consejos y por entender esta historia como si fuese suya, a Esperanza Luque por sus agudos apuntes sobre el mundo periodístico y a Bibiana Cambril por estar siempre ahí.

Trabajar en este proyecto ha sido un reto y también un sueño, por eso gracias al equipo de Penguin Random House por acogerme en la familia con tanto cariño, en especial a Aranzazu Sumalla y Carmen Romero por confiar en Sandra y Candela, y a Maya Granero y a todo el equipo de edición y corrección que ha trabajado para pulir estas 170.000 palabras. Gracias también a las primeras lectoras que se han sumergido en la ciudad de Santa Bárbara y nos han prestado su voz para hacer llegar la novela a cada vez más lectoras: Alba Zamora, Bárbara Montes, @bibianainbookland, @esperanzalrur y Elia Barceló.

Gracias infinitas, como siempre, a todas mis lectoras y lectores, a quienes me acompañan desde el principio con una lealtad que me conmueve cada vez que pienso en ellas y a quienes acaban de descubrir que existo, gracias por la oportunidad, y espero que nos encontremos de nuevo.

Por último, no puedo dejar que cerréis las tapas de este libro sin dar las gracias a todas las personas que crean música: compositores, intérpretes, productores... No podría haber escrito ninguna de mis novelas sin una lista de reproducción en bucle de fondo. La música, el arte, el cine, la literatura... creo que no exagero al decir que salvan vidas, y personas como Sandra O'Brian o Las Hijas Salvajes han sido la tabla que me ha mantenido a flote en muchas ocasiones. Gracias por aceptar el difícil y hermoso reto de crear.